刘和平
——作品——

北平无战事
All Quiet in Peking

上

作家出版社

图书在版编目（CIP）数据

北平无战事 / 刘和平 著 -- 北京：作家出版社，
2014.9

ISBN 978-7-5063-7637-2

Ⅰ. ①北… Ⅱ. ①刘… Ⅲ. ①长篇小说 - 中国 - 当代
Ⅳ. ①I247.5

中国版本图书馆CIP数据核字（2014）第223562号

北平无战事

作　　者：刘和平
责任编辑：丁文梅
特约编辑：驰　宇
封面设计：熊猫布克
出版发行：作家出版社
社　　址：北京农展馆南里10号　　　邮　　编：100125
电话传真：86-10-65930756（出版发行部）
　　　　　86-10-65004079（总编室）
　　　　　86-10-65015116（邮购部）
E-mail:zuojia@zuojia.net.cn
http://www.haozuojia.com（作家在线）
印　　刷：三河市兴达印务有限公司
成品尺寸：787×1092
字　　数：800千
印　　张：54（全二册）
版　　次：2014年10月第1版
印　　次：2014年10月第1次印刷
ISBN 978-7-5063-7637-2
定　　价：59.80元（全二册）

献给公元 1948 至 1949 年

　　当一个巨大的存在，一瞬间消失，不是土崩瓦解，而是
一堵高墙，历史在那边，我们在这边。

涛之起也，随月盛衰。

————王充《论衡》

一

1948年7月5日，农历廿九，朔，无月。昨日，北平黑市粮价已飙升至36万法币一斤。北平参议会决议，强令取消一万五千名东北流亡学生配给粮。是日，学生围北平参议长许惠东宅绝望抗议。死十八人，伤一百零九人，捕三十七人，全城戒严。是为"七五事件"。

中央银行的加急电文连夜发到了北平分行经理方步亭宅邸二楼办公室。

紧盯着刚翻译完的电文，方步亭闭上眼想了片刻，复又睁开："念吧。"

"是。"翻译电文的是北平分行襄理、方步亭的妹夫谢培东。他放下笔，捧起电文纸站了起来。

谢培东尽力降低声调，以期减轻电文内容的触目惊心：

"国民政府中央银行致北平分行方经理步亭台鉴：本日晚九时三十分，国府顷接美驻华大使司徒雷登秘密照会：据美国政府所获悉之情报称，本日发生于北平之事件，云系国民政府'北平市民食调配委员会'伙同各级政府要员为其持有股份之公司走私倒卖民生物资所致。其列举之何日何时何地何部门与何公司倒卖何物资，皆附有中央银行北平分行详细账目清单。声言，国民政府若不查明回复，美国会将重新审议并中止一切援华法案云云。美方何以如此迅速得此匪夷所思之情报？局势将因此发生何等重大之恶果？央行总部何以回复国府，国府何以回复美国照会？方经理步亭当有以教示！央行午微沪电。"

沉默，不急于表态是方步亭的习惯，可这次听完电文，他竟脱口吐出了让谢培东都为之惊骇的三个字："共产党！"

"行长。"谢培东怔忡间还是习惯称他行长，"这样子回复央行？"

"忧端齐终南，澒洞不可掇。"方步亭怔怔地望向了阳台方向的黑夜，突然念出了杜甫的两句诗，紧接着说道，"美国人的情报是我们北平分行的人有意透露出去的……"

谢培东更惊了，不知如何接言。

"崔中石！"方步亭的目光倏地转过来望着谢培东，"叫崔中石立刻来！"

谢培东更不敢立刻接言了，少顷才提道："崔副主任下午已经去南京了。"

方步亭神色陡然严峻了："去南京干什么？"

谢培东进一步提醒："明天孟敖就要在南京特种刑事法庭开审了。"

以前种种想不明白也不愿去想的疑虑似乎这一刻让方步亭警醒了，他加重了语气："打电话，叫崔中石停止一切活动，立刻回来！"

谢培东："孟敖不救了？"

方步亭吐出了一句其实连他自己都不愿说的话："这个时候，让一个共产党去救另一个共产党？！"

谢培东十分吃惊："行长的意思，崔中石是共产党，连孟敖也是共产党？"

方步亭的目光又望向了谢培东手中的电报："那些走私倒卖物资的烂事，美国人怎么会这么快就知道得这么清楚？！详细账目都在我们北平分行。你我不说，除了崔中石，还有谁会透露出去？"

谢培东沉吟了一下，还是不愿相信："行长，宋先生那边的棉纱公司、孔先生那边的扬子公司，都各有一套详细账目。"

方步亭第一时间做出的判断被谢培东这一提醒，也有些不那么确定了。可很快他还是坚定了自己的第一直觉。在美国哈佛攻读金融经济博士期间，他兼修了自己喜爱的人类学课程，十分相信一位人类学家关于直觉所下的定义，"直觉往往是人在突遇敏感事物时，灵感在瞬间的爆发"。多少次事后证实，自己就是凭借这种直觉未雨绸缪，化险为夷的。

他断然对谢培东说："共产党的人藏在谁的身边我都不管，但绝不能有人在我的卧榻之侧。居然能够瞒我们这么久。不要再往好处想了，立刻打电话去南京、去上海，立刻找到崔中石。"

桌上有直通南京财政部的专用电话，也有直通上海央行的专用电话。

谢培东先拨通了南京。

南京财政部回答：崔中石上午来过，离开很早，似乎去了上海央行。

谢培东搁下南京专机的话筒，又拨通了上海。

上海央行回答：崔中石未来央行。

谢培东只好又搁下了上海专机的话筒，拿起了南京专机的话筒，望着方步亭。

方步亭："崔中石说没说过还要去哪里活动？"

谢培东："救孟敖是孟韦和崔副主任详细商量的，问孟韦应该知道。"

方步亭任谢培东手里还提着南京专线的话筒，自己立刻抄起另一部电话的话筒："北平市警察局吗？"

"找谁？"对方语气颇是生硬。

方步亭："我找方孟韦。"

对方的语气立刻谨慎起来："请问您是谁？"

方步亭："我是他爹！"

对方："对不起。报告方行长，我们方副局长率队出勤了。您知道，今晚抓共党暴乱分子，是统一行动……"

"什么统一行动，谁统一谁行动！"方步亭立刻喝断了对方，马上又觉得犯不着这样跟对方深究，"立刻派人找到你们的方副局长，叫他立刻回家见我！"

"是。"对方犹自犹豫，"请问方行长，我们该怎样报告方副局长，他该怎样向警备司令部方面说明离开的理由？"

方步亭："没有理由！告诉他，再抓学生就回来抓我，再杀学生就回来杀我！"

对方"不敢"两个字还没落音，方步亭已把电话"啪"地搁下了，手却依然按住话筒。少顷，电话铃声刺耳地响起，他还是按住话筒，等铃声响了好一阵才慢慢拿起："是孟韦吗？"

"不错！我就是你的儿子！"对方是一个老人激动得发颤的声音，显然并不是方孟韦。方步亭一怔，下意识将震耳欲聋的话筒拿离了耳朵约二寸远听对方劈头盖脸把怒声吼完。

"我现在正带着警察和军队在医院里抓受伤的学生呢！请问，我今晚还要抓多少人？！"

话筒那边传来的声音确实很响，就连站在几步外的谢培东都能听到。他也只能静静地望着手拿话筒的方步亭。

"其沧兄呀。"方步亭回复了他一贯低缓的声调，"不要急，你现在在哪里？受伤的学生在哪个医院？我立刻赶来。"

对方那个"其沧兄"的声调也没有刚才激动了："我是燕大的副校长，我还能在哪里？燕大附属医院，坐上你的轿车，二十分钟内给我赶来！"

"行长，带上几个看管金库的兵吧。外面太不安全。"谢培东递上礼帽。

方步亭未接礼帽也未接言，已径自向办公室门走去，走到门边，才又站住："立刻电复央行总部，我北平分行没有给任何倒卖物资走账，无密可泄，愿随时接受调查！南京那边，继续打电话，务必找到崔中石，叫他立刻回北平！"这才推开了那道两扇开的办公室大门，走了出去。

出了二楼这间办公室门，豁然开朗。环二楼四面皆房，环房外皆镶木走廊，环走廊皆可见一楼大厅，直接中央楼顶。东边通方步亭办公室有一道笔直楼梯上下，西边通卧房有一道弯曲楼梯上下，依然丝毫不碍一楼大厅东面会客、西面聚餐之阔大布局。在北平，也只东交民巷当年的使馆区才有几座这样的洋楼，抗战胜利，北平光复，由央行总部直接出款交涉买下这栋洋楼供方步亭办公住家，可见北平分行这个一等分行之重要。

方步亭的身影还在东边笔直的楼梯上，客厅那架巨大的座钟恰在这时响了。

方步亭的脚步悄然停住。

两声，三声，四声。

夜色很深，今夜尤深。夜半钟鸣后，方步亭常常能幻听到的那个声音，果然又出现了。

似人声，又不似人声；无歌词，却知道歌词：

浮云散，明月照人来。

团圆美满，今朝最……

另一个人似乎也能幻听到这个声音，谢培东的眼在二楼办公室大门后深深地望着方步亭凝听的背影。

幻听总是无意而来，无故而止。

方步亭的脚步又动了，也只有谢培东才能感受到他脚步中带出的心里那声叹息。

目送着脚步下楼，目送着背影在客厅大门消失。

无月，戒严，又大面积停电。

客厅大门外的黑，却若有光，若无光。

——这是天快亮了。

燕大附属医院的大楼外，这里，因能额外得到美国方面提供的柴油，自己发电，整个大楼都有灯光，大院也有灯光。

于是赫然能见，距大楼十几米开外的大院里整齐排列着三个方队。

中央军第四兵团一个士兵方队。

北平警备司令部一个宪兵方队。

北平警察局一个警察方队。

中央军和宪兵方队一式美军装备，钢盔钢枪。

警察方队则是第四代黑色警服，盾牌警棍。

方队前方，大楼门前，石阶上静静地坐着几十个燕大教授。

这种无声的对峙还能僵持多久，全在方队和教授之间那个青年警官的一举手间。这位青年警官便是方步亭的小儿子、北平警察局副局长兼北平警备总司令部侦缉处副处长方孟韦。

背后的方队代表的是一个政府的机器，面对的教授代表的是这个国家的脸面。方孟韦却不知道自己代表谁，他只知道，自己的手一旦举起，背后的国家机器便会踏着国家的脸面碾过去。

背后方队的目光全在望着他笔直挺立的背影，他却不敢看前方石阶上教授们的眼光，尤其不敢看坐在石阶正中那个父辈——燕京大学副校长、国民政府经济顾问何其沧的眼光。

他们背后紧闭的玻璃大门内低坐的黑压压的人群，便是奉命要抓的东北流亡学生。

最让方孟韦揪心的是，还有三个完全不应该也完全没有作用的人挺身站在教授们的背后、东北流亡学生的身前，隔着那面巨大的玻璃门在望着自己。

燕大的校服，燕大的校徽，左边的那个女生——燕大学生、何其沧的女儿何孝钰在望着自己。

燕大的校服，燕大的校徽，右边的那个女生——燕大学生、自己的表妹谢木兰也在望着自己。

至于中间那个年轻男人，方孟韦连他的那身长衫都不愿扫一眼，何况那张貌似偶傥却总是深沉的脸——燕大教授、何其沧的助理梁经纶。

警备司令部和警察局的名单上，这个人的公开身份是燕京大学最年轻的教授，重大嫌疑为中共北平城工部学委！几次密捕的名单上有他，每次又都从名单上勾去，就因他还是何副校长的得意门生、重要助手。种种顾忌，使他得以在众多学生中慷慨徜徉，在众多女生中故作深沉。像他的名字那样，"梁经纶"这三个字使方孟韦十分反感。

纷纭的念头在方孟韦的眼中被一丝警觉的光打断了。

他望向天空，隐约看见了天际破晓的那一线白。

他的右手倏地抬起。

背后的方队立刻有了反应：

所有的目光一凛，接着是三个方队同时碰腿，发出一声响亮的鞋声！

那只手却并未举起，只抬到腰间，慢慢伸向左手，撩开衣袖，看表：

——凌晨四点十分了！

"预备！"中央军第四兵团那个方队前的特务连连长独自下令了。

中央军第四兵团那个方队横在胸前的卡宾枪整齐地一划，所有枪口都对向了前方！

中央军第四兵团特务连连长："齐步，前进！"

中央军第四兵团特务连方队整齐的步伐向大楼门前的教授们踏去。

何其沧的目光紧盯着踏步而来的人墙，接着身子一挺。

教授们都紧张起来，跟着挺直了身子。

玻璃门内也立刻有了骚动，坐着的学生们都站了起来！

听不见，却能看见，玻璃门前的谢木兰在跳着向方孟韦挥手呼喊。

方孟韦闭上了眼，中央军那个方队离教授们坐着的石阶不到五米了。

"立正！"方孟韦一声令吼。

方队戛然停住。

方孟韦大步走到那个特务连连长面前："来的时候有没有人告诉你，该听谁的命令！？"

中央军第四兵团特务连连长分庭抗礼："有命令，天亮前必须完成抓捕，现在天已经要亮了。方副局长，你们警察局不执行军令，我们是中央军，必须执行军令。"

方孟韦从左边上衣口袋抽出一本北平警备司令部的身份证："那我就以军令管你！宪兵一班！"

警备司令部宪兵方队一个班立刻跑了过来。

方孟韦："看住他，违抗统一行动，立刻逮捕！"

本是来抓学生的，中央军第四兵团的特务连连长这时倒被一个班的宪兵用枪口逼在那里。

第四兵团那个连都僵在那里。

方孟韦转向那个中央军方队："我现在以北平警备总司令部的身份命令你们，统一行动，听口令，向后转！"

警备司令部的军令似乎比第四兵团的军令更管用，那个方队像一架标准化的机器，立刻整齐地转了过去。

方孟韦："退回原处，齐步走！"

整齐的步伐，丈量着来时的距离，几乎丝毫不差地回到原地，也不用再听口令，整齐转身，将卡宾枪又横到胸前。

"方副处长！"中央军那个连长称着方孟韦警备司令部的职务，"我请求给我们兵团李文司令打电话，他也兼着警备司令部的副总司令！"

方孟韦走近那个特务连连长，低声说道："打电话？坐在中间的那个何副校长随时都能给司徒雷登大使打电话。你们李文司令能吗？"

那个连长这才真的怔住了。

方孟韦不再理他，转身向坐在石阶上的何其沧走去。

有意不看玻璃大门后那三双望着自己的眼睛，方孟韦径直走到何其沧面前，双腿轻碰，敬了个军礼："何副校长，我们是在执行军令。请您和先生们体谅。"

何其沧从他的脸上扫了一眼，接着向他身后的军警方队扫了一眼："娃儿，看看你们，看看里面那些人，哪个不是娃儿？叫一些娃儿来抓另一些娃儿，你也来？带他们回去，告诉派你来的那些大人，傅作义也好，陈继承也好，就说我说的，有本事他们自己来，我在这里等着。"说完，头一昂，又望向了天空。

方孟韦尴尬了稍顷，蹲了下来，低声地说："何伯伯，刚才的电话，司徒雷登大使接到了没有……"

"我还没有那么丢人。"何其沧的目光倏地又盯向了方孟韦的目光，"把个国家搞成这个样子，搞乱了就去求美国人。什么国民政府，政府不要脸，国民还要脸呢！"

方孟韦低下了头："那您说，我现在该怎么办？"

"再等十分钟。"

"您说什么？"

何其沧提高了声调："叫你再等十分钟！"

方孟韦："十分钟是什么意思？"

何其沧："再等十分钟也听不懂吗？"

方孟韦眼睛一亮："李副总统会来？"

何其沧似轻叹了一声，又不看他了。

方孟韦倏地站了起来，向身后的方队大声说道："再等十分钟，等新的命令！"

所有的军警都在等这十分钟。

其实无需再等，通往医院大门不远的路上已经射来了两道车灯。

虽然影影绰绰，还是能看出那是一辆轿车。此时的北平军政各界，除了李宗仁副总统仍然乘坐美国赠送的别克轿车，傅总司令以下，坐的都是吉普。

"开门！敬礼！"方孟韦一边大声下令，一边穿过方队行列，向大门迎去。

车灯扑面而来，门已经开了，所有的方队都碰腿，敬礼！

轿车擦身而过，开进院门，方孟韦却猛地一怔。

——奥斯汀！

车牌是："央行　北平 A001"。

原以为来的是李宗仁的别克车，万没想到竟是父亲那辆奥斯汀小轿车！

奥斯汀轿车从大门一直开到三个方队和教授们中间的院坪中才停了下来。

方孟韦大步跟着，紧跟到车门边，从右侧后座外拉开门："父亲。"

方步亭荡开了方孟韦来扶自己的手，也不看他，径自下车，向何其沧走去。

何其沧依然坐着，只是目迎着走到身边的方步亭。

所有的教授也都望向了方步亭。

方步亭向大家稍稍示意，对向何其沧的目光，轻声道："也给我个座吧。"

隔阂是说不清的，默契彼此还是相通的，何其沧移了移身子，旁边一位年老的教授紧跟着也移了移身子，同时让开了一小块儿地方。

方步亭在何其沧身边的石阶上挤着坐下了。

方孟韦不得不走了过来："父亲……"

"住口！"方步亭这才望向了他，"打电话给陈继承，让李宗仁来。李宗仁不在，就叫傅作义来。告诉他们，我这个北平分行的经理，何副校长这个国府的经济顾问，全是共产党。最好准备一架飞机，立刻把我们押到南京去。"

方孟韦哪里能去打电话，只好笔直地挺立在那儿。

所有的军警方队都只能静静地挺立在那里。

天已经大白了。

方步亭抬起左手凑近看了一下手表，问何其沧："学校的广播几点开？"

"五点。"何其沧瓮声回道。

方步亭这才又望向方孟韦："让你后面的队伍注意听广播，你们的傅总司令该说话了。"

方孟韦历来就深服父亲，双腿一碰，转身对三个方队："全体注意，傅总司令有广播讲话！"

所有的军警都双腿一碰，挺直了身子，竖起了耳朵。

其实也就一分多钟，也许是太寂静，时间就显得很长，突然从广播喇叭中传来的声音也就格外空旷，同时惊起了远近大树上的宿鸟，扑啦啦呜叫着飞得满天都是。

喇叭里开始传来的是电台女播音员的声音："请各位注意！请各位注意！下面华北剿匪总司令部傅作义总司令有重要讲话！傅总司令有重要讲话！"

几秒钟后，喇叭里果然传来了大家都已熟悉的傅作义的山西口音。

——傅作义代表政府，代表军方发表声明了：开始向昨天死伤的学生寄予同情并表示安抚，希望学生也理解政府，不要再有过激行为。同时命令北平军警宪特各部全城戒严，停止抓捕伤害学生……

三个军警方队，在方孟韦的口令中，唰的一声，集体后转。

何其沧和所有坐在石台阶上的教授都站起来。

方步亭随着站起来，望向何其沧："接下来就是钱和粮的事了，我得赶回去……那个经济改革的方案，尤其是美援方面，其沧兄多帮我们北平说几句话吧。"

"你真相信什么改革方案？相信我的话那么管用？嘿！"何其沧挥了一下手，"先去忙你的事吧。"

方步亭还是不失礼数，向众多教授挥了挥手，才向车门走去。

方孟韦已在车旁拉开了车门。

"去请假，立刻回来见我。"方步亭钻进轿车，轻轻丢下了这句话。

方孟韦一怔："现在只怕请不了假……"

方步亭坐在轿车里，盯着站在车门外的儿子："崔中石是不是你派去南京活动的！"

方孟韦一愣。

"立刻回来，回来再说。"方步亭从里面哐地拉上了车门。

方孟韦怔怔地望着父亲的车从队列中开出了大门。

北平已连续一个月干旱，南京却是一连几天雷阵雨不断。7月6日黎明时分，南京往杭州笕桥机场的公路上，仍被黑云和雨幕笼罩得天不见亮。最前面一辆美式吉普，紧跟着两辆囚车，都打着大灯，罔顾安危，用最快的速度在雷雨中颠簸奔驰。

雷鸣雨注，对于坐在美式吉普副驾驶座上的那个少将似乎都没有声响，他的耳边只有一个声音，今年4月，蒋经国在铁血救国会成立大会上，带着浓重的浙江奉化口音的声音：

> 亲爱的同志们，你们都是我一直最信任、最肯干、最忠诚于领袖和三民主义伟大事业的骨干。值此存亡绝续的关头、生死搏斗的时刻，我希望大家成为孤臣孽子，忠于领袖！不成功便成仁，至死不渝！当前，国民党内部严重腐化，共产党日益恶化，我们面临"一次革命，两面作战"！既要反对国民党的腐化，又要反对共产党的恶化，两大革命必须毕其功于一役！

两颗少将金星上的脸是如此年轻，又显出超过实际年龄的干练和冷峻——他是国防部预备干部局少将督察，亦是铁血救国会的核心成员曾可达。

"知道什么是'孤臣孽子'吗？"曾可达突然对开车的副官问道。

"将军，您说什么？"开车的副官没听清楚。

曾可达瞬间反应过来自己不应该跟这样的下属问这样的话，立刻改口问道："笕桥机场还有多远？"

"大约还有十几公里……"

那副官刚说完这句，随车带着的移动报话机响了。

曾可达立刻拿起话筒："我是曾可达，请报告情况。"

报话机那边声音特别响亮："报告曾将军，我是笕桥机场宪兵一队，我是笕桥机场宪兵一队！一架C-46运输机罔顾绝对禁飞的天候强行起飞，驾机的就是军事法庭要逮捕的飞行一大队大队长老鹰和他的副驾驶！"

"好啊，杀人灭口了！"曾可达从前排副驾驶座上倏地站起来，望着几乎就在头顶的雷雨云层脸色铁青，"以国防部的名义严令笕桥机场指挥塔，立刻阻止，不许起飞！"

对方："飞机已经起飞！再报告一次，那架C-46已经起飞！"

"严令立刻返航！立刻返航！"曾可达对着话筒大声喊道。

对方："机场指挥塔回答，天候太复杂，无法指挥返航！"

曾可达咬紧了牙急剧思索，又拿起了话筒："立刻通知押送方孟敖和航空实习大队的宪兵三队，人犯暂不押送，解开方孟敖的手铐，等在机场，随时待命！"

对方"明白"两字刚落，曾可达立刻对驾车的副官喊道："加速！"

油门一脚踩到底，吉普车疯了似的跳跃着向笕桥机场方向冲去！

后面两辆宪兵囚车也紧跟着加速向前面的吉普车追去。

行至杭州笕桥机场指挥塔，曾可达带着他的副官大步走到了调度指挥室的大门口时，又站住了。他在看，在看这些"行尸走肉"是如何操纵着党国的机器碾着党国的血肉。

里面的人是一片麻木的死寂，一双双空洞的眼睛都望向弯腰站在指挥台前那个值班的空军上校。尖厉的电台调频声中那个上校对着话筒例行公事地呼唤道："指挥塔呼叫老鹰！指挥塔呼叫老鹰！老鹰听到请回答，听到请回答……"

那架 C-46 运输机没有回应，显然已经失去了联系。

值班空军上校慢慢直起身，漠然地对坐在身旁的标图员："雷达继续搜寻。"

"搜寻什么？"曾可达那比他更漠然的声音在他背后响起。

值班上校慢慢转过身去，发现那些指挥塔的空勤人员都笔直地站立着，接着看见了那两颗少将金星，看见了曾可达，也只是习惯地两腿一碰，算是敬礼。

曾可达望着他那副显然早有准备依然麻木的脸："谁下达的起飞命令？"

值班上校："空军作战部。"

"哪个空军作战部？侯俊堂都已经被抓了，还有哪个作战部的人给你下达这样的命令？"

这种问话本就无需对方回答，曾可达紧接着对身后的副官道："下了他的枪。"说着走向了指挥台的话筒边，"打开机场的扩音器。"

曾可达的副官立刻将值班上校的枪下了。几乎是同时，一个空勤人员急忙过去插上了直接扩音器的插头。

指挥塔上高分贝喇叭里曾可达的紧急命令声在机场上空响着："我是曾可达！我是曾可达！宪兵队！现在紧急命令你们！一队、二队立刻封锁机场所有跑道，不许放任何一架飞机起飞！三队，航校其他人犯继续拘押，把方孟敖立刻送到指挥塔来！再说一遍，把方孟敖立刻送到指挥塔来！"

一队宪兵端着枪跑向了一条机场跑道。

另一队宪兵端着枪跑向了另一条机场跑道。

地面的空军地勤人员都被喝令抱着头在原地蹲下了。

喇叭里曾可达的声音同时传到了距离指挥塔约一千米处的一条机场跑道旁的这个飞机维修车间，也就是曾可达所说的拘押航校人犯的地方。

所谓人犯，全是一个个年轻挺拔的航校毕业学员，这时都戴着手铐排列在厂房中央。他们的四周都站着头戴钢盔端着卡宾枪的宪兵。

　　所有的人都在听着机场高音喇叭中曾可达的命令声。话音刚落，三队的宪兵队长还没来得及执行命令，所有的人都感到了一个矫健的身影在眼前一掠，已冲出了大门。

　　三队的宪兵队长这才惊悟，急忙亲自追去，一边喊道："来两个人！"

　　大门边两个宪兵立刻紧跟着追去。

　　一路狂奔，通往指挥塔的机场跑道上，那个矫健的身影将身后的三个宪兵抛得更远了，猎豹般飞快跑到了指挥塔的大门外，紧接着又隐没在指挥塔的大门里。

　　守候大门的卫兵都愕然地望着这道身影闪过，无人拦阻，也来不及拦阻。

　　指挥塔内，曾可达的眼睛一亮。

　　那个人影已经奔进指挥室，直奔到指挥台前，对还坐在那里的标图员："让开。把耳机给我。"上千米的飞速冲刺奔跑，说话时这个人竟然气也不喘，他就是今天南京特种刑事法庭涉嫌通共案的要犯方孟敖。在接受审判前，他的身份是国民党空军笕桥航校上校教官。

　　那标图员虽已站起却仍在犹豫，征询的目光望向曾可达。方孟敖已经一把抢过了他的耳机戴上并在指挥台前坐了下来。

　　曾可达此时大步走了过去，捂住了话筒，盯着方孟敖："救了老鹰，军事法庭照样要审判你！想明白了。"

　　方孟敖根本不接他的话茬，只对标图员："所有的区域都搜索了？"

　　标图员："都搜索了，航迹消失。"

　　方孟敖："西南方向一百公里的空域也搜索了？"

　　"不可能！"一直被副官看押在那里的值班上校的脸色这时陡然变了，"那是南京禁飞区……"

　　曾可达的脸色也剧变，目光倏地转向值班上校，终于吼了出来："飞机要是掉在南京，杀你们全家也交代不了！"吼完这句，他终于换了口气，急忙对方孟敖，"全靠你了！不要想军法审判的事，立刻指挥老鹰返航！"

　　方孟敖仍然没有接他的话茬，目光飞快地在玻璃标图版上搜寻："立即接通南京卫戍区雷达站，搜寻南京空域。"

　　那值班上校这时彻底慌了："南京卫戍区雷达站不会听我们的指令！"

　　"接南京卫戍区雷达站！"曾可达大声下令，接着快步走到话筒前。

　　南京卫戍区雷达站的专线立刻接进来了，曾可达对着话筒："南京卫戍区雷达站吗？我是国防部曾可达！我现在空军笕桥机场，以国防部预备干部局蒋经国局长的名义命令你们，立刻启动雷达搜寻南京空域，发现飞机立刻报告！"

　　"是！"

　　"蒋经国"三个字是如此管用，对方清晰的回答声却只能从方孟敖戴着的耳机中听到。

　　"把连线耳机给我。"曾可达连忙接过值班指挥的另一副耳机戴上，同时大声对指挥塔内所有站着的空勤人员下令，"一切听方孟敖的指挥，导引老鹰返航！"

所有目光都集中在那个有国军空军第一王牌飞行员称号的方孟敖的背影上。

方孟敖对着话筒："雷达站，从东北区域向西南区域扇形低空搜索，重点搜索西南方向 32 至 35 度上方空域！"

"是。明白！"对方的声音在方孟敖和曾可达的耳机里同时传来。

指挥塔里的其他人却听不到声音，都静静地站在各自的位置上，屋子里静得让人窒息。

"低空搜索，目标出现！——西南方向 35 度！飞机就在南京上空！"耳机对方雷达连接线员声音骤然加大！

方孟敖对身边的标图员："标航迹，西南方向 35 度！"

"是！"标图员抓起水笔，紧紧跟随着玻璃标图版上那条重新出现的红色航迹疾速精准地勾画起来！

方孟敖俯下身，贴近呼话筒："雷达站，接通目标信号！听我指挥返航！"

"雷达站明白！"

一阵调频声，方孟敖知道飞机的信号接上了："二号！二号！我是一号，收到请回答。"

二号是老鹰当年飞越驼峰时的代号，一号是那时方孟敖的代号。一个是主飞，一个是副手。方孟敖此时用这个代号显然是告诉对方自己还是像当年并肩抗日的战友，让对方不要有别的杂念。

曾可达也立刻意识到了，一直冷静审视的目光这时也闪出了难得一见的温情，可这温情也就是一瞬间，他也在等对方的回应。

耳机里，老鹰的呼吸声都已经能听到了，却不回话，显然是没有回过神来——这边呼叫的怎么会是方孟敖？

方孟敖当然知道老鹰这时的错愕，换了调侃的语气："老鹰，我就是方孟敖。帮你发财的，利用你发财的，谁也救不了你，现在只有我能指挥你返航。告诉我，你现在飞机和飞行的状况。"

又是少顷的沉默，耳机里终于传来了老鹰的声音："指挥官！现在指挥塔里哪个王八蛋是指挥官！"

曾可达一把抄起了话筒："王八蛋！老鹰你给我听着，我是曾可达！现在是我在指挥！这一次走私倒卖北平民生物资案件你只是从犯，你背后那些人现在是要杀你灭口！只要你安全返航据实指认，天大的事建丰同志都能替你解脱！现在我命令你，一切听从方孟敖的指令，操纵好了，立刻返航！"

老鹰耳机里的声音："将军！我明白！我听你的！可方孟敖是共党，我还是国军军人……"

到这个时候还存有这种狡黠的心理，希冀用这种表态邀宠脱罪！曾可达心里一阵厌恶，却又不能不示之以抚慰，握紧了话筒："我知道你是国军军人！因此必须听我的命令！再说一遍，听清楚了，现在能指挥你安全返航的只有方孟敖！不要管他是不是共党，就是毛泽东，你现在也必须听他的！立刻向他报告你的飞机和飞行状况！"说到这里才把话筒摆回到方孟敖面前。

"是！"耳机里老鹰的声音因这一时刻的复杂心绪颤抖起来，他强烈地克制着，"飞机尾部遭遇雷击，电路严重受损，左舷发动机停车，右侧滑状态难以控制！……现在云顶高 6000 米，云量大于 10 个，飞行高度 2200 米。随时可能坠落。请指示！"

方孟敖："老鹰听明白了，不要管我是不是共产党，也不要管雷雨云里的雷电，只记住你是能够飞过驼峰的人，没有你驾不回来的飞机！现在你只要保持最低机动速度，特别注意右侧发动机情况，向东北方向穿行，十分钟后就能到达机场上空！收到回答。"

"收到！右发情况正常。可是右侧滑在加大，右侧滑在加大！控制不了方向……"老鹰的声音开始跟着方孟敖的步调冷静了下来。

值班上校这时突然站了起来冲着曾可达："将军，老鹰的飞机不能在本机场降落！"

曾可达冷冷的目光盯着他："你说什么？"

值班上校："左发动机停车，右侧滑极有可能使飞机降落时偏离跑道，撞毁停机库房！机库里还停着三架 C-46！曾将军，我们再浑也是党国的人！他方孟敖可有共党嫌疑，他是想把那几架 C-46 都毁了！"

曾可达看向方孟敖："方孟敖，他的话你都听到了？"

方孟敖并没搭理他依然对着话筒："老鹰，蹬住右舵，同时向右边压住操纵杆，注意！右侧滑是否减轻？"

"回我的话！"曾可达凑近方孟敖，"老鹰能不能正常降落？！"

"我不能保证。"方孟敖取下了耳机，"可他必须在这里降落。不然，他就会掉在南京市区。出现这种后果，你曾将军可就不能在军事法庭审我了。"

曾可达愣了一下，只好手一挥。

方孟敖又戴上了耳机，耳机里再次传来老鹰的声音："报告！右侧滑状态减弱，右侧滑状态减弱！飞机飞行坡度为零。我正向东北方向飞行。"

方孟敖："好！现在报告你的飞行速度。"

"现在是最小机动速度，下滑角为 40 度。"曾可达也听到老鹰那边的声音明显沉稳多了。

方孟敖："保持速度，将下滑角调整为 30 度，收到回答。"

老鹰："收到，保持速度，下滑角已经调到了 30 度。"

方孟敖："老鹰，看见机场后，马上报告！"

耳机那边突然又没了声音。

"见到机场了吗？老鹰回答！"方孟敖的这句问话声音不大，却让曾可达的心里猛地一沉。

耳机里仍然无人回答，只有嘈杂的调频声音。

又是一片死寂。

"看见机场了！"耳机里终于又传出了老鹰略显激动的声音！

"好！"方孟敖喝了一声彩，"着陆方向，由南向北，对准跑道，在 500 米高度时，放下起落架。听到请回答！"

耳机里老鹰的声音："听到了，飞行高度 500 米放下起落架。"

"打开襟翼，准备着陆。"方孟敖下了最后一道指令，站了起来，取下耳机放在航标台上。

一个巨大的阴影在机场上空覆盖过来，透过指挥塔玻璃窗外的雨幕，隐约可见那架 C-46 安全降落了，就停在指挥塔外的跑道上。

曾可达立刻走到机场扩音器的话筒前，发布他此次前来笕桥机场的根本任务："各宪兵队注意！一队押送方孟敖航校大队！二队立刻抓捕空一师走私一案所有涉案人员！"

可接下来瞬间发生的事却让他措手不及。那个涉案空军走私的值班上校飞快地从指挥塔的一张桌子下抄出了一挺轻机枪，冲到指挥塔面临跑道的玻璃窗前，向跑道上刚降落的那架 C-46 驾驶窗猛烈扫射。

此次直接参与北平民生物资走私倒卖案的两个空军人犯在这一刻还是被灭口了！紧接着那个杀人灭口的上校掉转枪口对准了曾可达，满脸的"成仁"模样！

"不要开枪！"曾可达话音未落，站在他身后的副官还是下意识地开枪了。

连中两枪，那个上校抱着轻机枪倒在玻璃窗前。

曾可达转身猛抽了那副官一记耳光："说了不要开枪，为什么还开枪！"

"是！"那副官把枪插进枪套身子一挺，"我必须保护将军的安全！"

"他敢杀我吗？混账！"气急之下说完这句，曾可达这才看到还有个方孟敖站在那里，莫名其妙一丝尴尬后，立刻对那副官，"带他走吧。不用上手铐了。"说完不再逗留，脸色煞白地一个人先走出门去。

方孟敖慢慢走到那个副官跟前，望了一眼仍然抱在那个上校怀里的机枪，在他耳边轻声说道："跟你们曾将军好好学吧。那挺机枪里的子弹早已打光了。"

那副官跟着方孟敖走出去时似乎才有些明白，他们的曾将军平时那种威严为什么在眼前这个飞行教官面前总会显得没有那么大的底气。

国军空一师一大队大队长老鹰突然被杀，而杀他的人也同归于尽，作为经国局长亲自点名的公诉人，曾可达深感失责。

原定，今天的特种刑事法庭只是审讯空军作战部参谋林大潍共匪间谍案，和笕桥航校飞行大队违抗军令拒绝轰炸华野共军"沦陷"之开封的通共嫌疑案。昨天北平突发"七五事件"，接到美方照会后，当晚就抓捕了参与北平走私的空军作战部副部长中将侯俊堂。经国防部预备干部局蒋经国局长紧急提议，今天改为两案并审：既杀共产党，也杀国民党！借以实现"一手坚决反共，一手坚决反腐"的战略决策。能否将共产党打入国军内部核心的铁幕以及国民党从上到下集体贪腐的黑幕凿出一条缝隙，今天的审判将是一把楔子。而一个方孟敖，一个老鹰，便是凿开缝隙的铁锤和铁钻。

从笕桥机场回南京的公路上，吉普车外暴雨仍然铺天盖地。曾可达终于用移动报话机接通了经国局长办公室："二号专线吗？请给我转建丰同志。"

对方："是曾可达同志吧？建丰同志不在。"

曾可达："有重要情况，我必须立刻向建丰同志报告。"

对方："那我就把电话转过去。注意了，是一号专线。"

"明白。"曾可达立刻肃然答道。

二号专线转一号专线还是很快的，可电话通了之后，对方的态度却比二号生硬许多："经国局长正在开会，过一小时打来。"

曾可达急了："请你务必进去转达经国局长，是十分紧要的情况。我必须立刻报告。"

"你到底是谁？懂不懂规矩？这里可是总统侍从室！"咔地一下，对方就把电话挂断了。

暴雨声无边无际，曾可达眼中立刻浮出了历来新进们最容易流露的那种委屈。他慢慢挂上了话筒，望向吉普车后视镜，想看跟在后面的那辆囚车，却是白茫茫一片。他转望向身边开车的副官："刚才打了你，对不起了。开慢点吧。"

紧跟在吉普车后面的那辆囚车内，只有两个铁丝小窗的闷罐车厢本就昏暗，又被暴雨裹着，囚车里的人便只能见着模糊的身影。

啪的一声，一只翻盖汽油打火机打着了，照出了沉默地坐在囚车里的方孟敖，以及沉默地坐在囚车里的航空飞行队员。

接着另一只翻盖汽油打火机也打着了，前一只打火机便关上了翻盖。如是，一只只打火机接力轮番地打着。火光在一个个戴着手铐的飞行员手中摇曳。

一个接力打亮火机的飞行员同时启开了上衣口袋，从里面掏出一包美国"骆驼"牌香烟，递给了他身边的小光头。

小光头接过香烟，撕开了封口，抽出一支衔在嘴里，打着火机点燃了，依然燃着火机将烟递了下去。

香烟盒在戴着手铐的飞行员弟兄们手上默契地传递着，纯粹的接力照明打火却变成了递烟点烟打火。

车摇晃着，香烟盒递到了方孟敖手里，他也和前面的弟兄们一样打亮火机，抽出一支烟却递向他身旁的那个弟兄。那人低着头，没有接烟，更没有掏出打火机，也看不到他的表情。

火光中方孟敖的眼一直望着那人，昏暗中一双双眼都在望着那人，可那人始终没有将头抬起。方孟敖自己点上了那支香烟，打火机依然亮着，接着他从衣袋里掏出一只皮夹子，打开来，想从里面抽出什么。

一个兄弟立刻打着了打火机照了过来，方孟敖这才将手中的火机盖关了，腾出手从皮夹子里取出了一张老照片，目光下意识地向那张照片瞥去：

——坐着的母亲怀里拥着漂亮的小女儿，小女儿天真地吹着一把小口琴；母亲的身边站着两个男孩，孩子们和母亲一样，脸上都挂着那苦难岁月里难见的笑容；但在父亲的位置上，一块黑色的胶布将那人的面貌遮盖了，使得这张全家福存有一种怪异的残缺。

这一瞥其实也就一瞬间，方孟敖将那张照片插进了上衣口袋，手里仍然拿着那只皮夹。

"陈长武！"方孟敖用平时呼唤学员的口令望向那个一直低头沉默不愿点烟的飞行员。

几只打火机同时亮了。

那陈长武这才抬起头，目光忧郁地望着将皮夹向他递来的方孟敖，慢慢站起，没有接那个皮夹，却突然问出了这么多天来大家都想问又都不敢问的一句话："队长，你到底是不是共产党？"

方孟敖那只递着皮夹的手停在那里，发现所有的目光都在等他回答陈长武问的这句话，知道不能不答了："扯淡！我说是，也得共产党愿意。我说不是，也得曾可达他们相信。都听明白了，不轰炸开封是我下的命令，杀头坐牢都不关你们的事。除了我，长武结婚你们都能够去。"说着将那只皮夹连同里面的几张美元塞到陈长武手里。

这下所有的人都沉默了，刚才还亮着的几只打火机也都熄灭了，囚车车厢里一片黑暗。

方孟敖咔地打燃了自己手中的火机，脸上又露出了队员们常见的那种笑："我给长武唱个歌吧，就当是提前参加他的婚礼了。来，捧个场，把打火机都点着。"没等那些人把打火机都点着，方孟敖脚打着拍子，已经哼唱起一段大提琴声般的过门了。

队员们都是一愣，这不是他们队长往常每唱必有满场喝彩的男高音阳刚美声，竟是那首由周璇首唱、风靡了无数小情小我之人的《月圆花好》：

浮云散，明月照人来，
团圆美满，今朝最……

诧异之后便是感动。这个歌队长竟也唱得如此地道、深情！几乎是同时，所有的打火机都亮了。

开始是一个人，两个人，接着是所有的人跟着唱起来：

清浅池塘，鸳鸯戏水，
红裳翠盖，并蒂莲开。
双双对对，恩恩爱爱，
这园风儿，向着好花吹，
柔情蜜意满人间……

大家都激动地唱开了以后，方孟敖早就不唱了，而是在深情地听着。

——他们当然不知道，这首歌在他们队长的内心深处掩藏着多少别人没有的人生秘密和况味。而这些都和歌词里所表现的男女爱情道是有关其实无关！

此时，在中央银行北平分行行长室，一夜未睡的方步亭从燕大医院回来便端坐在办公桌前的椅子上，闭着眼，像是在小憩，心事更是纷纭。

谢培东进来了，虽知他闭着眼根本没睡，还是轻轻地欲从门口退出。

"你对傅作义今天早上的讲话有何理解？"方步亭睁开了眼，像望着谢培东又像没望着谢培东，也不问电文电话的事，冒出这句话来。

"傅作义将军的讲话我没有听到。"谢培东收住了脚，走向方步亭，到桌旁习惯地收拾公文账册，"拟完给央行的电文，我就一直在给南京打电话，崔中石还是没有联系上。"

方步亭仍然说着自己的话题："傅作义的声明全是同情学生的话。美国人的照会昨晚肯定也发给他了。学生是不能抓了，戒严又依然不解除。满城饥荒，商铺关张，市民不许出户，家家揭不开锅。到时候就不止是学生了，加上那么多百姓，饿极了的人比老虎还猛啊。等吧，等南京方面少的和老的那几派把被窝端穿了，民食调配委员会参与走私的军政各界，总有几张屁股要露出来。"

"这床被迟早会要踹穿的。只要我们穿着裤子就不怕。"谢培东到底正面回接方步亭的意思了。

"你不怕我怕。"方步亭的目光还是那样，像望着谢培东又像没望着谢培东，终于要说到最揪心的事了，"崔中石管的民食调配委员会那本烂账你最近去看了没有？"

谢培东："行长打过招呼，那本账只让崔副主任一个人保管。"

"失策呀！"方步亭这一声是从丹田里发出来的，"如果美国人的情报是从我们这里漏出去的，他崔中石到底想干什么呢？"

谢培东停下了收拾账册的手，却并不接言。

方步亭也没想他接言："只有一个原因，共产党。不要那样子看着我。你想想，这三年都是谁打着调和我们父子关系的幌子去跟孟敖联系？那个逆子是胆子大，可胆子再大也不至于公开违抗军令命令一个飞行大队不炸共军。除了共党的指使，他个人不会这么干。空军那边我花了多少心思，不让他再驾飞机打仗，安排他到航校任教，就是怕他被共党看上。中统、军统那边我都详细问了，没有发现任何有共党嫌疑的人跟他接触。要说有，那就是我自己安排的，崔中石！"

谢培东非常认真地听着，又像在非常认真地想着，始终是一脸匪夷所思的神态，不时用几乎看不出的动作幅度微摇着头。

方步亭其实也就是自己在跟自己说话罢了。他也知道一直兼任银行襄理的这个妹夫，在金融运作上是把好手，但说到政治，此人一直迟钝。真正能做商量的，便只有等自己那个小儿子方孟韦了。

墙边的大座钟敲了十下，方孟韦的声音这才终于在门外传来。

"父亲。"方孟韦每次到洋楼二层父亲起居兼办公的要室门边都要先叫了，等父亲唤他才能进门。

方步亭立刻对谢培东说："你继续跟南京方面联系，只问崔中石去了哪些地方，见了哪些人，说了什么，都做了什么。"这时才对门外的方孟韦说道，"进来吧。"

方孟韦一直等谢培东走了出来，在门边又礼貌地叫了一声"姑爹"，这才走进房间，顺手关上了房门。

7月炎日，望着儿子依然一身笔挺的装束，满脸渗汗，方步亭亲自走到了一直盛有一盆干净清水的洗脸架前，拿起了架上那块雪白的毛巾在水里浸湿了又拧干，这才向儿子递去："擦擦汗。"

多少年的默契，每当父亲对自己表示关爱时，方孟韦都是默默等着接受，这时快步走了过去双手接过了毛巾，解开衣领上的风纪扣，认真地把脸上的汗擦了，又把毛巾还给父亲。待父亲将毛巾在脸盆里搓洗拧干搭好的空当，他已经给父亲那把紫砂茶壶里续上了水，双手递了过去。

方步亭接过茶壶却没喝，走到桌边坐了下来，沉默在那里没有说话。

每当这般情景，方孟韦就知道父亲有更深的话要对自己说了，而且一定又会像打小以来一样，先念一首古人的诗——"不学诗，无以言"，多少代便是方家训子的方式——方孟韦轻轻走到父亲背后，在他的肩背上按摩起来。

方步亭果然念着古人的诗句开头了："黑云压城城欲摧，甲光向日金鳞开。角声满天秋色里，塞上燕脂凝夜紫。半卷红旗临易水，霜重鼓寒声不起。报君黄金台上意，提携玉龙为君死。"

这次念完这首诗他没像往常那样停住，留点时间让儿子静静地琢磨后再说话，而是接着说："李贺的这首诗，这几天我反复看了好些遍，一千多年了，怎么看怎么觉得他像是为今天写的。尤其那句'半卷红旗临易水'，怎么看怎么像共产党的军队打到了保定。接下来打哪儿呢？自然是北平。我管着银行，知道蒋先生筑不了黄金台。傅作义会为他死守北平吗？就是愿意死守，又能够守得住吗？昨天的事是怎么闹起来的？那么多人真的都是共产党？没有饭吃，没有书读，贪了的还要贪，窟窿大了补不了了就将东北的学生往外赶，还要抓人服兵役，闹事都是逼出来的。又号称进入了宪政时期，搞的还是军政那一套！不要说老百姓了，连你参我都不知道怎么办才好。国事不堪问了。"说到这里他停住了。

方孟韦知道，下面父亲要说的必是更不堪问的家事了，按摩的手放轻了，静静地等听下文。

方步亭："你没有再抓人吧？"

方孟韦答道："没有。"

方步亭："不要再抓人了，不到万不得已更不能杀人。尤其是对学生，各人的儿女各人疼啊。"

这是要说到大哥的事了，方孟韦肃穆地答道："是。"

"你那个大哥，虽不认我这个父亲，可别人都知道他是我的儿子。通共嫌疑的大案，你居然也瞒着我，打着我的牌子在背后活动。"果然，方步亭切入了核心话题，语气也严厉了。

"大哥不会是共产党。"这句话方孟韦是早就想好的，立刻回道，"大哥的为人您知道，我也知道，从来是自己想干什么就干什么，共产党不会要他那样的人。"

"哪个共产党告诉你不要他那样的人？"方步亭摆掉方孟韦按肩背的手。

方孟韦："您既然过问了，儿子全告诉您。南京那边托的是中统的徐主任。审大哥的案子，中统那边就是徐主任负责。他把大哥这些年所有的情况都做了调查，没有任何通共嫌疑。"

"崔中石现在在中统方面活动？"方步亭的语气更严峻了，猛转过头望向儿子，"崔中石这几次去南京救你大哥，是你主动托的他，还是他主动找的你，给你出的主意？"

方孟韦一愣。

方步亭："慢慢想，想清楚了再回答我。在中统干过那么多年，我问你一句，共产党搞策反，都是怎样发展党员，怎样联系？"

方孟韦："多数都是单线。"

方步亭："如果你大哥是共产党，而发展他的这个单线又是我身边的人，中统那边能查出来吗？"

方孟韦这才明白父亲眼神和语气中透出的寒峻："父亲，您怀疑崔副主任是共产党？"

这倒将方步亭问住了。银行为走私倒卖物资暗中走账的事，他是绝不能跟儿子说的。因此怀疑崔中石将经济情报透露出去的话当然也不能说，可对崔中石的怀疑又不能不跟这个小儿子说："要是忘记了，再回去翻翻你在中统的手册，上面有没有一条写着，'共产党尤其是周恩来最擅长下闲棋、烧冷灶'！"

方孟韦这才一惊："爹的意思，崔副主任是共产党下在您身边的一着闲棋，大哥又是崔副主任烧的冷灶！"

"我怀疑自有我怀疑的道理，过后再跟你说。"说到这里，方步亭几乎是一字一顿，"现在是，宁可信其有，不可信其无！"

方孟韦猛地抬起头："真是这样，就先切断崔中石跟大哥的联系，我们另想办法救他。救出他后爹再通过何伯伯的关系，请司徒雷登大使帮忙，把大哥送到美国去。我这就给南京徐主任打电话，叫他不要再见崔中石。"

方步亭望向他伸到电话边的手："不能打了。崔中石是不是共产党，眼下也只能我和你，还有你姑爹三个人知道。这个时候，谁知道了都会当作要挟我们的把柄。"

南京，国民党中央党员通讯局大楼内，穿着整齐中山装的一个青年秘书，领着西装革履架着金丝眼镜的一个中年人走过长长的楼道，来到挂着"党员联络处"牌子的门口停住了。

那个西装革履的中年人静静候着，那秘书轻轻敲门："主任，崔先生来了。"

门内传来了那位主任的声音："请进来吧。"

秘书将门推开一半，另一只手向那个中年人礼貌地一伸："崔先生请进。"

——这位中年人便是让方步亭深疑为卧榻之侧中共地下党的崔中石！而他的公开身份是中央银行北平分行金库副主任。

如果他真的是共产党，现在所来的地方就是名副其实的龙潭虎穴——中文简称"中统"，英语简称"CC"，原来的全称是中国国民党中央执行委员会调查统计局。1947年4月，这座大楼外牌子的名称改成了中国国民党中央党员通讯局。可职能、任务、威势依旧。因为"CC"这个英语简称依然未变——直管这个部门的仍然是掌着国民党中执委和中组部大权的陈果夫、陈立夫！

崔中石却那样煦然，面对十分客气的那个秘书，没有急着进入原名"中统政治处"，现名"全国党员联络处"的那道门，从西装上边口袋扯出了一支价值不菲的派克金笔，微笑着悄悄向那位秘书一递："这个不犯纪律，文化人的事，孙秘书该不会再见外了。"

那孙秘书举止礼貌，脸上却仍无任何表情，那只"请进"的手轻轻将崔中石拿着金笔的手一推："也犯纪律。我心领了，崔先生不要客气。"

崔中石露出赞赏的神色，将笔爽快地插回了口袋："难得。我一定跟你们主任说，感谢他培养了这么好的人才。"

那孙秘书："谢谢美言。"欠着身子让崔中石从推开了的一半门里走了进去，紧接着在外面将门轻轻关上了。

屋内就是国民党中央党员通讯局联络处办公室，房子不大，除了一张办公桌，连一把接待客人的椅子也没有，墙边的书架是空的，地上堆着一个个打好了包的纸箱，每个箱子上都贴上了盖着公章的封条。一看便知，这个房子里的主人马上就要离开此地了。

桌子的两侧堆着文件，文件上都盖着红色的"绝密"字样的印戳。在文件之间的空当里露出一个中年人的脑袋，他正在伏案工作。

没有椅子，主人也不招呼，崔中石只能站在那里，静静地等他问话。

"中央银行和财政部的人都见到了？"低头工作的那人抽空问了一句。

"见到了。他们都说，有主任在，一切没有问题。"崔中石笑着答道。

"我什么时候有这么大本事了？"那人终于从一堆文件档案中站起来，也是一身整洁的中山装，虽在整理行囊，半白的头发依然三七分明丝毫不乱，嘴角笑着，眼中却无笑意，他就是国民党中央党员通讯局联络处主任——徐铁英。

崔中石脸上带着礼貌性的笑容，并不接言，等着徐铁英下面的话。

"小崔呀，这句话我可得分两层说，你得理解了，然后电话转告你们老板。"徐铁英说到这里从办公桌下拎起了一只美国造的纹皮箱往办公桌上一摆，"你不应该给我送这个来。过来看看，我没有开过箱盖。"

崔中石显然这样的事经惯了，仍然站在那里笑着："我相信。主任请说。"

徐铁英："里面是什么？"

崔中石还是那种程度的笑："我们行长说了，这里面的东西不是送给主任的，主任也绝不会要。可为了救我们大少爷，主任调了那么多人在帮忙出力做调查，局里也没有这笔经费，出勤的车马费我们总该出的。"

徐铁英也还是那种笑："你还是没告诉我，里面是什么。"

崔中石："为了稳妥，昨天我到南京去花旗银行现提的，也就十万。今天上海交易所的比价是一元兑换法币一千二百万。"

这指的当然是美金，徐铁英的笑容慢慢敛了。

| 二 |

入了中统这座八卦炉，必炼几层功夫。第一层是不露声色，这是基本功，又称必修课，为的是使对方看不出你的态度，也摸不清你的底细。第二层是该露则露，这是坐到相当位子的人才能具有的本事，因打交道的对方往往已是高层或高手，该有的态度得有，该露的底细得露，讲究的是分寸拿捏，随时忖度。到了第三层便是随心所欲不逾矩了，能做到这一层的只有两种人：一种是从中统还是调查科的时候便开始摸爬滚打一直干到现在，举动皆成职业，言行无不中矩，大浪淘沙，走了多少人，却少他不得，譬如现任局长叶秀峰；还有一种，本是社会名流，又系党国元老，腹有诗书，因当局倚重而用，时常犯一些"从道不从君"的书生气，上边也奈何他不得，譬如曾经当过局长的朱家骅。徐铁英虽也在中统干过十多年，手段火候都够了，却因走的一直是他那个曾经当过副局长的本家老牌特工徐恩曾的路子，唯上胜过干事，私念重于职业，便总到不了第三层境界。

此时的国民党中央党员通讯局联络处办公室内，崔中石正等待着徐铁英的态度。眼前的这个崔中石，说白了就是徐铁英这号人的财神爷，受惠已非一日，作伪便无必要。望着那一箱十万美金，徐铁英收了笑却并不掩饰自己的渴望，十分推心置腹："要是在昨天以前，这箱东西我一定代弟兄们收下。可今天我不能要了。小崔，问句话，你一定要如实告诉我。"

崔中石也严肃了面容："主任请问，只要我知道的，一定如实相告。"

徐铁英："北平民食调配委员会那些人走私倒卖民生物资的事和你们行长有没有牵连？"

崔中石："主任问的是哪方面的牵连？"

徐铁英："有哪方面的牵连就说哪方面的牵连。这可对今天下午开庭救你们大少爷至关重要。"

崔中石何等精明，立刻答道："主任是通人，民食调配委员会的账肯定要在我们北平分行走。背后牵涉到宋家的棉纱公司和孔家的扬子公司，我们行长也不能不帮他们走账。但有一点我可以向主任保证，走私倒卖民生物资的钱，我们北平分行包括我们行长本人，没有在里面拿一分一厘。主任，是不是昨天北平学潮的事，给救我们大少爷添了新的难处？"

"你不瞒我，就算犯纪律我也得给你露点风了。今天下午开庭，你们行长大少爷的案子跟空军走私的案子并案了。"说到这里，徐铁英神态立刻严峻起来，"北平民食调配委员会那些人做得也太不像话！前方军事那么吃紧，他们还敢在后方这么紧吃。居然还跟空军方面联手，将作战的飞机调去运输走私物资！北平昨天一闹，弄得美国人都发了照会，接班的那位趁机插手了。原定由我们中统调查审理你们大少爷的案子，现在由国防部预备干部局接手了。他们主诉，我们倒变成了配合。一件空军走私贪腐案，一件你们大少爷涉嫌通共案，直接、间接都牵涉到你们行长。这个忙，我怎么帮？"

崔中石没有立刻接言，掏出烟抽出一支递给徐铁英，等他似接非接地拿到手里，立刻又点燃了打火机候着，帮他点上。这时该说的话也已经斟酌好了："主任，如果不是到这个节骨眼上，有句话我永远也不会说，只会接下来替主任去做。可现在我必须跟主任说了。"

徐铁英静静地望着他，等他说。

崔中石压低了声音："主任知不知道，空军作战部那个侯俊堂在民食调配委员会挂钩的几家公司里有多少股份？"

徐铁英此时当然不会接言，目光却望向了办公桌上那叠空白的公文纸。

崔中石立刻会意，抽出笔筒里的一支铅笔，弯下腰在公文纸上写下了"20%"几个大大的阿拉伯数字。

徐铁英的瞳孔放大了。

崔中石接着说道："这件事，无论法庭怎么审，也审不出来。因为他的股份都是记在一些不相干的人的名下。枪毙了，侯俊堂自己也不敢说出来。主任您说，法庭要是判了侯俊堂死刑，这些份子该归谁？"

徐铁英定定地望着崔中石。

崔中石用笔在那"20%"后面画了一条横线，接着写了一个大大的"您"字！

"主任能否等我说完。"崔中石炉火纯青地把握着节奏，以使徐铁英能够舒服地保持沉默。橡皮擦现成摆在公文纸边，崔中石拿起慢慢擦掉纸上的铅笔字，接着说道，"我们行长是为了儿子，主任干了半辈子也应该为儿女们想想了。您的家眷已经去台北，听说尊夫人带着四个孩子还是租着两间民房。往后总得给他们一个住处，还有四个孩子，总不能让他们辍学。我管着账，我知道，他们那些人捞的钱可是子孙五辈子也花不完。主任信得过我和我们行长，您就当我刚才说的话从来没听到过。事情我们去做，两个字，稳妥。"

徐铁英叹了口气："你真不该跟我说这些呀。下午的庭审，侯俊堂如果真判了死刑，我倒变成无私也有私了。再说，杀了侯俊堂也未必能救出你们家大少爷。所谓通共的嫌疑我倒是替他查清楚了，绝对没有。可就一条'战场违抗军令'的罪名，铁血救国会那个曾可达也不会放过他。"

"就'违抗军令'这条罪名不能成立！"崔中石紧接着说道，"我们大少爷是笕桥航校的教官，一直只有教学的任务，没有作战的任务。尤其这一次，空军作战部下达的轰炸任务是给空一师一大队、二大队的。只是因为侯俊堂将这两个大队都调去空运走私物资了，才逼着我们大少爷带着航校的毕业实习生去轰炸开封。这本就是乱命令！主任抓住了这一条，我们大少爷'违抗军令'的罪名便自然不能成立。"

徐铁英的眼神有些陌生了，平时只知道这个文绉绉的上海人是个金融长才，现在才发现他对政治也深得肯要。既然如此，任何虚与委蛇都成了多余："看来侯俊堂是非死不可了。离开庭还有一个小时，曾可达押着人从杭州也该到了。我得去法庭了。"说着就埋头收拾材料往公文包里装。开头说要退还崔中石的那只装着十万美金的箱子，此时也不再看一眼，倒像是忘了。

"一切拜托主任！"崔中石片刻不再延宕，拱了拱手疾步向门口走去。

门从外面开了，那个秘书显然一直守在门口。崔中石向他一笑，消失在门外。

等秘书把门又关了，徐铁英已装好了出庭的材料，接着打开了崔中石送的那只小皮箱。

——皮箱里摆在上面的竟是一套质料做工都十分讲究的西装，领带皮鞋一眼便能看出是法国进口的名牌。拿开那套西服，才露出了一扎整齐的美元！

徐铁英捧起那扎美元，看了一眼第一张上的华盛顿头像和面值"100"的字样，便知道这厚厚的确是一千张，确是十万元。出人意料的是接下来他竟将这扎美元装进了印有"中国国民党中央党员通讯局"文字的一个大封套里，封了口，又拿起通讯局联络处的印章在封口处盖了一个大大的红印，拿起笔在封面上写上了"贿金"两个大字，一并装进了他那个大公文包。做完了这一切，他才提着公文包向门口走去。

开了门，那孙秘书已经拿着一把偌大的雨伞低头候在那里。

徐铁英："下雨了？"

孙秘书："报告主任，一直在下。"答着便去接公文包。

"鬼天气。"徐铁英把公文包递给了他，"去法庭吧。"

尽管骨子里依然是军法统治，毕竟面子上国民政府已宣告进入"宪政"时期。因此虽是特种刑事法庭，从陈设到程序还得仿照英美法的模式：正中高台上"审判长"牌子后坐着的是最高法院专派的法官；高台左侧公诉人席上坐着的赫然是曾可达，身前台子上"公诉官"那块牌子，标志着他国防部公诉人的身份；高台的右侧台子上摆的两块牌子便有些不伦不类了，一块是"陪审官"，一块是"辩护人"，二者如何一身？坐在两块牌子后的徐铁英在这场庭审中既是红脸又是黑脸，身份着实有些暧昧。

被审的人还没押上法庭，作为国防部预备干部局公诉方的曾可达和作为中统辩护方的徐铁英目光就已经对上了。

曾可达的目光明显是在警示对方自己所代表的铁血救国会今天杀人的决心，任何的偏袒和包庇都救不了今天军法审判的人。

徐铁英却报以一笑，毫无敌意。接下来便是从公文包中掏出卷宗在桌上慢慢整理。

曾可达还在琢磨徐铁英这一笑的含义，法官的法槌已经敲响了："'6·19涉嫌通共案''7·5空军走私案'现在开庭！带被告人上庭！"

两个戴着钢盔的法警拉开了步入法庭的两扇大门。

第一个走进来的是方孟敖，跟在他后面的便是排着整齐队列的那些飞行员。尽管是上法庭，他们还是迈着标准的军人步伐，以致那些肃立分布在法庭各个位置头戴钢盔的法警和宪兵都一致向他们投来了注目礼。

紧接着，方孟敖和他的飞行员们都被领到了被告席依次坐下。不过方孟敖的席次单独在前，飞行员们在他的后面坐成一排。

曾可达的目光立刻逼视过来。

刚才还挺直腰板坐着的方孟敖忽然抬起右腿架在左腿上，回应曾可达逼视的目光。

更可气的是，唰的一声，方孟敖身后的飞行员们同时整齐地抬起右腿架在左腿上。

"徐主任！"曾可达望向了徐铁英，"你的当事人现在还如此藐视法庭，对此你有何辩护？"

徐铁英不得不表态了，望向方孟敖："本陪审兼辩护提醒当事人应以戒慎之态度接受庭审！"

方孟敖却并不买他的账，腿仍然没有放下来，身后的飞行员们的腿自然都不会放下来。

曾可达和徐铁英几乎同时望向了高台上的那位法官。

法官说话了："被告人，本庭将依照一切法律程序对你进行审理。请你尊重法庭。"

——常年留学英美专攻法律使这位法官的语调举止十分职业，已逾七十的高龄又使他流露出的态度十分自然平和。方孟敖的率性从来对两种人不使，那就是特别讲究职业精神的人，还有真诚平等待人的人。面对这位显然二者兼而有之的老法官，方孟敖刚才还谁都不看的目光礼貌地望向了他，立刻大声应道："是！"马上放下了架着的腿，挺直了腰板。

接着，他背后那排飞行员架着的腿整齐地跟着放下了。所有的身板像是给法官一个天大的面子同时挺得笔直。

坐在那里的曾可达，脸更阴沉了。

徐铁英却没有表情地低头默看卷宗。

今天的被告还有两人，本应在方孟敖一行坐定后接着押送上庭，被方孟敖刚才一个小小的细节耽误了几分钟。现在安定了，法官接着面对法庭的大门说道："带被告人林大潍、侯俊堂上庭！"

法庭内，在方孟敖他们被告席的前方，左边和右边都还空着两个单人被告席。

一个头戴钢盔的法警挽着一名四十余岁半白头发的男人在法庭大门出现了，那人的空军卡其布军服已经没有了领章，慢步走着，几分儒雅，细看能发现他显然受过刑，身负病伤。这个将要受审的人，就是国民党空军作战部参谋、中共地下党员林大潍。

接着从法庭大门走进来的是中将的大盖帽，那张脸下的军服领章上四颗中将金星依然闪着光。押护他的法警跟在身后，倒像是他的随从侍卫。此人的气场与前一位被押赴法庭的人形成鲜明对比，他便是涉嫌参与民生物资走私案的国民党空军作战部中将副部长侯俊堂。

紧接着法庭大门被关上了。

进来的两个人，半白头发的林大潍被送到了前方右边的被告席坐下了。戎装笔挺的侯俊堂被带到了前方左边的被告席却不愿坐下，笔直站在那里。

曾可达的目光立刻盯向了他。

"报告法庭！"侯俊堂没有等曾可达发难，向法官行了个不碰腿的军礼，"我抗议！"

法官望向了他："可以陈诉。"

侯俊堂："本人系国军现任中将，空军作战部副部长。国防部预备干部局指控我走私一案，毫无证据，纯系诬指。今天又将我和共党同堂审讯，不唯对本人，亦系对党国之侮辱。本人严重抗议！"

法官的目光慢慢望向了曾可达："公诉官回答被告人陈诉。"

"好。"曾可达慢慢站起，离开了公诉官席，走向侯俊堂。

侯俊堂的目光慢慢移望向走近的曾可达。自己是中将，可此时面对这个少将，满脸敌意也难掩心中的怯意。怯的当然不是曾可达，而是他背后的"铁血救国会"这个国民党的第三种势力。

曾可达走到他的身侧："你说得对。老鹰死了，杀他的那个上校也死了。国防部预备干部局指控你走私的案子当然没有证据了。"

侯俊堂："你说的这些与本人概无关系。"

"败类！"曾可达一声怒吼，一把猛地掀下侯俊堂的中将军帽，扯掉了军帽上那块中将军徽！

侯俊堂还没来得及反应，"无耻！"曾可达紧接着唰唰两下又扯下了他的中将领章！

侯俊堂能坐到今天这个位子，阅历、战功、背景都不容他受这个新进派少将的如此羞辱，何况自己比他还高出半头，立刻便举起大手去揪曾可达的衣领！

可他的手刚举起便僵在那里——曾可达的手枪已经顶住了他的下颌！

法庭上所有的人都被这瞬间发生的一幕震住了。

法官、徐铁英和法警们眼睛都睁大了。

就连方孟敖和他的飞行员们的目光也都望了过来。

只有一个人静静地坐在那里一动没动，就是先前被押进来坐在右边被告席上的中共地下党员林大潍。

曾可达的手枪顶住他后开始一连串怒质："以空军作战部的名义调用国军的飞机走私民生物资与你无关？美方援助的十架 C-46 运输机，有七架被你们的走私物资压得都无法起飞了也与你无关？'6·19'开封战役失利，昨天北平发生大学潮都与你无关？以为杀了那几个执行走私的人证，党国就治不了你的罪？你也太小看国防部和党员通讯局了！你还有脸抗议，不愿跟共党同堂受审！本公诉人正式向你宣告，今天的特种刑事法庭，既杀共产党，也杀贪腐的国民党！我现在问你——"曾可达的一只手指向了林大潍，"那个多次向共产党发送特密情报的共党谍匪林大潍在国军哪个部门就职，是谁的部下？"紧接着又望向方孟敖，"'6·19'战役，作战部的方案是叫空一师一大队、二大队轰炸开封，又是谁擅改作战方案，叫航校的共党分子不轰炸开封，贻误战机？侯中将，侯副部长，今天一件特大走私贪腐案，一件通共情报案，一件通共违抗军令案，哪一件都与你有关，哪一件都可以杀你，可以杀你三次！"

侯俊堂的脸上开始流汗了，声音也失去了洪亮，沙哑地向着法官："庭、庭上！本人要陈述！"

法官："准许被告陈述。公诉人不宜在法庭用此等方式质询被告。请将枪支呈交法庭暂管。"

曾可达这才松开了顶住侯俊堂的枪口，走回公诉席时顺手将枪交给了一名宪兵法警。

侯俊堂："共党谍匪林大潍已在空军作战部供职六年，本人是去年才调任空军作战部副部长。公诉人将他牵连本人纯系罗织，本人恳请法庭澄清。"

法官："还有吗？"

侯俊堂："还有'6·19'开封战役调笕桥航校方孟敖实习大队执行轰炸任务，通讯局联络处查有本人手令，公诉人竟诬指本人命方孟敖不轰炸开封，亦恳请法庭澄清。"

法官："同意被告陈述。请陪审及辩护人出示有关案卷。"

"是。"徐铁英慢慢站了起来，翻开第一本卷宗，摘要说了起来，"查国军空军作战部作战参谋林大潍，于民国二十七年隐瞒其共党身份报考国军空军航校，毕业后在国军服役一年，民国三十一年由国防部保送美国深造，民国三十二年回国混入空军作战部任作战参谋。自民国三十五年国共交战，该犯利用其作战部作战参谋之特殊身份，二十三次向共党延安及东北共军、华东共军发送国军秘密情报。该期间，林犯大潍均系个人作案，空军作战部并无同党。此案当与作战部副部长侯俊堂无关。"

侯俊堂不能太露感激之色又不能丝毫不露感激之色，只能用含有谢意的目光向徐铁英投去一瞥。

"反对。"曾可达立刻站起来，面向法官，"徐主任刚才说的'此案当与作战部副部长侯俊堂无关'。这个'当'字显系推测之词。本公诉人要求调查方向法庭做明确表述。"

"反对有效。"法官望向徐铁英，"调查方应做明确表述。"

徐铁英："我没有更明确的表述了。经过详细调查并无证据证实侯俊堂知道林大潍是共党匪谍。如果因林大潍系侯俊堂所管之下级便认定他有包容共党匪谍罪名，则空军作战部六年来历届正副部长皆应被起诉。"

法官望向了曾可达："公诉人对此表述是否认可？"

"当然只能认可。"曾可达转望向徐铁英，嘴角明显带着一丝冷笑，"徐主任接下来是不是还要出具调查材料，证明侯俊堂与方孟敖'6·22'通共违抗军令案无关？与北平市民食调配委员会走私倒卖民生物资案也无关？"

法官都对曾可达这样的态度不以为然了，徐铁英反倒一脸平和，丝毫不以为忤："庭上，为了使本陪审兼辩护人所出具之材料公正可信。本人申请先出具一件与本人也与本案至关重要的证据。"

这倒有些出乎曾可达的意料，他紧紧地盯着徐铁英。

法官端严了起来："同意。可以出示证据。"

徐铁英从公文包里拿出了那包装着十万美金的公函信封，将写有"贿金"二字的封面朝上，双手捧着向法官席走去。

——这可是崔中石送给他的"贿金"！

此时的秦淮河畔，下了一个上午的大雨渐渐小了，无边无际的黑云依然不愿散去，低低地压着整个南京城，就像在人的头顶。崔中石显然是有意不让北平分行那边找到自己，这时既不回自己下榻的金陵饭店，也不再去中央银行和财政部，而是一个人打着伞在秦淮河边彳亍而行。掏出怀表看了一下，已是下午两点五十五分，他快步向前方街边一座电话亭走去。

到了1948年，尽管在南京，能在电话亭里打电话的人已十分稀少了。原来还只是打电话需要付费，现在是接电话也要付费了，而且投入的只能是硬币。法币已形同废纸，硬币早成了珍藏，还有几人愿来打接电话。崔中石收了伞，进了电话亭，在那里静静地等着。整三点，电话铃声响了，崔中石拿起了话筒。对方却是一个电话局嗲声嗲气的女声："对不起，接听电话请投入硬币一枚。对不起，接听电话请投入硬币一枚。"

崔中石将早已拿在手里的硬币投入了收币口，话筒里那个女声："已给您接通，请接电话。"

"大少爷住进医院了吗？"话筒里这时才传来打电话人的声音，是一个男人的声音。

"是，老板。下午两点进的医院。"

"徐大夫愿意去会诊了吗？礼金收了没有？"

"都收了，应该会尽力。老板放心。"

"大少爷的病很复杂，还可能引起很多并发症。等会诊的结果吧。还有，听声音你也伤风感冒了，不要去探视大少爷，以免交叉感染。"

崔中石拿着话筒的手停在那里，少顷回道："我感觉身体还好，应该不会有伤风感冒吧？"

"等你察觉到就已经晚了。"对方的语气加重了，"家里那么多事，都少不了你。你的身体同样重要。"

"还是大少爷的病情重要。"崔中石答道，"这边除了我，别人也帮不上忙。"

"相信家里。除了你，上边还有人帮忙。"对方严肃地说道，"五点前你哪里也不要去。五点整还来这里，等我的电话。"

崔中石还想说话，对方已经把电话挂了。

崔中石电话里所说的医院——正在开庭的特种刑事法庭，"会诊"进入了让人窒息的紧张阶段。

"我抗议！"脸色煞白的侯俊堂这时的声音已近颤抖，不是对着曾可达，而是对着徐铁英，"这是彻头彻尾的诬陷！是他们勾结好了，对本人、对国军空军的诬陷！本人从来就没有送过什么钱给徐铁英！徐铁英，方家到底给了你多大的好处？为了给方孟敖开罪，你要这样地害我！"

法庭上所有人都屏息了。徐铁英突然拿出十万美金，指控侯俊堂贿赂，这太过出人意外。

反应最复杂的当属两个人，一个是方孟敖，他也曾想到自己被关押这半个月来，会有人替他活动，会想尽一切办法救他，但他从来没有将自己能否被救放在心上。无数次飞越驼峰，无数次跟日本空军作战，无数个战友早都一个个死去。用他自己经常说的话，自己的命是捡来的。生死既已勘破，就不愿再杀一个生灵。6月21日突然接到命令叫他率航校实习大队轰炸已被华野解放军占领的开封，他命令整个大队不能扔下一颗炸弹，就已经知道等待他的是军事法庭的死刑判决。现在听到侯俊堂一语点破，他心里还是升起一股温情，救他的不管是谁，还是让他想起了十年前被日军飞机轰炸蒙难的母亲。那张一直揣在他怀里照片上的母亲。

另一个反应复杂的当然就是曾可达了。从骨子里他最痛恨的当然是侯俊堂之流，非杀不可。但对方孟敖这样被共党利用而使党国之命运雪上加霜的人，也非杀不可。徐铁英抛出来的这十万美金贿证，如果真能坐实是侯俊堂送的，侯俊堂今天就走不出这座法庭了。但方孟敖呢？很可能就因此减轻罪名，因为他本身就没有轰炸开封的任务，纯系侯俊堂个人篡改军令。

"庭上。"曾可达先是程序性地请示了一下法官，紧接着转对侯俊堂，"你刚才说徐主任呈堂出具的十万贿金是诬陷，而且是'他们勾结好了'对你的诬陷。你能不能说清楚这个'他们勾结'指的是谁？他们为什么要勾结诬陷你？"

这几句话倒把侯俊堂问住了。

法官："被告人回答公诉人问话。"

侯俊堂在军界也算是厉害角色了，可今天面对"铁血救国会"的一个精英，中统的一个老牌，跟他们玩政治立刻便显出业余和职业的差别了。刚才情急之下说出了"他们勾结"，这个"他们"最顺理成章的潜台词当然指的是方孟敖的父亲方步亭，可方步亭又正是最了解自己参与走私的核心人物，而且是宋家和孔家的背景，这时哪敢说出他来。还有一个"他们"，就是代表公诉方的国防部预备干部局和代表调查方的中统，说这个"他们"勾结，无异于自绝于党国！可这时还不能不回话，逼急了，脱口说道："方孟敖是共党！谁在这个时候能拿出十万美金给徐主任来栽我的赃，为的是救谁？本人恳请法庭和公诉人调查徐铁英。"

这正是曾可达要深究的症结，当即对法官："被告的请求，本公诉人希望庭上予以考虑。"

法官的目光望向了徐铁英。

还有些人的目光先是看着徐铁英，后来又都转望向方孟敖。

徐铁英轻轻叹了口气，悲悯地望着侯俊堂："侯兄，你是黄埔四期的老人儿，后来又被送到德国空军深造。总统、党国对你的栽培不可谓不深。当此党国多难之秋，用人之际，不只是总统和国军希望保你，就连我这样在党部工作的人何尝不想保你。可你自己走得太远了。"说到这里他的语气陡转严厉，"为了钱，为了你那一大三小几个女人，还有她们为你生的那一大群儿子女儿，你居然连自己是二十一年党龄的国民党员都忘得干干净净！我是干党务工作的，我现在问你，'黨'字怎么写？不要你回答，我告诉你，'黨'字底下是个'黑'字，可'黨'字的头上还有三把刀！谁要敢黑，那三把刀决不饶你！我再问你，6月22日运送走私物资飞往香港在岭南坠毁的那架 C-46 是不是你私自调用的？你可以不承认，你的亲笔调令还在，它会帮你承认。'6·19'开封战役，前两天还是空一师、空二师的编制大队执行轰炸，到了 6 月 22 日'，原定执行轰炸任务的空一师一大队、二大队，你调去干什么去了？二大队的队长坠机死了，一大队的队长今天又被杀人灭口了。可你别忘了，身在中央党部的党员通讯局，我这里还有大量的调查证据。"

侯俊堂彻底蒙在那里。

整个法庭都鸦雀无声。

就连曾可达一时也被徐铁英这番慷慨陈词怔在那里。可很快，他便敏锐地听出了徐铁英这一曲铁板铜琶所暗藏的金戈铮鸣，是意在震慑侯俊堂，使他不敢再提那十万美金的来由。心中疑立刻化作眼中意，眼中意接下来当然便要变成口中言了。

"我知道公诉人要问什么。"徐铁英紧紧地把握住节奏不给曾可达发问的缝隙，接着说道，"我现在就回答侯俊堂所说十万美金诬陷的问题。"说着又从公文包里拿出一盒录音带，"请法庭播放这段录音。"

特种刑事法庭当然配有录音播放设备，录音带立刻被书记员装在了那台美式录播机上。

徐铁英打开了播放的按钮，法庭都静了下来。

"国防部预备干部局那些新进这次是要向我们这些老人儿开刀了。"录播机上的声音一听就是侯俊堂的。

侯俊堂的脸一下子白得像纸。

法庭这时候也静得像夜。

"把我们这些老的赶尽杀绝了他们好接班嘛。"依然是侯俊堂的声音，可以想见录播机里的徐铁英只是在静静地听，"这点东西不是给你徐主任的，你徐主任也绝不会要。那么多弟兄为我们办案，局里也没有这一笔经费开支。就算空军方面给弟兄们的一点儿出勤费、车马费吧。"

"侯部长还是没有告诉我，这里面装的是什么东西。"录播机里终于出现了徐铁英的声音。

"法币今天的比值都已经是一千二百万比一了，这些都是从花旗银行现提的，一次也就只能提十万。哪些地方还要打点，案子办好后兄弟我一定想办法补上。"

咔的一声，徐铁英将按钮一关："庭上，这个证据应该能说明问题了吧？"

法官还没有接言，曾可达立刻说道："徐主任似乎还没有把录音放完。后面是没有话了，还是被洗掉了？"

徐铁英无声地叹了一息，慢慢地又将按钮打开，后面果然还有录音：

"要说缺钱，谁都缺钱。要说困难，党国现在最困难。"徐铁英的话饱含着感情，声音却十分平静，"有这些钱真应该用在前方与共军打仗上啊。侯部长真觉得自己以前错了，亡羊补牢，犹未为晚？"

接着录播机里传来重重地将箱子在桌面上往前一推的声音。

"国军打仗要花钱，中央党部那么重大的工作也要花钱。我侯俊堂也是二十一年党龄的国民党员了，这十万美金就算我交的党费，这总行吧？"

"侯部长就不怕我把你这个党费真上交到中央党部去？"

"徐主任交到哪儿去，侯某人都认了。"

接着是一阵沉默，然后是徐铁英深长的一声叹息："那你就留在这里吧。"

——等录播机咝咝地又空转了一阵子，显然后面无话了，徐铁英望了一眼曾可达。曾可达无语，徐铁英这才将按钮关了。

目光于是都转望向侯俊堂。

侯俊堂这时坐在那里痴痴地既不说话也不看人，身躯显得好大一堆。

徐铁英再不犹豫，开始行使他特种刑事法庭陪审员的权力，向法官提起判决建议："当前是勘乱救国时期，根据《陆海空军法律条令》第五条第九款，侯俊堂犯利用国家军队走私倒卖国家物资罪、因私擅改军令导致危害国家安全罪，证据确凿，应判死刑，立即执行。林大潍犯敌军间谍罪，严重危害国家安全罪，证据确凿，应判死刑，立即执行。请法庭依法判决。"

"反对！"曾可达立刻站了起来，"陪审员好像忘了，你还是他们的辩护人。根据法庭程序，你就一句也不为他们辩护？"

徐铁英："我也想为他们辩护，可实在找不出为他们辩护的理由。根据特种刑事法庭辩护人条例，罪犯危害国家安全罪名成立，辩护人可放弃辩护权。庭上，我申请放弃辩护权。"

法官："反对无效。辩护人可以放弃辩护权。"

曾可达："那空军笕桥航校方孟敖及其实习飞行大队违抗军令涉嫌通共，徐主任是否也要放弃辩护权？"

"庭上！"一直挺坐在那里的方孟敖倏地站起来，"本人及实习飞行大队不需什么辩护人，我做的事，我自己会向法庭说清楚。"

曾可达："你背后那么多人花了那么大工夫为你活动，你就一点儿也不领他们的情？"

"反对！"徐铁英语气也十分强硬了，"公诉人的言辞已涉嫌污蔑，请法庭责令公诉人明确表述。"

法官没有说"反对有效"之类的话，望向曾可达："公诉人刚才所指，有无证据？"

曾可达："杀了侯俊堂，尤其是杀了林大潍，证据自然没有了。"

法官："公诉人的意思，是不是说，侯俊堂、林大潍和方孟敖违抗军令涉嫌通共有证据链接？请表述清楚。"

"回庭上，是。"曾可达开始了直击要害的表述，"今天是两案并案审判，这是中央军事委员会和中央党部联席会议昨晚的决定。作为党部的代表，徐主任好像是忘记了这一点。方孟敖违抗军令涉嫌通共的案子尚未进入审讯程序，为什么就提前要求法庭将侯俊堂、林大潍两案结审？而且还要立即执行死刑。方孟敖公然违抗军令率队不轰炸开封共军，既不是侯俊堂的指令，那么是谁的指令？除了共产党，还有谁会给他下这样的指令？空军作战部直接负责传达指令的就是这个共军匪谍林大潍！徐主任就不想问清楚，林大潍有没有暗中给方孟敖下达不炸开封的指令？"

法官："对公诉人之提问，陪审方兼辩护方需做正面回答。"

徐铁英："我只能用调查证据回答。从6月23日到7月5日，本人代表全国党员通讯局并联系了保密局和空军有关部门，调阅了大量档案材料，并未发现方孟敖与共党有任何联系，更未发现方孟敖与林大潍有任何接触。公诉人如果怀疑方孟敖与林大潍系共党同党，现在可以当庭质询。"

法官："同意。被告人林大潍起立接受公诉人质询。"

一直静静坐着的林大潍慢慢站起来。

曾可达走到林大潍身边，既没有像对方孟敖那种逼视，更没有像对侯俊堂那般强悍，语调十分平和："谈主义，各为其主，我理解你。可我现在不跟你谈主义，只跟你谈做人。你既然信奉了共产党，就该在共产党那里拿薪水养自己、养家人。一边接受党国的培养，拿着党国给你的生活保障包括医疗保障；一边为并没有给你一分钱给养的共产党干事。端党国的碗砸党国的锅，这样做人你就从来没有内心愧疚过吗？"

林大潍开口了，声音很虚弱，但是比曾可达那种平和更显淡定："既然你不谈主义，我也不谈主义。国民党和共产党，谁的主义是真理，历史很快就会做出结论。我回答你关于做人的两个问题吧。第一，你说是国民党给了我生活保障，请问国民党给我的这些生活保障都是哪里来的？你无非是想说食君之禄忠君之事那套封建伦理，不要忘了，中国最后一个封建王朝已经在辛亥革命中被推翻了。孙中山先生说过自己是君了吗？说过大家都是拿他的俸禄了吗？你问我，我这就告诉你，你们，包括你们的蒋总统所拿的俸禄都是人民的。"

曾可达明白这个时候任何动怒都会在气势上先落了下风，强忍着以冷静对冷静："你这是在回避我的质问。没有政府哪来的人民？你的哪一分钱是哪一个人民亲手给你的？"

林大潍："是。每一分钱都是通过政府从人民那里拿来的。可你们的现行政府拿了人民的钱又为人民想过什么，做过什么？侯俊堂就站在这里，难得你今天也知道要审他了，可还有千千万万个侯俊堂，你们都会去审吗？"

曾可达："我就想听你这句话，尤其想让你活着，让你看看我们是怎样把一个又一个侯俊堂都抓出来受审。《陆海空军刑法》特赦条例，凡国军人员通共者只要幡然悔悟，自首反正，可行特赦。你的案子是建丰同志亲自过问的，建丰同志有交代，只要你自首反正，我们可以立刻让你和你的家人到国外去，政府提供一切生活保障。也不要你再为哪个党干任何事。看看你的这头白发，看看你的这个身子，才四十几岁的人，你已经够对得起共产党了。"

林大潍微微笑了："你们的调查也太不认真了。我林大潍曾经有一个妻子，早在十年前就被军统杀了。这十年我连婚都没结过，哪来的家人。至于我个人，我也不想说自己多高尚的话。这次受了刑怕我死去，中统方面给我做了治疗检查，问问你们的徐主任，他会告诉你。我这样的人还值不值得你们送到国外去，接受你们的安排。"

曾可达望向了徐铁英。

徐铁英翻开了林大潍那件卷宗："据7月2日空军第一医院出具之病历诊断，林犯大潍患有多种疾病：一、十二指肠溃疡兼糜烂性胃炎病史五年；二、长年神经官能症导致重度抑郁症，失眠史已有三年；三、初步透视，肺部有大面积阴影，疑为肺结核晚期。判断：该病人生命期在三到六个月。"

曾可达脸色变了，语气也变了，对着林大潍："因此你连共党地下工作条例也不顾了，公然利用国军空军作战部电台直接向华野共军发送军事情报！自己要死了还拉上了方孟敖这个你们发展的无知党员，公然违抗军令，坐视国军大片伤亡，就是不向共军投放一枚炸弹！回答我，是不是？"

方孟敖倏地站起来，双腿一碰，挺得笔直，望着前方被告席上那个头发花白背影羸弱的林大潍，俨然是在行注目礼。

他身后的飞行员们紧跟着倏地站起来，双腿同时一碰，挺得笔直，所有的目光也都随着他们的教官向那个林大潍行注目礼。

曾可达眼睛一亮："敢作敢当，好。方孟敖，有什么就承认什么。说吧。"

方孟敖却一声不答又坐下了。

飞行员们紧跟着也都又整齐地坐下了。

曾可达气得望向法官。

法官："方孟敖，对你刚才的行为做出解释。"

方孟敖独自站起，答道："报告法官，坐久了，就是想站一下。"答完又坐下。

那法官其实早已看出了，方孟敖和他的飞行员们这是在通过对那个共党林大潍示敬，故意给曾可达又一个难堪。审案就怕这样的纠缠，法官也无可奈何，于是冷静地提醒曾可达："公诉人，让被告人林大潍回答你刚才的质询吧。"

曾可达只好把目光又转向了林大潍。

林大潍显然也被刚才背后那些人的反应触动了，尽力调起体内残存的那点精力，提高声调，下面这番对话一定要让那些不炸开封的飞行员听到："我前面已经说了，我并没有那么高尚，可也没有你说得那么不堪。我现在回答你：第一，本人常年患病，为什么直到三天前你们才知道呢？这是因为本人没有一次享受你所说的国军医疗保障。每次我都是拿自己的钱到民间的诊所看病。第二，自知生命不长，因此铤而走险，违背了我党的地下工作保密规定，公开发报，因而暴露。这些天我也想过，要是自己还能好好活着，会去冒这个险吗？未必。由此可见我还是个有私心的人。第三，我再有私心，也不会因为自己生命不长拉别人一起去死。无论是自己的同志，还是空军作战部共过事的那些人。我在进入你们内部以前，曾经跟随我党的周恩来副主席工作，他对我们的要求很明确，除了完成组织的任务，绝对不许做任何违背道德有损形象的事情。这一条，是顺便回答你关于我党和我个人做人的问题。"

整个法庭，真正认识共产党员的人少之又少，这时都用十分复杂的目光望着林大潍，许多人第一次在心里问道：原来这就是共产党？

尤其是挺背坐在方孟敖身后的那排飞行员，看完林大潍又望向高大背影的方孟敖，一个个都在心里问道：我们的教官会是共产党吗？有点像，可又不太像。

曾可达这时脑子里冒出来的竟是建丰同志要求他们必看的《曾文正公全集》，想起了曾国藩临死前常说的那句"心力交瘁，但求速死"，然后莫名其妙地向林大潍问了最后一句话："你是不是湖南人？"

林大潍淡然一笑："我是浙江奉化人，你们蒋总统的同乡。"

曾可达再也无语，沉默了片刻，把目光慢慢转向了依然挺坐在那里的方孟敖和那些飞行员，接着大步向方孟敖走去。

"佩服是吗？"曾可达望着依然并不看他的方孟敖，"我也佩服。佩服他，却不佩服你。想知道为什么吗？"

"不想知道。"方孟敖还是望着前方。

"你必须知道！"曾可达终于发怒了，"率领一个飞行大队奉命轰炸敌军，所有飞机上挂的炸弹一颗不少全部带了回来。为共产党干事，却让国民党的人救你！你现在还想说'不想知道'吗？"

方孟敖终于慢慢把目光望向他了："想知道。说吧。"

曾可达："你有个当中央银行北平分行行长的父亲嘛。就这一点我不佩服。和那个林大潍比一比，你不惭愧吗？"

方孟敖："庭上，我要求公诉人现在退到席上去。"

曾可达："你说什么？"

方孟敖："请法庭接受我的要求。"

法官不得不说话了："说明要求的理由。"

方孟敖："本人的档案就摆在他的席上，请公诉人去看清楚了。我的档案上写得很清楚：母亲，亡故；父亲，空白。本人并没有什么当行长的父亲。"

曾可达："可笑！你说没有就没有了？我告诉你，从 6 月 23 日到今天，你父亲在北平分行的副手已经四次飞抵南京，中央银行、财政部，甚至连负责调查你案子的党员通讯局都去过了。就在几个小时前，那个崔副主任还去拜见过我们的徐主任。徐主任，这你不会否认吧？"

徐铁英定定地坐在那里，并不接言。不是那种被问倒了的神态，而是那种对曾可达这突然一击并不在意的样子。

法官："陪审员兼辩护人回答公诉人问话。"

"是。"徐铁英这才慢慢站起，"中央银行北平分行金库的副主任崔中石今天中午一点确实来过我的办公室。"

南京秦淮河的热闹就在晚上。厚厚地积了一天的雷雨云这时竟慢慢散了，吹来的风便凉凉地带着难遇的清爽，今晚的夜市必定红火。才下午四点多，沿岸一下子就冒出了好些小吃摊贩的食车吃担，河面也传来了船户酒家的桨声欸乃一片。岸上的、河上的都抢着准备晚上的生意了。国统区的经济虽已万户萧条，秦淮河还是"后庭"依旧。

崔中石中午为赶见徐铁英就没有吃饭，下午徘徊在秦淮河边因一直下着雨也没有见着一个吃处，这时饥肠辘辘，一眼就看中了一个卖黑芝麻馅汤圆的担子。人家还在生火，便准备过去。收着伞徐徐走着，眼角的余光发现早就停在不远处的一辆黄包车随着也站起来，隔有四五十步，慢慢拉着，跟在身后。

警觉总在心里，一身的西服革履，堂堂北平金库的副主任再想吃那一口汤圆，这时也得忍住了。崔中石走过汤圆担，走过一个一个正在准备的小吃摊，向夫子庙方向一家大酒店走去。那个电话亭却离他越来越远了。

特种刑事法庭上，徐铁英在继续做着陈述。

"事关保密条例，我只能说到这里。"徐铁英望着法官，"北平昨天的事件，本人代表全国党员通讯局不只今天要传问崔中石，还将继续调查北平民食调配委员会所有有关人员。崔中石见我，与方孟敖一案毫无关系。"

曾可达心里好一阵凄凉，从一个徐铁英身上他就深深领教到了，单凭建丰同志，以及建丰同志组织的铁血救国会这两百多个同志，能对付得了党国这架完全锈蚀的机器吗？既无法深究，便只能快刀斩乱麻了。

他倏地转对方孟敖："徐主任既说你家里并没有活动救你，你也不认自己有个当行长的父亲，可见你跟那个有党国上层背景的家是没有关系了。当然，你也不会供出你的共党背景。可你注意了，你的行为要是共党指使，追究的就是你个人。如果不是共党指使，你的行为就牵连到你的整个实习飞行大队！根据《陆海空军刑法》，'6·22'案方孟敖及其飞行大队属于集体违抗军令罪、危害国家安全罪。所有人犯都应判处死刑，立即执行。本公诉人请求法庭，命方孟敖代表其飞行大队做最后陈述。"

整个法庭一片窒息。

法官望向方孟敖："被告人方孟敖愿否做最后陈述？"

这次是方孟敖一个人慢慢站起来："没有什么最后陈述。我就是共产党。"

第一个猛地抬头望向方孟敖的是徐铁英。

一直蔫在那里的侯俊堂也似乎醒了过来，回头望向方孟敖。

那个林大潍也慢慢转过头望向方孟敖。

曾可达的目光，背后飞行员们的目光都怔怔地望着方孟敖。

秦淮河畔，坐在秦淮酒家临窗靠街雅座上的崔中石突觉一阵心慌，摆在面前的一屉小笼汤包和一碗桂圆红枣汤冒着热气。他没有去拿筷子，将手按向了胸口。

眼睛的余光，窗外街对面那辆黄包车又拒载了一位客人，那客人唠叨着走向另一辆黄包车。

崔中石按着胸口的手，掏出了西服里那块怀表，慢慢打开了表盖。

——短针指向了5，长针指向了12，已经是5点了！

秦淮河畔的电话亭里，崔中石三点打过的那部电话准时响了。一遍，两遍，三遍！三遍一过，电话铃声戛然停了。

这个时候法庭上法官席的电话却响了。

法官立刻拿起了话筒："是。是特种刑事法庭。我就是。请说。请稍等。"接着拿起了笔，摊开了公文笺，对着话筒，"请说，我详细记录。"

别的人当然听不见话筒里的声音，只能看见那个老法官十分流利地记录着。

对方的指示简明扼要，那法官很快放下了笔，对着话筒："记录完毕。是。加快审讯，今日六点前完成审判。"

搁好了话筒，那法官一改只听少说的态度，直接问向徐铁英："'6·22'方孟敖及其实习飞行大队不轰炸开封一案的调查案卷，党员通讯局是否调查完毕？"

徐铁英站了起来："回庭上，已经调查完毕。"

法官："方孟敖是不是共产党，经你们调查能否做出明确结论？"

徐铁英："回庭上，经详细调查，方孟敖自民国二十七年加入国军空军服役，民国三十五年转入笕桥航校任教至今，没有跟共产党有任何联系。可以做出明确结论。"

"反对！"曾可达立刻喊道。

"反对无效！"法官这次丝毫不给曾可达再说话的机会，转对方孟敖，"被告人方孟敖，身为国军现役军人，6月19日率航校实习飞行大队轰炸开封共军，为什么不投一弹，原队返回？现在做最后陈述。"

方孟敖又站起来。

他背后的飞行员们紧跟着也都整齐地站起来，一个个脸上全是"风萧水寒，一去不还"的神态。

方孟敖大声喝道："不关你们的事，统统坐下！"

这一次所有的飞行员都没有听他的命令，一动不动挺立在那里。

方孟敖心里一阵温暖，也不再强令他们，对法官说道："庭上。6月19日不轰炸开封的案子，原来是国民党党员通讯局审理。我有两件重要证据在通讯局徐主任手中。请法庭调取，我向法庭说明不轰炸开封的缘由。"

法官立刻望向徐铁英，徐铁英连忙拿起了公文包："哪两件证据？"

方孟敖："照片。"

徐铁英从公文包里翻出了两个信封套。法庭书记员走了过去接过，立刻又走过去递给方孟敖。

方孟敖从第一个封套里抽出一叠照片："这是6月19日我在开封城上空一千米、八百米和五百米航拍的照片，请法官、公诉人、陪审员共同验看。"说完，便递给了那个书记员。

书记员拿着那叠照片走到法官席边双手递给法官。

法官："同意被告请求，公诉人、陪审员共同验看。"

徐铁英和曾可达都站起来，一个情愿，一个不情愿，都走到了法官席边。三双眼睛同时望向那些照片。

——开封的全景图，到处是古迹民居，多处炮火。

——开封城的局部区域图，开封铁塔已清晰可见。

——开封城的几条街道，到处是惊慌涌动的人群。非常清楚，全是百姓。

方孟敖："请问庭上是否看完？"

法官："被告人，你呈堂这些照片试图说明什么问题？"

方孟敖："说明我为什么下令不许轰炸开封。民国二十七年6月5日，日本侵略军出动飞机二十三架次对我开封实施无分别轰炸，炸死炸伤我中国同胞一千多人。开封城百姓房屋毁于弹火一片焦土，数十万同胞流离失所无家可归。请你们再看看那座铁塔。那是建于宋仁宗时期的古塔，当日遭受日军六十二发炮弹轰击，中部损毁十余丈！抗战胜利也才三年，竟是我们的国军空军作战部下达跟日本侵略军同样的命令。名曰轰炸共军，实为联合国早已明令禁止的无分别轰炸！我现在倒要问，这个命令是谁下的？我们不对自己的城市、自己的同胞施行轰炸倒成了危害国家安全罪？！请问公诉人，

《陆海空军刑法》哪一条能够给我们定危害国家安全罪？！请你现在就回答我！"

曾可达蒙在那里，嘴唇微微颤抖。

法官适时地接着问道："被告人第二份证据！"

方孟敖这时眼眶已微微湿润，从第二个封套里抽出一张照片。

书记员已小跑着过来接过照片又小跑着趸回法官席，直接摆在桌上。

三双眼睛同时望去——太熟悉了，这是那张世界各大报纸都刊载过的1937年8月13日日军空军轰炸上海外滩，到处废墟、到处死尸的照片！

方孟敖不待发问，望着法庭的上方："1937年8月13日，日军空军轰炸我中国上海。我母亲，我妹妹，同日遇难……"

法庭上一片沉默。

方孟敖望向法官席，大声说道："这就是6月22日我命令大队不轰炸开封城的理由。你们可以判我任何罪，但是不可以判我身后任何一名飞行员的罪。他们都是中国的儿子，他们不杀自己的父老同胞没有任何罪！陈述完毕。"

一声号啕，是那个陈长武哭出声来。

紧接着所有的飞行员都哭了，有些带着声，有些是在吞泪。

"肃静！肃静！"法官的法槌敲得如此无力。

"不要哭！"方孟敖第一次向飞行员们喝道，接着放低了语气，"值吗？弟兄们！"

哭声渐渐收了。

那法官这时重敲了一下法槌："中华民国特种刑事法庭，6月19日方孟敖违抗军令案，共党林犯大潍间谍危害国家安全罪案，侯犯俊堂特大走私贪腐案现在宣判。全体肃立！"

曾可达和徐铁英都回到了自己的席位，站在那里。

侯俊堂强撑着站起来，林大潍也慢慢站起来。

法官手捧判决书，大声宣判："兹判决林犯大潍死刑，立即执行枪决！兹判决侯犯俊堂死刑，立即执行枪决！兹判决方孟敖及其实习飞行大队即日解除现役军职，集体发交国防部预备干部局另行处置！"

这太出人意料了！法庭上寂静得像一片荒野。

法官："执行！"

两名法警挽起了侯俊堂向庭外走去。

另两名法警刚过来要挽林大潍，林大潍向他们做了个请暂缓的手势，慢慢转过身，向着站在那里的方孟敖和那排飞行员行了个标准的军礼。这才让法警挽着向庭外走去。

"反对！坚决反对！"曾可达终于醒过神来，对法官大声喊道，"法庭如此判决显系枉法！本公诉人代表国防部表示强烈反对！"

法官拿起了刚才接电话的记录递给书记员，小声道："给他看看。"

书记员拿着记录走到曾可达身边递了过去。

曾可达接过记录，看了几行，脸色立刻凝重了。

一个声音，是那个他无限崇敬的声音在耳边响起："今日之判决，是我的意见。请转告曾可达同志，希望他不要反对。蒋经国"

|三|

　　用兵之要在如臂使手、如手使指，国防部为用兵中枢，因此各部各局都集中在一栋大楼里，便于电讯密文能尽快在各个部门之间传递衔接，呈交筹划。

　　唯一的例外是这个南京国防部预备干部局，不在大楼里，不与其他部局直接往来，单独设在大楼后院绿荫掩盖的一栋二层小洋楼里。仅此也能看出，它虽然名义上仍属国防部之下辖局，而且还是"预备干部"局，其地位却令其他部局侧目相看。

　　曾可达把车停在国防部大楼前院，徒步绕过大楼，便看到了后面这片院子。每到此处，他和他的同志们都会自觉地轻身疾步走过那段只有建丰同志的专车可以使用的水泥车道，去往那栋小楼。这不只是发自内心的尊敬，还有由衷的体谅。建丰同志在工作，而且往往是在同一时间处理完全不同的几件工作，他需要安静。

　　大楼距小楼约两百米，沿那条水泥车道，每五十米路旁竖一伞亭，每个伞亭下站着一个身着无领章、无军帽、卡其布军服的青年军人，四个口袋的军服和腰间别着的手枪能看出他们皆非士兵，却看不出他们的官阶职衔。

　　曾可达轻身快步，每遇伞亭都是互相注目，同时行礼，匆匆而过。

　　来到楼前，登上五级石阶，门口的青年无声地引着曾可达进入一层门厅。

　　门厅约一百平方米，无任何装饰，一左一右只有两条各长五米的木条靠背坐凳对面摆着。最为醒目的是坐凳背后同样长的两排衣架，上面整齐地挂着一套套无领章的卡其布军服，下面摆着一双双黑色浅口布鞋，墙上钉着一个个帽钩。曾可达很熟悉地走到贴有他姓名的一套军服前，先取下军帽挂上帽钩，接着脱下自己的少将官服。引他进门的青年接过他的少将服，曾可达轻声说了一句"谢谢"。换上了自己那套无领章卡其布军服，弯腰解了皮鞋上的鞋带，换上了自己的那双布鞋。这才独自走向门厅里端的楼梯，轻步而快速地拾级而上。

　　楼梯尽头上了走廊，正对便是双扇大门，敞开着，一眼便能看到门内和一层相同是一百平方米左右的大厅。与一楼不同的是，这里只三面挨墙的窗前摆有长条靠背木凳，厅中更显空阔，而正对走廊这两扇大门的大厅内室那两扇虚掩的门便赫然在目，以致内室大门边的一张值班桌和桌前的值班秘书更显醒目。

看到站在大厅门口的曾可达，值班秘书便在桌前一笑站起，点了下头。

曾可达轻步走进大厅，走到值班桌前以目默询。

那值班秘书示以稍候，桌上有一电话不用，却走到内室大门那一侧小几上的另一部电话前，拿起了话筒："报告建丰同志，曾可达同志到了。"

少顷，他将电话向候在那里的曾可达一伸，曾可达轻步走了过去，接过了电话，放到耳边，习惯地往电话机上方贴在墙上的一张白纸望去。

白纸上是建丰同志亲笔书写的颜体。上方横排写着"我们都是同志"，下方左边竖行写着"事忙恕不见面"，下方右边竖行写着"务急请打电话"。

"曾可达同志吗？"话筒里的声音是一个人的，传到曾可达耳边却像有两个声音——原来比话筒的声音稍慢半拍，说话人的真声透过虚掩的大门隐约也能听到。

曾可达的目光不禁向虚掩的门缝里望去，恰恰能看到那个背影，左手握着话筒，右手还在什么文件上批字，心里不知是一酸还是一暖，肃然答道："是我。建丰同志。"

"对方孟敖及其大队的判决，不理解吧？"

"我能够理解。建丰同志。"

"是'理解的要执行，不理解的也要执行'，还是真正理解了？"

曾可达沉默了，他们回答建丰同志问话允许沉默、允许思考。

就在这短暂的沉默间话筒里传来了纸张翻动的声音，曾可达不禁又向门缝望去，背影的右手在堆积的文件中翻着，抽出了另外一份，拿到面前，认真阅看。

"报告建丰同志。有些理解，有些不理解。"曾可达由衷地说真话。

"说说哪些不理解。"那背影左手拿着话筒，头仍然低着，在看文件。

"是。应不应该炸开封是一回事，方孟敖不炸开封是另外一个性质。"

"什么性质？"

"至少有倾向共产党的性质。"

"还有哪些不理解？"

"中统徐铁英那些人明显是受了方步亭的影响，他们背后有交易。"

"还有吗？"

"涉嫌通共的案子，又掺入了腐化的背景。这都是我们要坚决打击的。"

"还有吗？"

"报告建丰同志，暂时没有了。"

这回是话筒那边沉默了。曾可达从门缝望去，背影用铅笔飞快地在文件上写字，接着把铅笔搁在了文件上。这是要专心对自己说话了。曾可达收回了目光，所有的精力都专注在话筒上。

"一个问题，从两面看，你是对的。关键是什么才是问题真正的两面。《曾文正公全集》，最近温习到哪一段了？"

"最近主要在读曾文正公咸丰四年至咸丰六年给朝廷上的奏折。"

"还是要多看看他的日记，重点看看他读《中庸》时候的日记。很重要。曾文正一生的功夫都化在'执两用中'上。任何事物都有两个极端，走哪个极端都会犯错误。执两端用中间，才能够尽量避免错误，最接近正确。"

"是。校长的字讳就叫'中正'，学生明白。"

"说方孟敖吧。如果从左端看他，是共产党；如果从右端看他，是方步亭的儿子。能不能不看两端，从中间客观地看他？既然党员通讯局和保密局的调查结论能证实他没有通共嫌疑，就不应该主观地说他是共产党。在这方面还是要相信党通局和保密局。如果真调查出他是共产党，因为拿了他家的钱就说他不是共产党，徐铁英不会干这样的事；党通局和保密局也没有人敢干这样的事。当然，经过调查他并不是共产党，徐铁英还有好些人就会收他家的钱。但这些都和方孟敖本人无关。"

"建丰同志，会不会有这种情况？那就是方孟敖确实是共产党发展的特别党员，只是由于共党有意长期不跟他联系，不交给他任务，而是到最要紧的时候让他驾机叛飞？当然，这只是我的直觉，也是我的担心。"

"任何直觉都能找到产生这个直觉的原点。你这个直觉的原点是什么？"

"报告建丰同志，我这个直觉的原点就是方步亭身边那个副手，央行北平金库的副主任崔中石。因为这三年来外界跟方孟敖有直接联系的只有这个人。三年多了，他一直借着修好方家父子关系的名义跟方孟敖来往，可方家父子的关系并没有缓和，崔中石却成了方孟敖的好朋友。这很像共产党敌工部的做法。我建议对崔中石的真实身份进行详细调查。"

7月傍晚的六点多，天还大亮着，崔中石所坐的这处酒家和窗外秦淮河就都已霓虹闪烁，灯笼燃烛了。已无太平可饰，只为招揽生意。

正是晚餐时，崔中石在下午四点多已经吃过了，便还是那一盏茶，占着一处雅座，伙计都已经在身边往返数次了，皮笑眼冷，大有催客之意，也是碍于他金丝眼镜西装革履，只望他好马不用鞭催，自己离开。

歌台上一男一女已经唱了好几段苏州评弹，已到了豪客点唱之时，那伙计见崔中石又不点餐，还不离开，听评弹倒是入神，再也忍他不住，伴笑着站在他身边："先生赏脸，是不是点一曲？"

崔中石眼角的余光其实一直注意着窗外那辆黄包车，这时那辆黄包车已从街对面移到了这处酒家前，隔窗五步，显然是在就近盯梢了。

崔中石从公文包里先是掏出了一沓法币，还在手中，那伙计便立刻说道："请先生原谅，敝店不收法币。"

崔中石像是根本就没有付法币之意，只是将那法币往桌上一摆，又从公文包里掏出了一沓美金。

那伙计眼睛顿时亮了。

崔中石抽出一张面值十元的美金："点一曲《月圆花好》，要周璇原唱的味道。"

那伙计立刻接了美金："侬先生好耳力，敝店请的这位外号就叫金嗓子，唱出来不说比周璇的好，准保不比周璇的差。"立刻拿着美金奔到柜台交了钱，柜台立刻有人走到唱台，打了招呼。

北平无战事
（上）

弹三弦那位长衫男人立刻弹起了《月圆花好》的过门，那女的还真有些本事，把一副唱评弹的嗓子立刻换作了唱流行的歌喉：

浮云散，明月照人来，
团圆美满，今朝最……

崔中石显然是真喜欢这首歌，目光中立刻闪出了忧郁的光来。

国防部预备干部局二楼，曾可达所站的大厅和内室门缝里的灯这时也都扯亮了。本应是晚餐的时间，建丰同志的电话指示正到了紧要时，曾可达一边礼貌地嗯答着，以示专注，目光却看见值班桌前那秘书又看了一次表，向他做了一个虚拿筷子吃饭的手势，示意该提醒建丰同志用餐了。曾可达严肃地轻摇了摇头，那秘书无法，只好埋头仍做他的公文。

"党国的局势糟到今天这种地步，关键不在共产党，而在我们国民党。从上到下，几人为党，几人为国，几人不是为己？共产党没有空军，我们有空军，可我们的空军竟在忙着空运走私物资！能够用的竟没有几个大队。像方孟敖这样的人，以及他培养的实习航空大队，材料我全看了。无论是飞行空战技术，还是纪律作风，在空军都找不出第二个。这样的人、这样的大队却被侯俊堂之流一直压着，要不是开封战役一时无人可调了，方孟敖和他的大队还在闲置着。要说共产党看不上他那反而是不正常的，看上他才是正常的。优秀的人才我们自己不用嘛。"

"是。像方孟敖和他的大队没有及时发现、及时发展，我们也有责任。可现在要重用他们隐患太大。请建丰同志考虑。"

"什么隐患？就你刚才的那些怀疑？"

曾可达一怔，还在等着连续的发问，话筒里却静默了，便赶紧回道："我刚才的怀疑只是原因之一。"

"原因之二呢？"这次建丰紧问道。

曾可达有些犹疑。

"有什么就说什么，不要有顾忌。"

"是，建丰同志。方孟敖和他的大队显然不宜派作空战了。现在派他们去北平调查走私贪腐并负责运输物资，肯定不会出现空军走私的现象。可北平民食调配委员会的贪腐，方步亭才是幕后的关键人物。方孟敖再不认父亲，以他的为人会不会查他的父亲，我有疑问。还有，校长和建丰同志都教导我们，看一个人忠不忠首先要看他孝不孝。天下无不是的父亲，我们可以查方步亭，他方孟敖不能查自己的父亲。我承认这个人是空军王牌，也敢作敢当，才堪大用。但对他十年不认父亲的行为我不欣赏。"

话筒那边沉默了。

曾可达似乎想起了什么，立刻抑制住了刚才激动的情绪，小声地说道："我说的不对，请建丰同志批评。"

"你说得很对。年轻人总有任性的毛病，我就曾经反对过自己的父亲嘛。"

"对不起，建丰同志，我不是这个意思。"

"你应该是这个意思。"

曾可达额头上的汗终于冒出来了。

"人孰无过，过则无惮改。我当时不认父亲是真正的少不更事。方孟敖不同，他不认父亲是是非分明。'8·13'日军轰炸我上海，方步亭抛妻弃子，一心用在巴结宋、孔两个靠山上，把他们的财产安全运到了重庆，让自己的妻子和女儿死于轰炸。方孟敖亲眼看着母亲和妹妹被炸死，那时他也就十七岁，还要带着一个十三岁不到的弟弟，流落于难民之中。换上你，会认这个父亲吗？"

曾可达一边流着汗，一边是被真正震动了。建丰同志这样动情已是难见，这样详细地去了解一个空军上校的身世更显用心之深。这让他着实没有想到，咽了一口唾沫，答道："对方孟敖的调查我很不深入，我有责任。"

"我说过，很多地方我们确实应该向共产党学习。譬如他们提出的'批评与自我批评'。我同意你的自我批评。从早上到现在你一直都还没吃饭，先去吃饭吧。吃了饭好好想一想，方孟敖和他的大队应不应该用，怎么用。"

曾可达两腿一碰："建丰同志，我现在就想听你的指示。立刻着手安排方孟敖和他的飞行大队的改编，部署他们去北平的工作。"

"也好。我没有更多的指示。记住两句话：用人要疑，疑人也要用；关键是要用好。昨天北平的学潮还只是一个开始，局势很可能进一步恶化，甚至影响全国。联席会议已经决定，要成立调查组，去北平深入调查。成员里你是一个，还有徐铁英。你们能够对付共产党，可都对付不了方步亭。他的背后是中央银行，是财政部。因此，用好方孟敖是关键。"

"是！"曾可达两腿又一碰。

"还有，我同意你的建议。对那个崔中石做深入调查。"

秦淮酒家，崔中石依然静静聆听着重复的旋律。按当时点歌的价位，一美金可点一曲评弹。崔中石给的是十美金，却只点那首《月圆花好》，同一首歌得唱上十遍，别的食客如何耐烦？眼下已不知是唱到第几遍的结尾了：

> 双双对对，恩恩爱爱，
>
> 这园风儿，向着好花吹，
>
> 柔情蜜意满人间……

各处已有烦言啧啧，崔中石依然端坐，那伙计不得已趋了过来："这首歌已经唱了三遍。侬先生可否换听别的曲子？拜托拜托……"

崔中石拿着公文包站起来："不点了，还有七美金也不用退了。"说着就向门外走去。

那伙计鹜趋般跟着："侬先生走好。我替侬先生叫车。"

崔中石在门口站住了："是不是还想要小费？"

那伙计只得站住了："哪里，哪里。"

崔中石："那就忙你的去。"走出门去。

秦淮酒家门外，那辆黄包车居然拉起了，站在那里望着出现在门口的崔中石。

崔中石坦步向那辆黄包车走去："去金陵饭店。多少钱？"

黄包车夫："先生上车就是，钱是小事。"

这是直接交上锋了。

崔中石："你一个拉车的，钱是小事，什么是大事？"

那黄包车夫毫不示弱，也并无不恭："您坐车，我拉车，准定将先生您拉到想去的地方就是。"

"好。那我不去金陵饭店了。"崔中石坦然上车，"去国民党中央通讯局。"

"听您的。请坐稳了。"那车夫还真不像业余的，腿一迈，轻盈地便掉了头，跑起来不疾不徐，又轻又稳。

"我说了去中央通讯局，你这是去哪里？"崔中石在车上问道。

那车夫脚不停气不喘："中央通讯局这时候也没人了，我还是拉先生您去金陵饭店吧。"

崔中石不再接言，身子往后背上一靠，闭上了眼睛，急剧思索。

那车夫又说话了："先生您放心好了。大少爷的病全好了，下午六点就出了院，过几天可能还会去北平，家里人可以见面了。"

崔中石的眼睛开了，望着前面这个背影："你认错人了吧？"

那车夫："我认错人没有关系。先生您不认错人才要紧。"加快了步子，拉着崔中石飞跑起来。

　　国防部荣军招待所。

所谓荣军招待所是蒋介石笼络嫡系以示荣宠的重要所在，一般都是中央军派往各地作战的黄埔将校入京述职才能入住。当然，像国民党后来成立的空军航校毕业而升为将校的军官也能入住。

一个多小时前还是阶下囚，一个多小时后便成了座上宾。方孟敖及其飞行大队这时就被安排住进了这里。

他们都洗了澡，按各人的号码发换了崭新的衬衣短裤，只是外面那套飞行员服装现成的没有，依然脏旧在身。一个个白领白袖，容光焕发，外衣便更加显得十分不配。

由一个军官领着，将他们带到吃中灶的食堂门口。那个领队军官喊着队列行进的口号，方孟敖和飞行员们却三两一拨散着，你喊你的口号，我走我的乱步，不伦不类进了食堂。

中灶是四人一席，飞行队二十人便是五席，一席四椅，四菜一汤，还有一瓶红酒，都已摆好。却另有一席只在上方和下方摆着两把椅子，显然是给方孟敖和另外一个人准备的。

那军官接有明确指示，尽管对这群不听口令的飞行员心中不悦，脸上还得装出热情："大家都饿了。这里就是我们革命荣军自己的家。上面有指示，你们一律按校级接待。

中灶，四人一桌，请随便坐。"

二十双眼睛依然聚在门口，同时望着方孟敖。

那军官："方大队长是单独一桌，等一下有专人来陪。同志们，大家都坐吧！方大队长请。"

方孟敖望着那军官："军事法庭已经判决，我们都解除了军职。你刚才说按校级接待，一定是听错指示了。麻烦，再去问清楚。免得我们吃了这顿饭，你过后受处分。"

那军官依然赔着笑："不会错，是国防部预备干部局的指示。"

方孟敖："国防部预备干部局说他们都是校级军官？"

那军官一愣："这倒没说。方大队长……"

方孟敖不再为难他，立刻转对飞行员们："都解了军职了，就当是预备干部局请客。吃！"

一哄而散，各自抢桌，乱了好一阵子，才分别坐好。

方孟敖走到自己那张桌前，却没坐下。手大，伸出左手拿起了桌上的碗筷杯子勺，同时还夹起那瓶红酒；右手抄起那把椅子，向陈长武这桌走来："让个位。"

陈长武高兴地立刻搬起自己的椅子，准备移向左边与另一个飞行员并坐，给方孟敖单独留下一方。

方孟敖一只脚钩住了陈长武椅子下的横梁："不愿跟我坐呀？"

一天之间，由死到生，原就准备当新郎的陈长武这时更是将这位队长兼教官视为嫡亲的兄长，放开随意才是真正的亲切，当即答道："我也不跟你结婚，坐一起谁是谁呀？"

哄堂笑了起来。

"Shit！"方孟敖十多天没用的"专骂"这一刻脱口而出。

飞行员们更高兴了。谁都知道自己的教官队长当年跟陈纳德飞虎队的美国飞行员们都是英语对话，都是互相骂着这个单词。平时上课或实习飞行，方孟敖对他们总是在批评和表扬之间才用这个专骂。今日听来，分外亲切。

"那么多漂亮大学生追我，我还得挨个挑呢，轮得上你陈长武？给我坐下吧。"方孟敖脚往下一钩，陈长武那把椅子被踏在地上，接着对飞行员们，"那张桌上的菜，谁抢着归谁。"

五张桌子都去抢菜了，其实是一桌去了一人。方孟敖那张桌子上四菜一汤刚好五样，那四张桌子都抢到了一个菜，反倒是陈长武这张桌子只端回了一碗汤。

有"专人来陪"的那张桌子只剩下了一套餐具和一把空椅子。

刚才还乱，坐定后，用餐时，这些飞行员们立刻又显示出了国民党军任何部队都没有的素质来。

——开红酒，熟练而安静。

——倒红酒，每个杯子都只倒到五分之一的位置。

——喝红酒，每只手都握在杯子的标准部位，轻轻晃着。每双眼睛都在验看着杯子里红酒挂杯的品质。接着是几乎同步的轻轻碰杯声，每人都是抿一小口。

放下杯子，大口吃菜了，还是没有一张嘴发出难听的吞咽声。

北平无战事
（上）

那个引他们来的招待所军官被这些人热一阵冷一阵地晾在一边，好生尴尬。再也不愿伺候他们，向门口走去。刚走到门口便是一愣，接着迎了过去。

尽管未着将服，还是一身凛然——曾可达身穿那件没有领章的卡其布军服，脚穿浅口黑色布鞋大步来了。

在门外，曾可达和那军官都站住了。

里面竟如此安静，曾可达望向那军官，低声问道："情绪怎么样？"

那军官可以发牢骚了，也压低着声音："一上来就较劲，把为您安排的那桌菜给分了。这下又都在装什么美国人。不就是一些开飞机的嘛，尾巴还真翘到天上去了。曾将军，我们荣军招待所什么高级将领没接待过，就是从来没有见过这样的'夹生饭'。"

曾可达苦笑了一下："我也没见过。把这里所有的人都撤走，在外面布岗，任何人不许接近。"

"是。"那军官立刻应了，同时挥手，带着站在门口的几个军人飞快离去。

刚才还是那个招待所的军官尴尬，这下要轮到曾可达尴尬了。

他一个人走进那门，站住了，身上穿着不是军服的军服，脸上带着不笑之笑，再无法庭上那种居高临下盛气凌人，十分平和地扫望着各张桌子正在用餐的飞行员们。

飞行员们却像约好了，无一人看他，各自喝酒吃饭。

曾可达最后把目光望向了方孟敖。

只有方孟敖的眼在看着站在门口的曾可达，可望向他的那双眼立刻让曾可达感觉到了对方眼神中的目空一切！那双眼望着的是自己，而投射出来的目光包含的却是自己这个方向背后的一切，自己只不过是这目光包含中的一颗沙粒或是一片树叶。

——这是无数次飞越过喜马拉雅山脉，能从毫无能见度的天候中找出驼峰峡谷的眼；这是能从几千米高空分清哪是军队哪是百姓的眼；这是能对一切女人和孩子都真诚温和，对一切自以为是巧取豪夺的男人都睥睨不屑的眼。因此这双眼透出的是那种独一无二的真空，空得像他超万时飞行的天空。

刚才还都在低头喝酒吃饭的飞行员们也都感觉到了，所有的目光都悄悄地望向方孟敖，又悄悄地望向曾可达。大家都在等着，自己的教官队长又在咬着一架敌机，准备开火了。

那架敌机显然不愿交火。曾可达信步走到原来为他和方孟敖安排的那张桌子边，搬起了那把空椅，顺手又把桌上的碗筷杯子拿了，接着向方孟敖这桌走来。

走到方孟敖对面的方向，也就是这一桌的下席，曾可达对坐在那里的飞行员说道："辛苦了一天，我也没吃饭。劳驾，加个座，好吗？"

居然如此客气，而且甘愿坐在下席，这些汉子的刚气立刻被曾可达软化了不少。那个飞行员也立刻搬起自己的椅子跟左边的并坐，把自己的位置给曾可达让了出来。

"看起来这顿饭是吃不好了。"方孟敖把筷子往桌面上轻轻一搁，"预备干部局准备怎么处置我们？请说吧。"

"没有处置。但有新的安排。"曾可达立刻答道，接着是对所有的飞行员，"大家接着吃饭。吃饭的时候什么也不说。我一句话也不说。"说到这里拿着手里的空杯准备到一旁的开水桶中去接白开水。

斜着的红酒瓶突然伸到了刚站起的曾可达面前，瓶口对着杯口。

端着空杯的曾可达站在那里，望着瓶口。

握着酒瓶的方孟敖站在那里，望着杯口。

所有的目光都望向这二人，望向两手接近处的瓶口和杯口。

那个声音，从电话里和门缝里先后传出的声音又在曾可达耳边响起："用人要疑，疑人也要用，关键是要用好……用好方孟敖才是关键……"

曾可达把杯口向瓶口迎去，方孟敖倒得很慢，五分之一，三分之一，三分之二，慢慢满了！

曾可达端着满满的那杯酒，露出一丝为难的神色，摇了摇头。

方孟敖把自己的酒杯立刻倒满，一口喝干，又将自己的酒杯倒满了，放在桌面，坐下去，不看曾可达，只看着自己面前那杯酒。

其他目光都望着曾可达。

曾可达不再犹豫，端起杯子喝了一大口，又喝了一大口，第三口才将一杯酒喝完。脸立刻就红了。

方孟敖这才又望向曾可达，目光也实了——这不是装的，此人酒量不行，气量比酒量大些，至少比自己想象的要大些。

因此待曾可达再将酒杯伸过来时，方孟敖接过了酒杯："对不起，刚才是忘了，坏了你们的规矩。长武，曾将军要遵守'新生活运动'，不抽烟，不喝酒。帮忙倒杯水去。"将空杯递给陈长武。

陈长武接过杯子立刻向一旁的开水桶走去。

曾可达说了自己一句话也不说的，还真信守言诺，不说话，只看着方孟敖。

陈长武端着白开水来了，竟是将杯子洗干净后，盛的白开水，用双手递给曾可达。

曾可达接水的时候，望着陈长武的眼光立刻显露出赏识，是那种对可以造就的青年人的赏识，就像赏识手中那杯没有杂质的白开水。

金陵饭店 209 房间。

这里也有两杯白开水，两个青年人。一杯白开水摆在一个坐着的青年人面前的桌子上，一杯白开水拿在一个站在临街靠窗边青年人的手里。两人都穿着白色的长袖衬衣，头上都戴着耳机。

一台新型美式的窃听器赫然摆在隔壁靠墙的大桌上。

曾可达安排的两个青年军特工已经安排就绪，等着监听隔壁房间崔中石的一举一动。

"来了。"窗前那个青年人轻声说道。

"OK！"坐在窃听器前的青年人轻声答着，熟练地轻轻一点，点开了窃听器的按钮开关。

窃听器上方两个平行转盘同时转动了。窃听器前那个青年同时拿起了速记笔，摆好了速记本。

隔壁 210 房间。

里边的门锁自己转动了，显然有人在外面拿钥匙开门。

门轻轻推开了，崔中石走了进来。

没有任何进门后的刻意观察，也没有任何在外面经历过紧张后长松一口气的做作。崔中石先是开了壁橱柜门，放好了公文包，接着是脱下西装整齐地套在衣架上挂回壁橱中，再取下领带，搭到西装挂衣架的横杠上，把两端拉齐了。关上壁橱门，走进洗手间。

209 房间，窃听录音的那个青年人耳机声里传来的是间歇的流水声，很快又没了，显然隔壁的人只是洗了个脸。果然，接下来便是脚步声。

突然，这个青年一振，站着的青年也是一振。他们的耳机里同时传来隔壁房间拨电话的声音。窃听的青年立刻拿起了速记笔。

"碧玉呀。"隔壁房间崔中石说的竟是一口带着浓重上海口音的国语。

"侬个死鬼还记得有个家呀？"对方俨然是一个上海女人。

速记的那支笔飞快地在速记本上现出以下字样：

晚 8：15 分崔给北平老婆电话。

而此时隔壁 210 房间内，崔中石像是完全变了个人，其实是完全变回了崔中石自己，一个上海老婆的上海男人，十分耐烦地在听着对方轻机枪般的唠叨：

"三天两头往南京跑，养了个小的干脆就带回北平来好了。"

"公事啦。你还好吧？两个小孩听话吧？"

"好什么好啦。米都快没了，拎个钞票买不到菜，今天去交学费了，学校还不收法币，屉子里都找了，侬把美金都撒到哪里去了？"

崔中石一愣，目光望向连接隔壁房间的墙，像是透过那道墙能看见那架硕大的窃听器。

"都告诉你了嘛，就那些美金，投资了嘛。"

"人家投资都住洋楼坐小车，侬个金库副主任投资都投到哪里去了……"

"我明天就回北平了。"崔中石打断了她的话，"有话家里说吧。"立刻把电话挂了。

209 房中，速记笔在速记本上现出以下字样：

北平金库副主任 家境拮据？？？

国防部荣军招待所食堂里，依然在进行着气氛微妙的饭局。

一张上面印有"国防部预备干部局"红头、下面盖有"国防部预备干部局"红印的文件摆在那张铺有白布的空桌面上，十分醒目。

方孟敖和曾可达不知什么时候已经坐到了这张空桌前。方孟敖依然坐在上席，身子依然靠在椅背上，目光只是远远地望着桌面上那份文件；坐在他对面下席的曾可达一直盯着他，忍受着他这种"目无党国"的面容。因为文件下方赫然有"蒋经国"的亲笔签名！

那五桌，杯盘早已干净，仍然摆在桌上，飞行员们都坐在原位鸦雀无声，远远地望着方孟敖和曾可达那张空桌，望着对坐在空桌前的方孟敖和曾可达。

"你的母亲死于日军轰炸。经国局长的母亲也死于日军的轰炸。他非常理解你。托我向你问好。"曾可达从这个话题切进来了。

方孟敖的眼中立刻流露出只有孩童才有的那种目光，望了一眼曾可达，又移望向文件下方"蒋经国"三个字上。

有效果了。曾可达用动情的声调轻声念道："'谁言寸草心，报得三春晖'……经国局长还说了，对你不原谅父亲他也能理解。"

央行北平分行行长办公室的座椅上，方步亭的眼中一片迷惘。

谢培东在接着念南京央行总部刚发来的密电："……该调查组由国民政府财政部总稽核杜万乘、国民政府中央银行主任秘书王贲泉、国民政府中央民食调配委员会副主任马临深、国防部预备干部局少将督察曾可达、新任北平警察局局长兼北平警备司令部侦缉处长徐铁英五人组成。具体稽查任务及此后北平物资运输皆由国防部预备干部局所派之青年航空服务队执行。队长特简空军笕桥航校原上校教官方孟敖担任。央行北平分行午鱼北平复电称其与'七五事件'并无关联，便当密切配合，接受调查，勿稍懈息。方经理步亭览电即复。央行午鱼南京。"

谢培东拿着电文深深地望着方步亭。

方步亭的椅子本就坐北朝南，这时深深地望着窗外黑暗中的南方。

谢培东把电文轻轻摆到方步亭桌前，说道："踹被窝还是踹到我们身上了。可叫儿子来踹老子，那些人也太不厚道了……"

方步亭本是看着窗外，突然掉头望着谢培东："你不见孟敖也有五年了吧？"

谢培东望着方步亭怪怪的目光："五年多了。"

"终于能见面了嘛，大不了死在一堆。"方步亭竟浅然一笑，"这个高兴的消息，先不要让木兰他们知道。看看孟韦吃完饭没有，叫他上来。"

国防部荣军招待所食堂里曾可达依然在传达着经国局长的指示：

"一、这是叫你们去反贪惩腐；二、除了运输物资不给你们派作战任务；三、牵涉到你父亲，对事不对人。建丰同志这三条指示你没有理由拒绝。"曾可达尽量态度诚恳但语气已经透着严肃，"还有，你不是十分关心你一手带出来的这些学生吗？他们报考航校，三年学习，三年训练，难不成叫他们就这样回家吧？这么多青年的前途，你丝毫不替他们考虑？"

方孟敖："这个文件你可以宣布。他们都应该有前途。只请宣布的时候，先不要念关于我的任命。"

曾可达终于有些急了："你不当队长就没有必要成立这个大队。他们也就不可能有这么好的安排。特种刑事法庭的判决可是等候处置。"

方孟敖只望着他。

曾可达又缓和了语气："我知道，经国局长也知道，上面都知道。你是抗日的功臣，飞驼峰死了那么多人，你的命是捡回来的。越是过来人，越该多为他们这些青年想想嘛。"

方孟敖："你让我想了吗？"

曾可达这才醒悟到自己又犯了性急的毛病，同时也看到了转圜的余地，当即说道："好。我先向他们宣布。对了，你的家人还是关心你的。那个崔副主任就一直在为你的事说情。他住在金陵饭店，还没有走。于情于理你都该去看看他。"

方孟敖站起来："曾将军，打了十几天交道，我还一直没给你行过礼呢。"说着双腿一碰，向曾可达行了个标准的军礼。

曾可达一是没有想到，二是便服在身，回礼的时候便大大地没有方孟敖标准。

所有的飞行员眼睛都亮了。

方孟敖却已经大步向门口走去。

飞行员们的目光又都迷惘了。

金陵饭店 209 房间里。

"来了。"临街窗口那个青年人向桌前监听的那青年轻轻唤道。

从 209 房的窗口向下望去，一辆军用吉普停在金陵饭店大门口，方孟敖从后座车门下来，向大门走去。

央行北平分行行长办公室。

走进这道门的是方孟韦。

脱了警服，换了便服，方孟韦便显出了二十三岁的实际年龄，在父亲面前也就更像儿子。

方步亭这时已经坐到办公桌对面墙边两个单人沙发的里座，对站着的方孟韦："坐下。"

方孟韦在靠门的单人沙发上斜着身子面对父亲坐下了。

这回是方步亭端起紫砂壶给儿子面前的杯子里倒了茶。方孟韦双手端起杯子喝了一口，发现父亲又给另外一个空杯也倒了茶，便说道："我叫姑爹上来？"

方步亭："他忙行里的事情去了。"

方孟韦："另有客人来？"

方步亭望着儿子："是呀。我们方家的祖宗要回来了。"

方孟韦倏地站起，睁大了眼望着父亲："大哥要回来了？"

方步亭："今天还回不来，不是明天就是后天吧。"

"崔叔办事就是得力！"方孟韦由衷地激动，"爹，我看他还是自己人。"

"我也愿意这样想啊。"方步亭沉重的语调立刻让方孟韦的激动冷却了好些，"崔中石是自己人，又把你大哥救出来了，你大哥还能回心转意认我这个父亲。快六十了，部下又忠实，两个儿子又都能在身边尽孝，你爹有这样的福气吗？"

方孟韦挨着沙发边慢慢坐下了，等着父亲说出他不可能知道的真相。

方步亭："想知道救你大哥的贵人是谁吗？"

方孟韦："不是徐主任？"

方步亭："小了些。"

方孟韦："通讯局叶局长？"

方步亭："叶秀峰如果管这样的事能当上中统的局长吗？"

方孟韦："宋先生或者孔先生亲自出面了？"

方步亭："你爹还没有这么大的面子。在别人眼里我是宋先生、孔先生看重的人，究竟有多重，我自己心里明白。不要猜了，真能救你大哥的只有两种人：一种是共产党，还有一种就是国民党里专跟老一派过不去的人。"

方孟韦的脸色慢慢变了，问话也沉重起来："爹，救大哥的到底是谁？"

"国防部预备干部局！"方步亭一字一顿说出了这个名字，"不只是救，而且是重用。对外是北平青年航空服务队队长，实职是国防部预备干部局驻北平经济稽查大队大队长。北平民食调配委员会的物资还有账目，他都能稽查。而这个账目就是崔中石在管。你现在应该明白，你爹为什么怀疑崔中石了吧？"

凉水浇头，方孟韦坐在那里好一阵想，却总是理不出头绪。

方步亭："崔中石住在南京哪个饭店，哪个房间？"

方孟韦："金陵饭店210房间。"

方步亭："你先给徐主任去个电话，让他从侧面问问金陵饭店总机，崔中石回房没有，关键是你大哥现在去没去金陵饭店。记住，问话前先代我向徐主任道谢。"

方孟韦立刻站起来。

金陵饭店209房间，窃听器桌前戴着耳机的青年人一边高度专注听着隔壁房间传来的对话，一边在速记本上飞快地记录下几行文字：

9：05分 方孟敖至

崔惊喜 沉默（似有疑虑 目光交流？）

9：06分 方唱《月圆花好》两句（不正常 疑被崔制止？！）

而在隔壁，210房间的桌上也摆有一沓纸。

崔中石坐在桌前用铅笔飞快地写着，同时嘴里说着其他的话："你愿不愿意再干是你的事，谁也强迫不了你。但既然你问到我，我就再劝你一次，十年了，一直不理自己的亲生父亲，现在你又辞去职务不干，下面怎么办？没有了家，又没有了单位，除了开飞机，别的事你也不会干。总不能到黄浦江去扛包吧？别的不说，一天不让你喝红酒，不让你抽雪茄，你就受不了。"

方孟敖站在崔中石身侧，一边听他说话，一边看着纸上的字；这时，面前的崔中石沉默了，他的内心独白却随着文字出现了：

以你的性格不会接受预备干部局的任命。

请示组织以前，你先接受这个任命。

用你自己的风格，接受任命。至关重要！
——质问我刚才的话，问我以往给你的钱是父亲的还是弟弟的！

方孟敖眉头蹙了起来，从来不愿说假话的人，这时被逼要说假话，他沉默了。
崔中石抬头望他，眼中是理解的鼓励。

与此同时，209房间内坐在桌前监听的青年的笔也停了，高度专注听着无声的耳机。

"我知道你每次带给我的红酒、雪茄都是你们方行长掏的钱！"方孟敖还是不说假话。
崔中石心中暗惊，脸上却不露声色，这个时候只能让方孟敖"保持自己的风格"！
方孟敖接着说道："我不会认他，可我喝你送的酒，抽你送的烟。美国人给的嘛，我不喝不抽也到不了老百姓手里。"
"那我这三年多每次都来错了？"崔中石很自然地生气了，"事情过去十年了，抗战胜利也三年了。让夫人和小妹遇难的是日本人，毕竟不是行长。现在我们连日本人都原谅了，你连父亲都还不能原谅？"
"日本人现在在受审判。可他呢？还有你们中央银行，在干什么？崔副主任，我们原来是朋友。如果我到了北平，不要说什么父子关系，只怕连朋友也没得做。你们真想我去？"方孟敖这话说得已经有些不像他平时的风格了，可此时说出来还真是真话。
崔中石立刻在纸上写了三个字：

说得好！

方孟敖偏在这个时候又沉默了，好在他拿出了雪茄，擦燃了火柴，点着烟。火柴棍是那种饭店专有的加长特用火柴，方孟敖拿在手里，示意崔中石是否烧掉写有字迹的纸。
崔中石摇了一下头，示意方孟敖吹熄火柴。

209房间桌前的速记笔写出以下字样：

方生气 说到去北平事又止（似非作假）沉默 擦火柴 （抽烟？焚物？）

中央银行北平分行行长办公室，方步亭脸色十分严峻，眼睛已经盯住了桌上的专用电话："不能让他们再待在一起！你立刻给金陵饭店崔中石房间打电话。"
方孟韦："用这里的电话打？"
方步亭："我说话，当然用这里的电话。"
方孟韦立刻过去拿起话筒，拨号码。
金陵饭店209房间，耳机里一阵电话铃声响起，桌前监听的那青年立刻兴奋紧张起来。那支速记笔的笔尖已经等在速记本上。

隔壁房间内。

崔中石目视着方孟敖，慢慢拿起话筒。

"是行长啊。"崔中石这一声使得坐在窗前的方孟敖手中的烟停住了。

方孟敖接着把头转向了窗外。

"是的。应该的。"崔中石接着捂住话筒压低声音，"他来看我了。是，在这里。我试试，叫他接电话？"

209房间，速记本上飞快显出以下字样：

9：38分 方步亭来电话 谢崔 崔欲父子通话 方步亭沉默

接着那个监听青年耳机里传来砰的一声，一震，立刻对窗边那青年："注意，方孟敖是不是走了？"接着凝神专注耳机里下面传来的声音。

耳机里，隔壁房间的电话显然并未挂上，却长时间沉默。

中央银行北平分行行长办公室。

电话筒没有在方步亭的耳边，也没有搁回电话架，而是拿在他的手里，那只手却僵停在半空——方孟敖的摔门声他刚才也听到了！

十年了，儿子对自己的深拒，自己对父道的尊严，致使二人无任何往来，甚至养成了旁人在他面前对这层关系皆讳莫如深的习惯。像今天打这样的电话实出无奈，亦属首次。虽远隔千里，毕竟知道那个儿子就在电话机旁。打电话前，打电话时，方步亭闪电般掠过种种猜想，就是没有想到，听说是自己的电话，这个儿子竟以这种方式离去。这一记摔门声，不啻在方步亭的心窝捣了一拳！

方孟韦的记忆里，从来没有见过父亲这样的失态！他想走过去，却又不敢过去，只听见父亲手中话筒里崔中石那上海口音的国语依然在讲着话。

他忽然觉得，崔中石电话里的声音是如此不祥！

崔中石一个人仍然对着电话："行长不要多心。没有的，不会的。接您电话的时候，孟敖已经在门边了。正要走，他早就说要走了……"

话筒那边还是没有接言。

崔中石只好说道："行长，您要是没有别的吩咐，我就挂电话了。我明天的火车，后天能回北平，见面后详细向您汇报。"

那边的电话这时挂了。

轮到电话僵在崔中石手里了，也就瞬间，他轻轻地把话筒搁回去。望了望临街的窗户，没有过去。无声地轻拿起桌上写有字迹的纸，走向了卫生间。

209房间内。

站在窗边那青年："方孟敖上车了。"

速记笔写下了以下一行字样：

9：46 分 方孟敖摔门去 崔未送（电话中 劝方步亭 方父子隔阂甚深！）

楼下传来了吉普车开走的声音，窗口那青年放下了撩起一角的窗帘，回头见桌前的青年正指着窃听器上的转盘。

转盘上的磁带剩下不多了。

窗口那青年轻步走到一个铁盒前拿出一盒满满的空白磁带，向窃听器走去。

国防部荣军招待所食堂外，跟随方孟敖的军人在院门外便站住了。

方孟敖一人走进中灶食堂的门，一怔。

他的二十名飞行员都换上了崭新的没佩领章的飞行服，戴着没有帽徽的飞行员帽，每人左胸都佩着一枚圆形徽章，分两排整齐地站在食堂中央，见他进来同时举手行礼。

方孟敖望着这些十分熟悉却又有些陌生的面孔。

所有的手还五指齐并在右侧帽檐边，所有的目光都期待地望着方孟敖。

方孟敖不忍再看这些目光，眼睛往一旁移去，发现桌椅都已收拾干净，排在墙边。自己原来那张干净的桌布上，整齐地叠有一套飞行夹克服，一顶没有帽徽的飞行官帽。

曾可达还是那套装束，这时只静静地站在一旁。

——就在刚才的一个小时，他传达了国防部预备干部局的对这个飞行大队的信任，感动了这些青年。他给每个飞行员都亲手分发了军服，给每个飞行员都亲手佩戴了徽章。只是还没有宣读任命文件，必须等方孟敖回来。

但现在，他不能也不敢去碰桌上那套军服，他在等方孟敖自己过去，自己穿上。经国局长的殷殷期待，这时全在曾可达的眼中，又通过曾可达分传在二十名飞行员的眼中。

方孟敖这时竟有些像前不久进门时的曾可达，孑立门边。

方孟敖的脚迈动了，牵着二十一双眼睛，走到那套军服边。

所有的空气都凝固了。

在一双双眼睛中，可以看见：

——方孟敖在穿军服。

——方孟敖在戴军帽。

——方孟敖在别徽章！

"敬礼！"本就一直行着军礼，陈长武这声口令，使两排举着手的队列整齐地向左转了四十五度角，全都正面对着新装在身的方孟敖。

方孟敖两脚原地轻轻一碰，也只好向他们举手还礼。

"现在我宣布！"曾可达尽量用既平和又不失严肃的语调，捧起了任命文件，开始宣读，"原国军空军笕桥航校第十一届第一航空实习大队，于民国三十七年七月六日改编为'国防部北平运输飞行大队兼经济稽查大队'，对外称'中华航空公司驻北平青年服务队'，直接隶属国防部预备干部局。特简任方孟敖为该大队上校大队长。

所有队员一律授予空军上尉军衔。具体任务，由国防部预备干部局少将督察曾可达向方孟敖传达。国防部预备干部局 民国三十七年七月六日。"

南京京郊军用机场。

在当时，C-46 运输机停在机场还是显得身影硕大。因此警戒在飞机旁的卫兵便显得身影略小。

一行车过来了，第一辆是军用小吉普，第二辆是黑色奥斯汀小轿车，第三辆是前嘴突出的大型客车。

三辆车并排在 C-46 的舷梯边停下了。

一个卫兵打开了小吉普的前门，身着飞行服的方孟敖出来了。

两个卫兵打开了小吉普的后门，左边曾可达，右边徐铁英，一个是少将军服，一个是北平警察局长的官服，同时出来了。

接着是大型客车的门开了，方孟敖大队的二十名飞行员下车列队，整齐地先行登上了舷梯，走进了飞机。

最后才有卫兵打开了小轿车的门，从前座出来的是国民政府财政部总稽核杜万乘，三十多岁，西装革履，却戴着厚厚的深度近视眼镜，有书生气，也有洋派气。

小轿车后座左边出来的是国民政府中央银行主任秘书王贲泉，也一副西装革履，四十余岁，也戴着眼镜，却是墨镜，也有洋派气，却无书生气。

最后从小轿车后座右边出来的人却是一身中山装，五十有余，六十不到，领扣系着，满脸油汗，手中的折扇不停扇着。此人是国民政府中央民食调配委员会副主任马临深。

北平"七五事件"民生物资调查组五人小组全体成员同机要飞往北平了。

曾可达显然不愿搭理那三个乘轿车者，跟方孟敖站在一起，虽不说话，阵营已然分明。

徐铁英倒是笑着迎前几步打了声招呼。

那三人也不知是因天热还是因心乱，一个个端严着脸，都只是客气地点了下头，便被卫兵先行引上了舷梯。

徐铁英踅回到曾可达和方孟敖身边，却望了一眼炽白的太阳："怎一个热字了得。"

曾可达："放心，北平比南京凉快。警察局长也比联络处主任有风。"

徐铁英绝不与他较劲，转望向方孟敖："孟敖啊，今天是你驾机，徐叔这条老命可交给你了。"

方孟敖有时也露出皮里阳秋的一笑："徐局长是要我报答你的救命之恩？"

一句就把徐铁英顶在那里，何况曾可达那张脸立刻更难看了。

"我可不是这个意思。"徐铁英转圜的本事还是有的，"干了十几年了，就是怕坐飞机。"

方孟敖还是忠厚，确切说还是礼貌："那徐局长就尽量往前面坐，后面晕机。"

徐铁英："晕机倒不怕，就怕飞机掉下来。"

方孟敖那股不能忍受虚伪的气又冒出来了："那就等着飞机掉吧，反正我能够跳伞！"说完径自走向舷梯。

　　曾可达这时望向了徐铁英："怕也得走啊。徐局长请。"

　　直到这时，徐铁英才望向站在一边约五米处的青年秘书，是他在联络处的那个孙秘书，也换上了警服，提着一大一小两口皮箱走了过来。

　　曾可达在前，徐铁英在中，孙秘书提着皮箱在后，这才登上了舷梯。

　　一阵气流袭来，巨大的螺旋桨转动了。

　　曾可达稳步走进了机舱。

　　徐铁英却被气流刮得一歪，赶忙扶住舷梯的栏杆。

　　在他这个位置恰恰能看到驾驶舱里方孟敖驾机的侧影——他会跳伞吗？！

|四|

在北平，像方步亭宅内那样的小洋楼屈指可数。真正气派排场舒适的住处便是清朝王公贵族遗存下来的府邸。1945年抗战胜利国民党接管北平，各军政机关第一件大事便是争占保存完好的府邸。和敬公主府就是当时北平保留完好的王府之一，被蒋介石嫡系的第十一集团军争到了，做了军部办公用地。

今天7月7日，恰好是日本侵略军发动卢沟桥事变全面侵华十一周年纪念日，国民党北平当局却不敢在这一天举行任何纪念活动。两天前镇压东北学生的戒严尚未完全解除，傅作义又公开声明不得再抓学生，这种半戒严状态便弄得军警宪特部门有些尴尬，学生们小群的集会抗议此起彼伏，而且都是和平集会，市民也都出来支持，北平警备司令部和北平市警察局只得各处设置路障，调一些消防车，把住重要的军政机关大门。

地处张自忠路的和敬公主府大门外便是这般状况。

一早，许多无处可归的东北流亡学生就来到了这条街上。上午，北京大学、清华大学、燕京大学等学生自治会都组织了好些学生前来声援。

警备司令部和警察局十分紧张，调了好些人来守大门。

有些奇怪的是，这些学生全是静静地被阻在大门东大街方向一百米处的铁丝栅栏外。大门西大街道路却空空荡荡，未设路障，然而安排了重岗，路人不得通行。这显然是在清道，一定是有重要人物的车要从西边过来。

府邸的大门上赫然挂着一块"北平青年航空服务队"的大牌，原来，今天入住这里的重要人物便是方孟敖的飞行大队。

如此尊荣的一座府邸，被北平市官员们安排给了方孟敖大队，规格之高，前所未有，与其说是巴结，不如说是害怕。

路障这边，军警们只是执着盾牌警棍，显然傅作义已经严令不许用枪械对付学生了。

路障那边，许多学生还纱布包头，绷带吊臂，这都是东北的学生。在他们身边、在他们身后则是佩着各大学徽章的北平学生。全都静默着，于无声处，不知何时乍起惊雷。

在燕京大学人群里，谢木兰那张脸格外兴奋，她身边的女同学男同学也都显得比别处的学生兴奋激动。

"待会儿车一到，你敢不敢跳过去见你大哥？"一个女学生低声地问谢木兰。

周围的几双眼都望向谢木兰。

谢木兰心中有无数雀跃，偏要装作沉着，轻声说道："到时候你们几个就把我举起来，我跳过去！"

商量时她们的目光闪烁着后视，声音压得这么轻显然不是怕路障那边的军警，而是怕站在她们后面的人听见。

几个女孩的身后，那双我们曾经见过的深邃的眼又出现了，就是7月5日夜晚在燕大附属医院玻璃大门后的梁经纶，他的身旁此刻还站着何孝钰，而谢木兰却只能站在前边的学生队伍里。

他显然看出了前边女学生们的倾向，侧头低声对身边的何孝钰说道："告诉谢木兰她们，今天是和平抗议，不许跟军警发生冲突，不要在这里去认她大哥。"

何孝钰点了下头，好几个强壮的男学生立刻伸手拨开前面的人群，让她向谢木兰她们挤去。

梁经纶的眼随着何孝钰移去，那几个强壮的男学生又立刻向他靠紧，显然是在保护他。

谢木兰还在轻声给身边的女同学许着愿："包在我身上，一定让我大哥给你们签名。"

立刻，她定住了。何孝钰已经挤到了她的身旁，轻轻推了她一下："梁先生说了，你不能在这里认你大哥。听见没有？"

"好扫兴。"谢木兰眼一闪，"是你说的，还是梁先生说的？"

何孝钰看出了她的坏，拉住她："你自己去问吧。"

谢木兰立刻赖了："我相信啦。待会儿我一定不去认，让你去认，好吗？"

何孝钰脸一下子红了，转身就要挤开。

谢木兰立刻又拉住了她："我可什么也没说啊。好了，你守着我，我听话，还不行吗？"

何孝钰："那就再不许说话。"

谢木兰使劲点着头，偏在这时一个军警隔着栅栏走到了她们对面，两眼逼视，警棍也指向了谢木兰她们。

"指什么指？有本事过来抓我啊！"谢木兰刚讲的不说话，这时又嚷了起来。

立刻好几个军警过来了。

何孝钰轻轻一拉谢木兰，自己挡在了她的前面。

谢木兰在她身后着急："他们不敢抓我，让我到前面去。"

何孝钰仍然紧紧地挡着她。

那几个军警看见何孝钰立刻态度缓和了许多。这年头早就乱了，许多军政要员的子女偏也跟政府过不去，每次学生闹事，都少不了他们。眼前这女孩胸佩燕京大学徽章，清秀大气，谁知她会是哪位大人物的闺女？一个显然是带队的军警头目便不失礼貌地说了一句："小姐，请叫大家遵守秩序。"

"怎么还不来呀！"谢木兰越过攒动的人头，望向那条被军警隔离的马路前方。

南苑机场进入北平城区的路上，两辆军用三轮摩托开道。

后面的黑色小轿车里却只有司机，没有坐人，空空地跟着。

轿车后面那辆大客车里则坐满了人，而且还站着人。

大客车二十座，刚好能乘坐青年服务队的飞行员。可方孟敖不愿坐前面的轿车，便少了一座，一个队员挤到了前排副驾驶座上，让方孟敖坐在了大客车进门处的位子上。

可进门处还是握着扶手站着一个人，中山装穿得笔挺，满脸干瘦，眼袋是青的，牙齿是黑的，褶子里的笑全是官场的。这位就是北平民食调配委员会副主任、北平市民政局长马汉山。

战火压城，市政早就荒废，一条路破烂不堪，也不维修，马汉山站在车内饱受起伏颠簸，还一脸的心甘情愿。方孟敖不愿坐小车，他便陪着上了大车。没有人让座，他更愿意站着。此人半生钻营官场，从不愿烧冷灶；每遇麻烦，便拼命补火，热灶烧得比谁都热，偏让他屡试屡灵，总能化险为夷。形成了习惯，再也不改，这次又是如此。

方孟敖的眼一直望着窗外，这时才转向了他："马副主任、马局长，我们这些当兵的没必要让你这样陪着。还是坐到你的车上去吧。"

"鄙人是专门来接方大队长的。你不坐，打死了我也不会去坐的。"马汉山一脸的诚恳。

"要不马局长坐我的位子，让我站站？"方孟敖做起身状。

"可别！"马汉山慌忙伸出一手，"方大队长要这样，鄙人就下车走路了。"

"停车！"方孟敖喊了一声。

那司机也不知何事，猛地踩刹车。

马汉山一个趔趄，车骤然停了。

方孟敖："开车门，马局长要下车走路。"

飞行员们都笑了，只是没笑出声来。

马汉山只是愣了一下，此人脸上无肉，脸皮倒是真厚，居然也跟着笑："真是闻名不如见面。方大队长真是个乐天派。开车吧，方大队长开玩笑的。"

那司机脸上的汗也出来了，踩动油门，轻轻启动——马局长坐自己这辆大车还是头一回，何况还站着。刚才那一脚刹车差点将局长闪倒，从后视镜里看见他虽然还在笑着，可回去后饭碗是否还能保住，心中着实忐忑。

车开到了和敬公主府大门西边约一百米处。

"停车！"这回是马汉山叫停车了。

司机吸取了上次的教训，轻踩刹车，那车便往前又滑行了几米才停住。

马汉山凑到司机靠椅后弯腰往前望去。

远远地，大门东边路障的集会学生人群中突然打出了两条大横幅。

一条横幅上写着："欢迎不轰炸开封的爱国空军！"

一条横幅上写着："欢迎反贪腐的青年（清廉）服务队！"

马汉山眼珠子急速地转着，低声对那司机："倒车，从后门进去。"

"马局长。"方孟敖已经站在他背后了，"我们可是从来不走后门的。怎么，怕那些学生？"

马汉山直起身子，一脸的关心："都是些东北闹事的学生，摆明了这是冲着你们来的。你们有任何闪失，都是我的失职。再说，方大队长和弟兄们都辛苦了，不管走哪个门，都得让你们赶紧洗了澡吃了饭先休息。"

方孟敖又弯下腰细看了一下远处的人群，笑了笑："还真是冲着我们来的。不过横幅上明明写着'欢迎'嘛。开过去。"

那司机好生为难，回头望向马汉山。

方孟敖不再搭理他们，径自去开了车门，向飞行员们："起立！列队下车！"

他率先下了车。

飞行员们在车上就一边走着一边列队，跟着下了车。

方孟敖走在一边，二十人排成两行，一色的飞行夹克，阅兵式的步伐，青年航空服务队整齐地走过大门，向东边学生人群走来。

打着横幅的学生人群静悄悄的，一双双充满渴望的眼远远地望着这支没有帽徽领章的队伍向他们走来。

"敬礼！"方孟敖一声口令，二十一人同时举起右手，步列依旧，向渐行渐近的学生人群致敬。

军警们都闪到了两边，诧异而紧张地望着这支队伍。

学生人群激动起来了。

谢木兰跳了起来，几个女同学跟着跳了起来。

"木兰！"何孝钰立刻喊住了她。

谢木兰只得站住了，周围的同学也都站住了。

她们的眼睛比任何时候都亮！

其实何孝钰的眼也比刚才亮了许多。

一个女同学还是忍不住，凑在谢木兰耳边："是领队的那个吗？"

谢木兰目光看着越走越近的大哥已经激动得答不出话了。

"是。"何孝钰轻声接言了，"不要再说话。"她的目光也早已定在方孟敖身上，像是在努力寻找自己儿时那个大哥哥的身影。

"立正！"方孟敖一声口令。

前行的队伍在路障前整齐地站定了。

"列成横队！"两行纵队很快地转列成了横队，依然两排，挺得笔直，面对黑压压的学生人群。

"敬礼！"方孟敖又是一声口令，和飞行员们同时向学生人群又行了个举手礼。

首先是女学生们，再也抑制不住，全都激动地鼓起掌来！

接着男生们反应过来了，一些人跟着拼命鼓起掌来！

方孟敖满脸流露出来的不是同情，而是同心，仿佛自己就是他们，大步向前迈了一步，脚前已是栅栏。

学生人群掌声慢慢停了，全都安静了下来。

方孟敖："报告同学们！我们是北平青年航空服务队，是来调查'七五事件'民生物资案的。我本人叫方孟敖，是青年服务队队长。他们，都是青年服务队队员。请认清我们胸前的徽章。凡是有情况反映的，可以找我们每一个人。"

路障对面学生人群中挤出一个高大身形的学生代表，操着浓厚的东北口音："请问方大队长，你们会住进这座和敬公主府吗？"

方孟敖看着他："你能不能告诉我，为什么提这个问题？"

那个学生代表："这里原来住的是十一集团军的高官。今年4月以后改做了北平市民食调配委员会，就是他们，在这里面名曰办公，暗中贪腐！昨晚才为你们腾出来的。你们住吗？"

学生们显然有组织，很成熟，就一个人提问，所有人都只用目光等待方孟敖回答。这阵势更显出无形的力量。

有几双眼更是十分关注地在等着方孟敖回答。

一双当然是谢木兰的眼。

一双是何孝钰的眼。

她们的身后，是梁经纶那双深邃的眼。

方孟敖没有急于回答，回过头望向身后，高声喊道："马局长呢？"

马汉山也是见过大阵仗的，知道今天躲不了了，也早已下了车，不近不远地跟在方孟敖队伍后边，这时正一个人站在路边军警们的旁边。

方孟敖叫了，马汉山只好故作镇静地走了过来，先对方孟敖笑了一下，接着主动地对学生们大声说了起来："同学们！同学们！你们都是有知识有文化的人，人家方队长他们从南京开飞机过来，他们太辛苦了！所有的事情，不只是他们，鄙人，还有北平市民食调配委员会都会给你们一个交代。请你们体谅，让方队长他们好好休息吧！大家先回去吧，回去吧！"

那个学生代表立刻激愤起来："我们连住的地方都没有，马局长叫我们回哪里去？"

"不要跟他说话！"学生中另有人高声喊道，"我们只跟方队长说话！"

很多学生同时喊了起来："贪官走开！贪官走开！"

马汉山那张干瘦的黑脸更黑了。

军警们立刻紧张了，举着盾牌从两旁奔了过来。

那个为头的军警带着几个人站在马汉山身边。

方孟敖回头看着马汉山，又扫视了一眼那些军警："现在是我在跟学生说话，你们能不能后退些？"

那些军警还真怕这位方大队长，面朝着学生人群真是退着，往后迈了几大步，拉开了距离。

马汉山便又只一个人站在方孟敖身边了。

知道方孟敖有话要说，学生们慢慢又安静了下来。

方孟敖对马汉山："马局长，这个院子是不是都是给我们住的？"

马汉山咽了口唾沫："是的。整个院子就一块牌子，全是你们青年服务队的。当然，还有我们调派来为你们服务的后勤人员……"

方孟敖笑了："这么大一座公主府，就住我们二十一个人，太冷清了吧。还有，我们也不需要你们派什么后勤人员。也好，既然北平市把这个院子划归我们住了，我们就有权安排了。"

说到这里他又转身望向了学生人群。

一个个头上还包着纱布的脸。

一个个手臂上还吊着绷带的脸。

一双双审视、期待、渴望，当然也还有些怀疑的眼。

突然，方孟敖的心震动了一下！

他看见了一双似曾相识的眼，那双眼闪耀着亲情激动和无比的热烈——谢木兰的眼！

接着方孟敖又看见了另一双似曾相识的眼，也有亲情只是更含蓄些，也有激动只是更收敛些——何孝钰的眼！

两双美丽的大眼！

方孟敖已经猜着了几分，这就是十一年前自己的亲表妹和形同妹妹的那两个小姑娘！

方孟敖的眼中立刻闪出了只有他这个王牌飞行员和真男人才有的目光，就像在万里夜空飞行看见闪亮的星星那般的目光！

但他没有注意到，另有一双仿佛隐藏在更远夜空暗星般的眼特别专注地捕捉到了他刚才流露的眼神——这便是梁经纶的眼。

毕竟不是交流时，方孟敖向谢木兰、何孝钰眨了下眼，转望向了那个学生代表："你们估算一下，这里可以住多少人。安排你们没有住处的东北同学住进去，尽量多住些人。"

"这可不合适！"马汉山急着嚷了起来，"北平市政府不会答应的。"

方孟敖只斜了他一眼，一个人向和敬公主府大门走去，对站在那里的持枪卫兵："这里我接管了。听口令，立正！跑步走！"

那几个卫兵是警备司令部派的，不归马汉山管，但都知道方孟敖的来头，这时见他威风凛凛，竟十分听从口令，并腿敬礼，整队跑离了大门。

方孟敖又大步走到了东边的路障旁，对着学生们："同学们，刚才你们问我，我们会不会住这个公主府。现在我正式回答你们，不住！刚才我也听到了，东北来的同学们还没有住处，现在我代表青年服务队，把这个院子让给东北的同学们住！"

学生人群立刻沸腾了！

太激动了，便有学生不再守纪律，带头喊起了口号：

"进步青年万岁！"

"青年（清廉）服务队万岁！"

方孟敖已经走到带队的军警头目面前："搬开路障，让学生住进去。"

那军警头目好生为难："方大队长……"

方孟敖："你们的徐局长跟我同机来的，有事我担着。搬路障！"

"是！"那军警头目双腿一碰，"报告方大队长，方副局长也是我的上级……"

这就是想套近乎了，方孟敖打断了他："搬吧。"

那军警头目又答了一声，立刻指挥军警们去搬路障。

人声鼎沸，方孟敖也立刻转过身向队员们："跑步上车！"

两列队伍同时后转，横队变成了直队，整齐地向西边停着的大车跑去。

马汉山身材精瘦，立刻跟着跑去。

口号声在他们身后喊得更响了。

"大哥万岁！"

虽然人声鼎沸，方孟敖还是听到了这声无比激动的呼喊，跑步中侧过身子，立刻搜寻到了在人群中跳跃的谢木兰，抛去一个美国式的挥手礼。

更多的女生同声喊道："大哥万岁！"

路障搬开了，许多学生，尤其是女生，激动地喊着，试图追上方孟敖大队。

方孟敖及其大队还有那个马汉山都上了大车。

"开车！开车！"马汉山对司机吼着。

那司机踩油门掉头，飞快将车向西边方向开去。

谢木兰那些女生还有好多学生还是远远跟着，跑了好长一段路程。

更多的东北学生已经拥向和敬公主府大门。

剩在原地的学生不多了。何孝钰还有几个燕大的学生围在梁经纶身边。

一个学生："梁先生，东北的同学们这样住进去不行。要组织。"

梁经纶轻声说道："要组织好。你们几个去，叫他们以学校为单位，有秩序地分开住。每个学校都要将每个同学登记名字，不能让一个人被抓。"

"好。"那几个学生立刻向大门边的人群走去。

梁经纶身边只剩下何孝钰了。

梁经纶转对何孝钰："你去找着谢木兰，陪她一起到方家去等方孟敖。"

何孝钰没有接言，也没有动步，只是望着梁经纶。

梁经纶轻声地："接触他。这个人可以争取。"

何孝钰这才向谢木兰她们跑去的方向追去。

梁经纶望着何孝钰的背影，望着拥向和敬公主府的学生人群，深邃的目光似乎更深邃了。

在北平，燕京大学外文书店是国民党特务最少光顾的地方。一是这儿卖的都是外文书籍，二是这里卖书的店主原是老燕京教神学的一位美国籍女士。不会外语，不是燕京大学的人，很难在这位美籍女店主面前不露马脚。

因此，这里就成了梁经纶常来的地方，确切地说，成了他与组织的人秘密接头的地方。

"（英语）上午好，索菲亚女士。"梁经纶和她太熟了，一边打着招呼，一边捧着她伸过来的手，轻吻了一下手背。

"（英语）上午好，梁教授。"那女士有六十出头了，热情却不失雍容，"（英语）你的书都找出来了，在二楼，没有安排别人，很安静。"

"（英语）非常感谢。"梁经纶微微向她又行了个点头礼，"（英语）图书馆严先生可能给我送资料来，麻烦您让他到楼上找我。"

索菲亚女士："（英语）好，没问题。"

"（英语）非常感谢。"梁经纶再次礼貌地致谢，很熟悉地走向里屋的那道门，上了楼梯。

二楼是一间阅读室，书桌上全是外文的经济学书籍，有英文的，有德文的，也有法文的。

梁经纶在认真地阅览，并且对比着做笔记，做卡片。

楼梯轻轻响了，梁经纶慢慢站了起来。

来人手里夹着一包资料，向梁经纶轻轻按了按手，梁经纶坐下了。

来人在他桌子的对面坐下。

来人："梁教授，这是你要的国外最新的关于金融方面的论文资料汇编。"

梁经纶隔着桌子双手接了过来："谢谢严先生。"

梁经纶打开了资料包，一份一份开始翻阅，然后抬起了头，轻声地："上级指示还没有传达？"

那严先生很严肃，声音也极轻："是昨天传达的。有严格要求，只限于口头传达要点。"

严先生全名严春明，是中共北平地下党燕大学委的负责人。

梁经纶严肃地点了下头，接着闭上了眼，开始用他超凡的记忆力聆听严春明口头传达的指示要点。

一切都在寂静中传达。

严春明目光正对着的窗外，天上的流云在超速地飞过。

严春明的嘴轻轻地闭上了。

梁经纶的眼慢慢睁开了。

"英明。"梁经纶用两个字概括了他领会的指示精神，"春明同志，我能结合我们当前的学运工作，谈谈我对上级这个指示精神的理解吗？"

严春明点了下头。

梁经纶："上级指示说'现在北平学生工作较好，波浪式的发动斗争影响大。但总的方针是隐蔽精干、积蓄力量，不是以斗争为主'，能不能理解为广大大学生由于对国民党反动派倒行逆施的不满，自发地发起波浪式的斗争，我们既不要强行推动，也不要干预阻止？"

严春明："可以这样理解。但党对学生运动的领导还是核心，不能消极地理解上级的指示精神。我的理解，既不能无视广大学生的革命热情，也不能让广大青年学生做无谓的牺牲。'七五事件'就是教训。反动当局现在还抓捕了大量学生，我们必须做工作，发动全社会的力量，包括国民党内反对派的力量，让他们释放学生。"

梁经纶似乎要的就是这个导向，当即重重地点了下头："那么重要的就是发动能发动的所有力量，首先要给'七五事件'定性。'七五事件'就是以北平市民食调配委员会贪污民生物资引发的学生抗议事件！国民党当局迫于全国人民的抗议呼声，包括美国的干预，已经对该事件进行调查。我认为，有一个人我们可以争取。"

严春明："谁？"

梁经纶："国民党派驻北平的青年航空服务队队长方孟敖。"说出这个名字后他紧紧地望着严春明。

严春明听到这个名字显然也十分重视，却同时显出犹豫。

梁经纶接着说道："我知道春明同志的顾虑。"说到这里，他接着流利地复述，"刚才上级的指示第二条关于统战工作说'对互相利用及政治情况特别复杂的对象，可以由其他方面去做工作；城工部门一般不搞这些工作为好，即使搞也要用特别的人去搞，不要发展特别党员，如有人要求入党，要向他讲明我们的党章，老老实实说明入党条件，不要乱吸收特别党员或者欺骗人家'。"

严春明对这个下级的才华能力历来就十分欣赏，这时听他一字不差地将自己传达的上级指示如此清晰地背诵出来，首先便毫不掩饰地流露出赞赏，接着鼓励地说道："谈谈你的想法。"

梁经纶："方孟敖显然属于上级指示中所指的'政治情况特别复杂的对象'。因此不应该由我们城工部门去做工作。但是，具体情况具体对待。那个方孟敖和我们发展的进步学生有十分特殊的关系，这层关系我们党组织的其他部门没有。如果根据刚才上级指示第一条所说的'要在一定的组织形式内，做一定的活动，即做情况允许下的活动'这一精神，我认为，我们可以利用学运部所特有的特殊关系去接触方孟敖。"

严春明显然被他的建议打动了，想了少顷，答道："这恐怕要请示上级。"

"春明同志。"梁经纶紧接着说道，"当然要请示上级，但眼下还没有必要。因为我们只是派人接触了解方孟敖，还没有到要发展他为特别党员的程度。中央一贯的指示精神要求我们，任何时候都不应该失去深入调查国民党内部最核心情况的有利时机。这一条，并不与上级新的指示精神相悖。"

严春明非常严肃了："你准备派谁去接触方孟敖？"

梁经纶："何孝钰。"

方邸洋楼二楼谢木兰房间，一台1948年最新款式的台式小风扇。

风扇调的是最大一挡，转得飞快，风便很大。

"吹死了！"谢木兰在家里总是将平时标准的北平话说得带上江南口音，因为舅舅方步亭是无锡人，当然也就是说她妈妈也是无锡人。

她一边嚷着，一边摇着端坐受风的方步亭："大爸，怕热就别穿这么多嘛！我可要把风扇关小了。"

方步亭的慈笑只有在这个视同己出的外甥女面前才如此自然，如此由衷。长袍马褂，正襟危坐，任她摇着，只笑不动。

"我真去关小了啊！"谢木兰迎风拂裙走去。

坐在床边的何孝钰显出来了，谢木兰向她笑着递去一个眼色。

方家是大户，住的又是洋楼，当时便有淋浴抽水马桶装置的卫生间。谢木兰和何孝钰从和敬公主府回来，第一件事便是二人都去洗了澡。

何孝钰显然常在谢木兰家小住，因此这里便有自己的换洗衣服。

这时两人都换上了干净的学生夏装。

一样的学生衣裙，何孝钰坐在床边双腿微夹着，两只手安放在膝上，她的裙便不飘，她的神态便文静，只微笑着，任谢木兰闹腾。

谢木兰越走近风扇，裙子飘得越高，连忙扯住了，蹲在风扇一边，望着何孝钰："孝钰，你说关小还是不关小？"

何孝钰还是微笑着："那就看你是真疼你大爸还是假疼你大爸了。"

"就你狡猾。"谢木兰握住转钮的手停住了，"专会讨老头子喜欢。"

何孝钰还是微笑。

方步亭还是慈笑。

谢木兰手把着转钮，直望着方步亭："大爸，你是不是更喜欢孝钰一些？说！"

方步亭还是慈笑。

谢木兰："说呀！"

方步亭答话了："都喜欢。"

谢木兰跳起来，一任风吹裙乱，跑到方步亭身边："她是你什么人？你为什么也喜欢她？说真话，不许说假话。"

方步亭："凡是好女孩，大爸都喜欢。"

"假话！"谢木兰高声打断了他，"我那么多同学都是好女孩，你这样喜欢过吗？"

何孝钰望向了谢木兰，知道她要说不正经的话了，收了微笑，正经了眼神，制止她往下说。

谢木兰才不理她，挨在方步亭耳边："我就说三个字，说对了，你就点头。"

何孝钰："木兰，你要说不正经的话，我可要走了。"

"心里有鬼才走。"谢木兰开始说那三个字了，"娃、娃、亲！"

何孝钰扶着裙子站起来，却没有迈出脚步。

方步亭不但没有点头，一直挂在脸上的慈笑也消失了，忧郁从眼中浮了出来。

谢木兰有些慌了，轻轻凑到方步亭耳边："大爸，我们同学今天都看到大哥了。你猜大家怎么说他？"

方步亭这时连眼中的忧郁也收敛了，毫无表情，但也未表示不听的意思。

谢木兰大起胆子说道："大家都说，大哥是真正的男子汉！你猜我说什么？我说当然了，我大爸就是真正的男子汉。我大哥特像我大爸。"说到这里她偷偷地观察方步亭的反应。

方步亭嘴角浮出一丝苦笑，这是他必须有的反应，因为这两个女孩在他心目中位置都太重要。尤其是何孝钰，他不能让她太尴尬。

"我说的是真的嘛。"谢木兰又轻摇着方步亭的肩，"真正的男子汉遇到了真正的男子汉，两个人才较劲嘛。在街上我叫他了，他还向我敬了礼。我猜呀，他回到家第一件事就是给您敬礼。要是他还敢较劲，孝钰也来了，我们一起帮您对付他，一定要他向您敬了礼，然后您再理他。啊？"

方步亭站起身，对着何孝钰，脸上强露出笑容："你爸那里我打电话告诉他，留你在这里一起吃饭。好不好？"

何孝钰的头点得好轻，看不出愿意，也看不出不愿意，能看出的是真纯的善解人意——好像她这时候来与梁经纶交给她的任务毫无关系。

国事家事，剪不断，理更乱。

方步亭即将面对的还不只是难以面对的大儿子，这时坐到外甥女房间，是为了躲避在警察局刚接完徐铁英回家的小儿子。

因为一直避住在外面的后妻恰恰也是这个时候要赶来完成他安排的一件事。

方孟韦事事顺父，唯独将后妈视若仇雠。方步亭左右不能偏袒，只能回避。

当然他这时见谢木兰和何孝钰还有就是听她们说说刚见过的大儿子。想听，又不能多听。估计这时候后妻做完那件事也走了，方步亭便离开谢木兰房间，准备下楼。

刚走到接近一层客厅的过道，不料不愿听见的声音还是出现了，是方孟韦在楼下发脾气的声音："下人呢？都睡着了吗？！"

方步亭一愣，在过道中停下脚站住了。

方邸洋楼一层大客厅中。

方孟韦背对客厅站在门口，要不是还穿着夏季警官服，此时神态完全像一个大家少爷。

两个洁白细洋布斜襟短褂的中年佣妇就站在客厅门外，一边一个，看着方孟韦生气，不吭声，却也不像是怕他。

"蔡妈、王妈，我说话你们都没听见？"方孟韦直接对她们的时候语气便缓和一些，显然刚才的脾气并非冲着二人来的。

"孟韦。"那蔡妈居然直呼其名，而不是称他小少爷，这是方家的规矩，下人对晚一辈一律直呼其名，"老爷招呼过了，这些照片只能夫人摆。"

方孟韦听到这句话脸色更难看了，更难听的话眼看要爆发出来。

"小少爷用不着生气，我摆好这些照片立刻离开。"另一个女人的声音抢在方孟韦再次发脾气前从客厅方向传来了。

方步亭听到这个声音神情分外复杂，爱怜、漠然、无奈俱有。

接言的那个女人正在北墙柜子上摆一幅照片，从背影看，头发梳得干干净净，衣服穿得干干净净，长得更是干干净净，也就三十出头。

她便是方步亭的后妻程小云。

"方家有少爷吗？"方孟韦那句难听的话终于出口了，"这个家的太太十年前就故去了，哪来的少爷！"

程小云不接言了，拿着白手绢擦着镜框玻璃的手也停了，慢慢放下来。

——那幅照片中一个女人的眼正望着她，她也望着那双眼。

——照片的全景出来了，那个女人身边就坐着十一年前的方步亭，身前搂着一个笑着正在吹口琴的小女孩，她的身边站着一个十六七岁却已身高一米七几的男孩，方步亭身边站着一个十一二岁身高一米五几的男孩。高个儿男孩显然是方孟敖，低个儿男孩显然是方孟韦，都是背带洋服，青春洋溢。

这幅照片与方孟敖在囚车里从皮夹中抽出的那张完全一样，只不过这幅照片是放大了的，还有就是方步亭的脸并没有用胶布贴住，黑发侧分，神采飞扬。

这种沉默更使方孟韦不能接受，他转身走到客厅大桌前，望也不望里面还装着好些镜框的大皮箱，用力将打开着的皮箱盖一关。

这一声好响，站在二楼过道间的方步亭微怔了一下，欲步又止，等着该出面的人替他解难。

方孟韦已经提起了皮箱，向客厅门走去。

"孟韦！"该出面的人出面了，谢培东的声音从客厅左侧传来。

方孟韦停了步。

谢培东走过来："过分了。"从他手里拿过皮箱。

程小云眼中有了一星泪花。

谢培东把皮箱摆回桌面，走到她身后，轻声说道："小嫂，我来摆吧。你先回去。"

程小云点了下头。

谢培东高声对客厅外："备车，送夫人！"

程小云转身大大方方向外走去，走到方孟韦身边又停住了："有句话请你转告大少爷，我是在你们母亲遇难以后嫁给你父亲的。"

方孟韦不看她也不接言。

程小云走了一小步又停住了，没有回头："当年去重庆的路上，你们父亲对我很礼貌，我们是邂逅相逢。这句话也请你转告大少爷。"说完这句快步出门向院外走去。

王妈立刻跟了去。

谢培东接着摆照片，全是与方孟敖、方孟韦兄弟和母亲、妹妹有关的照片，整个客厅显眼的位置都次第摆上了。

方孟韦这才走到桌边坐下："我也不知道爹是怎么想的，伤心往事偏要在这个时候都摆了出来，这不是故意让大哥看了，剜他的心吗？"

方步亭站在了二楼过道的窗边，望着窗外。谁能知道他此时的心事、此时的心情呢？

"你大哥未必像你想的那样。"谢培东的声音从一层客厅传来，"倒是你，不要再让行长为难了。怕你跟小妈吵架，他一早就躲到木兰房里去了。唉！孝悌两个字，孟韦，今天都要看你了。"

方步亭面朝窗口的背影感动得晃了一下。

"是。"方孟韦在姑爹面前还是十分恭敬的，答着，立刻走到客厅的电话边，拨了号，"李科长吗？北平青年航空服务队安排住在哪里，你调查清楚了吗？"

对方在答着他的话。

方孟韦："好，很好。你们辛苦了。徐局长那里我已经说好了，今天晚上我就不陪他吃饭了。你们好好巴结去吧。一定要陪好了。"

方步亭独自向窗外的北平城移望，满眼屋顶。

他望向了处于宽街方向那座和敬公主府，也只能望见树木葱茏间的屋顶。哪里能看见国防部预备干部局派来的那支青年航空服务队？哪里能看见那个前来查腐惩贪的经济稽查大队大队长儿子！

接着，远方的一声火车鸣笛让他又是一惊！

一列喷着黑烟的载客列车远远地驶进了北平火车站。

他的两眼立刻又露出了寒峻！

南京火车站站台上，吐着白烟待发的客车。

车厢中部，赫然的标牌上印着"南京——北平"。

人流中也有两双眼微露着寒光，不远不近地望着手提皮箱登上卧铺车厢的崔中石！

这两个人也提着皮箱，身穿质料很好的学生服，俨然在读的富家子弟，跟着也走向了崔中石的那列卧铺车厢。

两人向列车员换票牌——原来就是在金陵饭店 209 房间监视崔中石的那两个青年！

旅客都上完了。

列车员也上车了。

车门关了。

一声汽笛长鸣，巨大的车轮转动了。

央行北平分行行长办公室。

"崔中石坐的哪趟车？"方步亭还是长袍马褂端坐在办公桌前。

"是 1 次车，今天下午两点三十分南京始发站，明天晚上五点三十分到北平。"单独跟父亲在一起，方孟韦又像那个孝顺的儿子了，不过今天总是有些"色难"。

"唉！"方步亭一声长叹，望向窗外，突然说道，"孔子的弟子向他问孝，孔子答曰'色难'。意思就是要以发自内心的顺从之态度面对父母，此谓之色难。你既然心里不痛快，大可不必在我面前装作孝顺的样子。"

"爹。"方孟韦的委屈再也不忍了，这一声叫便露出了负气，"十年了，亲儿子不能见父亲，亲弟弟不能见哥哥。还要弄出个共党嫌疑，又扯出个铁血救国会！儿子在军警干的就是这一行，可您把事弄得也忒复杂了吧？搁上谁，谁心里也装不了。您今天还要叫那个女人把妈和妹妹的照片搬回家来，还要摆在客厅里。您这是跟共产党斗气，跟铁血救国会斗气，还是跟大哥斗气？您教训得对，儿子是不孝顺，可搁上谁，也都不会'色难'！"

方步亭有些陌生地望着这个小儿子，态度却出奇地平和："是啊，我又要跟共产党斗，又要跟国民党斗，在家里还要跟儿子斗。你爹在哈佛大学读经济博士写的论文就是《论马克思的经济基础决定上层建筑》。谁叫我学经济学到了斗争哲学上去了呢？"

方孟韦低下了头，不再顶嘴。

方步亭："我也爱我的国，我也恋我无锡的老家。这几晚做梦，都在太湖上钓鱼。但那都是梦啊。孟韦，这个国、这个家都容不下我们了。去美国吧，那里毕竟有我的母校，有我的同学。我摆上这些照片没有想跟谁斗，只是想告诉你大哥还有你，我这一生最大的愿望就是能让你们平安地去美国，我这一生最大的遗憾就是不能带着你妈和你妹妹一起去美国。如此而已。"说到这里，这个内心比海还深的人，眼中竟浮出了泪花。

方孟韦扑通一声跪在了楼板上，把涌出来的眼泪吞咽了，说道："只要爹能够安享晚年，儿子们的事您就不要再操心了！好吗？"

方步亭望着这个最心疼的儿子："我已经失去你妈和你妹了。要是没有你们这两个儿子，我还有什么晚年？为了你，你后妈就一直搬在外面住。为了你们兄弟，你后妈给我怀的两个孩子都流了。你不该那样对她。你大哥到北平了，明天崔中石也会回北平了。下面我还有没有晚年也只有天知道了……"

方孟韦倏地站起："爹，我这就去军营。今天怎么也得把大哥接回来，我们一家人吃饭！"

说完这句话方孟韦拿起茶几上的帽子大步走了出去。

"小哥！"谢木兰看见下楼的方孟韦立刻奔了上去，"是不是去接大哥？"

方孟韦看见了站在客厅桌旁的何孝钰，也不理谢木兰，快步下了楼，礼貌地打了声招呼："何小姐。"接着便向客厅门快步走去。

"我们也要去！"谢木兰追了过来。

方孟韦在客厅门边站住了："什么事都要掺和，你什么时候才能不再给我找麻烦？"

谢木兰："你想见大哥，我也想见大哥，怎么是给你找麻烦了？"

方孟韦："我再给你打一次招呼，不要以为平时跟着学生闹事别人因为我不敢管你，现在就又想打出大哥的牌子闹事。事情真闹大了，谁也救不了你！"撂下谢木兰大步向院外走去。

"我们是代表正义！"谢木兰被他气得好久才嚷出这一句，望着小哥走向院外大门的背影高声喊道，"那不叫闹事，叫发出正义的呼声！"

可这呼声立刻随着方孟韦消失的背影停住了，谢木兰气得直跺脚。

"木兰。"何孝钰已经在她背后轻声唤道，"在家里他是你小哥，不是警察局长，我们不跟他斗气。好好帮大爸想想，等你大哥回来，怎么好好见面。"说到这里她把声音压得更轻了，"我们也有好些话要问呢。"

大客厅西侧通往厨房的条桌边，谢培东依然在静静地擦着镜框，女儿和内侄刚才争吵他连背都没转过来一下。这时拿着那块擦脏了的白手帕静静地向厨房方向走去，似乎这一切都与他无关。

北平西北郊一处旧兵营。

马汉山从来没有被自己烧的热灶这样烤过。

方孟敖把和敬公主府让给了东北流亡学生，马汉山又领着车队去了两家不错的院落，方孟敖车也不下，点名要住到燕京大学、清华大学附近的仓库去。

总算让他想起了这一片有一座国军第四兵团一个营曾住过的兵营，前不久那个营开出去了，正闲置着，不得已马汉山把方孟敖青年服务队领到了这里。

方孟敖站在门口，队员们站在他背后，望着那座纵深有一百多米的营房，外间很大，一张张兵床左右摆着，外间里端能看见还有一个单间，这里住他们这个服务队倒是挺合适也挺现成。

"马局长。"方孟敖问身边的马汉山，"不是说住你们民食调配委员会的物资仓库吗？怎么把我们领到这里来了？"

这附近倒是有一座仓库，正是北平市民食调配委员会储存供应大学民生物资的分库，里边全是猫腻，马汉山怎敢让他们入住？

这时见方孟敖如此较劲，马汉山装出十分有罪的样子："不要说仓库不能住人，就是让方大队长你们住这个军营，鄙人已经十分惭愧了。你们一个个都是民族英雄，党国的功臣，上头再三说要好好接待。住这里我都不知该怎么样向上头交代了，仓库那是万万住不得的！"

这回是那个剃着小光头叫郭晋阳的队员接言了："马局长这话太离谱了吧？我们都是抗日胜利后报考的航校，怎么都成了民族英雄了？"

马汉山立刻接道："你们方大队长总是真正的民族英雄吧！你们跟了他自然也就是民族英雄青年服务队了嘛。"

方孟敖不让他再扯了："日本人都投降三年了，哪还有什么民族英雄？再说昨天我们还在军事法庭受审，今天马局长就把我们封了党国功臣，你权力也太大了。"说到这里他转向队员们，"就这里吧。离清华大学、燕京大学近，离民食调配委员会的仓库应该也不远。自己的住处自己收拾，进去吧。"

方孟敖率先走了进去。

队员们都跟着走了进去。

马汉山在门口又跺脚了，对跟着他的那个司机："后勤人员呢？铺的盖的用的，还有方大队长办公的用品，对了，还有吃的，怎么还没送来？！"

那个小车司机，其实就是他的贴身随从立刻答道："已经给调拨委员会后勤处打了电话了，马上送到。"

幸亏这个兵营大门岗卫兵室的电话还没有撤，马汉山拿起电话立刻拨通了一个要紧的电话。

对方便是北平民食调配委员会的直接上司，中央民食调配委员会副主任兼五人小组成员马临深。

马汉山半天的窝囊现在化作了一阵牢骚："什么国防部！什么铁血救国会！蒋夫人、戴局长我都打过交道，都没有这么牛皮！看他今天在大街上的行为，那不只是冲着我们民食调配委员会来的，简直就是冲着党国来的。我看他方孟敖就是个共产党！国防部连共产党都用了，你们得说话，向宋先生报告，向孔先生……"

"住口！闭上你的臭嘴！"对方的声音在话筒里很响，显然是被马汉山刚才的话惹急了。

马汉山一愣，反正对方看不见，瞪圆了眼，无声地向话筒啐了一口，还得接着听。

话筒里对方的声音："一群娃娃都摆不平，还宋先生孔先生。宋先生孔先生会来管这样的事吗？摆不平就把账交出来，这个副主任和局长有的是人来当！"

对方把电话生气地挂了。

马汉山也生气地把话筒往话机上使劲一搁，站在那里想着找谁来撒气。

碰巧门外一辆吉普，跟着两辆加篷的军用卡车从墙外开来，正好转弯进门。

马汉山大步走出了卫兵室，在大门正中的路上一站。

吉普吱的一声停了。跟着的两辆军用卡车也急刹车停了。

马汉山站在路中就骂："养着你们这帮混账王八蛋！送个东西送这么久！喝酒逛窑子也迟到吗？！"

吉普车里的人没有反应。

倒是后面两辆军用卡车的驾驶室里跳下两个民食调配委员会的科长，疾步向他走来。

其中一个科长："局长，您这个气生得没道理。临时找个地儿，临时来电话，还要临时凑东西。一个小时我们就赶来了，耽误什么了？"

看起来这个民食调配委员会规矩本就是乱的，上级对下级可以乱骂，下级对上级也可以顶嘴。

马汉山被他顶得又是一愣，琢磨着该怎么骂了。

另一个科长扯了前一个科长一下："李科长你就少说两句。局长一大早到现在可是饭也没吃。"

"到明天你们就都别吃饭了！"马汉山横竖要撒气，"整个北平两百万人在挨饿呢！轮也轮到你们家饿几顿了。妈了个巴子的，还顶我的嘴。李吾志，你个调拨科科长不想当现在就给我写辞呈！我他妈的还有好些人排队想当呢！"

那个李科长居然还敢顶嘴："马局长你是民政局局长，我是社会局调过来的。虽说在调拨委员会你是副主任，我可是主任任命的。"

"好！顶得好！"马汉山气得那张脸更黑了，"中央调拨委员会马副主任今天已经到了，待会儿我就去找他。看是你那个主任靠山大，还是中央的马副主任大。不撤了你，我就不姓马！"

那李科长这下真有些害怕了，憋着气，不敢再顶嘴，可一下子认错又转不过弯来。

另外那个科长必须打圆场了："我说李科长，马局长批评我们几句，你这个同志怎么就这么不能接受上级的批评呢？认个错吧，青年服务队还在等着安排呢。"

那李科长对马汉山："局长，是我的错，您要撤我总得让我先执行好您的指示吧。"

马汉山一顿乱骂，现在对方又伏了小，气消了一半："还不把车开进去，赶紧安排！"眼睛这时望向了挡着两辆卡车的那辆吉普，剩下的一半气要向还坐在吉普里的人撒了。

　　马汉山几步走到吉普车车前："混账王八蛋！不下车现在还挡着道，滚出来，立刻把车开一边去！"

　　吉普车后座的车门开了，一个人下了车，两步便迈到马汉山面前："马局长，你刚才骂谁混账王八蛋？"

　　马汉山有些傻眼了，他哪儿想到，和军用卡车同来的这辆吉普里的人竟是方孟韦！

|五|

马汉山之所以没想到自己最后泼口错骂的人会是方孟韦，还有一个原因，就是方孟韦没有穿警服，在路上换穿了他当北平三青团书记长时那身青年服，隔着车窗便以为也是民食调配委员会的人。

方孟韦虽年轻，身世阅历却非同龄人可比，最早入的便是国民党中央三青团，到北平调入三青团直做到书记长，1947 年三青团撤团并党，他才调到警察局当副局长，同时身兼警备司令部侦缉处副处长。这时往马汉山面前一站，且不论一米八几的青年身躯，就那双集党政军警阅历于一脸的眼睛，也足以让马汉山心生寒意，好久回不过神来。何况他还是方步亭的儿子，方孟敖的弟弟！

"真、真正是混账王八蛋！" 找台阶确是马汉山的强项，立刻转脸又骂那两个科长，"一下车就跟我吵，方副局长来了也不报告，我看你们根本就干不了这个工作！完事了回去赶紧写辞职报告吧！"

这回另外那个姓王的科长也叫起撞天屈了："局长，您这个批评连我也不能接受了。下了车您就是一顿严厉的批评，我们哪有插嘴报告的时间？"

"好，好，全是我的错。你们都是有功之臣，回去好好给你们奖励！"马汉山喘着粗气说了这几句，跟上来便是一声吼，"还不把车开进去安排方大队长他们，等着我现在就奖励你们吗？"

两个科长一脸汗水，一头雾水，一肚子怨水，也只好向那几辆车走去。

王科长走到方孟韦吉普车边跟司机说好话，让他把车先开到一边。

李科长走到两辆军用卡车前一声吆喝。

军用卡车开动了，那李科长也不再坐到驾驶室去，而是纵身一跃，跳到驾驶室门边的铁踏板上站着，手抓反视镜，也不知是还在斗气或是不如此不足以表现自己尽忠尽职，车风吹面，短发直立，押着第一辆卡车向里边营房壮烈开去。

那个王科长太胖，且没有李科长的身手，只好摆着手让第二辆卡车停住，苦着脸，一条眉毛高一条眉毛低，爬进了驾驶室。

第二辆车猛踩油门追第一辆车去了。

没有了下级在身边，马汉山也才好向方孟韦解释因唐突造成的"误会"。其实刚才对两个下级的又一顿臭骂已经完成了任务的一多半，剩下来便是化消极因素为积极因素，如何通过方孟韦帮自己的忙了。

马汉山从鼓鼓囊囊的中山装下边大口袋里掏出了一盒古巴雪茄，打开盖子，是一支装的极品，打听好了知道方孟敖好抽雪茄，原是准备见面敬献给他的，一路上就愣没敢拿出来，这时正好连盒子一起递给方孟韦："我这脑子被事情搅得成一盆糨糊了。亲兄热弟，我怎么能不想到方副局长会赶来见大哥呢？你看，原本是见面要给方大队长敬的烟，都给忘了。拜托方副局长见面时替我敬给方大队长吧。"

方孟韦平生敬父敬母，无论何人张嘴骂到了他的父母那立马要翻脸的。刚才马汉山那一句"混账王八蛋"就牵涉到父母，尽管他一番做戏，解释并非骂的自己，可毕竟当时骂的是自己，这个劲必须得较。任他那只手捧着烟盒递到自己面前好久了，瞧也不瞧，仍然盯着他的眼："马局长，你是不是父母所生？"

马汉山没想到方步亭这个小儿子比那个大儿子还较劲，一时又被顶在那里。

方孟韦："开口混账王八蛋，闭口混账王八蛋，人家的父母都是王八，你的父母是什么？"

马汉山这才琢磨到了，其实早就应该明白，方孟韦在官场是出了名的孝子，既然如此较劲非为别事，便知道该如何让他消气了："我就是这个臭毛病。父母死得早，缺教训，方副局长别放在心上。"

"父母死得早就没有父母吗？！"谁料这句话又触到了方孟韦的痛处，"我的母亲就死得早，我也缺教训？"

马汉山跺脚了："方副局长，有什么气你全发出来好了。今年初一算命的就给我算过，流年不利，这一年走的都是背字。你怎么发气我都认命好吧。"

方孟韦毕竟还有教养，在国民党干事什么人都见过，人家话说到这个份儿上，也就不好真的再发气了。可心中的憎恶还得表露出来："你刚才还有句话我得说明白了。我来这里是公事，不是什么亲兄热弟。你们民食调配委员会那些脏事，我们也有调查的义务。顺便提醒你一句，我们新上任的徐局长就是五人调查小组的成员之一。我来，是他交代的任务。收起烟，自己抽吧。"说完转身向吉普车走去。

吉普车发动了，朝着刚才军用卡车的方向开去。

马汉山站在大日头底下又蒙了好一阵子，突然想起了什么，连忙又向大门岗卫兵室奔去，直奔那部电话，一阵拨号，拿着听筒也就等了不到七八秒钟，对方便有人接电话了，他仍大骂："混账王八蛋！电话也没人守吗？立刻给我去打听清楚，新上任的北平警察局徐局长今天晚上是谁接风，在哪个酒楼，立刻告诉我！"

青年服务队营房里这时也是一片尴尬局面。

八年抗战，接着又三年内战，国民政府不搞建设，物资奇缺可想而知。到了1948年真的是许多城市连粮食都没有了，于是成立了这个民食调配委员会。说是"民食"，其实其他生活物资尤其是给军公政教配给的特供物资都归这个委员会调拨。马汉山电话所催的物资，在这两辆卡车里装得便十分富足，不只是铺的盖的，日常必须用的，包括烟酒咖啡，甚至连收音机、电唱机还有当时十分罕见的外国男人才使的香水都运来了，因为他们打听到方大队长喜欢过西洋生活。

这就注定两个科长在这里又要碰钉子了。

方孟敖此时在营房尽头的单间里，两个科长带了好些科员满头大汗将大箱小箱搬了进来，却受到了陈长武、郭晋阳他们的检查，绝大多数的物品被拒收了。

"除了睡觉洗澡和打扫卫生的物品，其他的请你们都带回去。"陈长武语气十分坚定。

那个李科长知道，要是把这些物品原封带回，撤不撤职不说，马汉山的臭骂着实是逃不过的，一急，脱口说道："这些都是按规定按计划必须给兄弟们配给的！我们是执行上级的指示！兄弟们不要，我们走后你们可以扔出去。让我们带回，那是绝不可以的。"

飞行员们互相对着眼色，那眼神都透着坏，显然都在琢磨该如何捉弄一下这些贪蠹的人。

"这还真作难了。"郭晋阳率先过来了，对着那李科长，"先生，请你看看我的手。"说着将十指伸了过去。

李科长不知他何意，望着他的两只手。

郭晋阳："你看我的十根指头干净不干净？"

李科长以为他要说到是否贪污的话题上，连忙答道："咱们青年航空服务队那是出了名的纪律严明，从来都是干干净净。"

郭晋阳："看你想到哪儿去了。我就是问你我的手指干不干净，可没别的意思。干净你就说干净，不干净你就说不干净。"

那李科长被逼又去看他的十指，发现他的左手食指和中指前端都有些发黄，却不好说，只好说道："当然干净了。"

"弟兄们，都把手给这位先生看看！"郭晋阳招呼所有的队员。

大家也配合，远远近近地都伸出了两手。

郭晋阳又问那李科长："我们弟兄们的手干不干净？"

那李科长望向了王科长，心里琢磨这群惹不起的主儿究竟是何用意，便不愿立即回答。

"我们的手脏吗？"一个平时就没有什么表情的飞行员这回开口了，声如洪钟，脸若冷铁。

那李科长望着王科长，王科长笑着回答："哪里，哪里。兄弟们的手都干干净净。"

那个问话的飞行员仍然盯着李科长："你说呢？"

李科长只好答道："当然干净。"

队员们都望向了郭晋阳，郭晋阳点了下头，大家把手都收了回去。

郭晋阳这才又对那李科长："我再看看你的手指。"

那李科长犹豫着将手伸了出来，两只手的食中二指全是黄里带黑。

郭晋阳："你看是吧。我们的十根指头都是干净的，先生你两只手有四根指头都被烟熏得又黑又黄。你抽烟对吧？"

李科长有点明白他在绕自己了，答道："虽然习惯不好，男人嘛，也就这点嗜好了。兄弟们不也都抽烟吗？"

"你这话我们可就不接受了！"郭晋阳立刻拉下了脸，"我们弟兄们的手都干干净净，可没有一个抽烟的。你刚才说这些东西都是按规定按计划配给给我们的，还说我们不用可以扔出去。先生你对民生物资也忒大方了。这我们也就不说你了。现在物资供应这么紧张，先生你只怕养家都有些困难吧？烟瘾又这么大，肯定缺烟抽。这几箱烟，我们也没有一个会抽的，送给你，这总不会坏规定吧？"

"好。"那李科长知道斗不过他们，"这几箱烟兄弟我带回去上交。"

"我说了，除了睡觉洗澡和打扫卫生的用品，其他的东西你们通通带回去！"陈长武不耐烦了，"哪有那么多啰唆的！"

郭晋阳紧接着又望着那李科长："是不是要弟兄们把衣服都脱了，别的地方全让你看上一遍，才肯把那些东西带走？"说着自己已经脱掉了上衣，露出了半身的腱子肉。

其他的队员站在各处，手虽未动，也都配合着做准备脱衣状。

李科长、王科长四目相对，那王科长是绝对不会先开口的。

"大不了回去又挨他一顿臭骂！"李科长也是有些脾气的人，这时候露出了杀伐决断，对那些科员，"还待在那里干什么？听他们的，其他的物品全搬上车，带回去！"

方孟敖这时候就坐在营房的单间抽着烟，本在想着心事，被外边这些队员一闹，也笑了。这支烟还没抽完，又掏出了一支，对着火抽起了另一支。一边抽，一边听着外边的动静，笑着。

笑，是他的帅气招牌。带得他的队员们纷纷仿效，以笑为帅。

果然，外边传来了各有特色的笑声。方孟敖倏地站起，准备向外边走去。

突然，外边的笑声戛然而止。方孟敖立住了。

青年服务队营房内。

队员们的目光又望向了营房门口，神态各异，心情皆一，那就是厌恶。

门口那人，队员们认定还是调拨委员会的人，公然左手拎着一只大箱，右手拎着一只大箱，标识皆是英文，他们却认得出，一箱是红酒，一箱是雪茄。

"请问方孟敖方大队长在吗？"那个青年人唯一不同的是，身上没有刚才那拨人的俗气，可一开口竟点着名要把这些贿物送给队长。

队员们又互相对望着，这个北平可真邪门了！

站在房内的方孟敖眼光往上一闪，这也是他的标志性动作，只是在内心极其激动兴奋的时候，才有此即闪即收的目光。他听到了外面那句问话，尽管声音已经完全不是十年前那个十三岁弟弟的童稚声，但他完全能肯定这就是弟弟的声音，目光慢慢移向了门外。

从他手腿肌腱一收间，让人立刻想到了他在杭州笕桥机场奔往指挥塔时那一掠的身影！可这次他的发力都集中在右手的大拇指和食指之间——那支燃着的烟被捏熄了，接着是烟灰烟丝纷纷撒落在地。

他没有急着出去，而是在听。他要看这个弟弟如何跟队员们接触对话，毕竟十年未见了。

方孟韦在营房门口也站了有两三分钟了。问了话，一营房的人都冷眼看着他，知道大哥就在里面房间也未见露面。莫非大哥打了招呼，连自己都不见？他拎着两只箱子，转了半个身，想回去。接着，猛转回来，大步走进营房。

立刻，他被三四个队员的身子挡住了。

接着，又是那个郭晋阳向他伸出了双手十指。

接着，挡他的其他几个队员也伸出了双手十指。

方孟韦当然不知何意，诧异地望向那些冷冷的目光。

"是真不明白，还是以为你比他们有本事？"郭晋阳一句逼问。

方孟韦把两只箱子放在了地上："我是真不明白。要是我大哥真不愿意见我，请你们直言相告。"

轮到郭晋阳他们面面相觑了。这才想起，队长有个在北平警察局当副局长的亲弟弟，而且偶尔听队长提及，兄弟之情手足难忘。

像被电了一下，郭晋阳的手率先缩回去了。

接着所有的手立刻缩回去了。

陈长武望着方孟韦，打量着："请问，你是方孟韦方副局长？"

方孟韦："我是方孟韦，你们队长的弟弟。"

郭晋阳早就滴溜着眼在想办法找补了，这时立刻喊道："敬礼！"率先举手行礼。

其他队员站在原地，同时举起了手，向他行礼。

就是这一个举动，方孟韦突然心里一酸，眼睛慢慢湿了。

就这短暂的沉默间，方孟敖的身影从单间门口出现了，让人心紧！

也就二十米的距离，走了十年，方孟敖望着弟弟那双热泪盈眶的眼，越走越近。

走到离方孟韦还有三米左右，方孟敖站住了，转望向那些仍然把手举在头侧行礼的队员："一个小孩，敬什么礼？放下。"

"是！"只有郭晋阳一个人大声应答，所有的手在同时唰地放下了。

方孟敖这才又向方孟韦走去，走到面前，从他的脸一直望到他的脚，又从他的脚望回到他的脸。眼睛慢慢眯细了，从心里涌出队员们从未见过的笑："你们看看，我们弟兄俩谁高些？"

没有一个人应声，有几个感情丰富的队员眼中已经有了泪花。

方孟敖立刻弯腰，扯开了一只纸箱，里面四六排着二十四瓶红酒。他提出了一瓶，举在眼前看着："不错，真正的法国货。"

接着，他又撕开了另一只箱子，露出了一只只铁盒，都是雪茄烟盒。

方孟敖一手两瓶提出四瓶红酒，向方孟韦一递："帮我拿着。"

方孟韦下意识接过四瓶红酒。

方孟敖又从另一只箱子里拿出四盒雪茄："酒每人一瓶，烟每人一盒，分了。"

说着自己掐着四盒烟，顺手又拎起了一包军毯垫被席子向里面单间走去。

方孟韦还愣愣地提着酒站在那里，陈长武向他笑着摆了一下头，方孟韦才醒过神来，提着酒跟着大哥的背影向里面单间走去。

队员们都望向了那打开的两箱烟酒。

又是郭晋阳，第一个冲了上去，抢烟拿酒。

所有的人都蜂拥而上，抢成一团，闹声顿起。

方孟敖将那包铺盖往床上一扔，便打开了一盒雪茄，拿出一支点着了深吸一口。接着拿出另外一支，递向方孟韦。

"哥。"叫了这一声，便是不知多久的停顿，方孟韦许多的话变成了一句话，"我不抽烟，也不喝酒。"

"新生活运动？"方孟敖望着他问道。

方孟韦："我不赶那风潮。开始是爹不许我抽烟喝酒，后来是我自己受不了，一喝就难受，一抽就咳嗽。"

"那你还老是叫崔叔给我带烟带酒？"方孟敖接着问。

方孟韦沉默了，再望向大哥时便动了情："哥一个人在外面，除了喝点酒抽点烟，剩下的就是孤单。尤其这三年，飞机也不让你开了。有些事，爹虽然也有苦衷，毕竟对不起你。"

一提到共同的父亲，方孟敖立刻冷了脸。

方孟韦咽回了想往下说的话题。

方孟敖大步走到单间门口，向那些队员："收拾床铺，打扫卫生！今天晚上就着凉水吃饼干！"

方孟韦心凉了一下，等大哥转过身来的时候，立刻去给他打开了那包铺盖，开始给他铺床。

方孟敖也不阻止，坐到了椅子上，吸着雪茄，看着弟弟铺床。

方孟韦看起来还是没有学坏，至少不像一个现职的北平市警察局副局长，铺齐了垫被，张上了席子，立刻又从装着水的脸盆里拧好了一条帕子，顺着纹路一条一条去擦洗席子，动作认真而敏捷。

"国民党别的不行，三六九等却清清楚楚。"方孟敖突然说道，"这个床也就是中央军一个营长睡的，居然还是铜床，少说也有两米宽。不知那个家伙在这里睡了多少女人。擦干净点，今晚你也在这里睡吧。"

方孟韦正在擦洗的手停住了，也就停了一下，接着又擦，轻声回道："好。今晚我就在这里陪大哥说话。"

轮到方孟敖沉默了，他知道弟弟的来意，有意用这句话让他不好开口。没想到这个弟弟在自己面前如此顺从，还像十年前一样，一阵爱怜从心底涌了出来。

方孟敖把雪茄在烟缸里按熄了，站了起来，第一次对弟弟笑着说话了："这张床没你睡的份儿。你大哥一个人睡了十年，从来不跟男人睡一张床。要睡两个人，那个人就是你嫂子。还打算跟我说一个晚上的话。别收拾了，回家吧，我也饿了。"

方孟韦站直了身子转了过来，怔怔地望着大哥。

方孟敖："怎么，你不是来接我回家的吗？"

方孟韦这才恍然："车就在外面……"

"我来开，你坐在旁边，我熟悉一下北平的路。"方孟敖抄起了桌上那盒雪茄，径自走出了门。

方孟韦见到大哥后第一次笑了一下，快步追了出去。

北平张自忠路顾维钧宅邸。

"七五事件"五人调查小组抵达北平后，没有住进任何军政机关，而是通过上面的关系，经时任驻美大使顾维钧及其夫人同意，住进了顾家在北平的这所宅邸。理由有三：一是顾本人及家眷此时都在美国，宅邸空置；二是住进此处，不受北平有关涉案机关的干扰；更重要的是，1924年孙中山先生逝世于此，挑选此地进行调查，彰显一查到底以慰先总理在天之灵的决心。

宅邸占地十英亩（约40468平方米），有房两百余间，亭台楼榭，皆在参天浓荫覆盖之下，花香鸟语拱围之中。五人各有单独一所院落入住。碰头开会办公则安排在先总理逝世卧房隔壁的会议室。

顾维钧宅邸调查小组会议室。

五个人之中，唯有一人有些不同，那便是徐铁英。他已经正式接任了北平市警察局局长兼北平警备总司令部侦缉处处长，这里虽也安排有住处，但大部分时间还得住到警察局的局长住地。当然，今晚的便餐兼碰头会议他必须参加。

孙中山先生仙逝之地就在隔壁，五个人围着大会议桌而坐，每人面前都是一碗白粥，两个小白面馒头和两个小玉米面窝头，一碟咸菜，一碟蔬菜，一个煮鸡蛋。因曾可达坚持，吃饭时有关文件及各大报纸报道"七五事件"的材料已经送到。他在吃饭时便低头仔细阅看，其余四人也只好一边吃饭一边阅看材料。

调查还未开始，主导的调子显然已经被国防部预备干部局定了。任何走过场，企图大事化小、小事化了，都得先过曾可达这一关。

"徐局长，徐局长。"会议室窗外传来轻声的呼唤。

徐铁英抬起了头。

杜万乘、王贲泉、马临深也都抬起了头，望向徐铁英。

唯有曾可达不露任何声色，左手将窝头送到嘴边慢慢嚼着，眼睛依然在专注地看着一份文件。

徐铁英轻轻站起，向诸人点头做了个暂时离开的示意，轻轻走到门边，拉开半扇，走了出去。

叫他的就是徐铁英从通讯局联络处带到北平的那个孙秘书，这时已站到阶梯下面，离会议室约五米处的树下。

徐铁英却在门边的走廊上站住："有话到这里来说。"

那孙秘书便又走了过来，轻声说道："局长，警察局来电话，副局长以下各部门的干部都在等您。说是戒严尚未解除，据各处的情报反映，共党及学生还在酝酿闹事，他们该怎么办，都要向局长请示汇报。"

徐铁英沉默着，他要的就是孙秘书这些话让会议室里的那四个人听到。少顷，他又轻轻推开了会议室的门，走了进去。

"这是大事，徐局长就先去吧。"徐铁英还未开口，中央民食调配委员会副主任马临深就先说话了。

中央银行主任秘书王贲泉接着点头了。

财政部总稽核杜万乘却未表态，而是望向了曾可达。

曾可达依然在低头嚼着窝头看文件，并不接言。

徐铁英不得不对他说话了："可达同志，你们先看有关贪腐的材料。我得先行离开。共党可能煽动学生闹事，警察局那边都在等着我去安排。"

曾可达终于抬起了头："当然不能让共产党闹事。徐局长了解了情况还望回来跟我们通一下气。"

"那是自然。"徐铁英答道，"诸位，我先去了。"

曾可达的一碗粥两样面食都已吃完，这时站了起来："今晚的会是开不成了，我建议各自分头看材料吧。"

马临深、王贲泉立刻附议，杜万乘名义上是五人小组的召集人，想了想也只好同意："那就先各自看材料吧。"接着他又对曾可达说道，"听说那个青年航空服务队一到北平就跟学生们直接表态，还把北平市安排给他们住的地方让给了东北学生。曾督察，他们归国防部预备干部局管，请你过问一下，最好谨慎一点，不要授人以柄。"

王贲泉是中央银行的人，马临深更直接，是中央民食调配委员会的人，二人也早知青年服务队到北平后的这些行为，不过是心里不满嘴里不敢说出而已。这时听到财政部主事的杜万乘说出了此事，而用词又是"谨慎""授人以柄"之类，所指者谁？不禁对望了一眼，接着同时望向了曾可达。

曾可达："我先调查一下再说吧。"说着自己夹着案卷先行离开了会议室。

方邸洋楼前院。

方孟敖站在大门内的门槛下打量着这所宅邸，方孟韦陪着哥哥也站在门槛下。方孟敖没向里走，方孟韦便只有静静地等着。

除了一个开门的中年男佣静静地站在大门内，从大门到洋楼只有几棵高大的树，绿茵茵的草坪，还有那条通向洋楼的卵石路。所有的下人都回避了，至于有好些眼睛在远处屋内的窗子里偷偷地瞧着，在大门门槛下那是看不见的。

洋楼的二层行长室内。

方步亭没有在窗前，依然在那张大办公桌旁，双眼茫然地望着前方。但他的耳朵显然在留神听着窗外前院的动静。尽管此刻没有任何动静。

方孟敖的眼亮了一下！

他看见洋楼大门中两把点染着桃花的伞慢慢飘出来了，不是遮头上的太阳，而是向前面斜着，用伞顶挡住来者的上身，可下身的裙子和女孩穿的鞋挡不住，随着伞向他飘来。

方孟韦嘴角也露出了一丝笑纹，这个表妹有时候还真是这个干旱家宅里的斜雨细风。

方孟敖也立刻猜到了桃花后的人面就是在和敬公主府门前已经见过而无法交流的表妹谢木兰和曾经一起度过童年的何孝钰，那种带着招牌的坏笑立刻浮了出来。

方孟韦突然觉得眼前一晃，大哥的身影倏地便不见了，再定睛看时，大哥已经站在款款走来的两把伞前。

两双女孩的脚突然被伞底下能看见的那双穿着军用皮鞋的脚挡停住了。

两把伞内，谢木兰望向了何孝钰，何孝钰也望向了谢木兰。

"仙女们，有花献花，有宝献宝吧。"方孟敖坏笑着点破了她们。

"坏死了！太没劲了！"谢木兰干脆把手里的伞一扔，露出了另一只手里握着的花束，也忘了递花，就地一跃，蹿到方孟敖身上，双手搂着他的脖子，两腿夹着他的腰，"大哥！"

方孟敖用一只手掌护住谢木兰的后腰。

眼前另外一把伞也竖起来，何孝钰带着恬静的笑把手里的那束花递过来了。

方孟敖另一只手接过那束花，望着那双会说话的眼，却不知道如何叫她。称何小姐肯定生分，直接叫孝钰又未免唐突。

"Thank you！（谢谢！）"方孟敖用浓重的美国英语免去了这次见面的称呼，紧接着赞道，"So beautiful！（很漂亮！）"这一句英语当然是连人带花都夸了。

谢木兰还不肯从大哥身上下来，在他那只大手的护持下干脆跨直了身子，望着零距离的大哥："什么很漂亮？是人还是花？"

"花很漂亮。"方孟敖之尊重女人尤其女孩从来都带有让对方从心里喜欢的方式，先夸了这一句，有意停顿一下，接着再说，"人更漂亮。"说完竟然目光真诚地直接望着何孝钰的眼睛。

何孝钰的反应让方孟敖有些出乎意外。他的这种称赞，尤其是称赞后的这种目光曾经让多少女孩羞喜交加，不敢正视。而何孝钰这时竟也眼含着笑，大方地迎接他的目光："Thank you！"

"好哇！一见面就打人家的主意了！"谢木兰总是要把场面闹到极致，跨在大哥身上无比地兴奋，"我呢？漂不漂亮？"松开一只手把花和脸摆在一起。

"当然也漂亮。"方孟敖从来不怕闹腾，回答她时脸上的笑更坏了。

"好勉强啊。我不下来了！"谢木兰更兴奋了，因为从来没有哪个男生能像大哥这样跟她闹腾。

"还让不让大哥进屋了？"方孟韦直到这时才走了过来，当然还是以往哥哥的样子，"还不下来，真的还小吗？"

谢木兰的兴头一下子下去不少，刚想滑下来，方孟敖却抱紧了她："不听他的。

大哥就抱着你进去。"真的毫不费劲地一只手搂住谢木兰的腰,一只手拿着何孝钰的花向洋楼大门走去。

谢木兰在大哥身上好不得意,坏望了一眼笑着跟在后面的何孝钰,又望向故作正经跟来的小哥,大喊道:"大哥万岁!"

一双双隐藏在大院周边屋子窗内的眼都是又惊又诧,方家可从来没有像今天这样:出太阳了!一片生机勃勃!

方邸洋楼二层行长室。

靠前院那扇窗的纱帘后也有双眼望见了这一切。那双眼从来没有这样亮过,定定地望着抱着外甥女的大儿子那条有力的臂膀,和那像踏在自己心口上坚实有力的步伐。只有他才真正地明白,那条臂膀搂着的不只是谢木兰,搂着的是自己十年前空难而死的女儿,还有空难而死的妻子,还有无数需要臂膀搂着的苦难的人。他的眼慢慢又暗淡了。

突然他那轻挽着纱帘的手慌忙松开了,他发现大儿子的头向自己这个方向突然一偏,一双鹰一般的眼仿佛看见了躲在纱帘后的自己!

这个大儿子可是连美国人都佩服的王牌飞行员,什么能逃过他的眼?

众人跨进门厅,第一个紧张的便是方孟韦。他屏住呼吸,静静地望着大哥的背影,从自己这个角度能看见摆在客厅各个地方的那些照片!

何孝钰也屏住了呼吸,站在方孟敖身后侧,却是望着还在大哥身上的谢木兰。

谢木兰这时也安静了,跨在大哥身上一动不动。

方孟敖那条手臂慢慢松了,谢木兰小心翼翼地从大哥身上滑下,再看他时便没有了刚才的放肆,而是怯怯地斜觑。

方孟敖的手伸向了怀里,掏出了一张折叠的硬纸片,接着从纸片中抽出了原来藏在皮夹子里的那张小照片,径直向客厅中央柜子上那张大镜框走去。

所有的眼都在紧张地望着他。

方孟敖把那张小照片插在大镜框的左下角,转过身来,像是问所有的人:"是这一张吗?"

方孟韦、谢木兰、何孝钰的目光都向那张小照片望去。

确实是同一张照片,不同的是,小照片上方步亭的脸仍然被一块胶布粘着。

"大哥……"方孟韦这一声叫,几乎是带着乞求。

方孟敖看了弟弟一眼,伸手将小照片上粘着的胶布轻轻撕下来——可方步亭那张脸早就被胶布贴得模糊了。

方孟韦的脸好绝望,慢慢低下了头,不再吭声。

谢木兰也无所适从了,何孝钰当然只有静静地站着。

"姑爹!"方孟敖这一声叫得十分动情。

几双目光这才发现,在客厅西侧靠厨房的门口谢培东端着一大盘馒头、窝头出现了。

谢培东眼中流露出来的不只是姑爹的神情,而是包含了所有上一辈对这个流浪在外面的孩子的一切情感。他端着那盘馒头、窝头向方孟敖走来，走到桌边先将盘子搁下，接着抽起了那张插在镜框上的小照片，走到方孟敖面前，掸了掸他身上的衣服，像是为他扫去十年的游子风尘，然后将那张小照片插进了他夹克内的口袋。

谢培东接着又仔细打量自己这个内侄的脸："什么都不要说，饿了，先吃饭。"说着转头对谢木兰，"还不去厨房把东西拿出来？就知道闹。"

谢木兰显然对自己这个亲爸还没有那个做舅舅的大爸亲，但还是怕这个亲爸："好，爹。"连忙向西侧厨房走去。

"让她一个人去。"谢培东止住了也想跟着去的何孝钰和方孟韦，"你们和孟敖都先洗手吧。"

客厅一侧靠墙边竟然装有专供洗手的陶瓷盆，瓷盆上方有好几个水龙头，而且是莲蓬水龙头，专供洗手用。

"嗯。"方孟敖这才十分像晚辈地应答着立刻走过去洗手。

方孟韦面对何孝钰总是不太自然，这时又不得不伸手做请她洗手状。

何孝钰倒是很大方，走了过去，就在方孟敖身边的瓷盆里洗手。

方孟韦这才过去，在另一个瓷盆里洗手。

谢培东站在他们身侧，就像看着自己的几个孩子。

"烫死了！"谢木兰还在客厅西侧的门内便嚷了起来。

谢培东快步走了过去，从她手里接过一只大碗："包块布也不知道吗？真不会做事。洗手去。"

谢木兰立刻加入了洗手的行列。

"好香啊！"方孟敖立刻赞道，"姑爹的拿手活吧？"

谢培东笑了："什么都能忘记，你姑爹的清蒸狮子头量你也忘不了。"

方孟敖立刻接言："好几次做梦都在吃姑爹做的狮子头。"

谢培东笑着又向厨房走去。

桌子上的碗筷倒是早就摆好的，可这时洗了手的四个青年都只能围着桌子站着。人还没到齐。准确地说，是所有人都最担心的人还没出现。

因此又沉默了。

谢木兰的眼偷偷地望向东边那条楼梯，望向二楼那道仍然虚掩的门。

谢培东又从厨房端着一大锅粥，锅盖上还搁着一大盘酱萝卜拌毛豆，向餐桌走来："都站着干什么？坐下吃呀。"

方孟敖终于说出了大家都害怕听的那句话："还有一个人呢？"

谢培东的眼神好厉害，像是有能阻止一切不该发生的事情发生那种化戾气为祥和的力量，定定地望着方孟敖："你爹和我都已经吃过下午茶了。你们先吃，都坐下吃吧。"

方孟韦这次主动先坐下了："大哥，我们先吃吧。"

谢木兰也装作懂事地在另一边的椅子上坐下了："孝钰，我们坐这边。"

何孝钰走了过去，却站在椅子边等着方孟敖。

方孟敖依然未动，还是说着那句话："我说了，还有一个人。"

三个青年有些面面相觑了。

谢培东却笑了："你是说你小妈？"

方孟敖："姑爹这话说错了，妈就是妈，不是什么小妈。"

其他三人这才明白过来，方孟敖所指的还有一个人竟是方步亭的后妻程小云。

方步亭这时独自在二层行长室内，正坐在靠门的那把沙发上，方孟敖和谢培东刚才那番对话让他倏地站起来，可眼中流露出来的并不是欣慰，而是更深的茫然。这个大儿子比他所见到的所有对手都让他怯阵。他又慢慢坐了回去，专注地倾听门外一层客厅还会传来的话语。

"蔡妈、王妈！"谢培东高声向厨房方向叫道。

蔡妈、王妈系着围裙都赶忙出来了，全是惊奇的笑眼望着方孟敖。

那蔡妈倒是像一个大家的下人，稍稍向方孟敖弯了一下腰，算是行了见面礼："大少爷好。老爷有规矩，方家下人对晚一辈都只能叫名字，往后我们叫你什么好？"

方孟敖立刻双腿一碰，向蔡妈、王妈鞠了个躬："蔡妈、王妈好！这也不是什么方家的规矩，早就讲平等了。往后你们就叫我孟敖。我称你们蔡妈、王妈。"

两个下人都笑了。

谢培东："你们赶快去通知司机，把夫人接来，就说孟敖请她回来一起共进晚餐。大家都饿着，越快越好。"

"不用了。"方孟敖止住了蔡妈、王妈，"孟韦，开你的车，我们去接。"说着已经向客厅门口走去。

方孟韦却是万万没有料到，一时还怔在那里。

谢培东甩了一个眼色："还不去？"

方孟韦万般不愿地跟了出去。

谢木兰再不顾父亲就在身边，蹦了起来，拉住何孝钰的手："怎么样？打着灯笼也找不到吧！"

国民党政权，当时的政治军事中心在南京，经济中心在上海，文化中心还是在北平。而那两个中心都在长江以南，恰恰共产党的解放区又多在北方，华北、西北、东北大片疆域必须确定一个相对的重镇指挥，当然非北平莫属。因此北平又成了北方地区相对的政治军事中心。北平的军警宪特因此也重兵配备。北平市警察局的地位之重要可想而知。

前任局长其实早就应该下台了，凡涉贪渎其人无不有染，只是因为反共手狠，尤其对进步学生和倾向共产党的民主人士皆强力镇压，被国民党当局视为难以替换之人选，任他民怨沸腾，此官依然在位。"七五事件"爆发，全国震动，美国也干预了，这个局长不换也得换了。选来选去，挑中了徐铁英，一是有常年反共的经验，更因为他是中统的人。北方地区国产、党产、私产一片混乱，此人接任局长，还有一层重要任务，便是要保住国民党在北方地区的党产。

受命于危难之际，徐铁英到北平先是五人调查小组碰头，傍晚才来到他掌正印的警察局。

两个副局长，方孟韦有特别情况在家不能前来，陪他进会议室的是管人事的副局长，侧着身子在他身前溜边引着，徐铁英带着孙秘书走进了局长会议室。

"徐局长到！"那个副局长还在门外便一声口令。

坐在长条会议桌两边的主任、科长、队长们立刻唰地站直了。

徐铁英微笑着，走到长条会议桌上方的单座前站定了，望向那个副局长："单副局长，给我介绍一下吧。"

那副局长原来姓单，这时赔着笑："局长，也不知道为什么，方副局长还没到，我派人去催一下？"

徐铁英："方副局长另有任务，不等他了。"

那单副局长脸上闪过一丝醋意："局长已经见过方副局长了？"

徐铁英一直微笑的脸不笑了："他是第一副局长，接我的就是他。有问题吗？"

单副局长这才一愣，立刻答道："当然没问题，绝对没问题。"

徐铁英干脆坐下了，不再看单福明和站成两排的那些下属，眼睛望着桌面："各人自我介绍吧。"

按着座位的顺序，那些主任科长队长开始大声自报家门了。

会议半小时就散了，徐铁英不会在人事上还没有摸清底细之前说更多的话，只是叫他们按原来的部署去执行任务，然后便进了自己的办公室。

局长室就在局长会议室的隔壁里间，里间又有两间，外间是局长办公室，里间是局长起居室。

外间的局长办公室有六十多平方米，进门对面便是秘书的桌子，见局长必先通过那孙秘书，然后才能绕过一道隔扇屏风，屏风里边才是徐铁英办公的地方。

只有那单副局长还没有走，这时坐在局长办公室的屏风外一张椅子上，面对他的是坐在秘书桌前的孙秘书。

能听见里边水响。开始水声很小，局长大概是在小便；后来水声渐大，这一定是在洗澡了。单副局长耐性本就极好，眼下又正好趁这个机会跟孙秘书套近乎，便无话找话："听口音孙秘书也是江苏人吧？"

孙秘书："对不起，我是浙江吴兴人。"

"失敬，失敬。"那单副局长站起来，"孙秘书原来和立夫先生、果夫先生是同乡。我说怎么会带有江苏口音，吴兴紧挨着江苏，隔一个太湖而已。人杰地灵啊！"

那孙秘书只得陪着站起来："单副局长好学问。"

那单副局长："见笑了。在中央党部工作的才真有学问，没有学问也进不了全国党员通讯局，就像咱们徐局长。陈部长写了那么多书，多大学问的人啊，偏挑了徐局长做全国党员联络处的主任，这可不是有一般学问的人可以胜任的。徐局长又这么看重孙秘书，孙秘书如果不见外，往后我还要多多向你请教。"

"单副局长言重了。"孙秘书总是没有表情，"刚才局长说了，他太累，洗完澡还得看材料。单副局长还有别的事吗？"

这就是逐客了。那单副局长走近了一步，压低了声音："有一个极重要的人，现在就想见局长。当然见不见还得局长自己愿意。请孙秘书请示一下局长。"

孙秘书看着他："什么极重要的人？"

单副局长："马汉山。"

孙秘书不但总是没有表情，而且有时还让人感到什么事也不知道："请问马汉山是什么人？"

单副局长便费琢磨了，跟着徐局长和五人调查小组来北平查案的秘书怎会不知道马汉山是什么人？想了想就当他不知道，答道："本职是北平市民政局局长，4月成立了北平民食调配委员会又兼了副主任。这个人可对局长了解北平的情况大有帮助。"

孙秘书沉默了，听见里面的水声没了，又听见轻轻的脚步声从卫生间走到了起居室，估计徐铁英的澡洗完了。

孙秘书还是没有表态，只望着那单副局长。

单副局长有些急了："愿不愿意见，还得拜托孙秘书去请示一下。"

孙秘书估计徐铁英换好了衣服，这才答道："我去问一声吧。"便向屏风里面走去。

那单副局长看样子有踱步的习惯，屏风外面积也不大，他也左两步右两步踱了起来。

好在孙秘书去得不久就出来了。

"如何？"单副局长立刻问道。

孙秘书："局长说，如果是交代民食调配委员会的案子，他可以见一下。"

那单副局长立刻答道："当然是要汇报案子情况的。"

孙秘书："那就烦请单副局长领他来吧。"

"也不知道说什么好。两个字，谢谢了。"那单副局长语无伦次地立刻走了出去。

一直没有表情的那个孙秘书僵僵地笑了。

——"谢谢了"明明是三个字，那单副局长怎么说是两个字？这个北平官场真是好费思量。

其实也没有什么好费思量的，大炮一响，黄金万两。蒋委员长要打仗，正是他们这些人趁乱发财的好时机。这一乱，就把好些人的脑子甚至语言都弄乱了。"谢谢了"两个字说完还没有两分钟，那单副局长便领着马汉山来了。显然早就将那人安排在自己那间副局长办公室候着了。

"徐兄！铁英兄！"那马汉山一进了门便像到了自己家里，隔着屏风人还未见喊得便亲热无比。

"请留步。"那孙秘书在屏风前横着身子挡住了马汉山。

"是孙秘书吧？"马汉山掉转头问单副局长。

那单副局长早就被他进门那两嗓子喊得溜走了。

马汉山就像一切都是行云流水，头又转过来，笑望着孙秘书："孙老弟，早就听说你的英名了。你不知道，在重庆的时候我和你们局长除了没共穿一条裤子，衣服都是共着穿的。"

孙秘书仍然挡着他："是不是马汉山局长？"

马汉山："是呀，就是鄙人。"

孙秘书手一伸："请坐。"

"你们局长呢？"马汉山仍然不肯候坐，头还试图向屏风里面张望。

孙秘书这时拉下了脸："马局长，我们在南京党员通讯局就有规定，见长官必须通报。请你不要让我为难。"

马汉山这才慢慢收了那股热络劲，站在那里退也不是进也不是。脑子里大约又想起了正月初一算命先生说的"流年不利"。

"小孙呀。"徐铁英的声音在屏风那边传来了。

"局长。"孙秘书立刻答道。

"是马局长到了吗？"徐铁英在屏风那边问道。

孙秘书："是的。局长。"

"让他进来吧。"徐铁英的声音不算冷，但绝对称不上热。

马汉山的腿早就想迈了，这时却一停，心里想，你是局长，我也是局长，居然连个"请"字都没有。看样子今天连这一关都没有想象的好过。

"马局长请吧。"孙秘书倒是用了个"请"字。

可马汉山走进去时已经没了刚才那股劲。

孙秘书拿着一卷案宗一支笔走出了门，顺手把门带上了，在门外的会议桌前坐下，一边工作，一边守着门。

转过屏风，马汉山又觉得头上出太阳了。

刚洗完澡的徐铁英容光焕发，微微含笑，右手有力地伸了过来："渝城一别，转眼三载了。"

马汉山立刻把手伸了过去，徐铁英握住他的手还有力地晃了几下："请坐，坐下聊。"

马汉山突然觉得十分感动，站在那里眼中真有了几点泪星："铁英兄，你要是再不来，兄弟我也不想干了。这党国的事真是没法干了。"

徐铁英见他动情，当然要安慰："忘记八年抗战我们在重庆说过的话了？没有过不去的火焰山嘛。坐，坐下聊。"

两人在单人沙发上隔着一个茶几坐下了。

"喝茶。"徐铁英推了一下马汉山面前的盖碗茶杯。

竟然连茶也早就给自己沏好了，马汉山端起那杯茶揭开盖子就是一大口。

"烫！"徐铁英打招呼时马汉山已经被烫到了。

"没事。"马汉山放下了茶杯盖好盖子，再不绕弯，"7月5号那场事就是共党的阴谋！开始是一万多东北学生包围了市参议会，接着北平各大学又来了好几万学生，摆明了就是要造反。后来干脆连参议长的房子都砸了。也就杀了九个人，我们的警察弟兄也死了两个人。抓也只抓了他们几百人，政府已经够忍让了。怎么反倒要成立调查组，查我们民食调配委员会？真让人想不通啊。"

"关键问题不是出在7月5号那天吧？"徐铁英紧望着马汉山，"北平市参议会怎么会拿出那么一个提案，东北十六所大学的学生进北平是通过教育部同意的嘛。民食调配委员会再缺粮也不缺这一万多人的粮，每人每月也就十五斤嘛。你们怎么闹那么大亏空？"

马汉山咽了口唾沫，站起来，想看一看说话安不安全。

徐铁英："说吧，还没有人敢在这里装窃听。"

马汉山又坐了回去，压低了声音："对您我什么都说。要是什么都按财政部、民政部、社会部规定的发放粮食物资，我们一个人的粮都不会缺他。可是财政部拨的那点钱，加上美国援助的美元，都指定我们要向那几家公司进粮。缺斤短两我就不说了，钱汇过去，整船的粮干脆运都不运来。向他们查问，说是船被海浪打翻了。徐兄，你说我们找谁说去？"

"是太不像话！"徐铁英铁着脸接了一句。

"他们这么黑，锅炭灰全抹在我们脸上！"马汉山十分激动，那张脸本就黑，说到这里脸上流的汗都是黑的了。

徐铁英望着他那张黑脸忍不住想笑，起身去开台扇："不要激动，先静下来凉快凉快。"

台扇的风吹来，马汉山安静了不少。

徐铁英又坐了回来："接着说，慢慢说。"

马汉山又端起茶杯，这回先吹了几口才喝了一口，说道："现在是他们那几家比党国都要大了。比方进货，我在调拨委员会的会议上也提了好几次，粮食还有布匹能不能从我们中央党部的几家公司也进一点儿，立马就被他们堵回来了。铁英兄，我不是当着你面叫委屈，一个个都是国民党员，怎么一提到为中央党部做点事就好像都与自己无关了？"

徐铁英立刻严肃了："你们开会都有会议记录吗？"

马汉山："放心。只要心里有党，这一点我还是知道做的。每次会议我都复制了一份记录。"

徐铁英："那就好。他们这些人要是连党产都想全变成私产，那就是自绝于党！"

马汉山把身子凑了过去："这年头也不是说谁都不要养家糊口，但总得有个比例。跟共军打仗是大头，党部的开销是中头，个人得个小头也是人之常情。我在会上就曾经提出过'六三一'的方案，国产是六，党产是三，私产拿一。他们也不附议，也不反对，可做起来就全乱了。铁英兄，现成的有个数字我今天必须告诉你。因为这个数字就牵涉到北平市警察局。"

徐铁英非常严肃了，定定地望着马汉山。

马汉山："你知道你的前任在那几家公司拿多少股份吗？"

徐铁英："多少？"

马汉山伸出了四根手指头："4%呀！"

徐铁英没有表情，在等他说下去。

马汉山："临走时他还跟我们打招呼，要把这4%的股份转到上海那边去，被我硬顶住了。铁英兄，你初来乍到，北平警察局这么多弟兄要听你的指挥冲锋陷阵，这4%被他一个人拿走，北平的军警部门还要不要活了？"

徐铁英点了点头，突然话题一转："问你句话，是弟兄，你就如实告诉我。"

马汉山："对你老兄我还能说假话吗？"

徐铁英："所有的账是不是都在中央银行北平分行走的？"

马汉山犹豫了一下，最后还是点了头。

徐铁英："北平分行在里面有截留吗？"

马汉山："据我所知，方行长还是识大体的，只是为方方面面走账，他们也不想在这里面赚钱。"

徐铁英："是方行长亲自管账？"

马汉山下意识望了一眼窗外："方行长何许人也，他躲在背后，账都是他那个副手崔中石在管。"

徐铁英："崔中石这个人怎么样？"

马汉山："精明！干事还能兑现！"

徐铁英慢慢点着头，站起来："不要急，什么事都要慢慢来。你也不要在我这里待久了。还有一点，所有的事，对别人都不要说。只要你不说，我就能帮你。"

马汉山也站起来，伸过手去抓住了徐铁英的手："兄弟明白。"

徐铁英也就把马汉山送到会议室门口，直到他的背影消失，才走了回来。

孙秘书已经在局长办公室门口把门推开了，候在那里。

徐铁英站在门边对他轻声说道："安排靠得住的人，明天到火车站，看见崔副主任下车就立刻报告我。"

孙秘书："是。"

已经是 7 月 7 日晚上九点，崔中石坐的那列火车到德州车站了。德州算是大站，停车十分钟。

崔中石坐在硬卧的下铺，望着窗外的站台，灯光昏暗，上车的人也不多。

一个中年乘客提着一只皮箱在崔中石对面的卧铺前站住了，拿着自己的车牌看了看号码，又对着卧铺上的铁牌看了看号码，像是眼神不太好，便向崔中石问道："请问先生，这个铺位是七号下铺吗？"

崔中石望向了那乘客："是七号。"

那乘客好像有些啰唆，还是不放心："先生你是六号吗？"

崔中石："我是六号。"

那乘客这才好像放心了，把皮箱搁上了行李架，又拿着一把锁柄特长的锁套在皮箱把手和行李架的铁栏杆上锁了，这才坐在七号下铺的铺位上。接着又从手提包里拿出了一份当日的《大公报》放在桌几上。

"今日的《大公报》，先生你喜欢可以看。"那乘客像是啰唆又像是热情。

崔中石："一开车就关灯了。谢谢。"说着不再看他，又望向了窗外。

就在离他们六号、七号铺位不远的十一号、十二号铺，有一双眼在过道窗前，假装看报，正在盯着崔中石这边。

这双眼，就是在金陵饭店 209 号房间窃听记录那个青年人的眼睛！

|六|

　　1948 年的 7 月 7 日正是农历的六月初一，是日小暑。往年从这一日起，北平夜间的胡同里已是赤身短裤蒲扇象棋吵闹一片了。今年戒严尚未完全解除，夜近九点，白天尚能出户的人这时都已宵禁。加之顾宅庭院深深，在这里便感觉整个北平像一座死城。

　　曾可达换了一身短袖士林布便服，带着他那名也换了便服的副官，从自己住的庭院出来，往后门走去。

　　无月，曲径边有昏黄的路灯。那副官在前，曾可达随后，二人像是散步，离后门越走越近了。

　　"谁？"警备司令部派的警卫在暗处突然问道。

　　那副官趋了过去："大呼小叫干什么？长官要到外面看看。开门吧。"

　　警卫有好几个，都在不同的位置站着，都不吭声。

　　一个警卫排长过来了，当然认识曾可达，立正就是一个军礼："报告长官，上面有命令，为了长官们的安全，晚上不能出去。"

　　那副官便要发脾气了，曾可达伸手止住了他，对那个排长："外面街上有戒严部队吗？"

　　那排长立正答道："报告长官，当然有。"

　　曾可达微笑道："那就没有什么不安全。我就在附近街上看看，还从这里回来。开门吧。"

　　那排长没有不开门的理由了，这时也不敢不开门："是。"亲自过去，拿钥匙开了锁，又亲自将一根好大的横门闩搬了下来，开了一扇门，"长官，我们派几个人保护您？"

　　曾可达摇了一下手："站好岗，保护好里面几个长官便是你们的功劳。"说着走了出去。

　　他的副官跟出门去，又站住，盯住那排长："锁门吧。"

　　一直到那扇门关了，锁了，副官才紧步向曾可达跟去。

　　果然五步一岗，十步一哨，全是钢盔钢枪的戒严部队。因见曾可达二人是从顾宅出来，便都直立行礼。曾可达微点着头，在胡同和大街交叉的地方站住了。

曾可达其实不抽烟，副官这时却掏出一支烟递给他，又替他擦火柴点燃了。

曾可达吸了一口，立刻喷出；又吸了一口，又立刻喷出；再吸一口时便呛着了，咳嗽起来。

副官立刻将烟接了过去，扔在地上赶紧踩熄了。

不远处一辆军用吉普通过烟火三亮，已经认清了烟火亮处确是曾可达的脸，便将车立刻开过来了。

副官立刻开了后车门，曾可达钻了进去，副官跟着钻了进去，关了后车门。

那吉普不但挂着警备司令部的牌子，车前横杠上还插着一面中央军的旗子，车风猎猎，一路戒严的岗哨都次第行礼。

这是真正的戒严。已出了城，到了郊外，每一路段都能见仍有部队，只是没有城内密集。因不远处就是清华大学和燕京大学校园。

那辆军用吉普在冷清清的郊外公路上停了。

立见路边停有六辆自行车，四辆各有一个学生模样的青年把着，两辆无人，停在那里。

副官下了吉普，开了门，曾可达跟着下来了。

两个青年立刻推车过来，一辆车在曾可达面前停下了，那青年向曾可达行了礼，轻声报告道：“报告将军，我们都是中正学社的。”

曾可达立刻报以微笑：“同学们辛苦。”从他手里接过了那辆自行车。

另一青年将另一辆车推给了副官。

那两个青年立刻走回到撑停的两辆自行车旁，踢开了撑脚，翻身上车。

曾可达脚一点也上了自行车，那副官紧跟着上车。

另两个青年也上了自行车。

就这样，两辆自行车在前面二三十米处引着，两辆自行车在后面二三十米处跟着，护卫着中间的曾可达和那个副官，向燕京大学方向骑去。

虽然路灯昏黄，仍可隐约看见护卫在后面的两个青年的上衣里后腰间突出一块，显然是短枪。

方邸洋楼一层客厅。

七点去接程小云，近八点才开始吃晚餐，现在已是九点过了。

谢培东早就说过，他和方步亭已经提用用餐了。

餐桌上因此便只有五人。

左侧坐着方孟敖、方孟韦兄弟。

右侧坐着何孝钰、谢木兰两人。

上席竟然是程小云一个人坐在那里。自从举家搬到北平，开始几个月程小云尚住在这个宅邸，全家人也曾同桌吃过饭，可程小云从来就是坐在下席。后来因与方孟韦严重不和，程小云一个人搬到了另外一个院落里住，除了方步亭时常去看她，她便很少回到这座宅邸。

今天又回来了，这样的吃饭，而且被方孟敖固执地安坐在上席，程小云在方家还是第一回。她将面前那碗粥一小勺一小勺地喝了，几乎就没动箸。那双眼也几乎没有正面看过任何一个人。

饭吃完了，方孟敖看了一眼左腕上那块欧米茄手表："九点多了？"

"还没有呢。大哥你看，咱们座钟还没响呢。"谢木兰眼睛闪着，指向摆在一侧的那座一人多高的大座钟。座钟上确实显示的是八点四十五分。

方孟敖还是笑了一下，这回笑得有些疲乏："小时候就喜欢拨钟玩。大哥的表可是作战用的，分秒不差，九点一刻了。"

"太没劲了！"谢木兰跺了一下脚只得站起来，"这个家里的人一个比一个精，都不好玩。"

方孟敖站起来。

所有的眼都望向了他。

"我得回军营了。"

所有的眼都没有反馈，只有谢木兰又望向了通向二楼的楼梯，和二楼那道虚掩的门。

二楼行长室内。

方步亭显然一直坐在靠门的单人沙发上，而且刚才一定是靠在那里睡着了。这时突然睁开了眼，像个刚睡醒的孩子，四处望着，目光没有定准。

"大哥，总得上去见见爹吧……"楼下传来方孟韦的声音。

方步亭目光定住了，侧耳听着。

"这里不是北平市警察局。"方孟敖传来的竟是这样一句话，"孟韦，家里的事你不要多干涉，也不应该干涉。"

方步亭的眼翻了上去，目光直望着房顶上的吊灯。

一层客厅中。

方孟敖接着说道："从今天晚上起，妈就应该留在这里住。"

所有的人都望向了程小云。

程小云也立刻站了起来，望着方孟敖。

方孟敖："一辈人有一辈人的事。孟韦，记住大哥这句话。"

方孟韦只好点了下头。

方孟敖望向已经走过来的谢培东："今天辛苦姑爹了。还有没有剩下的馒头、窝头，给我多带些，军营的那些弟兄今天晚上只吃了些饼干。"

谢培东："这些事姑爹还要你招呼吗？蔡妈，把那一篮子东西拿出来。"

蔡妈拎着一个好大的竹编食篮，走了出来。

方孟敖对方孟韦："还是你的车送我吧。"说到这里，望向了谢木兰，最后把目光定在何孝钰脸上："让你也跟着受累了。回去代我向何伯伯问好。"

何孝钰迎着他的目光："北平很乱，大哥和你的队员们都要注意安全。"

没想到她回了这么一句话，方孟敖的调皮劲又上来了，准确地说是为了调节气氛，双腿一碰："是！走了。"再不看任何人，向门外走去。

方孟韦望了一眼那道空空荡荡的楼梯，忧郁地跟了出去。

蔡妈提着那篮食物紧跟了出去。

程小云怔怔地站在席前，望着那两个高大的背影走出客厅。

何孝钰和谢木兰也不知道该不该去送了，关注地望着程小云。

谢培东："小嫂，有了孟敖这句话，你今天就不要再回那个家了。明天一早我安排人把东西都搬过来。你上去陪陪行长吧。"

程小云点了下头，对何孝钰和谢木兰又说了一句："谢谢你们了。"

何孝钰立刻礼貌地回道："阿姨，您千万别这样说。"

谢木兰："舅妈，我陪你上去？"

谢培东立刻说道："什么事都要你陪？"

谢木兰立刻不吭声了。

程小云又向他们弯了下腰，离席向那道通向二楼的楼梯走去。

这个时候，那架座钟才响了，低沉而洪亮的钟声，响了九下，像是和着程小云的脚步把她送上了二楼，送进了那道门。

何孝钰望向谢木兰："我也要回去了。"

"不是说在这里睡吗？"谢木兰跳了起来，"怎么又要回去？这么晚了！"

何孝钰："爸爸的哮喘又犯了，我得回去。谢叔叔，麻烦您安排司机送我一下。"

谢培东："那就应该回去。我安排车。"

何孝钰："谢谢谢叔叔。"

谢木兰又跺脚了："太没劲。想见梁先生，也犯不着这么急嘛。"

何孝钰的脸严肃了："你说什么？"

谢培东也狠狠地盯了谢木兰一眼。

谢木兰一扭身，向另一个方向通往自己二楼卧室的楼梯冲去。

北平西北郊接近燕京大学的路上，六辆自行车，两辆在前，两辆在中，两辆在后，由于路面不好，天又昏黑，只能中速骑着。

前边两辆自行车突然停了，两个青年都在车上用脚点着地，等着曾可达和副官那两辆车过来。

曾可达的车到了他们面前也停了，副官的车跟着停了。

后面两辆车也跟上来了，六辆车停在一处。

前面引路的一个青年指着公路一侧约几百米开外的一片营房，灯光不甚亮，对曾可达说道："长官，那片营房就是青年航空服务队的驻地。"

曾可达远远地望着："离清华、燕京多远？"

那青年答道："不到一公里。"

曾可达又问："离民食调配委员会学院区的物资仓库多远？"

那青年又答道："大约两公里。长官，是不是先去那里？"

曾可达："今晚不去了。到说好的地方去吧。"

"是。"四个青年同声答应，纷纷上车。

还是原来的车阵，前后四车引护，曾可达和副官在中间，向越来越近的燕京大学的东门方向骑去。

虽然是晚上，看门面依然能看出，这里就是中共地下党员梁经纶白天向中共北平地下党燕大支部学委负责人严春明接头汇报工作的那家书店！

六辆自行车竟然在离这家书店约一百米处都停下了。

"长官，我领您去？"为首领路的那个青年请示曾可达。

曾可达："你认识店主？"

那个青年："报告长官，是。"

曾可达把车一松，另一个青年接了，他便向那书店走去。

那个领路的青年推着车紧跟了过来。

曾可达走着轻声说道："记住，不要再叫长官。"

"是，曾先生。"那青年立刻答道。

曾可达停住了脚步，望向他。

那青年立刻又明白了："是，刘先生。"

到了书店门口，那青年敲门。

"Who is it？（是谁？）"门内显然是那个美国女士在问。

"I am a student of professor Liang. There is a friend of professor Liang.（我是梁教授的学生，梁教授的朋友来了。）"那青年用流利的美式英语答道。

"OK. Come in."那美国女士答着很快开了门。

"Professor Liang is my friend. Nice to meet you.（梁教授是我的朋友。很高兴见到你。）"曾可达居然也是一口流利的英语，向那个美国女士问好。

"Nice to meet you too, Mr Liu. Mr Liang is waiting for you on upstairs.（我也很高兴见到你，刘先生。梁先生正在楼上等你。）"那个美国女士将曾可达让进了门。

外文书店二楼。

梁经纶的目光望着楼梯口的曾可达，竟像白天望着出现在楼梯口的严春明！

不同的是，白天中共地下党学委负责人严春明是主动走上前去握梁经纶的手；这时是梁经纶轻步走了过去，向曾可达伸出了双手。

梁经纶两手紧紧地握住曾可达伸过来的一只手："辛苦了，可达同志。"

"你也辛苦了，梁经纶同志。"曾可达声音很轻，语气却很凝重。

梁经纶立刻感觉到了曾可达握他的那只手，并没有他想象中的热情。自己的手也慢慢松了："建丰同志好吗？"

"你说呢？"曾可达收回了握他的手，"他叫我代他向你问好。"

梁经纶感觉到了曾可达的冷淡和不满，只得回道："谢谢建丰同志。"

此刻的他，不是燕大教授，也不是何其沧的助手，而是铁血救国会的核心成员梁经纶！

曾可达已经走到白天严春明坐的位子上坐下了。

梁经纶也走到他白天坐的那个位子上慢慢坐下。

曾可达开口了："7月5日那天的事是怎么闹起来的？你们事先为什么一个报告都没有？"

梁经纶的目光望向了桌面，想了想才抬起头："7月5日东北学生到北平参议会闹事共产党事先并没有组织。"

曾可达的脸更严肃了："好几万人，声势那么大，全国都震动了。美国方面当天晚上就给国府发了照会。你是说这一切都是自发的？这背后没有共产党指使？我相信你的话，上面也不会相信。"

梁经纶脸上没有流露出任何委屈，也没有受到指责甚至怀疑后的那种心怯，他平静地望着曾可达："可达同志，中共上层昨天有新的指示，能否容我先向你汇报他们的指示内容？"

曾可达的眼这才亮了一下，态度也缓和了些："说吧。"

梁经纶几乎是在原文背诵，当然是背诵他听到的重要内容："我们城市工作的任务，应该是准备配合野战军夺取城市，为我军占领后管理城市做准备。夺取城市主要是野战军的任务。根据我们现有的城市工作力量与不久将来的发展，在夺取城市上，用武装暴动做有力的配合，还不可能。里应外合夺取城市，在华北任何城市现在条件都不可能……所以我们不要背上这个在条件上、时间上都不可能实现的武装起义的包袱……"

"共产党倒像是稳操胜券了！"曾可达听得与其说是入神不如说是心惊，紧盯着梁经纶，好像他就是共产党，"还有呢？"

梁经纶是有意停下来，以突出下面的话，来表白刚才曾可达对他的指责和怀疑："可达同志，下面的话是重点：'斗争策略问题。现在北平学生工作较好，波浪式的发动斗争影响大。但总的方针是精干隐蔽、蓄积力量，不是以斗争为主。具体地讲，发动斗争必须做到：一、争取多数，不能争取团结多数的斗争不要发动；二、不遭受打击，即在不利条件下，要避免硬碰，为的是蓄积力量，准备配合夺取城市与管理城市。'"

梁经纶说到这里是真的停下了。

曾可达也没有催他再说，而是在急剧地思考。

沉默。

"共党的这个指示是什么时候做的？"曾可达思考后又抬起头问。

"是7月6日紧急下发的指示。我也是今天听到的传达。不是全部。共产党有纪律，到我们这一级只是口头传达，而且只传达与学运有关的部分。"梁经纶回答道，"可达同志，7月5日东北流亡学生抗议事件，的确不是共产党事先组织的。因此我事先也没有预料到事情会闹得这么大。虽然如此，我还是有责任，毕竟我没能及时把握学生的动态。我向组织做检讨，向建丰同志做深刻检讨。"

"你不需要做检讨。"曾可达的态度好了很多,"这从另一个方面证实了建丰同志的判断是十分正确的。建丰同志在南京联席会议上说过,这次北平'七五事件'更大程度是官逼民反!说穿了,就是国民党内部贪腐集团肆无忌惮地贪污民生物资造成的。你今天汇报的这个共党文件很重要,尽你的记忆把它书面写下来,我要带回去上报建丰同志。"

梁经纶站起来,走到墙边的书架前,抽出了一本英文经济类的书,走回座位前,从书页里又抽出了两张叠好的纸,双手递给曾可达:"已经写好了,由于听的是口头传达,可能有个别字误。但主要内容全在上面。"

曾可达也站起来,双手接过梁经纶递来的共产党"七六文件"摘要,脸上这才有了同志式的一丝笑容,刚想说什么,梁经纶又将那本夹纸条的书双手递了过来。

曾可达疑惑地望着他。

梁经纶:"这是我最近半个月根据五大城市的物价和每天法币贬值的差数对未来一个月全国经济情况的分析。全写在每页的空白处,都是英文。是建丰同志半月前交给的任务。希望对党国即将推行的币制改革有些参考价值。"

曾可达再接这本书时对自己刚见面时对他的批评流露出了歉疚,语气也诚恳了些:"经纶同志,来的时候建丰同志让我带了一句话,对不起,刚才忘记给你传达了。"

梁经纶静静地站着,专注地在等着听那句话的传达。

曾可达:"建丰同志说,在我们党内如果能有一百个梁经纶同志这样的人才,国民革命成功有望。"

梁经纶应该激动。可曾可达没有见到预期应有的激动,梁经纶的眼中显出来的是更深的忧郁:"感谢建丰同志的信任。可眼下的时局,有一万个梁经纶也未必能起什么作用。鞠躬尽瘁而已。"

"要有信心。"曾可达这时自己倒激动了,"当前我们最重要的任务就是打击党国内部的经济贪污,尽快推出币制改革。只要这两点能强有力地推行,盟国才会恢复对我们的信心。国民政府稳定了城市、稳定了物价,就能保证总统指挥全军在前线打败共军。以一年为期,经纶同志,你就能够到南京担负更重要的工作。还有,建丰同志对你的个人生活也很关心。你和那个何孝钰的关系发展得怎么样了?建丰同志说,你们很般配。何况她父亲也是国家需要的人才。他期待能给你们主持婚礼,期待你们和你的先生兼岳父一起到南京工作。我们不能让做出特别贡献的同志总是过清苦的生活。"

梁经纶不能无动于衷了,可表示感激的那一笑还是有些勉强:"'古老的夜晚和远方的音乐是永恒的,但那不属于我。'这是我的一个美国中央情报局的朋友喜欢的诗。我不喜欢,可是我相信。还是向你汇报工作吧。你昨天下达给我的任务,我已经派人去执行了。"

曾可达望着他怔了好一阵子,才想起来问道:"监视方孟敖的任务?"

梁经纶:"是。派去接触方孟敖的人就是何孝钰。"

曾可达多少有些吃惊,又愣了少顷:"除了她,不能派别的人去?"

梁经纶慢慢转过了身,有意不看曾可达那双表示关切的眼:"只有她合适。她父亲和方步亭是哈佛的同学，关系一直不错。她本人从小跟方孟敖一起生活过。我还听说，他们小的时候两家父母还有过姻亲之约。"说到这里梁经纶居然转过身来淡淡一笑。

曾可达立刻琢磨他这一笑的含意。

梁经纶这一笑很快便消失了："这些都不说了。可达同志，何孝钰现在是共产党外围组织的激进青年，利用她去试探或者发展方孟敖随时可以视情况变化而定。我请求你同意我的这个行动。"

方步亭家的小车这时把何孝钰送到了燕大燕南园何其沧宅邸的院落门外。

燕京大学原来是美国人办的教会学校，仿英美名校的传统，在学校南边专辟了一片园区，盖了若干栋带院落的小洋楼，供校长、副校长以及资深中外教授居住，因地得名燕南园。何其沧是哈佛的经济学博士，回国后受司徒雷登之聘一直当到了副校长，在此单独有一个洋楼院落。

司机下来开了车门，何孝钰下了车："进去喝杯茶吗？"

那司机十分恭敬："谢谢了，何小姐。"立刻上车发动离开。

何孝钰十分礼貌，一直目送着小车开走，这才走到院门。看了看，发现里面的洋楼只有一层留有灯光，便不按门铃，拿出钥匙开了院门的锁走了进去。

燕大东门外文书店二楼。

曾可达显然真正被感动了："经纶同志，深挖北平的贪腐，方孟敖是关键！接下来在北平推行币制改革，方步亭是关键！以你的观察和分析，方孟敖可不可能是共产党的特别党员？如果是，何孝钰能有什么办法试探出真相？"

梁经纶没有立刻回答，只回望着曾可达期待的眼神，想了想突然反问道："可达同志，我想知道，既然怀疑方孟敖是共产党，为什么还把这么重要的任务交给他和他的航空大队？建丰同志是怎么看他的？"

这就轮到曾可达沉默了，也思考了好一阵子，才答道："在用方孟敖的问题上，我和建丰同志有些不同的想法。可是你知道，对建丰同志的指示部署，我们只能是理解的要执行，不理解的也要执行。关键是一定要执行好。"

"我明白了。"梁经纶又陷入了思考。

何孝钰回到家，走入客厅。

原以为父亲已经睡了，何其沧这时却坐在立式台灯下看书，显然在等女儿。

"爸爸，十点多了还没睡？"何孝钰连忙过去，顺手拿起摊在父亲膝上的折扇替他轻轻扇着。

何其沧合上了书："见到你孟敖大哥了？"

何孝钰点了下头。

何其沧："孟敖叫父亲了吗？"

何孝钰低下了眼替父亲更轻地扇着："哪儿呀，方叔叔一直待在房间里没有出来，两个人连面也没见。"

"唉！你方叔叔一生要强，晚年了连个儿子都不敢见。这是要的什么强啊！"何其沧感叹道，又沉思了好一阵子，望向女儿，"今天去方家，是你自己想去，还是别人请你去的，叫你去的？"

何孝钰："爸爸，什么是别人请我去的，叫我去的？"

何其沧："请你去的当然是方家，叫你去的一定是经纶。对爸爸要说实话。"

面对父亲的这几句问话，压抑在心底一天的纷纭心事，何孝钰这时才觉察到，可无论是女儿的心事，还是组织的任务，都不能向父亲有丝毫的表白和透露，她答道："上午声援东北的同学，见到了孟敖大哥，木兰便拉着我去了。说是我在那里能够帮帮方叔叔。爸，您想到哪儿去了？"

毕竟有一半是实话，何其沧便不能再追问，换了话题："你们梁先生现在老是住在外面，我这里给他安排的住所也不来了。爸知道你们还不至于是共产党或者什么国民党，可燕大毕竟是做学问的地方，不要卷到政治里去。你们其实一点儿也不懂得什么叫政治。你爸当然也不懂。可你爸记住了蒋先生和毛先生的两句话。蒋先生的话是'宁可错杀一千，绝不放走一个'。毛先生的话是'革命是暴动，是一个阶级推翻另一个阶级的暴烈行动'。"

"爸。"何孝钰立刻打断了父亲的话，"我不同意你的这个说法。怎么说共产党和共产党的军队也不会抓人民，更不会去杀人民。可现在就在北平的监狱里还关着好几百无辜的东北同学呢。当时您不也在保护他们吗？这件事，您，还有那么多开明的叔叔伯伯们都应该说话。"

"该说话的时候你爸会说。"何其沧露出些许无奈的眼神，疼怜地望着女儿，"可你爸说到底也不过是一介书生而已，国民党上层我是有些朋友，可在政治上你爸从来不是他们的朋友。爸老了，只有一个亲人，就是你。那么多学生，像儿子一样的也只有一个，就是经纶。爸的这点虚名和关系能保住你们两个就不错了。"

燕大东门外文书店二楼。

"我完全理解建丰同志'用人要疑，疑人也要用，关键是要用好'的指示。这是大胸襟、大韬略。"梁经纶说这番话时完全是发自内心的钦佩，接着说道，"我也同意可达同志的分析。那个方孟敖就算原来不是共产党的特别党员，到了北平后也很可能被共产党发展成特别党员。关于前一点，我想可达同志只要交给方孟敖一个任务，让他去执行，很快就能得出结论。"

曾可达："请说。"

梁经纶："民食调配委员会贪腐走账，方步亭都是让崔中石在干，可达同志就把查账的任务直接交给方孟敖去干。方孟敖一查崔中石，他们之间是不是共党关系立刻就会暴露出来。鉴此，我想提一个建议。"

曾可达："请提。"

梁经纶："方孟敖和他的大队都是些飞行员，没有人懂经济。我可以安排燕大经济系共党外围的进步学生去协助他们查账。每一步行动我就能及时掌握。"

"好，很好。"曾可达不只是赏识而且已经兴奋起来，"说说你考虑的后一点建议。"

梁经纶："后一点是建立在方孟敖以前并不是共产党的特别党员基础上考虑的。今天在和敬公主府门口我见识了此人，他完全有可能被共产党北平城工部甚至是中共中央敌工部看中。我今天派何孝钰去接触方孟敖就是做这个准备。我可以利用何家和方家的特别关系，向中共北平城工部建议，将对方孟敖的策反工作交给我们燕大学委去执行。"

曾可达这时完全理解了梁经纶的心情，站了起来，走到梁经纶面前。

梁经纶也站了起来，望着走到面前的曾可达。

曾可达由衷地向他说道："经纶同志，我对你派何孝钰小姐去接触方孟敖表示遗憾，也表示敬意。我代表组织，代表建丰同志表示感谢！"

梁经纶这时才流露出了一丝真正的感动，可感动的背后是那种永远挥之不去的失落："这是我自己的选择。可达同志，我还是相信那句话，'古老的夜晚和远方的音乐是永恒的，但那不属于我'。"

曾可达严肃了："不要再这样想，也不能再这样想。经纶同志，要相信组织，相信建丰同志！"

梁经纶："我相信我的选择。可达同志，请你向组织、向建丰同志转告我的话，我既然选择了不能再选择，就绝对不可能再有别的选择。"

这话耐人寻味，但曾可达很快就明白了梁经纶的心境，想了想，也只想出了一句连自己也不能说服的话："不要再读萨特那些书了，有时间读读《曾文正公全集》吧。"

燕南园何其沧宅邸一楼客厅。

"经纶今天晚上肯定不会回到这里住了。"何其沧站起来了，"睡吧。"说完便向楼上走去。

"爸。"何孝钰跟了过去，搀住了父亲，"您吃药了吗？"

"李妈已经拿给我吃了。"何其沧让女儿搀着，走了两级又停了下来，"你也去睡吧。"

何孝钰依然搀着他："我再陪陪您，哄您睡着了我再睡。"

何其沧又举步了："那就给我哼一个'浮云散'吧。"

"爸，都老掉牙了，方叔叔一来就叫我唱，您也老叫我唱，都唱烦了。另外给您唱一个新的吧。"何孝钰虽然是带着笑撒娇地说这番话，其实自己心里也有了一丝凄凉，是对父辈，还是对自己这一代人，她分不清楚了。

何其沧："那就什么都别唱了。"

"好，我哼好吗？"何孝钰还是笑着，搀着父亲慢慢上楼，哼起了那首不知为什么这些江南的老一辈都百听不厌的《月圆花好》：

浮云散，明月照人来，
团圆美满，今朝最……

何其沧沧桑的脸上露出了沉思的笑容，笑容的后面当然是年轻的故事。他心里最大的愿望，就是自己的女儿能把他当年故事里的残缺变成"团圆美满"。

燕大的副校长不见了，名震天下的经济学家也不见了，被女儿哄着走进房间的就是一个老小孩。

燕京大学东门外文书店二楼。

曾可达走了。

时间已是深夜一点，1948 年 7 月 8 日，也就是农历六月二日到了。

窗外西南方露出了细细的一丝蛾眉月。梁经纶在窗前静静地站了好一阵子，人在看月，月也在看人。

接着他走到了书橱边，抽出英国经济学家亚当·斯密那本举世闻名的《国富论》摊在桌上，坐了下来，又摆好了一叠稿纸，拿起笔写下了一行字：

关于发展方孟敖为我党特别党员的请示报告！

何孝钰的房间内。

站在窗前，楼下便是寂静的小院。小院的东边有两间一层的平房，被西南方向刚出现的蛾眉月远远地照着。

何孝钰的歌喉在燕大的学生剧社被公认为第一，无论登台演唱，还是独自低吟，总能让人心醉。刚才她还装作极不情愿地给父亲低唱了两遍《月圆花好》，现在她却用只有自己才能听到的心声唱了起来：

浮云散，明月照人来，
团圆美满，今朝最。
清浅池塘，鸳鸯戏水，
红裳翠盖，并蒂莲开。
双双对对，恩恩爱爱，
这园风儿，向着好花吹，
柔情蜜意……

唱到这里，心声也消失了。

她是唱给谁听的呢？梁经纶？方孟敖？还是自己？

或许只有那一丝蛾眉月知道。

1948 年 7 月 8 日早八点，在顾维钧宅邸会议室，国民政府中央"七五事件"五人调查小组要举行第一次调查会议了。

由于牵涉到民食调配委员会，中央财政部的派员杜万乘便成了五人小组的召集人，这时坐在会议桌面对大门那一排正中的位子。

由于牵涉到空军参与运输走私民生物资以及军警镇压学生，国防部的派员曾可达也作为五人小组的重要成员坐在杜万乘的左边。

而无论牵涉财政部门还是军警部门，由国民党全国党员通讯局派来的徐铁英都可以代表中央党部进行调查，所以他的职位不高，位子却高，坐在杜万乘的右边。

因美国方面的照会加之国民政府国会议员的弹劾，北平市民食调配委员会和中央银行北平分行都是被调查的对象。中央银行的派员和中央民食调配委员会的派员身份便有些尴尬，他们既有垂直管理之责，也有失职渎职之嫌。故而中央银行的主任秘书王贲泉和中央民食调配委员会的副主任马临深反倒坐在两个最边的位子。

被调查人或被询问人的位子当然是安排在会议桌靠门的那几把椅子上，以便对面接受质询。

长条会议桌的两端各安排了一把椅子，靠中山先生逝世卧室隔壁上方的那把椅子上端坐着方孟敖。他是列席，却比出席代表更加醒目，因为就在他头部上方的墙壁上挂着孙中山先生的头像！

长条会议桌下端的椅子上坐的是会议记录员，这个记录员不是中央财政部的，也不是国民党中央党部的，而是曾可达带来的那个副官。这就让人感到，直接组织这次调查的是国防部预备干部局。说穿了，一切调查最后都只向一个人负责，那个人就是建丰！

"开会吧？"杜万乘先向左边低声问了一下曾可达。

曾可达点了下头。

杜万乘又转头望了一眼徐铁英。

徐铁英："好。"

那杜万乘居然不再征求王贲泉和马临深的意见，高声说道："开会。先请北平市民食调配委员会副主任马汉山接受调查。"

会议室大门从外向里推开了。

马汉山带着笑也带着一大摞的资料走了进来，先向正面的五个人一一点头微笑，立刻发现气氛有些不对。

——杜万乘、曾可达、徐铁英都望着自己。

——而自己视为靠山的马临深和王贲泉却阴沉着脸，只望着桌面。

他当然不知道，这是因为杜万乘刚才宣布开会竟然连招呼也不跟他们两个人打一声所致。

马汉山也想不了许多，便自己走到他们对面正中那把椅子前，一边挪椅子准备坐下，一边向坐在会议桌上端的方孟敖点头笑着，算是打了个补充招呼。

"还没有谁请你坐吧？"曾可达突然盯住马汉山。

马汉山半个身子已经下去了，这时僵在那里，望着曾可达。

曾可达："你现在面对的是中央派来的五人小组，先报职务姓名。"

这就叫下马威！

马汉山慢慢站直了身子，他是最能够受气的，可像这样审犯人一般的受气，那却是万不能接受的。因为这还牵涉到北平市民食调配委员会，往上说还牵涉到中央民食调配委员会。他的目光望向了马临深。

一直阴沉着脸的马临深突然抬起了头："我们这个小组是叫作五人调查小组吧，也不是特种刑事法庭。马局长，你现在只是接受调查询问，没有必要报什么职务姓名。坐下吧。"

这就已经叫上板了。

马汉山立刻将那摞材料往桌上一放，再度准备坐下。

"出去！"曾可达竟然一掌拍在桌上，接着猛地站了起来，目光灼灼，手指着大门，喝令马汉山，"不报职务姓名就立刻出去！"

马汉山真被僵在那里了。

"我抗议！"马临深也拍了桌子，站了起来，"这是对我们民食调配委员会的侮辱！杜先生，你是五人小组的组长，你要代表南京方面严肃会纪。"

杜万乘是牛津大学财政博士出身，因深受现任财政部长王云五的器重，出任财政部总稽查。一是看重他的专业长才，二是信任他的书生正义，这才在联席会议上推荐他担任了五人小组的召集人，也就是被马临深称为组长的角色。对党国从上到下的贪腐，他也和曾可达一样憎恶，但今天刚开会便出现这般剑拔弩张的场面却是他没想到的。老实说，他没有处理官场这种阵仗的能力。

杜万乘有些不知所措，便望向曾可达。

曾可达带着一丝安抚的神色向他点了一下头，接着大声说道："中央联席会议的文件各人手里都有。看看第二条第二款，被调查人该以何等态度接受调查小组的调查。五人小组里如果有人连文件都没有看，我建议，那就先回去看了文件再来开会！"说到这里目光直射马临深。

好在马临深是坐在徐铁英的身边，和曾可达的距离还隔着两个人，但这时满脸的油汗还是冒出来了，自己怎么说也是中央副部一级官员，于今被一个职位比自己低得多的少将当众呵斥，一口气便有些上不来了。

徐铁英机敏，连忙端起了他面前的那杯白开水，递到他的身前。

马临深的手接过杯子还在微微颤抖，好不容易喝了一口水，总算把那口气缓了过来，却再也说不出话，目光望向摆在面前的那份红头文件。

马汉山站在那里头脑也是一片空白了，头顶上虽然大吊扇在转着，汗水还是满脸地流了下来。

曾可达这时却斜望向坐在会议桌顶端，也就是离马临深最近位子上的方孟敖。

方孟敖嘴边露出了一丝坏笑，抬起手伸出食中二指。

不明白的人以为方孟敖这是夹烟的姿势，可跟美军打过交道的人明白，这是在对曾可达刚才的态度表示赞许。

曾可达回报的一笑却很不自然，不再看他，坐了下来，也不再看站在对面的马汉山，低头只翻文件了。

坐在曾可达身边的王贲泉当然也是满肚子抗拒，可毕竟自己是中央银行的人，犯不着直接跟建丰的人对抗，但也有必要出来圆场，便望向马汉山："既然是中央联席会议规定，马局长，你就报一下职务姓名吧。"

马汉山回过了神，也冒起了气，大声报道："本人，马汉山，男，现年五十三岁。

北平市民政局局长，民国三十七年4月兼任北平民食调配委员会副主任。"大声报完，竟直盯着还低着头的曾可达，"本人可以就座了吗？"

"坐吧。"曾可达居然头也不抬。

马汉山一屁股坐了下去，刚进来时那种谦恭卑下的神情反而没有了，一脸的负气，等着刀架到脖子上大不了一死的样子。

这时候应该问话的人是杜万乘，可杜万乘见到这种阵势一时也不知道怎么问话了，便左右看了看那四员。

曾可达依然低头在看文件。

徐铁英目视前方，一脸的凝重。

王贲泉的眼望向了窗外。

马临深虽然低着头像是在看文件，却还在喘着气，好像病要发作了。

只有那个列席的方孟敖迎着杜万乘戴着高度近视镜的眼，向他投来善意的微笑。

杜万乘只好望向马汉山："马副主任，你把4月接任以来北平市民食调配委员会的情况向五人小组做一简明扼要全面的汇报吧。"

马汉山："如果是做这样的汇报，那就应该叫北平市民食调配委员会的主任来。本人向五人小组申明，我只是个副主任，不管全面。"

一句话就把杜万乘顶了回来。

这句话也让好像快要生病的马临深长了一大口气，立刻抬起了头，向马汉山投去赞许的目光。

曾可达也慢慢地抬起了头，问道："北平市民食调配委员会的主任是谁？"

马汉山被他这一问又愣住了，可又不得不答："这谁都知道，就是北平市市长刘瑶章先生兼任的。"

曾可达："刘瑶章什么时候兼任的北平市民食调配委员会主任？"

马汉山咽了一口唾沫："6月23号。"

"杜总稽查叫你汇报4月以来的全面情况，你却往一个6月23号才兼任的主任身上推。"曾可达说了这句后陡地又提高了声调，"马汉山，你在军统玩的那一套拿来对付我们，不觉得用错地方了吗？"

杜万乘这时也有了底气，习惯地推了一下眼镜："回答曾督察的问话。"

马汉山知道今天的底线，如果第一次调查自己就这样败了下来，背后支持他的人也会抛弃他，因此必须对抗了："我回答。第一，民食调配委员会不止我一个副主任，各管各的事情，他们管的事我不知道。第二，刘市长虽然接任不久，但民食调配委员会各方面的报告都呈递给了他，不会都呈递给我。第三，6月以前是前任北平市市长何思源兼任的主任，现任主任不知道的事你们可以去问前任主任。第四，刚才曾督察提到了军统。不错，我在军统还有兼职。请问调查小组，你们这次来是不是还要调查军统？调查军方的物资供应委员会？如果是，曾督察可以在南京就去问郑介民主任。你不是国防部的吗？郑主任现在的正职就是国防部的次长，问起来方便嘛。"

只想到马汉山会想出种种对抗的招式，没想到他竟然列举了一二三四，而且还抬出了军统的总头目现任的国防部副部长兼军方物资供应委员会副主任郑介民！

会议的空气骤然紧张起来。

刚才还有点底气的杜万乘现在又没有底气了，又望向了曾可达。

徐铁英一直就没有表情，这时更没有了表情。

牵涉到军界，尤其牵涉到特工部门，王贲泉也不好露出更多表情，但脸色已经好看多了。

倒是那个马临深，这时隔着中间两个人，竟探过头斜望向曾可达，刚才那口恶气实在也该出一出了。

以曾可达之强悍，对付马汉山的办法立刻就能有。可他现在却出奇地冷静，谁也不看，只是有意无意地望向方孟敖。他在看方孟敖的反应。他压根儿就没把马汉山之流放在心上，他关注的是方孟敖，还有方孟敖的背景。现在正是考验一下方孟敖的时候，要是此人真无任何共党背景，用来对付马汉山，尤其是自己对付不了的方步亭，将来必须要靠此人。

方孟敖从开会到刚才一直保持的那副无所谓的神态不见了，那种曾可达曾经领教过的鹰一样的眼神出现了，是在紧紧地盯着马汉山。

曾可达直接叫方孟敖："方大队长，你是派驻北平的经济稽查大队队长，今后具体的任务都要由你们执行。针对刚才马汉山局长提的四条反驳，我们想听听你的意见。"

方孟敖立刻又恢复了那副无所谓的神态，问道："我是列席会议，能够说意见吗？"

"当然能。"回答他的是杜万乘，"你完全有权力提出自己的看法，还有权力执行任何任务。这是联席会议的文件上都写明了的。"

"那我就说了？"方孟敖仍然是无所谓的样子。

曾可达："请说。"

方孟敖望着马汉山："马局长，我可不可以不回答你刚才说的那四点理由。因为你说的我全不懂。"

马汉山对方孟敖却始终怀着莫名其妙的畏惧，甚于对曾可达的畏惧。他是干军统出身的，还担任过军统局驻北平肃奸委员会主任，在他手里家破人亡者不知多少，因此有时候还真敢跟别人玩命。可不知为什么，昨日一见方孟敖就从心底生出一种不祥的感觉，这个连日本空军都闻风丧胆、连美国盟军都极其看重、连作战部的军令都敢违抗、连方步亭都害怕的年轻人，浑身上下竟然透着一股玩世不恭的劲头。他的经验暗示自己，这样的人是真的谁都不怕，要是跟他抗拒，他会像打掉日本人的飞机那样，打掉对方，然后去喝洋酒，抽雪茄，转眼把自己打掉的人忘得干干净净。这也许是自己对他害怕的根本原因。

有大私心的人怕没私心的人，有大心机的人怕没心机的人。马汉山明白这个道理。现在听到方孟敖对着自己说的两句话就是这种感觉。于是收起了对抗曾可达的态度，温和地回答方孟敖："方大队长，你是国军作战的功臣，是抗日的民族英雄。马某尊敬你，大家都尊敬你，很多别的事情你不屑于去干，当然也不想去了解。对你刚才说的不懂，本人深切理解。既然你不懂得这里面的详情，就犯不着让别人当枪使。"

前面几句说得还像样，就最后一句刚说完，连马汉山自己都感到荒腔走板了，可已经收不回来了。

"就这一句我听懂了。"方孟敖站了起来，"我也就要问你这一句，我被谁当枪使了？"

马汉山又玩起了他见招拆招的惯技，强笑着答道："军人嘛，就是以服从为天职。我刚才说的只是这个意思而已。"

"我又不懂了。"方孟敖的眼睛成了一条线，"你是说我该服从天职还是不该服从天职？服从了就是当枪使，还是不服从就没有当枪使？不用你回答了，我替你答了吧。你是不是看我连作战部的军令都敢违抗，因此是个能为了个人的感情放弃原则的人。你就是这个意思。我说明白让你懂了，我可以命令我的大队不轰炸开封，那是我不愿炸我们自己的城市，不会杀我们自己的同胞。可马局长你不同，昨晚回去我也看了些材料，不久前你就利用自己在军统的职位，调了好几百个便衣特工去杀学生。那些学生都犯了什么法了？还不就是想领取本该发给他们的粮食配给嘛。这件事，当时的北平市市长也就是前任的民食调配委员会主任何思源就坚决反对。今天调查小组问你情况，你倒往主任身上推了。前任的主任何思源先生职务都免了，调查小组还能去问他？现任的主任刘瑶章连民食调配委员会的大门在哪儿都还找不着，调查小组去问他什么？马副主任，你是直接管民生物资调拨的，物资的购进和调拨都是你经的手，我的大队要调查物资和账目，往后谁也不会找，我就找你！"

"方大队长……"马汉山急了。

"我还没说完。"方孟敖打断了他，"你说我是枪，我的枪跟日本人在空中打了无数仗，打下的全是日军飞机。没有一枪打在自己战友的飞机上。不信你可以去查我的档案。完了。你说吧。"

曾可达带头鼓起掌，一下一下鼓得很响。

杜万乘竟下意识也跟着鼓了几下掌，可一发现其他三人都没有动静，这才察觉与自己的身份不宜，停止了鼓掌。

曾可达也停了，望着马汉山："你的四条反驳意见，方孟敖大队长是不是都回答了？还要不要我补充？"

马汉山倏地站了起来："本人向五人调查小组郑重提议！北平市民食调配委员会不是我马汉山的调拨委员会。牵涉到那么多粮食和物资的购买发放，我马汉山有一千只手也做不来。如果像方大队长刚才说的调查物资和账目只找我马汉山一个人，我现在就提出辞去民食调配委员会副主任职务。除非你们同时调查中央银行有关机构，同时调查驻外采购物资有关机构。否则，本人将拒绝回答任何问题。"

这就是马汉山，每遇危难，总要扯出萝卜带出泥。

第一个不高兴的就是王贲泉了，本是站在他一边的，这时一急，也向他瞪眼了："你们民食调配委员会的物资购买调拨关中央银行什么事？马局长，你说话是要负责任的！"

马临深这个时候必须撑马汉山一把了："杜总稽查，本人认为马汉山的提议不无道理。民生物资的采购调拨牵涉到那么多部门，不能够把什么事情都往民食调配委员会身上推，更不能往马汉山一个人身上推。"

杜万乘："那你们的意思同时还要调查谁？"

主持了这么久的会议，杜万乘就这一句话把大家给问住了，包括马汉山。

倒是曾可达贯注了精神，先深深地望了一眼方孟敖，给了他一个希望理解的眼神，然后转望向马汉山："你的意思是不是要调查小组请中央银行北平分行的方行长出面说明一些问题？"

马汉山反倒犹豫了，答道："该请谁我可没有说，你们照章办事就是。"

曾可达立刻转对杜万乘："杜总稽查，那我们就请方步亭行长来一趟。不然，民食调配委员会是不会配合调查的。"

杜万乘代表财政部，而钱却又都是中央银行管着，对这一点财政部从王云五部长以降都人人不满，这次来的重要任务之一就是要调查中央银行的钱到底是怎么管的。因此立刻望向王贲泉："我同意这个提议，王主任，北平分行归你们中央银行管。就请你打个电话，请方行长来一趟。"

这是没有理由拒绝的，王贲泉悻悻地站了起来："好，我打电话。"

曾可达下意识地用余光观察方孟敖。

方孟敖却目光正视曾可达："曾将军。"

"嗯。"曾可达像是没有准备应了一声，慢慢望向方孟敖。

方孟敖却是掏出了一支雪茄，又拿出了打火机，问道："可不可以抽烟？"

"当然可以。"曾可达感觉到方孟敖开始有点跟自己较劲了。

方孟敖啪嗒一声，把打火机打得很响，点燃了雪茄，显然是吸了满满一口，呼出来时，会议室立刻浮起了一层烟雾。

曾可达隔着烟雾再望方孟敖时，方孟敖的目光已经望向了窗外。

曾可达的眼中，那烟雾渐渐幻成了列车机头浓浓喷出的长烟！

南京至北平的铁路上，乘载着崔中石和两个跟踪崔中石特工的那辆列车正喷着长烟在铁道上奔驰。

这里已经是河北省地面了，大约还有几个小时，这辆列车就能到达北平。

崔中石还是坐在他的六号铺位上，却已经认真地在看那份七号铺位乘客带来的《大公报》了。那时的《大公报》有好些版面，崔中石也不知是看到第几版了。

七号铺位那位乘客搭在窗上的手，完全像是无意，那只手的手指在崔中石视力能看见的地方轻轻地扣着，有时扣五下停了，有时扣八下停了。

崔中石正在看着的那个版面，随着七号铺位那位乘客手指轻扣的数字，一篇文章第一句的第五个字显出来了，是"一"字。

飞快的手指在继续轻扣着数字。

报纸上的字迹在崔中石眼前间隔跳动，组合成了以下的文字："一定要保证方同志身份不被暴露。一定要保护好你自己……"

列车突然慢了下来，前方又一个车站到了。

七号铺位那位乘客站了起来，走到行李架前掏出钥匙开了那把套在行李架杆上的锁，拿下了皮箱。

不远处那两个青年目光对视了一下。

列车慢慢停下了。

七号铺位那位乘客面对崔中石："对不起，先生，我要下车了，报纸看完了吗？"

崔中石抬起了头给了他一个会意的眼神："看完了。谢谢你了。"将报纸卷好了递还给他。

不远处那两个青年伸了伸手臂，显然是要暂时下车休息一下的样子。接着一个往车厢的这头，一个往车厢的那头，分头走去。

七号铺位那位乘客提着皮箱拿着报纸往一号铺位的下车处走去。

下车的人不多。

七号铺位那位乘客刚走到车门边正要下车，一只手搭上了他的肩膀。

那位乘客一回头，发现是一个青年闪光的眼睛，那青年低声说道："对不起，能不能把你的《大公报》留下来给我看看？"

|七|

方步亭每次出门都是同样的规矩，一个人拎着包，独自从洋楼走到前院大门，然后是看门的护卫轻轻地把门开了，他静静地走出去，小车早就在门外等着了。

今天规矩变了，不是方步亭有新的招呼，而是从谢培东开始，到昨天才搬回来的程小云，还有今天依然在家陪着他的方孟韦，三个人都跟着他走出了洋楼，只是静静地跟着。

走到前院的一半，方步亭似乎才察觉到他们都在身后跟着，站住了，慢慢回头："都跟着干什么？"

真是不知从何说起，三个人开始都没有说话。

还是谢培东先开口了："行长，我陪你去。他们问什么你都不要说话，我来说。"

方步亭眼中是那种习惯了的信赖，却摇了摇头："你就不要牵进去了。对付这几个人我还不至于要人护驾。"

"行长，还是让姑爹跟着去吧。"程小云当着人也一直称方步亭行长，称谢培东姑爹，"不是说怕那五个人，有姑爹在，孟敖会听话些。"

方步亭的脸阴沉下来了："注意你的身份。什么时候允许你插嘴我的公事了？"话是对着程小云说的，目光却在注意方孟韦的反应。

方孟韦这才开口说话了："爹，您到那里以后，不要跟他们说那么多。我现在就去北平电话局，看着他们把顾先生家里的越洋电话接通了，您到时候直接跟顾大使通话就是。"

方步亭的脸舒展了好些，是对这个小儿子的孝顺，也是对这个小儿子每逢大事精明的一种欣慰，可很快又严肃了面容，转对谢培东："辛幼安那句词是怎么说的？'生子当如孙仲谋'，是吧？"这句话是夸奖，但显然夸奖得有点过头。方步亭随时都在警惕，让儿子不要过分得意张扬。

谢培东十分默契："行长，不要这样夸他。孟韦还当不起这句话。"

方孟韦知道父亲此时的心情，也知道父亲说这句话的心思，向姑爹掠过一丝感激的目光："爹，姑爹。我先去了。"大步向门外走去。

方步亭这才又徐徐向大门走去。

谢培东跟着。

程小云却站在原地。

方步亭又停住了，回头望着程小云。

程小云只好走了过去。

方步亭不避讳谢培东，对她说道："今后孟韦在身边你少说话。我是为你好。"

"知道。"程小云低声答道。

方步亭这才转身大步向门外走去。

谢培东跟到门口大声招呼："去张自忠路顾大使宅邸。一路上注意行长的安全！"

"是。"一个司机、两个便衣护从同声答道。

方步亭上了车，司机和护从都上了车。

那辆小车平稳地驶出了胡同。

谢培东和程小云一直看着小车转了弯，二人不约而同地对望了一眼，都是担心忧虑的眼神，默默地走进了大门。

北平顾维钧宅邸五人小组会议室。

会议室里应该是八个人，这时却只坐着七个人。

曾可达那个副官的位子是空着的。

七个人都沉默着。

五人小组的成员都低着头看文件，借以掩饰即将面临的难堪局面。

方孟敖一改原来无所谓的神态，雪茄也早就没抽了，像坐在战斗机里，目光定定地只望着前方。

马汉山却在吸烟了，前一支还没有吸完，后一支又对着烟蒂吸燃了。

"报告！"门外传来了曾可达副官的声音。

五人小组成员都抬起了头。

马汉山手里的烟也停在那里。

只有方孟敖一动不动，还是原来那个姿势。

"方行长请到了！"副官接着在门外报道。

曾可达用军人的姿态倏地站起来。

杜万乘这才反应过来，一边站起，一边对其他三人说道："都起来吧。"

那三个人当然都跟着站起。

——这是五人小组对来人表示极大的尊敬和礼貌。

马汉山心里别扭极了，他当然不敢不跟着站起，心里却忍不住嘀咕，同样是调查询问，对方步亭的态度与对自己有天壤之别，不禁向方孟敖望去。

同时望向方孟敖的还有曾可达，见方孟敖还是一个人端坐在那里，便低声说道："方大队长，请起立。"

方孟敖站起来。

那扇门竟推开得如此慢，不知是那副官过于小心，还是屋内的人出现了幻觉，总之，那扇门好像过了很久才慢慢被推开。

会议室里从来没见过方步亭的只有一人，那就是曾可达。

会议室里十年没见过方步亭的只有一人，那就是方孟敖。

曾可达像是两只眼睛能够同时分别看两个人，一只眼睛在打量着出现于门口的方步亭，另一只眼睛在暗中观察右边的方孟敖。

方步亭在门外站着，虽已入暑，仍然衣冠楚楚。那扇门全推开了，他才取下头上的礼帽，放在胸口，向室内的所有人微微鞠了一躬。

又是曾可达，率先举手还礼。

五人小组另外四人跟着弯腰还鞠躬礼。

曾可达斜眼望向方孟敖。

方步亭在门口也感觉到了站在左边那个身穿飞行夹克的高大身影。

只有方孟敖依然直直地站着，眼望前方，没有任何举动。

曾可达目光复杂，两只眼都望向了方步亭。

方步亭脸上没有任何表情，谦笑着向五人小组又弯腰还了一礼："不敢当。"慢慢跨步进了会议室。

五人小组都站直了身子，在等方步亭入座。

坐哪里呢？

如果坐到马汉山身边，那便是被质询的位子。

可也不能坐到别处。

方步亭丝毫没有让五人小组为难，径直走到马汉山身边。

马汉山这时倒是眼明手快，立刻挪开了身边那把椅子，让方步亭好靠近桌边，待方步亭站好，他才将椅子移正了，好让方步亭坐下。

杜万乘："方行长委屈，请坐。"

方步亭坐下了，五人小组这才坐下。

方孟敖仍然目视前方，跟着坐下。

马汉山是最后一个，也跟着坐下了。

王贲泉跟方步亭是最直接的关系，因此由他介绍："在座诸位多数是方行长的老朋友。可能只有曾督察以前没有见过，我介绍一下。方行长是美国哈佛的博士，长期就职于国民政府中央银行，论起德高望重，宋先生、孔先生都是尊敬的。曾督察在国防部预备干部局任职，是总统都看重的青年将官。"

二人不得不正视了。

曾可达十分礼貌地："久仰。"

方步亭十分得体地："幸会。"

"方大队长。"曾可达突然望向方孟敖。

方孟敖又以军人的姿态倏地站起来。

曾可达："今天是会议，我必须介绍一下。方行长，令公子方孟敖现任国防部预备干部局驻北平经济稽查大队兼青年航空服务大队大队长。"

奇怪的是，其他人的目光都在回避着，或望着文件，或望着别处。

方步亭的头在慢慢向左边移动，他必须要看这个儿子了。

在他一生的记忆里，这次头的移动，比他在美国第一次见导师、回国后第一次见蒋介石都忐忑！他不知道自己的目光望向这个"逆子"时，迎接他的会是什么。

还有一双眼在十分专注即将发生的十年一见，这就是曾可达。他没有看方步亭，而是十分期待地望着方孟敖，目光中满是那种希望儿子认父亲的善意期待。至于有几分是真诚，有几分是观察，此时连他自己也不十分清楚。

方步亭终于正面望见这个十年未见的儿子了！自己是坐着的，儿子是站着的，一米八几的身躯本就伟岸，且是仰视，何况他的头顶还高挂着国父的巨幅头像！

方步亭的目光空了，在等着任何迎接他的结果。

砰的一下，是皮鞋后跟相碰的声音，由于室内太静，这一碰便很响！

所有回避的目光都下意识地同时望向了方孟敖。

方孟敖刚才没有敬礼，这时竟十分标准地将右手举向帽檐，敬礼的方向却是他的正前方！

所有的目光都定在他的身上。

方孟敖突然向右呈四十五度转身，敬礼的身躯正面对向了方步亭。

于是，所有的目光又都转向了方步亭。

方步亭刚才还空空的眼神有了亮光，可也就是闪了一下，因为儿子的目光只是望着自己头顶的方向。

是站起来，还是坐着不动？

方步亭稳稳地坐在那里，说道："请坐下吧。"

方孟敖的手标准地放下了，移正了身子，坐了下去。

在座的所有人提着的心其实都没有放下去。特赦方孟敖、重用方孟敖的背景或多或少大家都知道。党国的事从来都不会公事公办，但公事私办时总离不开两个字，那就是恩怨。有恩的可大事化小，小事化无；有怨的那便是小事闹大，甚至是无事闹有。像今天这样利用儿子来打父亲，好像大家都还没经历过。这是一个强烈的信号，年青的一派要对老朽们下狠手了。

数杜万乘的年龄身份最为尴尬，四十左右，老的靠不上，少的又不是。一定要归类，当属中年有学识的清流一派，对贪腐十分憎恶，搞斗争又无胆魄。现在又轮到他主持会议了，想了想，只好说道："方行长，请您来的意思，我们不说您也应该知道。'七五学潮'国府十分重视，说法也有很多。问题是，盟国发了照会，很多议员也在国会提出了质询。国家财政现在十分困难，军事物资的供应已是捉襟见肘，民生物资也都压到了最低预算，如果这中间还出现贪腐走私，财政部这个家根本就没法当了。北平市民食调配委员会的民生物资，财政部都是严格按照预算拨款购买的。为什么总是实物和账目出现这么大的差距？东北十六所大学一万五千多学生搬迁北平，是7月份教育部向财政部正式报的预算，财政部拨了款的嘛。为什么会出现7月4日北平参议会遣散东北学生的提案？央行北平分行管着民食调配委员会的账，中央的钱款是不是划到了北平，北平分行是不是把钱款划到了民食调配委员会？如果钱款都到位了，那么央行北平分行便没有任何责任？我们请方行长来，主要是问清楚这件事。"

杜万乘不谙政治，算起经济账来还是条分缕析而且深中肯綮的，这样的问话方步亭必须回答。

五人小组其他四人这时都埋着头，一致装着看文件，等着方步亭回答。

方步亭慢慢回答了："中央财政部的代表来了，央行总部的代表也来了。我能不能冒昧先问一句，杜总稽查刚才问的钱款是不是划到了北平分行，这个钱款指的是美元，还是法币？"

杜万乘被他一句就问倒了，因为调拨现金从来都是中央银行，财政部哪能知道？只好望向了王贲泉。

王贲泉回答了："美国援华代表团7月3日才跟国府签的《援华法案》。至于法案里同意援助我们多少美元，目前尚属国家机密，本人不能在此泄露。但也可以跟诸位露个风，美国答应的援华美金，三分之二是军事援助，三分之一才是民生物资援助。有多少，能管多大的事姑且不说。那些钱现在还只是字，只是写在两国法案协议上的字，不是钱。要是说到法币，我想财政部比我们更清楚，就是调动所有的飞机火车运送，也买不到物资。我帮方行长说一句话吧，银行是需要储备金的。金库里没有黄金，美元也都还在美国。愣要把民食调配委员会物资购买调拨发放的事情往央行身上扯，往北平分行扯……方行长，你可以向央行总部写辞呈，我帮你去辞掉这个行长。免得替人背黑锅。"

这哪像中央派的调查小组成员说的话，不站在五人小组一边，反站在被调查质询的人一边，这场第一次会议看样子已经开不下去了。

可有一个人不干了，那便是马临深，他是中央民食调配委员会的副主任，闹出这么大的事，中央银行推得一干二净，那责任就全是民食调配委员会的了。

马临深立刻站了起来："王主任这个话说的都是实情，本人没有意见。只是想问一句，中央和北平民食调配委员会是4月成立的，组成人员是社会部、民政部和各市的社会局民政局。社会部、民政部也不印钞票，更不能生产粮食物资，央行不拨款、国府不调物资，民食调配委员会拿什么去购买物资，调拨发放物资？这一点不说清楚，马局长，我也赞成你写辞呈，帮你辞去北平市民食调配委员会副主任的职务。也免得替人背黑锅。"

马汉山立刻站起来，向马临深深深地作了一揖："那就拜托了！最好是现在就让我辞职。拜托，拜托马主任。拜托诸位！"

这简直就是耍赖了！

杜万乘气得脸色有些发白，推了一下眼镜，说话也不利索了："你们这是要挟五人小组……不对，是对抗国府联席会议的决定！要是中央银行的代表和中央民食调配委员会的代表都是这样一个态度，本人现在就向王云五部长报告！"

王贲泉和马临深一人坐在一边，竟几乎同时做出同样的动作，身子往后一靠，说出同样两个字："请便。"

杜万乘气得嘴唇发颤："电话！拿电话来！"

参加会议记录的只有曾可达的副官一人，拿电话当然是他的差事，这时他望向了曾可达。

曾可达示了个同意的眼神。

那副官立刻起身，电话就在他身后的茶几上，捧起来，好在电话线还长，便拉着线把电话捧到了杜万乘桌前。

由于是专线电话，因此需要摇柄。

杜万乘站了起来，一手按着话筒，一手摇着接线话柄，因手还在颤抖，那柄摇得便不圆。

等到他拿起了话筒，准备命令接线的时候，一只手伸了过来，按住了话机。

是曾可达。他按着话机站了起来："杜先生，给王部长打电话管用吗？"

杜万乘望着他。

曾可达语气十分温和："把电话给我吧。"

杜万乘竟十分顺从，把话筒递给了曾可达。

曾可达提起电话摆到自己面前，重新摇柄，快捷干脆！

拿起了话筒，曾可达的语气就像在前方指挥打仗："我是国防部曾可达，立刻给我接通南京二号专线。立刻接通！"

王贲泉、马临深靠在椅背上的身子弹簧般伸直了。

马汉山也立刻变了脸色，刚才那副死猪不怕滚水烫的模样立刻没了。

一直不露声色的是徐铁英，这时也微怔了一下，目光望向方步亭。

方步亭原来是那个神态，他们刚才吵架时也是那个神态，现在还是那个神态。

跟他一样的是他的儿子，方孟敖一直挺坐在那里，目视前方。

电话好像接通了。

杜万乘斜抬着头紧紧地望着等听电话的曾可达，满脸期盼。

"对，是我。我是曾可达。"曾可达身子挺得笔直，"是，能否请经国局长立刻接电话？好，谢谢了。"

除了方步亭和方孟敖，其他人的目光或正视，或偷视，都在曾可达耳边那个话筒上。

"我是。我还好。建丰同志您还好吧？"曾可达一脸虔诚，"是您说的这种情况。中央银行的代表王贲泉主任说'七五案件'央行没有任何责任，中央民食调配委员会代表马临深副主任说他们民食调配委员会也没有任何责任。"

经国局长显然在对面说话了，曾可达专注地听着，接着说道："是。我立刻转问。"说到这里话筒仍然拿在手里，望了一眼王贲泉，又转望了一眼马临深："经国局长问你们，那是谁的责任？是不是他的责任？请二位现在就回话。"

马临深远远地望着王贲泉，王贲泉远远地望着马临深，两个人谁都不说话，都不敢说话，都希望对方说话。

曾可达的目光盯住了马临深，把话筒向他那边一伸："这可是二号专线，还要经国局长在那里等你们吗？"

马临深不敢不回话了，身子趴在桌面上，隔着一个徐铁英，又隔着一个杜万乘，尽量把头靠近话筒，费力大声地说道："请报告经国局长，我绝对没有说民食调配委员会没有责任。我们会认真查……"

曾可达立刻把电话拿到耳边，听了经国局长简短的一句话："是。"接着把话筒往左边微微一伸。

王贲泉就坐在他身边，便伸手想去拿电话。

曾可达的手紧紧地握住话筒："说话就是。"

王贲泉只好把嘴凑向话筒："经国局长您好。是曾可达将军误会我们央行的意思了。闹出这么大的事，央行总部当然有责任，北平分行当然有责任。我们一定认真调查，认真改进，平息事件。"

曾可达又把话筒拿到了自己耳边："是。"

曾可达望向了杜万乘："杜先生，经国局长要跟你说话。"

杜万乘已经激动了好久，这时连忙接过电话："非常感谢经国局长。是，我在听……好……完全同意……好，好，我这就叫他接电话。"

杜万乘突然望向了方孟敖："方大队长，快过来，经国局长表扬你了。你来接电话。"

这倒有点出乎意料，方孟敖站起身，却并没有走过来接电话的意思。

曾可达十分机敏，立刻主动捧起电话，又从杜万乘手里接过话筒，拉着线快步走到了方孟敖面前，把话筒递给了他。

方孟敖接过了话筒，却不像前面那些人主动问好，而是静静地等听，听了两句才答道："是我们应该做的。我们是军人，军人就应该住在军营里……"

也不知经国局长在对面说了什么话，方孟敖竟沉默了。

站在旁边的曾可达第一次急了："心里怎么想的，就怎样回答经国局长。"

方孟敖这才答了一句："我知道。公事和私事，我分得清楚。"答完这句把话筒还给了曾可达。

曾可达立刻把话筒凑到耳边，另一只手提着话机一边走回原位，一边专注地听着："是。我让杜总稽查宣布。建丰同志放心。"

走回原位，他一直听到对方话筒挂了，才将话筒放回到话机上。望着杜万乘："杜总稽查，经国局长说他的意思已经告诉你了，请你向大家宣布。"

"好。"杜万乘现在已经底气十足，站了起来，"请都起来吧。"

会议室里的人都站起来，包括方步亭、马汉山。

杜万乘十分严肃："两条指示。第一条，在五人小组调查期间，允许任何被调查的人提出辞职，但辞职后立刻转送中央特种刑事法庭立案，接受法庭的调查审讯！第二条，国防部预备干部局派驻北平的经济稽查大队有权力调查民食调配委员会任何仓库的物资，并有权力查核中央银行北平分行账目。调查结果直接向杜万乘总稽查、曾可达督察汇报。北平市警察局徐铁英局长需全力配合稽查大队的调查行动。"

一片沉寂。

杜万乘这时望向了马汉山："马副主任、马局长，你现在还需不需要拜托我们帮你辞职？"

马汉山倒是出人意料地大声回答："我向五人小组检讨，本人说的是气话，现在就收回。"

杜万乘慢慢把目光望向了方步亭。

所有人都紧张起来，目光倒都还平和，一致望着方步亭。

只有一双眼睛这时却望向了杜万乘，是方孟敖的眼！

杜万乘心里咯噔了一下，他发现方孟敖的眼像鹰一样，这样望着自己是什么意思？

曾可达飞快地察觉到了，立刻接言："方行长刚才并没有说辞职的话，我记得好像是王贲泉主任说的。是吗？"

王贲泉这时必须立刻回话了："是我说的。方行长确实没有说过要辞职的话。"

"该辞职的时候我会提出辞职。"方步亭徐徐地把话题接过去，"但不是现在。国家都到了这个时局，我提出辞职，不是对不起别人，是对不起我自己，对不起自己的良心。"说到这里他望向曾可达，"曾督察，能不能把电话借我一用？"

曾可达稍微犹豫了一下："当然可以。"拿起电话隔桌递了过去。

所有的人又都屏住了呼吸，刚才一通电话已经弄得好些人惊魂未定。方步亭又要给谁打电话？

方步亭已经摇通了电话："顾大使吗？维钧兄，打搅了，我是方步亭啊。"

所有人都是一怔，谁也没想到，方步亭这个电话竟是给这座宅邸的主人，现任驻美大使顾维钧打的！

方步亭就像身边没有任何人："你也知道了。是呀，这个时候是不应该发生'七五学潮'这样的事件，给你在美国争取美援又添了困难了。可我还得向你叫苦啊。物资供应委员会那边跟共军打仗的军援固然要保证，可这么多城市，这么多民众都没有饭吃了，尤其是北平。美援的民生物资再不到，前方不用打，后方就已经败了。拜托了，主要战场都在北方，给北平多争取一点儿吧。"

没想到方步亭如此发自肺腑地说出了这一番话。所有的人都出乎意料，所有的人或多或少都动了容。

方孟敖也第一次把目光望向了父亲。

方步亭好像只有那部电话存在："谢谢了。我代表党国所有的同人，代表北平两百万民众谢谢了！代向嫂夫人问好！你们也多保重！Goodbye！（再见！）"

方步亭放下了电话。

所有的人都望着他。

他却望向了方孟敖："方大队长，民食调配委员会的账目是北平分行在帮助走账。具体负责的人是我的助手，北平分行金库副主任崔中石。他今天下午回北平。欢迎你们随时前来查账。"

所有的人都不吭声。

方孟敖这时已不再回避父亲的目光。

两双十年不见的眼睛这时都望着对方。

方步亭点了下头，结束了对望，转望向杜万乘："杜总稽查，本人可以离开了吗？"

杜万乘有些仓促："我们送您。来，大家都送送方行长。"

北平青年航空服务队军营。

有命令，不许出营。队员们全待在营房里。

有的在看书。

有的在写信。

有两拨人在打扑克。

陈长武那一拨儿比较文明，输了的在脸上贴纸条。陈长武那张脸已经被纸条贴得只剩下两只眼睛了。

郭晋阳那一拨儿不太像话，输了的人是往身上背东西。军营里也没有别的东西，开始是背枕头，再输了便是加军被。最惨的是那个平时不太吭声的大个子邵元刚，脑子不太灵活，又被郭晋阳算计，身上已经挂了三个枕头和两床军被。

大暑的天，赤膊都热，背着这么多枕头军被，那邵元刚汗如雨下，牌便打得更蒙了，一边擦汗，一边琢磨手里那把牌出还是不出。

只有郭晋阳，身上干干净净，显然一把没输，这时站在床边，一条腿还踏在床上，大声催促："邵元刚，你敢炸我的牌，就准备再加一床被子吧！"

靠门口看书写信的两个队员立刻站起来，他们望见了队长。

方孟敖手里提着一只沉甸甸的大纸箱进来了，向发现他的队员做了个手势，示意不要吭声。

看书的队员向他笑了一下，接过他的纸箱。

方孟敖轻轻走到郭晋阳背后，目光一掠，看清了他的牌，立刻走到邵元刚身后。

大家都看见他了，都准备收牌。

"接着打。"方孟敖不扫大家的兴致，"邵元刚，把你的牌给我看一下。"

那邵元刚又把收拢的牌摊开了，给方孟敖看。

方孟敖望向郭晋阳："郭晋阳，你刚才说什么来着？邵元刚敢炸你的牌又要加一床军被？"

郭晋阳立刻气馁了，声调却不低："队长，你已经偷看我的牌了，这时候帮元刚胜之不武。"

方孟敖："啰唆。元刚炸了他！"

邵元刚立刻将那一把牌炸了下去。

郭晋阳干脆把手里的牌往床上的牌里一合："胜之不武！"

邵元刚可不管，立刻取下用绳索挂在身上的军被往郭晋阳身上挂去。

郭晋阳跳开了："你好意思赢这把牌！"

邵元刚是老实人，立刻不好意思挂被子了，望向方孟敖。

其他人早就不玩了，都望向方孟敖。

方孟敖："去挂上，挂上了我再给你们说道理。"

邵元刚这才又去挂了，郭晋阳也不再躲，挂了那床被。

方孟敖扫了一眼所有的人："从今天起，我们该看牌的都要去看，是正大光明地看，不是什么偷看！对手从不讲规矩，牌都是藏起来的，黑着打，你怎么赢？晋阳，不是说你。我说的是谁，大家明白没有？"

所有队员齐声答道："明白！"

"真明白吗？"方孟敖问这句话时神情流露出了沉重。

队员们都望着他。

方孟敖："刚开的会，给我们派的任务，既要查北平市民食调配委员会所有物资仓库的账，还要查央行北平分行的账。"

听到这里大家都偷偷地互相望着，央行北平分行的行长是队长的父亲，现在明确叫大家去查北平分行，队长能去查吗？陈长武一个眼色，大家都解下了身上的枕头棉被，主动站到了一起，排成了两行。

陈长武："队长，在南京的时候，曾督察可是叫我们查民食调配委员会的物资，还有就是让我们负责运输北平的民生物资。怎么又加上一条查银行了？这个任务我们完成不了！"

"是。"郭晋阳立刻接言，"我们都是些开飞机的，查仓库已经够呛了，银行的账我们看都看不懂。怎么查？这个任务我们完成不了！"

所有的队员齐声应和："我们不接受这个任务！"

方孟敖望着大家，心里是感动的，脸上却不能流露出来："查仓库还是查银行都不是这几天的事。我给大家带来了一样东西。晋阳，你是老西儿，祖上就是做生意的，交给你一个任务，去把纸箱打开。"

郭晋阳揣着疑惑，走到纸箱前，解了绳扣，打开纸箱。

纸箱里摞排着一箱子的算盘！

"给大家每人发一把。"方孟敖大声说道，"郭晋阳是总教师，其余会打算盘的都做老师。会打的教不会打的，会算的教不会算的。加减乘除，三天都给我学会了！"

"三天我可学不会！"第一个叫苦的是那邵元刚。

"我们也学不了！"跟着好些队员随声附和。

"学不会就扫营房，给别人洗衣服！"方孟敖说着向自己的单间走去。

大家都望着队长的背影，第一次发现队长走路没有以前那阵雄风了。

队员们又都互相望着，谁也没有去拿纸箱里的算盘。

北平市民食调配委员会物资总库的大门被好几个人推着，沉重地开了。

"混账王八蛋！通风扇也不开，等着起火吗？！"马汉山一走进仓库便破口大骂。

也不怪他，入暑的天，本就炎热，仓库里又堆满了各类物资，进来后如入蒸笼，汗如雨下；刚受了一肚子的气，一点就着，焉得不骂。

跟着进来的李科长、王科长被他骂了，回头又去骂那些看仓库的科员。

李科长："你们这群混账王八蛋！仓库条例写得清清楚楚，必须保证通风，谁关的通风扇？！"

那王科长接言道："全市都电力不足，接到通知，要控制用电……"

"报电费怎么都是满的！王一行，我看你是穷疯了！"马汉山接着又骂，"哪个部门敢停物资仓库的电？连电费都贪了，你就贪吧！贪回去把你全家都给电了！"

那王科长不知是心虚还是挨惯了骂，再不还口，转对两个科员："祖宗，还不去把电开了？"

一个科员立刻跑去，推上电闸。

仓库四周墙壁上方的通风扇都转了起来。

马汉山恨恨地向里面走去。

李科长、王科长隔一段距离跟着。

"扬子公司那边该进的一万吨大米进库了没有？"马汉山一边走一边问。

李科长、王科长都不吭声。

马汉山倏地站住，倏地转身，瞪圆了两眼望着二人。

李科长只好回话："马局长您知道，扬子公司驻北平办事处那道门我们都进不去。五天前就应该进的货，打了几十通电话了，都是个小娘们儿接的，问她还不耐烦。我们也不敢催。"

"好，好。"马汉山气得喘气，"方孟敖的大队立刻就要来查仓库了，一万吨大米今天入不了库，你们自己就等着被拉去挨枪子儿吧！"

"局长！"那个李科长又憋不住了，"钱我们付了，大米是他们没送来，叫我们挨枪子儿，党国也没有这条法律吧？"

"还跟我说法律！"马汉山近乎咆哮了，"李吾志，你个调拨科长那本烂账经得起法律检查吗？死不醒的家伙！"

骂了这一句，那个李吾志不敢接言了。

"电话在哪里？"马汉山接着咆哮，"我打电话，你们赶快准备车辆，今晚把大米运来！"一边嚷着，一边自己便去找电话。

王科长嗫嚅着接言道："局长，仓库的电话线给老鼠咬坏了……"

马汉山气得发颤，盯着他望了好一阵子，这回他不骂了，实在是觉得，这群混账王八蛋骂了也是白骂，于是"呸"地一口浓痰吐在王科长脚前，大步走出了仓库。

李科长、王科长对望了一眼，再也不跟去了。

从仓库总库走到自己的主任办公室，马汉山便一直在拨电话。

也不知拨了几遍了，电话却一直没有人接，马汉山便一直骂："娘希匹的！扬子公司的人都死绝了！惹急了老子一份报告直接打给总统，让总统来骂娘。娘希匹的！"

正在骂着，那边的电话突然通了，果然是个娘们儿："你们是哪里呀？你们怎么知道我们的电话？你们知道我们这是哪里吗？"

太牛皮哄哄了！马汉山哪里还受得了，压着火，学着对方的腔调："我们是北平市民食调配委员会！你们的电话是你们孔总经理亲口告诉我的！我知道你们那里是扬子公司北平办事处！行了吗？还不快去叫孔总接电话！"

对方那个娘们儿腔调没有刚才高了，可也没有低到哪里去："我们孔总正在午休啦！北平市民食调配委员会那么多人，我知道你是哪个啦？我们孔总也不会随便接人的电话啦。"

真是气得要死，马汉山提高了声调："告诉你，立刻去告诉你们孔总，国府派来的五人调查小组没有一个人在午休！国防部预备干部局稽查大队立刻就要找你们了！明白吗？"

对方那个娘们儿真是无药可救："什么五人调查小组？什么稽查大队？他们向宋先生、孔先生报告过了吗？就敢找我们？"

马汉山一口气憋住了，抚了抚胸口，把那口气接上来，竭力用冷静的口气一字一字地说道："我现在告诉你，派五人小组和稽查大队来的人比宋先生、孔先生还大。还要我说吗？"

对方似乎有些紧张了，可还是那副腔调："我怎么知道你说的话是真的还是假的？你到底是哪一个？"

马汉山一字一顿："马、汉、山！你问他接不接我的电话！"

"马汉山是个什么职务啦？"对方那个娘们儿显然是个陪睡的，居然连马汉山是谁也不知道。

马汉山吼道："马汉山是北平市民食调配委员会副主任、北平市民政局局长，还兼过北平肃奸委员会主任委员！明白了吗？再不去报，误了事，你个娘们儿，就等着你们孔总收拾你吧！"

对方那个娘们儿这才低调了些："我也不知道你是马主任嘛，早点告诉我嘛。我去叫孔总了。"

接着就是搁电话的声音，很响，没有忙音，显然没挂，是搁在桌子上。

马汉山掏出一块手帕抹着汗，又端起桌上的那杯龙井，一口喝得只剩下了茶叶，在那里等着那个孔总。

话筒那边好像有脚步声了，马汉山立刻把话筒贴紧在脸上。

从会议室回到自己的住室，曾可达也一直在接听电话。

听完后，曾可达低声说道："同意组织学生协助方大队查账。不要让北大清华的学生参加，只组织燕大经济系的学生，一定不能失控。可以安排部分东北籍的学生……当然，中间要有我们自己的人……同意。何小姐不要加入查账的队伍，还是让她单独与方接触……好。向你的上级请示后，注意他们的反应。他们如果不同意就说明方一定有问题。立刻请示吧。"

燕京大学东门外文书店二楼。

"好。我立刻联系。再向你详细汇报。"在这里与曾可达通电话的正是梁经纶。

挂了这个电话，他想了想，又开始拨另外一组号码。

电话显然通了，对方却无人接听。梁经纶眼中闪过一丝猜疑，等了片刻又重新拨这组号码。

燕京大学图书馆善本藏书室，电话铃在一声声响着。

严春明就坐在电话桌的对面，却不接电话。

他的对面桌旁，逆镜坐着一个人，一个中年人。

严春明望了一眼不断响着的电话，又望向那个只能看见背影的人。

"接吧。"那背影说道，"在电话里不要答应任何事。告诉他，你半个小时后去见他。有事当面谈。"

严春明拿起了电话："梁教授啊。对不起，刚才一个教授要看一本善本书，我在跟他办登记。你说吧。"

电话里传来梁经纶的声音,很微弱,旁人听不甚清楚。

严春明:"这件事很重要。这样吧,半小时后我来找你。老地方。"说着挂断了电话。

严春明脸色很凝重,又望向那个背影。

那背影低声说道:"7月6号向你们传达的精神,言犹在耳。为什么一点儿不听?各个部门有各个部门的工作,就是要做那个青年航空服务队的工作,也不该由你们来做。你们这是严重违反组织规定的行为!"

严春明低声回话了:"刘部长,我们只是有这个建议,目前还并未开展任何工作。上面要是不同意,我这就阻止他。"

"还只是建议吗?"那个背影的语气严厉了,"何孝钰已经去接触方孟敖了,你怎么阻止?突然又叫何孝钰不去接触了吗?你们已经让组织很被动了。"

严春明低头沉默了,突然又抬起头:"我接受批评。但是请组织相信我们,相信梁教授。我们也是因为不愿意错过有利于斗争的机会。下面我们该怎么办,请您指示。"

那背影也沉默了少顷:"没有谁怀疑你们。方孟敖的青年服务队背景非常复杂,更多的情况我们也不清楚。你去见他吧,只要是控制在学生外围组织的范围内,可以先进行接触。记住了,不要把进步学生往火坑里推。"

严春明:"外围组织的范围怎么理解?请明确指示。"

那背影:"不要有党内的同志参加,不要有碰硬的举动。保证这两条,国民党当局就抓不到把柄,学生就不会造成无谓的牺牲。"

严春明:"我明白了。向经纶同志传达以后,我再跟您联系,向您汇报。"

那背影站起来:"不要找我了,我今天就要离开北平。今后的工作,组织上另外会派人跟你接头。还有,一级向一级负责。你向我汇报的事,不要告诉经纶同志。"

严春明也跟着站起来,脸上立刻浮出一丝委屈和忧虑:"组织上如果不信任我,我愿意接受审查。"

那背影:"你的思想最近很成问题。是不是越接近革命胜利越是对自己患得患失!中央的精神都给你们传达了,好好工作,同时加强学习。"

严春明只得答道:"是。"

燕京大学东门外文书店二楼。

"组织上如果不信任我,我愿意立刻接受审查。"梁经纶说的竟是严春明刚才说的同样的话,只是加上了"立刻"二字,加重了语气。

严春明立刻严肃道:"经纶同志,组织上对你的工作是肯定的。但是,你的思想最近有些问题,越是接近革命胜利,越不能患得患失。"

梁经纶沉默了,少顷又抬起了头:"我接受批评,但我不承认自己有什么患得患失。如有忧患,也是对革命工作的忧患。北平是全中国的文化中心,进步青年向往革命、向往建立一个新中国,我们没有理由阻挡他们的革命热情!革命也不只是我们这些共产党员的事,更不只是野战军的事。毛主席早就说过,革命是全体被压迫被剥削的中国人民对帝国主义和国民党反动派的自觉反抗!现在革命正处于人民和反动政权的决战阶段。我同意上级'七六指示'精神。可'七六指示'也只是告诫我们要注意斗争策略，并没有叫我们把群众尤其是进步学生拒之于革命的门外。现在国民党政权已经在东北、华北和中原与我军拉开了决战的态势。可他们的经济已经濒临全面崩溃，所依赖的主要是美国的援助。正因为害怕失去美援，害怕全国人民在城市掀起巨大的反对浪潮，他们才装样子派出一个什么五人调查小组到北平走过场。方孟敖的大队就是我们可以利用的最好对象，如果能够发动这个大队对国民党内部的腐败进行真正的清查，北平就能够掀起一个新的革命高潮！这对我们野战军在前方与国民党军决战是最有利的支援！春明同志，服从上级是我们地下工作铁的纪律，这一点我懂。但是，作为每一个党员都要独立地真正地理解中央的精神。这一点毛主席就是我们的光辉典范。毛主席在每一次革命关键时刻都从来不相信教条主义，包括共产国际的瞎指挥。我以一个党员的名义，再次郑重地向组织建议，立刻组织一批外围进步学生，主要是经济系的学生去帮助方孟敖大队清查国民党对民生物资的贪腐！害怕犯错误，失去了这个机会，让国民党利用什么五人小组欺骗全国人民，我们才是真正的患得患失！我的想法说完了，请春明同志做决定吧。"

严春明也激动了，站了起来，在不大的阅览室内来回踱步。

突然，他站住了："把你的详细想法都说出来。只要能对夺取全国革命的胜利做出我们的贡献，犯了错误我承担！用事实向组织证明，我们干革命从来没有为了个人患得患失。"

梁经纶十分感动："我这就向你详细汇报。"

北平市警察局局长办公室外，那个孙秘书又坐到会议室靠办公室门外的桌子前处理文牍了。

显然徐铁英又在办公室秘密会见要紧的人物，商谈要紧的事情了。

"铁英兄！徐局长！"马汉山又出现在这里，这回是真急了，没有肉的那张黑脸上筋都暴了出来，"如果你都不相信我，我就只有破罐子破摔了！"

徐铁英显然没有第一次在这里见他时那种热情，中统的那张脸拉下来还是十分可怕的："什么破罐子？怎么摔？摔给谁看？我倒真想看看。"

马汉山本身就是军统，知道中统和军统的人一旦撕破脸接下来就是你死我活，见徐铁英这般模样，哪敢真的摔什么罐子，跺了一下脚："那这样好吗？你如果愿意，我就在这里借你的电话用一下，你亲自听听扬子公司那个皇亲国戚是什么嘴脸！"

徐铁英："什么叫皇亲国戚？你这是在骂总统呢，还是骂夫人？马局长，在党国工作也好几十年了，江湖上那一套最好收敛些。侯俊堂要是没有在你们民食调配委员会占股份，他会调动国军那么多飞机帮你们走私吗？不要忘了，侯俊堂被送上断头台，是本人查的案子！我把你当朋友，你把我当什么？当时审侯俊堂时我就完全可以把你拉进案子里去！是不是要我把你当时写给我的信送给国防部预备干部局？"

马汉山完全虚脱了，自己在沙发上坐了下去，自己拿起那杯茶一口喝了："话说到这个份儿上，这一辈子我再不叫你铁英兄，从今往后你就是我的亲爹，好不好？都跟你说了吧，侯俊堂在那几家公司里一共占了20%的股份。"

说完马汉山又端起杯子喝茶，却没有水了，他居然又端起了徐铁英那杯茶一口喝了，然后便沉默在那里。

徐铁英的脸色立刻缓和了——20%！他的脑子里浮现出崔中石在中统他的办公室写的那行字：

铅笔，党员通讯局的信笺纸，20%的那行字，破折号，然后是一个大大的"您"字！

完全对上了！

徐铁英站了起来，提起了暖水瓶，给马汉山的杯子倒满了，却没给自己的杯子续水——马汉山那口黑牙，自己那杯茶是不能再喝了。

徐铁英："不是做老兄的说你，在党国干事，总得有一两个真朋友。谁管用了就把谁当朋友，不管用了就把人当草鞋，最后就光着脚吧。你现在能告诉我侯俊堂占有20%的股份，这就还是把我当朋友。你不说，我就不知道他有这么多股份吗？当然，这也不全是侯俊堂一个人的股份。现在侯俊堂死了，在他手下分股的那些空军再也不敢来提股份的事。可你们这20%股份总不能没有交代吧？那可是死了一个中将，死了一个上校，还死了几个国军王牌飞行员剩下的。你们吞得下去吗？现在说说，扬子公司那个什么孔总怎么说的？"

马汉山："确实是我刚才说的那样，一万吨大米现在还没到位，侯俊堂的20%股份提也不提，他们真是太黑了！"

徐铁英："你怎么想？"

马汉山："徐兄，我现在脑子里全是空白，我能怎么想？总不成我把背后这些事都向杜万乘和曾可达说出来吧？"

徐铁英理解地点了点头："要怎样才能让那个孔总经理有些惧怕，这你总应该明白吧？"

马汉山开始想："他们当然也不是什么也不怕。比方说中央银行北平分行，所有的账都是他们管着，可方行长也不会跟孔家作对呀。"

徐铁英："那就想办法让他们明白，在这件事上他们要是还这么黑，中央银行北平分行就不会再给他们背黑锅！两个人，一个是崔中石，一个是方孟敖。你露个风给孔家，再不识相，有这两个人就够他们好看的了。"

马汉山："可崔中石和方孟敖也不会听我的呀。"

徐铁英带有一丝可怜地笑了一下："当然不会听你的。我只叫你传个话过去。这总做得到吧？"

马汉山立刻站起来："我这就去。混账王八蛋的！刚才居然还在电话里骂我。老子反正没有退路了，赤脚的不怕他穿鞋的！"

徐铁英："也犯不着置气。你把话原原本本带到就行。孙秘书！"

孙秘书推开门，从屏风那边出现了。

徐铁英："你立刻通知方孟韦副局长，南京到北平的那趟列车五点半就到站了。说我说的，你代表我，和方副局长一起去火车站接北平分行的崔副主任。"

"是。"孙秘书立刻答道，"我这就去。"走了出去。

马汉山这才恍然悟出了些什么，望着徐铁英："有底了！铁英兄，扬子公司那边我这就去摊牌！”大步走了出去。

徐铁英的目光望向了那两只茶杯，皱了下眉头，两手各用两指轻轻夹着两只茶杯，离身子远远的，向卫生间走去。

方邸洋楼一楼客厅。

何孝钰又被谢木兰“拉”到方家来了。

多了一个程小云在陪着她们，方步亭坐在客厅里反而没有昨天在谢木兰房间那种慈祥自如。

谢培东仍然飘忽不定，张罗了一下茶水，又去厨房张罗蔡妈、王妈准备晚饭。

“小妈。”只有谢木兰能够打破有些难堪的沉寂，“听说你曾经跟程砚秋先生学过程派，我爹还说您比那些上台的唱得还好。怎么从来没有听您唱过？”

程小云应付地笑了一下，慢慢望向了端坐的方步亭。

“是大爸不让您唱？”谢木兰一定要把气氛挑起来，转向方步亭，“大爸，是吗？”

方步亭没有表情，当然也没有回答她。

“程姨。”何孝钰接言了，“我爸也很喜欢程派，您能不能教教我？”

说到这里，何孝钰悄悄地望向了方步亭。

方步亭这时不能没有态度了：“孝钰要是有这个孝心，哪天我带你去见程砚秋先生，请他亲自教你。”

“要拜程先生，方叔叔，我爸比您更容易。”何孝钰加入了调和气氛的行列，“我就是想拜程姨做老师，让程姨教我。以后也免得我爸和您老叫我唱上海的那些老曲子。方叔叔不会不答应吧？”

方步亭望着何孝钰，目光很深，脸上带着微笑：“你真要程姨教你，就把她接到你家里去，她一边教你一边学，你爸听了也高兴。好吧？”

“我今天就想让程姨教一段。”何孝钰一向文静，今天却反常地活跃。

“今天不行了。”方步亭站了起来，“孟韦马上就要回了。还有崔副主任从南京回来立刻要向我谈公事。木兰，你陪孝钰到园子里走走。叫你爸到我房间来，让你小妈到厨房张罗晚饭。”

大家都站起来，目送着方步亭登上二楼的楼梯。

方邸洋楼二楼行长办公室。

谢培东来了，方孟韦也不知何时回来了。二人都没有坐，都站在方步亭那张大办公桌前。

方步亭独自坐在办公椅上沉思着，慢慢抬起头来：“培东，你说徐铁英为什么要叫孟韦和他的秘书去接崔中石？”

谢培东：“一句话，醉翁之意不在酒。”

方步亭转望向方孟韦：“明白你姑爹这句话的意思吗？”

方孟韦：“姑爹干脆说明白些吧。”

谢培东望着方步亭。

方步亭示意他说下去。

谢培东："一是为了党产，这是他必须完成的任务，也是中央党部派他来北平的主要目的。二嘛，这个时局谁不想退路？徐铁英也缺钱花呀。"

方步亭立刻点了下头。

"党国迟早要亡在这些人手里！"方孟韦的意气立刻冒了出来，"要是为了第一条我挡不住他。要是连他也想趁机来捞钱，我虽是副局长，还真不认他这个局长！"

方步亭深望着儿子："不是钱的问题了。看起来徐铁英还没有怀疑崔中石。最关键我们得尽快弄清楚崔中石到底是不是共产党。这才是身家性命攸关的事啊！"

"孟韦，行长的话你听明白没有？"谢培东立刻提醒方孟韦。

方孟韦沉默着。

谢培东："要沉住气，千万不要跟徐铁英过不去。把崔副主任接回来，见面时你也一定要像平时一样。他到底是不是共产党，行长和我会搞清楚。"

"姑爹的话你记住了？"方步亭深以为然，紧望着儿子。

"我知道该怎么做。" 方孟韦答道，接着看了一眼手表，"五点了。爹，姑爹，我去火车站了。"

| 八 |

号称特别快车，却走了二十七个小时，才从南京到达北平。

终点站到了，一阵忙乱之后，车厢里的乘客全都下了车。

卧铺车厢内，崔中石却依然坐在六号铺位上，望着窗外的月台。

十号十一号铺位的那两个跟踪的特工便被他弄得十分为难，不能先下车，也不能这样跟他耗着，其中一个便打开一个皮箱，装着整理皮箱里的东西。

另一个也只好装着催他："都下车了，快点好不好？"

目光仍然在斜着关注崔中石。

崔中石突然起身，一手提着皮箱，一手提着公文包，飞快地向车门走去。

"下了。"站着的那个特工连忙说道，也不再管整理皮箱的特工，拎着自己的箱子急忙跟了过去。

另一个特工也立刻关上了皮箱，跟了过去。

两个青年特工下了车便傻眼了。

一辆警用吉普，一辆黑色小轿车，如入无人之境，从站台那端开了过来，吓得几个零散的乘客纷纷躲避。

两辆车径直开到崔中石面前，吱的一声刹住了。

吉普车门开了，跳下来几个警官，四处站开。

小轿车门开了，第一个钻出来的是方孟韦，跟着钻出来的是孙秘书，都是满脸笑容向崔中石走来。

有两个警官立刻过来帮崔中石接过了皮箱和公文包。

方孟韦已经走到崔中石面前："辛苦了，崔叔。"跟他握手。

"崔副主任好。"孙秘书接着跟他握手。

崔中石："这么忙，你们还来接我干什么？"

那两个青年特工只好装成真正的乘客，向出站口走去，偶尔还回头看一眼。

方孟韦和孙秘书已经陪着崔中石向小轿车走去。

孙秘书跟在身边说道："我们局长本想亲自来接的，公务太忙，只好委托我代表他，崔副主任不要介意。"

崔中石在车门边站住了："徐局长太客气了。向行长汇报完工作，我立刻去拜见他。"

"崔叔上车吧。"方孟韦亲自为崔中石开了轿车后面的车门，此时的神态倒像是发自内心的真诚，毕竟崔中石几天前去南京是为了救方孟敖，这份情必须要表现出来。

崔中石跟他没有客套，径自上了车。

方孟韦绕过车身，走到轿车那边开了车门上了车。

孙秘书从副驾驶车门上了车。

几个警官立刻上了前面那辆吉普，仍然是吉普开道，轿车在后，在站台上快速向前面的出站大门开去。

两个仍然在排队出站的青年特工眼睁睁地望着两辆车扬威而去。

临战时期，乘客在北平出站都有警察在一旁看着，发现可疑人便喝令抽查，因此出站便很慢。

一个青年特工："徐铁英的秘书也来了，这不正常。"

另一个青年特工："赶快去报告吧。"

两人再不耐烦前面排队出站的乘客，蛮横地挤到出站口，插队出站。

两个警察立刻过来了："干什么的？一边来！"

一个青年特工掏出了一本身份证明在他眼前一晃，二人再不理睬，大步向站外走去。

两个警察都没缓过神来，其中一个问另一个："哪个机关的？看清了吗？"

另一个警察："好像是国防部的。"

驶离火车站，坐在后排的崔中石掏出怀表打开表盖一看，已经是下午六点了，他的目光扫了一眼前排副驾驶座上的孙秘书，望向方孟韦："六点了，行长等久了吧？"

方孟韦迎望崔中石的眼，觉得那双眼睛还是那样忠诚可靠踏实，两人的眼神交流立刻都交汇在前座的孙秘书身上。同时方孟韦心里蓦地冒出一阵难受，立刻望向前座的孙秘书："孙秘书也一起到寒舍陪崔副主任吃饭吗？"

孙秘书转过身来："对不起，我正要跟方副局长和崔副主任报告。局长说了，让我们先把崔副主任送回家去，毕竟一家人好些天没见面了。晚上九点，我们局长会来拜会方行长，请崔副主任一起来，他有要紧的事跟你们谈。"

方孟韦立刻不高兴了，崔中石的手连忙握住了他的手，向孙秘书说道："那我就先回家。孟韦，你跟行长讲一下徐局长的意思。行长如果有新的指示，我在家里等电话。"

方孟韦毕竟还是徐铁英的下级，何况徐铁英如此安排，一定是处心积虑，当即只好答道："那就用前面的车送崔叔回家吧。"

这辆车就是方步亭的车，司机立刻加油门，超过了前面那辆吉普，停了下来。

那辆吉普当然跟着停下了。

方孟韦、崔中石、孙秘书都下了车。

吉普里的几个警官也慌忙下了车。

方孟韦对那几个警官："你们下来两个人，用你们的车送崔副主任回家。"

小轿车的司机已经把崔中石的皮箱和公文包提过来了，吉普车的司机将皮箱和公文包放进了吉普车内。

崔中石坐上了吉普，那孙秘书也跟着坐上了吉普。

方孟韦在车门边依然站着，深深地望着崔中石："这几天太辛苦了，回家代我向崔婶道个歉，问个好。"

崔中石疲倦地笑了一下："我一定带到。你也先代我向行长和谢襄理问个好，晚九点我就过来了。"

方孟韦亲自关了车门："你们的车先走吧。"

那辆吉普载着崔中石和孙秘书向崔家方向开去了。

方孟韦仍然站在路上，望着那辆远去的吉普，眼中浮出的是复杂的伤感。

北平东中胡同。

国民政府中央银行北平分行地处西交民巷东段，1928年设行以来，在北平购置了不少房产。尤其在西交民巷一带，买下了许多大大小小的四合院，以供银行职员居住，算是当时非常优越的福利住房了。

崔中石是北平分行金库副主任，主任是方步亭自兼，因此崔中石的地位完全可以享有一处大四合院。但崔一向行事低调，而且在整个中央银行系统都有金钥匙铁门闩的口碑，把银行的钱管得死死的，自己却从来不贪一文。正因如此便从上海分行一个小职员升到了现在这个职位。到北平后风格不改，挑了离银行约二里地的这所小四合院住了下来，安顿一家大小四口，连保姆都不请一个，家务全是太太亲自操持。

东中胡同不宽，警察局那辆吉普开了进去，两边就只能勉强过一辆自行车了。

"倒车，请把车倒回去。"崔中石在车内叫司机倒车。

那司机把车停下。

孙秘书："我们把崔副主任送到门口。"

崔中石："里面路窄，一进去别人就不好走了。倒出去停在大街上，我走进去也不远。"

"那就倒出去吧。"孙秘书发话了。

吉普又倒了出去，在胡同口的街边停下。

崔中石下了车，孙秘书跟着下了车，而且手里已经帮崔中石提好了皮箱和公文包。

"在南京多承关照，到北平还是你关照。孙秘书，来日方长，我也不说客套的话了。到不到家里坐坐，一起吃个便餐？"崔中石嘴里这样说着，却又去接皮箱和公文包。在南京中统大楼那个出手十分大方的崔副主任不见了，此时俨然一个小气的上海男人模样，显然是不希望别人去家里吃饭。

孙秘书还是那个样子，笑道："有纪律，崔副主任赶紧回家洗澡吃饭吧。我就在这里等着，八点半一起去方行长家。"

崔中石："那怎么可以？"

孙秘书："局长特地吩咐的，这是我的工作。崔副主任请回吧。"

"慢待了。改日单请孙秘书去全聚德。"崔中石不再多说，提着皮箱和公文包向胡同走去。

孙秘书在胡同口望着，见崔中石也就走了十几米，在第二道门口停住了，叩着门环。

东中胡同二号四合院便是崔宅。

"侬还好不啦？"崔中石让老婆叶碧玉接过皮箱和公文包，满脸歉笑，立刻问好。

"侬不要讲了，冲澡，吃饭。"老婆没有回笑，这倒不可怕。居然一句埋怨唠叨也没有，提着皮箱和公文包便向院中走去，这就可怕了。

崔中石怔了好一阵子，望着自家那个女人的背影，心里更加忐忑了。以往的经验，见面便骂几句，进屋就消停了；倘若见面一句不骂，这一夜日子便更不好过。上海女人数落丈夫都是分等级的，老婆这个模样，这顿数落埋怨显然像放了高利贷，连本带息不知会有多少了。

这个中共地下党忠诚的党员，因为严守组织的保密规定，在家里永远只能像很多上海男人那样，受着老婆无穷无尽的唠叨和数落。

崔中石苦笑了一下，转身把院门关了，再回过身去，眼睛又亮了。

"爸爸！"

"爸爸！"

大儿子崔伯禽十岁，上海流行的小西装分头，夏威夷式白细布短袖小衬衣，卡其布齐膝西装裤。

小女儿崔平阳六岁半，上海流行的两根小马尾辫，白底小兰花连衣短裙。

——两个孩子的装扮都整洁洋派，穿着其实很省布料。这时都站在面前，叫得声音虽低，却无比亲切。看起来，一儿一女都和崔中石亲些，而且都是一个阵营的，受着崔中石老婆的统治。

崔中石这才想起来，在口袋里一阵紧掏慢掏，结果还是没有掏出一样东西，满脸歉然："爸爸这趟出差没有时间上街，没有给你们买大白兔奶糖……"

"上次爸爸买的，我们每人还留有一颗。你看！"儿子举起了一颗糖。

女儿也跟着举起了一颗糖。

崔中石蹲下了："你们都洗了澡了，爸爸身上有汗，就不抱你们了。"伸出了两手。

儿子牵着他一只手，女儿牵着他一只手，三人同向北屋走去。

老婆叶碧玉已经在北屋的桌子上切西瓜了。

儿子和女儿同时抬头望了一眼父亲，崔中石做出害怕的样子。

女儿拉住了父亲，轻声问道："爸爸，妈妈又会骂你吗？"

儿子望了妹妹一眼，又望向爸爸："骂几句就算了。骂久了我们就不吃饭，也不写作业，她就不敢再骂了。"

女儿："我不敢……"

"说什么呢？"叶碧玉在屋内发声了。

三人便再也不敢吭声，如履薄冰，走向了北屋门。

崔家外，东中胡同口。

那孙秘书好纪律。站在街口，长袖中山装上边的风纪扣依然系着，一任脸上流汗。

司机买来了煎饼果子，孙秘书接过来，仍然向两边看了看，无人关注，这才慢慢地嚼起了煎饼。

突然，那孙秘书停了手，咽下了口中的煎饼，盯向已经开到离自己这辆车约五米处的一辆军用吉普。

他看清了正在减速的那辆吉普，开车的人竟是方孟敖！

方孟敖的车果然在孙秘书的车对面的胡同口街边停下来。

从副驾驶座上走下来的是陈长武。

方孟敖熄了火拿着钥匙从驾驶车门下来了。

孙秘书连忙将没吃完的煎饼递给司机，快步向方孟敖迎来，举手便行了个礼："方大队长来了？"

方孟敖随手还了个礼："北平分行的崔副主任是住在这里吗？"

"是。"孙秘书答道，"刚到的北平，刚进的家。"

方孟敖："你们接的？"

孙秘书："是。我们局长说了，五人小组会议决定，由我们北平警察局协助方大队长查账。"

方孟敖深望了他一眼："那就好好协助吧。崔副主任家是哪个门牌号？"

孙秘书："报告方大队长，东中胡同二号，也就是进胡同靠左边第二个门。"

方孟敖向胡同走去，也就走了几步，又停下了，回头望向孙秘书。

孙秘书连忙又走了过去。

方孟敖："崔副主任回家多久了？"

孙秘书看了一眼表："一刻钟吧。"

方孟敖走回车边，掏出了雪茄，陈长武立刻打燃了火机。

方孟敖吸燃了雪茄："让人家洗个澡吃了饭我们再进去问话吧。"

那孙秘书听他这般说，不禁又看了一眼手表。

方孟敖："怎么？还有谁等着见崔副主任？"

顾维钧宅邸曾可达住所外。

五人小组每个成员的住所都派有四名警卫，院门阶梯边两位，通往住所的两边路口各站着一位。

一个中央军的军官，就是昨晚开车来接曾可达的那个军官，带着四名警卫来了。

路口的警卫、阶梯边的警卫同时行礼。

那军官："换岗了。你们回营吃饭吧。"

原来的四名警卫："是！"放下了手，迈着军步走了开去。

那军官使了个眼色，两个警卫立刻在东西路口站定了。

那军官这才望向另外两个警卫："跟我来吧，长官正在等你们。"

这两个警卫竟是沿路跟踪崔中石的那两个青年特工！

门口是那个军官在站岗。

客厅顶上一个很大的风扇停在那里，并没有开动。

两个青年特工进去一眼就看见，曾可达正坐在沙发上看材料，手里拿着一把折扇在扇着。

两个青年特工同时并步行礼："可达同志，我们来了。"

曾可达抬起了头，望见两个人的帽檐下都在流汗："辛苦了。热就把风扇开了吧。"

两个青年特工同时答道："可达同志，厉行节约，我们不热。"

曾可达站起来："也不省这点电。"亲自过去开了风扇的开关。

风扇转了起来，立刻满室生风！

"坐吧。"曾可达坐回沙发上。

两个青年特工各端着一把椅子在他对面的茶几前轻轻放下，笔直地坐着。

"说说情况吧。"曾可达收拾好了材料，用一个茶杯盖压着，开始专注地听两人汇报。

一个青年特工从身上拿出了那一卷《大公报》双手递给曾可达："到德州站的时候上来一个人，给了崔中石这份《大公报》。崔中石从第一版看到了最后一版。我们怀疑这是他们接头的方式，秘密就在这份报纸上。"

曾可达只瞄了一眼那份报纸的第一个版面，就没有再看，只问道："你们研究了吗？"

另一个青年特工答道："每个版面都看了，没有任何字迹，也没有任何记号。"

曾可达："那就不要看了。"

一个青年特工："我们认为，崔中石如果是共党，共党组织的指示就一定在这份报纸上。请可达同志斟酌。"

曾可达望向二人："那我们就一起来斟酌一下吧。"把报纸摊在茶几上。

两个青年特工站起来，走到曾可达那边，一起低头看着报纸。

曾可达望着第一版一篇报道："看着这篇报道。记住我说的数字，你们按数字记住每个字。"

两个青年特工睁大了眼，专注地望着那篇报道。

曾可达："七、十三、十四、二十六、三十二、五十四、五十九、六十。"停住了。

两个青年对望了一眼，有些明白了。

曾可达："念出文字吧。"

"方、同、志、明、天、到、北、平。" 两个青年同时轻声念完，立刻露出佩服的目光，"他们是在用密码检字法接头！"

"是呀。"曾可达感叹了一句，"不要研究了，一万年也研究不出结果的。"

突然，电话铃声响了。

曾可达站了起来，两个青年特工便自觉地想退出去。

"你们坐。"曾可达走过去接电话，听了一会儿，"方大队长有权力去崔中石家，你们不许干涉。关注那个孙秘书的动向就行。"放下了电话。

一个青年特工："可达同志，正要向您报告，火车到站后有两辆车开到了站台上接崔中石。一台是北平警察局的吉普，一台是奥斯汀小轿车，像是北平分行的车牌号。方孟韦和徐铁英的秘书亲自接的崔中石。"

曾可达站在那里，想了想，然后对两个青年特工："坐吧。给你们布置下一步的工作。"

"你找哪位啦？"叶碧玉开了院门，望着眼前这位挺拔的飞行员军官，满脸防范。

方孟敖站在门外，当然知道这个开门的就是崔中石的夫人，目光便流露出诧异：他想象中的崔夫人是个知识女性，而眼前站着的分明是一个典型的上海弄堂女人。

方孟敖更得礼貌了："请问是崔副主任的夫人吗？我叫方孟敖，崔副主任经常到杭州看我。"

"哦！"叶碧玉这一声有些夸张，却是由衷发出来的，"侬就是方大公子啊！快进来，中石呀，中石！方大公子来啦！"

崔中石在北屋门口的目光！

方孟敖在院门内的目光！

叶碧玉关院门的动作似乎因两人目光的凝固，比正常的速度慢了一半。

院门关上了，闩上了。

方孟敖大步向崔中石走去。

崔中石缓慢地向方孟敖迎来。

叶碧玉动作更快，超过了方孟敖："快到屋里坐，我去切西瓜。"说话间已从崔中石身边进了北屋。

方孟敖和崔中石在院内站住了，相顾无言。

突然，方孟敖不再看崔中石，眼睛大亮，擦肩走过崔中石，向北屋门走去。

北屋门边，左边大儿子趴着门框，右边小女儿趴着门框。

两双好奇的眼都在看着这个仿佛比院内那棵槐树还高的叔叔！

方孟敖在北屋门口站住了，弯下腰："你是平阳，你是伯禽。"

两个孩子仍趴在门框边，先后点了下头。

崔中石过来了："这是方叔叔。还不叫方叔叔好？"

大儿子伯禽、小女儿平阳这才站直了身子，同时行着当时学校教过的流行鞠躬礼："方叔叔好！"

方孟敖两手同时插进了裤兜，抽出来时向两个孩子同时摊开，手掌心里各有一把美国巧克力！

太奢侈了！伯禽和平阳目光大亮，却没有立刻去接，同时望向父亲。

崔中石："还不谢过方叔叔？"

"谢过方叔叔！"两个孩子都是用两只手才将方孟敖掌心中的两大把巧克力拿完。

崔中石："回房间去，做作业。"

两个孩子又十分礼貌地说了一句："谢谢方叔叔！"小跑着高兴地奔西屋去了。

叶碧玉显然切好了西瓜来到了门边："方大公子先坐，你们谈，我去沏一壶西湖龙井。今年的新茶，中石几次吵着要喝，我一直没有开封，就知道留着有贵客来。"

果然唠叨。

方孟敖今天好耐心，连说了好几声："谢谢！谢谢！谢谢了……"

"还不陪方大公子进屋坐！"人已经向西屋走了，那叶碧玉还在唠叨，"你个金库副主任也不知道是怎么当上的……"

崔中石望着方孟敖苦笑了一下。

方孟敖回以爽朗的一笑。

两人这才进了北屋的门。

暮色悄然苍茫，院子里那棵槐树上空出现了几点归巢的鸦影。

和敬公主府大院。

越来越多的乌鸦在暮色中归巢，不是落在崔中石家小院那棵槐树上，而是在一大片浓荫的大树上空盘旋。给人一种平常百姓鸟，飞入帝王家的感觉。

可这时旧时的帝王家却聚集了比平常百姓生活还惨的东北流亡学生。

方孟敖将住所让给了他们，可入学依旧是梦想，吃饭也还是没有给解决。

迫于压力，北平市民食调配委员会运来了几卡车饼干，发到每人手里也就只有两包。许多人都聚集在院落里，分外地安静，因为梁经纶来了，还有好些燕大学生自治会的同学也来了。

何孝钰、谢木兰也被燕大的同学叫来了，这时悄悄地站在院子的角落，掩藏在东北同学的人群中。

梁经纶站在一座宫门建筑的石阶上，他的身边站着好几个健壮的男学生，这几个男学生中出现了几张熟悉的面孔——竟是昨天晚上骑自行车护送曾可达的那几个青年，隐蔽的中正学社特务学生！

"我们很内疚！"梁经纶对着无数双渴望的眼睛说话了，"还是没有能给你们争取到入学的合法身份，甚至没能给你们争取到每天半斤的粮食。"

一片鸦雀无声——严格地说，只有归巢的鸦雀在树上鸣叫的声音。学生们仍然安静地在等着听梁经纶说话。

梁经纶接着说道："没有什么救世主了！同学们，要争取自己的合法权益，全靠我们自己！"

"反对腐败！"一个东北学生带头喊起了口号。

"反对腐败！"许多声音跟着喊了起来。

——"反对内战！"

"反对内战！"

——"反对迫害！"

"反对迫害！"

树上的鸦雀都被惊得满天飞了起来！

梁经纶双手下压，示意学生们安静。

大家"三反"以后，又安静了下来。

梁经纶："但是，我们还是要相信，有更多有良知的人在关心你们。许多德高望重的民主人士在关心你们，当局也有正义的人士在关心你们。你们为什么能住进这座住所，北平青年航空服务队就有正义心！他们如果真心反贪腐反迫害，我们就应该以百倍的真心欢迎他们！协助他们！"

"请问梁先生，我们怎么协助他们？"是那天代表学生和方孟敖对话的那个东北学生在发问了。

"我们懂经济，可以帮他们查账！"大声嚷出这句话的竟是谢木兰！

许多人都向谢木兰的方向望去。

何孝钰想要阻止谢木兰已经来不及了。

梁经纶也一惊，这才望见了何孝钰和谢木兰，飞快地盯了她们一眼，接着向身旁一个学生使了个眼色。

那学生当时没动，但已做好走向何孝钰、谢木兰的准备。

梁经纶不再看何孝钰和谢木兰，向着人群："至于怎样争取我们的合法权益，最重要的是两条：第一，同学们不能再用自己的血肉之躯跟枪弹对抗；第二，我们怎样协助北平青年航空服务队把当局的贪腐真正地揭露出来！你们商量一下，每校选出一个代表，十分钟后到后面的房间，我们开会。"

底下立刻人声纷杂起来。

那个收到梁经纶眼色的学生这时已悄然钻进人群，向何孝钰、谢木兰挤去。

崔中石家北屋客厅的一角，一个高几上摆着一台手摇唱机，这时已经被打开。

唱片已经摆好，崔中石摇了最后几把摇柄，发条上足了。他将唱针对准了正在转动的唱盘。

立刻，周璇原唱的歌声传了出来：

浮云散，明月照人来……

崔中石动情地望向了方孟敖。

方孟敖的目光渐渐收了，神思却显然已经随着歌声飘向了看不见的空间，已经飞逝的过去。

团圆美满，今朝最……

"侬烦不烦啊？老是这首曲子，耳朵都起茧了。"叶碧玉捧着一个茶盘，托着沏好龙井的茶壶和两个杯子，进门就唠叨。

周璇仍在唱着：

清浅池塘，鸳鸯戏水。

红裳翠盖，并蒂莲开……

"谢谢嫂夫人。"方孟敖站起接茶。

"方大队长快坐下。"叶碧玉对他却是过分地热情，"你不知道啦，要么就十天半月不回家，回家就听这个曲子。方大公子不是外人，也不是你嫂子疑心重。三年前去了趟南京，就喜欢上了这首歌，也不知道是哪个美人唱给他听的。人在家里，心却在别人身上。"

崔中石好生尴尬，望向了方孟敖。

方孟敖却一阵感动涌了上来。

三年前在杭州笕桥航校初见崔中石的那一幕如在眼前：

方孟敖手里拿着母亲和妹妹的照片，在低声吟唱《月圆花好》。

崔中石眼中闪出了泪花，跟着他吟唱了起来。

一曲吟罢，崔中石紧紧地握住了方孟敖的手，那声音动人心旌："孟敖同志，我代表党，代表组织，送你一个祝愿：花长好，月长圆，人长寿！"

……

"方大公子！方大队长！"叶碧玉的呼唤声引来了方孟敖的目光，"你没有什么地方不舒服吧？是不是中暑了？我给你拿藿香正气水来？"

方孟敖一笑，笑得叶碧玉怔在那里，这个青年笑起来真好看！

崔中石这时也陪着笑了，对老婆说道："多亏是自家朋友，你这些胡乱猜疑，传出去我还要不要干事了？"

方孟敖真诚地望着叶碧玉："嫂夫人，我今天还真来对了，我替崔副主任辩个冤。三年前他到杭州来看我，我喜欢这首歌，他也喜欢了。这张唱片还是我送他的。你说的那个美人，就是我。"

叶碧玉愣在那里："侬个死鬼，从来没听他说过。方大公子千万不要介意。"

方孟敖又笑了："我又不是美人，哪会介意？"

叶碧玉跟着尴尬地笑了："请饮茶，你们谈。好朋友了，多谈谈。"再也不敢唠叨，匆忙走了出去。

周璇还在唱着。

崔中石面容严肃道："孟敖同志，刚才那些话你不该说。"

方孟敖面露不解，望着崔中石。

崔中石低声地："这是组织秘密，对谁也不能说。"

方孟敖立刻笑着手一挥："这算什么秘密！你代表家里来看我，谁不知道？我们喜欢听同一首曲子，谁还敢拿这个来加我的罪名！"

崔中石更严肃了："这正是我今天要跟你说的。国民党中统、军统，还有铁血救国会新发展的中正学社，他们吃的都是这一行的职业饭。任何一个细节，都可能被他们当成线索，都可能由此引起严重后果！我们以前交往的事，你不能再说一个字。以你现在的身份地位，可以拒绝任何人的提问，尤其要警惕别人通过闲聊套你的话。

千万要记住。"

方孟敖认真地点了下头，接着低声问道："接下来我该怎么办？今天可是南京方面直接交了任务，叫我查民食调配委员会，还要查北平分行。民食调配委员会我好查，可查北平分行，就是查你。"

"不对。"崔中石望着他，"查北平分行不是查我，你该查就查。当然，你查不出什么来。等到该让你查出来的时候，会告诉你。记住，你查我，在感情上一定要为难，带着为难还得查我。现在已经有两个方面在注意你和我的关系了。"

方孟敖见他停顿，也不问，只是等着听。

周璇还在唱着。

崔中石更靠近了他，声音虽低却十分清晰："一个方面是曾可达。我来北平的路上，一直有他们的人跟着。另一个方面不是别人，是你爸爸！"

方孟敖一怔。

崔中石："具体原因我不能跟你说。你爸爸已经怀疑我的身份了，由此也怀疑上你的身份了。这一关很难过。你务必注意，方孟敖从来就不是中共党员！平时你是怎么做人做事，接下来还是怎么做人做事。只要你忘记自己是中共党员，任何人就都没有办法伤害你。组织已经有指示，该干什么你就干什么，无须请示。保护你是最重要的任务！"

周璇已经唱到不知是第几遍的最后一句了：

柔情蜜意满人间。

方孟敖眼中的崔中石从那个大哥的形象慢慢虚幻了。

一个清秀端庄慈祥微笑的妇女慢慢浮现在眼前——就是照片上他的母亲！

方孟敖轻轻地说道："我记住了，您放心好了……"

只有崔中石才能感觉到，方孟敖说这句话的时候突然间像十年前那个大孩子的状态——这是儿时常对母亲的承诺。

崔中石："几点了？"说着到桌上去拿那块怀表。

方孟敖已经看了手上那块欧米茄手表："八点二十了。"

崔中石："我得走了。徐铁英约了行长和我九点在你家见面。你也回军营吧。"

"徐铁英约见你们？"方孟敖眉一扬，"他想干什么？！"

崔中石："都不关你的事！记住了，去干你该干的事。牵涉到我，你都不要过问。"

方孟敖沉默了少顷："你自己要保重。真有什么事就告诉我，我能对付他们！"

崔中石轻轻跺了一下脚："要我怎样讲你才明白？组织交给我的第一任务就是保护好你！回去吧。"

方孟敖又深深地望了一眼崔中石，毅然转身走出北屋门。

"嫂夫人，我走了！"

崔中石望着院中方孟敖的背影，一阵忧虑尽在眉目间。

西屋窗内也有四只小眼睛在偷偷地望着院子里的那个方叔叔，满是好感。

叶碧玉碎步奔了出来："这就走了呀？侬要常来呀！"这两句话说得已充满了亲友之情，全无了巴结之意。

方邸洋楼一层客厅里，所有的人都回避了。

站在厅门内的只有一个谢培东。

崔中石站在厅门外，两人目光短暂一碰。

崔中石微微鞠躬："谢襄理好！我来了。"

谢培东："上楼吧，行长和徐局长已经在等你了。"

"是。"崔中石进门，向左边的楼梯走去。

方邸洋楼二楼行长办公室。

不知何时，从不摆设桌椅的高大南窗前摆下了一只细藤编的圆茶桌。

靠窗，茶桌的左右，方步亭坐在右边的藤椅上，徐铁英坐在左边的藤椅上。

靠里边，那只空着的藤椅显然是为崔中石留的。

"行长！"崔中石在门边微微鞠躬，仍站在原地。

"没看见徐局长吗？"方步亭一脸祥和，语气中所带有的责怪也是对自己人的那种亲切。

"徐主任好！"崔中石满脸含笑，紧接着自我责备，"看我，叫习惯了。现在应该称徐局长了。"

方步亭稳坐着，徐铁英却客气地站起来："小崔呀小崔，都多少年的朋友了，你就不能叫我一声老兄？"

方步亭："徐局长请坐吧。论辈分，在你我面前他还是小辈，规矩还是不能乱的。你也坐下吧。"

徐铁英仍然站着，直到崔中石走到椅子前，还殷勤地伸了一下手，让崔中石先坐。

崔中石当然不能先坐，望向方步亭。

"这是看得起你。恭敬不如从命嘛。"方步亭太知道徐铁英的做派了。

"失礼了。"崔中石只得先坐下。

"这就对了嘛。"徐铁英这才笑着坐下，又拿起壶给崔中石面前那只空杯倒茶。

崔中石又要站起接茶。

"坐着，别动。"徐铁英真是极尽笼络之能事。

崔中石只好坐着双手虚围着茶杯，待徐铁英倒完了茶双手捧起，浅浅地喝了一口，又双手轻轻放下："徐局长太抬举我了。"

"错。"徐铁英还是那脸笑，"抬举你的可是方行长。方行长抬举了你，你又代表方行长尽力关照我们这些朋友。小崔，以茶代酒，饮水思源，我们俩敬行长一杯。"

两人都端起了茶杯。

方步亭也端起了茶杯："小崔呀，徐局长这话可不能当真啊。孟敖这次能够逢凶化吉，可全靠的徐局长。你不要动，这一杯让我先敬徐局长。"说着一口喝了。

徐铁英没有立即喝茶，十分真诚地说："步亭兄，你这句话一是不敢当，二是总感觉有些见外。且不说孟敖是步亭兄的公子，他也是国军的栋梁啊。你收回这句客气话，我就喝。"

方步亭："我收回。"

徐铁英立刻一口喝了杯中茶，不待崔中石去拿茶壶，抢先拿起了茶壶，先给方步亭续了，又给自己续了，双手端了起来，望着方步亭："不是我羡慕，步亭兄，几十年了，跟我的人也不少，没有一个人比得上小崔对你忠诚啊！我们俩敬小崔一杯。"

崔中石下意识地微微低下了头。

方步亭望他时便察不着他的眼神了。

方步亭还是端起了茶杯："铁英兄，你可别把我的属下都宠坏了。不过说到忠诚，有时候自己一手带出的下级比儿子还靠得住啊！小崔，端杯子吧。"

崔中石心里飞快地将方步亭这几句话琢磨了一遍，神情却还是以往那个小崔，虽然端起了杯子，却说道："行长，徐局长是客气，您可不应该这样批评我。我干的那点事，当不起行长这个评价。"

"我这是批评吗？"方步亭望着徐铁英，"看到了吧，做上级的有时候说什么话都不对。下级不相信你呀！"

"还不快喝了。"徐铁英装出责怪的样子，"真要让行长觉得你不相信他？"

崔中石举起杯子慢慢喝了。

徐铁英笑了，等着方步亭，同时将茶喝了。

三只杯子搁下时，突然出现了一阵沉默。

客套周旋一过，言归正传前，经常会出现这样的短暂沉默。

青年航空服务队军营营房。

方孟敖大队一向纪律严明，平时，冬天都是晚上九点，夏天都是晚上十点吹就寝号。可今天大队长有命令，每天晚睡两个小时，学算盘。

因此营房里灯火通明，有些是一对一，有些是一对二，在各自的床边或蹲或坐，会打的教不会打的。

算盘声一片。

突然，靠营房门边的算盘声停了。

接着，所有的算盘声都停了。

队员们的目光都望向了营房门口，都有些诧异，有些队员站起来，然后大家都站了起来。

方孟韦取下了帽子，带着尴尬笑着，望向离自己最近的陈长武："打搅你们了。大队长在吗？"

陈长武没有回言，只是向顶端的单间点了下头。

方孟韦："你们接着打。"迎着那些目光一边点着头，一边向方孟敖的单间走去。

背后又响起了刺耳的算盘声。

营房方孟敖房间。

"爹叫你来的，还是徐局长叫你来的？"方孟敖一边拿着暖瓶给方孟韦冲咖啡，一边问着，"这咖啡不错。哪里弄的？"

接连两问，方孟韦坐在办公桌边，当然是回答后面一问："央行的人从美国带回来的。"

方孟敖将咖啡递给方孟韦："你还没有回答我。"

方孟韦："我自己来的。心烦，来看看哥。"

方孟敖望着弟弟的眼睛："'七五'的事情还没有给学生一个交代，学生随时会上街抗议。你这个警察局副局长还有闲空来看我？"

"哥，在你眼里我能不能不是警察局副局长？"方孟韦也望着大哥的眼睛。

方孟敖突然感觉到弟弟还是那个弟弟，聪明、敏捷，但干任何事情都是先想别人，后想自己。这一点像自己，更准确地说是像妈妈。

方孟敖很难得叹气，这时竟叹了一口气："你是不是想说，在你们眼里我能不能不是稽查大队的大队长？"

"是。"方孟韦立刻肯定地答道。

方孟敖："那我就可以不查北平银行的账？"

方孟韦沉默了片刻，又抬起了头："大哥，你真的一点儿也没有感到北平这本烂账你查不了，谁也查不了吗？"

方孟敖："说下去。"

方孟韦："铁血救国会那些人里面就有很多是学经济、学金融的，国防部预备干部局为什么不组织他们来查？倒叫你们这些空军来查？"

方孟敖："说下去。"

方孟韦："那就说明，他们是叫你来查爹。可爹早就看到了这个时局，一开始他就没管民食调配委员会的账，全是让崔叔在管。"

方孟敖诧异了一下："你管崔副主任叫崔叔？"

方孟韦："我一直叫他崔叔。"

方孟敖："嗯。接着说吧。"

方孟韦："那你就只有去查崔叔了。大哥，你觉得崔叔是什么样的人？"

方孟敖两眼眯成了一条线："什么意思？"

方孟韦："你能查崔叔吗？"

方孟敖不接言了，也不再催问弟弟，从桌上拿起一支雪茄点着了，喷出好大一股烟雾。

方孟韦不吸烟，立刻咳嗽起来。

方孟敖连忙在烟缸里把雪茄按灭了。

方邸洋楼二楼行长办公室。

"国产、党产、私产，从来就没有分清楚过，从来也分不清楚。"徐铁英望着方步亭，然后望向崔中石，"上面都知道，中央银行的账不好管。北平这边太难为方行长了。"

方步亭这时肯定不会接言。

崔中石也不接言，只望着徐铁英。

徐铁英有些不高兴了，拿起茶壶只给自己的杯子里续了水，却又不喝，转头望向窗外："这个地方好，什么花，这么香？"

崔中石望向了方步亭。

方步亭也望着崔中石。

徐铁英的脸还是对着窗外，不再说话。

方步亭必须问话了："中石，你在南京答应过徐局长什么事，当着我说出来。北平分行说过的话要算数。"

"是。"崔中石也必须说实话了。

但这个实话实在难说。崔中石在南京答应将原来归侯俊堂空军们所有的20%股份给徐铁英。原本准备到了北平见机行事，万没想到徐铁英如此迫不及待，自己一下火车就被他的人看住了。现在竟不顾一切，亲自登门，要当着方步亭敲定这20%股份的转让。心里十分憎恶，也十分为难。答了这声"是"又沉默在那里。

徐铁英竟然还不回头，兀自观赏着窗外的夜景。窗外有什么夜景好观？

"徐局长。"崔中石不得已叫了他。

"嗯？"徐铁英假装被崔中石唤醒的模样，慢慢把头转了过来。

崔中石："北平分行的很多事，我们行长都是交给我在管。有些事我必须请示行长，有些事我必须瞒着行长。不知道我这样说，徐局长体谅不体谅？"

"你们银行办事还有这个规矩？"徐铁英假装诧异，"有些事下级还必须瞒着上级？这我倒要请教。"

这就不只是逼着崔中石摊牌了，而且是逼着方步亭表态了。

"请教不敢当。"崔中石突然显出了精明强干的一面，"比方说国产、党产如何管理，如何使用，我一分一厘都要向行长请示。牵涉到方方面面的私产，我能不告诉行长就不告诉行长。有些钱是拿不上台面的。哪天有谁倒了霉，上面要追查，那都是我的责任，与我们行长一概无关。徐局长，我说明白了没有？"

徐铁英在崔中石手里拿钱也不是一回两回了，而崔中石以往与自己打交道都是春风和煦，从来没有像现在这样绵里藏针。

徐铁英被他顶住了，慢慢望向方步亭。

轮到方步亭看夜景了，他的头望着窗外，毫不理睬徐铁英这次投来的目光。

徐铁英只得又望向崔中石。

崔中石："徐局长，刚才我们行长说了，我们北平分行说过的话要算数。你放心，我对你说的话一定算数。但请你不要让我为难，更不要让我们行长为难。"

"没有什么事能让我为难。"方步亭眼望着窗外突然接言了，接着他站了起来，"这里的夜景不错。徐局长多坐坐，你们慢慢谈。我先回避一下。"

方步亭竟然撂下二人，独自向门口走去。

这是什么话？算怎么回事？徐铁英这个老中统被方步亭软软地刺了一枪，下意识地站起来，蒙在那里。

崔中石快步走到门口，替方步亭开了门。

方步亭走出门。

崔中石轻轻关上门，独自返了回来："徐局长，那20%股份的事，我这就给你交代。请坐！"

方邸洋楼二楼谢培东房间。

"不喝茶了，再喝茶今天晚上更睡不着了。"方步亭止住谢培东，然后在一把藤椅上坐下，习惯地望向条桌上那幅照片。

照片上左边坐着的是比现在年轻得多的谢培东，右边坐着一个清秀端庄的女人，显然是谢培东的妻子，仔细看竟有几分神似方步亭。二人身前站着一个小女孩，就是现在已经长大的谢木兰。

"十年零十一个月了吧？"方步亭突发感慨，"我总觉得步琼还在人世。可怎么就一点儿音讯都没有呢？"

谢培东端着藤椅在那幅照片前放下，面对方步亭坐下的时候刚好挡住了那幅照片："内兄，你我都老了，过去的事就让它都过去吧。把几个小的好好安排了，我们哪天去见她们时也算有个交代。"

方步亭只有这时才觉得这个世上还有个人可以推心置腹："记不记得当年步琼要嫁给你我不同意的情景？"

谢培东苦笑了一下："那时候我是个穷学生，方家可是世族，行长也只有这一个妹妹，当然想她嫁给你的同学。"

方步亭："还是我那个妹妹有眼光，嫁给你比嫁给谁都强。可惜她没这个福分，国难一来……不说了。木兰睡了吗？"

谢培东："傍晚跟孝钰走的，八点来电话，说是今晚在孝钰家不回了。"

方步亭："木兰这孩子呀，跟她妈一个性格。二十的人了，不能让她由着性子来，尤其当此时局，得给她考虑下一步了。"

谢培东面呈忧色，点了下头。

方步亭："你觉得孝钰这孩子怎么样？"

谢培东："百里挑一。何况是世交。"

"知我者，培东也。"方步亭身子向前一凑，"我准备向其沧兄提婚，让他将女儿嫁给孟敖。你看这事有几成把握？"

谢培东立刻严肃道："就现在你跟孟敖的关系，就算有十成把握，他们结了婚怎么办？"

方步亭："去美国！还有木兰，一起去美国。"

谢培东睁大了眼："行长都筹划好了？"

方步亭："我这一辈子过了无数的坎，这道坎是最难过的，因此一定要过去！崔中石怎么看都和共产党有关系，孟敖看样子也不会和他没有关系！现在又被铁血救国会盯上了！培东，我这也是太子系的那句话'一次革命，两面作战'啊。不能让孟敖就这么稀里糊涂地被共产党和铁血救国会夹着当枪使！他不认我，我不能不认他，他永远是我方步亭的儿子，方家的子孙！"

"不要着急。"谢培东难见方步亭有如此激动的神态，连忙将刚才给他倒的那杯白开水递了过去。

方步亭接过那杯开水，眼睛仍然紧紧地盯着谢培东。

谢培东轻步走到门边，开了门向两边望了望，又关了门，返了回来："我赞成行长的想法。我们从长计议。"

"没有时间从长计议了。"方步亭仍在激动之中，"崔中石刚回北平，孟敖就去见他了。现在徐铁英又找上门来。我们必须要当机立断了。"

谢培东："当机立断，是应该当机立断了。"

方步亭一直睁大了眼盯着谢培东又坐下，将自己的椅子向前拖近了："我想听听你的具体想法。"

谢培东的眼却虚望着上空："木兰这孩子怎么回来了？"

方步亭这才听到远远的关院门的声音，接着是一层客厅推门的声音，接着果然是谢木兰平时快步上楼的声音。

"我去问问。"谢培东立刻走到房门边开了门，"这么晚了，怎么又回了？"

"我不想在那里，我愿意回来，不行吗？"谢木兰的声音十分负气，显然受了什么委屈，连父亲也不怕了。

方步亭十分关心地站了起来。

恰在这时，一层客厅的电话铃响了。

方步亭："一定是其沧兄打来的，我去接。"

燕南园何其沧宅邸一层客厅。

何其沧很讲究，尽管是夏天，睡觉还是一身短丝绸睡衣，现在却在客厅打电话："回家了就好。我当然得安排车子送她。没有别的事，她们的老师梁教授说了她几句，也是为了她好。很乱啦……是不应该去掺和东北学生的事。孝钰这几天我也不会让她去。你和培东兄跟她说说……是呀。我得去睡了。"

他的身后是恭恭敬敬站在一旁的梁经纶和站在另一旁的何孝钰。

何其沧挂了电话。

梁经纶走了过去："打搅先生睡觉了。我送您上去。"

何其沧："我还没有那么老。经纶，你再跟孝钰说说。也早点睡，不要说晚了。"说完自己拄着手杖上楼了。

梁经纶和何孝钰还是跟了过去，一边一个，搀着何其沧慢慢登上楼梯。

方邸洋楼一层客厅。

方步亭放下电话后，跟谢培东正准备上楼，徐铁英和崔中石已经从他的办公室门出来，步下楼梯。

"太打搅了。方行长！"徐铁英的步履竟这般轻快，面容也十分舒展。不知道是崔中石给了他满意的答复，还是他有意弥合刚才给方步亭惹来的不快。

方步亭只得迎了过去，望着跟在他身后的崔中石："答应徐局长的事都谈好了？"

徐铁英十分专注地听崔中石如何回答。

崔中石："谈好了。行长放心。该干什么，不该干什么，怎么干，最后我都会给行长一个负责任的答复。"

方步亭这才挤出微笑望向徐铁英："只要给徐局长一个负责任的答复就行。"

徐铁英这时才接言："步亭兄，上午的会议你我都明白。我会设身处地考虑你的处境。孟敖那边，还有孟韦，我都会关照。你信不信得过我？"

方步亭："走，我们一起送徐局长。"

方步亭的手也就这么一伸，徐铁英立刻握住了，而且暗自用了一点儿力："就送到院门口吧。"竟牵着方步亭的手，让人家把他送了出去。

跟在后面的谢培东飞快地盯了一眼崔中石。

崔中石飞快地还了一个眼神。

两人跟着送了出去。

燕南园何其沧宅邸一层客厅。

梁经纶和何孝钰这时又都从二楼回到了客厅。

梁经纶回头一望，何孝钰正站在他身后不远处望着他。

"坐吧。"梁经纶轻轻说着，自己先在椅子上坐下。

何孝钰跟着在离他约有一米远的另一把椅子上并腿坐下了。

就是这种关系，微妙而又规矩。尽管梁经纶在何宅有自己的房子，何孝钰却从不单独去他的房间，有事情都是在这栋楼的一层客厅面谈。因此何其沧十分放心。

"你们今天确实不应该去和敬公主府。"梁经纶的声音低到恰好是楼上的何其沧听不到的程度，"形势非常复杂，你的责任又如此重大，从明天起，学生自治会的一切活动你都不要参加了，包括学生剧社的排演。"

"那同学们会怎么看我？"何孝钰轻声说道。

"这个时候还要顾忌别人怎么看你吗？"梁经纶严肃中透着温和，"不只是一万五千多名东北同学的事，现在是连北平各大学校的教授都在挨饿了。国民党还要打更大的内战，物价还要飞涨，他们一层层贪腐绝不会罢手。什么五人调查小组都是装门面欺骗人民的，只有方孟敖大队是一支可以争取的力量。我们就利用他们说的那句口号'打祸国的败类，救最苦的同胞'！孝钰，你不是一直在追求进步吗？我现在不能跟你说更多，只能告诉你，让你去争取方孟敖不是我一个人的想法。你能明白这句话的意思吗？"

何孝钰纯洁的眼对望着梁经纶深邃的眼。

"一个新中国就要到来！我们不能等着她的到来，也不只是迎接她的到来！新中国的到来，是需要许许多多的人做出无私的贡献和牺牲的。当她的步伐降临的时候，里面就应该有我，还有你！"梁经纶的声音低沉而富有磁性，眼中同时闪着光亮。

"我能加入吗？"何孝钰仿佛受了催眠，眼前的梁经纶被笼罩在一片光环中。

"你已经加入了！"梁经纶肯定地答道，"我现在只能这样告诉你。用你的行动证实你的加入！"

"需要多久？"何孝钰执着地问着。

　　"人民需要你多久就是多久。"梁经纶仍然说着不越底线的话，"到了那一天，我会让你看到你追求的理想！好吗？"

　　何孝钰的目光移开了，短暂的沉思。

　　梁经纶仍然紧紧地望着她。

　　"要是方孟敖真的爱上了我呢？"何孝钰突然抬起头，说出了这句惊心动魄的话！

　　梁经纶愣在那里了。

|九|

　　顾维钧宅邸五人小组会议室壁上的挂钟才显示早上七点。

　　一身书卷气的杜万乘此时十分仓皇，站在他那个主持的座位前，正在紧张地接电话："知道了。请转告傅作义将军，我们立刻开会，立刻责成民食调配委员会会同北平教育局采取措施，让学生离开华北剿总司令部……平息事件……"

　　"傅总司令说了，你们五人小组如果解决不了问题，影响了华北的战局，这个仗你们打去！"对方显然也是个显赫人物，军人的嗓门，声音很大，震得杜万乘耳朵发聋。紧接着电话很响地搁下了。

　　杜万乘望向站在他身边的曾可达："说好了昨天就给学生发粮食，跟学生商谈入学问题，怎么今天会搞成这个样子？怎么会又闹出这么大事来？民食调配委员会干什么去了？马委员、王委员呢？还有徐局长，怎么还不来？！"

　　曾可达已经站在他身边："杜先生，事情已经闹起来了，不要着急，也不要催他们。我们就在这里坐等，再有十分钟不来，我就跟建丰同志直接报告。"

　　"太不像话了！太不像话了！"会议室门外传来了王贲泉的声音。

　　"这分明是要挟政府嘛！不能再退让，一定要镇压！"跟着传来的是马临深的声音。

　　紧接着二人慌忙进来了，也不敢看杜万乘和曾可达，各自到座位上坐下，等着他们说话。

　　杜万乘和曾可达也不看他们，仍然站在那里，也不知还在等什么。

　　马临深和王贲泉又都坐不住了，重新站了起来。

　　突然，桌上的电话铃响了，分外地响！

　　马临深和王贲泉都吓了一跳。

　　杜万乘也十分紧张，铃声都响了三遍了兀自不敢去接，望着曾可达："是南京的……"

　　曾可达拿起了话筒，听了一句，立刻捂住了话筒对杜万乘："徐铁英的。"接着听电话，答道，"杜总稽查在，我们都在。你跟杜总稽查说吧。"然后把电话递给了杜万乘，"你接吧。"

杜万乘这才接过话筒："情况怎么样……好几万！怎么会有那么多人……教授也都来了……好，你就在那里，维持好秩序，千万不能让学生和教授们进到剿总司令部里去……尽量劝阻，尽量不要抓人……我们立刻开会，商量解决方案……"

放下了电话，杜万乘这才望向了马临深："你们民食调配委员会都听到了吧？马汉山呢？北平市民食调配委员会昨天都干什么去了？"

曾可达："让他问吧。"将电话拿起向马临深一递。

马临深趴在桌子上双手接过了电话，放下便摇，拿起话筒："这是五人小组专线，立刻给我接通民政局马汉山局长！"

马临深在等接线。

其他人也在等接线。

话筒那边却仍然是女接线员的声音："对不起，马局长的电话占线。"

马临深急了："不要停，给我继续接！"

北平市民食调配委员会主任办公室。

马汉山这时已经站到桌子上去了，两手握着话筒，唯恐那个话筒掉了，身子时而左转，时而右转，哪里像在打电话，简直就像在一口热锅上转动。

"孔总，孔少总，孔祖宗，你让我说几句好不好？"马汉山的喉咙发干，声音已经嘶哑，"我知道，一万吨大米转一下手就能有翻倍的利润……可是你那边利润翻倍了我这边就要死人了……好几万学生、教授全都到华北剿总司令部门口去了！南京五人调查小组到处在找我，我哪敢见他们啊……我没说这些利润里弟兄们没份儿，问题是现在这些利润都变成毒药了，吃了是要死人的……骂得好，你接着骂，你骂完了，我就去五人调查小组那儿竹筒倒豆子，让他们把我枪毙算了！枪毙了我，他们就好直接来找你们了，好不好……"

对方总算暂时沉默了。

马汉山在桌子上蹲下了，去拿那杯茶，底朝天地喝也只喝到几滴水，还不够打湿嘴唇的——那杯茶早被他喝干了。想叫人倒水，门又关着；自己想去倒，电话又搁不下。只能放下茶杯，三个手指直接从茶杯里掏出一把茶叶塞到嘴里嚼着，争取下面能发出声来。

对方又说话了，马汉山已经一屁股坐在桌子上，听对方说着。听完，自己也没了力气，嘶哑着嗓子："一千吨就一千吨吧……你可得亲自给天津打电话，调车皮，今天务必运到北平……那九千吨你们商量着办，总要我扛得住……那你们直接跟南京方面说好也行……别挂！"马汉山不知听了哪句话又急了，"中统那边也在逼我了，徐铁英已经翻了脸，中统如果跟太子系联了手再加上个财政部，你们也会扛不住……侯俊堂那20%股份一定要给他们一个交代……好，好！那你们去交代吧……"马汉山想生气地挂电话，对方已经生气地挂了电话！

马汉山手里的话筒已经要放回电话架了，愣生生又停住，想了想干脆搁在一边，走向门口，猛地一开门，竟发现李、王二科长站在那里！

"混账王八蛋！偷听我打电话？"马汉山一骂人喉咙又不嘶哑了。

李科长：“局长，不要把我们看得这么坏。火烧眉毛了来向你报告，又不敢敲门，哪儿是偷听电话了？”

王科长：“电话是绝对偷听不到的。不信局长关了门听听，我们进去打能不能听见……”

“你！”马汉山突然手一指，“现在就去把电话搁上。”

王科长没缓过神来。

马汉山：“是叫你去接听电话！谁来的电话都说我去调粮食了！明白吗？”

“是。”王科长这才明白，滚动着身子奔了过去，拿起桌上的话筒。

马汉山偏又不走，在门口盯着。

果然，王科长刚把话筒搁回电话架铃声就爆响起来！

“就按刚才的说！”马汉山立刻嚷着，飞腿离开了。

那李科长也不再逗留，紧跟着离开了。

王科长捧起了那个烫手的话筒，两条眉毛挤成了一条眉毛，对方的声音显然是在骂人。

王科长看了一眼门口，哪儿还愿意背黑锅：“刚才还在呢，说是调粮食去了……我试试，找到了一定叫他到五人小组来……”

青年航空服务队军营里，守卫军营的警卫已全部换成了国军第四兵团挑选出来的青年军。共一个排，每日三班，每班恰好是一个班的人守住军营的大门，钢盔钢枪戒备森严。

谢木兰带着十几个燕大学生自治会和东北的学生在大门外被挡住了。

其他的同学都在望着谢木兰。

“叫你们方大队长出来，看他让不让我进去！”谢木兰十分兴奋，对那个满脸严肃的班长大声嚷道。

不远的营房里显然早已听到了营门的吵闹声，那个郭晋阳带着两个队员来了。

“喂！”谢木兰老远就跳起来挥手，“他们不让我们进去！”

郭晋阳三人走了过来。

“谢小姐好。”郭晋阳热情地跟谢木兰打了声招呼，转对那个班长，“让他们进来吧。”

“这可不行。”那个班长仍很固执，“上面有命令，没有曾将军的指示谁也不能进军营。尤其是学生。”

郭晋阳斜着眼望着那个班长：“你是什么军阶？”

那班长：“报告长官，我是上士班长。”

“我是上尉！”郭晋阳摆起了官架子，“听口令，立正！”

那班长不得不立正。

警卫们跟着全体立正了。

郭晋阳对谢木兰：“方大队长请你们进去。”

“快进去吧！”谢木兰既兴奋又得意，率先冲进了营门。

学生们跟着飞快地进了营门。

郭晋阳三人带着他们向营房走去。

那班长无奈，连忙走向值班房，去打电话报告。

谢木兰兴奋地带着学生们刚走进营房方孟敖房间立刻噤声了，静静地站在那里。

方孟敖正在打电话，只是抽空向他们挥了一下手。

"曾将军，找马汉山不是我们的任务。"方孟敖对着话筒里说道，"警备司令部、北平警察局那么多人找不到一个马汉山？"

曾可达显然在电话那边耐心地说着什么。

谢木兰当着这么多同学，竟惊人地奔了过去，趴在方孟敖的耳边："答应他，我们来就是想请你去抓那个马汉山的！"

方孟敖早就捂住了话筒，以免谢木兰的声音传了过去。

谢木兰睁大着眼睛。

随来的学生们也都睁大着眼睛。

他们都在等方孟敖到底会不会买谢木兰的账，会不会帮助学生们。

方孟敖用一只手搂在谢木兰的肩上，手掌却捂住了谢木兰的嘴，然后对着话筒："好吧，我现在就带领大队去找马汉山。"说完就搁下了话筒。

方孟敖松开了手掌："记住了，你大哥不听国防部的，只听你的。"

谢木兰跳了起来："谢谢大哥！"

"你们可不许去。" 方孟敖走出房门，向队员们大声说道，"立刻集合！"

谢木兰望着那些同学，等到的果然都是佩服的目光。

燕京大学未名湖畔树林中。

已经放暑假，学校留校的学生本就不多，今天又差不多全上了街去声援东北学生了。这里反倒十分清静。

严春明手里拿着一卷书，站在树下看着，目光却不时望望左右的动静。

终于有一个人出现了，严春明专注地望去，又收回了目光，假装看书。

出现的那个人拿着扫帚，提着撮箕，显然是个校工，一路走一路偶尔扫着零星的垃圾。

"请问是严春明先生吗？"那个校工在他身后约一米处突然问道。

严春明慢慢放下手臂，慢慢望向他。

那人从竹扫帚竿的顶端空处掏出了一张纸条递给他。

严春明连忙看去。

字条是一行熟悉的字迹！

——那个在图书馆善本收藏室的声音响起了："家里事请与来人谈！"

严春明将纸条慢慢撕碎轻轻放进了来人的撮箕里："刘云同志派你来的？"

那校工："是。以后我负责跟你联系。"

严春明又望了望四周，开始看书，一边轻声说话："我怎么称呼你？"

"也姓刘。"那校工在他四周慢慢扫着,"叫我老刘就是。"

严春明:"你是新来的,还是原来就在燕大?"

"你的工作作风果然有问题!"那个校工声音虽低但语气却很严厉,"这是你该问的吗?严春明同志,上级跟下级接头,下级不允许打听上级的情况。这么一条基本的纪律你也忘记了吗?!"

严春明一愣,这才明白此人来头不小,低声回道:"我以后一定注意。"

那个校工:"没有以后。你的每一次自以为是都将给党的工作带来无法挽回的损失。刘云同志跟你谈话以后,你跟梁经纶同志是怎样传达的?梁经纶昨天为什么还去和敬公主府鼓动学生?上级的'七六指示'精神已经说得很明白,保护学生,蓄积力量。你们为什么总是要违背上级指示?今天去华北剿总司令部游行,有多少是党内的同志?"

严春明知道这是非常严厉的批评了,低头沉思了片刻,决定还是要据理分辩:"老刘同志,今天学生去华北剿总司令部纯粹是人民自觉的抗争行为。我们不会让学生做无谓的牺牲,可我们也不能阻挡人民群众对国民党反动当局发出正义的抗争呼声。"

"我问你有多少是党内的同志?"那老刘语气更加严厉了。

严春明被他问住了,少顷才答道:"我还不十分清楚……"

那老刘:"我再一次代表上级向你重申当前的形势。国民党当局的倒行逆施已经引起了全国人民的自觉反抗。今天东北学生和北平各大学校的学生向反动当局抗议,完全是人民自觉的行动。北平学联出面组织学生抗议,是在国民党当局所谓宪法范围内的正当行动。如果我党出面组织则必然被国民党当局当作借口。第一,将严重影响我党的统一战线工作;第二,将给进步学生带来无谓的牺牲。今天晚上你召开一个党的学运工作秘密会议,与会人员控制在学运部的负责人范围之内。重新学习'七六指示',统一认识。明天或是后天,我会找你。"

"好吧。"严春明答得十分沉重。

那老刘从他身边往前走了,走得很慢:"我跟你是单线联系,不要告诉任何人,尤其不能告诉梁经纶同志。"

严春明怔在那里。

那老刘又停住了,将一片落叶扫进撮箕:"这是组织上最后一次给你重申纪律了。"

上午十点了,越来越热。

北平民食调配委员会主任办公室的门却从里面闩上了。

话筒搁在了桌子上,嘟嘟嘟地响着忙音。

那王科长体胖,本就嗜睡,一早被叫醒煎心熬肺了几个小时,这时干脆什么也不顾了。任他外面天翻地覆,好觉我自睡之,仰躺在藤椅上流口水打呼噜。

一阵敲门声。

王科长猛地坐起来:"谁?"

"开门吧王科长,方大队长他们来了!"是门卫的叫声。

"挡住!就说我不在!"王科长半醒了,"这里面没有人!"

　　"你不在谁在说话？"一个似乎熟悉的声音让王科长全醒了——方孟敖已经在门外了。

　　无奈，他只好去开门。

　　比他高出半个头的方孟敖就在门边。

　　方孟敖的身后是他的队员们。

　　方孟敖："你们马汉山马局长呢？"

　　"我怎、怎么知道？"王科长有些结巴，"方大队长找他？"

　　方孟敖："你带我们去找。"

　　"方大队长……"那王科长立刻急了，"我也不知道他去了哪里，怎么带你们找？"

　　"带他上车！"方孟敖不再跟他啰唆，"民食调配委员会的科长见一个带一个，找到马汉山为止！"

　　身材高大的邵元刚就站在方孟敖身边，一把抓住了王科长的胖手往门外一带："走！"

　　"不要拉！我走。"王科长一个趔趄，立时老实了。

　　方孟敖望见了桌上的电话，大步走了过去，按住话机，拨了几个号码，通了。

　　方孟敖："北平市警察局吗？找你们方孟韦副局长。"

　　对方回答不在。

　　方孟敖："立刻接到他所在的地方，叫他带一个队的警察到东四牌楼。告诉他，是驻北平青年航空服务队大队长方孟敖找他！"

　　放下了电话，方孟敖又大步向门外走去。

　　知道琉璃厂天一字画店的人不少，却很少有人知道画店二楼这间收藏室。

　　约八十平方米，一口口大木柜，不是金丝楠木就是黄花梨木，还有紫檀，整整齐齐挨了一墙。木柜便已如此珍贵，柜子里收藏的东西可想而知。

　　另外一面墙都是官方用来保存机密档案的保险柜，摆在这里显然里面装的都是罕见的文物古董。

　　楼屋的正中间是一张长两米、宽一米的印度细叶紫檀整木的大条案，据说是当年道光皇帝钦用的御案，赐给自己最心爱的皇六子恭亲王的。摆在这里，显然是用来观赏字画珍玩。

　　这里就是马汉山利用自己1945年担任北平肃奸委员会主任职务时，以没收"敌伪财产"为名，大肆掠夺攫为己有的文物珍藏处。

　　马汉山平时不常来，只有两种情况下必来：一是过不了坎了，要从这里身上割肉般拿出稀世珍宝去打通要害关节；登斯楼也则有忧谗畏讥满目萧然矣！二是心情极为不好了，便到这里来看看这些古玩字画；登斯楼也便宠辱皆忘其喜洋洋者矣！

　　今日北平闹翻天了，共产党跟自己过不去，国民党也跟自己过不去，为之卖命的几大家族都跟自己过不去。马汉山死不能死，人又不能见，当然就只有来看宝贝了。

　　他打开了一口大木箱，盯着木箱里面看。

　　里面却是空的！

再仔细看，木箱里贴着一张纸条：民国三十五年一月送戴局长雨农！

他又打开了一口木箱，里面也是空的！

纸条上写着："民国三十八年四月送郑主任介民！

一口空木箱，又一口空木箱，啪啪地被马汉山飞快地打开了！

一张纸条，又一张纸条，那些木箱里面的宝贝早已嫁给他人了！

马汉山转身走到保险柜前，从腰间掏出一大串钥匙，一路数去，拣出一片钥匙，挨着保险柜数到一格，开了。

这个保险柜里有一卷纸轴！

马汉山看了好久，终于把那卷纸轴拿了出来。

卷轴在紫檀条案上展开了——是一幅约二尺宽、五尺长的明代唐伯虎的仕女图真迹！

马汉山爬上了条案，也不看那幅真迹，而是挨着卷轴在剩下约一尺空间的条案上躺下来。

卷轴展在左边，马汉山躺在右边，用右手慢慢抚摸着卷轴上那个仕女的手，就像躺在他心爱的女人身边。

"我要把你送给一个大大的俗人了……你不会怨我吧？"马汉山眼望着天花板，无比伤感，仿佛在跟一个大活人说话。

一辆吉普在琉璃厂街口停下了。

两辆军用卡车跟着停下了。

方孟敖和方孟韦分别从吉普后座的车门下来了。

王科长从吉普前边的副驾驶座费劲地下来了。

两辆军用卡车上，前一辆跳下了青年服务队的队员们，后一辆跳下了北平警察局的警察们。

王科长苦着脸，望着方孟敖和方孟韦："方大队长，方副局长，给鄙人一点儿面子，鄙人一定把马局长找出来。你们在这里稍候片刻。"

方孟韦："狗一样的东西，什么面子！带我们绕了半个城，还想要花招！这回找不到人你就跟我回局里去。走！"推着那个王科长就命他带路。

方孟敖轻轻地拉住了方孟韦："这回不会是假的了。让他去，我们在这里等。"

方孟韦依然紧紧地盯住了王科长："这回要是还找不来马汉山呢？"

"您、您就把我抓到警察局去……"那王科长把双手靠紧向方孟韦一伸。

方孟韦也真是厌烦了："去吧。"

王科长一个人向着天一字画店方向走去。

方孟敖习惯地掏出了一支雪茄，却看到远处有好些百姓的目光在怯怯地望着这边，又将雪茄放回了口袋，对方孟韦说道："带你的队伍回去吧。有你在还能控制局面，警察局和警备司令部今天无论如何都不能再伤害学生。"

"好。"

"还有。"方孟敖又叫住了他，"尽管答应学生，每人一月十五斤的粮食供给，明天开始就会发给他们。"

方孟韦："哥，这个愿还是不要许早了。民食调配委员会不一定能拿出粮食来。"

方孟敖："就这样告诉学生。都饿死人了，还早吗？"

"我去说吧。"方孟韦只好答应，转身命令警察，"上车！去华北剿总！"

后面那辆军用大卡车载着方孟韦和那队警察倒车，然后向华北剿总方向驶去。

果然，方孟敖看见，马汉山远远地来了，走得还很快，反倒把那个王科长抛在后面。

"方大队长！方大队长！"马汉山已经奔到方孟敖面前，"什么事还要烦你亲自来找我？"

见过耍赖的，没见过如此耍赖的。大太阳底下方孟敖自然地眯起了眼，望着马汉山："是呀。我们这些开飞机的，大夏天吃饱了没事干，满北平来找一个民食调配委员会的副主任。马局长，你问我，我问谁？"

马汉山做沉思状。

方孟敖："这里是不是有点太热了，我们去顾维钧大使园子里可能会凉快些。"

"五人小组在找我？"马汉山仍然明知故问。

方孟敖忍不住真笑了："马局长，这个官你当得也真是够累的了。上车吧。"

上了吉普的后座了，马汉山又凑近方孟敖："方大队长，我跟崔中石副主任可是过命的交情……"

方孟敖这回笑不出来了，盯了他一眼，对开车的邵元刚："开车！"

央行北平分行金库。

第二道沉重的铁门在背后关上了。

崔中石跟着前面的方步亭走向第三道铁门。

方步亭拿钥匙开了第一把暗锁，并拨动了密码。

崔中石连忙过去，拿钥匙开了第二把暗锁，这把锁没有密码，他使劲往里一推，沉重的保险门便开了。

"行长。"崔中石站在门边，候方步亭先进。

方步亭走进了那道门，崔中石才跟着进去。

一排排厚实的钢架柜，都是空的。

再往里走，最里边两排钢架柜上整齐地码放着五十公斤一块的金锭，在灯光照耀下闪着金光。

"民国三十五年我们来的时候，这些柜架上的金锭可都是满的。"方步亭突然发着感慨。

"是的，行长。"崔中石答道。

"钱都到哪里去了呢？"方步亭望着崔中石。

"是的，行长。"崔中石还是答着这四个字。

"是呀。我都说不清楚，你又怎么能说清楚呢？"方步亭又发感慨了，"中石，国民政府的家底没有谁比你我更清楚了。你说共产党得天下还要多长时间？"

崔中石只是望着方步亭。

方步亭："这里也没有第三双耳朵，说说你的看法嘛。"

"我没有看法，行长。"崔中石答道。

"有家有室的，你就一点儿也不关心时局，一点儿也不考虑退路？"方步亭紧逼着问。

"时局如此，我考虑也没有用，跟着行长同进退吧。"崔中石依然答得滴水不漏。

方步亭紧盯着崔中石的眼："你忠心耿耿地去救孟敖，也就为了我带着你同进退？"

崔中石低头稍想了想："是，也不全是。"

方步亭："这我倒想听听。"

崔中石："我是行长一手提拔的，行长的事就是我的事。这是我开始和孟敖交往的初衷。日子长了，我觉得孟敖是我们这个国家难得的人才，优秀的青年，又生了爱才之意。这就是我的真心话。当然，我说这个话还没有资格。"

方步亭："谁说你没有这个资格？中央银行、财政部，还有国民党中央党部你都能摆平。小崔呀，不要小看自己嘛。"

"行长。"崔中石抬起了头，迎着方步亭的目光，"您如果对我干的事不满意，甚至对我不信任，可以直接说出来。再进一步，您还可以审查我，发现我什么地方不对头可以处置我。但有一点我必须说明，我去南京活动，救孟敖，没有别的意图。您不可以怀疑自己的儿子。"

方步亭："我说过怀疑自己的儿子了吗？中统和军统都没有怀疑我的儿子，我为什么要怀疑自己的儿子。我叫你到这里来，就是想告诉你，不管你瞒着我干了什么，譬如你对徐铁英许诺的事，我都不管。接下来五人调查小组就要直接查你了，而且还会要孟敖来查你。希望你对他们也像今天这样对我说话。"

崔中石："我知道怎么说，也知道怎么做。不会牵连行长，更不会让孟敖为难。"

"那你可以去了。"方步亭慢慢向门口走去，"五人小组和孟敖还在顾大使的宅邸等着你。该怎么说，你心里明白。"

方孟敖一进顾维钧宅邸五人小组会议室，立刻发现了面前坐着的是崔中石的背影。第一时间望向他的是曾可达。

曾可达在对面，恰好能同时看到前面坐着的崔中石和他身后站着的方孟敖！

这一看也就一瞬间，曾可达站起来，十分关切地问："辛苦了，找到马汉山了吗？"

方孟敖："在门外。"

杜万乘立刻站起来："方大队长辛苦了，快请坐，先喝点茶。"

方孟敖又走到孙中山头像下那个位子坐下了。

"还不进来！"这回是马临深拍了桌子，对门外嚷道。

马汉山进来了，面无表情，走到崔中石身边站住了。

"到哪里去了？"马临深大声问道。

马汉山："调粮去了。"

"调到了吗？"马临深接着问道。

马汉山："调到了一部分。"

"坐吧。"马临深两问帮他过关，这时缓和了语气。

马汉山想坐，却发现这一排只有崔中石坐着的一把椅子，便望向马临深。

马临深立刻望向曾可达副官记录的那边，副官的背后挨墙还摆着几把椅子。

那副官望向曾可达，慢慢站起，准备去搬椅子。

曾可达却盯了那副官一眼，副官明白，又坐下了。

马汉山被撂在那里，一个人站着。

马临深丢了面子，心中有气，无奈手下不争气，夫复何言。

曾可达问话了："民食调配委员会都成立三个月了，财政部中央银行的钱款也都拨给你们了。现在才去调粮。去哪里调粮？粮食在哪里？"

马汉山几时受过这样的轻蔑，那股除死无大祸的心气陡地冲了上来，干脆不回曾可达的话，眼睛翻了上去，望着前上方。

曾可达："回答我的话！"

"你是问粮食吗？"马汉山望向他了，"在我手里，你拿去吧！"竟将两只空手掌一伸，对着曾可达。

曾可达一怔，万没想到马汉山竟敢如此回话，一下子也愣在那里。

其他人更不用说了，全愣在那里。

按道理，下面就是要抓人了！

可是以什么名义抓人？谁来抓人？抓了他如何发落？

杜万乘是第一个反应过来的，气得嘴唇发颤："看文件！大家都看看文件！这样子对抗中央，该按哪一条处理？"

"不用看了。"曾可达反倒平静下来，"顶撞我几句哪一条也处理不了他。不过，我们可是来调查'七五事件'的，'七五学潮'惊动了中外，不管有没有共党在背后策划，北平民食调配委员会没有给东北学生发粮食是事实。当时不发，前天我们来了，你们昨天还不发，今天又酿出了更大的学潮。马汉山！"说到这里曾可达才拍了桌子，倏地站起来，"你将两只空手掌伸给我，党国的法令是没有砍手掌这一条。可我提醒你注意，特种刑事法庭砍不了手掌，可以砍头！我可是 7 月 6 日砍了侯俊堂的头再来北平的！现在我提议！"

杜万乘、王贲泉、马临深都望向了他。

曾可达："立刻以五人调查小组的名义向中央报告，先免去马汉山一切职务，押解南京，交特种刑事法庭审讯！"

"息怒！息怒！"马临深立刻接言了，"曾督察，我是管这条线的，情况我比较了解，4 月成立民食调配委员会以来，我们也遇到了很多难处。马汉山局长出任北平民食调配委员会副主任，工作还是尽力的。杜总稽查，我们是来调查的，是来解决问题的。北平的工作还得靠他们去做，我不赞成曾督察这个提议。于事无补嘛。"

曾可达转望向了马临深："那就请马委员到马汉山手里去拿粮食吧。"

马临深怔了一下，立刻转头盯向马汉山："还不把你的爪子缩回去！找死也不是这样找法！"

马汉山这才将两只手掌缩了回去，却依然一副不怕砍头的样子。

曾可达这时清醒地将目光转望向了崔中石，其实在打击马汉山的气焰时，他的目光从来就没有忘记观察崔中石。马汉山今天如此狗急跳墙，显然是仗着背后有十分复杂的原因，这个原因就是牵涉到最上层财团的经济利益。何以昨天方步亭在，马汉山十分老实，今天崔中石来了，他却一反常态？

曾可达准备进攻崔中石这道防线了。

他没有立刻进攻，而是先望向方孟敖："方大队长，你刚才在哪里找到马汉山局长的？"

方孟敖："北平我也不熟，那条街叫什么名字？"他转问马汉山。

马汉山对方孟敖依然客气："前门外。那里就是民食调配委员会火车调运粮食的地方。"

曾可达仍然望着方孟敖："方大队长，你是在调运粮食的地方找到他的吗？"

马汉山望向了方孟敖。

方孟敖："他说是，那就应该是吧。"

马汉山突然觉得这个方大队长要通人情得多，立刻说道："像方大队长这样认真负责通情达理，鄙人和北平民食调配委员会一定好好配合工作。"说着又望了一眼曾可达。

这是真跟曾可达叫上板了。

曾可达不再看他，面容十分严肃地望着方孟敖："方孟敖同志，我们的任务十分艰巨。北平一二百万最苦难的同胞要靠我们给他们一条活路。下面五人小组要展开调查，无论问到谁、查到哪条线，希望你都能理解。"

方孟敖立刻听懂了他的意思，下意识地望向了崔中石，然后转对曾可达："我的任务我清楚。不是我的任务我也清楚。曾将军没有必要打这个招呼。"

"那就好。"曾可达先做了这一步工作，然后向崔中石的进攻开始了。

曾可达："北平民食调配委员会自4月成立以来，物资的购买管理发放和调拨都是由常务副主任马汉山亲手管理。昨天我们请教了方步亭行长，明白了中央银行拨来购买物资的款项都是由央行北平分行金库副主任崔中石先生一手走账。现在，两个具体的经手人都来了。我想问崔副主任，你的账目能不能向五人调查小组做一个详细具体的汇报。"

这时第一个暗中紧张的人是王贲泉了，他立刻睁大了眼望着崔中石。

马临深也很紧张，但有王贲泉在，他可以观望。

崔中石慢慢站起来，竟先望向那个副官："拜托，把我的椅子也撤了。我不能让马局长一个人站着。"

当时国民党官场流行一条规则，跟黑道江湖差不多，曾被杜月笙总结为"吃两碗面"。一碗是场面，一碗是情面。无论何时，只要能顾全场面，讲个情面，大家都会高看一眼，遇事往往抬手，放你过去。

崔中石虽是金融界的，可交道都是打在官场，这时先端出了"两碗面"，人虽站着，脚下踏的却是不败之地。

第一个感激的当然是马汉山，望了他一眼，公然说道："谢谢！"

马临深和王贲泉自不待言，立刻投以赏识的目光。

杜万乘也不无佩服地点了点头。

为难的是那个副官，又望向了曾可达——崔中石那把椅子撤还是不撤？

曾可达却又望向了方孟敖，发现方孟敖这时的表情有些异常。

方孟敖没有看崔中石，望向一边。对崔中石此举并无别人的那份赞赏，倒有几分不以为然。

曾可达看在眼里，对那副官："给马局长也搬把椅子吧。"

副官搬来了一把椅子。

曾可达："崔副主任，现在可以说了吧？"

崔中石依然站着："我不知道该怎么说。现在是国家战争时期，我们央行不得已要执行国府下达的额外任务。杜总稽查是经济学专家，王主任秘书更是我们的金融专家，你们知道，银行是负责市场金融流通的，可现在无论是货币和物资的流通比例，还是支撑银行货币的压库黄金，我们的金融都无法流通了。民食调配委员会也好，物资管理委员会也好，实行的都是管制经济。凡是管制经济就不是哪一个部门能够说得清楚的。今年 4 月份开始，民食调配委员会和物资管理委员会的账是都委托我们代管。可请五人小组的长官们听清楚了，我们只是代管走账，具体的物资我们可是连看都看不见的。"

曾可达被他说得皱起了眉头，因为说得如此专业，又把最要紧的弊病点了出来，他也不知道如何回答，便望向了杜万乘。

杜万乘点了点头："他说得有道理。崔副主任，这也并不妨碍你把账目向我们简单介绍吧？"

崔中石："虽然只有三个多月，可两个委员会的账目已经堆了一个屋子。牵涉的也有好几十个部门，而且很多直接牵涉到军事委员会的军费开支。央行总部曾经有明确纪律，有些账不能跟任何部门透露。除非有中央军事委员会的命令，而且要有蒋总统的签名。"

"你这是拿蒋总统来压我们？"曾可达倏地又站起来，"我们就是蒋总统派来的！崔中石，我看你不像是个搞经济的，倒像是个搞政治的好手。马局长有军统的背景，你是不是也有什么别的背景？有背景只管说出来，是中统的我们就去找陈部长；是军统的我们就去找毛局长。不要藏着掖着，欺骗一些不知内情的人！"

以曾可达的来头，此时说出这样一番话来，所有人都震惊了！

所有的目光都望向了崔中石！

崔中石也有些变了脸色。他知道曾可达已经怀疑自己的政治身份，但万没想到他不说自己是共产党，倒说自己是中统和军统。这将给一直与自己单线联系的方孟敖带来什么样的影响？

方孟敖已经受到强烈影响了，目光深深地望着崔中石。三年以来的一幕幕片段飞快地浮现出来：

——崔中石在笕桥机场宿舍的情景："孟敖同志，从今天起你就是中国共产党的候补党员了……"

——崔中石在笕桥机场草坪的情景："孟敖同志，你虽然已是正式党员，但由于工作的特殊性，我不能带你参加任何党的组织活动……"

——崔中石在笕桥机场大门外的情景："孟敖同志，你希望学习的任何党的文件暂时都不能看。你知道得越少，就越安全……"

——崔中石在自己家里北屋的情景："你务必注意，方孟敖从来就不是中共党员……"

从来没有的疑惑在方孟敖眼中浮现了。再看崔中石时，他突然有了陌生感！

崔中石真正遇到难关了！他在急剧地思索，以沉默掩饰着自己的思索。

曾可达已经感受到自己一箭双雕的效果了，他喜欢这样的沉默，沉默得越久，效果越好。

马汉山这时倒帮忙了，大声对崔中石说道："崔副主任，左右是为党国效力，真有什么就告诉他。国民革命也不是哪一拨人能够干成功的，更不是哪一拨人说了算的。"

崔中石坐下去了，望向王贲泉："王主任，您是央行总部的，直接管着我们北平分行。我郑重向您提出，请央行总部立刻调查我的身份。我崔中石就是央行属下的一个职员。如果还有任何别的政治背景，请央行立刻开除我。"

王贲泉望向了杜万乘："杜总稽查，你是小组的召集人，我们到北平到底是干什么来了？这是唱的哪出跟哪出啊？查账也不至于要查到什么中统、军统吧？"

杜万乘怕的就是一扯就扯到政治上，这时头又大了，只好说道："那崔副主任就把走账的事说一说嘛……"

崔中石又站起来，而且拿起了桌上的提包："在央行总部查清我政治背景之前我不宜再说任何话。我要求退席。"说着向对面微微鞠了一躬，转身向门外走去。

崔中石可不是方步亭，门口站着的青年军警卫立刻两人一并，面对面挡住了他！

其中一人："谁叫你走的？进去！"

崔中石站在那里一动不动。

方孟敖这时站起来，直望着门外。

"不得无礼！"曾可达跟着站起，望着两个青年军警卫喝道。

两个警卫让开了些，仍然把着门。

曾可达望向方孟敖："方大队长，查物资、查账都要靠你具体执行。你说今天让不让崔副主任走？"

方孟敖望向了曾可达，在仔细地读着他的眼神。

崔中石已经从两个警卫的中间大步走了过去，一边大声说道："我的办公室在北平分行二楼，我的家在东中胡同二号。你们随时可以来找我！"

方孟敖又望向了崔中石在门外的背影。

其他人也都望着门外。

"崔副主任，怎么就走了？"门外传来另一个声音，是徐铁英的声音。

没有回应。徐铁英一脸的汗，带着为党国的辛劳出现在门口："总算暂时平息了！"

"学生都散了？"最关心的是杜万乘。

"哪里都散了。"徐铁英走到自己的座位，先喝了一口茶，"东北学生暂时劝回去了。

明天可得给他们发粮。"坐下时望向杜万乘，试探地问道，"崔副主任怎么走了？北平分行的账不查了？"

杜万乘已经被他们弄得头都大了，哪里还愿再扯说不清楚的事，眼下最要紧的是先给学生发粮食，不能再闹出学潮："其他的事先都不说了。明天到底能不能先给东北学生发粮？马局长，徐局长的话你都听见了？"

马汉山："给一万五千人发粮，我总得有时间去安排吧？你们是继续调查我，还是让我去组织人调拨粮食明天发放？"

"当然是去调拨粮食。"徐铁英这时便成了最有发言权的人，"傅总司令说了狠话，明天要是还有学生到华北剿总门口去游行，他就立刻辞职，请蒋总统亲自来指挥打仗好了。"

"那我是不是可以走了？"马汉山望了曾可达一眼，然后望着杜万乘。

杜万乘望向曾可达。

曾可达却望向方孟敖："方大队长，北平银行的账你们暂时不要去查。明天开始专查北平民食调配委员会物资仓库！先查粮食，拿着他们购入和调拨的账目一个仓库一个仓库地查！"

方孟敖原就站在那里，这时答道："好。"

曾可达这才望向马汉山："带着你的手掌，调拨粮食去吧。"

马汉山走出去时心里又没底了。

杜万乘心里乱极了，望了一眼曾可达，又望了一眼徐铁英："是不是还接着开会？"

曾可达已经站起来："这样的会还需要开吗？查物资，查账！抬出棺材再开会不迟！"

曾可达从会议室赶回住所立刻拨通了那个电话——梁经纶外文书店二楼的电话："……现在是最好的时机，方大队长已经怀疑上崔副主任了，立刻安排那个何小姐去接触他……好！已经安排了就最好！听他都说些什么，记住原话，一句一句告诉我。教授，注意自己的安全。"

顾维钧宅邸大门外西大街。

中央军派来保卫方孟敖大队的警卫排两辆摩托在前面开路。

方孟敖自己驾着吉普，让邵元刚坐在副驾驶座上，紧踏着油门，一反常态地飙车。

开路的摩托立刻被吉普抛在了后面，赶紧加油追了上来。

"队长，太快了！开慢点！"邵元刚都紧张了。

"不要啰唆！"方孟敖的脸色从来没有这么难看过。

邵元刚不敢吭声了。

"前面有人！队长！"邵元刚又大声喊了起来。

方孟敖也看见了，不到二十米远两个女孩站在路中间，竟是谢木兰和何孝钰！

松油门，踩刹车！惯性仍然驱着车快速向前冲着，离二人越来越近！

不到十米了，吉普仍然惯性往前冲着，方孟敖猛地向左打方向盘！

那吉普猛然掉头，后轮横着打磨，仍然往原来那个方向吱吱地移了好几米，才跟着前轮转了过来！

转了一圈，吉普才刹住了。

站在几米开外的谢木兰和何孝钰脸都白了，蒙在那里。

最可怜的是那两辆摩托，一辆向左撞在人行道的树上，一辆向右挨着一道墙擦了好几米才停了下来。

吉普车门猛地被推开了，方孟敖跳了下来："找死吗？！"

两个姑娘受了惊吓，此刻还没缓过神来，愣愣地站在路中间。

方孟敖叹了口气，改变了态度，走了过去："吓着了吧？"

"方大队长！"何孝钰叫他了，神态从来没有过的激动，"你知道自己在哪里开车吗？"

方孟敖望着她。

何孝钰大声地："这里是北平！是住着两百万人口的城市。不是在天上，不是开飞机。你的车开这么快是想撞死市民吗？"

方孟敖又习惯地眯起了眼，望着面前这个一向文静的小妹妹，突然觉得她有几分像自己曾经十分佩服的陈纳德队长。想到这里，笑了。转头望向邵元刚："我是不是开得太快了？"

"是。队长，你开得太快了。"邵元刚也有几分生气。

"有本事才敢开这么快嘛！"谢木兰惊魂乍定又闹腾起来，"大哥，你刚才那个圈转得太棒了！怎么转的，下回教我！"

"有事找我吗？"方孟敖转入正题了。

谢木兰："不是找你，是谢你。你今天抓马汉山，同学们都传遍了，还都夸我了。大哥，我要好好谢你。今晚哪儿都不许去，回家。我和孝钰每人做两个菜答谢你。"

方孟敖沉默了少顷，问道："你小哥在家吗？"

谢木兰："我们是请你，可不请他。"

方孟敖："在不在家？"

谢木兰："在家。每天晚餐只要不出勤他都要陪大爸吃饭。"

方孟敖："那好。他们吃他们的，我们吃我们的。我还想听何小姐给我上上该怎样在北平开车的课呢。上车吧。"

方邸洋楼二楼行长办公室。

方步亭在十分专注地听着电话。

谢培东站在旁边也十分专注地望着电话。

方步亭："……曾可达怀疑小崔是中统军统……王主任，我用的人不会有这样的背景。如果连央行总部也这样想，那就把我调走，把北平分行的人马都换了……嗯，嗯。天不塌，北平分行就不会塌。小崔当然扛得住事，希望王主任和央行总部相信他……我知道。该见面我会直接到顾大使宅邸来看你，你也可以直接到分行来。没有什么可怕的。好，再见。"

　　放下电话后，方步亭刚才还十分的盛气立刻变成了更深的忧虑，坐在那里默默地想着。

　　"曾可达居然怀疑崔中石是中统和军统的人……你怎么看？"方步亭望向谢培东。

　　谢培东："至少能够说明，无论是中统、军统还是铁血救国会都没有人怀疑崔中石是共产党。行长，是不是我们多疑了？"

　　谢培东不说方步亭多疑，而是用了个"我们"。

　　"多疑吗？"方步亭的脸色更加凝重了，"曾可达心机深啊！我刚才问了，他在会上说崔中石是中统、军统，孟敖就坐在那里。他这个话是说给孟敖听的！"

　　谢培东一惊："孟敖会相信吗？"

　　方步亭："这个孩子从小就心眼实，像他妈呀。培东。"

　　谢培东："行长。"

　　方步亭："尽快，你去找崔中石，叫他把账在最短的时间整理出来，全交给你。跟他打招呼，不许再跟孟敖见面。"

　　谢培东："我今晚就去找他。"

　　"大爸！爸！小妈！"楼下客厅传来了谢木兰的嚷叫，"我把大哥请回来了！"

　　方步亭和谢培东同时一怔，对望了一眼。

　　方邸洋楼一层客厅。

　　"妈。"

　　方孟敖进到客厅就十分礼貌地叫了一声程小云。

　　谢木兰倒没有十分觉得意外。

　　何孝钰站在他身后却眼中含着光，定定地望着刚才还十分张扬的男人。

　　程小云红了脸，轻声答道："孟敖，我知道你尊重我，尊重我们女人。可毕竟我只比你大三岁，今后你就叫我姨吧。"

　　"好。"方孟敖立刻答道，"姨。"

　　"我们都叫小妈，凭什么你一个人叫姨。不行！"谢木兰总是把气氛闹得让人尴尬，说着转对何孝钰，"你说是吧？"

　　何孝钰："不是。我觉得孟敖大哥叫程姨作姨很好。"

　　"我明白了！"谢木兰立刻兴奋起来，"他这是随你叫，是吧？"

　　方孟敖背对着她们，接言道："这倒也是个理由，我就随何小姐叫吧。"说着转过头看何孝钰。

　　何孝钰的脸却红了，慌忙答道："你们这些人事情真多，说什么干吗都要扯上别人？"

　　"我们可从来没把你当别人啊。"谢木兰心里有鬼火上加油，"进了我们家，就是我家人。小妈您说是吧？"

　　方孟敖也听出这个小表妹在使坏了，立刻对何孝钰："我们从小就是一家人嘛。孝钰，你过来，大哥教你一个对付坏丫头的办法。"

　　方孟敖如此大方大气，何孝钰刚才那点羞涩立刻被他化解了，果然向他走近了一步。

方孟敖又望向谢木兰："你也过来。"

谢木兰却不愿过来了，而且嚷道："孝钰，千万别上当，我这个大哥可坏了！"

方孟敖跨前一步已经一把抱起了谢木兰，轻轻地搂在肘里。接着，左臂一伸居然把何孝钰也抱了起来，轻轻地搂在另外一只手肘里！

两个姑娘被他同时端抱在手臂上，谢木兰好兴奋，当然任抱不动；只是苦了何孝钰，又不能挣扎，又不能就这样任他抱着。

何孝钰的声音透着紧张，同时露出了少女才有的孩子天性，向程小云大叫："程姨！还不叫他放我们下来！"

程小云这回露出的笑竟也如此灿烂："傻姑娘，程姨也教你一手，让他胡闹，你别动就是。"

从听见方孟敖来了开始，谢培东已经把二楼办公室的门开了一线，往下面望着。

这时陡然见到楼下的情景，赶紧将站在身后的方步亭拉了一把，让他从门缝往下看。

方步亭的脸也突然展开了，好难得真笑了一下。

谢培东笑着向他点了一下头，轻轻合了门缝："行长得赶紧去找何校长谈谈了。"

方步亭这回是由衷地点了下头。

一层客厅里，方孟敖就这样毫不费劲地一手搂着一人仍然没有放下，对何孝钰说："怎么样？不怕她使坏了吧？"

脸离得这样近，何孝钰闭上了眼睛，不看他也不回话。

方孟敖却突然发现，何孝钰长长睫毛的眼角有一点泪星！

方孟敖慌了，连忙放下了二人，轻声说道："玩笑过分了，何小姐不要见怪。"

谢木兰、程小云都有些紧张地望向了何孝钰。

睁开眼时何孝钰露出显然善解人意才有的一笑："下回不要开这样的玩笑就行了。"

方孟敖望向程小云："姨，罚我。我去给她们做菜，家里能做西餐吗？"

程小云笑道："你们谁都不要去做了。中餐、西餐谁都比不过我。木兰，你和孝钰陪大哥到你房间去看看。叫你们了，就下来吃饭。"说着快步走进了厨房。

谢木兰对何孝钰："不许生气了。陪大哥去参观我的房间吧。"

方孟敖竟然很在意地望着何孝钰。

何孝钰这回是微微一笑。

"走！"谢木兰拉着方孟敖径直向西边的楼梯走去，回头还在喊着何孝钰，"快来呀！"

"给我备车。"方步亭自己从衣架上取下了礼帽，"今晚让他们在家里吃饭。我现在就去何副校长家。"

"好。"谢培东立刻给他递过公文包，接着开了办公室门。

方孟敖被表妹拉着来到了二楼谢木兰房间。

这个天马行空的王牌飞行员进入自己表妹的闺房，却站在房中有些不知所措。

何孝钰发现了，谢木兰也察觉了。

谢木兰："大哥，你好像有点害怕？"

"瞎说。"方孟敖显然是在掩饰，"我害怕什么？"

"害怕女孩的房间！"谢木兰直言不讳，"我猜对了吧？"

"更瞎说了。"方孟敖走到窗前的桌边，刚想坐下，发现椅子上盖着一块女孩绣花的手绢，连忙用两指拈起来轻轻放到一边的床上，把椅子又挪得离床远了一点儿，这才坐下。

谢木兰飞快地瞟了何孝钰一眼："多好的男子汉呀！"

何孝钰这时十分大方了，纯纯地望了方孟敖一眼，转望谢木兰：" This is Gentleman.（这叫绅士风度。）Do you understand？（明白吗？）"

"Gentleman and Knight！（绅士加骑士！）"谢木兰大声用英语回道。

何孝钰望向方孟敖："Do you agree it？（你同意吗？）"

方孟敖站了起来，却用英语说了一句大跌眼镜的话："Where is toilet？（卫生间在哪里？）"

"太煞风景了！"谢木兰用母语大叫起来。

何孝钰笑了，开始忍着，接着终于笑出了清脆好听的声音！

|十|

不入方家厨房，不知方家是真正的贵族。

厨房便有二十平米开外，这在当时中国的京沪平津穗五大城市里，都已是一个小户之家全部的住家面积了。

厨房西边挨窗是一列德国进口的不锈钢连体灶，墙上安着好几个通风扇。

最让外人惊奇的是，厨房里也摆着一长两短一组沙发，长茶几上摆着喝咖啡、饮茶两套用具；还有一架唱机，许多唱盘。

这一切显然都不是为下人准备的，完全是欧美的生活理念，主人要下厨房，家人要在这里陪伴说话聊天。

以往，程小云搬到外面居住，家里常是蔡妈、王妈做饭，下厨做方步亭、方孟韦、谢木兰喜欢的拿手菜反倒是谢培东的事。这时，方步亭常来陪，方孟韦偶尔也来陪。只有谢木兰不愿来陪，她跟自己的亲爹总是不太亲，而且就怕他。

今天是刻意安排，由程小云下厨做西餐。

方步亭有意避开，去了何其沧家。谢培东陪到厨房，自有一番交代。

他先挑了一张程砚秋的《锁麟囊·春秋亭》唱片，放唱起来，然后走到程小云身边，说道："小嫂，叫木兰下来帮厨。"

"木兰能帮什么厨。"程小云好久没有这样的心情了，向谢培东一笑，"我知道姑爹的意思，也知道行长的意思。平时都是姑爹辛苦，今天就不要管厨房的事了，也不要管他们的事了。"

"我不管。今天一切都交给小嫂管。" 谢培东对程小云永远是礼貌而不苟言笑，今天却话很多，"等我回到房间再叫木兰下来。让她在这里待着，不要上去。"叮嘱了这几句，见程小云微笑会意点头了，才悄悄走了出去。

程小云便一边忙活，一边跟着唱机里的程砚秋同步轻声唱着，估计谢培东已经回到自己房间了，这才走到厨房门口，向楼上喊道："木兰，你快下来帮我一下！"

开始还没有回应。

程小云提高了声调："快下来吧，我忙不过来了！"

"来了！"楼上这才传来谢木兰不甚情愿的应答声。

谢培东并未回自己房间，而是来到了方步亭这间办公室。

先是把房门的几把锁都锁好了，然后走到办公桌前方步亭那把座椅上坐下。开始拨电话："孟韦啊……跟学生代表都谈完了……是呀，都是些无家可归的学生嘛，是应该多体谅他们的心情……不要赶回来了，善后要紧……心烦？……准备去崔副主任家看看？跟行长说了没有……这个时候最好不要去……一定要去就去看看……该说的说、不该说的不要感情用事……"

方孟韦显然将电话挂了，谢培东站在那里面呈忧色，也挂了电话。无声地叹了口气，接着走到办公室门边，确定几道锁都闩上了，又走回办公桌边。

他在方步亭平时坐的办公椅上坐下了，拉开了办公桌中间的抽屉，捧出了一台美国新式的交直流收音机，打开了，调着频道。

收音机里立刻传出了杨宝森的唱段，是《文昭关》伍子胥一夜白头那段苍凉沉郁的唱腔。

这款收音机确实新式，还有一副耳机。谢培东插上了耳机，唱腔从耳机里传来更真切、更清晰。

只见他将调频的按钮一拨，唱腔立刻消失了，一个令人万万想不到的声音在耳机里传来了：

——竟是方孟敖的声音："我可以坐下吗？"

谢培东闭上了眼，入定般听着。

——接着从耳机里传来的是何孝钰的声音："当然。"

不是方步亭这个家太可怕，而是国民党这个政权太可怕！

身为把握国民政府金融命脉中央银行驻北平的大员，方步亭要为多少上层、多少高官赚钱洗钱？方步亭之所以把自己的办公室设在家里这栋洋楼，就因为多少埋有隐患的密谈不能够在北平分行进行。尤其抗战胜利这三年，方方面面的眼睛都盯着央行，方步亭可以为他们赚钱，但不能为他们替死。因此在这里秘密装下了录音窃听装置，以往无论是谁到这里来密谈，包括关键的专线电话，方步亭都要暗中录音。自保是方步亭的底线。

方孟敖突然回来了！共产党？铁血救国会？身家性命所系！这条窃听线于是秘密装到了方孟敖可能到的每个房间。方步亭要随时知道这个儿子的秘密，随时准备对策。为了救这个家，也为了救这个儿子。当然，窃听只能在这间办公室，只有方步亭和谢培东两个人能够听到。

谢木兰房间的房门不知什么时候已经轻轻被掩上了。

房间里，何孝钰感觉到了方孟敖神态的变化。刚才在楼下他还开着玩笑，这时却变得十分严肃。

已经答应他可以坐下了，方孟敖却依然站在那里。他本就很高，现在离何孝钰也就一米远，何孝钰抬头望他时便显得更高。

何孝钰心里突然冒出一阵紧张，想站起来，却还是强装镇静地坐着。

见她掩饰紧张的样子，方孟敖又强笑了一下，掏出了一支雪茄，"可不可以抽烟？"

何孝钰："当然。"

方孟敖这才坐了下去，点燃了烟，轻吸了一口，又轻轻地吐出。接着便是沉默，显然是在考虑怎么问话。

何孝钰是接受任务来接触他的，但没想到第一次接触会是这样的情景，会是方孟敖主动地和自己单独待在一起。她现在只能沉默，等待他问话。

"1937年我们分手的时候你才十一岁吧？"方孟敖提出的第一个问题竟是这么一个问题。

何孝钰望着他，点了点头。

"今年你二十二岁了。"方孟敖依然说着这个貌似多余的话题，"十年了，我跟家里没有来往，你们都长大了，都变了，可我一点儿也不知道你们现在的情况。下面我问的话都是闲谈，你知道就告诉我，不愿意可以不答。好吗？"

何孝钰真正紧张了，只好又点了点头。

方孟敖望了一眼房门，在感觉门外是否有人，飞行员的耳朵和眼睛告诉他现在是安全的，于是目光转望向了窗外，有意不看何孝钰："你见过共产党吗？"

二楼行长办公室。

入耳惊心！

这句话同时在谢培东的耳机里传来时，他的眉毛飞快地颤动了一下，眼睛闭得更紧了。

下面何孝钰会怎么回答？他在紧张地等听。

何孝钰早已怔在那里，睁大了眼望着方孟敖。她也万没想到方孟敖一上来会这么一问！她只能感觉到他问这话并无恶意，却很沉重。怎么答他？

方孟敖依然望着窗外："我这样问为难你了。共产党也不会把这三个字写在脸上，写在脸上的也未必就是共产党。你们北平的学生多数都倾向共产党，你是进步学生，有可能见到过共产党。我也就这么一问。你可以回答我，也可以保持沉默。"

"我能不能也问你一句？"何孝钰轻轻地回话了。

"我能问你，你当然也能问我。"方孟敖转过头望向了她，"只要能回答你的。"

谢培东的身子坐直了，眼睛依然闭着，神情更加专注。

耳机里的声音：

——何孝钰："你见过共产党吗？"

耳机里的声音：

——"见过。"方孟敖当即明确答道。

谢培东猛地睁开了眼，捧起了搁在办公桌上的收音机！

何孝钰比谢培东更惊！

她愣在那里，不知过了多久，才接着问道："你怎么能肯定你见过的是共产党？"

谢培东已经拿起了一支铅笔，耳机里暂时还没有方孟敖的回答声，他却已经在空白的公文纸上先行写下了三个字——崔中石？！

接着便是等，等听方孟敖说出这个名字！

——"我当然能肯定。"耳机里方孟敖的声音传来了。

谢培东开始用铅笔将"崔中石"三个字一笔一笔地涂抹上，这个动作显示着他此时的心理——不希望方孟敖说出的真是他写出的这个名字！

在这里，何孝钰也睁大了眼紧张地在等待着他即将说出的这个人名。

方孟敖却反而显得平静："我见过的人，佩服的不多。抗日在空军服役那几年，我只佩服过陈纳德将军。一个老头，退了役，竟然能够拉起一支世界第一流的空军飞行队，让日本人服，让中国人服，让美国政府也服。那以后我没佩服过什么人。直到三天前，我在南京特种刑事法庭遇到一个死刑犯。"

"共产党？"何孝钰这时迫不及待地接话了。

谢培东手中那支铅笔放下了——准确地说是从手里滑落了。听到这段话，他似乎长吁了一口气。

方孟敖这时紧紧地望着何孝钰："你怎么知道的？"

何孝钰也望着他，发现他眼中好亮，显然是在观察自己的真实反应。

何孝钰："你自己说的嘛。"

方孟敖："我可没说那个死刑犯就是共产党。"

何孝钰："那你就告诉我你见到的谁是共产党。"

谢培东又十分专注了，此时一秒一秒都显得那样漫长，耳机里终于又有了方孟敖的声音：

——先是一声轻叹，接着是以下话语："你没有猜错，我见到的共产党就是三天前被南京特种刑事法庭判处死刑的那个人。一个藏在国军空军作战部多年的作战参谋，多次将特密军事情报在第一时间报告给他的上级。隐藏了十年，最后要不是自己有意暴露自己，别人还是发现不了他。让我佩服。"

谢培东脸上突然露出了一丝怪异的神情！也就是露了一下，很快又消失了。他把高度的注意力又集中到了耳机上。

耳机里这时又沉默了。

原来何孝钰此时只是深深地望着方孟敖，并没有接言，也没有追问。

这才有了刚才的沉默。

方孟敖显然有些不太满意何孝钰的沉默了："你不想知道我为什么佩服他？"

何孝钰："你已经说了，他隐藏得很好，因此你佩服他……"

"错了！"方孟敖手一挥，露出了平时那种目空一切的神态，"我佩服他是个真实的人。还有，他不自私。"

接下来又是沉默了，因为方孟敖说完了这句话又望向了窗外。

谢培东在耳机里聆听着，又恢复了最初入定的神态，静静地等着下面的对话。

何孝钰感觉到了，这样沉默下去可不是了局，于是又轻声问道："你怎么知道他真实，怎么知道他不自私？"

"是不是该你回答我了？"方孟敖又转过头来望向何孝钰，"你还没有回答我，见没见过共产党。"

谢培东在高度专注地听，何孝钰的声音出现了：
——"我肯定见过共产党。"
谢培东何时有过这般的片刻数惊，眼睛又倏地睁开了，手又连忙拿起了那支铅笔！

方孟敖的眼睛此刻闪着亮光，在等着她说下去。

何孝钰："正像你说的一样，他们也不会把这三个字写在脸上，因此我不能确定我见过的人里哪一个是共产党。"

方孟敖眼中的亮光慢慢消失了，那双眼眯成了一线，平时这样的眼神是用来望那些自己憎恶或者不屑一顾的人。现在这样看一个女孩，他还是第一次。何况眼前这个女孩是何孝钰！

何孝钰当然也感觉到了这位一到北平就毫不掩饰对自己有好感的男人，突然间流露这种万不该有的神态，她有些慌了，竭力镇定自己："你不相信我说的话？"

"无所谓相信不相信。"方孟敖恢复了常态，那种虚己以游世的常态，"开始就说了，闲谈而已。我也不要找共产党。"说着站了起来。

何孝钰连忙跟着站了起来。

这套窃听装置确实十分先进，谢培东立刻听到了两个人站起来的声音，也立刻预感到了这番对话可能即将结束。

他反而露出了可以轻松一下的神态，在等听最后的结束语。

"耽误你很久了，再问你一句吧。"方孟敖望着何孝钰，"7月5日到北平参议会抗议，今天到华北剿总抗议，你和你的同学去了没有？"

何孝钰："全国都在声援了，我们北平学联的学生当然该去。"

方孟敖："你和木兰挡我的车把我叫回来，希望我干什么？"

何孝钰："当然是希望你查贪腐，帮学生。"

"那我也当然该走了。"方孟敖此时的目光已完全看不出有什么好感了，接这句话时特意把"当然"两个字说得很重，"北平那么多学生、教授和老百姓在挨饿，今天晚上我还得带着我的大队去监督民食调配委员会到底是不是在准备发粮。抱歉，耽误了你这么久的时间。"说完便向房门走去。

"大哥！"何孝钰在他身后脱口叫出这个称呼。

方孟敖在门边站住了。

何孝钰："他们可是正在底下为你做晚餐。"

"自己吃着好的，高喊帮那些挨饿的人，太不真实了吧？"方孟敖并未回头，撂下这句话，开门走了。

何孝钰怔怔地站在那里，望着被他顺手关上的房门，满目茫然。

坐在这里的谢培东完全回复到了平时那个谢培东的样子，脸上毫无表情，取下耳机，拨动转钮，那个"收音机"里又传出了京剧片段。

这时播出的已是马连良的《斩马谡》，正好播到诸葛亮在念那段内心十分沉痛的道白：

我把你这大胆的马谡呀！临行之时山人如何告诫于你，叫你依山傍水安营扎寨。你却不听山人之言，你你你是何道理……

听着马连良，谢培东拿起了一部电话的话筒，拨了号。

对方很快接通了。

谢培东态度十分谦和："何校长吗？我是谢培东啊，我想请问，我们行长到了府上没有……谢谢，请我们行长接电话。"

又等了片刻，电话那边传来了方步亭的声音。

谢培东："行长，您听着就是。孟敖走了，两个人谈得不怎么投机，有点不欢而散。您原来准备跟何副校长谈的那些话，现在似乎不宜讲了……"

燕南园何其沧宅邸一楼客厅。

方步亭不露声色地听到这里，答道："央行总部哪有这么多事？好吧，我这就赶回来。"放下了电话。

何其沧这时坐在餐桌前，桌上已经上了一盘江南人爱吃的玉兰片，一碟花生米，两人的碗筷显然也已经在用了。

方步亭走了过来："好不容易想跟你聊聊，又催我回去了。"

"官身不自由嘛。"何其沧拄着拐杖站起来，"下回再来吧。"

方步亭已经拿起了礼帽拎起了公文包："财政部和央行又在催币制改革的方案了。我告诉他们我的这份方案正在请你修改，他们也十分看重。币制再不改革，真正民不聊生了。救民于水火，还得多仰仗这沧兄你这样真正的大家呀。"

"什么大家？无非看在我有几个美国朋友，和司徒雷登大使能说上几句话而已。"

何其沧脸色并不好看，"币制改革？银行有准备金吗？那些垄断了市场的财团会愿意拿出物资来坚挺市场吗？没有这两条，写什么币制改革方案？"

方步亭沉默了一下，接着深深点了下头："一针见血。就围绕这两点，其沧兄帮我参考参考这个方案。"

何其沧："币制无法改革的方案？"

方步亭："说真话也只有靠其沧兄你们这些德高望重的贤达了。"

何其沧："既无法改，还做方案，摆明了就是弄虚作假嘛。这个忙我帮不了你。"

方步亭："那就改日再说，我先告辞。明后天再来看你。"

"李妈！"何其沧向厨房喊道。

那个李妈连忙从厨房出来了："校长。"

"帮我送送方行长，然后你也回家吧。"何其沧又转望向方步亭，"步亭，我的腿不好，就不送你了。"

"能抽出时间还是去国外治疗治疗。"方步亭真心关切地说道，"我走了。"

方邸洋楼一层客厅。

"程姨、木兰，我回家了。"何孝钰向着厨房喊道。

谢木兰立刻出来了。

谢木兰："饭都做好了怎么又要回家了？我大哥呢？"

何孝钰："走了。"

"走了？"谢木兰惊诧地叫道，"什么时候走的？我们怎么不知道？说好了吃晚饭，他怎么会走？"

这时程小云也出来了，看出了何孝钰的不自然，望了谢木兰一眼，委婉地问何孝钰："是不是突然接到什么要紧的事，他赶回去了？"

谢木兰满心的欢喜猛然被一阵风刮得干干净净，直望着何孝钰："电话铃都没响，哪有什么突然要紧的事？要走，也不会跟我们招呼也不打一声呀？谁得罪他了？"

程小云是过来人，立刻看出了何孝钰难受的神态："别瞎说。谁会得罪你大哥啊？"

何孝钰："就我跟他在一起，当然是我得罪他了。程姨，我走了。"说着也不再理谢木兰，快步向门外走去。

谢木兰在后面叫道："那么多东北同学的事你也不管了！"

何孝钰没有停步更没有接言，已经走到院门了。

程小云："你别吭声了，她家那么远，我去安排车送。"立刻跟了出去。

谢木兰蒙在那里，好久才跺了一下脚，突然又怔住了。

东边楼梯的二楼上，她看见爸爸不知何时已经站在那里了。

"爸。"她轻叫了一声，转身向西边楼梯走去。

"站住。"谢培东叫住了她，"从今天起再掺和你大哥的事就不要出这道门。"

谢木兰也没回嘴，又气又恼，加上自己给自己的委屈，忍着哭，快步跑上了楼。

方家这顿晚餐看样子谁也吃不下了。

北平的太阳已经衔着西山了。

方家还有一个心事沉重不回家吃饭的人，便是方孟韦。

一个人开着北平市警察局那辆巡视的吉普，把车开到东中胡同的街口停下了。

在车里一眼就看到，胡同口站着两个北平警察局的内勤警察，在那里来回地走着。

胡同里，也有两个警察局的内勤警察，在崔中石家门外东边一个、西边一个，来回溜达。

方孟韦知道这是徐铁英直接派来的，跟自己打过招呼，说是应付五人小组，名为配合稽查大队查账，实为保护崔中石，免得让自己的大哥方孟敖为难。其实为了什么方孟韦知道，一个字：钱！

两个胡同口的警察已经发现了方副局长的车，这时赶紧走过来了，在车外行了个礼："方副局长好！"

方孟韦下了车："徐局长安排你们来的？"

两个警察同时答道："是。"

方孟韦面无表情："那就好好地执勤。"

两个警察："是。"

方孟韦向胡同走去。

两个警察多了个任务，还得帮方副局长看车。于是一人站在车边，一人站在街口，不能再溜达了。

"你们到底是警察局哪个部门的？找麻烦有本事到中央银行北平分行去，你们方副局长的爹就在那里！"叶碧玉在紧闭的院门内声调很高，却掩饰不住还是有些紧张，又带着一些不耐烦。

"崔婶，是我。"门外的方孟韦知道她的牢骚是冲着门外那些警察来的，连忙自报家门。

院门立刻打开了。

叶碧玉看见方孟韦，立刻换了一副委屈的嗓子："是方副局长来了，侬来得正好。老崔到底犯什么事了？门口还派着警察看着我们？别人不知道侬知道，我们家老崔可是行长的人，替央行卖命卖到被警察管起来了，这算什么事？北平这地方没法过了，侬来了正好帮帮我们，跟行长讲讲，明天就帮我们老崔调到上海去……"

"烦不烦哪？"崔中石在她身后出现了，"还不让方副局长进来。"

"我早就烦了！"叶碧玉一听见崔中石的声音立刻换了腔调，身子倒是让开了，转头冲着崔中石又嚷道，"趁着方副局长来了，请他帮忙跟行长去说，侬再不离开这个鬼地方，我就带着伯禽和平阳去上海！"嚷着自顾自向西屋走去。

门口就剩下崔中石和方孟韦了。

崔中石还是那个"崔叔"的样子，目光也还是那副亲和的目光："这么忙还来看我？"

"进去说吧，崔叔。"方孟韦本能地像往常一样回了这句，叫了这一声，进了院门。

崔中石关院门时目光闪了一下，他已经察觉了方孟韦不自在的神情。

"有吃的吗？崔叔，我还没吃晚饭呢。"方孟韦来到北屋坐下时已经看见桌上的纱罩罩着一个大碗和一个碟子。

崔中石连忙拿开了纱罩，露出一丝难为情的神色："就半碗白粥，几块棒子面饼了……"

方孟韦："够了。我就吃这个。"

崔中石："好在都是干净的，我去给你拿筷子。"

"用不着那么麻烦。"方孟韦一手端起了那半碗粥喝了一大口，另一只手直接拿起一块棒子面饼嚼了起来。

崔中石在一旁坐了下来。

方孟韦吃着，没有看崔中石，却问道："崔叔，家里真这么困难？伯禽和平阳可正在长身体。"

崔中石当然明白他这句话的意思，真诚地望着他："行里给我的薪水是很高，可法币再多，也赶不上物价呀。"

方孟韦已经几口喝完了粥，放下了粥碗，又拈起了剩下的两块棒子面饼："可你是央行北平分行的金库副主任，手里没有美元外汇人家也不相信哪。"

崔中石："我手里当然有美元外汇，可那都不是我的，是行里的。"

方孟韦望他的目光带着审视了："现如今中央银行像崔叔这一级的职员还这么清廉，我相信，人家可不相信你。崔叔，有时候好人做过了头未必有好结果。"

"你说得对。"崔中石也感慨起来，"你来之前，你崔婶正在跟我吵架。一口一句我把美元黄金都拿到外面养女人了。我怎么说得清？就让她猜疑吧。"

方孟韦已经嚼完了最后一口棒子面饼，崔中石心细如发，早已走到旁边的水桶舀起一勺干净水，在脸盆架子边候着了。

方孟韦连忙走了过去，将手伸到空脸盆上方，崔中石勺中的水细细地一线流了下来，方孟韦赶紧两手搓洗着。

将将一勺水便将手洗干净了，崔中石的一块干净脸帕又已经递了过来。

方孟韦接过擦手，心中蓦地涌起一股酸楚——崔叔待人之无微不至，律己之无处不严，诸般好处好像只在此一刻才真正感觉到，他心里难过。

"怎么了？是不是吃了不舒服？"崔中石关切地问道。

方孟韦强颜一笑，一边走回座位，一边说道："崔婶做的东西怎么会吃了不舒服？我是想起前不久一个议员说那些党国将军的两句话了。对比崔叔，心中有感。"

"两句什么话，我可不能跟他们比。"崔中石也跟着坐下了。

方孟韦："是他们不能跟崔叔比。想不想听那两句话？"

崔中石："是笑话吧？"

"是实话。"方孟韦十分认真，"那个议员是个老夫子，总统请几个议员去征询意见，无非以示开明而已。那个议员却当了真，当着总统骂这些带兵的将军叫'二如将军'。总统问他何为二如，他说'挥金如土，杀人如麻，岂不是二如将军'！当时就把总统气走了。"说完这段闲篇，方孟韦沉默在那里。

崔中石望着他："是实话，无奈人家最不愿听的就是实话。"

　　"我就愿意听到实话。"方孟韦抓着这个话题，深深地望向了崔中石，"崔叔，你帮我爹这么多年了，无论是行里的开支还是你家里的开支，都是精打细算。行里的人对你没少怨言，现在连崔婶这么好的女人也埋怨你了。这样做，你为的是什么？"

　　崔中石有些诧异："行长是信任我，才让我管着钱，我当然应该这样做。不这样做，还能怎样做？"

　　方孟韦："可在南京对好些人你也是挥金如土呀！就没有心疼过？"

　　崔中石似乎有些明白方孟韦今天来的原因了，回望着他，好久才答道："当然心疼。央行的钱就是国库的钱，一分一厘都是民脂民膏啊。可你不给他们行吗？不要说我，就是行长，你今天不给，明天不给，后天就会撤了你，换上一个愿给的人。"

　　"我爹我知道。"方孟韦开始单刀直入了，"可对崔叔你我还是不太明白。家里的日子如此清寒，又担着这么大的干系，为什么还愿意干这个金库副主任？"

　　崔中石默默地坐在那里，少顷答道："孟韦，我的身世你也知道些。父祖辈没有给我留下家当，砸锅卖铁供我读完了财会学校。遇上了贵人，就是你爹，在上海便给了我银行职员的位子。带我到北平后又让我当了这个金库副主任。你现在问我为什么愿意干，我怎么答你？我不愿意干，还能到别处干什么？"

　　方孟韦沉默了，但能看出他此刻心里十分复杂。崔中石这一番话十分入情入理，他也十分愿意相信，可爹为什么那么肯定地怀疑这个崔叔是共产党？

　　方孟韦抬起了头："崔叔，你明白自己现在的处境吗？"

　　崔中石："当然明白。"

　　方孟韦："能不能说给我听听？"

　　崔中石："有些能，有些不能。"

　　方孟韦："把能说的说给我听。"

　　崔中石："为了行长，也为了你，当然也为了我和孟敖的交情，这次去南京活动我被人怀疑上了。加上北平民食调配委员会和军方物资管理委员会的账是我在经手，这里面有贪腐，我必须要接受调查。上面的人厉害，竟叫孟敖来查我。这道坎虽然难过，可我不怕。行里没有贪，我也没有贪。他们查到一定的时候也不会真查下去。我现在过不去的只有两道坎，说出来你也帮不了我。"

　　方孟韦："我帮不了，还有谁能帮你？"

　　崔中石："谁也帮不了。我听天由命。"

　　方孟韦："崔叔，我现在说真心话，你也得真心听进去。不管你身上担着多大的事，冲着这几年你一直对我大哥好，尤其这一次你拼了命在南京活动救我大哥，我也一定会帮你。崔婶跟着你可没过过好日子，还有伯禽和平阳，为了他们，我也会帮你。把你过不去的两道坎告诉我。"

　　崔中石深望着他："我说，你帮不了也得藏在心里。不然，你就会反而害了崔叔，也害了我一家。"

　　方孟韦的血气涌了上来："大不了你是个共产党！还你的情我也救你！"

　　崔中石一惊，急忙望向门外，接着走到门口，望向西屋。

　　好在叶碧玉刚才跟他吵架，这时还带着一儿一女在西屋关着门怄气，方孟韦刚才的话她没有听到。

崔中石转过了身，一脸沉重地对着方孟韦："我什么都不能说了。孟韦，就凭你刚才那一句话，吓也会把你崔婶吓死。"说完默坐下来，再不吭声。

方孟韦压低了声音："话都说到这个份儿上了，崔叔你能不告诉我吗？"

崔中石又想了想，望向他："我告诉你。第一道坎就是行长。"

方孟韦："你说下去。"

崔中石："昨天回来行长对我的态度明显变了，我想了一晚也没想明白。今天上午去五人调查小组前，行长又找我说了好些我听不懂的话，可有一点我懂了，行长在怀疑我。孟韦，什么坎我都能过，不能过的就是行长对我不信任。你帮得了我吗？"

方孟韦："难处既在我爹身上，我答应了，就能帮你。说第二个难处吧。"

崔中石："第二个难处你恐怕真就帮不了啦。因为这个人是徐铁英。门口你们局里派的警察你看到了，昨天徐铁英派孙秘书到车站接我你也在。刚才你不说到那个议员骂那些将军的话吗？我现在告诉你，你的这个新任顶头上司就是个'二如局长'！当然他不会像别人那样招摇，现在就去挥金如土。可他开的口比好些人都大。不为现在，是为将来能挥金如土。过去干中统，他杀人从来就没眨过眼，现在又兼了个北平警察局局长和警备司令部的侦缉处长，杀人就更容易了。共产党他会杀，可只要与他无关他也未必会去杀。但有一种人他必然会杀，就是挡了他财路的人。孟韦，现在好些人的财路都在崔叔手里管着，哪一天我顾不过来了，也就成了挡别人财路的人了。原来有行长罩着我，未必有人敢杀我。现在连行长也怀疑上我了，别人要杀我就是迟早的事了。真到了那一天，你崔婶还有伯禽、平阳还望你照看着点。"

戛然而止！

崔中石慢慢闭上了眼，坐在那里，一副并不寄希望于方孟韦表态的样子。

方孟韦猛地站起来，压低了声音："崔叔，我只说一个条件，你做到了，我拼了命也保你！"

崔中石慢慢睁开了眼。

方孟韦："我大哥是个性情中人，更是个难得的好人！我只要求你今后干任何事都不要再牵连到他！他平安，我就保你平安！崔叔，今天我们说的话到此为止，你明白我明白就行了，最好不要让第三个人知道。"说完就大步向门外走去。

方步亭坐在谢培东不久前坐的那个地方，戴着耳机，闭着眼在专注地听。

谢培东默默地站在门边，关注着门外。

方步亭已经听完了方孟敖和何孝钰所有的录音，慢慢睁开了眼，取下了耳机，在那里细细想着。

谢培东走了过去，望了一眼方步亭，接着走到他背后。

就在方步亭座椅背后推开的壁橱——一台窃听器，两盘磁带还在转动着！

谢培东按了按钮，磁带慢慢停了。

方步亭："先不急着关。"

谢培东停下了手，壁橱仍然开着，窃听器仍然露在那里。

谢培东走到了方步亭办公桌对面的椅子前坐下了。

方步亭：“对孟敖和孝钰这番交谈你怎么看？”

谢培东：“先说能肯定的吧。”

方步亭点了下头。

谢培东：“孝钰这孩子肯定还不是共产党。”

方步亭点头，脸上难得有了一丝欣慰的神情。

谢培东：“下面就只是我个人的看法了，可能跟行长的判断会有些不同。”

方步亭：“都同了还要你说干什么？”

谢培东：“那我就直陈陋见了。行长，孟敖也不可能是共产党。”

方步亭：“何以见得？”

谢培东：“他要已经是共产党，还急着找什么共产党？您也都听到了，孟敖这孩子不会装假。”

方步亭往椅背上一靠，摇了摇头。

谢培东：“那我就看不出什么了。”

方步亭：“你还是老实了点。怎么不想想孟敖为什么会在这个时候问共产党？”

谢培东：“为什么？”

方步亭：“曾可达的话起作用了，孟敖在怀疑崔中石，怀疑他不是共产党。”

谢培东低头沉默了。

方步亭：“下边该怎么办？”

谢培东又抬起了头：“那就不要让孟敖再跟崔中石接触。”

方步亭这才又点了头：“崔中石是不会再主动跟孟敖接触了。可挡不住孟敖会去找他。好在徐铁英以北平警察局的名义看住崔中石了。当然不是因为怀疑崔中石是共产党，而是为了盯着他要那20%股份！前方的仗不用打，后方已经败了。这个党国啊……”沉默了少顷，他又戴上了耳机。

戴上耳机后，方步亭这才又对谢培东说道：“把昨天晚上崔中石和徐铁英的谈话再放给我听一遍。”

“好。”谢培东又走向了壁橱，开始倒磁带。

燕南园何其沧宅邸一层客厅。

何其沧因常年落下风湿，夏天也经常是一床薄毯盖在膝上，现在依然坐在刚才见方步亭的沙发上，却露出爱怜的目光，移望着面前那个忙活的身影。

梁经纶在给他调热水，正把手伸进那只泡脚的木桶试水温。

水温正好。梁经纶提着木桶走到了老师面前放下，又蹲下身子帮他掀起薄毯折搭在他的腿上，慢慢帮他卷上了裤腿，轻轻帮他脱了鞋袜，捧起他的一只脚放进了木桶，又捧起另一只脚放进了木桶。

梁经纶：“水烫吗？”

“多此一问。” 何其沧的语气不像先生倒像父亲。

梁经纶一笑，也很像一个孝顺的儿子，接着便有轻有重地给他搓按着两腿。

和往常一样，这时何其沧和梁经纶都不说话，老的目光，少的双手，都像春风。

"今天学生们没有被抓的吧？"何其沧问起了白天的事情。

梁经纶："全国各大报纸都在报道，他们也不敢不收敛了。"

何其沧："国已不国了。你没有去吧？"

梁经纶："没有去。各大学去的教授不多，听说都在商量着联名上书。不只是东北的学生，北平各学校的师生也已经好些天买不到配给粮了。抗战苦了八年，抗战胜利了还在受苦。先生，听说财政部在酝酿什么币制改革，你和王云五部长是同学，能不能真拿出一个切实可行的币改方案？"

何其沧目光严肃道："这种时局，有什么切实可行的方案能够改革币制？你也是研究经济金融的，你认为改得了吗？"

梁经纶："难。可也不能看着法币一天天变成废纸。今天的物价已经涨到两千三百万法币一石粮了。百姓活不下去，许多公教人员也都活不下去了。"

何其沧："你回来前方行长来过了，也提起过这件事。"

梁经纶："他也提到过币制改革？"

何其沧苦笑了一下："他是央行的人，最清楚国民政府的家底，拿什么来搞币制改革？"

梁经纶："那他是什么意见？"

何其沧："希望我帮他拿一个币制不能改革的方案。"

梁经纶抬起了头："先生，我说一句不该说的话，您不要生气。"

何其沧："你说。"

梁经纶："先生不觉得跟方步亭这样的人交朋友有损清誉吗？"

何其沧有些不高兴了："我该跟谁交往，不该跟谁交往，心里有数，还轮不着你来提醒。"

梁经纶立刻答道："是。我说错了。"

两人沉默了。

何其沧从来就不会真正责怪自己这个最爱的弟子，深深地望着他，觉得隐藏在心底许久的事今天必须要跟他说了："我也有件事正要问你，你要跟我说心里话。"

梁经纶似乎预感到何其沧要说什么了，沉默了少顷："先生请说吧。"

何其沧："你是看着孝钰长大的。你觉得孝钰长大了吗？"

梁经纶低下了头，依然轻轻地替何其沧搓着脚："在先生眼里和我的眼里，孝钰永远是个孩子。"

何其沧："现在还是孩子吗？"

梁经纶不接言了。

何其沧："是呀，你们太亲了……可在别人眼里她已经是大姑娘了。你知道方步亭今天来我这里是想跟我说什么吗？"

梁经纶："不是希望先生帮他跟上面说，不要搞币制改革吗？"

何其沧："那是另外一个话题。他来是想跟我谈孝钰的事。"

梁经纶的手停了一下，依然没有抬头："先生的话我不太明白。"

"跟我说话不要太深沉！"何其沧这回是真有些生气了。

梁经纶立刻抬起了头："先生，我能有什么深沉。现在的青年都在追求自由，包括孝钰，我没有权利过多干涉她。"

"你心里还是明白的嘛。"何其沧的语气缓和了，"你也还是个青年，怎么就不追求自己的自由？"

这话梁经纶又不好回答了。

何其沧："这几天孝钰总是往方家跑你知不知道？方步亭今天来也并不是急着要说什么币制改革的方案，他是想跟我谈儿女亲家的事。"

"他提出了吗？"这时梁经纶才认真了。

何其沧："他是什么人？我是什么人？有这个念头，他也得看清了我的脸色才敢提。他那个大儿子方孟敖到北平后听说在学生中影响很大，你对他应该也有些了解。现在牵涉到了孝钰，其实也牵涉到你。我现在就想听你的真实想法。"

第一次听到恩师把自己和何孝钰连在一起说，梁经纶真正心事纷纭了。面对这个一直慈父般关爱自己的先生，他有太多的内心挣扎。当年先生保荐他去美国留学，背后其实就是党国的安排。这么多年自己的秘密一直瞒着他，现在更必须瞒下去。他只能继续欺瞒恩师："那个方孟敖，我没见过。倒是听了不少关于他的传闻，国军空军的王牌飞行员，抗战还不错。前不久因为命令他的大队不轰炸开封上了特种刑事法庭，后来又被判无罪，不知为什么被国防部看中了，派到北平来查贪腐。牵涉到国民党上层，牵涉到方家，背景很复杂。我也不希望孝钰在这个时候跟他和他们家有太多的接触……"

"是呀，背景很复杂呀。"何其沧接着感慨了，"不过有关他的事有些你还是不知道的。我跟方家是世交，抗战前两家常有往来。孝钰的妈和方孟敖的妈那时关系也很好，两家的孩子因此经常在一起。方孟敖年纪大些，那时对他弟弟还有木兰、孝钰都很好。孝钰的妈就经常夸他是个懂事的孩子，有出息。可这都是十年前的事了。十年了，他因为母亲妹妹被炸死的原因一直不跟父亲往来，也不认这个家，一个人在外面生生死死的，自己也不成家。这样的青年，何况是现在这个时局，让人不放心哪。"

梁经纶站起身去拿干毛巾，走回来替何其沧擦脚："先生想叫我跟孝钰说什么？"

何其沧："她也是从小就没母亲，有些话我做父亲的也不好问。你侧面问问她，对方孟敖印象如何。这个时候只有你能够开导她，你开导她比我管用。"

梁经纶："我试着跟她谈谈吧。"

"不是试着谈，要真心跟她谈！"何其沧眼中流露出的神情看似严厉，但明显严厉的背后更多的是鼓励，"我已经去了电话，孝钰今晚会回来。我先睡，你在这里等她。最好今晚就跟她谈。"

梁经纶已经替他擦好了脚，又替他套好了拖鞋，搀扶起他："先生放心去睡吧，我在这里等孝钰。"

说完，搀着何其沧向二楼走去。

燕大未名湖北镜春园。

虽是动乱时期，又已经放了暑假，入了夜还是有不少学生和教授到未名湖畔来，有些是相聚慷慨国事，有些是想到这里暂避尘世的烦恼。

何孝钰被方家的车送到了燕大校园门口，没有回家，一个人穿过未名湖畔，径直往北。

此时北平控制用电，未名湖畔的路灯本就昏黄，五停其四，小径便很黑。何孝钰心中还是有些害怕的，加快了脚步，来到了燕大师生几乎不来的湖北镜春园一道小门外。

镜春园是清朝嘉庆皇帝的女儿庄静公主的赐第，民国时归了徐世昌，司徒雷登兴建燕京大学时多次想把这座园子一并买下，徐家不卖。因此镜春园便成了燕大校园中的一块"心病"——从燕大想到已经属于教职员住所区的朗润园还得往东绕行。

里面有人简单地问了几句，竟将门开了，里面也没开灯。已是农历六月初四，就靠着那弯上弦月朦胧地照着，何孝钰进了门。

开门人又将门关了。

镜春园一间小屋。

屋内有弱光从窗口透出。

开门人将何孝钰领到小屋门口："在里面等呢，你进去吧。"说完自己竟走了。

何孝钰敲门。

"何小姐吗？"

"是我。"

"请进来吧。"

何孝钰轻轻一推，门开了，却依然没有进去，因今天见她的人她从来没有见过。

那人走过来了："刘云同志离开北平了，今后我跟你联系。请进吧。"

何孝钰点了下头，跟他进了屋。

门关了，那人转过身来——原来竟是上午在未名湖畔跟中共学运负责人严春明见面的那个老刘！

"我也姓刘，孝钰同志，你今后就叫我老刘吧。"那个老刘对何孝钰十分和蔼。

"我叫你刘叔吧，以前我对刘云同志也这样叫。"何孝钰望着这个从里到外都像校工，和一身书卷气的刘云完全不同的老刘还是觉得陌生，说话也就有些怯生。

老刘笑了："我是从解放区来的，工农出身，看着不太习惯吧？"

何孝钰："刘云同志说了，知识分子就应该向工农学习。往后刘叔多教教我。"

老刘笑得更亲切了："那我跟你一样，也得好好向工农学习了。自我介绍一下吧，我是延安抗大毕业的。国民党不承认，我也是大学学历。跟你一样，算是个知识分子了。"

何孝钰当然感受到了对方是在消除第一次见面的陌生感和距离感，也跟着笑了："您是大学毕业，我还差一年才毕业呢。论学历我也得向您学习。"

老刘装出得意的样子："互相学习。请坐，时间不多，我们抓紧谈。"

两人都坐下了。

老刘谈工作时便严肃了："刚见的方孟敖？"

何孝钰："是。"

老刘："印象怎么样？"

何孝钰："很难说话，很难沟通。"

老刘更严肃了："你没有直接跟他谈工作上的事情吧？"

何孝钰："刘云同志都跟我说了，这些都不能谈。"

老刘："那你们应该很好说话嘛，怎么会很难沟通？"

何孝钰："他一上来就问我见过共产党没有。我当时就紧张了，不知道怎么回答他。"

"你是怎么回答他的？"老刘也突然紧张了。

何孝钰："我只好反问他见过共产党没有。"

老刘紧张的神情立刻放松了："他于是有些生气了，是吗？"

"您是怎么知道的？"何孝钰突然觉得这个刘叔和刘云同志一样，也很睿智，一下子便感到亲近了不少。

老刘和蔼地望着她，语气却十分郑重："我把情况都告诉你。方孟敖同志是我党单线发展的特别党员。原来一直跟他联系的那个同志现在不能跟他联系了，他当然心里焦虑。他问你见没见过共产党，就是这种情绪的表现。"

何孝钰恍然大悟，方孟敖问她的情景立刻浮现在眼前：

——方孟敖当时的语气……

——方孟敖当时的表情……

——方孟敖突然离去……

那个老刘十分安静地在一旁看着陷入回想的何孝钰。

何孝钰望向了老刘："刘叔，我不知道下面该怎么跟他接触了。请求组织另外派个人去接触他吧。"

老刘一直十分和蔼的面容慢慢变得严肃了："你不能这样想。这个任务是刘云同志深思熟虑后做的决定，我无权改变。我们也曾交换过意见，这个任务对你是艰巨了些。可是除了你没有第二个人能够去完成。何况学运部梁经纶同志他们那边也交给你了同样的任务……"

说到这里那老刘一时沉默了。

何孝钰最重的心理压力也正是这一点！自己一直以进步学生的面貌在参加由共产党学运部秘密领导的学联活动，可在学运工作那边她只是个进步青年。自己曾经十分敬重也十分依靠的梁经纶，现在都不知道自己已经被北平城工部上层领导发展成了正式党员。二十出头的女孩，心里充满了神圣。可一回到现实生活，面对学联的那些同志，尤其是面对梁经纶，她并没有神圣感，反而总感觉自己是在欺瞒他们。

老刘的眼何等锐利，立刻改变了刚才严肃的态度，恢复了长者的和蔼："不要有压力。组织上也不会给你压力。仍然按照刘云同志的嘱咐，就以你在学联的身份继续接触方孟敖同志，不要让他离开你的视线。你的任务很简单，就是接触他，发现他可能出现危险情况时及时向我汇报，汇报的方式还是先通那个电话，这里不能经常来。最重要的一点你务必记住，你是以学运工作部那边交给的任务去接触方孟敖同志的，而不要让任何人知道是刘云同志和我交给的任务。学运工作部如果只叫你接触方孟敖，你就执行。如果叫你去发展方孟敖同志加入组织，千万不能执行。"

何孝钰望向老刘同志："今天回去梁教授就会问我情况，我不知道该怎么回答他。"

老刘："像回答我一样回答他，很难接触，很难沟通。"

何孝钰点了点头，慢慢站起来。

老刘跟着站起来，满目关怀地看着她，是在暗中给她鼓励，给她勇气。

何孝钰转身要走时，突然又站住："刘叔，我总觉得让方孟敖同志这样下去，他会有危险……"

老刘又笑了："放心。组织上和你一样，在时刻关心他。"

何孝钰突然又感到一阵心乱，是那种只属于自己的心乱，连忙掩饰道："刘叔，我走了。"

"孝钰同志。"老刘又叫住了她。

何孝钰转过身来。

老刘的笑已经十分慈祥："第一次见面我们还有两件事没做呢。"

何孝钰眼露疑惑。

老刘已经伸出了他的粗糙的大手——何孝钰明白了第一件事，连忙将手伸了过去。

老刘轻轻地握住她的手，笑问："明白第二件事了吗？"

何孝钰其实已经明白了，那老刘开始说了第一句暗语："花长好。"

何孝钰立刻跟着他，两人接着说道："……月长圆，人长寿！"

何其沧宅邸一楼客厅座钟的钟摆摆动了起来，声音却比同类的座钟要小得多。

这是特地请钟表师调的，因何其沧有早睡的习惯，入夜九点以后家里就必须保持安静。

梁经纶望向了座钟，已经十点了！

他眼中露出了猜疑，又转望向茶几上的电话。

何孝钰应该早就到家了。他的手伸向了电话，却停在那里，最后还是缩了回来。

恰在这时电话铃响了！

只响了一声，梁经纶已经拿起了话筒："你好。"

对方的声音却让他有些意外："严先生……"

夜很静，对方的声音虽然压低着仍然清晰，而且显示着兴奋："你那个方案所需要的资料找到了，赶快到图书馆来吧！"

梁经纶知道是有重要的情况，听语气是好的情况，但还是想先摸点底："今天太晚了吧？我还要等何小姐呢……"

对方严先生兴奋的声音透出急迫了："立刻来吧。你那个方案有答复了，是正面的答复！"电话挂了。

梁经纶站起来，职业的经验让他有一种直觉——严春明的兴奋背后好像隐藏着一个很深的计划！严春明察觉不到，他察觉到了！

从天津运粮的火车两个小时前就往北平这边开了，由于是政府的特调列车，调度室回答得很坚决，晚上十一点整一定能够准时到站。

马汉山一小时前就带着一干人马来到了北平火车站货运站台。天又热，心又躁，自己又来早了，等到这个时候便又焦躁起来，一个人踏着月台离铁道仅一米的那条黄线来回走着，眼睛望见挂在月台棚顶下那面钟便又开骂起来："混账王八蛋，不是说保证十一点能到站吗？这不十一点了吗！"

跟他保持着距离站在站台里边的李科长和王科长还有一众科员都望向那面钟。

钟的指针确实已经短的在 11，长的在 12 了！

那李科长比王科长强悍些，便有些欺他，立刻对王科长说道："赶紧去调度室问问吧，政府的专列也晚点，真正不像话！"

王科长其实比他狡猾："我这就去问。"说着就走，免得站在这里，不知马汉山还有多少无名火要发。

马汉山踏着那条黄线走得更快了，又望了一眼那面钟，果然冲着李科长来了："你们是怎么跟车站调度室说的？天津那边是怎么说的？今晚粮食不运来，你们自己就到警备司令部报到去！混账王八蛋，平时不干事，刀架到脖子上了还死不醒！"

李科长知道今晚的事大，不敢跟他还嘴，便把脸望向铁轨进站的方向。

他身后的科员们也都像一群鹅，伸长了脖子装着等望火车——其实是都不愿意与马汉山目光相接。

"便衣队！"马汉山一声吼。

原来站在灯火暗处的十一个中山装急忙聚拢过来了。

李科长和那群科员都是一惊，目光齐刷刷地都望向这边了。

马汉山对他们倒是信任而亲切，对为首的那个："军统的弟兄们今晚要辛苦了！"

原来这十一个中山装都是军统北平站的！

马汉山曾经在军统任过北平肃奸委员会主任，现在麻烦大了，不得不借用背后这帮神鬼皆愁的弟兄，尽管又要费去好大一笔开销。

为首的一名中山装："上面都交代了，我们今晚听老主任的。"

马汉山："派两个弟兄先把车站的调度主任给我抓来！其余的严阵以待，我说抓谁，立刻就抓！"

"明白！"军统那个为首的大声答道。

可还没等他派人去抓调度主任，王科长已经气喘吁吁地领着那个调度主任来了。

王科长："局长，局长，我把调度主任叫来了。您亲自问他。"

军统为首的一听立刻下令："抓了！"

两个中山装一边一个将那个调度主任的手腕立刻扳到了背后！

调度主任身子压了下去，又疼又急："马局长！马主任！有新的命令……哎哟……您听我说……"

马汉山："轻点，让他说。"

两个中山装减了劲，那调度主任急忙说道："刚接到的电话，运粮的车要十二点才到，说是有大半是军粮，要等国军第四兵团的车队到了……"

"你说什么？"马汉山一听立刻急了，"什么军粮？什么第四兵团的车队？混账王八蛋！给老子说清楚！"

那调度主任："两个电话，一个是天津来的，说运粮的车改为十二点到站；一个说是国军第、第四兵团司令部军需处来的，说今晚的粮有八百吨是运给国军的，叫我们等他们的车队……"

"我们就一千吨粮，第四兵团要运走八百吨？"马汉山的头嗡的一声立刻大了，"好，黑得好！我操他扬子公司的娘！这个时候还来这一手……"

科长科员、军统的便衣全都静在那里，望着马汉山。

马汉山阵仗见多了，急剧地想着应对之策，突然对王科长："方大队长那个大队是不是在粮食仓库等粮？"

王科长："报告局长，是。他们早就在仓库等着清点今晚运来的粮食，我已经全安排好了，有茶有烟还有酒和消夜……"

"真正的混账王八蛋！谁叫你说这些！"马汉山呸断了他，"立刻打电话，请方大队长带着他的稽查大队来！就说国军第四兵团要来抢东北学生和北平各大学师生市民的配给粮！"

那王科长一听立刻害怕了，这不是叫方大队来和国军第四兵团火拼吗？闹出大事，自己打这个电话，可干系不小，便又装蒙问道："局、局长……我能不能不说是国军第四兵团来抢粮……"

"给我一把枪！"马汉山火大，立刻伸手向身旁一个军统要了一把枪，上了膛，向那王科长一递，"拿着！"

那王科长哪里敢接："局长……"

马汉山立刻将枪口顶在他的下巴上："拿不拿？"

"我拿……"那王科长明白了，抖着手接过了枪，望着马汉山。

马汉山："枪已经上膛了。十二点前方大队长他们赶不来车站你就自裁吧！"

"我去！"那王科长双手捧着枪，像捧着一块烧红的铁，递还马汉山，"局、局长，十二点前我准把方大队长请来。这个我也不会使……"

马汉山一把抓回了枪，吼道："还不去！"

"是！"王科长大声回答，向两个科员，"陪、陪我去打电话……"

见他们向调度室走了，马汉山也不把那支枪交还给那个军统，提在手里又来回急踱，一眼又望见了李科长："给老子把车队都调到站门口，把站门堵。第四兵团有一辆军车开进来，你也自裁吧！"

李科长也立刻望向那群科员："听到没有？都跟我去！"

这一行也立刻跑了。

站台上就剩下马汉山，还有军统那十一个便衣和那个调度主任了。

"放了他。"马汉山先让放了那个调度主任，然后对十一个军统，"弟兄们，今晚有一场火拼了！我是跟你们站长说好了的，有事他会顶着。再闹大了我就亲自给国防部郑介民次长打电话！你们尽管配合国防部的稽查大队放开手干！我做事你们都知道，军统的弟兄从来都不亏待。"

军统那个行动执行组长："老主任放心，我们听您的。"

"好，好！"马汉山眼珠子又乱动了，看见了手下给他安排的那个小马扎，立刻望着那个调度主任，"你，给老子搬到铁轨上去！"

那调度主任慌忙端起了小马扎刚走了一步，不得不问道："马局长，马主任……是搬到铁轨上吗？"

马汉山这回没骂人，也没喝他，只是壮烈地点了下头。

那调度主任忐忑地端着小马扎跳下了站台，摆在了铁轨中间的枕木上。

马汉山大步走过去，也跳下站台，在马扎上一坐："娘希匹！狗娘养的扬子公司！老子今天干不过你，赔了这条命，上达天听，让总统来骂娘。娘希匹的！"

望见他这般模样，就连军统那帮人都有些面面相觑了。

北平民食调配委员会主任办公室。

五人调查小组确定方孟敖大队进驻北平民食调配委员会彻查物资，从马汉山到底下各科的科长立刻做出了反应。第一条便是马汉山腾出了自己的主任办公室，改成了稽查大队临时办公室。其他东西都搬了出去，只留下了那张主任办公桌直接给方孟敖用，宽大的办公室中央搬来了大会议桌，上头一张椅子，一边十张椅子，刚好供方孟敖大队二十一个人坐。

今晚是方孟敖大队第一次来，目的十分明确，坐等十一点天津运来的那一千吨粮食入库，明天一早便调拨给东北学生和几个大学的师生。

正如那王科长说的，大会议桌上十分丰盛。中间摆满了糖果糕点，两边每张座位前都摆着一盒哈德门香烟、一杯茶、一瓶洋酒。上首方孟敖那个座位只有香烟不同，是一盒雪茄。

队员们今天都十分安静，没有一个人去动桌上的东西，而且没有一个人说话。

不是因为要执行今晚的任务，而是因为大家都明显感觉到今天队长像变了一个人。

方孟敖坐在那里一直就没有讲话，脸色又看不出什么严肃或是生气，只是沉默。

刚才电话铃响了，现在他正在接电话。大家都望着他，也只听到他不时地"嗯"一声，以至对方是谁都听不出来。好不容易听到他开口了，也只有三个字："知道了。"接着就把话筒扔在了桌子上，走回会议桌前坐下，依然没有表情，依然沉默，一个人在那里想着。

两个留在这里伺候的科员又蹑手蹑脚地进来了，一人手里拎着个热水瓶，一人一边，挨个儿赔着小心去揭每个座位前的茶杯盖。

一个盖子揭开，茶是满的。

又一个盖子揭开，茶也是满的。

一个科员鼓起勇气，弯腰站在方孟敖身边，赔着笑道："方大队长，大暑热的天，长官们茶总得喝一口吧。您老下个命令吧。"

方孟敖慢慢地望向了他，知他是个小科员，语气便和缓："问你，你要说实话。"

那科员："大队长问，属下一定说实话。"

"你不是我的属下。"方孟敖手一挥，接着指向桌上那些东西，"这些东西平时都是供应谁的？"

那科员："都是供应各党部和政府机关局以上长官的。"

方孟敖："知道了。你们出去吧。"

"是。"两个科员都出去了。

方孟敖望向了队员们，一直没有表情的脸现在慢慢露出了大家期待的笑容，可露出来的笑容还是跟平时有些不同，总觉得有几分沉重。

大家便依然轻松不起来，都望着他，等他说话。

方孟敖："奇了怪了。是不是北平的水有问题，什么时候你们这么老实过？为什么一个人都不说话？"

明明是他不说话，心事沉重，现在反倒问大家为什么不说话。队员们知道，憋在心里的话可以说了，却都望向了陈长武。

二十个人里陈长武跟他最久，年龄也最大，这时当仁不让站了起来："队长，是不是遇到什么困难了？有困难就该跟我们说，事情总不能让你一个人担着，二十个弟兄也总不能让你一个人保着。"

方孟敖的心事哪能跟他们说？这时眯着眼望着陈长武，接着又扫了一遍其他队员："什么困难？特种刑事法庭都过来了，还有什么担不了的事。该记住的事不记，一个个揣摩我干什么？没心没肺的。我提个问题，大家回答。今天本该是什么日子？"

大家其实都知道，这时目光全望向了陈长武。

方孟敖便直接问陈长武："你自己说。"

"报告队长，今天是我原定的婚期！"陈长武先回了这一句，接着诚恳地说道，"队长，这不因为大家突然派到北平了嘛。我已经跟家里和她都说好了，哪天完成了北平查贪腐的任务，哪天回去结婚。"

"是我耽误了你。"方孟敖还是感叹了一句，接着站起来，"刚才你们都听到了。这些东西平时是专供北平局长以上那些人享受的。我们不吃，百姓也没份儿。长武的婚期延迟了，今天的酒还得喝。大家都把酒开了，为长武和新娘干一杯，带你们打一仗去！"

大家立刻兴奋了！纷纷站起来，无数双手伸向酒瓶，顷刻把洋酒瓶盖开了。

方孟敖率先举起酒瓶。

队员们都举起了酒瓶。

方孟敖望了一眼陈长武，又望向大家，这时要致祝酒词了，那句话脱口而出："花长好！月长圆！人长寿！"说完就喝。

大家都跟着喝，喝的时候都感觉队长今天这个祝酒词说得有点怪，不像他平时说话的风格，却没有谁知道队长说这句话的真正含义！

方孟敖放下了酒瓶，大家都放下了酒瓶，等着听队长要带他们去干一场什么仗。

方孟敖："刚才接到消息。今晚从天津运来的应该配给给东北学生和北平学生、教授的一千吨大米，国军第四兵团派车要运走八百吨，公然抢夺民食！现在我们就去车站，这些粮一粒也不能让第四兵团运去。听我的命令！"

唰的一声，二十个队员笔直地挺立。

方孟敖："长武，元刚。"

陈长武和邵元刚："在！"

方孟敖："你们两个人在这里留守。其他的，跟我出发！"说完就大步向门口走去。

陈长武和邵元刚怔在那里，其他队员立刻跟了出去。

邵元刚还没醒过神，陈长武已经明白了，追喊道："队长！"

方孟敖站住了。

大家都站住了。

陈长武："我知道队长的意思，无非是要跟第四兵团的人干一仗！队长，我不要这样的照顾！"

邵元刚这才也明白了，走了过来："有危险，大家都危险。我有娘要养，弟兄们谁家没有亲人？队长，你要让我留下，不如现在就让我退役回家！"

方孟敖望了望二人，感受到不只他们，其他队员的目光都十分坚定。

"岂因祸福避趋之。好！"他突然想起了这句豪气干云的话，大声道，"出发！"

与北平城工部老刘同志谈完话后，何孝钰赶到了燕南园家里，却不见了梁经纶。

茶几上只有梁经纶留下的一张字条：

孝钰：因急事我出去了，一二小时便回。到家后望等我一谈方家事。累了便在沙发上小憩。注意休息，注意身体！梁经纶

何孝钰怔怔地坐在那里，望向墙边的座钟。

座钟已指向十一点半。

一部共产党与国民党的地下工作斗争史长达数十年，其中有一类人极其特别，因此被中共党史称为特别党员。因其特别，背景极其复杂，原因极其复杂，在记述他们时便往往语焉不详。

方孟敖就是特别党员中的另类典型！

何孝钰也是特别党员中的另一典型！

现在，因中国共产党和中国国民党政权长期的斗争已届决战阶段，命运将这两个特别党员连在了一起。

何孝钰慢慢将梁经纶那张字条折好，小心地放进自己的书袋，夹在一本书里，走出门去，站在门边。

小院草丛中传来虫鸣，父亲喜栽的那些花这时都在黑暗中，只能淡淡闻见花香，西面天空那一丝新月只隐约能见。

她闭上了眼，耳边又传来那个神秘而又令人激动的声音：

花长好，月长圆，人长寿！

她用只有自己能听到的声音默默念祷："花何时长好，月何时长圆，人何时长寿……"

虔诚默祷带来的强烈意念，让她突然似乎听到了巨大的由无数人组成的方阵发出的脚步声从沉沉的黑夜中传来——是自己心目中理想的新中国的脚步声！她能感受到这脚步声越来越近，越来越响！

睁开了眼，看见的却依然是沉寂的小院，还有满天的星斗……

自己完全不应该有此孤独。而此刻袭上心头的明明是一种难以名状的孤独。而且这种孤独不只属于自己，她似乎还感觉到了另外两个人的孤独。

——梁经纶若明若暗、莫测高深的孤独！

——方孟敖茕茕孑立、独往独来的孤独！

北平火车站货运站台顶棚的摆钟已是十一点五十分！

尽管听不见，等候十二点到站那列火车的两个方阵的人都觉得已经听见了远处火车轧着铁轨驰来的隆隆声！

站台上这时已多了一队人，国军第四兵团不只来了军需处长，还派了特务营长带着一个特务连，钢盔钢枪来护驾运粮了，黑压压排在站台的那边。

站台的这一边，民食调配委员会的两个科长和一群科员早已万分紧张，这时都躲在那十一个军统便衣身后，殊不知那十一个军统便衣心里也很紧张。

都知道将会有一场争拼，这时又都互不理睬，单等运粮的火车一到，亮出真章——那群第四兵团派来的人全都目光空空，好像马汉山、民食调配委员会那些人根本就不存在。

真正硬气的只有马汉山一个人，这时还坐在铁轨上，右手提着那支二十响的驳壳枪，左手多了一把折扇，拼命地扇着。

最急的是那个调度主任，拿着一盏红灯已经跑到离站台五百米远处高高举在那里，唯恐进站的火车轧死了坐在铁轨上不肯上来的马局长。

"王一行！"马汉山突然吼道。

那王科长本躲在人后，被他叫了不得不走了过去："我在，局长。"

马汉山将那支驳壳枪指向他："国防部经济稽查大队呢？"

那王科长惊慌之中还不忘瞄了一眼摆钟："局、局长，还不到十二点呢……方大队长说、说了，他们准到……"

这一问一答，第四兵团那个军需处长和特务营长都听到了。

军需处长向特务营长使了个眼色，那个特务营长走过来了："什么国防部经济稽查大队？"

王科长哪里敢答他，望向马汉山。

马汉山瞟了那个营长一眼："识相的现在走还来得及。不走，你们就等着。"

"我们等着。"那个特务营长当即还以颜色，"戡乱救国时期，敢跟我们抢军粮，我倒要看看来的是谁。找死的东西！"

"混账王八蛋！你刚才骂谁？"马汉山倏地从马扎上站起来，"你们陈副司令都不敢骂我，一个中校特务营长，你狗日的敢骂我！"

"马局长，你喜欢骂人，我们可懒得骂人。"那个特务营长立刻反唇相讥。他们第四兵团是蒋介石的嫡系，坐镇北平，牵制傅作义的西北军，备受呵宠，平时闹了事南京屡次护短，哪会怕一个马汉山，"与共军决战在即，凡抢军粮者，我们的任务是抓人杀人！"

"好！有种现在就抓老子！"马汉山这两日已被五人小组逼得上了房，现在又被扬子公司玩得没了退路，今晚想好了干脆大闹一场，只要方孟敖大队能来，明天这个残局就让五人小组和扬子公司收拾去。心里有了这番打算，便露出军统面目，提着枪跳上了站台，冲到那个特务营长面前，竟还打开了手枪的保险，拿枪便准备去顶住他的头，把他镇住，将事闹大。

没想到对方是个特务营长，身手了得，一眨眼间马汉山手中的枪不知怎么就到了他的手中，黑洞洞的枪口反顶住了自己的下颌。

马汉山被他顶得头都昂起来了，知道手枪已经上膛，动一动便会走火，蒙在那里自己反而不敢动了。

"你们想干什么？！"军统那个执行组长出面了，右手抽出了枪，左手举着军统的身份证，大步走了过去，"我们是保密局的，一个也不许动！"

十个军统紧跟着都拔出了枪，都高举着军统的身份证，齐刷刷跟了过去。

第四兵团驻扎北平，河北的粮源被解放军断了，山西的粮源也被解放军断了，现在军粮主要靠的也是天津港口运来的美援。扬子公司平津办事处来电话说今晚从天津运来的粮食有八百吨就是拨给他们的。运不回军粮便得军法惩治，现在却被阻挡。

见那十一个军统走过来了，那个特务营长红了眼，大声下令："特务连长！"

"在！"带队的连长大声吼应。

特务营长："缴他们的械！"

"是！一排上！"那特务连长举枪一挥——这个连长不是别人，就是"七五"当晚配合方孟韦到燕大附属医院去抓学生的那个第四兵团特务连长。

三十多支美式冲锋枪立刻将那十一个军统团团围住："缴枪！"

十一把短枪被三十多支黑洞洞的冲锋枪口对着，优劣立判。那十个军统都望向为首的，没了主意。

军统那个执行组长犹自恫吓："都告诉你们了，我们是国防部保密局的！还敢动手？知道后果吗？枪毙！"

那个特务营长比他牛皮还大："抢夺国军军需，破坏前方军事！什么国防部保密局？通通抓了！"

特务营训练有素，三十多支枪没有蜂拥而上，二十多支枪依然圆圈形围着他们，十多支冲了过去，全是用枪口直戳那些军统的手臂，十一支枪全掉在地上。

"走！"同声齐吼，十多支枪口顶着那十一个军统向墙边走去。

立刻又有几个士兵过来，把地上的枪全部收了。

特务营长这才放下了顶着马汉山的枪："把马局长还有他的手下，全请到墙边去！"

十几支枪跑过去了，指着王科长、李科长一众民食调配委员会的科员："那边去！"

那个连长亲自来"请"马汉山了。

马汉山哪会就这样被他请去，下颌上没有了枪，缓过了气，纵身跳起一把揪住了那个特务营长的衣领："你个狗日的！目无党国，目无政府！敢抓老子？有种向老子开枪！"回头又向李科长、王科长他们吼道，"不要走，都站在原地！看狗日的谁敢动我们一下！"

那个特务营长被马汉山揪住衣领，到底知道他的身份，并未对他动武："马局长，你最好把手松了。"

"松手？"马汉山大声吼道，"把你们司令李文叫来，他来了老子才松手……"

"我们就是李司令派来的。"那个特务营长还是没动，"马局长，你松不松手？"

马汉山："你狗日的给我一枪，老子的手不就松了嘛！"

那特务营长用不着动手，开始发力了，也只是腰上一使劲，上身一摆，立刻将马汉山的手甩掉了。马汉山被甩得一个趔趄。

这时一声汽笛长鸣，一道强光直射，那列载着一千吨粮食的火车在几百米外喷着气进站了！

马汉山站稳了身子，发现火车来了，更得拼命了，可几支枪已经挡住了他。

"不要闹了！"一直没有吭声的那个军需处长走到了马汉山和特务营长身边，"马局长，我们是奉军令行事。您是有身份的，何苦闹得弟兄们伤了您，我们也不好交代。"

运粮的火车已经隆隆驶近了。

军需处长大声喊道："我们的车，还有民食调配委员会的车都开进来！准备运粮！"

建丰同志之赏识曾可达有很多方面。其中之一，就是曾可达能耐劳苦。每晚处理公务都要到三点左右，清晨照起不误，精力依然充沛。

晚上十二点过了，曾可达正是一天中处理公文的紧张时刻。这时他站在顾宅住处的办公桌前，望着一张国军第四兵团和第九兵团不久前送来的最近军事态势图，脸色十分凝重。

态势图正中的核心区标着"北平"两个大字，在北平的西南方向标着"定兴""房山""良乡""长辛店"，每一个地名前都有一个硕大的红色箭头！

曾可达顺手又拿起了国防部不久前发来的密电。

夜太静了，精神高度集中的人便容易自我产生幻听。

开始是密电发报的声音，接着是一个人解读密电文的声音，在曾可达耳边响起："据华北剿总、国军第四兵团密报，共军华野二十余万兵力已从石家庄、保定各据点向北平之定兴、房山、良乡、长辛店推进。三至五日，以上四处将与共军发生激烈之战斗。北平之共党必将暗中配合共军此次之军事行动，挑动学生市民发起反对政府之风潮。曾督察可达务必切切注意，引导五人调查小组平息'七五''七九'学生风潮。勿使北平动乱而干扰华北剿总之前方军事……"

曾可达闭了一下眼，睁开又望向那张军事态势图，望向那几个硕大的红色箭头——突然，一阵猛烈的炮声仿佛从那几个红色箭头迎面轰来！

曾可达一震，本能地往后退了一步。定下神，才发现是桌上的电话铃响了。

他知道，这时打电话的人，一定是了解自己作息时间而且有资格用这条专线的人。又定了定神，他才走过去，拿起了电话："我是曾可达，请说。"

夜很静，对方的声音很清晰："报告可达同志，今晚可能会闹出大事！"

是从南京跟踪崔中石到北平的青年特工打来的。

曾可达依然很平静："不要急，慢慢说。"

对方的声音："是。方孟敖大队突然去了北平火车站。听说是国军第四兵团也去了火车站，要将天津运来的粮食运到第四兵团去。"

曾可达怔了一下，接着问道："马汉山和他的民食调配委员会去车站没有？"

对方的声音："他们早就在车站。后来知道第四兵团也要拉那车粮食，就通知了方大队长，方大队长刚才率领稽查大队赶过去了。"

"知道了。你们在那里继续观察，随时汇报。"曾可达也没想到会出现这样的突发情况，挂了电话，急剧想着，又提起了话筒，看了一眼墙上的钟，已过十二点，只犹豫了一下，还是拨了电话。

由于是专线，电话立刻通了："请问是南京二号专线吗？是，我是曾可达。今天是你值班啊……对，有重要情况要报告建丰同志……我也不忍心这个时候打电话，情况很复杂……谢谢了。"

因知道建丰同志立刻就要亲自通话了，曾可达站了起来，而且站得很直。

"可达同志吗？"亲切的、带着浓重奉化口音的声音从电话那边传来了。

"报告建丰同志，我是曾可达。"曾可达肃然之情立刻显现，"这么晚了还打搅您，您还在工作吧？"

话筒里建丰的声音："没有关系，国防部今晚发给你的北平最新军事密报收到了吗？"

曾可达："收到了，建丰同志，共军恶化，确实到了十分猖獗的地步。"

话筒里建丰的声音："军事部署不归我们管，如何遏制共军的恶化，只能寄希望于总统的英明部署了。我们当前是要配合总统的军事部署，稳定后方的经济和人心，尤其是五大城市的经济。说说北平的情况吧。"

"是。"曾可达答道，开始择要汇报，"白天北平民食调配委员会向五人小组报告，今晚扬子公司平津办事处将运来一千吨粮食，说得很清楚，都是给北平配给的民食。刚才接到报告，国军驻北平第四兵团插手了，声言这一千吨粮食有八百吨是调配给他们的军粮。这说明扬子公司不但掌控了民食调配这一块的资源分配，还染指了资源供应委员会军粮的资源分配。这只老虎胃口越来越大了。"

话筒那边出现了沉默。

曾可达也只有等。

沉默其实也就几秒钟，话筒里建丰的声言又传来了："今天北平学生集聚华北剿总抗议的事件影响非常不好。全国好些报刊都做了负面报道，明天影响还会继续扩大。今晚这一千吨粮食就是为了平息事端给北平的民食配给，第四兵团为什么会在这个时候来添乱子，你们调查过没有？"

曾可达答道："事情是突然发生的，我们还来不及调查，建丰同志。我个人的想法，一定是扬子公司那边拿了央行的借款又没有将应该配给的民食供应给北平，现在我们查急了，他们便利用国军，以供应军粮为借口，来掩盖民食调配那边的贪腐，用心十分可恶。"

电话那边建丰紧接着问道："他们制造这样的局面，你准备怎么处理？"

曾可达："第一，今晚的粮食既然已经明确是用作民食配给，就不能让第四兵团运走。而大战在即，如此一来就可能影响第四兵团之军心，这方面只能请建丰同志亲自向第四兵团说明事由。第二，以今晚的事为契机，立刻展开调查，扬子公司拿了央行的借款经营民食调配，到底把这些钱用到哪里去了？第三，对第四兵团前来运粮的手续进行审查，用来保证国军军需的物资供应委员会，扬子公司怎么也能从中插手？建丰同志，金融市场已经全面失控，经济管制如果还操纵在他们手里，总统前方的军事部署，和我们下面将要推行的币制改革都将受到严重影响。您要下决心，而且要让总统下决心，不能再任由孔宋集团控制党国的经济命脉了……"

"说事情就说事情。"话筒那边突然传来建丰同志严厉的声音，打断了曾可达越来越激动的声调。

曾可达一愣，怔在那里。

短暂的沉默，建丰同志的声音又传来了："中华民国只有一个国家，一个政府，一个领袖。什么这个集团那个集团的？还指名道姓！"

曾可达委屈，但更能理解建丰同志的难处，立刻明白了"孔宋集团"这个说法何其敏感，当即回道："是！建丰同志，我接受您的批评，今后一定注意，戒慎恐惧。"

"戒慎是必要的，用不着恐惧。"话筒那边建丰的声音又平和了，继而坚定鼓励地说道，"反共反腐的信念绝不能动摇。你刚才的三条建议我都同意。今晚准备安排谁去阻止第四兵团运粮？"

曾可达："这正是我要向建丰同志具体汇报的。方孟敖的经济稽查大队闻讯已经去北平火车站了。"

话筒那边建丰的声音："不是你安排去的？"

曾可达："不是。听说是北平民食调配委员会直接给方孟敖打的电话，他们就自己去了，并没有向我请示报告。"

——这就是间接地告状了。意思是告诉建丰，方孟敖大队并不十分听自己指挥。曾可达这时十分专注地等听建丰同志下面的态度。

沉默了少顷，建丰的声音："方孟敖大队只有二十个人，他们的安全问题你考虑了吗？"

曾可达的神情立时失落了，建丰同志不问方孟敖的特立独行，反而只关心方孟敖的安全！

曾可达有意不立刻回话，以沉默表示自己的情绪。

自古追随人主，依附人主，许多人才都能做到竭忠尽智甚至肝脑涂地。只有一道心坎总难逾越，那就是人主把其他的人才看得比自己还重，比自己要高。这道心坎不迈过去，便往往嫉人愤事。建丰同志重用方孟敖，曾可达一直心存疑虑，保有自己的看法。却又担心建丰同志怀疑自己嫉妒人才，既不敢进一步坦言心迹，又不能放手控制方孟敖。今晚发生这样的偶然事件，建丰同志依然如此听任方孟敖的率性而为。念想及此，他有了主意，那就让方孟敖闹去。借此观察他的表现以及和崔中石的关系！

"有什么顾虑吗？"建丰同志在电话那边打破了沉默。

曾可达当然知道自己这样的沉默是以失礼作为代价的，立刻用带有惶恐的声调弥补："我失礼了，建丰同志。我是在考虑您刚才提的问题，我没有任何顾虑，只是想，方孟敖大队今后还要面对央行，面对他父亲，面对更大的贪腐势力。许多更艰巨的任务都要靠他们去执行。今晚正是让他们锻炼处理这类事件的一次演练机会。任何势力、任何事情都敢于面对，才能够执行好总统和建丰同志力挽狂澜的艰巨任务。当然，我会把握好五人小组对国军第四兵团的态度。至于方孟敖和他的大队在北平的安全，我向建丰同志保证。"

"你能认识到这几点，很好。"话筒那边建丰的语气表现出了欣慰，接下来说道，"任何时候都要记住，内外还是有别的，内外必须有别。"

这几句话又使得曾可达精神一振，一边咂摸，一边兴奋地等着建丰同志进一步说明这个"内"指的是自己，而"外"指的是方孟敖。

可接下来建丰同志的话又让他失望了："今晚民食调配委员会和第四兵团发生冲突的事只能内部处理，军心不能动摇，民心也不能动摇。消息不能透露，严防共党利用，造成恶劣影响。"

"我明白，建丰同志。"曾可达轻声答道。

对方的电话挂了，曾可达手里还拿着话筒在那里想着。

"来人！"曾可达向门外叫道。

进来的是青年军那个军官。

曾可达低声而严峻地说："我今晚就要见梁经纶同志，你们想办法安排。"

加长的运粮火车一共有十五节车厢，停靠在站台边竟然看不到尾部。

第四兵团运粮的十轮大卡车都开到了站台上，连北平民食调配委员会运粮的十轮大卡车也被他们临时"征调"了，一辆接着一辆也看不到尾部。

火车的每节车厢门都被打开了，第四兵团特务营那一连士兵戒备着，带来的工兵加紧将车厢的粮袋往一辆辆十轮大卡车上装。

马汉山和他的科长、科员连同那十一个军统这时都被允许背靠着墙坐在地上，但仍然有一个班的枪指着他们。

马汉山实在是闹累了，坐了一阵子恢复了些元气，这时候地又站起来。

"请坐下！"两支枪立刻指向他。

马汉山这时竟然露出怪异的笑，向前一步，将胸口向枪口迎去："老子数三下，你们不开枪你们那个李司令就是狗娘养的。"

两个士兵愣住了，转头向站在那边的特务营长望去。

特务营长暗暗摇了摇头，以示不能开枪。接着，他和身旁的军需处长又对视了一下目光。两人同时偷偷地望向站台那边。

特务营长和军需处长目光所及处，也正是他们心中的忐忑处！

站台那边原来早已笔直地站着两排威武的空军，国防部驻北平经济稽查大队！

特务营长的目光还是很职业的，他在暗中专注地观察着那个带队的。

——那人当然就是方孟敖，浑身散发着随时一战的霸气，比他们还目中无人，心不在焉地站在那里抽着雪茄，甚至连这边望也不望一眼，好像这么多车、这么多人都不存在。

职业经验提醒这个特务营长，此人厉害！

就在这时传来了马汉山歇斯底里的叫声。

马汉山望着用枪指着他的两个士兵："一、二、三！开枪！"

除了方孟敖大队，其他人的目光都望向了那两支枪！

两支枪哪里敢开？

马汉山："不开枪？不开枪就给老子滚开！我操你第四兵团的娘！"挺着胸从两支枪口间突破，向方孟敖这边走了过来。

方孟敖这时才慢慢转过身，望向走过来的马汉山。

"方大队长，你都看见了。你们到底管不管？"马汉山五分急迫装成十分急迫的样子问方孟敖。

方孟敖对他一笑："管什么？"

马汉山："这些粮！都是明天急着要配给给东北学生和北平各大学师生的！今晚要是被他们拉走了，明天学生又会去包围华北剿总！到时候傅总司令向南京告状，你们五人小组不要又找我们北平民食调配委员会的麻烦！"

马汉山这几句话喊得很响，那个第四兵团的军需处长和特务营长当然都听到了。二人目光又是一碰，交流了一下，决定还是不理睬。

那个军需处长反而大声地向部队嚷道："加快速度！一小时内将粮食卸完，立刻运走！"

"你听到没有，方大队长？"马汉山望着方孟敖，一手指向那边的军需处长和特务营长，"再不动手，狗日的第四兵团就要将这些粮食都运走了。"

方孟敖还是不接言，他按着自己想好的思路，还在观察。

马汉山也知道方孟敖不一定听他的，但一口一句操娘开骂，只要能激怒第四兵团那个军需处长和特务营长，方孟敖就不一定还按兵不动。

那个军需处长是个文职，并且干的就是挨骂的差使，平时练的就是受气一功。马汉山的叫骂对他根本就不起作用。

那个特务营长可是个跋扈已久的人，刚才还忍着，现在见马汉山当着这么多人大声指骂，便不再忍了，当即也大声骂道："狗娘养的！老子倒要看看谁敢动手！"

殊不知他这一句话骂得犯了大忌。

方孟敖平生怀念和崇敬的就是自己的母亲，听到那句"狗娘养的"，刚才还十分悠闲的神态立刻变了，眼中闪出了光，唰地望向那个特务营长。

马汉山何等机敏，立刻煽动道："方大队长，你听到没有……"

"过去。"方孟敖打断了他，"问他，什么番号，什么职务，骂谁的娘？"

"老子现在就去问他！"马汉山知道这把火要煽起来了，快步向那个特务营长走去。

方孟敖原来已经想好，等火车上的粮食全部装完，再突然发难，将车扣住。现在被那个特务营长一句话刺疼了最敏感处，血性立刻取代了冷静，两眼闪光直望着走过去的马汉山和那个特务营长。

二十个队员如何不了解自己的队长，这时二十双眼也都刺向了那边，单等一声令下，立刻行动。

方孟敖看着马汉山走到那个特务营长身边了。

这时只见马汉山在那儿手之舞之，声音却压得很低，以致方孟敖听不太清他对特务营长说了什么。

那个特务营长面露不屑，同样低声回敬了马汉山一句什么。

"方大队长！"马汉山掉过头来，这一句喊得好响。

他接着喊道："他说了，他是第四兵团的特务营长！戡乱救国时期，抓人杀人都不在话下。骂我们狗娘养的还算客气！"

方孟敖的脸立刻像一块铁："向左转！"

两排，二十个队员立刻左转。

"走！"方孟敖已经在前面向特务营长他们这个方向大踏步走来。

两排队员踏着整齐的步伐紧跟着他走来。

那个特务营长本能地将手放到了腰间的枪套上。

负责警戒的一个排立刻在他身边散开，黑洞洞的冲锋枪口全对着正步走来的方孟敖大队。

那个军需处长是个晓事的，赶忙在特务营长耳边说道："国防部预备干部局的来头，千万不要动武。"

"晚了！"马汉山也听到了这句话，唯恐不乱，立刻对着这两人嚷道。

方孟敖已经走到了那个特务营长和军需处长面前，先喊了一声口令："立定！"

二十个队员在他身后保持队形站住了。

方孟敖望了一眼军需处长肩上的两杠三星，又望了一眼特务营长肩上的两杠二星，说道："官大的先说，什么番号，什么职务，什么姓名？"

那个军需处长勉强笑了一下："尊驾是国防部派驻北平的方大队长吧？"

方孟敖脸上毫无表情："请报上番号、职务、姓名！"

那军需处长只好回答了："国军第四兵团上校军需处处长钱佑生。"

方孟敖报以一笑，而且伸出了手："钱处长，幸会。"

那军需处长连忙也伸出了手，二人握了握手。

马汉山在一旁看着，心里又没底了。

方孟敖望向了那个特务营长。

那特务营长见方孟敖对钱处长甚是礼貌，主动向方孟敖敬了个礼，报道："国军第四兵团中校特务营营长胡安强！方大队长幸会。"放下手便伸了过来。

方孟敖这次手连动也没动，两眼盯着特务营长的眼："7月5日在北平参议会带兵枪杀学生是不是你？"

那个特务营长的脸色立刻变了，缩回了手，开始强硬起来："我是国军第四兵团现职特务营长，一切行动都只听我们兵团的命令，也只向兵团长官报告。"

方孟敖："那你告诉我，7月5日带兵枪杀学生是谁给你下达的命令？"

那特务营长："我已经说了，我的一切行动都只向兵团长官报告。"

方孟敖："那好。我就带你去见你们的兵团长官，当面听听你的报告。"

那个特务营长早有警觉，立刻本能地去拔枪，可手刚抽出枪来便觉得使不上劲了——方孟敖动作之快匪夷所思，一只冰冷的手铐已经牢牢地扣住他拔枪的手腕。接着咔嚓一声，那特务营长手腕一阵剧痛，方孟敖转瞬间将手铐全部扣了下去，手铐上的钢牙使特务营长那只被铐的手立刻失去了知觉，枪从手中落下！

又只见一只空军皮靴一伸，钩住了落下的枪，往上一踢，那把枪被一只手接住了，紧接着顶在特务营长的头上——这一连串动作其实也就在一两秒钟内完成，方孟敖右手反过了特务营长被铐的手，左手用枪顶着他的头——特务营长完全被控制了！

太快！

太突然！

所有的人都还在反应中。

"邵元刚！"方孟敖紧接着一声低吼。

"在！"邵元刚大声答道。

方孟敖："下了那个连长的枪！"

"是！"邵元刚是所有队员中块头最大的，而且也是功夫最好的，这时一个箭步上去，使出他平时和队长琢磨出来的刚才那套抓人的动作，也是先铐住了那个连长的右手腕，紧接着拔下了他的枪，顶住他的脑袋。

"过去！"邵元刚顶着那个特务连长，反提着手铐，将他推到方孟敖身边。

方孟敖将手里铐着特务营长的手铐交给邵元刚。

邵元刚将特务营长和那个特务连长的手铐在了一起，一个人看住了两个人。

一个营长、一个连长都被抓了，第四兵团特务营那个连全蒙在那里。

"下了他们的枪！"方孟敖及时地向全队发出命令。

整个大队刚才居然一直保持着整齐的队形，现在听到命令才突然发动——就这种静若处子、动若脱兔、令出如山的阵势也立刻将第四兵团那个特务连的人镇住了！

"放下枪！"

"放下枪！"

一支支枪都老老实实地放在了地上。

"混账王八蛋！这下知道厉害了吧？"最兴奋的莫过于马汉山，对着那个特务营长和连长啐了一大口痰，"不是说要抓人杀人吗？国防部的长官见识了吧？"出了这口气他又向方孟敖献策，"这几个家伙一定要带到五人小组去。方大队长，有你们在，我一定把这些粮食明天就发下去。都过来，运粮！"

首先活过来的是那十一个军统，立刻就去特务营那些士兵扔下的枪里想捡回自己被缴的手枪。

"都不要动！"方孟敖喝住了他们。

"不许动！都退回去！"陈长武和郭晋阳挡住了那些军统。

李科长、王科长和那些科员本就还没有动，这时当然都不动了。

马汉山："方大队长，这些都是自己人，民食调配委员会的。"

方孟敖望了他一眼，接着望向那个蒙在一旁的军需处长："你们两个，都过来。"

军需处长忐忑地走过来了，马汉山也多少有些不解地靠过来，满眼的疑问望着方孟敖。

方孟敖："这一车粮食是从哪里发过来的？你们双方都凭什么来运这车粮食？把手续拿给我看。"

"方大队长，这还用看吗？"马汉山立刻委屈地嚷了出来，"白天我向五人小组做的保证，这车粮就是我们北平民食调配委员会从天津购买的。提单就在这里！"说着掏出那张提单递给方孟敖。

方孟敖看了一眼。

——提单上确实写得明明白白：北平民食调配委员会凭单运调扬子公司平津办事处从天津运往北平的美国大米一千吨。

方孟敖转望向那个军需处长："你的呢？"

那军需处长早将提单拿在手中，当即递了过来。

方孟敖也看了一眼。

——提单上也写得明明白白：国军第四兵团凭单运调扬子公司平津办事处从天津运往北平的美国大米八百吨。

马汉山在一旁也看清了，立刻骂道："黑了心的混账王八蛋，一家货卖两家主！方大队长，押粮的人就在尾车上，得立刻去抓！"

方孟敖望向了郭晋阳："带两个人把押粮的人抓来。"

"是！"郭晋阳立刻和另外一个队员拿着枪向尾车走去。

曾可达已经没有心思处理文档了，笔直地坐在椅子上静默养神。

这也是建丰同志率先垂范每日必做的功课——静坐一个小时，反省这一天的所思所想、所作所为——曾文正公当年在兵营鏖战时每日都坚持静坐四刻，定力由此而生，神明由此而清。

"报告。"门外那个青年军军官低声的报告声传了进来。

曾可达睁开了眼："请进来。"

"是。"那个青年军军官进来了，在他耳边低声报告道，"梁经纶同志刚才一直在跟共党学委的人开会，好不容易才联系上。见面的地方安排在燕大郊外。这么晚了，可达同志还得换衣服，有一段路还得骑自行车。是不是太辛苦？"

曾可达："我马上换衣服。"

北平火车站货运站台。

"马局长、钱处长，怎么回事？有什么问题吗？"被郭晋阳押来的这个二十多岁的人，一过来不等别人问他，反倒望着马汉山和那个军需处长发问。

马汉山和那个军需处长显然跟他很熟，这时都不接言，也不看他，只望向方孟敖。

方孟敖一眼望去便心生憎恶。

此人上穿一件夏威夷短袖衬衫，下着一条华达呢轻绸西裤，棕色的尖皮鞋，满脸的不满意，身边还带着一个化着浓妆的女子。

那人大约也知道身边这个空军军官是个把舵的人，但依然不放在眼里，只望着马汉山和那个军需处长："有什么问题你们两家协商解决嘛。我今晚还得赶回天津。"

"这里脏死了！"他身边那女子接言就是牢骚，"我先回客车车厢去了啊。"说着就要走。

郭晋阳立刻挡住了她的去路："谁叫你走的？回去！"

"什么人啊？敢对我们这么凶？"那女子兀自不省，对那个青年男人，"打电话，我们立刻给孔总打电话！"

那个青年男人也十分生气："谁是北平车站负责的？电话在哪里？"

"省了吧，孔副主任！"马汉山一脸不以为然，对着那个青年男人，"白天电话里你们孔总答应得好好的，今晚一千吨大米准定给我们运到。怎么又弄出个第四兵团的军粮？你们耍人也不要这样耍嘛！"

"怎么耍人啦？谁耍人啦？"那个孔副主任腔调比马汉山还高，"市场这么萎缩，交通又这么困难，国军要粮，你们民调会也要粮，我们一时从哪儿弄那么多粮去！马局长，我们的生意可是直接跟南京方面谈好的，还轮不到你来指责我们孔总。"

"那你说这一车粮食到底是给我们的，还是给第四兵团的？"马汉山就是要当着方孟敖的面让他把话说穿。

"是嘛。"那个军需处长也接言了，"你们给我们兵团打电话通知，今晚有八百吨军粮让我们来运，现在我们的人反让国防部抓了。这是怎么说？"

那个孔副主任这才望向方孟敖，心中预感此人不好对付，但依然不肯放下架子："你就是国防部的？请问国防部哪个部门的？"

"回答他们两个人刚才的问话。"方孟敖盯着他，眼睛眯了起来。

那个孔副主任怔了一下，立刻又硬了起来："我不会回答他们。不管你们是哪个部门的，都没有权力让我在这里回话。有什么事情你们弄不清楚，可以去请示你们的上司，向南京方面问去。"说到这里他居然又转望向马汉山和那个军需处长，"这车粮你们下不下？不下，剩下的我拉回天津了。真是！我们走。"

"抓了！"方孟敖低声下令。

郭晋阳手里的铐子早就准备在那里，一只立刻铐住了这个孔副主任，另一只铐住了他身边那个女人！

"干什么？你们干什么……"那孔副主任一阵剧痛说不出话了。

郭晋阳手中使劲，手铐的钢牙紧卡下去！

方孟敖："这两个人，还有第四兵团那两个人都带回去！这一车粮食今晚运回军营。人和粮明天都交给五人小组发落！"

|十二|

凌晨两点。

尖厉的电话铃声在五人小组组长、中央财政部总稽核杜万乘的床头响起。

杜万乘猛地惊醒，伸手便去床头摸眼镜，偏让他摸着了话筒，刚放到耳边便被电话里的声音闹蒙了！

——电话里竟有两个声音在交替地吼叫：

"我是华北剿总司令部……"

"我是国军第四兵团……"

"是财政部杜总稽核吗……"

"是五人小组杜组长吗……"

"我们傅总司令托我向你传话，你们财政部管不好钱，还要到北平来把前方的战事搅乱！华北的军事他指挥不了了，请你们王云五部长来指挥吧……"

"我们第四兵团向你严重抗议，今天晚上的事是谁安排的？为什么派人把我们的军粮抢了？到底是谁给你们的权力？你们这个五人小组到底要干什么……"

杜万乘彻底被弄蒙了，另一只手终于摸到了眼镜，戴上了眼镜去看那个话筒，话筒清晰了，似乎对那两个同时传来的声音也有些摸着头脑了，于是对着话筒大声问道："你们到底是华北剿总还是第四兵团？你们电话局到底怎么搞的？你们到底在说些什么……总得让我问清楚……我立刻开会，我们五人小组立刻开会调查……"

再也受不了对方两个声音的交替吼叫，杜万乘赶忙将话筒搁下，坐在床上一阵发愣。

愣了几秒钟，他终于有些清醒了，颤抖着手拨电话："内线吗？马上给我接马临深主任房间！"

内线很快传过话来："对不起，马主任房间占线。"

马临深也是在几分钟前被尖厉的电话声突然惊醒的。惊醒时那一声长鼾正打了一半，一口气便有些喘不过来。惊魂甫定拿起了话筒，便被电话里两个同时吼叫的声音把脑袋轰大了。

此刻，电话里那两个声音还在同时吼着：

"你们民食调配委员会到底要干什么？共军都要打到北平城郊了，你们这个时候派人抢夺第四兵团的军粮……

"你们民食调配委员会是贪疯了吗？我们第四兵团即将与共军血战，你们拿了央行的钱不买粮，来抢我们的军粮……"

杜万乘捧着电话，脸上已经开始流汗："内线，内线，接王贲泉主任秘书房间！"

话筒里内线接线员的声音让他的眼镜都模糊了："对不起，王主任秘书房间的电话也占线……"

杜万乘气得将电话搁回话机，却将床头的茶杯撞翻了。

中央银行主任秘书王贲泉靠在床头捧着电话眼睛也睁得好大。

——电话里两个声音这时也在同时吼叫：

"你们中央银行的钱到底借没借给民食调配委员会？！白天弄得学生包围我们华北剿总抗议闹事，晚上又派人抢夺第四兵团的军粮……

"你们中央银行的钱到底拨到物资供应委员会没有？！我们第四兵团的军需是总统特批的专项开支，民调会怎么会争抢我们的军粮……"

杜万乘没有管床头柜上一片狼藉的茶叶茶水，也没有让话筒对方的内线接线员说话，自己对着话筒大声说道："给我接曾督察房间！立刻接通！占线不占线都给我接通！"

话筒里内线接线员的声音让他感到了希望："杜总稽核，杜总稽核，曾督察房间的电话通了……"

杜万乘连声叫道："曾督察吗？是曾督察吗……"

电话里传来的却是电话接通后的长音——无人接听电话！

杜万乘急得要死，使劲按了一下话机："是内线吗……曾督察房间为什么无人接听电话！"

内线接线员："对不起，那就是无人接听电话……"

杜万乘气得将电话扔到了一边。

北平西北郊通往燕大公路旁的树林里。

月如钩。

好在不远处燕京大学有些灯光散照过来。

公路上，六辆自行车都架停在路边，曾可达的副官和四个青年军便衣影影绰绰在那里戒备。

公路边那片所谓的树林，只是些刚长到一人多高的稀疏树苗。曾可达在前，梁经纶在后，二人向树林深处走去。

"何孝钰今天什么时候见的方孟敖？他们在一起都谈了些什么？我现在就需要知

道详细情况。"曾可达在前面走着就急切地提出了两个问题一个要求。

梁经纶一怔，停下了脚步。

曾可达也停下了脚步，转过身来。

因有燕大那边微弱散照过来的灯光，站得又近，双方依稀能辨认出对方的面孔。

梁经纶见他十分严峻，却无法回答他的提问，只好反问道："方孟敖有什么反常举动吗？可达同志。"

曾可达的严峻立刻变成了反感，他不能容忍对方在没有回答自己的问题前，提出反问："很反常，也很正常。梁经纶同志，请你先回答我的问题。"

梁经纶感觉到了，沉默了少顷，然后答道："我还没有见到何孝钰。她去见方孟敖的情况我现在也还不知道。见完你以后，回去见到她才能了解。"

"及时了解和把握方孟敖的动向是你当前的首要任务！"曾可达今天十分严厉，"现在都深夜两点半了！白天不是你安排那个谢木兰带着何孝钰去见方孟敖的吗？为什么这个时候还没有见到何孝钰，不在第一时间掌握方孟敖的情况？"

梁经纶心里一凉，平静地解释道："晚上我一直在何其沧家里等她。十一点突然接到北平共产党学委严春明的电话，说是有重要指示，叫我去见面。因此没能等到何孝钰回家及时了解情况。再说，我也不知道可达同志会在这个时候急着要了解何孝钰见方孟敖的情况。"

曾可达激烈的情绪这才缓和了一些，手轻轻一挥："那就先说说共党委的重要指示吧。"

北平顾维钧宅邸五人小组会议室已然灯火通明。

杜万乘显然是急得不知所措了，一向温文的他嗓门也提高了八度，向门外负责警卫的青年军军官大声嚷道："继续找，立刻找！马上给我找到曾督察，就说五人小组紧急会议在等他开会！"

面对大门那排椅子上，五人小组成员只来了四个。

马临深、王贲泉还是坐在原来的位子上，脸像死人一样，一声不吭。

徐铁英接到电话从北平警察局赶到了，还是坐在杜万乘的右边，却像个局外人，也是一声不吭。

偏偏杜万乘左边曾可达的位子空着，能顶事的却找不见，叫杜万乘如何不急！

两个冲突的当事人也已经来了，就坐在五人小组对面的椅子上：左边是马汉山，右边是第四兵团那个钱处长。

马汉山那张北平民食调配委员会提粮的单子摆在杜万乘面前的桌子上。

钱处长那张国军第四兵团提粮的单子也摆在杜万乘面前的桌子上。

白纸黑字红印：文字清楚，数字清楚，印章清楚！

嚷完了，杜万乘用手扶着眼镜架上的腿，实在不想看，可又不得不看那两张提粮单据："可恶！这到底是怎么回事？你们中央民调会和中央银行总应该清楚吧？买粮提粮的单据就在这里，你们自己看吧！"

马临深十分不配合，微闭着眼坐在那里一动不动，像是没有听见杜万乘的话。

王贾泉的态度好些，但也没好到哪儿去，也坐在那里没动，只是冷冷地说道："买粮的单据是北平民调会的，提粮的单据是第四兵团的，粮食是国防部经济稽查大队扣下的。这三条似乎都不关我们中央银行什么事吧？杜总稽核刚才说这件事我们中央银行清楚，这两张单据我想看也不能看了，免得人家真以为我们央行清楚内情。真要看，就等曾督察来了一起看。"

杜万乘被他们气得一口气憋在那里，整张脸立刻涨红了，只好望向了徐铁英。

徐铁英倒是十分买账，笑了一下，两手各拿起一张单子比对着看，看完又摆回到杜万乘面前。

杜万乘十分愤懑地扫望了一眼马临深和王贾泉："徐局长，你都看了。物资供应委员会的军粮和民食调配委员会的配给粮居然从一家公司购买！而且拿了中央银行的拨款和借款公然不供应粮食！真正岂有此理！要查，要彻查！徐局长，你的意见呢？"

徐铁英立刻十分配合："当然要查，这样的事还不查真正没有党纪国法了！杜总稽核，钱和账你们财政部尽管查。我们中统和军警负责抓人。你查完了，说抓谁，我就抓谁。"说完这几句话，他的目光并不看马临深和王贾泉，而是瞟向了马汉山。

一番杀气腾腾的表白，又递过来一个敲山震虎的眼神，马汉山当然明白徐铁英的意思，这是在暗示自己，出了这件事还不把侯俊堂那20%股份让出来，他就要公事公办了！

马汉山还不敢流露不满，赶紧向徐铁英回了一个"何必着急"的眼神。

徐铁英却早就将头埋下了，拉过那两张单子又十分认真地看了起来。

杜万乘偏将马汉山的神态望在眼里，当即盯住了马汉山："马局长，央行北平分行借给你们北平民调会的钱是买一万吨粮。你们已经购进了多少，配给了多少？除了这一千吨，那九千吨是在哪里买的？"

马汉山今晚闹事也只是想让扬子公司和他背后那些大佬明白，再不拿出粮来自己可不愿意再一个人扛了。现在面对杜万乘的提问，却是万万不能正面回答的，可又不能不回答，因此答道："北平民调会也不是我一个人管事，杜总稽核的问题，我们需要回去看账单，还要查了库存的粮食才知道。"

"共军就要打到房山、良乡一带了！"那个第四兵团的钱处长拍着桌子接言了，"我们第四兵团的弟兄们也要等到你们查了账、查了库存再去打仗吗？！"

"你们第四兵团打不打仗关我什么事！"马汉山也拍了桌子，"今晚可是你们来抢我们民食调配委员会的配给粮！有本事找国防部经济稽查大队要去！"

"我去要？笑话！"那个钱处长站了起来，"国防部经济稽查大队就是你挑唆来的，破坏前方军事，自有傅总司令和我们第四兵团的长官找南京说去。马汉山，你脱不了干系！"说着又拍了一下桌子。

马汉山立刻还拍了一下桌子，也倏地站了起来："今晚的一千吨粮明天发不到学生手里，弄得学生再去包围华北剿总抗议，你们傅总司令和第四兵团就不要再来找我们！那时候，钱佑生，干系全是你的！"

当着中央派的五人调查小组就拍桌子吵架，这又把杜万乘气坏了，他也拍了桌子："岂有此理，岂有此理！徐局长，你兼着警备司令部的职务，本人以五人调查小组组长的名义授权，你可以抓人了！"

马汉山和那个钱处长停止了争吵，却并不害怕，都望向徐铁英。

一直没有吭声的马临深这时插言了："杜总稽核也犯不着说气话。有矛盾就解决矛盾，刚才你把责任往我们中央民调会和中央银行推，现在又叫徐局长抓北平民调会和第四兵团的人，人可不是那么好抓的。"

杜万乘真是气得没有办法了，下意识地往左边一看，曾可达那把椅子还是空的，只好转过头又望向徐铁英。

"那也不见得。"徐铁英这句话明显是顶着马临深来的，他站了起来，"方大队长不就抓了几个人吗？该抓的还是得抓，只要不抓错就行。我看就凭这两张向扬子公司提粮的单子还得抓人。那一千吨粮明明是白天五人小组说好了运给民食调配委员会的嘛，那个卖粮的公司怎么就敢把粮食又卖给第四兵团？现在第四兵团反过来责怪我们五人小组，五人小组的人还不敢说话。这就奇怪了。杜总稽核，事情并不难处理，通知方大队长，把那两个什么公司的人押到这里来一问，我就不信供不出几个人来！"

杜万乘眼睛立刻亮了，望着徐铁英："那就拜托徐局长叫方大队长把人立刻押过来！"

徐铁英："方大队长归国防部管，这个令还得曾督察下。不过我们都是五人小组的，我也可以干这个事，只是人押来以后还得曾督察一起审问。"说着离开了座位，向墙边那架专用电话走去。

马临深和王贲泉都睁大了眼望着从身边走过的徐铁英，二人同时又对望了一眼，他们都是有股份的，哪能不明白，此人这样做是为了侯俊堂的那些股份。为了钱他要跟自己这一拨人作对了！

更明白这个道理的当然是马汉山，这时也不知是该担心还是该叫好——股份早就该让了，不让就大家一起死吧！

徐铁英已经拿起了电话："接方孟韦副局长。"

所有的眼睛都望着他，望着他架在耳边的电话。

"方副局长吗？"徐铁英对着电话大声说道，"你立刻带一队人找到国防部经济稽查大队的方大队长，把他抓的那两个今晚押粮的人送到五人小组来。马上送来！"

杜万乘精神大振，向着门外大声喊道："国防部曾督察找到了没有？！你们到底还要找多久？！"

北平西北郊通往燕大公路旁的树林里。

"有些事情，你不理解，我也不理解，我们允许不理解，说出来就好。"曾可达听完梁经纶的汇报后，敏锐地感觉到了梁经纶的思想状态十分不好。上次见面表示愿意全面配合自己深入调查方孟敖，现在却发生了动摇，这是绝不允许的，"局势的变化比你我预料的都要复杂，都要快。共党北平城工部的指示是真的也好，是试探你也好，你都必须赶紧把何孝钰派到方孟敖身边去了。"

梁经纶也已经感觉到了曾可达的不满，准确地说，今晚来表达自己的意见就已经预料到必然招致曾可达的不满，但是自己必须说："可达同志，我十分理解你身上所担负的责任，尤其理解你必须向建丰同志负责，因此必须调查清楚方孟敖的真实身份。可对方孟敖身份的调查甄别任务，我可能无法执行了。"

"你的意思是对方孟敖不需要进行调查甄别了？"曾可达紧紧地望着他，面孔模糊，两眼却闪着光，声调也严厉了："怎么无法执行？说出理由！"

梁经纶沉默了少顷："根据我刚才向您汇报的情况分析，对方孟敖的工作，共产党北平城工部已经做到我们前面去了。"

曾可达开始是一怔，接着是更严厉的不满："是情况分析还是你个人的感觉？"

"感觉也是来自分析。"梁经纶答道，"前天共产党学委的负责人严春明向北平城工部提出争取方孟敖的建议，还受到了城工部的严厉批评。今晚他告诉我，北平城工部突然又同意了这个建议，而且充分肯定我们这个建议是积极的，是有意义的。这种决定的改变实在反常。"

曾可达："任何人都可能改变已经做出的决定，共产党也不例外。你怎么就能判定，不是共党北平城工部向他们的更高层请示后，高层有人同意了这个建议？"

"不会。"梁经纶断然否定，"共产党'七六指示'刚刚传达，明确指出现在不发展任何特别党员。时隔一天，竟然会同意我们发展特别党员的建议，这是明显违背'七六指示'的行为，没有哪个上层敢于更改这个决定！除非是周恩来，或者是彭真！可仅仅一天，北平城工部不可能有人将这件事情当面请示周恩来，或者请示彭真。"

曾可达没有理由否定梁经纶的分析了，依然紧逼着问道："那你推断是什么原因使共党北平城工部在这么短的时间做出如此不同的决定？"

"两个原因。"梁经纶沉重地答道，"一是共产党北平城工部怀疑上我了。"

梁经纶说完这句话便望向了曾可达，事关自己的安危，曾可达再固执、再急功近利也应该代表铁血救国会表示对自己的关心。

曾可达却并没有表示任何的关心，紧接着问道："第二个原因呢？"

一丝寒心像冷风从梁经纶胸臆间直钻脑门！

他抬起了头，不再看曾可达，望向天上那弯新月，控制住了自己的情绪，使声调尽量平静："第二个原因就是，方孟敖早就是共产党的特别党员了。他们正因为怀疑了我，就只好同意我的建议，让我去执行所谓争取方孟敖的任务。利用我的调查反过来向你们证实方孟敖并不是共产党。"

"什么叫作向'我们'？"曾可达态度更严厉了，"这个'我们'里面包不包括你？梁经纶同志，你的说法暴露了你的思想。共党想利用你的调查证实方孟敖不是共产党，你为什么就不能通过调查，向建丰同志证实方孟敖就是共产党！"

梁经纶："不能。只要共产党怀疑上我了，就会有一系列措施保护方孟敖，最后的结果就是，我很难有证据向建丰同志证实方孟敖是共产党。反过来，共产党北平城工部会发现我不是共产党！那样一来，建丰同志交给我利用何其沧推行币制改革的任务，打击党国内部贪腐私产的任务也就很难完成……"

"你就不相信我们也会采取一系列措施保护你？最后暴露的是方孟敖，不是你！"曾可达盯着梁经纶，他受不了对方望月的样子，尤其不能忍受他抬出建丰同志来抵制自己，"梁经纶同志，请你看着我说话！"

梁经纶不能再看天边那一钩新月了，转过头望向曾可达，声调依然平静："不是我相不相信的问题，可达同志。真到了那一天，你保护不了我，谁也保护不了我。我也不需要什么保护了。"

梁经纶今天的这种态度确实出乎曾可达意料之外，而且已经让他万难容忍。任何人，既然选择了铁血救国会，选择了建丰同志，就不应该有这种个人的悲观和孤独情绪！这是动摇，是恐惧，说到底是自私！而他唯独没有自我反省，自己现在强加给梁经纶去证实方孟敖是共产党正是最大的自私！

曾可达今晚必须要解决梁经纶的思想问题了，毕竟接下来要证实自己的判断，调查出方孟敖是共产党，还要靠他去执行。而利用他在共党内部的身份争取一部分经济学家推行币制改革，是建丰同志的安排，也不能受到影响。

他话锋一转，决定直攻他的心城："在共产党内部你也已经工作好几年了，佩服过哪个共党吗？"

梁经纶当然明白，这个时候这种问话与其说是曾可达个人的强烈不满，不如说是铁血救国会在对一个成员进行政治审查了！

但自己不能因对方这种态度，就这样被迫去执行自己没有把握执行也不愿执行的任务，当即回道："我不知道可达同志为什么会问这个问题。我的理想，和我所选择追求的主义不会让我去佩服任何一个共产党。"

"佩服敌人是一种境界！"曾可达的语气在严厉中又加上了教训，"梁经纶同志，在建丰同志那里，在我们组织内，都一致认为你是个有才华、有能力的同志。但是，你也有致命的弱点！"

梁经纶："请可达同志指出，譬如……"

"譬如你刚才说的，不会佩服任何一个共产党！"曾可达语气更强硬地打断了他。

梁经纶犹自辩解："这是我的信念……"

"这与信念无关！"曾可达又一次生硬地打断了他，"建丰同志就不止一次说过，共产党内有好些人做人做事让他佩服。也不止一次说过，共产党有好些做法方法值得我们学习。这跟信念有关吗？"

梁经纶怔住了。

曾可达见镇住了对方，紧接着说道："我跟你说一个我佩服的共产党吧，干的工作跟你有些相似。愿不愿意听？"

北平火车站货运站台。

以国防部的名义，方孟敖将经济稽查大队二十个队员分成二十个组，每人指挥一组，第四兵团那些运粮的工兵和北平民食调配委员会征调来的运粮的工人效率极高地将一千吨粮食已经运走了一大半。站台上剩下的车不多了，正在将火车上剩余的粮食装车。

"方副局长！"

"方副局长！"

方孟韦领着一队警察刚走进站台便看见两个熟悉的面孔大声喊他。

方孟韦一怔。

第一个喊他的是国军第四兵团的那个特务营长，这时还和他手下的那个特务连长铐在一起，另一只手的手铐被铐在车站的铁栅栏上。

另一个喊他的是军统北平站的那个行动组长，也被手铐铐在车站的铁栅栏上。

方孟韦立刻明白了，走到他们面前："什么也不用说了，我去跟方大队长说吧。很快就放了你们。"

"这样放了我们就完事了？"铐在不远处的那个女人嚷起来了，"到南京去，不枪毙了那个铐我们的人，我们不会解手铐！"

方孟韦脸立刻沉了下来，望着铐在那边的一女一男。

"闭嘴！"那个孔副主任比她晓事些，喝住了她，望向方孟韦，"是北平警察局的吗？麻烦你过来先将我们的手铐解了，免得将事情闹大。"

方孟韦问军统那个行动组长："他们是什么人？"

军统那个行动组长："扬子公司的。奶奶的，他们赚钱，弄得我们自己人跟着戴手铐。什么事！"

"先委屈一下吧。"方孟韦安慰了一句，再不看那一男一女，接着问道，"方大队长在哪里？"

军统那个行动组长手一指。

方孟韦顺着手势望去，方孟敖高高地站在一辆卡车的粮堆上，正接过一袋抛上来的粮食，轻轻地一码，码在最上层。

方孟韦无声地叹息了一下，向大哥那辆卡车走去。

北平西北郊通往燕大公路旁的树林里。

"梁经纶同志，我说的这个共党林大潍，不知道能不能让你佩服？"曾可达讲完了林大潍的事，紧逼着问了一句。他需要梁经纶的表态。

梁经纶一直低着头沉默地听他说着，这时才抬起了头望着曾可达："我还是不明白，可达同志要我佩服他什么？"

"忠诚！对自己组织毫无保留的忠诚！"曾可达有些被激怒了，"一个共产党的特工，替共党干着如此重要的工作，十年来可以不拿共产党给他的一分钱津贴，也从来没有提出要他的组织给他任何保护！独自一个人将国军秘密军事情报不断地发给他的那个党，甚至不惜暴露自己，坦然赴死！抛开他的信念不讲，这个人对自己组织的忠诚难道不值得你我佩服？"

居然拿一个共产党的忠诚来指责自己的不忠诚！梁经纶的心已经寒到了冰点。他无法再拒绝代表组织的上级给自己强行下达的任务，但他绝不违心地接受曾可达对自己的这种看法和评估："可达同志，我接受组织的任务，一定坚决贯彻，严格执行。至于刚才讨论的问题，我想进一步申诉自己的观点。我既然选择了不能再选择，就不会佩服任何一个共产党！"

轮到曾可达怔住了。

梁经纶："可达同志还有没有别的指示？如果没有，我立刻去见何孝钰，执行你的决定，给她下达进一步接触方孟敖、争取方孟敖的任务。"

也不再等曾可达回话，身着长衫的梁经纶这时竟向他举手行了个青年军的军礼！

曾可达又是一怔，还在犹豫该不该给他还礼，梁经纶已经转身走向稀疏的树林，走向燕大方向那片微弱的灯光。

曾可达猛地一转身，向公路旁那几辆自行车走去。

脚上是布鞋，脚下是泥土，他的步伐仍然踏出了声响，踏出了心中不能容人的声响——他处处模仿建丰同志，却永远也模仿不像建丰同志！

北平火车站货运站台。

方孟韦已经在那辆卡车下站了有十分钟了。

大哥在车顶上其实早已看见了自己，却依然在那里接粮袋码粮袋，直到码完了最后一袋粮食，这才从高高的车顶上向自己这边跳了下来。

方孟韦立刻伸出手，方孟敖在半空中搭住了他的手，方孟韦使劲一撑，尽力让大哥能轻身跳下。

"你来干什么？"方孟敖不出所料说的果然是这一句话，"要来也该是曾督察和徐局长来。带你的队伍回去！"

"是五人小组叫我来的。"方孟韦答道，"大哥，你干的事情都对，但你没有干过军警，有些事不能这样处理。"

方孟敖的眼睛又眯了起来，嘴角一笑："你教教我。"

方孟韦："我不是这个意思。先把第四兵团和军统的人放了吧。五人小组现在正等着将扬子公司那两个人带过去问情况。抓一件事就抓一件事，不要把事情牵涉太宽。"

方孟敖："他们叫你来把扬子公司的人带去？"

方孟韦："我接到的命令就是把扬子公司的人立刻带到五人小组去。"

方孟敖犀望着弟弟："过来。"

已经很近了，方孟韦愣了一下，还是更靠近了一些。

方孟敖在他耳边更低声地说道："扬子公司的人和央行北平分行有没有关系？"

方孟韦一怔，听出了大哥的弦外之音。

方孟敖："不会没有关系吧？那这两个人跟北平分行的行长有没有关系？"

方孟韦心里蓦地冒出一阵复杂的难受，北平分行的行长是谁，不就是自己和大哥共同的亲爹吗？他能理解大哥不认父亲，却不能理解大哥这样称呼父亲。

方孟敖没有在乎他此刻的感受，接着说道："北平警察局还有那么多副局长，徐铁英为什么不叫他们来带人？方副局长，你是干军警的，你知道怎样处理事情。你要真知道就不会傻傻地带着人接受这个任务了。我可以不认北平分行行长那个爹，你做不到。做不到就不要来，明白吗？"

方孟韦这才似乎一下子明白了大哥宅心仁厚！这个大哥还是十年前那个大哥，永远像一棵大树挺立在自己背后罩着自己的大哥！任何时候，干任何事情，自己都不可能有大哥的胸襟和眼光！他愣在那里。

方孟敖："既然来了，就听我的。第四兵团和军统那些人都交给你了，放不放你处理。还有，这些粮你带着你的警队和我的稽查大队运到我的军营去。一袋也不能丢！”

方孟韦低声答道：“是，大哥。”

方孟敖大声下令了：“稽查大队所有的人现在都听方副局长的，将粮食运到军营去！邵元刚和郭晋阳跟着我，把扬子公司这两个人押到五人小组去！”

一个晚上了，方步亭的背影一动不动，一直坐在二楼办公室阳台的窗前，望着窗外。

整个晚上，都是谢培东在大办公桌前接各个方面打来的电话，方步亭不置一词，所有的询问都是谢培东在解释，所有的指责都是谢培东在承受。每一个电话谢培东必说的一句话就是：“我们行长出去了。”

“孔总，您着急我们也着急。”谢培东这是第三次接到“孔总”的电话了，“我已是第三次跟您说了，我们行长今晚十二点就出去了。闹出这么大的事，我们行长当然坐不住啊……等他回来应该会有结果……”

对方的声调越来越高了，又是深夜，就连坐在靠窗边的方步亭也能听见对方年轻气盛的吼骂声。

——“什么等他回来！事情就是他那个混账儿子闹出来的！十分钟，我就给你十分钟，立刻把方步亭叫回来，立刻给我打电话！今晚不把他那个混账儿子闹的事摆平了，他这个行长明天就不要当了！”

方步亭猛地站起来，大步向电话走来！

谢培东立刻捂住了话筒：“行长，不要跟他一般见识……”

“给我！”方步亭从来没有在谢培东面前这样严厉过，“把电话给我！”

谢培东只好把话筒递给了他。

“我说的话你听见没有……”电话那边那个“孔总”仍在吼着！

“我都听见了！”方步亭一字一句地大声回道，“还有什么混账话要说吗？”

话筒那边的“孔总”显然一下子没缓过神来，好几秒钟都是沉默。

“我说的话你听见没有？”方步亭的声调十分严厉，“回话！”

“是方行长吗……”那边缓过神来，语气也不像刚才对谢培东那样无礼了，“你不是出去了吗……”

“我为什么要出去？我出到哪里去？”方步亭毫不客气，“这里是中央银行北平分行，是我方步亭的办公室，我不在这里，我到哪里去？！”

那边的“孔总”：“那一个晚上你为什么都不接我的电话？方行长，你的儿子抓了我的人，扣了我们扬子公司的粮，你又不接我的电话，你们到底要干什么？”

方步亭：“想知道吗？我这就告诉你。抓你的人、扣你粮的是国防部经济稽查大队队长方孟敖，不是方步亭的什么混账儿子！想要他放人，要他退粮，你可以找你爹，也可以找你的姨父，叫他们去找国防部预备干部局局长兼总统亲批的铁血救国会会长！你敢吗？这是我回答你的第一个问题。第二个问题，我是中央银行正式任命的北平分行行长，不是你们扬子公司哪个部门的行长，我可以接你的电话，也可以不接你的电话。还有，第三个问题，你刚才说明天就叫我不要干行长了，我现在就告诉你，你们在中央银行拿走那么多拨款和借款，仅北平分行就有上千万美元！这个窟窿我还真不想替你们守了。明天我就拿着这些呆账坏账去南京找央行的刘攻芸总裁，主动辞职，让他来替你们揩屁股！"

话筒那边这回是真正的沉默了。

谢培东在一边也露出了因解气而佩服的神态。

"还有什么问题吗？"方步亭给了对方几秒钟回话的时间，"如果没有，中央银行北平分行的行长方步亭就要挂电话了。"

"方行长！"那边的声音说不出来是气还是急，"你对你刚才说的话可要负责任……"

"向谁负责任？"方步亭厉声打断了他，"我没有任何义务向有些人的混账儿子负任何责任！"

咔的一声，方步亭把电话重重地搁下了！

又在电话机旁站了一阵子，方步亭才慢慢转过身来，望着谢培东，眼睛里满是凄凉："培东，你说我们这个中华民国还有药可救吗？"

谢培东："行长，中华民国可不是你能够救的。想想我们这个家吧。刚才孟韦来的那个电话你也知道了，孟敖押着扬子公司的那两个人去五人小组了。我估计明天一早南京那边就会插手。宋家和孔家真的一过问，什么五人小组都是顶不住的，他们也不会顶。最后闹出来的事还会落在孟敖的头上，当然，国防部预备干部局会给他撑腰。可他也就真成了两边争斗的一把枪了。"

"岂止这两边争斗的一把枪呀。"方步亭忧心如潮般涌了出来，"我最担心的是另外一边哪……"

谢培东不接言了，只是望着他，等他说下去。

"崔中石今天跟孟敖见面没有？"方步亭紧望着谢培东。

谢培东："行长不问我还真不好说……"

方步亭："他们见面了？"

"没有。"谢培东摇了摇头，"今天白天孟韦去见崔中石了，跟他摊了牌，叫他不要再见孟敖。"

"孟韦又搅进去干什么？"方步亭的脸色立刻更难看了，"崔中石要真是共产党，孟韦难道还要放他一马？我已经把一个儿子搅进去了，不能再把另一个儿子赔进去！这么大的事你也瞒着我？"

谢培东低头沉默了少顷，然后抬起头，望着方步亭："我是想明天孟韦回来后让他亲口跟你说。内兄，我这个姑爹也不好做呀。"

方步亭竟伸过手去一把握住了谢培东的手："我的这两个儿子就是你的儿子，你也不只是他们的姑爹。就像我看木兰一样，从来就没把她当外甥女看。培东，这个局势维持不了多久了，我方步亭为民国政府拼了半辈子命，也对得起他们了。这个时候你得帮我，也只有你能够帮我。"

谢培东："不要说帮字了。内兄，我们两家早就是一家了。孩子们的事，你说，我去做。"

方步亭："我们分头去做。不只是孩子们的事，还有行里的事。你盯住崔中石，最要紧的是把他管的那些账全接过来，查清楚。我最担心的是，他要真是共产党，一定会利用国民党内部的贪腐把内情继续泄露出去。还有更要命的，进账、走账都在他的手里，他完全有机会把钱弄到共产党手里去！到时候他就会逃走，孟敖就有可能成为替罪羊！"

谢培东十分震惊："真要这样，我现在就去崔中石家。把他带到行里，叫他把所有的账都交出来！"

方步亭："不急在这几个小时。现在已经三点多了，先看看明天一早五人小组那边会闹出个什么结果。然后你去找崔中石，我去找何其沧。无论如何，不管花多大的代价，请他打通司徒雷登大使的关节，我再去求顾维钧大使，给孟敖活动一个驻美大使馆武官的职务，让他尽快到美国去！"

谢培东："何副校长会帮这个忙吗？"

方步亭："十年前我们两家就有约定，孟敖的妈和孝钰的妈都说好的，只等两家的孩子大了，就让孟敖娶孝钰。这几天我看他们互相也还有好感。何副校长为了自己的女儿，也会去求司徒雷登大使。"

谢培东立刻露出欣慰的神色："我也侧面问过木兰，孝钰这孩子对孟敖印象很好。行长，这步棋走得通。"

燕南园何其沧宅邸小院。

轻轻地，梁经纶进了院门。

走到一楼客厅的门外，梁经纶站住了，刚要敲门的手僵在那里。

一线细细的灯光从门缝里透了出来，何孝钰给自己留了门！

梁经纶叮嘱何孝钰等自己，现在却害怕何孝钰在等自己。

曾可达催逼他去证实方孟敖是共产党，严春明又突然代表北平城工部同意他去争取方孟敖。经验告诉他，自己已经处于国共两党最复杂的博弈之中了，而这步险棋还要让何孝钰去走！他隐约感觉到，只要推开这扇门，等待自己的就很可能是失去何孝钰，对不起自己的恩师。

他伸手抓住了门外的把手，暗中用力将门往上抬着，然后极慢极轻地一点一点往内推，门被无声地推开了一半，刚好能够容他侧着身子轻轻地进去。

何孝钰竟在一楼客厅睡着了，双臂枕着头斜趴在沙发的扶手上，那样恬静，毫无防范。

梁经纶静静地站着，居然不敢再向前迈出一步。如果能够就这样一直让她睡着，不要惊醒她，不要去让她接受自己都不愿意接受的任务，这个世界将是何等的美好。

他决定慢慢地退出去了，望着沉睡的何孝钰，轻轻地向门边退去，一旦发现她可能醒来，便立刻停住脚步。

何孝钰仍然睡得像院子里沉睡的海棠，梁经纶的脚步却停住了。

他发现沙发前茶几上的餐盘里有两片煎好的馒头，一杯只有何其沧每天才能喝到的特供的牛奶。

——这显然是何孝钰给自己准备的。

梁经纶的脑海里出现了曾可达严厉的面孔！

接着，脑海里又叠出了严春明严肃的面孔！

他轻轻地向前走，走到了何孝钰对面的茶几前，轻轻地在她为自己准备的椅子上慢慢坐了下去。

他的手慢慢伸了过去，拈起了一片金黄的馒头。

馒头好香，他好饿，和整个北平一样，他也一直在忍受饥饿。

刚想把馒头片放进嘴里，又停住了，望了一眼仍然甜睡的何孝钰，他不能这样吃，焦黄的馒头脆响声会惊醒她。

他将馒头片慢慢伸进了牛奶杯，馒头片湿软了，他这才小心地拿起塞到嘴里，接着闭上了眼睛，用感觉让它在嘴里无声地溶化，无声地慢慢吞咽下去，不致发出任何声响。

何孝钰的眼慢慢睁开了，趴着的身子却一动没动。

半埋在手臂里的头看见了坐在那里的梁经纶，看见了他手里捏着的小半块湿润的馒头片。

梁经纶终于将那片润湿的馒头"吃"完了，这才又慢慢睁开眼睛，接着就是一怔。

另一片焦黄的馒头正伸在自己面前！

何孝钰正微微地笑望着他。

"醒了？"梁经纶难得地有一丝羞涩的神态，"在偷看我吃东西？"

"是你在偷吃，还说人家偷看。"何孝钰仍然伸着那片馒头，"爸爸一个月也才有半斤特供油，你也太浪费了。这一片不要湿着吃了。"

"已经够了，留着给先生做早餐吧。对了……"梁经纶这才感觉到自己竟没有问一声何孝钰饿了没有，"都半夜了，你也饿了……"

何孝钰停站在那里，轻声问道："梁大教授，哲学里有没有三难选择？"

梁经纶："没有。只有二难选择。"

何孝钰一笑："一个挨饿的爸爸，一个挨饿的先生，我已经是二难选择了。你总不能给我出一道三难选择题吧？"说着将东西端进了碗柜。

梁经纶心底里那份感叹涌了出来："是呀，几千年了，中华民族的女性从来都不说自己饿呀。"

有时候就一句真诚的感叹，直教人酸彻心脾。好在背对着梁经纶，何孝钰将胸口涌上来的酸楚生生地咽了回去。从小因为要代替妈妈照顾父亲而早熟懂事，使她失去了自己作为一个女孩应有的权利——哭。十三岁以后她就没有在父亲面前哭过，以至于父亲有时候在女儿面前倒像一个孩子。慢慢地，她再没有在任何人面前哭过。

梁经纶感觉到了她的异样，却不敢问她，只能默默地望着她的背影。

"感叹发完了，先生？"何孝钰平复好了自己的情绪，转过身来，看不出是强笑，"我来猜猜，先生这句对女性的伟大感叹是怎么来的，好不好？"

何孝钰这是有意在触及梁经纶这时最怕的话题，他不想自己还沉浸在感情中就谈这个话题，强笑道："也就一句感叹，哪里谈得上什么伟大，不要猜了。"

何孝钰："我可没有说你伟大，我是想猜猜是哪个伟大的人、伟大的作品让你今天发出了这么伟大的感叹。"

梁经纶只好继续强笑道："那你就猜吧。"

何孝钰假装思索，突然说道："你今天在给学生剧社修改《祝福》的剧本？你又被鲁迅先生感动了？"

梁经纶蓦地沉默了，怔怔地望着在等待自己回答的何孝钰。

——他眼前的何孝钰幻成了那天晚上的何孝钰："要是方孟敖爱上我了呢？"说完这句话就转身上了楼！

——因为幻觉，此时就站在眼前的何孝钰仿佛转身了，就像那天晚上，头也不回地上了楼！

梁经纶的目光猛地转向了楼梯！

何孝钰也随着他的目光转望向了楼梯！

通向二楼的楼梯空空荡荡的，没有任何东西，也没有任何声响！

何孝钰从来没有见过梁经纶这种失神的状态，轻轻地唤了一声："嘿！"

梁经纶的头转过来了，刚才还空洞洞的目光突然又闪出了亮光，何孝钰仍然站在自己面前。

何孝钰已经感觉到了梁经纶这时复杂的神态变化，有意问道："看见什么了？"

也就是这短短的几秒钟，梁经纶已经做出了决定，他要留住何孝钰！在让她执行接触方孟敖、争取方孟敖任务的同时，他要留住她的心！

他挨近何孝钰耳边轻声说道："你刚才没有看见有个人向楼上走去吗？"

何孝钰："什么人？什么样子？"

梁经纶用另外一只手臂搂住了她，轻声地说道："一个女人，穿着开襟的短衣，头上梳着髻，提着一只篮子，还拄着一根棍子……"

"你是不是出现了幻觉……"何孝钰本能地抓住了他的手。

梁经纶："不是幻觉，是真有个人。"

何孝钰轻声说道："李妈？她白天就回去了……她也不像你说的那个样子……"

梁经纶也轻声说道："不是李妈，是另外一个人，我认识，你也认识。"

何孝钰："谁？"

梁经纶："祥林嫂！"

何孝钰慢慢松开了抓着他的手，双肩轻轻动了一下，想挣开梁经纶的手，又忍住了，只沉默在那里。

梁经纶眼中渐渐浮出了极深的孤独，轻声说道："我是在回答你刚才猜的问题。你猜中了，我是又被鲁迅先生感动了，被他笔下的祥林嫂感动了。对不起，吓着你了。"

"我没有害怕。"何孝钰，"只是有些奇怪，你今天怎么会被祥林嫂这样感动？"

梁经纶深叹了口气："那么好的女人，不幸爱上了两个好男人，又不幸被两个好男人爱着……最后，她爱的人和爱她的人，两个好男人在她心中竟变成了把她锯成两半的人……"

"你到底想说什么？"何孝钰终于挣开了梁经纶的手，"不是叫我等你吗，是不是要谈接触方孟敖的事？"

梁经纶却又沉默了，是有意的沉默，他要让何孝钰明确地感觉到他实在是不愿意说这个话题。

何孝钰不喜欢这样的沉默："我今天去方家见到方孟敖了。"

"方孟敖可以争取吗？"梁经纶紧紧地望着何孝钰的眼。

"我不知道。"何孝钰也望着他的眼，"这个人很难接触、很难沟通。"

"我是问你能不能争取？"梁经纶紧追着问道。

何孝钰："能够争取！"

梁经纶："你不是说很难接触、很难沟通吗？"

何孝钰："那是因为我没有好好地跟他接触、跟他沟通。"

梁经纶竭力用平静的声调："你准备怎样跟他好好接触、好好沟通，以达到争取他的目的？"

何孝钰突然转过头望了一眼二楼父亲的房间，再望向梁经纶时，眼中闪着光："我想知道，你是代表谁在叫我去争取方孟敖……你可以告诉我，也可以不告诉我。"

梁经纶只是望着她。

何孝钰压低了声音："我帮你说出来，你不要点头，也不要摇头，只要沉默就行了。"

梁经纶望了她好一阵子，点了下头。

何孝钰："除了学联，你是共产党吗？"

梁经纶没有点头，也没有摇头，只是慢慢地向何孝钰伸出了手。

何孝钰将自己的手交到了梁经纶的手中。

"为了饥寒交迫的人民。"梁经纶的声音有些酸楚，"我这样回答你，可以吗？"

何孝钰眼中蓦地闪出了泪花："为了饥寒交迫的人民，我会去争取方孟敖！"

|十三|

看见方孟敖从会议室大门进来，杜万乘率先站起来，满眼关切。

徐铁英跟着站起来，这是客套。

马临深和王贲泉也只得跟着站起来，他们关切的是门外还没有进来的那两个人。

还有两个人也无奈地跟着站了起来，一个是坐在大门左边的马汉山，一个是坐在大门右边的钱佑生。

"辛苦了。那两个人呢？"杜万乘向站在会议桌对面门内的方孟敖礼貌地问道。

方孟敖对这个杜万乘显然一直心存好感，向他敬了个礼："带来了。"答着，向门外说道，"押进来吧。"说完便向长会议桌上方孙中山先生头像下那个座位走去，站在座位前。

所有的目光都望向了大门。

邵元刚和郭晋阳一左一右将那个孔副主任和那个女人送到了杜万乘对面的会议桌前，两人接着退了出去。

所有的目光又都望向了孔副主任和那个女人手上的鸳鸯铐。

"哐啷"一声，一把开手铐的钥匙扔在那个孔副主任和那个女人的桌前。

扔了钥匙，方孟敖就在孙中山先生头像下那把椅子前笔直地站着。

"要死了！"一路上便不断地发牢骚，现在当着这么多人又被扔来的钥匙吓了一跳，那个女的张嘴便嚷了起来。

"闭嘴！"那个孔副主任喝住了她，目光往对面那一排四个人扫去。

两个人是孔副主任认识的，一个是站在左边的王贲泉，一个是站在右边的马临深。两人的目光都只暧昧地和他碰了一下。

徐铁英显然没有见过面，那孔副主任只能从他一身的警服猜出他是中统调过来的新任北平警察局局长。

孔副主任的目光最后定在正对面的杜万乘身上，知道这个人大约便是财政部的杜总稽核、五人小组的组长了。

"方大队长请坐，大家都坐下吧。"杜万乘先向还站着的方孟敖和众人打了声招呼，率先坐下了，等所有人都坐下了，这时才对那个孔副主任说道，"自己打开手铐，坐下接受问话。"

那个孔副主任拉着那个女人坐下了，却望也不望面前那把钥匙，突然向杜万乘问道："你们五人小组谁是国防部的？谁管经济稽查大队？"

杜万乘见他不愿打开手铐，又这么突然一问，怔了一下，接着厌恶地反问道："什么意思？"

"哪个部门铐的我们，哪个部门给我们打开。"说完这句，那个孔副主任闭上了眼睛，"你们五人小组到齐了再跟我说话。"

"岂有此理？"杜万乘气得又站了起来。

五人小组另外三人却无一人再有反应，马临深、王贲泉都依然坐着望向门外，这次连徐铁英也不再配合，靠坐在桌前目光迷离。

杜万乘只得望向了方孟敖。

方孟敖站起来，走了过去。

其他的人又紧张起来，又都望向方孟敖。

方孟敖从会议桌上抄起了那把手铐钥匙，向门外喊道："郭晋阳！"

"在！"郭晋阳从门外快步走了进来，注目方孟敖。

方孟敖将钥匙向他一抛："拿到外面园子里扔了，扔得越远越好。"

"是！"郭晋阳接过钥匙转身又快步走了出去。

那个女的首先睁开了眼睛。

那个孔副主任跟着也睁了一下眼睛。

方孟敖却不看他们，走回座位前，笑着对还站在那里的杜万乘说道："杜先生请坐吧。人是我铐的，现在没了钥匙，谁也打不开了，就让他们永远铐着吧，您看怎么样？"

杜万乘虽然深恶孔副主任这等恶少，但也不习惯方孟敖这样率性而为的军人，苦笑一下，只得坐下了。

"侬戆大啊！"那个女的气急了，对着方孟敖骂出了上海女人的粗话！

"来人！"方孟敖偏又听得懂骂人的上海话，一边坐下一边向门外喊道。

郭晋阳和邵元刚同时走了进来。

方孟敖："听着，再有骂人的，立刻抬了，扔到园子池塘里去！"

"是！"郭晋阳和邵元刚同时大声答道，而且做出了随时准备抬人的架势。

那个女人不敢吭声了。

那个孔副主任也气得脸色煞白，假装闭上的眼皮不断地眨着。

王贲泉和马临深几乎同时摇起头来。

徐铁英这时皮里阳秋地一笑，却又是望向马汉山笑的。

马汉山似乎知道今天的事情闹大了，很可能收不了场，坐在那里被徐铁英这一笑一望，身上零碎动了几下，看热闹的心情一下子全没有了。

杜万乘显得极其无奈，又向门外问道："曾督察找到没有？"

曾可达恰在这时从宅邸后面回来了。

北平无战事
（上）

已经凌晨四点，半小时后北平就要天亮了，园子里因此特别黑。只有后门内一盏昏黄的灯能够看见悄悄进来的曾可达和在这里接他的那个负责警备的青年军军官。

"在开会吧？"曾可达进门后立刻向幽深黑暗的小径走去，一边问那个青年军军官。

"十二点半就开了，一直在开。"青年军军官跟在他身后答道。

"开出什么结果了吗？"曾可达在黑径上还是走得很快。

"他们能开出什么结果。杜总稽核一直在催着找您。"青年军军官答道。

曾可达刚好拐过一道弯，右边方向会议室闪烁的灯光隐约照见他脸上露出的冷笑："方大队长来了吗？"

"刚来的，还押来两个人。"青年军军官答了这句，立刻提醒道，"将军，三点后南京二号专线就一直在给您房间拨电话……"

曾可达立刻停住了脚步。

那青年军军官接着报告道："现在是四点，五分钟前又来了一个电话，叫您回来后立刻打二号专线。"

曾可达立刻转身，折回弯道处向左边走去，边走边说："你到开会的地方看着，问起我就说我还没有回来。"

"报告建丰同志，我去见梁经纶同志了。"曾可达在专线电话前站得笔直，低声紧张地报告道，"我必须调查清楚，方孟敖今晚的行动与共产党有没有关系。"

"这很重要吗？"话筒那边建丰同志的声音让曾可达一怔，"经济稽查大队到北平就是执行反贪腐任务的，这一点在南京已经交代得很清楚。方孟敖大队今晚的行动是完全正确的，一定要把他和共产党联系在一起吗？"

曾可达被问住了，额头上开始冒汗。

建丰的声音低沉而严肃："今晚我就不断接到电话。有指责方孟敖大队搅乱北平战局、破坏戡乱救国的电话；也有向我求情，希望我立刻放了扬子公司的人以免造成负面影响的电话。这些人没有把账算在共产党头上，是算在我们铁血救国会头上了。这说明什么，说明我们坚决反腐的行动一开始就受到了来自内部的反对。一个晚上你不在五人小组参加会议，支持方孟敖大队的行动，却去调查什么方孟敖的行动跟共产党有没有关系，难道一切顺应民心的事情都应该是共产党干的吗？"

"是……不是……"曾可达有些语无伦次了，"我完全接受您的批评，建丰同志。您能不能够给我几分钟，我想把这样做的目的向您简要汇报一下。"

"可以。说吧。"

"谢谢建丰同志。"曾可达说了这句后发现喉头干涩，赶忙一只手捂住了话筒，另一只手端起桌上的茶杯喝了一口水，又轻轻放下。

就在这短短的喝水的瞬间，他感觉到了问题的严重性，觉得必须将自己谋划好的行动计划向建丰同志详细汇报了。而汇报行动计划前必须有一段思想汇报，只有让建丰同志理解了自己的行动计划是对他思想的落实和贯彻，才能得到他的认可和支持："我完全拥护并理解建丰同志坚决打击党国内部腐败的思想和决心，也完全拥护和理解建丰同志破格重用方孟敖的良苦用心。正如建丰同志的教导，当此党国生死存亡之际，我们不但要在正面战场跟共军决一死战，更重要的是在后方战场严厉整肃党国内部的贪腐，跟共产党争人才、争经济、争民心。方孟敖大队到北平后立刻就得到了民心的欢迎和支持，尤其是北平各大学和东北流亡学生，都对方孟敖大队表现出了前所未有的热情和希望。这足以说明建丰同志的决定是英明正确的。正因为如此，我感觉到自己肩上担负着极大的责任，担负着如何执行建丰同志关于用好方孟敖大队的艰巨使命……对不起，建丰同志，我的汇报是不是不够简要……"

"知无不言，言无不尽。"话筒里建丰同志的声调一下子温和了许多，显然，曾可达刚才这样的思想汇报是任何上级都不嫌其简而愿闻其详的，"接着说，说完你的想法。"

"是。建丰同志。"曾可达得到了鼓励，知道能够将他心中对建丰同志雄才大略的揣摩和自己的行动计划有机地结合起来，淋漓尽致地发挥了，"那天接受您的任务后，我就一直在领会您所说的'用人要疑，疑人也要用，关键是要用好'的指示。为什么用人还要疑，疑人也要用？这是因为党国已经到了人才太少、蛀虫太多的地步。怎样才能够在全国战场跟共产党一争胜负，关键在于我们能不能够在后方战场跟共产党争人才、争经济、争民心。我理解建丰同志起用方孟敖，就用在一个'争'字上。看重的正是这个人只认理、不认人、愿做孤臣孽子的长处。因为这一点，他才敢违抗军令不轰炸开封。也正因为这一点，他才能够不认他那个父亲，也才能够成为一把楔子，楔进中央银行北平这块铁板里去，打贪腐，打私产，帮我们在北平争经济、争民心。因此，方孟敖跟共产党没有关系我们要用，跟共产党有关系我们也要用。如果方孟敖原来跟共产党没有关系，我们该做的就是严防共产党与他发展关系；如果方孟敖曾经跟共产党有关系，我们现在要做的就是切断他跟共产党的一切关系。真正做到为我所用，而不为共党所用。这样才能落实建丰同志说的'关键是要用好'的指示。不知道我对建丰同志的思想是否真正理解了……"一口气说到这里，曾可达也为自己能在此时说出这样一段福至心灵的话感到有些吃惊，停在那里，紧张兴奋地等待建丰同志的评价。

"有这个认识，你进步了，曾可达同志。"话筒里建丰同志的声调也显示出了多少有些吃惊的激赏，"你准备怎样落实这个认识？"

曾可达受到了极大的鼓励，再回答时便掩饰不住内心的激动："报告建丰同志，到北平后我对那个崔中石做了进一步的调查分析，如果方孟敖真是崔中石发展的共产党员，也只是他一个人单线发展的共产党员，而且是还没有执行过共党任何行动的特别党员。只要切断了崔中石和方孟敖的联系，就切断了方孟敖跟共产党的一切联系，方孟敖也就不再是共产党员。我的想法是，利用崔中石不敢暴露自己真实身份更不敢暴露共党组织的弱点，让方孟敖怀疑崔中石并不是共产党。方孟敖一旦认为崔中石不是共产党，我们也就可以完全忽略不计方孟敖以前是否被发展的那段历史，放手使用他彻查北平分行和北平民食调配委员会的贪腐。方孟敖的一切行动也就是在执行建丰同志的指示，而不是共产党的指示。这里当然有一个关键的问题，就是让方孟敖明白，共产党希望干的事，我们也正在干。这样也就真正达到了建丰同志关于跟共产党争人才、争经济、争民心的目的。"

说到这里，曾可达由于刻意控制自己兴奋的情绪口腔都干涩了，连忙又捂住了话筒，一只手端起杯子赶紧喝了一口水，却呛住了，一阵猛咳起来。

"是不是病了？可达同志。"建丰显然在话筒那边听到了他剧烈咳嗽的声音，立刻表示出极大的关注。

"没、没有什么……建丰同志。"这句关切让曾可达激动不已，知道自己今晚这一番应对包括刚才不经意被呛而大咳都收到了极好的效果，这时更是抑制住兴奋，显示出效忠党国的疲惫，干脆沙哑着嗓子答道，"也许是这几天没有睡觉……建丰同志，不知我刚才那些设想到底对不对，请你明确指示。"

"你有这样的认识，又有这样周密的思考，我完全可以不再给你任何明确的指示了。"建丰在电话那边显然感触良深，"送你一首龚自珍的诗，作为回答吧。"

曾可达立刻答道："建丰同志，我去拿纸笔记下来……"

"不用，这首诗你也会背。"建丰接着念了起来，"'九州生气恃风雷，万马齐喑究可哀。我劝天公重抖擞，不拘一格降人才'。上天念在我这一片苦心，一定会多降几个你这样的人才，包括方孟敖那样的人才！"

这回是真正感动了，一股酸水猛地从胸腔涌了上来，曾可达有些说不出话了，咽下那口酸水，眼眶已经湿了："建丰同志如此信任，可达肝脑涂地，在所不惜……五人小组现在还在等我，扬子公司被方孟敖扣住的人还在等着发落。我该怎样处理……"

"再过半个多小时就是五点，总统和夫人都会起床了。我估计北平的事他们很快会捅到夫人那里去。我也不会睡了，就在这里等总统官邸的电话。如果这样的事夫人都不识大体，帮他们说话，我就立刻解散五人小组，让他们回南京。你代表国防部继续留在北平，支持方孟敖，用好方孟敖，查崔中石和他背后的组织，查北平民调会，查央行北平分行，查扬子公司平津办事处，一路彻查下去！真正贯彻我们'一手坚决反共，一手坚决反腐；一次革命，两面作战'的宗旨！"

曾可达大声答道："完全明白，坚决执行！建丰同志。"

方邸洋楼一层客厅的大座钟又敲响了，一共敲了五下，清晨五点了。

方步亭坐在早餐桌前，静静地听着座钟敲完，目光转望向了客厅敞开的大门。

一夜未睡，方步亭也在等这个时刻。他知道这个党国许多大事、许多变化都在清晨五点以后发生。昨夜自己的儿子抓了扬子公司的人，后来自己又跟扬子公司的孔总翻了脸，他就做好了准备，等待南京方面五点以后的一声咳嗽，北平这边立刻就要伤风了。

程小云捧着一个托盘从厨房过来了，轻轻放在餐桌上，见方步亭兀自望着客厅的大门外，轻声说道："用早餐吧。"

方步亭把头慢慢转了过来，望向程小云揭开盖子露出的那一笼六个小笼馒头，久违的一丝温情蓦地涌上心头。

所谓小笼馒头是江南人的叫法，许多地方称之为小笼汤包，皮薄，馅鲜，最难得的是在顶端要细细掐出花瓣形的皮圈，中间有一个缝纫针大的针眼，火不宜大亦不宜小，慢慢蒸出馅内的卤水，在皮圈中油汪汪的。

现在是五点，蒸出这一笼小笼馒头，何况还有一碟两面煎得金黄的萝卜丝饼，一碟用旺火蒸熟的方糕，一碟现做的油豆腐干，一碗冒着热气的酒酿棉子圆，做出这几样方步亭平生爱吃的无锡小吃，程小云至少半夜三点便下了厨房。

"满城都在挨饿，这么靡费，太招眼了。"方步亭依然望着桌上令他垂涎欲滴的小吃，却发出这般感叹。

"听蔡妈她们说你也有好几个月没吃这些东西了。天刚亮，木兰不会起来，孟韦他们也不会这么早回来。赶紧着，今天就吃这一回吧。"程小云低垂着眼轻声答道。

方步亭目光慢慢转向了她："抗战胜利后原想能过几天好日子了，没想到会是这个时局。"说到这里他突然像换了个人，准确地说是更像以前那个倜傥的方步亭，竟然用带有无锡口音的语调吟唱出了一句程小云也意料不到的京剧吹腔，"虞兮虞兮奈若何……"

程小云是上海圣约翰大学毕业的，偏又天生禀赋票得一手好程派青衣，《霸王别姬》一出当然熟得不能再熟，听到方步亭突然冒出这一句并不地道的项羽的唱腔，心中感伤，眼眶立刻湿了，转身便要向厨房走去。

"姑爹也是一夜没睡。"方步亭叫住了她，"叫一声他，还有你，我们一起吃吧。"

"我去叫姑爹。"程小云依然背着身子，径直上了楼。

"不在他房间，在我办公室。"方步亭又叮嘱了一句。

程小云已经上了楼，听他这一句不禁眼中露出了忧虑。时局紧张她是知道的，两人一夜没睡她也是知道的，这时谢培东还待在行长办公室，就一定是遇到了十分棘手的事。多年立的规矩，行里的事她是不能插嘴的，只好揣着忧虑从二楼过道向行长办公室门口走去。

刚走到门口，程小云还没来得及敲门，便听见里面一阵电话铃声，怔住了，赶忙向一楼餐桌方向望去。

方步亭也听到了电话铃声，目光正望向这里。

二人目光一碰，方步亭立刻起身，快步向这边楼梯走来。

程小云不能犯偷听电话的嫌疑，连忙又向来时的二楼过道方向走去。

推开二楼办公室的门，方步亭便发现谢培东神色十分凝重，手里依然拿着话筒在听，见他进来立刻捂住了话筒，以便方步亭问话。

"哪里来的？"方步亭也失去了往日的从容，立刻问道。

"五人小组。"谢培东听筒仍在耳边，话筒仍然捂着。

"我来接。"方步亭快步走了过去。

"挂了。"谢培东慢慢把话筒从耳边拿下。

"说什么？"方步亭急问。

"行长先坐吧。"谢培东将话筒放好，有意舒缓气氛。

"说吧。"方步亭依然站在他面前。

谢培东："五人小组解散了。"

方步亭："什么意思？"

谢培东："没有说详细原因，就说五人小组解散了。"

方步亭："就这一句话？"

谢培东："是国防部曾可达打来的，说从今天起就由国防部和北平警察局联合调查我们北平分行和北平民食调配委员会的经济案子。叫我们立刻送崔中石到顾大使宅邸接受问话。"

方步亭："接受谁的问话？扬子公司的那两个人是放了还是没放？"

谢培东停住了，只望着方步亭。

"说呀！"方步亭很少如此失态，居然跺了一下脚。

谢培东只得回话了："扬子公司的人仍然被扣在那里，就是叫崔中石去对质问话。问话的人是曾可达、徐铁英，还有孟敖……"

方步亭怔在那里，两眼翻了上去，望着开了一夜仍然在转的吊扇。

突然他翻眼望着的吊扇转成的那个圆圈越来越大、越转越低……

"行长！"谢培东发现他的身子在摇晃，连忙扶住了他。

"天塌不下来……"方步亭闭上眼定住了神，"培东。"

"内兄。"谢培东改了称呼，仍然扶着他的一只手臂。

方步亭慢慢睁开了眼，深情地望着他："打虎亲兄弟，上阵父子兵……现在人家是叫儿子来打父亲了，我们老兄弟只有亲自上阵了。"

谢培东也动了情："孟敖再糊涂也还不至于此。要我干什么，你说，我立刻去做。"

方步亭："平时这些纠纷我从来不想让你卷进去，这一回不得不让你卷进去了。你立刻去见崔中石，亲自陪着他去顾大使宅邸，代表我、代表北平分行守着他接受问话。有你在，能对付曾可达，也能看住崔中石。这两个人今天要短兵相接了，一个是铁血救国会，一个是共产党，都把孟敖当成了刀拿在手里砍杀，最后都是为了砍我。你明白我的意思吗？"

谢培东："我立刻就去。"说着还不放心松开揽着方步亭的手。

方步亭自己将手臂抽了出来："一楼餐桌上小云做了早点，你吃一点再走。"

谢培东："我带几个车上吃吧。"说着便走向门边，开了门向那边喊道："小嫂！"

"姑爹！"很快程小云便应了声。

谢培东仍然站在门边："你来陪着行长！"

到北平两年多了，谢培东竟是第一次来崔中石家。

"这么早，你找谁呀？"叶碧玉将院门开了一条缝，满脸警惕地望着门外的谢培东。

正如方步亭所言，谢培东在北平分行只相当于他的一个内部助手，涉外的事情很少让他染指，因此他也从来不到银行各职员家来，甚至很少到北平分行大楼里去。不要说银行职员的家属，许多职员本人也未必认识他。

"我叫谢培东，是崔副主任的同事，方行长派我来的。"谢培东平静地答道。

叶碧玉这才露出歉意的惊诧："原来是谢襄理，对不起了，你快进来。"

院门一下子大开了，谢培东走了进去。

崔中石出现在北屋门口，一向波澜不惊的他，脸上也露出了惊诧。

谢培东远远地向他递过一个眼色，崔中石这才改了笑脸迎了上来："真是贵步，这么早您怎么来了？"

谢培东依然十分沉静："行里有点小急事，屋里谈吧。"

崔中石陪着他向北屋走去，一边扭过头来对关了院门转过身来的叶碧玉说道："我们谈行里的事，你去看着两个孩子吧。"

"知道了。"叶碧玉当然知道止步，犹自唠叨："记得给谢襄理倒茶，要吃早点我就做去。"

"谢谢了，我已经吃过早点了。"谢培东接言谢道，跟着崔中石进了北屋。

二人来到北屋客厅，分椅坐下，两目相视，足足有好几秒钟没有说话。

崔中石面向北屋门坐着，这时又警觉地望向门外，他要看着不让任何人接近，不让任何人听见他们的谈话。因为接下来的谈话，不只外人，在家里也是上不能告父母，下不能告妻子。

谢培东的目光环视了一周这间客厅，开口道："家里为什么弄得这么清寒，这不像北平分行金库副主任的家。"

崔中石苦笑了一下："也就两千万法币一个月的薪水，一家四口，温饱都成问题，总不能像他们那样去贪吧。"

谢培东又沉默了，叹息了一声："没有时间久谈了，最多十分钟，我们得赶到顾维钧宅邸接受曾可达问话。"

"你也去吗？"崔中石一惊，立刻激动地说道，"这样的问话你不能去！除非是组织的决定，培东同志……"

崔中石居然称他同志！

此刻的谢培东，是中共地下党北平经济战线负责人谢培东！

"叫我谢襄理。"谢培东立刻纠正他，"南京方面解散了五人小组，现在是铁血救国会和北平警察局会同调查北平分行和北平民食调配委员会。曾可达是真查，徐铁英不会真查。问题的关键是，铁血救国会既然早就怀疑上了你的真实身份，肯定也早就怀疑上了孟敖的真实身份。为什么他们还要重用孟敖？他们这是在玩反策反的手段，利用孟敖帮他们反贪腐打私产的行动，欺骗民意，同时达到他们内部斗争的目的。要达到这个目的，充分利用孟敖，就必须搬掉你。因此，你现在很危险，孟敖暂时没有危险。组织决定，你要尽快撤离。"

"撤到哪里去？"崔中石问道。

谢培东："解放区。撤离的具体时间地点我也要等上级的通知。"

崔中石眼中闪过了一瞬向往的光，可是很快又收敛了，沉默了少顷，答道："我现在不能撤离。"

谢培东像是知道他会这样回答，只望着他。

崔中石："孟敖跟我是单线联系，而且一直只信任我，我如果现在撤离，就没有任何人能取得他的信任了，他和组织也就失去了联系。全面的解放战争即将开始，我们需要孟敖他们这支空军力量，我一走正好就上了铁血救国会的当，我们这几年的工作就会前功尽弃。培东同志……请让我说完。我知道您的意思，我的工作不能让您接手。我们党需要您在方步亭身边，您更接近国民党的经济核心。您不能有任何闪失。作为下级，我恳请您也恳请组织接受我的建议，让我继续留下来。我知道该怎么做。"

谢培东飞快地望了一眼桌上的座钟，再回头时深深地望着崔中石："这个问题暂时先不谈了。下面我们去接受曾可达讯问，徐铁英在场，孟敖也在场。这是铁血救国会精心布下的局，他们怀疑你是共产党，又要进一步让孟敖怀疑你不是共产党。目的很明显，要么逼你暴露真实身份，要么让你否定自己的真实身份，让孟敖跟党脱离关系。我来就是要告诉你，要相信党，也要相信孟敖的觉悟，他选择的是共产党，而不是你崔中石一个人。因此你今天去了以后，一定要忘记自己的真实身份，你就是国民政府中央银行北平分行金库副主任，而不是中共地下党员！你一定要站在中央银行北平分行一边说话，利用民食调配委员会和扬子公司必须掩饰贪腐的弱点，还有徐铁英想在里面占有股份的弱点，让他们对付曾可达。"说到这里他站了起来。

"我明白怎么对付。"崔中石笑了一下，站了起来，"谢襄理，您就不要去了。"

谢培东却笑不起来，只紧握了一下崔中石的手臂，肯定、鼓励和温暖都在这一握之中："是方行长让我陪你去的，我必须去。走吧。"

顾维钧宅邸五人小组会议室。

会议室还是那个会议室，可杜万乘的椅子已经空了，王贲泉的椅子已经空了，马临深的椅子也已经空了。

原来坐五个人的那一排椅子上，徐铁英还留在那里，增加了一个早晨才来的曾可达，中间隔着杜万乘原来的那把空椅子，一左一右坐在那里。

还有，会议桌顶端孙中山先生头像下，方孟敖仍然坐在原来的座位上。

果然如建丰同志电话中预料的那样，早晨五点刚过南京方面便插手了北平的案子，一声令下，就解散了五人小组。责成杜万乘、王贲泉、马临深今天就赶回南京。北平"七五事件"引发的经济案，由国防部预备干部局做善后调查，北平市警察局协助配合。重点指出，内外有别，不能影响党国形象，贻误戡乱救国大局。

靠大门那几把椅子上的四个人便坐在那里等待"善后"了，可是四个人都仍然轻松不起来。

扬子公司平津办事处的孔副主任和那个女人仍然戴着手铐，那女人闹累了竟然趴在会议桌上睡着了，弄得那个孔副主任只好将左手也摆在桌上就着她右手的手铐，好不别扭。

马汉山还是坐在那个孔副主任右边，蔫蔫的十分无力。

第四兵团那个军需处长还是坐在那个女人左边，也已经十分疲惫。

曾可达也不放他们走，也不说将要如何处理，只是冷笑着坐在那里。

徐铁英也一言不发，"配合"着曾可达坐在那里，静观他下一步的行动。

方孟敖则是另一种静观，他早就不相信国民党会有什么真实行动反对内部的贪腐了，这时更是默默地坐着，看他们下面怎么做戏。

扬子公司那个孔副主任终于不耐烦了，这时将手铐一扯，扯醒了那个趴在桌上已经睡着的女人。

那女人在梦中被扯醒，嘴边还挂着口水便嚷道："要死了！"睁开了眼发现手铐仍然戴着更是嚷道，"怎么还不给我们解手铐？"

"安静！"那孔副主任喝住了她，接着望了一眼方孟敖，又转望向曾可达，"你们两个，到底哪个是代表国防部负责的？南京方面的指示你们也听到了，什么五人小组都解散了，谁给你们的权力还不放我们走？"

曾可达望也不望他们，却把目光转望向方孟敖，笑着说道："他在责问我们。方大队长，你说放他们还是不放他们？"

方孟敖是第一次看到曾可达如此将自己和他这么紧密地连在一起说话，俨然自己和他就是一个阵营的，笑了一下，答道："我现在就是想放他们，也放不了了。"

曾可达："为什么？"

方孟敖："没有手铐钥匙了。"

曾可达最受不了的就是方孟敖这种桀骜不驯的做派，脸立刻阴沉了下来，却又不能对方孟敖发作，转望向那个孔副主任："那你们就只有等了。等到北平分行的人来了，看他们能不能给你们解开手铐。"

方孟韦回到家里大院时天已大亮了，除了大门内那个看门的男仆，院子里静悄悄的，平时清晨该来打扫院子的人一个也不见，好像是有人交代，都回避了。

方孟韦带着预感望了开门那男仆一眼。

那男仆将头微微低下。

方孟韦似乎明白了什么，轻步向洋楼一层客厅走去。

突然，他站住了，愣在那里。

一层客厅传来女人的低唱：

浮云散，明月照人来。
团圆美满，今朝最。
清浅池塘，鸳鸯戏水……

是程小云在唱！

方孟韦的脸立刻变了，接着咳嗽了一声，站在那里等歌声消失。

一层客厅里，听到咳嗽声传来，站在餐桌旁低唱的程小云也立刻变了脸色，硬生生地将下一句咽了回去，略显惊慌的眼飞快地瞥了一下门外，又望向闭眼静坐在餐桌旁的方步亭。

"唱，接着唱吧。"方步亭没有睁眼。

程小云低声说道："孟韦回来了……"

"我知道。唱吧。"方步亭仍然没有睁眼。

程小云："我还是避一避吧。"

"坐下。"方步亭睁开了眼，"那就我来唱，你听。"

程小云从来没见方步亭这般模样，想了想，大着胆子坐下了。

方孟韦见低唱声消失了，这才又举步向客厅走去。才走了几步，他又硬生生地停住了。

一层客厅里传来的竟是父亲的歌声：

红裳翠盖，并蒂莲开。
双双对对，恩恩爱爱，
这园风儿，向着好花吹，
柔情蜜意满人间……

方孟韦从父亲的歌声里听出了孤独和苍凉，他不再犹豫，快步向客厅走去。

顾维钧宅邸会议室。

"报告。"曾可达的副官出现在门口，"北平分行的人来了。"

曾可达的目光立刻望向门外，眼睛的余光仍不忘兼顾方孟敖的反应。

方孟敖果然有了反应。他原本抽着烟既不看门外也不看曾可达，但王牌飞行员眼观六路、目光敏锐，这时他的目光看到了一个人——谢培东！他原以为来的是崔中石，或许像前天一样，他的父亲也会来，却没想到来的竟是他一直感情深厚的姑爹。这有些出乎他的意料，他下意识站了起来。

徐铁英是先看到了崔中石，接着看到了站在崔中石身旁的谢培东。他显然知道这个人在方步亭那里比崔中石的分量更重，立刻露出了一丝笑容，也跟着站了起来。

曾可达也跟着慢慢站起来，他也发现了站在崔中石身旁的那个人，尤其从方孟敖还有徐铁英的态度中他猜到了这个人就是曾经在资料中见过的那个北平分行仅次于方步亭的谢培东，方孟敖的姑爹。猜到了这个人的身份，曾可达刚才还杀气腾腾的面孔这时温和了下来，同时换了一副相对客气的语调对门外的副官："请他们进来吧，在秘书席再摆一把椅子。"说到这里有意望了一眼方孟敖。

方邸洋楼一层客厅。

方孟韦站在餐桌前，不望父亲，更不望程小云，只是沉默着。

程小云又要站起来。

"坐下。"方步亭又叫住了她，抬头望向小儿子，"帮你大哥给北平的师生市民争到了一千吨粮食，自己也该吃早餐了。看看，全是我们无锡老家的小吃。"

"谁做的？姑爹吗？"方孟韦瓮声瓮气地问道。

"除了你姑爹，别人做的你就不吃了吗？"方步亭今天态度十分反常。

方孟韦一怔，默在那里。

方步亭放缓了声调："你姑爹陪崔中石去接受曾可达和你大哥问话了。"

"什么？"方孟韦一惊，睁大了眼问道。

顾维钧宅邸会议室。

曾可达的副官把崔中石和谢培东领到了平时开会的记录席，也就是曾可达所说的秘书席。那里原来就有一把椅子，这时那副官又搬过来一把椅子，把两把椅子摆好了。

"二位请坐吧。"曾可达站在那里远远地手一伸，接着又转过头来，望了一眼徐铁英，又望了一眼方孟敖，"徐局长，方大队长都请坐吧。"

曾可达坐下了。

徐铁英也坐下了。

方孟敖却依然站在那里。

"方大队长怎么不坐？"曾可达又望向方孟敖，发现他双目炯炯，注目礼般望着对面，便又回头看去。

谢培东和崔中石依然站在椅子前，都没有坐下。

曾可达："二位都请坐吧。你们不坐，方大队长也不好坐呀。"

谢培东向崔中石一伸手："坐吧。"

二人坐下了。

方孟敖依然站在那里。

曾可达："方大队长为什么还不坐？"

方孟敖："我想站一站，可不可以？"

曾可达见方孟敖嘴角挂着笑，眼睛却闪着亮直望自己，不禁一怔，接着也只得伴笑一下："当然可以。"

方邸洋楼一层客厅。

"你回房间吧。"方步亭这时望向程小云，"我有话要跟孟韦说。"

程小云慢慢站起来。

"慢，小妈……"方孟韦突然叫住了程小云，而且称呼她"小妈"了。

方步亭一怔。

程小云也一怔。

二人互望了一眼，同时又都望向方孟韦。

"您……请坐吧。"方孟韦两目低垂，话显然是对程小云说的。

程小云又望向了方步亭。

方步亭目示她坐下。

程小云又慢慢坐下了。

方孟韦抬起了眼："这个党国迟早要断送在自己人手里。小妈，我爸今后就要靠您照顾了。"

"胡说什么！"方步亭这才明白这个小儿子性情大发，不知要干出什么事了。

方孟韦："都什么时候了，我还胡说？爸，您给这个党国卖了二十年的命，替他们筹了多少钱，又赚了多少钱。现在人家父子为了打仗，不敢拿自己的国舅和皇亲开刀，倒要拿您开刀了。最可恨的是还利用大哥来打您！什么忠孝仁义礼义廉耻，全是拿来说别人的。他们这套做法，不要说大哥投靠共产党，逼急了，我也投靠共产党！"

"住口！住口！住口！"方步亭拍着桌子一连说了三个住口，已然在那里喘气。

"不要急，您千万不要急。"程小云连忙扶住了他，替他抚着背，"孟韦是说气话，在外面他还是会谨慎的……"

方孟韦："什么谨慎？我爸一生谨慎，民国二十六年为了把他们的财产运到重庆，家都毁了，他们现在会念及这些吗？什么国产、党产、私产，在他们那里从来就没有分清楚过。现在过不了共产党这一关了，就拿我爸做替罪羊！"说到这里他已经转身大步向门口走去。

"你去哪里？"方步亭这一声喊得已然没有了气力。

"顾大使宅邸，会会曾可达去！"方孟韦答着已经走出了客厅大门。

顾维钧宅邸会议室。

"前天。"曾可达双手搭臂放在会议桌上，以这个看似亲和的态度展开了问话，"也是在这里，崔副主任对五人小组说，央行给军方的拨款还有给民食调配委员会的借款属于最高机密，没有中央军事委员会的命令不能向别人公开。当时五人小组便问不下去了。可就在昨天晚上，你们央行的拨款和借款出现问题了。负责给军方供应的物资和负责给北平市调配的物资居然都是一家公司在操作。这也就算了。可这家公司拿了物资管理委员会的拨款和民食调配委员会的借款，却没有给军方和北平市供应物资，以致出现了国军第四兵团和北平市民食调配委员会争抢一车粮食的恶劣事件！现在这家公司押运粮食的人在这里，北平市民食调配委员会主管的副主任在这里，国军第四兵团管军需的处长也在这里。到底是央行北平分行没有把给军方的拨款拨过去，还是没有把给北平市民食调配委员会的借款拨过去？或者是央行北平分行把拨款和借款都拨给了有关部门，而有关部门却没有把钱用在购买物资上？再或者是有关部门把钱都给了这家公司，这家公司却无视党国大局，拿了钱不供应物资？崔副主任，前天你在接受五人小组问话的时候也曾经说过，这些拨款和借款都是你在经手，这些账也都是你在经手。你今天就回答我以上的几个问题，顺便告诉你一句，这几个问题都不属于什么最高机密。还有，五人小组虽然解散了，代表国防部驻北平的经济稽查大队没有解散。我和方大队长奉南京方面的指示，都有权力就这些问题继续调查，而且一定要调查到底。对不起，我还忘记重点交代了。北平的这个经济案子不只国防部在查，徐局长也奉了命令代表中央党员通讯局配合调查，北平市警察局有权力也有义务配合审问并抓捕涉案人员。徐局长，你是不是也说几句？"

徐铁英凝重地点了点头："该说的曾督察都说了。我们是配合调查，就让他们把问题说清楚吧。"

曾可达便不再问徐铁英，而把目光转向了方孟敖："方大队长，一个多小时前我接到了南京方面的电话。上面对你和你的大队昨晚的行动充分肯定，全力支持。现在和以后你都是这个案件的具体执行人。针对我刚才提的三个问题，你有没有什么话要问崔副主任？"

　　这就是谢培东所分析的，铁血救国会要逼方孟敖表态，要逼崔中石表态了。知道这个内情的当然只有曾可达、方孟敖和崔中石、谢培东四个人。如果一定要分清阵营，那就是国民党铁血救国会一个人现在要跟共产党三个地下党员短兵相接了。

　　包括徐铁英在内，扬子公司的两个人，还有马汉山和那个钱处长却都不知道曾可达代表的铁血救国会和这三个人这一层最隐秘的较量。但五个人却都知道，铁血救国会这是在利用儿子打老子了。

　　不同的心思，相同的沉默。

　　多数人都把眼睛望向了桌面，不看方孟敖，也不看曾可达。

　　唯独有一双眼，这时殷殷地望着方孟敖，眼神里充满了对方孟敖的理解，当然也包含着希望方孟敖对别人的理解。这个人就是谢培东。

　　方孟敖从谢培东的目光中看到了自己十年前已经失去的父爱，同时想起了十年来自己不断从崔中石手中接过的以谢培东的名义捎来的礼物。这一刻他突然明白了，自己这十年把对上一辈的敬爱都移情到了这个姑爹身上。这种感觉强烈起来，心里对曾可达的用心更加厌恶："曾督察，有个问题我能不能问？"

　　曾可达："我们都是国防部派来的，当然能问。"

　　方孟敖站在那里抬高了脚，露出了飞行员军靴的靴底，将手里的雪茄在靴底上按灭了，说道："这跟是不是国防部派来的没有关系。曾督察曾经多次代表国防部出任特种刑事法庭的公诉人，来北平前还审过我，应该明白一条法律程序。"说到这里两眼紧紧地盯着曾可达。

　　曾可达心里那口气腾地冒了上来，想起了建丰的指示，又将那口气压了下去，不看方孟敖，只望着桌面："方大队长说的是哪一条法律程序？"

　　方孟敖："回避的程序。曾督察比谁都明白，我在南京特种刑事法庭羁押期间，就是这个崔副主任代表我家里在南京活动，尽力营救我。你现在要我问这个崔副主任，就不怕我包庇他？还有，坐在我对面的是我亲姑爹，是亲三分顾。你就不怕我会问不下去？"

　　方孟敖居然说出了这样的话，不止曾可达，几乎所有的人都惊住了。有些人面面相觑，有些目光已经望向了方孟敖。

　　望得最深的当然是崔中石，还有谢培东！

　　"不需要方大队长问。"崔中石倏地站了起来，望向曾可达，"曾督察，你提的问题我现在就可以回答。"

　　曾可达就是要逼崔中石回话，这时身子向椅背上一靠："这样就好。你如实回答了，方大队长就不必为难了，我也不必为难了。大家都好交代。"

　　"曾督察。"方孟敖紧盯着又问曾可达，"我刚才的问题你还没有回答。他们接受审问，我需不需要回避？"

　　曾可达没有想到这个方孟敖竟然如此不懂一点儿迂回藏拙，句句都是大实话大直话，紧逼自己，这个时候只有避开他，转望向崔中石："崔副主任，你说方大队长需不需要回避？"

　　"无须任何回避。"崔中石只望着曾可达，"我是国民政府中央银行北平分行的金库副主任，我现在回答的都是公事，不牵涉任何私情，谁都可以听。"

"那就好。"曾可达也望着他，"请说吧。"

这时候反而是坐在审问席的两个人紧张了，一个是马汉山，一个是孔副主任。至于那个钱处长和那个女人，只是疲惫不耐烦。

当然还有一个人也十分关注起来，那就是徐铁英。坐在那里一直没有说话的他，这时插言了："崔副主任这话说得好，我们今天问的就是公事。没有那么多乱七八糟的关系。请说，但说无妨。"说到这里他又盯了一眼马汉山，还有那个孔副主任。

"谢谢。"崔中石答了一句，然后说了起来，"国民政府只有一个中央银行，几百万军队的军需当然都是由中央银行拨款，而五大城市的民食物资配给当然也是由中央银行借款。具体到北平，当然由北平分行拨款、借款。可是，无论中央银行还是北平分行，我们也只负责拨款、借款。给军队的拨款是直接按南京的要求拨给物资管理委员会，给城市民食物资的借款也是按照南京的要求直接借给民食调配委员会。至于物资管理委员会从哪些渠道购买军需物资，民食调配委员会从哪些渠道购买民生物资，那都是两个委员会的事。中央银行不负责购买，北平分行更不负责购买。所以曾督察提的三个问题我只能回答这一个问题。不知道我回答清楚没有？"

"哦——"曾可达似乎早就料到他会这样回答，却故意拖了一个长音，"这样说来，北平分行早就将该拨的款、该借的款都拨借到位了。因此无论是军需物资还是民生物资出现了侵吞或者是少拨甚至不拨的情况，都与你们央行和北平分行无关。崔副主任说的是不是这个意思？"

崔中石仍然站在那里："是这个意思。"

"那我就必须再问一个问题了。"曾可达说完这句突然加重了语气，"钱该拨的已经拨出去了，该借的也已经借出去了，为什么账还要在你们北平分行走？"问到这里他紧盯着崔中石的眼，在看他是不是望着方孟敖。

崔中石的目光却始终望在曾可达身上："中央银行有明文规定，凡从本行拨出去和借出去的款项都必须在本行走账，以保证专款专用。"

曾可达："那你们拨出去的钱和借出去的钱是不是都用在购买军需物资和民生物资上，是不是每一笔款的去向和使用在账上都有体现？"

崔中石："我们有责任监督拨出去的钱和借出去的钱，尽量都用在专款专用上。"

曾可达："这我就听不懂了。崔副主任的意思到底是专款专用了还是专款没有专用？"

崔中石："每个月都在拨款、借款，紧张的时候每天都在拨款、借款，而购买物资却需要解决诸如货源价格、交通运输等种种困难，因此有些账必须要到一定的时候才能体现出来。"

崔中石回答到这个时候，其他人都有了反应。

首先是坐在审问席上的扬子公司的那个孔副主任，还有马汉山都松了一口气，同时露出了赏识而暗中感激的神情——崔中石如此仗义又如此专业地将曾可达的提问回答得天衣无缝，他们的责任显然已经有人担了。

徐铁英隔着曾可达也向崔中石递过去赏识的神情——此人能够如此担担子，自己的股份一旦有了，交给他去经营亦可大为放心。

当然最明白崔中石这样做的只有谢培东。他知道崔中石这是在保护方孟敖。还有一层最隐蔽的目的，他这是在进一步拉紧自己和国民党各个部门的关系，包括让国民党中央银行的上层也觉得在北平离不开他——他显然是不愿意接受组织的安排，撤离北平，前往解放区。

"看样子北平分行的账我们还真查不了了。"曾可达倏地站了起来，大声说道，"北平一百七十多万师生和市民每天都在挨饿。看起来党国是没有多少人会去关心这些人的生死了，那就等着共产党打进城来开仓放粮吧！可共产党一时半刻还打不进来！"说到这里他转望向方孟敖，"方大队长，你刚才提到法律回避的问题，现在你都看到了，他们这是不顾百姓的生死啊！作为国防部派驻北平的经济稽查大队，你还忍心回避吗？"

"是没有什么值得回避的！"这个声音喊得好大，却是从会议室门外传来的！

所有的人都是一惊，一起望向门外，包括背对着门的那四个人。

最吃惊的还是方孟敖，他望见从门外走进来的竟是方孟韦！

|十四|

方孟韦在会议室门外大声顶了曾可达一句，众目睽睽之下闯进了会议室，径直走到里边那排讯问席，靠着曾可达，在原来王贲泉的那个座位上坐下了。

不只是方孟敖，一双双目光都惊异地望着他。

曾可达倏地望向徐铁英："徐局长，这是怎么回事？"

"报告徐局长。"方孟韦不等徐铁英接言，站了起来，"昨晚五人小组命令我们警局去抓捕扬子公司的人，我带着警局的人到了火车站，人已经被国防部经济稽查大队抓了。我们便配合国防部经济稽查大队将扣押的那一千吨粮食押运到了经济稽查大队军营。现在东北的流亡学生和北平各大学的学生已经有很多人不知在哪里听到了消息，陆续聚集到了稽查大队军营，要求立刻给他们发放那一千吨配给粮。我们到底是立刻将那一千吨粮食发放给东北流亡学生和北平各大学的师生，还是将粮食拨发给第四兵团？接下来如果爆发新的学潮，我们警察局是不是还像'七五'那样去抓捕学生？特来请五人小组指示！"

曾经坐过五人小组的那排位子空空落落的，杜万乘、王贲泉、马临深明明都不在了，哪里还有什么五人小组？

所有的人都明白，方孟韦这番铮铮有声的逼问是故意冲着曾可达来的。

曾可达的脸立刻阴沉了——方孟韦此举究竟是方步亭的意思，还是另有背景，他眼下还来不及做出判断，观察的目光首先望向了谢培东。

谢培东一脸的惊诧和担忧，望着方孟韦，目光中满是制止的神色。

曾可达从谢培东那里得不出判断，目光倏地转向崔中石。

崔中石也是一脸的意外，这意外还不像是有意装出来的。

曾可达最担心的猜疑冒了出来，昨晚扣粮抓人方孟韦一直跟方孟敖在一起，如果是方孟敖跟弟弟联手和自己过不去，建丰同志的任务自己便万难完成。他将目光慢慢望向了方孟敖。

其实对方孟韦的突然闯入，方孟敖也在意料之外，内心深处他最难解开的感情纠葛就是这个弟弟，今后自己种种不可预测的行动最不愿纠合在一起的也是这个弟弟。

听了方孟韦刚才那番直逼曾可达的话，立刻明白这个弟弟是豁出来给父亲解难，也是给自己解围了。迎着曾可达审视的目光，方孟敖过人的机智立刻显示了出来，那就是还以审视。

曾可达知道这时必须尽量避免跟方孟韦直接发生冲突了，只得又望向了徐铁英："徐局长，你的部下，你解释吧。"

徐铁英当然要做"解释"，但绝不是为了给曾可达解难："方副局长，现在已经没有什么五人小组了。昨晚的任务，你也无须报告了。至于那一千吨粮食如何处置，你问我，我现在也无法回答。我们警局现在的任务就是配合国防部调查组。再辛苦一下，你带着弟兄们去军营协助经济稽查大队守着那些粮食。"

"局长，你是说五人小组已经解散了，现在叫我带着人和稽查大队的人去守那一千吨粮食？"方孟韦其实也憎恶徐铁英，但今天的目标主要是曾可达，激愤的目光从徐铁英身上移向了身边的曾可达，"那么多饥饿的学生围在军营外面，而且人数会越来越多，我们守着的是一千吨粮食吗？那是一千吨火药！五人小组既已解散，现在到底是谁做主？叫我们去守那一千吨火药到底要守多久？守不住了再爆发一次'七五'那样的事件怎么办？是不是该给我们一个明确指示！"

"问题不会那么严重吧？"徐铁英当然感觉到了方孟韦的情绪，决定将自己干净地择出来，"叫你们去守，也只是拿着枪去守嘛。先跟那些学生说清楚，国防部这边的调查组正在开会商量，很快就会有答复的。曾督察，下面的人执行确实也很难，请你给方副局长也解释一下吧。"

"我没有什么解释，该解释的是北平分行。"曾可达倏地将目光刺向了崔中石，"崔副主任都听到了吧？还有谢襄理。这一千吨粮食北平分行到底是拨款给扬子公司的军粮，还是借款给民食调配委员会的北平市民配给粮？希望你们立刻做出明确答复。我们也好立刻做出决定。"

"曾督察这个问话我不明白，想明确请教！"方孟韦见这个时候曾可达还把火烧到北平分行，尤其是崔中石身上，决定要跟他正面交锋了，"刚才在门外我听见曾督察说，北平一百七十多万民众都在挨饿，叫经济稽查大队的方大队长，也就是我的大哥来管。我想问一句，为什么北平一百七十多万民众挨饿，偏偏叫一个空军飞行大队的队长带着一群飞行员来管？党国难道就没有别的人、别的部门管了吗？北平的经济闹成这个样子，是谁造成的，我不说曾督察心里也清楚。要追查，上面南京许多部门脱不了干系，下面北平许多部门也脱不了干系。为什么现在要把矛头对准北平分行？摆明了就是要对着我父亲！我父亲也就是隶属中央银行的一个区区北平分行的经理，他有这么大权力、有这么大胆量去让北平一百七十多万民众挨饿？你们要查他也就罢了，为什么国防部单单要指定我大哥来查？昨天学生们在华北剿总几乎又要闹出大事，你们亲口许诺马上就能给他们发放配给粮。民调会拿不出粮食，是我大哥带着人逼着民调会调来了一千吨粮，又发生了第四兵团争粮的事。五人小组又单单指定我去火车站配合我大哥扣粮抓人？昨晚我们兄弟傻傻地将一千吨粮食都扣下了，今早五人小组却解散了。现在那么多学生围在军营外眼巴巴地等着发粮，你们却叫我们去守着粮食不发。以开会为名，在这里揪着查北平分行，北平分行的账你们今天能够查清吗？曾督察这时候还叫北平分行做出解释，我现在就是要向你讨一个解释。你们打着调查经济的幌子，打着为北平民众争民生的幌子，把我们兄弟当枪使，一边看着北平那么多民众在挨饿，一边叫我们兄弟查我们的父亲。你们到底要干什么？"

所有人都没想到方孟韦竟会毫无顾忌刀刀见血说出这番话来。

——震惊！

——担心！

——复杂的佩服和赏识！

——莫名的痛快和出气！

脸色铁青的是曾可达！

"方孟韦！"曾可达尽管竭力忍耐，还是拍了桌子，厉声说道，"你到底懂不懂一点儿党国的纪律！十六岁便在三青团总部，十九岁到了中央党部，二十出头让你当了北平警察局的副局长！你要明白，背景是你的关系，栽培你的还是党国！党国栽培你的时候没有教育你该怎样正确处理公事和私事之间的关系吗？！"

"曾督察！"方孟韦也拍了桌子，比曾可达还响，"是不是无法回答我的问题就翻履历？要翻大家就一起翻！抗战时你也就是赣南青年军旅部的一个副官，抗战胜利不到三年你就当上了国防部的少将！你是在抗战时期跟日军作战有功劳，还是抗战后跟共军作战有功劳，或者是在后方巩固经济为党国筹钱筹粮有功劳？党国是怎样栽培你的，你自己心里有数，大家心里都有数！"

曾可达哪里还能忍耐，猛地站了起来："来人！"

里面大声争吵的时候，门外的那个青年军军官以及两个青年军士兵早就紧张地做好了可能抓人的准备，这时立刻闯了进来，站在门口，单等曾可达下令，便去抓人。

桌底下，方孟敖用掌心将正在燃着的雪茄生生地捏灭了，目光犀望向门口那几个青年军。

谢培东倏地望向方孟韦，大声道："孟韦！"

"姑爹，不干你的事！"方孟韦毫不畏惧，继续对着曾可达，"今天来我就做好了上特种刑事法庭的准备。几天前我大哥不就是被你送上特种刑事法庭的吗？你刚才说我是靠着关系、靠着背景当上党国这个官的，在南京要置我大哥于死地的时候你们怎么就不回头看看他的履历？无数次跟日军空战，无数次飞越死亡驼峰，要说死他已经死过无数回了。你们审他的时候说过这些吗……"说到这里方孟韦眼眶里已有了几点泪星，喉头也有些哽咽，可很快便把将要涌出来的泪水咽了下去，激愤地接道，"现在，你逼我大哥追问北平分行，一口一声叫他无须顾忌司法回避。为什么几天前在南京特种刑事法庭审问我大哥的时候，却一口咬定是我父亲派了人在南京活动救我大哥，违反司法回避的法例？曾督察，你一个无尺寸战功的少将如此折腾我大哥这样立有赫赫战功的民族功臣，心里是不是觉得十分痛快？！"

曾可达的脸已经由青转白，牙根紧咬。

那个青年军军官唰地从腰间拔出了手枪，望着曾可达；他背后两个端着卡宾枪的青年军士兵也直望着曾可达。

整个会场死一般的沉寂。

方孟韦这时已经取下了头上的警帽，拔出了腰间的手枪往警帽里一放，从桌上推到徐铁英面前。接着，将目光深深地望向了方孟敖。

方孟敖那双像天空般空阔的眼睛这时也在深深地望着弟弟。

方孟韦："大哥，不管你信不信，我都要告诉你。昨晚我梦见妈了。她说，叫你不要再记恨爹，不要再替他们干了，赶快成个家……"说完向门口那几个青年军走去。

方孟韦走向门口的身影！

方孟敖慢慢站起的身影！

接下来将会发生什么样的情形？所有人都屏住了呼吸。

最为忧急地在急剧思索如何应变的是谢培东，他的手在桌下同时按住了崔中石。

最为窘恼也在急剧思索如何决定下一步行动的是曾可达。

方孟韦已经走到了门边，对那个青年军军官："是去南京还是去哪里，走吧。"

那个青年军军官僵住了，紧紧地望着曾可达，等待命令。

曾可达原本有意要将局面弄得复杂，以便火中取栗。却没有想到在自己将局面弄得复杂无比后，突然被一个和方孟敖兄弟情深的方孟韦半路杀出，将自己逼得勃然大怒情绪失控。此时才意识到自己要面对的不是方孟韦，而是方孟敖。说到底是要面对建丰同志精心布置的韬略。

如何化解困局，曾可达在煎熬地受着无数双目光的炙烤。

崔中石、谢培东的目光在望着他。

马汉山和扬子公司的那两个人，还有那个钱处长在望着他。

最关键的那个人——方孟敖这时却偏不看他！

还有一个最应该看着他竟也不看他的人就是徐铁英。但见他依然两臂交叉伏在会议桌上，两眼望着桌面，做严肃状，做思考状。

"孤臣孽子！"建丰同志带着浙江口音的声音突然在曾可达耳边响起，接着这个浙江口音的另外一番话在他耳边回响，"'九州生气恃风雷，万马齐喑究可哀。我劝天公重抖擞，不拘一格降人才。'上天念在我这一片苦心，一定会多降几个你这样的人才，包括方孟敖那样的人才……"

曾可达眼中倏地闪过一道突然萌发的光亮，接着似望非望地对那青年军军官说道："拿电话来！"

"将军，您说什么……"那个青年军军官迷惘地望着他这种走神的神态问道。

"拿电话来！"曾可达这才把目光直望向他，大声说道。

"是！"那青年军军官这才明确领会了这声命令，大声答着，向墙边的电话走去，带着线捧起了那部专用电话走到曾可达面前，摆在了桌面上。

所有的人都认定他这是要给南京打电话，给建丰打电话了！

除了方孟敖和方孟韦，就连一直低着头的徐铁英都把目光望向了曾可达摇把柄的手。

电话摇通了，曾可达把话筒拿了起来。

会议室一片寂静，话筒里女接线员的声音都能清晰听到："这里是五人小组专线，请问长官要接哪里？"

曾可达几乎是一字一顿地说道："给我接中央银行北平分行方行长家，告诉对方，我是国防部曾可达，请方步亭行长亲自听电话。"

曾可达的电话竟是打给方步亭的！

这太出乎所有人的意料！

方孟敖和方孟韦也不禁望向了他。

方宅洋楼一层客厅。

程小云做的早点依然摆在那里，方步亭仍一动不动坐在餐桌前，一口未吃。

程小云深知方步亭的性格，这时也不劝他吃东西，只是默默地坐在旁边陪着他。

方步亭望着大门外的眼慢慢转了过来，望向程小云："还记不记得当年在重庆，一天清早，你藏着一张刚出的报纸，却拿着一本《世说新语》，给我读谢安的那则故事？"

程小云低声答道："记得。"

方步亭："最难忘的是你居然能用白话将那段故事说得有声有色。小云，再给我说一遍吧。"说着他闭上了眼，在那里等着。

往事如昨，又恍若隔世。程小云哪儿还能找到当时的那种心境，可望着眼前忧心如潮的方步亭，她只好竭力调整好心态，说了起来："公元 383 年，前秦苻坚率百万之众欲灭东晋，谢安派自己的弟弟和子侄领八万之众迎战于淝水之上。生死存亡都在这一战了……"

突然，方步亭身后木几上的电话刺耳地响了！

程小云望着方步亭。

方步亭慢慢回转身，望着电话，却没有伸手接的意思。

程小云："可能是姑爹打来的，接吧。"

方步亭伸过手拿起了话筒，接下来却按了一下话机，接着竟将话筒搁在了一边，回转身对程小云："接着说。"

曾可达在会议室里捧着话筒，里面传来的仍然是接线员的声音："曾长官吗，对不起，方行长家的电话占线……"

曾可达："继续给我接！"

程小云目光移开了话筒搁在一边的电话，望向闭目等在那里的方步亭："步亭……"

方步亭还是闭目坐在那里："接着说吧。"

程小云难过地轻摇了摇头："刚才我说到哪里了……"

方步亭："生死存亡都在这一战了。"

程小云只好接着说了起来："……谢安却和客人在家里下棋，其实是在等待前方的战报。终于战报来了，谢安看了一眼却放在了一边，不露声色，继续下棋。直到那局棋下完，客人忍不住了，问他前方胜败如何。谢安这才答道……"

方步亭突然将手一举，止住了程小云，睁开了眼，大声接道："谢安说，'小儿辈大破贼！'"大声说了这一句他站了起来，深情地望着程小云："接着你就将报纸摊开在我面前，指着告诉我，孟敖在与日军的空战中一个人击落了三架敌机！"

说到这里一阵沉默。

接着，方步亭脸上露出了苦笑："……那个时候孟敖已经不认我这个父亲了。你懂事，用这个故事来安慰我。其实我哪是什么谢安哪，我也做不了谢安。但不管怎样我还是为有这个儿子感到高兴……现在我这个儿子又要来破贼了！小云，你说我是贼吗？"说着他将手伸向了程小云。

程小云赶紧接住他的手一握，立刻失声说道："好烫！"连忙用另一只手探向方步亭的额头，"步亭，你在发烧！司机……"

"不要叫！"方步亭止住了她，"把电话……放好。"

程小云："步亭！"

方步亭："刚才是个要紧的电话……快把话筒放好吧。"

顾维钧宅邸会议室。

"是方行长吗？"曾可达终于跟方步亭通上话了，握着话筒，谁都能听出他是在用一种晚辈对长辈的语调，"方行长您好！我是国防部曾可达呀……不是什么上司……您言重了，我和方大队长是同志。"

曾可达的目光完全聚焦在话筒上，仿佛他的身边这时任何人都不存在。

原来那些看他也不是、不看他也不是的目光，这时就有了些许看他或看别人或目光互看的空间。

更多目光这时都是看向方孟敖。

方孟敖的目光却是望向了门外的天空。

方邸洋楼一层客厅，方步亭固执地自己拿着话筒，程小云只能在他椅子背后一手托着他拿话筒的手臂，一手扶着他另一条手臂的腋下，帮着他将身子坐直。

方步亭对着话筒："曾督察客气了……我们在顾大使宅邸已经见过了……其实应该我来拜望你，碍于避嫌哪……"

"这完全是我的过失。"曾可达的目光仍然只聚焦在话筒上，"来之前建丰同志再三说了，叫我一定登府拜望方行长……一定要来的，您就权当给我一个弥补过失的机会吧。特别要感谢的是方行长今天还特地叫谢襄理陪着崔副主任来配合我们的工作……是呀，崔副主任一个人管那么多账目也不是一天两天能理清楚的，财政部中央银行懂经济的人又都走了，我和方大队长又都不懂经济。打这个电话就是向您求援的，建议让谢襄理帮助崔副主任先将账目理出个头绪……谢谢方行长理解。……快七点了，一千吨粮食今天还得发到那么多学生手里呢……下午或者晚上我来看您……等您的通知。"

电话打完了，程小云搀着方步亭站起时，发现他面颊潮红，额间冒着汗珠，两眼却仍然闪着光："还是不认我的这个儿子厉害……可是，他不知道，那些藏在他背后的人更厉害呀……"

程小云："都不要想了，赶紧看医生吧。"

顾维钧宅邸大门外。

"立正！"大门口卫兵队长一声口令。

几个卫兵立刻执枪立正。

方孟敖大步出来了。

方孟韦半步的距离跟着出来了。

马汉山、郭晋阳和邵元刚跟在身后也出来了。

方孟敖大步向停在街边的那辆中吉普走去。

方孟韦犹豫地望了一眼停在另外一边的自己那辆警局吉普。

郭晋阳和邵元刚已经既不像护卫也不像押送地紧簇着马汉山向方孟敖走了过去。

方孟韦不再犹豫，没有走向自己的车，而是快步走向了大哥。

方孟敖只瞟了弟弟一眼，立刻转对马汉山："马局长，从昨天晚上你把我们调来，到现在争到了这一千吨粮食，我们还是够意思听指挥吧？"

"哪里。岂敢！"马汉山其实已经很难笑出来了，难为他还要笑着，"原来鄙人还只是耳闻，现在鄙人算是真正看到了方大队长的英雄胆略！长坂坡赵子龙不过如此……"

"又扯了！"方孟敖立刻打断了他，"你就准备这样让我们去发那一千吨粮食？"

马汉山做严肃思考状。

方孟敖看了一眼手表："现在是七点，八点钟把你们民食调配委员会的人聚集到军营，按照名册，一个人一个人地登记，把粮食发了。"

"方大队长！"马汉山急了，"一个小时，把人叫拢来赶到军营都来不及，还要找名册……兄弟我打死了也做不到。"

"那就多给你半小时。"方孟敖目光犀利地望着他，"八点半没有拿着名册来发粮，我就把粮食都运到你民调会去，那时候来找你要粮的恐怕就不止一万两万学生了。"

马汉山脸上的油汗立刻冒了出来，一跺脚："我立刻去办！方大队长，要是八点半万一赶不到，九点前我一准赶到。行不行？"

方孟敖不再看他："郭晋阳、邵元刚！"

郭晋阳和邵元刚："在！"

方孟敖："开着门卫那辆三轮，你们陪着马局长去。"

郭晋阳和邵元刚："是！马局长，请吧。"

马汉山哪还敢耽误，立刻在郭晋阳和邵元刚的紧跟下向门口那辆军用三轮奔去。

方孟敖望着那辆三轮发动，载着三个人驰去，这才望向方孟韦。

方孟韦深望着大哥："大哥，领粮的人很多，局面会很难控制，我帮你去发粮吧。"

方孟敖望着弟弟："你去就能控制吗？刚才那番演说我看你对时局还是挺有见识嘛。你这个弟弟比我这个哥哥强，能包打天下。"

方孟韦："大哥……"

方孟敖："不管你信不信，我也要告诉你。我经常梦见妈，妈总是对我说，她理解我，干什么都理解我。放心不下的就是你，叫你脱下这身警服，不要再干了。"说到这里打开了车门。

"大哥！"方孟韦拉住了车门，"你没有看见过饥饿的学生们闹学潮的状况，让我去帮你吧！"

方孟敖："就这点要让你明白。那一千吨粮食就是粮食，是救人活命的，不是你说的什么火药。那些挨饿的人都是等着被救活命的人，更不是什么火药。在我心里他们都是同胞，没有什么火药，也不会有什么学潮！回去吧，不要忘了更担心你的人是谁。"说到这里他飞快地上了车，关了车门。

方孟韦怔在那里，但见那辆吉普猛地发动了，飞快地加速驰去。

奥斯汀小轿车内，司机在前，谢培东和崔中石沉默地坐在后排。

前边不远就是分岔路口了。

谢培东对司机说道："先不回去。东中胡同，送崔副主任。"

"是。"司机答着，方向盘一打，往右边的那条路开去。

方步亭那辆奥斯汀小轿车竟挤进了小胡同，停在崔中石家院门外。

司机恭敬地站在靠院门一侧的车边，双手拉着后座车门，笑等崔中石的两个孩子上车。

伯禽和平阳哪里见过这么高级的轿车，更没想到自己今天能坐到里面去，童心大悦，伯禽拉着妹妹急着便想上车。

"真不好意思啦！"叶碧玉拽了一下儿子，满脸感激荣光，望着站在院门口的谢培东，"谢襄理亲自给我们中石额外加了粮，我们哪里还好坐方行长的车啦……"

谢培东笑答道："崔副主任一直给行里干事，我们平时已经关心太少。这二十斤面粉按职务也应该配给给你们，不用客气。"说着转对司机，"到了粮站你拿着票去领粮。钱已经给你，然后去稻香村给孩子们买些糕点，再回来接我。"

司机："是。"

"中石呀。"叶碧玉望向了站在谢培东身边的崔中石，"厨房柜子第二层那个瓷罐里是今年真正的杭州龙井，记得是靠左边的那个小瓷罐，给谢襄理沏那个茶啊。"

"知道了，上车吧。"崔中石答道。

伯禽再也按捺不住兴奋，挣脱了妈妈的手，拉着妹妹已经钻进了小车的后门。

叶碧玉竭力想更矜持些，慢慢走向小车的后门。

司机立刻说道："夫人请坐前面吧。"轻轻地关了后门，立刻打开了轿车前门，一手还恭敬地挡在车门顶部，站在那里候着叶碧玉上车。

叶碧玉何时受过这等尊荣，进车门时不禁向崔中石投过去一丝难得的温柔。

——丈夫站在门口的身影比平时高大了许多！

崔中石家北屋。

"孟韦来找过你的事为什么不及时向组织汇报？"谢培东深望着崔中石。

"这个时候我不能跟您有任何联系。"崔中石答道。

"你是一个人吗？"谢培东语气严厉了，"我们任何一级组织都是党的组织，任何一个党员都必须向组织及时汇报情况，尤其是这样的突发情况。孟韦毕竟是国民党北平警察局的副局长，他跟你说的那些话何等重要！你如果及时汇报了，今天这样的情况就可以避免。你知道今天孟韦的行为会带来什么样的严重后果吗？"

崔中石沉默了。

谢培东眼中露出了关爱的神情，轻叹了口气，放缓了声调："去给我沏杯龙井吧。"

崔中石这才想起了妻子的嘱咐，拿起了桌上的杯子，站了起来。

谢培东："任何一个细节的疏忽，都将给组织还有你个人带来难以挽回的损失啊。"

崔中石迎向了谢培东的目光。

他眼中的谢培东，是上级，是自己的入党介绍人，同时也是自己在党内地下战线的前辈和老师！

顾维钧宅邸后门。

"徐局长接到了南京放人的指示，我接到的是国防部叫你们立刻交代第四兵团军粮的命令。"曾可达冷冷地望着不知何时已经解开了鸳鸯铐的那个孔副主任和那个女人，接着转望向徐铁英，"徐局长，放不放人你看着办，第四兵团的军粮三天内能不能运到你也看着办。党国的船翻了，你也可以在岸上看着。"

"误会了吧……"徐铁英当然知道他最后这两句话是冲着什么来的。

曾可达已经猛地转过了身向院子里那条石径走了过去。

徐铁英冷着脸沉默了少顷，先望向那个窝囊了一夜的钱处长："钱处长请先回吧。"

那钱处长："徐局长，你们就这样让我空着两只手回去见兵团长官？"

徐铁英："那就将孔副主任交给你，你带着去见你们的兵团长官。"

那孔副主任终于找着发火的对象了："钱佑生！昨晚为了你们，老子从来没有受过这样的气！你个混账王八蛋不替我们说一句话，现在还要跟我过不去！你不是要粮吗？一千吨粮就在那个姓方的军营里，你们第四兵团有种到那里要去呀！什么狗屁第四兵团的长官，连你在内不拿克扣，一年的粮都有了！干脆老子也不回天津了，有种你跟着我去南京好了！"

那个钱处长一张脸涨得通红，再不敢逗留，扭转身走出了后门。

崔中石家北屋。

"掩护孟敖、掩护我，都不是你的责任了，你也做不到。"谢培东放下手中的茶杯，"三天时间，把你经手的那些账册整理好，移交给我，随时准备撤离。"

"撤离？"崔中石一怔，"去哪里？"

谢培东："解放区。"

崔中石惊愕了片刻："我经手的那些账册牵涉到国民党许多部门，十分复杂，移交给任何人都说不清楚。谢老，在这个关键时候，您不能接手这些账册。"

谢培东盯着他："担心我对付不了国民党那些人，还是担心那些账册经不起组织审查？"

"谢老！"一向沉稳甚至显得文弱的崔中石突然激动地站了起来，"作为受您单线领导的下级，请您把我的话记下来，向组织汇报。"

"什么话？"谢培东望了他好一阵子，"你说吧。"

崔中石："为国民党中央银行走账，把那些本应该属于人民的钱一笔一笔地转到国民党贪腐官员口袋里去的那个人，是国民党中央银行北平分行的金库副主任崔中石，不是中国共产党党员崔中石。这样的事情，崔中石不做，国民党也会派别人去做。虽然我每一次做这些事都会有负罪感，那也是作为一名无产阶级对人民的负罪感，而不是担心作为一名党员受到组织的审查，审查也是应该的。"

谢培东心里震荡却表面平静："不需向上级汇报，我现在就代表上级回答你。这几年来你跟国民党各个阶层交往的那些事，都是工作需要，都经得起组织审查，历史检验。你刚才的话，还有你这几年的工作，将来我都会书面写进你的档案。记住，到了解放区，无论到哪个新的部门，都不要向新的上级做这样的解释。还有什么要求？"

"有。"崔中石又坐下了，"三天之内我无法整理好账册，无法撤离。请组织重新考虑让我撤离的决定。"

"组织不可能重新做出决定了。"谢培东站起来，"立刻整理账册，等我的通知，随时准备撤离。"再不商量，向门口走去。

"谢老！"崔中石站了起来，喊住了他，"最后一个要求，是我的责任，也是我的权利，请组织尊重我的权利。"

谢培东站在门边："简明扼要。"

"是。"崔中石走了过去，"撤离前，让我见见孟敖。"

"跟他说什么？"谢培东回头望向了他。

崔中石强笑了一下："当然是有利于保护他的话，怎么说要看他的反应。请组织相信我。"

谢培东："这个时候你不能去找他。"

崔中石："他会来找我。"

谢培东想了想："三天之内，他不来找你，你就撤离。"

"好。"崔中石跟着谢培东走出了房门。

院内大槐树下，车还没回来，谢培东站在树下，四处望了望这个崔中石住了两年的院子，目光收了回来，打量着崔中石，第一次露出了笑脸："你就要'解放'了，高兴一点儿嘛。中石，想没想过自己穿上军装是个什么样子？"

崔中石只好回以一笑，没有接言。

谢培东："我们立个约定吧。北平解放时，我和孟敖都穿上军装，我们三个人在德胜门照个相！"

崔中石："好。"

院门外胡同里终于隐隐传来了汽车的声音。

"他们回来了。"崔中石走向院门，开门。

"爸爸！"

"爸爸！"

两个孩子从来没有这样高兴过。

"中石呀！"叶碧玉手里提着好大一包糕点，也从来没有这样高兴过，待看到谢培东站在树下，又立刻嚷道，"侬要死了，怎么让谢襄理站在院子里！"

司机肩上扛着一袋面粉跟进来了，崔中石没有搭理叶碧玉，接下了面粉。

谢培东已经笑着走了过来："听到汽车声我们才出来的。碧玉啊，我要说你几句了。"

叶碧玉怔了一下："谢襄理说什么都是应该的啦。"

谢培东依然笑着："女人不好这样子跟男人说话的，会让孩子看不起爸爸。"

叶碧玉尴尬地笑道："晓得啦。"

谢培东对司机："我们走吧。"

跨过院门，谢培东没有回头看身后的崔中石，只说道："不要送了。"

大夫走了。

程小云坐在卧室床侧目不转睛地望着输液瓶里的药水每分钟的滴数。

沿着输液管是大床上静静放着的手背，沿着手臂是倚靠在三个枕头上的方步亭，他在微笑着。

"每次都这样，人家哭，你就笑。"床的那边是蹲着的谢木兰，松开了刚才还紧紧握着舅舅的手，破涕嗔道。

谢木兰身后的方孟韦反而只是静静地站着，他望着父亲的脸，父亲却不看他。

方步亭还是笑望着蹲在床边的谢木兰："知道大爸现在为什么笑吗？"

谢木兰又握住了舅舅的手，更娇嗔地说："你明明知道，还问人家。"

"是呀。"方步亭敛了笑容更显慈容，"在我这个家，最知心知肺的还是我们爷女两个啊。"说到这里方步亭的目光瞟了一眼站着的方孟韦。

谢木兰把舅舅的手握得更紧了："大爸，那您说我现在该怎么办？"

方步亭深深地望着谢木兰："有你小妈在，大爸不用你管。所有的同学都去了，大爸不会像你爸那样拦着你。去吧，到你大哥军营去，帮着把粮食发给那些东北学生。"

谢木兰都不忍看舅舅如此慈爱贴心的目光了，望向程小云："小妈，大爸真的不要紧吧？"

程小云含笑轻轻点了点头："大夫说了，就是热感，吃了药又输了液，不要紧的。"

"那我真去了？"谢木兰又望向舅舅。

方步亭点了下头，谢木兰仍然握着舅舅的手站起来。

方步亭瞟了一眼默默站着的方孟韦："叫他开车送你去。"深望着谢木兰，"见到孝钰，叫她多帮帮你大哥。明白大爸的意思吧？"

"我明白！"谢木兰绽出了容光，"大爸、小妈，我去了。小哥，走吧！"又弯下腰捧起舅舅的手背亲了一口，向门口走去。

一直沉默着的方孟韦："爹……"

方步亭仍然不看他："记住，他们号称要做'孤臣孽子'，你做不了。从来也没有什么孤臣孽子能够救国救家。送了木兰找个没人的地方想好了再来见我。"

方孟韦低着头走了出去。

忧郁重又浮上了方步亭的眼中："培东怎么还没回？"

程小云站起来，扶着方步亭躺下，又把枕头给他垫好："姑爹办事你就放心吧。"

北平西北郊外。

"小哥，我是去大哥的军营，你走错了！"坐在吉普车副座的谢木兰望着远处圆明园的废墟，大声嚷道。

方孟韦开着车："小哥有话跟你说，说完了再送你去军营。"

"那就晚了！"谢木兰有些急了。

方孟韦轻轻地一踩刹车，让吉普慢慢停下。

方孟韦望向谢木兰："那就现在跟你说几句吧，一分钟。"

谢木兰这才发现今天小表哥眼中从来没有见过的凄凉和孤独，甚至有些像绝望，立刻慌了："哥，你今天怎么了？什么一分钟？"

方孟韦也察觉到自己的神态吓着了小表妹，立刻掩饰地笑了："没有什么。我现在就送你去大哥军营。"说着一挂倒挡，开始倒车。

"小哥！"谢木兰抓住了方孟韦倒车挡的手，"粮食还得发一天呢。我跟你去。"

圆明园废址。

尽管到处都有可以坐的汉白玉石阶石条，方孟韦还是把谢木兰领到了一处更隐蔽的荒坡草地，尽管坡地上长满了厚厚的绿草，方孟韦还是从旁边的树上折下了一大把软叶树枝，垫好了才对谢木兰说："坐下吧。"

谢木兰乖乖地坐下了，却留下了一个座位的软叶树枝，等着小表哥坐。

方孟韦没有在那里坐下："小哥今天的话要在你背后说，你愿意回答就回答，你认可就点头，不认可就摇一下头。"

谢木兰有些害怕了，抬头望着站在那里和天融在一起的小表哥。

方孟韦："你是不是和你们那些同学一样，恨你小哥，也怕你小哥？"

还面对着面，谢木兰已经按着小哥刚才的要求，使劲摇了摇头。

方孟韦露出一丝欣慰的苦笑，慢慢走到了谢木兰身后，离她约一米，在草地上坐下了。

谢木兰立刻转过头："小哥，你为什么不能跟我当面说？我们当面说吧。"

方孟韦："先听小哥说，你觉得可以当面跟我说了再转过身来吧。"

谢木兰心里更忐忑了，只好转正了身子，两眼望着空阔的前方："小哥，你慢点说……"

方孟韦："你们学校的人，所有学联的学生都恨国民党吗？"

谢木兰点了点头，又停住了："也不全是。"

方孟韦眼中闪过一道光："什么叫也不全是？"

谢木兰："恨国民党，但不是恨国民党里所有的人。"

方孟韦："比方说哪些人？"

"大哥！"谢木兰的语调兴奋了，"大哥就是国民党空军的王牌飞行员，可同学们都佩服他，有些还崇拜他。"

方孟韦："还有哪些人？"

谢木兰在想着，终于又说出了一个人的名字："何思源先生！他原来就是国民党北平市的市长，可他心里装着人民。同学们和老师们都特尊敬他。"

方孟韦沉思了少顷："最恨的是哪些人？比方说中统、军统还有警察局。"

谢木兰："特恨。"

"包括你小哥吗？"方孟韦紧接着问道。

谢木兰怔住了，有些明白小哥今天为什么要把她拉到这里，这样问她了，紧接着摇了摇头，她自己也说不清楚摇这个头是代表自己还是代表小哥所问的所有学联的同学。

方孟韦："你小哥是北平警察局的副局长，还兼着北平警备司令部侦缉处的副处长，他们能不恨我？"

"真的！"谢木兰转过了头，"'七五'那天，你没有叫警察开枪，还暗地里放开了一条路让好些学生跑了。小哥，后来好多同学对我说，你是个有良知的人。"

方孟韦的头却转过去了，显然是不愿意让小表妹看见自己现在的脸——他的眼有些湿了。

谢木兰立刻转回了头，背朝着小哥："小哥，我知道你是好人，以后还会有更多的人会知道你是好人。共产党也不都把国民党的人当坏人看……小哥，你今天叫我来就是问这些吗？"

方孟韦的神情立刻峻肃了："你认识共产党？"

谢木兰的神情也立刻变了："小哥，你是找我来查共产党？"

方孟韦马上明白了自己的神情语态，立刻解释道："查共产党不是你小哥的事，叫我查我也不会查。再说谁真是共产党你也不可能知道。"

谢木兰也跟着放缓了语调："那你又问？"

方孟韦竭力放平语调："小哥必须要问一个人，你就凭感觉告诉小哥，这个人可不可能是共产党，因为这关系着大哥。"

谢木兰有些理解小哥的问话了，也有些猜着小哥要问谁了："你问吧，我可不一定能回答你。"

方孟韦竭力用亲和的语气，慢慢地说出了一个名字："何孝钰。"

谢木兰证实了心里的猜想，立刻摇了摇头："不是。"

方孟韦："和你一样，进步学生？"

谢木兰刚点了下头，又摇了摇头："比我要进步些。"

"木兰！"方孟韦在背后一声呼唤。

谢木兰立刻转过了头，却见小哥已经站起，走了过来，走到了她的身前。

谢木兰望着小哥在她的面前蹲下。

方孟韦："小哥想要她做我的嫂子，你愿不愿意她做你的大嫂？"

谢木兰使劲地点了点头，接着又露出了犹豫。

方孟韦："有什么难处，告诉小哥。"

谢木兰："我们学联的人再喜欢大哥，这时候也不会嫁给他。他毕竟是国民党的上校大队长。"

方孟韦："让大哥辞去这个大队长呢？退了役，去美国。孝钰也能跟着到美国去留学。何伯伯也应该会答应。只要何伯伯愿意，他能找司徒雷登大使很快办好这件事。"

听到这里谢木兰眼中反而露出了忧虑，望着小哥："要是何伯伯不愿意呢？"

方孟韦："为什么？"

谢木兰犹豫了，躲开了小哥的目光，怔怔地望着一边想着，突然说道："小哥，你还是到后面去吧。"

方孟韦内心深处埋着的那层预感浮出来了，慢慢站起，慢慢走到谢木兰身后，没再坐下："你说吧。"

谢木兰："一个人。"

方孟韦："谁？"

谢木兰："梁教授。何伯伯最得意的学生，也是孝钰最亲近的人。"

"也是你们许多女同学都喜欢崇拜的进步教授？"方孟韦问这句话时已经毫不掩饰心中的反感了。

"小哥！"谢木兰没有回头，语气已带嗔意，"你这是什么意思？"

方孟韦："没有什么意思。你小哥现在不是在代表国民党说话，你和孝钰都可以喜欢这个人、崇拜这个人，但是他都不适合你们。"

谢木兰倏地站起来："小哥，现在可以送我去军营了吧？"

"我送你。"方孟韦立刻走过谢木兰的身边，走下斜坡。

谢木兰突然发现这个一起长大的小哥，背影是如此的孤独，朦胧感觉到了他还有一层埋得最深的心思，可自己却不敢往更深里想了，前所未有的一阵慌乱蓦地涌向心头，踩在软软的草地上，跟过去时只是想哭。

燕京大学东门外文书店二楼。

这里，两只少女的眼也在深深地望着另一个男人的背影。

梁经纶所站的窗口恰恰能远远地望见方孟敖青年航空服务队的军营，远远地望见军营大门外无数个黑点汇聚的人群。

——那里正在发粮领粮，却如此井然安静。这是 1947 年以来如此大规模人群会集在一起所没有的景象！

"能听见声音吗？"梁经纶依然面朝窗外轻声问道。

坐在书桌边深望着他背影的何孝钰回过神来认真听了听，答道："好安静啊。"

梁经纶还是望着窗外："有没有想起一句诗？"

何孝钰："不是在课堂里，我不想。"

"于无声处听惊雷！"梁经纶念出了鲁迅这句诗，接着转过了身，"你过来看看，能不能看出那些人点里谁是方孟敖。"

"我已经看到了。"何孝钰很认真地答道。

梁经纶反而一愣，转头望了望窗，又望了望何孝钰坐处的视角："你那里能看到？"

何孝钰目光望向窗外："当然能。他早就在我心里了，还要用眼睛看吗？"

梁经纶转而一怔，徐步走了过来，走到何孝钰身边的长条凳旁，望着她包裹着学生夏装短衣裙身躯旁的空凳。

梁经纶想象自己翩然撩起了薄布长衫，挨着何孝钰短衣裙的学生夏装坐在了一起！

而现实中的梁经纶却走到何孝钰的书桌旁，撩起了长衫下摆在另一条长凳上坐下了，恰好挡住了何孝钰目光能望见的窗口，望着她："今后这样的大集会你都不能去了，不是我今天有意不让你去。"

何孝钰其实一直在感受着梁经纶长衫飘拂的风，从他站在自己身后，从他走过自己身旁，从他在自己对面坐下，他的风都在轻轻地翻着自己心里的书。

窗口都被他挡住了，她只好望着他的胸前："不是说今晚要组织同学请方孟敖的飞行大队来参加联欢吗？我去请他，然后我也不参加？"

梁经纶："你当然要参加。"

何孝钰："你刚才不是说所有的集会我都不能去了？"

"是我词不达意。"梁经纶苦涩地一笑，"我指的是请愿抗议游行一类的集会，也包括像今天这样给那么多东北同学发粮的集会。"

"然后就装出愿意嫁给他，去他的家，去他的军营，或者约他出来，花前月下？"何孝钰望向了梁经纶的眼。

梁经纶："孝钰……"

"我知道，这是为了新中国！"何孝钰抢着说了这句话。

梁经纶只好沉默了。

何孝钰望着他身上那种自己一直喜欢的忧郁，想着自己对他还隐瞒着的身份，心一下子有些疼了。她太想告诉他，自己和他是在两个不同的组织里却有着一个共同理想的同志，却偏偏不能说："给我说说我们期待的新中国吧。她会是一个什么样的新中国？"

梁经纶的那颗心好像在急速地往下坠落，偏偏又是在深不见底的山谷里坠落。他猛地昂起了头，站了起来，挽住那颗下坠的心，竭力使自己用兴奋的情绪念出了下面一段话："它是站在海岸遥望海中已经看得见桅杆尖头了的一只航船，它是立于高山之巅远看东方已见光芒四射喷薄欲出的一轮朝日，它是躁动于母腹中的快要成熟了的一个婴儿！"

何孝钰也激动地站了起来！

|十五|

燕京大学未名湖畔树林中。

"我不知道什么今晚开联欢会的事，老刘同志！"隔着高度近视眼镜，似乎也能看见那两只眼中的惊愕，坐在石凳上的严春明失态地放下了手中的书，便欲站起来。

"拿起你的书，严教授。"那老刘依然在严春明身前扫着落叶，"你现在是在跟一个校工闲谈。"

严春明怔了一下，西斜的太阳从树林的缝隙透射下来，四周一片寂静，并无任何人声。他知道党的地下组织严格的纪律，可是也不至于这般草木皆兵，因此一丝不满浮上心头，去拿书时便显出些不以为然。

那老刘又扫了一撮落叶，直起了腰，笑望向严春明："严教授，那么多教授都在忙着向国民政府提抗议了，您好闲心，这个时候还来研究学问。"

太阳光从树林缝隙照在了老刘的身上，老刘脸上的笑容是那样憨厚卑和。可在严春明眼中，他的身影被一片金光笼罩着，那脸上透射出来的也不是笑容，而是党的钢铁纪律！

"手里拿着书，咱们继续闲聊。"老刘笑着又去扫落叶。

严春明不得不恢复常态，一条腿架了起来，一只手拿着书轻轻搁在腿上，脸露一丝笑容，装出一个教授对一个校工闲聊的神态，对扫着落叶的老刘："到现在为止，我确实还不知道学生会今晚邀请方孟敖大队来校举行联欢会的事。是不是学生会的同学自发的行动？"

"党的学运部失去了对学生会的领导吗？"老刘还是笑着在扫落叶，"还是你已经放弃了对燕大学运部的领导？"

严春明很难再继续那种闲聊的神态了，只好拿起了书，一边看着，一边答道："我立刻就去调查，是学运部哪些同志擅自组织的这次行动。"

老刘蹲了下去，放下了扫帚，用手从草丛中拾着一片一片的落叶："不用调查了，是梁经纶同志。"

斑斑驳驳的日光在严春明的眼前冒出的是一片金星！

燕京大学东门外文书店二楼。

何孝钰不知何时站在了窗前，西边的太阳正平对着窗口从她身躯的四周射进书楼，她的背影俨然一幅婀娜的剪影。

梁经纶的薄布长衫又掀起来，慢慢飘至她的身后，停下后仍在微微拂动。他高出的半头越过何孝钰的头顶望去，日光刺目，远方的军营只是白晃晃的一片。

梁经纶知道何孝钰并非在寻找其实看不见的方孟敖，胸臆间一口长气轻抒了出来，还是吹拂起了何孝钰的丝丝秀发。

风动幡动？吹拂的都是何孝钰的心动。她一只手慢慢伸了上来，却并非梳抚自己的头发，只是伸在那里。

梁经纶在不应该怔住的时候怔住了！

多少个月起月落他都在等待这一刻，今天却在满目日光下来临了——幸福还是痛苦，痛苦伴随着激动，他终于将自己的脸慢慢俯向了何孝钰纤纤的手指。

何孝钰的指尖触摸到了他的脸。

终于，那只温柔的手贴上了梁经纶整个脸颊，紧紧地贴着。

她的手，他的脸，在这一瞬间都停住了——紧贴的手和被贴的脸，也许都希望这一刻定格为静止的永恒。

至少在何孝钰，她只希望被自己紧贴的脸一动不动，就这样若即若离地挨在他的发边，已经足够了。

可是没有永恒！

梁经纶的两手从何孝钰的身后伸了过去，轻轻地也是紧紧地搂住了她的腰，将自己的头埋在了她的掌心中肩头上。

何孝钰紧张地闭上了眼，闭上了眼还是满目日光。

突然，她感觉到了自己的颈上肩上有点点滴滴的湿润——不是汗水，而是泪水！

她受惊地睁开了眼。

她飞快地转过了身。

她看见了面前这个博学坚强的男人眼眶中的湿润！

她不知道自己应不应该再犹豫，终于在他身前轻轻地抱住了他，将自己的脸贴上了他的前胸，将自己的泪水点点滴滴还给他的衣襟。

燕京大学未名湖畔树林中。

那老刘脸带笑容，已经在严春明坐着的石凳后扫落叶了。

严春明也还是强带着笑容，手握着书卷在听他讲话。

老刘："彭真同志在'七六指示'中已经明确提出，基本群众中的少数积极分子，要精干、隐蔽。只能在一定的组织形式内，做一定的活动，即做情况允许下的活动。梁经纶同志这一次把那么多学生中的重要积极分子公开组织起来，在形势十分复杂严峻的情况下，邀请方孟敖大队召开联欢会，这是明显地违背党的'七六指示'精神的行为！"

"我立刻去了解，他都组织了哪些学生中的积极分子。"严春明显然还是带有一些替自已开脱的动因回答组织的严责。

"那就干脆等到联欢会开完了再了解吧!"老刘脸上还是笑着,低沉的语气已经十分严厉,"开完了联欢会,国民党就会大发慈悲,将他们用于发动内战的钱,将他们贪腐集团存在美国银行的外汇都拿出来,'救最苦的同胞',是吗?如果不是,那就会酿成一次新的'七五事件',把广大的学生尤其是重要的学生积极分子往他们枪口下推。这么明确的形势,梁经纶同志看不清,你们学运部党的支部难道也看不清吗?"

听到这里严春明完全坐不住了,立刻站了起来!

"当心滑倒,严教授。"老刘还是那个神态,"立刻找到梁教授,及时阻止这次行动。"

说完这句,老刘提着撮箕,拿着扫帚,慢慢向树林的另一方走去。

严春明尽力定了定神,这才使步伐迈得快些又稳些,向图书馆方向走去。

燕京大学东门外文书店二楼。

梁经纶竭力想从何孝钰泪水洗礼后的眼眸中看到应该焕发的容光。

何孝钰却又轻轻闭上了眼。

他隐约感觉到了她在自己胸前的那种不应该有的"还君明珠"的状态!

——但愿是少女正常的羞涩。

他将她又轻轻地扳转了过去,在背后轻轻地搂住她,在她耳边轻轻说道:"方孟敖敢于率部不炸开封,又敢于从国民党第四兵团手里为民众争来粮食,就敢于来参加我们的联欢会。通过这次联欢会,就是为了告诉全北平的民众,国民党政府不是没有粮食,而是有粮食都用到了打内战,还有被他们贪墨了。因此这次行动的意义十分重大。学联已经有好些同学去了,谢木兰肯定也在军营,你去了以后和他们一起邀请,一定能把方孟敖和他的大队请来。"

何孝钰:"方孟敖参加了我们的联欢会,国民党那边会怎样看他?真造成了这样的影响,他们会不会撤掉方孟敖大队?不是说争取他们这支力量很重要吗?"

梁经纶:"国民党内部也分成两派。正是新崛起的这一派在重用方孟敖,这一派的政治背景来头很大,政治目的也更加反动,就是力图挽救势将垮台的国民党政府,因此他们也在拼命争民心,当然其本质是在欺骗民意。方孟敖来参加联欢会表面上也符合他们的企图,因此不会对方孟敖大队造成被撤掉被解散的后果……估计还有一个小时粮食就发完了,你那个时候到军营……"

梁经纶停住了,侧耳听着。

隐隐约约楼下响了两声的电话铃声停了。

少顷,索菲亚女士的声音从楼下传来:"梁,你的电话。"

何孝钰转过了头,望着梁经纶。

梁经纶还是轻轻搂着她,只是提高了声调:"谢谢!知道是谁打来的吗?"

楼下索菲亚的声音大了些:"学校图书馆。"

梁经纶心里一惊,脸上露出的却是希望理解的严肃:"真不想现在离开你。"

"去吧。"何孝钰的一笑里仍然保持着女孩应有的含蓄和矜持,"我也该去航空服务队的军营了。"

梁经纶不能显出急于去接电话的神态，何孝钰已经轻轻掰开了他的手："快去接电话吧。"

梁经纶这才松开了在背后搂住她的手，向二楼门口走去。

走到门边又停住脚步回头一望。

何孝钰轻声地但能让梁经纶听见："我不会爱上他……也不会爱上你。"

梁经纶心里微微一颤，当他看见何孝钰关爱的笑容时，很快便回以自信的一笑，转身拉开门时，眼前又是一片黑暗。

他的笑容消失了，身影也随着消失在楼梯间。

顾维钧宅邸曾可达住处。

会议是临时召集的，曾可达只穿着一件白色的夏威夷短袖衬衣，站在办公桌的椅前。

其他与会的人都穿着夏季短袖军装，站在客厅里，军帽却是平端在臂间。

这些青年军人，两个是从南京跟踪崔中石而来的军情特务，两个是多次骑自行车护送曾可达去见梁经纶的特务学生，一个是曾可达的副官，一个是那个青年军的军官。

"几个报社我们的记者都通知了吗？"曾可达的目光先望向那两个中正学社的特务学生。

"报告将军，都通知了。"一个特务学生答道。

曾可达："告诉他们，今晚的联欢会不要以记者的身份出现，尤其是拍照，必须秘密进行。明天各报报道的口径一定要突出两点：第一，东北学生和北平各大学师生跟国防部派驻北平的经济稽查大队亲如一家！第二，国民政府视民众的苦难高于一切，国军第四兵团将自己的军粮主动让给了东北的学生和北平各大学的师生！我说清楚了没有？"

"非常清楚，将军！"两个特务学生齐声答道。

曾可达："都清楚了？"

两个特务学生一愣，只好望着曾可达。

曾可达："你们几个认识梁经纶同志的，在晚会上绝对不能跟他有任何接触。"

"都清楚了。"两个特务学生这才答道。

曾可达："立刻行动吧。"

"是！"两个特务学生捧着军帽同时敬礼，整齐地转过身去才戴上军帽，走出了房门。

曾可达的目光转向了南京来的两个军情特务："你们的任务仍然是严密监视崔中石。他已经认识你们了，你们自己不要出面，让国防部驻北平军情部门的同志去执行监控，随时向你们报告情况。"

"是。"两人同时答道。

曾可达："去吧。"

"是！"两人这才敬礼转身走出房门。

曾可达望向了那个青年军军官："原来护卫方孟敖大队的是多少人？"

那青年军军官："报告将军，一个排，每日三班轮流护卫。"

"太少了。"曾可达望了下窗外，"再增加一个加强排，务必保证方孟敖本人和方孟敖大队的安全。无论是第四兵团还是中统军统，那些被他打疼了的要员和浑蛋随时可能危及方大队。发现征兆，就亮出国防部预备干部局的名号，镇住他们！"

"是！"那青年军军官非常干脆，敬礼，立刻转身出门。

房间里就剩下曾可达和他的副官了。

曾可达这才显出了极度的疲乏，坐了下去。

副官关心地望着他："长官，我给您放热水，您先洗个澡，稍微睡一下。什么时候去见方行长，我什么时候再叫醒您。"

曾可达："好。给我准备一套便服。还有，通知中正学社的张社长，请他把那套刻有建丰同志姓名的宜兴紫砂茶具让出来，我要送给方行长。"

燕京大学图书馆善本资料室。

坐在对面，严春明平时对梁经纶那种欣赏和信任已完全没有了，隔着高度的近视镜片只是盯着他，等他回答。

"我也是不久前才知道的，今晚的联欢会完全是学生会应广大学生的强烈要求组织召开的。"梁经纶已经感觉到了严春明背后那股强大力量的存在，斟酌着分辩道，"您来电话前我曾经打过您的电话，准备向您汇报。电话没有人接。"

"你的话我听不懂。"严春明今天严厉中透着审视的态度进一步证实了梁经纶的预感，"学生会组织召开联欢会，是决定了以后告诉你的，还是在决定前就问过你？"

梁经纶竭力控制住内心的震惊，这个时候任何谎言在不久后都将被证实，他只能如实答道："他们在决定前就问过我。"

严春明的眉头蹙起了，目光中审视的神色却在逐渐消失，语气中只剩下了严厉："那就是说学生会的这个决定是你做出的！梁经纶同志，你今天的行为已经严重地违反了党的地下组织工作原则！是完全无视组织的行为！"

"有这么严重吗？春明同志。"梁经纶必须装出吃惊的神情，"国民党北平参议会做出的驱散东北学生的反动决议，造成的'七五事件'现在正是进一步揭露真相的时候，通过这次联欢会不正是进一步揭露国民党内部贪腐反动本质的一次机会吗？"

"你这是在给组织建议还是在给组织上课！"严春明已经气愤地用指头敲起了桌子，"如果是给组织提建议就应该在几个小时以前；如果是在给组织上课，梁经纶同志，你任何时候都没有这个权力，也没有这个资格！"

梁经纶以沉默对之。

严春明："你才华横溢，马列的著作、毛主席的著作多少篇都能倒背如流。前几天彭真同志的'七六指示'你不是也整段整段背诵给我听过吗？为什么今天就做出了和'七六指示'精神完全相悖的行为！你的自以为是可以结束了，梁经纶同志！学生会重要的积极分子都是你在直接联系，你现在立刻找到他们，取消今天晚上的联欢会！"

梁经纶："春明同志……"

严春明："这是组织的决定，而且是组织最后的决定！"

梁经纶低着头沉思了片刻，再慢慢抬起头："可是学生会那些同学都已经去了方孟敖军营，我怎么通知他们？"

"你没有腿吗？"严春明的态度已经不只是严厉，"不要说那是公开场合，你平时就是以开明教授的身份在公开场合开展工作的。立刻去军营，取消联欢会！"

北平西北郊青年航空服务队军营。

最后一辆道奇军用卡车，最后一车粮食，最后一拨坐在卡车粮袋上的东北学生，缓缓地开出军营铁门时太阳离西山已经不到一丈高了。

卡车的粮袋上的东北学生站了起来，有些还流着泪向铁门内激动地呼喊着挥手。

北平学联的发粮学生代表们在军营铁门内向他们呼喊着挥手。

谢木兰率先爬上了长条桌上，闪着激动的泪花拼命挥手。

接着好些发粮的学生代表都爬上了长条桌向渐渐远去的装粮车挥手。

学生们的身后，民食调配委员会那些发粮的人一个个都蔫了，不知道是累是气是恨还是无可奈何。有些瘫坐在凳子上，有些干脆就地躺了下去，忍受着学生们的呼喊，看都不愿意再看一张张拼成长条的桌子上那些跳跃着的学生，以及学生们脚前那一摞摞堆积如山的发粮账册和领粮收据。

营门内外，偏偏不见方孟敖大队一个队员的身影。

李科长从门卫室出来了，王科长也从门卫室出来了。

望见眼前的情形，李科长的脸像晒了一天的茄子，王科长的脸像摘下来好几天的苦瓜。

李科长望着王科长："你说吧。"

王科长早已没了脾气，向那些发粮学生的代表有气无力地喊道："同学们！亲爱的同学们……"

没有一个学生听见他的喊声，没有一个学生回头看他。

"你就不能大声些？连我都听不见。"那李科长兀自在他身边抱怨他。

王科长："我爹娘就给我这么大嗓门，要不你来说？"

"说不说由你。"李科长扫了一眼瘫坐在凳子和地上的那些科员，又实不愿意再跟学生们对话，盯了一眼面前占着一把凳子的科员，那科员只好懒懒地站了起来将凳子让给他。

李科长一屁股坐了下去："我可告诉你，我是社会局的，马阎王管得了我的手管不了我的脚，你可是肠肝肚肺都归他管。这么多粮账收条今天不收拾好，他向姓方的交不了差，看扒谁的皮。"说完干脆不理王科长了，闭上眼睛养起神来。

王科长真是又苦又急："就算我来说，你也不能睡觉吧？怎么说，支个招行不行？"

那李科长仍然闭着眼睛："看见登得最高的那个女学生没有？"

王科长立刻向学生们那边找去："哪个？"

李科长："翅膀展得像凤凰的那个，她就是方孟敖的表妹。我这可是给你支的最管用的一招了。"

王科长立刻瞪大了眼向学生群中搜寻，判断谁翅膀展得更像凤凰。毕竟是民政局的科长，他认准了仍然站在桌子上最兴奋又漂亮的谢木兰，挤出笑容向她走去。

青年航空服务队军营营房内。

真是匪夷所思。

一整天营房外一二万人领粮，营房却大门紧闭，方孟敖大队的队员们全都奉命在床上睡觉。

夏日炎炎，二十张床上二十个精壮的飞行员，全都赤裸着上身，一个个肌腱隆起，左边十个整齐地仰面躺着，右边十个整齐地仰面躺着，乍看疑似西洋绘画大师精心绘制的人体油画！

一双眼睛偷偷地睁开了，是郭晋阳，他听了听营房外的动静，接着悄悄向其他躺着的队友望去。

有些人确实睡着了，有几个跟着他睁开了眼，也都一边听着营房外的动静，一边互相传递着眼色，接着全都悄悄望向营房里端方孟敖开着门的那间房。

古人形容伟壮士、真将军面临阵仗时的状态常用两个成语，一曰枕戈待旦，一曰静若处子。

方孟敖此时仿佛二者兼而有之，又仿佛二者都不是。但见他侧身躺在铜床上，两个枕头已经很高，依然一只手垫在头的侧面，面容恬静，呼吸均匀，两腿蜷曲，就像一个熟睡的孩子。

几乎没有声音，郭晋阳半个头从门边露出来了，一只眼偷望向床上的队长。接着那只眼一惊，半个头僵在门边。

他看见队长在笑，孩子般的笑，笑了大约有几秒钟，又慢慢皱起了眉头，接着面容又恢复了平静。

原来队长是在梦里，郭晋阳的那只眼闪过了一丝敬爱的心疼，半个头慢慢缩了回去。

偷偷爬起床的还有五个人，郭晋阳在前，四个人在后，运步如猫行，走到了营房门边。

门上从里面挂着一把大锁，门的上方却有一排通栏窗户，郭晋阳做了个手势，一个高个队友蹲了下去，郭晋阳踏上他的肩头，那高个队友站直了身，郭晋阳恰好能从窗口望向营房外的大坪。

"混账王八蛋！也就辛苦了一天现在就撂挑子！整理账册，他妈的通通给我起来整理账册！"马汉山身后跟着王科长，从门卫室一路骂了出来。

李科长懒懒地站起来，那些科员也都懒懒地站起来。

马汉山见这些人依然站着，毫无去整理账册的意思，那张黑脸顿时暴出了青筋，望向守卫的那个中尉军官大声嚷道："枪！给我一把枪！"

学生们的目光都望向了他。

他的那些下属反而仍然死猪一般，没有反应。

那中尉军官："马局长，您要枪干什么？"

马汉山："治乱世用重典！老子今天不枪毙一两个人还真对不起党国了！"

"局长。"李科长接言了，"弟兄们没有一个说不愿意整理账的，方大队长代表国防部调查组早就放了话，今天的账要和学生会的代表一起整理。他们现在不配合，您枪毙谁去？"

马汉山怔住了，望向那几十个站在一起的学生代表。

谢木兰挺身走了出来："我们学生会已经决定了，今天晚上邀请方大队长的青年航空服务队参加我们的联欢。所有的账都封存起来，明天我们再派人慢慢整理。马局长还想枪毙人吗？"

怎么又冒出个要开联欢会？还敢这般口气！马汉山对着谢木兰立刻便要发作了。

那王科长急忙凑到他耳边："局长，就是她，方大队长的表妹。"

学生们都已站在谢木兰身后，一起望着马汉山。

马汉山真的愣住了，气也不是，恨又不能，伸出干柴似的手指掐着自己的太阳穴按揉了几下，望向谢木兰："我说你们这些同学也见好就收吧。戡乱救国时期，你们为什么一定要乱了还要添乱呢？"说到这里转向他那些部下，"今天必须整理账册。他们不配合就怪不得我们，装好账册，带回调配委员会去！"

谢木兰又要说话了，身旁的一个男学生，显然是学生会的负责人拦住了她，对着马汉山："没有我们学生会代表的同意，你们不能把账册带走！"

"军队！警察！"马汉山望向了站在营门内外的军人和那些警察大声喊道，"我现在代表政府命令你们，将这些学生带出营去！"

学生们没说话，倒是那个守卫队的中尉军官站出来说话了："马局长，这可不行！"

马汉山："什么意思？"

那中尉军官："方大队长给我们下了命令，今天的账册必须和这些学生代表一同处理。我们不能赶他们走。"

"好！好！国民党和共产党他妈的真是分不清楚了！"马汉山气急得都胡言乱语了，"那就立刻请示你们的方大队长啊！"

那中尉军官："对不起，稽查大队现在都在休息，不到六点，我们不敢打扰。"

马汉山差点跳了起来："都是一个晚上没睡，我们累了一天，他们倒在睡觉，现在又不让整理账册，还要开什么联欢会！横竖一条命了，我去叫！"

"那您去叫吧。"那中尉军官这倒没有拦他。

马汉山往前走了几步，望着那两扇紧闭的营房门又停住了，猛地转过身来指着王科长和李科长："你，还有你，你们去叫！"

李王二科长哪里敢去叫，都把头望向了一边的地上。

学生们已经有好些人笑了起来，谢木兰笑得最开心，却发现有人在身侧扯了她一下。

谢木兰回头望去，何孝钰不知何时站在了她的身侧！

飞行员的眼睛好，耳朵也好。

趴在门上窗口处的郭晋阳一阵开心一阵高兴，弄得下面几个趴在门边侧耳偷听的飞行员心痒难耐。

"都看到什么了？"一个飞行员低声急问。

"开联欢会，今晚要请我们去开联欢会！"郭晋阳低声答道。

"这我们也听见了。女学生有多少？漂不漂亮？"

郭晋阳："没有不漂亮的，只有更漂亮的！"

"来，先让我看，再让你看。"下面一个飞行员对另一个飞行员，示意他也蹲下。

郭晋阳已经轻轻一跃跳了下来："不要看了，想办法把民调会那些浑蛋弄走，要不今晚的联欢会就被他们搅了。"

"门锁着，钥匙在队长那里，我们怎么出去？"

"看我的。"郭晋阳说着，轻步向方孟敖房间走去。

方孟敖依然安静地睡着。

郭晋阳手脚极轻，在他杯子里舀了两勺速溶咖啡，拿起热水瓶冲上开水，用勺无声地漾动。

咖啡搅好了，他端着走到方孟敖床边，继续搅着，嘴里却轻声哼唱起来："浮云散，明月照人来。团圆美满……"

方孟敖的眼睁开了。

郭晋阳一脸贼笑："队长醒了？"边说边将咖啡递了过去。

方孟敖没有接咖啡，却坐了起来，接着站在床边，先望了一眼手表，说道："你知道最让人难受的是什么吗？"

"不知道。"郭晋阳严肃答道，"请队长指示。"

方孟敖："三岁没娘，五更离床。郭晋阳，你现在让我难受了，知道我会怎么整你吗？"

郭晋阳："报告队长，现在不是五更，是下午五点半。你不会整我。"说着又双手将咖啡递了过去。

方孟敖望了他一眼，一手接过了咖啡，另一只手向他一递。

大门钥匙！

"是！"郭晋阳目光大亮，双腿一碰，唰地一个军礼，接过钥匙大步向门外走去。

刚走出方孟敖的房间，便听他在外面大声叫道："起床！穿好衣服，执行任务！"

"辞职！老子现在就去北平市政府辞职！"马汉山站在大坪上，向郭晋阳那些飞行员大声嚷道，"账可都在你们军营，今后查不清，不要找我！"

嚷完，马汉山转身便向军营大门自己那辆小车走去，兀自嚷道："司机呢？死到哪儿去了？！"

其实司机已经在他平时上车的一方打开车门候在那里，人多挡住了视线，马汉山自己走错了一边，接着又是一声大吼："司机死了！"

"局长，您走错了，是这边。"司机今天也来了气。

"你明天就辞职吧！"马汉山兀自胡乱撒气，自己拉开这边车门，钻了进去。

那司机关了那边车门，绕到车前也开始嘟囔："大不了一家饿死，太难伺候了。"

望着马汉山那辆车喷着尾气开出营门，李科长、王科长对望了一眼，两人几乎同时："走吧。"

撂下了一长条桌子的粮单收条，民食调配委员会那群人向停在营门外的两辆大车走去。

学生会的代表鼓起了掌。

不知谁带的头，学生们欢快地唱了起来：

两只老虎，两只老虎，跑得快，跑得快！

一只没有尾巴，一只没有耳朵，真奇怪，真奇怪！

"同学们！"学生会负责的那个男学生喊住了大家，"赶快帮忙把粮单收据都封存起来！"

学生会的代表们这才奔到长条桌边去收整粮单收据。

学生会负责的男学生和何孝钰低声商量了几句。

何孝钰又低声跟谢木兰低语了几句。

谢木兰立刻把女同学们都召集了起来。

一群女学生站好了，齐声向郭晋阳那些飞行员："我们燕大学生会，代表东北的同学和北平各大学的同学，真诚邀请你们青年航空服务队参加我们今晚的联欢会。感谢你们站在人民的一边！"

郭晋阳他们笑着互望了一眼。

郭晋阳："这可得我们方大队长同意。"

"我们去邀请！"谢木兰已经跳了起来，"我和何孝钰同学现在就去向你们队长发出最真诚的邀请！"

"我看行。"郭晋阳望向那个学生会负责的男学生，"队长的房间小，就她们两个去吧。"

学生会负责的男学生："何孝钰同学，谢木兰同学，这可是我们广大学生的愿望。"

又是谢木兰："放心吧。他不去，我们两个一边一个也把他拉去！"

郭晋阳目示其他飞行员留下，一个人领着谢木兰和何孝钰向营房走去。

何其沧家就剩下梁经纶一个人了，他必须使用何其沧这部可以打到南京教育部的电话。

门紧关着，窗也紧关着，梁经纶飞快地摇动电话柄："这里是燕京大学何校长家，有急务，请务必接通顾维钧大使宅邸二号楼国防部曾督察房间！"

电话还真接通了，可发出的却是隐隐约约的闷响。

原来，为了让曾可达睡一觉，那部电话被坐在旁边的副官用厚厚的几层毛巾包裹了起来。

闷响了两声，那副官隔着毛巾立刻拿起了话筒。

对方的声音也因为话筒被毛巾包着特别微弱："请问是国防部曾长官房间吗？"

那副官望了一眼墙上的钟，把声音压到最低："哪里来的电话……听好了，曾将军正在处理急务，除了南京的电话，所有别的电话七点以后再转来！"

那副官等对方挂了电话，才将话筒搁回话机，用毛巾重新将整个电话包裹起来。

接着，那副官蹑手蹑脚地走到客厅连接卧房的门边侧耳听了听，直到感觉曾可达没被吵醒，这才放心地又走回电话机旁坐了下来。

梁经纶兀自拿着话筒贴在耳边闭着眼一动不动，漫长的十秒钟抑或是二十秒钟，他绝望地放下了话筒倏地站了起来，快步向门口走去。

军营营房内方孟敖房间。

何孝钰和谢木兰显然把该说的话、该讲的道理都说完了，这时都在静静地望着方孟敖，等他一句同意。

方孟敖从一个既印着中文又印着英文的铁盒里拿出了两块巧克力，一块递给站着的谢木兰，一块递给端坐在椅子上的何孝钰："吃糖。"

"你到底去不去嘛？不答应我可不吃你的糖。"谢木兰将接过的糖又向方孟敖一递。

方孟敖拿回了她递过来的糖："你不吃就都给她吃。"说着把这块糖也抛给了何孝钰。

谢木兰一下跃起，从身后跃到了方孟敖的背上，抱住他的脖子："你一定要去，你必须去！"

方孟敖让她在背后骑着："我的衣服可是很脏了。"

谢木兰："我不管，你反正得去。"

方孟敖："那你就趴在我背上吧。"竟然负着谢木兰轻松地走到脸盆架前，径自洗起脸来。

何孝钰的目光迷离了。

——她眼前浮出了在谢木兰房间那个绅士般的方孟敖，浮出了那个对自己有些拘谨的方孟敖。

目光再望向眼前的方孟敖时，俨然完全不同的两个人。谢木兰在他眼里只是个小孩，自己在他眼里也只是个小孩。

紧接着更让何孝钰吃惊的景象出现了。

方孟敖背负着谢木兰洗了脸，放下毛巾，竟然当着自己从前面皮带里扯出了掖着的衬衣，一粒一粒解开了扣子，露出了壮实的胸肌和腹肌："下来，先给我把衣服洗了。"

"你答应了？"谢木兰一声欢叫，跳了下来。

方孟敖已经脱了衬衣，露出了健壮的上身："你洗得干净吗？"

"他答应了！"谢木兰抢过大哥手里的衬衣，笑望着何孝钰又叫了一声，便将衬衣放进那盆水里。

很快，谢木兰感觉到了什么，又望向何孝钰。

何孝钰的目光转望向了房门外，没有喜悦，露出的是极不自然。

谢木兰又转身去望大哥。

方孟敖竟弯下腰在另一个装着水的铁桶里用另一块毛巾在擦洗上身。

谢木兰慢慢把手从脸盆里缩了回来，望着何孝钰，轻声叫道："孝钰。"

何孝钰的眼前这时浮现的已经是梁经纶长衫飘拂的温文尔雅，和他忧郁深沉的眼神。

"孝钰。"谢木兰又叫了一声。

何孝钰这才转过身来，脸转过来时，飞快地掠过光着上身的方孟敖，直接望向谢木兰。

谢木兰："他这衣服领子也太脏了，我可洗不干净……来帮帮我吧。"

"不行。"方孟敖仍然弯腰背对她们在擦洗着，"你是我妹，人家可是客人。"

"那你还当着人家不讲礼貌！"谢木兰脱口而出。

"什么不讲礼貌？"方孟敖站直了，转过身来，望了一眼谢木兰，又望向何孝钰。

何孝钰不再回避，迎向他的目光。

谢木兰反而怔在那里。

方孟敖将擦洗上身的毛巾扔进桶里，从墙上挂钩上取下了另一件干净的衬衣，一边穿着一边走向何孝钰："怎么不吃糖？"

"方大队长，我们是燕大学生会的代表。"何孝钰慢慢站了起来，"不是来吃糖的小孩。"说着将手里的两块巧克力轻轻放在了桌上。

方孟敖立刻拿起了一块塞进嘴里："那我是小孩吧。"

何孝钰又被他弄得一怔。

方孟敖嚼着糖已经走向了谢木兰："让开吧。1937年'八一三事变'后我自己的衣服就都是自己洗。"

"你不会是又变卦不去了吧？"谢木兰紧紧地攥着脸盆里的衬衣，睁大眼望着大哥。

何孝钰的心震了一下！

——童年时那个曾经呵护过自己的小哥哥，眼前这个既是国民党王牌飞行员又是党内特殊党员的大哥哥，一个充满了传奇魅力的性格男人——复杂地重叠在了一起。

她似乎明白了，其实还是不明白自己刚才为什么会出现的在意。唯一明白的是自己的任务。她立刻站起来，走了过去："木兰，让我来洗。"

"好啊！"谢木兰立刻让开了。

何孝钰站到了脸盆边，捞起了衬衣，又拿起了衣架上的肥皂。

"放下吧。"方孟敖居然毫不解人意，"我说了，我自己的衣服从来不叫别人洗，包括跟我的勤务兵。"

"我代表东北的同学和北平的同学帮你洗行不行？"何孝钰一手拿着湿衣，一手拿着肥皂僵在那里。

"扯淡。"方孟敖竟吐出了兵话，"我的衣服跟东北同学、北平同学有什么关系？"

"哥！"谢木兰气急了，大叫了一声。

何孝钰什么时候受过这样的委屈，左手拿着他的湿衣，右手已经快拿不住那块滑溜的肥皂了。

方孟敖佯装不解地望向又气又急的谢木兰："我说你们今天是怎么了？"

谢木兰跺了一下脚："你太过分了！"

方孟敖一脸的疑惑，把目光转望向脸盆旁的何孝钰："我没有任何别的意思，就是从来不喜欢人家强迫我同意自己不愿意的事情。"

何孝钰这时可不能露出任何自己因委屈而想哭的声调，尽力平静地说："你是说我们强迫你去开联欢会，还是说我们强迫要给你洗衣服？"

方孟敖沉默了一下："现在说的是洗衣服。"

"那我代表方妈妈给你洗行不行？！"何孝钰这句话不啻石破天惊！

方孟敖怔住了。

何孝钰转过了头紧望着方孟敖："'八一三'方妈妈和我妈是同一天遇难的，我妈要是在，她给你洗衣服你也这样说吗？"

"对不起。"方孟敖轻轻地说出了这三个字，紧接着又用英语复述了一遍，"Sorry！"

何孝钰再不理他，肥皂开始在衬衣领上擦了起来，两点泪星再也藏不住，从两眼闪烁出来。

——今天是怎么了？从来不为任何男人而流的眼泪，一天之间为什么会为两个男人涌出？

"他们都是我的同志……"何孝钰也不知道自己为什么会在这个时候在心里不断地重复着这句话。她竭力控制自己不能再为这个男人掉下眼泪。可搓着衣领，泪珠怎么也控制不住，一滴一滴溅在水里。

满头大汗的一辆自行车从燕大向军营方向踏来。

骑车的是那晚曾经护卫过曾可达的特务学生之一，车后载的是梁经纶。

车轮到了通向军营的岔路口猛地刹住了，梁经纶从后座跳了下来。

"你立刻以最快的速度赶到顾大使宅邸，直接报告曾将军，今晚的联欢会开不成了。"梁经纶这时才向那个特务学生交底。

"联欢会开不成了？"那个特务学生一脸愕然，"这怎么可能？我怎么向曾将军解释……"

"我会解释。"梁经纶撂下这句话，快步向右边通向军营的大路走去。

那辆自行车猛地一踏，后座没了人，飞快地向前奔去。

"集合！集合！"郭晋阳从营房出来一边大声喊着，一边吹着口哨。

飞行员们立刻从学生群中奔了出来排成了两排。

郭晋阳也站进了队列。

这是方大队长要出来了。

学生们都兴奋紧张得屏住了呼吸，一齐望着营房的大门。

方孟敖就穿着一件衬衣，从营房门走了出来。

紧跟着的是谢木兰，心里异常雀跃，却又不能露出得意的神态，低着头两步赶上方孟敖的一步，走得反而慌乱了。

"方队长好！"学生们显然有人指挥，这一声叫得十分整齐响亮。

方孟敖本是要走向飞行员队列的，被学生们这一声问好，不得不停了一下脚步，转而走向学生。

"方队长好！"

"方队长！"

"方队长！"

望着走近的方孟敖，学生们这一次自发的问好反而叫得不整齐了。尤其是女同学们，甚至发出了颤声。

刚才还雄风勃勃，现在方孟敖反而露出了一丝羞涩，站在那里回头来找谢木兰。

谢木兰这时笑了："同学们都问你好呢，快回答呀！"

方孟敖低声问道："我怎么回答？"

谢木兰："你就说同学们好嘛。"

"又不是检阅，扯淡。"方孟敖回了谢木兰这句，才转望向好几十张兴奋激动的面孔，"同学们都饿了吗？"

好些人反而怔住了。抗日的王牌飞行员，不炸开封的人民英雄，回答的竟是这样一句家常话？

"饿了！"学生群中冒出了一个男生实在的声音。

"早就饿了！"紧跟着好些男生都说出了实在的声音。

"陈长武，邵元刚！"方孟敖转头向飞行员队列喊道。

"在！"陈长武和邵元刚大声答着出列。

方孟敖："开饭的时间也到了，你们去炊事房，把所有的馒头稀饭都搬到这里来！"

"是！"陈长武、邵元刚大声应着，向营房隔壁的炊事房小跑着去了。

好几十个学生反而都沉默在那里。

学生会那个负责的男同学出来了："请问方队长，你们去参加我们的联欢会吗？"

无数双眼都望向方孟敖。

其实谢木兰已经在方孟敖背后向好些女同学笑着点头了。

所有的眼还是在望着方孟敖，等他亲口回答。

方孟敖："干什么都没有吃饭大。不一定能吃饱，我请大家先吃饭。"

说话间但见一摞小山般的大笼屉从营房那边过来了！

陈长武一个人捧着八层笼屉走在前面，笼屉冒过头顶，只见两脚，不见人身。

邵元刚则挑着一担粥跟在后面，一手扶着扁担，一手还提着一个装满了碗筷的箩筐。

两人一前一后向学生们这边走来。

笼屉很快在长条桌上一层一层摆开了，露出了一个一个白面馒头！

馒头上的热气仿佛变成了无数个钩子，钩住了学生们的眼睛。

方孟敖心一酸，扭头问陈长武："有多少个馒头？"

陈长武："报告队长，一共八十个。"

方孟敖只转头向学生群扫望了一眼，便精确地说出了学生的人数："六十七个同学，加上里面的一个，每人一个都不够……"说到这里他沉默了一下，"我这个客请得寒碜啊。"

郭晋阳紧接着插话了："报告队长，我们二十个人每人半个，队长一个，同学们每人一个，还能剩下一个！"

一片沉默。

学生会那个负责的同学站出来了："方大队长……"

"知道他是谁吗？"方孟敖知道学生要说什么，立刻打断了他，望了一眼郭晋阳，大声把话岔开，"他是有名的老西！祖上开过好几代的票号，账算得很精，也算得很好。我们今天就都听他的吧。同学们要是看得起，就每人帮我们吃一个馒头！就这样了。男同学自己拿。郭晋阳，女同学由你们挨个儿送。一定要送到她们手里。还有粥，匀着分！"

"是！"二十个飞行员这一声答得分外响亮。

方孟敖突然掉转头向营房那边一个人走了过去，眼里噙着泪花。

谢木兰一手拿着两个馒头，一手端着一个带把的白搪瓷杯，满满的一杯粥，小心翼翼地走进了方孟敖房间，先将那杯粥小心地放在了桌上："用餐了！"接着向窗口的何孝钰走去。

"用什么餐？"何孝钰正在窗口将已经洗好的衬衣用衣架挂好，回头看见谢木兰递过来一个馒头。

谢木兰："我大哥把他们的晚餐都分给同学们了。每人分了一个，他们只能每人吃半个了。好些同学都感动得掉泪了。"

何孝钰望着那个馒头，听着谢木兰的话，目光怔在那里。

谢木兰："请用餐吧，公主。"

"你叫我什么？"何孝钰脸一沉，依然用手理着湿衬衣上的皱褶，"有给大兵洗衣服的公主吗？"

谢木兰回道："当然没有。可是给王子洗衣服呢，公主？"

"你说什么？"何孝钰手里掸着湿衣，目光望向了窗口。

谢木兰将馒头从她身后递到她的面前："真的不高兴了？"

何孝钰干脆不接言了。

"啊，洗得好干净呀！"谢木兰琢磨不透何孝钰这时的心态，只好转移话题。可话题仍然没有转移。

何孝钰仍然望着窗外，沉默了少顷，才慢慢转过身来，没有去接谢木兰伸在面前的馒头，而是深深地望着她的眼："答应我一句话，就算我求你了。好吗？"

谢木兰只好点了下头。

何孝钰："记住了，你的大哥，也是我的大哥。永远是我们的大哥。"

失望立刻浮了上来，谢木兰还是忍住了："他本来就是我们的大哥。"

何孝钰带着一丝歉意从她手里拿过了那个馒头："要不我们再立一个约定，新中国不成立，我们都不嫁人。好不好？"

谢木兰紧紧地盯着何孝钰："也不许爱上别人？"

何孝钰望着谢木兰那双剪不断理还乱的眼睛，不知该怎样回答她。

谢木兰："做不到吧？"

何孝钰真不知道该怎样回答她了。

谢木兰偏紧紧地盯着她的两眼。

急促的脚步声传来了，两人这才得以都把目光望向门口。

郭晋阳领着学生会的那个男同学出现在门口。

那个男同学："梁先生来了！你们快出去吧。"

两个人同时一怔，互望的眼神先是都闪出了惊疑，接着都同时回避开了相互间的对望。

"梁先生怎么会到这里来？"谢木兰紧望着那个男同学。

何孝钰也紧望着那个男同学。

那个男同学："联欢会可能会取消，都快出去吧。"

何孝钰和谢木兰走出营房的门又都怔住了。

梁经纶显然是刚跟学生会的同学们谈完，正转身慢慢向站在另一边的方孟敖走过去。

两人之间约有五十米的距离。

学生会的同学全站在接近营门的一边，飞行大队的队员们都站在营房的这一边。两个方阵之间，便是一块空坪。

梁经纶徐徐向方孟敖走过来的身影。

方孟敖独自挺立在那里的身影。

何孝钰的眼睛。

谢木兰的眼睛。

——出于一般的礼貌，她们的幻觉中方孟敖也应该迎上前去……

"立正！"方孟敖洪亮的一声口令，把她们从幻觉中唤回到现实中。

刚才还散站着的飞行员们立刻整好了队。

方孟敖这时才大步向梁经纶迎去，并且伸出了手。

梁经纶也伸出了手。

两个男人的步伐，两只伸出的手在逐渐接近。

|十六|

青年航空服务队军营大坪。

方孟敖的手也握住了梁经纶的手。

梁经纶的手握住了方孟敖的手。

方孟敖的目光望向了梁经纶的目光。

而当梁经纶的目光也望向方孟敖的目光时，尽管早已做好了迎接这双目光的准备，这时心里还是一震。对方两眼的瞳仁竟然在慢慢缩小，慢慢缩成两点精光！

梁经纶被外力强加的压迫感这时更重了。自己完全是在不恰当的时候、不恰当的场合，与这个不应该见面的男人见面了。面对这两点越来越亮的精光，身后的学生会，尤其是何孝钰那惊愕疑惑的目光现在都不能想了。严春明以及严春明背后的城工部，曾可达以及曾可达背后的铁血救国会，现在也都不能想了。自己必须全力面对的是方孟敖这时投来的那双前所未见的目光！

"他是不是共产党？"

方孟敖那在天空中凭着黑点就能分辨敌机友机的眼这时聚成的精光，化成了两道穿透线，穿进了梁经纶的瞳仁！

——梁经纶的瞳仁竟是如此的深邃，那架方孟敖试图分辨的"飞机"在他的瞳仁中若隐若现。

慢慢地，那架"飞机"清晰了，没有任何图标，却渐渐地向自己靠拢，飞到了自己这架飞机的一侧，平行地飞着，就像自己的僚机，紧密配合自己飞向前方。

方孟敖握住他的手下意识地紧了一下。

——可就在这时，方孟敖眼中梁经纶那架"僚机"突然改变了位置，飞到了自己这架飞机的上方，飞到了自己的前侧。刚才还被自己视为"僚机"的对方变成了自己的"长机"，自己反倒变成了他的"僚机"。

这种突然的感觉变化，让方孟敖立刻回到了现实中。原来他从对方的目光中看到了他难忘的另外两个人的眼神：

——崔中石第一次握住自己手时的眼神：赞赏的眼神，关爱的眼神，无比信任的眼神！

——林大潍走出法庭向自己敬礼时望向自己的眼神：赞赏的眼神，关爱的眼神，无比信任的眼神！

崔中石不见了，林大潍不见了。

——眼神依旧，面前的人却是梁经纶。

"共产党？"这个声音立刻在方孟敖的心底响起！他的头慢慢转向学生人群，目光立刻搜寻到站在那里的何孝钰，还有谢木兰，询望向她们。

何孝钰的神态显然有些紧张，而且有些怪异，她既不看自己，也不看梁经纶，只是出神地望着地面。

谢木兰倒是毫不掩饰自己兴奋欣喜的神情，望了一眼大哥投来的目光，接着紧紧地望向梁经纶。

方孟敖似乎得到了答案，但显然不是确切的答案。他再转过了头望向梁经纶时，握他的那只手更紧了一下。

同时，梁经纶也将他的手更紧地握了一下。

——刚才短暂而漫长的握手和对望，此人身上所透露出来的阳刚，和他那双较鹰隼更锐利又比孩子还澄澈的眼睛，使梁经纶很快找到了概括这位传奇人物最为准确的四字判断："唯精唯一"！

因"唯精"故，任何个人的利害得失都休想试图改变此人的执着；因"唯一"故，任何复杂的设计和布局在这个人面前最终都将成为简单。他似乎突然明白了建丰同志重用这个人的深层奥秘，他觉得自己比曾可达更加理解了建丰同志的高明——像共产党那样用他的执着，用他的简单。只要让他相信，一切都是为了人民。这个人就会"唯精唯一"！

基于这种准确的判断，梁经纶知道，正是自己长期磨砺而自然流露的中共地下党这重身份取得了对方的好感。他谨慎地也是最合理地打破了沉默："久仰，幸会。"

"梁先生，请跟我来。"方孟敖没有寒暄，松开了握他的手，陪着他向飞行员们整齐的队伍走去。

两排飞行员同时投来注目礼。

"敬礼！"方孟敖一声口令。

飞行员们的注目礼加上了举手礼。

"放下！"方孟敖又一声口令。

飞行员们整齐地放下了手。

方孟敖望向飞行员们："知道今天发粮为什么叫你们都睡觉吗？很简单，我们都不懂经济。就像平时飞行训练，不懂就不能上天。但是有人懂，比方今天帮我们监督民调会那些人发粮的同学们，他们就是学经济的。现在我给大家介绍一个最懂经济的人。"说到这里他郑重地请梁经纶向前走了一步，"燕京大学经济系梁经纶教授，我国著名的经济学专家何其沧先生最好的学生，伦敦经济学院的博士！我们平时没有机会读书看报，因此不知道，前年还有去年许多揭露孔家和宋家经济贪腐的文章就是他写的！"

飞行员们立刻报以热烈的掌声！

站在那边的学生们也跟着热烈地鼓起掌来！

谢木兰的两手鼓得比风扇还快，可当她突然想起望向身旁的何孝钰时，发现何孝钰却只是轻轻地在跟着鼓掌。

谢木兰下意识地放慢了鼓掌的速度和力度，脸上也没有刚才那么兴奋了。

方孟敖等大家的掌声慢慢小了，大声地接着说道："现在我得告诉你们两个消息。一个你们不高兴的消息，一个你们高兴的消息。"

飞行员们都肃静了。

学生们也都肃静了。

方孟敖："不高兴的消息就是今晚的联欢会不开了。理由很简单，北平还有那么多民众在挨饿，还有那么多北平的老师学生也在挨饿，没有什么值得联欢的。"

飞行员们很多人都显露出了失望。

学生们中也有很多人显露出了失望。

"高兴的消息就是，同学们给我们请来了梁教授。"方孟敖紧接着说道，"我代表我们整个大队，欢迎梁教授给我们讲一讲，怎么去查北平那些贪腐的经济案子。"说着他九十度脚步一转，笔直地向梁经纶举手敬礼。

二十个飞行员紧跟着整齐地敬礼。

梁经纶不得不向这支敬礼的队伍报以微微的一躬，直立后却沉默在那里。

无数双眼睛在等着听他说话。

"误党误国！"曾可达一声咆哮，失控地抓起桌上一样东西狠狠砸向地面。

厚厚的地毯上，那个被砸的物件竟然迸然飞溅，全被砸成了碎片，可见曾可达这一砸之震怒！

那个前来报告的特务学生脸色吓得煞白。

曾可达的副官蒙在那里。

一砸之后，曾可达自己也似乎惊懔过来，望着地面的碎片，被自己砸碎的竟是准备送给方步亭的那套紫砂茶具中的一个杯子！

惊懔过后，他的目光慢慢望向恭敬地摆在桌面上的那套紫砂茶具——已经不全的三个杯子和那把无法用价值衡量的竹梅紫砂茶壶。

那把茶壶慢慢大了，在曾可达的眼里越来越大。

茶壶上的字一个一个清晰地逼向曾可达的眼帘：

虚心竹有低头叶　傲骨梅无仰面花
蒋先生经国清赏　宜兴范大生民国三十六年敬制

接着，茶壶上慢慢叠现出来的已经是建丰同志坐在办公桌前巨大的背影！

曾可达失神地怔在那里。

接着，但见他慢慢蹲了下去，一条腿跪在地毯上，一片一片地去拾那只碎杯的残片。

　　紧张地站在一旁的副官和那个特务学生这时想去帮他收拾碎片又不敢，而见他一个人捡拾碎片又极轻极慢，两人微微碰了一下眼神。

　　墙上挂钟的秒针发出了又快又响的声音。

　　"长官。"那副官知道情况紧急，刻不容缓，冒着挨训，也必须唤醒曾可达了。

　　"嗯。"曾可达慢慢抬起头望向那副官。

　　那副官："今晚的联欢会取消了，是不是应该立刻通知……"

　　"分头通知吧。"曾可达这才感觉到了自己此时的失态，嗓音有些沙哑，"你们都去，立刻取消行动，不能有一个人再去燕大。"

　　"是。"那副官低声答着，向那个还噤若寒蝉的特务学生使了个眼色，带着他向门口走去。

　　"这只杯子怎么会碎了呢……"曾可达已经拾完了最后一块碎片，站了起来，突然说道。

　　副官和那特务学生走到门口又停了下来，慢慢转过了身。

　　曾可达望着捧在掌心里碎杯的残片："我问你们了吗？去吧。"

　　"报告长官。"那副官没有"去"，而是毫不迟疑地接道，"是属下刚才不小心将杯子摔碎了，属下愿意接受处分。"

　　曾可达的目光慢慢投向那副官，望了一眼，又望向那个特务学生。

　　那个特务学生立刻说道："这不能怪副官，是我递过去时不小心掉的。"

　　曾可达轻摇了摇头："这只杯子是我掉在地上摔碎的，你们用不着以这种态度掩饰上司的过错。记住，任何时候都要以精诚面对党国、面对领袖。"

　　"是！"两个人这声回答显得有些软硬都不着力，整齐地转身走出了门外。

　　曾可达将那些碎片放进了自己的军装口袋，先是快步走到门口把门关了，然后立刻走向电话，拿起话筒急速摇动起来："立刻接南京国防部预备干部局，二号专线！"

　　青年航空服务队军营大坪。

　　"我非常感谢你们方大队长的关心。"梁经纶望着飞行员们那二十双真诚的眼，十分真诚地说道，"真有人要抓我坐牢枪毙，也和任何党派无关。闻一多先生不是任何党派，李公朴先生也没有任何党派，他们还是被无耻地暗杀了。人民不希望他们死，所有在野的各党派都不希望他们死，就连执政的国民党内许多有良知的人也不希望他们死，可谁也没能救得了他们。何况我远不能跟闻先生李先生相比，我和你们一样，是痛心四亿五千万全国同胞正在受着战争、腐败苦难的一分子。我不懂政治，更不懂军事。但有一点我懂，为什么经历了八年抗战以后我们这个民族还要发动内战！战争这种政治的最高表现形式背后到底代表了谁的利益！我是个学经济的，从经济学的角度，我只能说这一切都与经济利益有关。有感于方大队长的真诚，有感于你们到北平后尤其是今天为人民所做的事情，我愿意将自己有限的认识向大家做一简单的报告。"

　　"梁先生，请稍等一下。"方孟敖礼貌而庄严地打断了梁经纶。

　　梁经纶转望向身旁的方孟敖。

　　方孟敖发自内心向他尊敬地一笑，然后转望向谢木兰："木兰同学，桌子上有纸，请你帮我们把梁先生的话记录下来。"

"好！"谢木兰兴奋地大声回答，立刻奔向还堆着包扎好的账簿收条的那些条桌，一边对学生会的两个男同学说道，"帮帮我，抬一张桌子过去。"

谢木兰拿起了桌子上的一叠纸，抽出了身上的钢笔，快步走向梁经纶。

两个男同学立刻抬起了一张桌子跟着她走去。

顾维钧宅邸曾可达住处。

"是。建丰同志。"曾可达低声答了这一句，然后说道，"是我低估了中共地下党的能力。这件事也进一步证实了您所说的'一次革命，两面作战'的艰难。可是我必须向您报告，通过到北平这几天的观察，我发现梁经纶同志身上有许多危险的倾向……报告建丰同志，那还不至于。我所说的危险倾向，就是这个人身上有太多的自以为是。正因为他的这种自以为是破坏了组织的行动，而且很有可能引起中共北平地下党对他的怀疑。发展下去，不排除中共地下党抓住他的把柄使他真正成为反党国的中共间谍之可能！"

青年航空服务队军营大坪。

这里的梁经纶已经进入到忘我的演讲状态："现时国家所谓的金融机构，包括四行、两局、一库、一会。四行就是中央银行、中国银行、交通银行、中国农民银行，而核心是中央银行。两局是国民政府的中央信托局和邮政储金汇业局。一库是中央合作金库。一会是全国经济委员会。这四行、两局、一库、一会拥有一千一百七十个单位，职员两万四千多人。就是这一千多个机构，两万多人，把握着全中国的财产。可是国民政府的总预算上却没有他们的科目，财政金融主管部门里竟没有他们的案卷，主持审计的机关里没有他们的记录，考试铨叙的机关里没有他们的影子。为什么呢？因为在暗中操纵掌握这八个行局库会的二十个人，全都是高居在国民政府各个部委之上的要人！换句话说，也就是这二十个人，掌控着国家整个的财政金融大权和全体人民的命脉，决定着国家和全体人民的命运！"

所有的飞行员都听得惊在那里。

学生会那些同学也全都热血沸腾地配合着他这时的停顿。

最为激动也最为着急的是谢木兰，她在飞快地记着，脸上已经渗出了汗珠。

有一双眼睛却在深深地望着方孟敖，那就是何孝钰。她发现方孟敖的脸上显出了从来没有的凝重，他的眼中出现了从来没有的深思。她在关注着方孟敖接下来可能有的动作。

果然，方孟敖先望了望谢木兰："都记下来了吗？"

"记，记下来了……"谢木兰终于记完了最后一句话，长出了一口气，抬起满脸是汗的头，回答方孟敖，接下来却只望着梁经纶，两眼一动也不再动。

方孟敖也同时紧望向梁经纶："请问梁先生一句话，你可以回答我，也可以不回答我。"

梁经纶："请问。"

方孟敖："梁先生刚才说的那二十个人，包不包括中央银行驻各大城市分行的行长？"

二十个飞行员都是一怔。

何孝钰也暗中一怔。

反而是最应该有反应的谢木兰这时由于在出神地望着梁经纶，并没有听进去大哥这至关重要的一问。

——都知道，方孟敖这一问暗指的就是他的父亲！

梁经纶当然明白，明确地答道："不包括。中央银行驻各大城市分行的行长只不过是这八个行局库会一千一百七十个机构的理事或者监事而已。他们为这二十个人和他们的家族卖命，却还掌握不了国家和人民的命脉。"

"谢谢梁先生的解答。"方孟敖的脸上没有流露出更多的表情，"请梁先生继续讲。"

这里的曾可达脸色却变了，惊愕地站在那里，听着建丰同志远在南京的训话。

话筒里建丰那带着浙江奉化口音的声音非常清晰："我必须提醒你，可达同志，现在你身上自以为是的倾向远远超过梁经纶同志。"

"是。"曾可达不得不答道。

话筒里建丰的声音："我说的'用人要疑'不是你这样子的理解。如果我们对自己忠诚的同志每个人都怀疑，最后自己就会成为孤家寡人！告诉你，我在用你的时候，就从来没有怀疑过。"

"是。"曾可达这一声回答显然喉头有了一些哽咽感。

话筒里建丰的声音："你现在在北平全权代表我，你的每一个行动、每一句话，乃至每一个念头，所产生的后果都将是超出你本人职权的后果。关于梁经纶同志，我现在就明确答复你，他在中共组织内部所能发挥的作用，尤其是即将推行币制改革所能发挥的作用，是别的同志都不能取代的，也不是你所能取代的。他不只是我们组织内最为优秀的经济人才，也是能够应对各种危险考验的政治人才。你现在的任务很多，其中最重要的任务之一，就是保护好两个人，用好两个人。一个是方孟敖，还有一个就是梁经纶同志！"

"是……"曾可达答着，对方的话筒已经挂了。

青年航空服务队军营大坪。

这时太阳已经有一半衔着西山，剩下的一半阳光恰好照射在梁经纶的身上，使他笼罩在光环之中："就是这四行、两局、一库、一会，在这二十个人的掌控下，打着商股的旗帜，披着国家的外衣，右手抓着政府，左手绑架人民，一脚踏在中国，一脚跨在外国。抗战胜利后，我们整个中国的外汇储备是五亿美元，大家知道这五亿美元其中有多少是中国政府的，有多少是中国人民的？我告诉大家一个数字，其中三亿三千万美元就是这二十个人的！"

二十个飞行员都激动地露出了愤慨的神情。

"今天的中国为什么会有那么多人民在挨饿？今天在你们这里领粮的东北流亡学

生就是一个缩影！五亿外汇储备，只有一亿七千万在政府的手里，军队要开支，那么多政府机关要开支，现在就连许多公教人员都已经不能养家糊口了。请问，还有什么剩下的钱能够用来救济人民？就这点儿不得不拿出来救济人民的钱，还有人要从饥饿的人民嘴中掏出去塞进他们的口袋！尊敬的方大队长，尊敬的青年航空服务队的青年朋友们，我今天来到这里，不是阻止同学们用联欢的形式感谢你们，而是因为我们还没有到该联欢的时候。同学们！"

梁经纶回头扫望向学生会那些同学："请大家和我一起代表北平两百万苦难的同胞向他们鞠躬致敬！"说着他深深地鞠下躬去。

所有的学生都跟着向方孟敖和他的队伍整齐地鞠下躬去。

"敬礼！"方孟敖一声洪亮的口令。

二十一个人立刻回以军礼。

梁经纶站直了身子，用他那最开始的眼神又深望了一眼方孟敖，紧接着竟一手撩起长衫一侧的下摆，没有说一句话径直一个人向营门走去！

学生方阵还都低着头在那里深情地鞠躬。

飞行员方阵全都将手并在帽檐持久地敬礼。

整个仪式，就像是在送梁经纶一个人渐行渐远地走去。

建丰的电话早就挂了，曾可达却依然站在电话机前，显然是想了许久，终于又将手伸向了电话，摇动了专机："请给我接南京国防部预备干部局秘书值班室。"

电话很快接通了。

曾可达："王秘书吗？你好，我是曾可达。实在对不起，刚才向建丰同志的汇报还没有说完。能否请你代我立刻请示……好，请记录……"

稍等了片刻，对方做好了记录的准备，曾可达开始用书面记录的语速，公文报告的语气说了起来："中共北平城工部取消今天的联欢会绝不是一次单纯的政治行动，而是他们已经通过潜伏在我们经济核心的那个人，察觉了党国即将推行币制改革的经济行动计划，察觉了建丰同志重用方孟敖及其大队的重大意义，而且怀疑上了梁经纶同志。当务之急，是必须立刻解决中共潜伏在我们经济核心的那个关键人物……对，就是方步亭身边的那个崔中石……解决的最好办法是通过方步亭的配合。因此我建议，我立刻去见方步亭，跟他摊牌，争取他的配合。报告完毕。……好，我等建丰同志的指示。拜托了。"

对方将话筒搁在桌上的声音。曾可达却仍然将话筒贴在耳边等着。

青年航空服务队军营大坪。

许多学生这时才发现他们的梁先生已经不在了。

"梁先生呢？"首先大声叫出来的是谢木兰，她却望向了何孝钰。

何孝钰避开了她的目光，和那些面面相觑的同学一道，都望向了方孟敖。

方孟敖却没有看任何人，一个人站在那里。西山的太阳最后那一点儿红顶都沉没了，一片暮色苍茫。

"我是，我在听。"曾可达的房间依然没有开灯，他拿着话筒的身影和他对着话筒的声音都显得有些影影绰绰了，"请说建丰同志的指示。"

话筒里王秘书清晰的声音："建丰同志指示，同意你去见方行长。"

"是。"曾可达大声应道，接着又降低了声调，"请说具体指示。"

话筒里王秘书的声音："八个字，请记好了：动以真情，晓以利害。"

"我明白。请转告建丰同志，我一定按他的八字方针执行！"曾可达双脚一碰，尽管话筒对方的人是王秘书。

青年航空服务队军营大坪。

天渐渐地暗了。方孟敖望了望站在那边的学生们，又回头望了一眼还整齐地排在那里的飞行员们。

那边的学生，这边的队员，这时都还能看出希望继续留在一起的神情。尤其是有些飞行员，借着暮色的掩护，目光直瞪瞪地望向那些女学生。

女学生们也都看见了这些投来的目光，有兴奋面对的，有暗中互推的，也有因紧张而避开这些目光的。

而一直没有看飞行员们的只有两个人，都在出着神，一个是何孝钰，一个是谢木兰。

飞行员们的神情，还有女学生们的神情，尤其是何孝钰和谢木兰这时的神情，都被方孟敖一眼扫见了。他一破刚才一直的凝重，嘴角露出一丝笑容，转向学生们大声说道："如果同学们愿意，我想向你们提几点请求。"

学生的目光都望向了学生会那个负责的男同学。

那个男同学大声回道："方大队长请说，我们愿意。"

方孟敖笑道："我都还没提，你们就愿意了？"

这回是所有的学生："我们愿意！"

方孟敖："那我就提了。男同学们请留下来帮我们把今天这些发粮的账目收条整理出来。女同学们帮我们的队员补课，将刚才梁先生的报告给他们说得更清楚些。愿意吗？"

"愿意！"这个声音竟是飞行员队伍中好些人抢着喊出来的。

方孟敖的眼眯着瞥了过去，那些人又连忙收了口。

"我们愿意！"这才是学生们齐声发出的心声！

"长武。"方孟敖望向队列中排在第一个的陈长武，没有叫他的姓，而且轻招了下手，这便是要说悄悄话了。

陈长武从队列里立刻走了过来："队长。"

方孟敖在他耳边低声说道："管住这些猴崽子，我要出去一趟。等我上了车，再开营灯，让他们活动。"说完便一个人向停在营门的那辆吉普走去。

队列没解散，学生们也就都还整齐地站在那里，望着方孟敖一个人大步走向营门，也不知道他是要干什么。

就这样在众多沉默的眼光中，方孟敖上了吉普车，向那个对他敬礼的中尉军官："开门。"

那个中尉军官一怔："天都要黑了，长官不能一个人出去……"

"开门！"方孟敖脸一沉，汽车已经发动，而且向铁门开去。

"开门，快开门！"那中尉军官慌了，两个士兵连忙拉开了铁门。

方孟敖的吉普轰鸣着开了出去。

刚才突然走了一个梁先生，现在方大队长又一个人突然走了。飞行员们还有学生们这才似乎惊悟过来，一齐望着越开越远的吉普。

何孝钰、谢木兰这时才把目光都望向了对方。

何孝钰的手伸了过去，谢木兰将手伸了过来，两个人的手悄悄地握在了一起——浮现在她们脑海里的竟然同是梁经纶和方孟敖白天的那一握！

"开营灯！"陈长武向门卫方向这一声大喊，将何孝钰和谢木兰握在一起的手惊开了。

紧接着营灯开了，是两盏安在营房东西墙边两根高二十米水泥杆上的探照强灯。整个军营又像白天一样亮了。

陈长武这才转对飞行员们大声说道："队长有命令，由我指挥，执行活动！"

吱的一声，方孟敖的吉普驶到东中胡同街口停下了。

路灯昏黄，刚才一路开来都没有打开车灯，这时方孟敖反而打开了吉普车的大灯。

两条通亮的灯柱，将那些站在明处的警察和站在暗处的便衣都照得身形毕现！

今晚带着警察在这里监视的竟是那个单副局长，可见徐铁英对崔中石之重视。那单副局长尽管不知道这辆车是何来路，毕竟经历丰富，明白大有来头。被车灯照着脸仍然不忘带点儿笑容走了过来："请问……"

方孟敖仍然坐在驾驶座上，他也不认识这个人，但从他的警徽能看出和弟弟是同一个级别，待这个人走到了车边将头凑过来，立刻反问道："出什么事了吗？"

那单副局长从刚才的亮光中适应过来了，他倒认识方孟敖，先是一怔，接着热络地叫了一声："方大队长！"

方孟敖也回以笑容："对不起，我们好像没有见过。"

那单副局长："鄙人姓单，跟方大队长的弟弟同一个部门共事，忝任北平警察局副局长。在机场接徐局长的时候，鄙人见过方大队长。"

"哦。"方孟敖漫应着，目光又扫向车灯照着的那些人，回到第一个话题："单副局长，这里出什么事了吗？"

那单副局长："没有啊。方大队长发现了什么情况吗？"

方孟敖："没有事派这么多人在这里？还是单副局长亲自带队？"

那单副局长早就知道这个主，今天是第一次照面，见他这般模样，便知来者不善。明白对方的身份，也明白自己的身份，他自然知道如何应对："戡乱救国时期，例行公事，例行公事。"

方孟敖："正好。我要找一个人，跟国防部调查组的公事有关。单副局长既然在这里，就请你帮我把这个人找来。"

那单副局长已经明白，又必须假问："请问方大队长找谁？"

方孟敖："中央银行北平分行金库崔副主任。"

单副局长真是无赖："崔副主任？他住这里吗？我去问问。"

方孟敖："不用问了。东中胡同二号，从胡同走进去左边第二个门。请你立刻把这个人找出来，我在这里等。"

方邸洋楼一楼客厅。

从来喜着中式服装的方步亭，今晚换上了一身标准的西装，头脸也被程小云修饰得容光焕发，不但看不出一丝病容，而且俨然一副留美学者的风采。

穿着军装便服的曾可达跟此时的方步亭一握手，两人高下立判。

方步亭这一身装束省去了一切中式礼节，将手一伸："请坐。"

曾可达另一只手里还提着那盒茶具，按礼节，主人家中这时应有女主人或是陪同接客的体面人前来接下礼物，可目光及处，偌大的客厅内偏只有主客二人。

望着伸了手已自己先行坐下的方步亭，曾可达站在那里几不知何以自处，但毕竟有备而来，他仍然恭敬地站着，微笑道："有件薄礼，可托我送礼的人情意很重，还请方行长先看看。"说着径直提着那盒茶具走到了另一旁的桌子边，将礼盒放在桌面上，自己恭敬地候着。

方步亭不得不站起来，却依然没有走过来："对不起，忘记告诉曾将军，方某替政府在北平从事金融工作，从不敢受人之礼。"

曾可达："方行长之清廉谨慎，我们知道。今天这样东西，与方行长的工作操守没有丝毫关系。您必须接受。"

"必须接受？"方步亭的脸上挂着笑容，语气已经表现出绝不接受。

曾可达："至少，您得先过来看看。如不愿接受我带回去交还就是。"

曾可达的脸上也一直笑着，望着方步亭的眼却灼灼闪光。

方步亭略想了想："好，我看看。"徐徐走了过来。

曾可达打开了礼盒。

方步亭的眼中立刻闪出一道亮光，他是识货的，脱口说道："范大生先生的手艺？"

曾可达佩服的目光由衷地望向方步亭："方行长真是法眼。这把壶按眼下的市价值多少？"

方步亭答道："五百英镑吧。折合眼下的法币，一辆十轮卡车也装不下来。曾将军，能否不要说出送礼人的姓名，这件礼物方某绝不敢收。"

"那我就不说。"曾可达说着已经双手捧出了那把壶，"只请方行长鉴赏一下。"将壶捧了过去。

方步亭仍然不接，可伸到眼前的恰恰是有字的一面，不由得他不惊。

——阅历使然，职业使然，壶上的题诗以及制壶人的落款皆无关紧要，逼眼心惊的当然是"蒋先生经国清赏"几个大字！

接还是不接？

好在此时客厅的电话响了，方步亭得以转圜："对不起，我先接个电话。"

曾可达依然将壶捧在手里，但已经能够看出，方步亭走向电话的背影不再像刚才那样矜持了。

方步亭拿起了话筒，微微一怔："是，在这里。"转过脸望向曾可达，"曾将军你的电话。"

电话竟然打到了这里。曾可达也露出一丝惊讶，将壶小心地放到桌上，走过去接话筒时向方步亭做了一个歉然的表示。

才听了几句，曾可达面色立刻凝重起来，有意无意之间感受着背后的方步亭，低声而严厉地回道："方大队长是国防部经济稽查大队的队长，谁给你们权力说他不能见崔副主任！……单独接出去也是正常的，无论是你们，还是北平警察局，任何人不许干涉！"

曾可达右手已将机键轻轻按了，话筒却仍然拿在左手，回头见方步亭时，他已经面向门外，站在那里，问道："方行长，能不能在您这里再拨个电话？"

方步亭："当然可以。曾将军说公事，我可以到门外等。"说着便要走出去。

"方行长。"曾可达立刻叫住了他，"已经喧宾夺主了，我说的事方行长完全可以听。"

方步亭在门口又站住了："曾将军希望我听？"

曾可达这才真正感觉到，从这个父亲的身上活脱脱能看见他那个大儿子的影子，让人难受。只得答了一句："失礼了。"接着便拨电话。

方步亭的背影，身后被接通的电话。

曾可达："郑营长吗？立刻带一个班找到方大队长，从东中胡同往西北方向去的。记住了，保持距离，只是保护方大队长和崔副主任的安全，不许干涉他们的谈话。"

轻轻搁下话筒，曾可达这次转回身，方步亭也已经转过了身，而且正面望着他的眼睛。

"我想知道什么叫作四行、两局、一库、一会。"方孟敖用最高的车速在戒严的路上开着。

崔中石坐在副驾驶座上，眼睛也是望着前方，两人已经完全没有了以前见面那种感觉："中央银行、中国银行、交通银行、中国农民银行，叫作四行。中央信托局和邮政储金汇业局，叫作两局。一库是中央合作金库。一会是全国经济委员会。"

方孟敖："一共有多少个单位？"

崔中石："一千一百七十个单位。"

方孟敖："控制这一千一百七十个单位的有多少人？"

崔中石："共有一千一百七十个理事和监事。"

方孟敖："你能说出这一千一百七十个人的名字吗？"

崔中石慢慢望向了他："是他们需要这一千一百七十个人的名册？"

"哪个他们？"方孟敖仍然不看他，"我的背后已经没有任何他们。如果你说的他们是指国防部预备干部局，我就不问了。"

崔中石："孟敖同志……"

方孟敖："一千一百七十人的名字说不出来，那二十个人的姓名应该好记吧？"

崔中石沉默了少顷："找一个地方停下来，我们慢慢谈。"

方孟敖："什么地方，你说吧。"

崔中石："去德胜门吧。"

方孟敖："为什么去那里？"

崔中石望着前方："当年李自成率领农民起义军就是从那里进的北京城。"

方孟敖踏着油门的脚松了一下，车跟着慢了。

也就一瞬间，方孟敖的脚又踏上了油门："那就去德胜门。"

难得在北平的庭院中有如此茂密的一片紫竹林，更难得穿过竹林的那条石径两旁有路灯如月，照夜竹婆娑。

方步亭放慢脚步，以平肩之礼陪着曾可达踱进了这片竹林。

曾可达却有意落后一肩跟在方步亭身侧，以示恭敬。突然，他在一盏路灯照着的特别茂盛的竹子前停下了，抬头四望那些已长有六到八米高的竹子："方行长，这片竹子是您搬进来以前就有的，还是后栽的？"

方步亭也停下了："搬来以后栽的。"

曾可达："难得。方行长无锡老家的府邸是不是就长有竹林？"

方步亭望向了他："是呀，少小离家，老大难回。三十多年了吧。"

曾可达："惭愧，我离开老家才有三年。正如方行长的二公子今天在顾大使宅邸所说，三年前我还在老家赣南的青年军里做副官。"

方步亭这就不得不正言相答了："我已经听说了。小孩子不懂事，难得曾将军不跟他一般见识。"

曾可达一脸的真诚："方行长言重了。在您的面前，我们都只是晚辈。我的老家屋前屋后还有山里也全都长满了竹子。搁在清朝明朝，我和方行长还有二位公子还可以算是同乡。"

方步亭又不接言了，等听他说下去。

曾可达："江苏、江西在清朝同属两江，在明朝同属南直隶，都归一个总督管。"

方步亭："那就还要加上安徽。三个省归一个人管，未必是好事。"

曾可达怔了一下，两眼还不得不稚童般望着方步亭。

他在琢磨着面前这个宋孔都倍加器重的人，同时更深刻咂摸出建丰同志为什么要重用方孟敖来对付他父亲的深层味道了——这个人实在太难对付。可再难对付，也必须对付。刚才是"动之真情"，现在该是"晓以利害"了："我完全赞同方行长的见解。要是每个省或几个省各自让一个人说了算，那就成了分疆割据的局面。其结果便是乱了国家，苦了人民。中国只能是一个中国，那就是中华民国。中华民国只能有一个领袖，那就是蒋总统。在这一点上，同乡不同乡，我想不论是方行长还是方大队长方副局长，我们的观点都应该一致。"

"我们的观点不一致吗？"方步亭一直担心对方要摊出的底牌，看起来今天是要摊出来了。

曾可达："可是有人特别希望我们的观点不一致。"

方步亭紧紧地望着他，询之以目。

"中共！"曾可达抬头望着那盏路灯，"毛泽东在延安就公开扬言，都说天无二日，他偏要出两个太阳给蒋委员长看看！"

对方既然已亮出底牌，方步亭唯一能坚守的就是淡然一笑："曾将军的意思，是我方某人认毛泽东那个太阳。还是孟敖、孟韦认毛泽东那个太阳？"

曾可达不能笑，笑便不真诚："我刚才说了，天上只有一个太阳。毛泽东不是太阳，他也休想出第二个太阳。可是除了太阳，天上还有一个月亮。这个月亮在天上只有一个，照到地上便无处不在。方行长，我的话但愿您能够明白。"

方步亭收了笑容："不太明白。曾将军是在跟我说朱熹'月印万川'的道理？"

曾可达："方行长睿智。"

方步亭："那我只能告诉曾将军，我这里没有江河，也没有湖泊，不会有川中之月。"

曾可达："中共那个月亮，只要给一盆水，就能印出另一个月亮。"

方步亭："我这里有那盆水吗？"

"有。"曾可达一字一顿地终于说出了那个名字，"崔中石！"

前方约五十米便是德胜门，城楼上有部队，有探照灯，照夜空如白昼。

"谁？停车！"城门下也有部队，值班军官大声喝令，带着两个头戴钢盔的兵走过来了。

方孟敖的车并不减速，仍然往前开了约二十米才猛地刹住。

跟着的那辆中吉普本与方孟敖的车保持着一定距离，反应过来再刹车时还是往前滑了好远，在离方孟敖的车五米处才停住。

"下车吧。"方孟敖开车门下了车。

崔中石也打开那边的车门下了车。

"哪个方面的？什么番号？"守城门的值班军官已经走近方孟敖和崔中石。

中吉普里那个郑营长带着一班青年军士兵也都跳下了车。

方孟敖走向那个郑营长："你们是来保护我的？"

"是。"那郑营长只得尴尬地答道。

方孟敖："那就去告诉他们番号。"

"是。"那郑营长只得向值班军官迎去。

方孟敖对崔中石："这里去什刹海最近要走多久？"

崔中石："最北边的后海十分钟就能到。"

方孟敖："这里没有什么李自成，只有李宗仁和傅作义。去最近的后海吧。"

崔中石什么也不好说了，带着他往街边一条小胡同走去。

"0001番号也不知道？"他们身后那个郑营长在呵斥守城军官，"国防部知不知道？"

青年军班长已经跑到郑营长身后了："报告营长，方大队长去那条小胡同了。"

那郑营长猛地转身，将将看到方孟敖和崔中石的身影消失在胡同口，立刻说道：

"跟上去，保护安全！"

农历初七，上弦月约在一个小时后便要落山了。这时斜斜地照在后海那片水面，天上有半个月亮，水里也有半个月亮。

两个人隔着一个身子的距离站在后海边，方孟敖望着天上那半个月亮，崔中石望着水里那半个月亮。

"浮云散，明月照人来。"方孟敖像是说给崔中石听又像是独自说给自己听。

崔中石慢慢望向了他。

方孟敖还在看月："第一次到杭州机场你来见我，唱这首歌给我听，像是刚刚学的。"

崔中石："不是。见你以前我早就会唱，只是从来就唱得不好。"

方孟敖也望向了他，摇了摇头："唱得好不好和是不是刚学的，我还是听得出来的。"

崔中石："你干脆说，到现在我还在骗你。"

"你为什么要骗我？"方孟敖这一问反倒像在为崔中石辩解，"没有这个必要嘛。"

崔中石："真要骗你，就有必要。"

"什么必要？"方孟敖从来没有用在崔中石身上的那种目光闪了出来。

崔中石："因为我本来就不是什么中共地下党。"

方孟敖猛地一下愣在那里，望着崔中石的那两点精光也慢慢扩散了，眼前一片迷茫。

崔中石接着轻声说道："因此，你也本来就不是什么中共地下党党员。"

"快三年了，你跟我说的全是假话？"方孟敖眼中的精光又闪现了。

崔中石："也不全是。"

方孟敖："哪些是，哪些不是？"

崔中石："我也不知道。"

方孟敖紧盯着他，沉默了也不知多久，突然说道："把衣服脱了吧。"

崔中石："什么？"

方孟敖："你曾经说过自己不会游水。脱下衣服，跳到水里去。"

崔中石望着眼前这个曾经比兄弟还亲的同志，心里那阵凄凉很快便要从眼眶中化作泪星了。可他不能，倒吸了一口长长的凉气，调匀了自己的呼吸，装出一丝笑容："要是我真不会游水，跳下去就上不来了。"

"你不会上不来。"方孟敖望他的目光从来没有如此冷漠。

崔中石沉默着望向月光朦胧的水面，毅然转过了头望着方孟敖："不管我以前说过多少假话，现在我跟你说几句真话。在我家里你也看到过了，我有一个儿子叫作伯禽，一个女儿叫作平阳。我以伯禽、平阳的名义向你发誓，下面我说的全是真话。"

方孟敖的心怦然一动，望他的目光立刻柔和了许多。

崔中石："我不是中共地下党，你也不是中共地下党，这都无关紧要。可当时你愿意加入中国共产党，本就不是冲着我崔中石来的。你不是因为信服我这个人才愿意跟随共产党，而是你心里本来就选择了共产党，因为你希望救中国，愿意为同胞做一切事情。你不要相信我，但要相信自己。"

方孟敖的目光又迷茫了，在那里等着崔中石把话说完。

崔中石却已经在解那件薄绸长衫上的纽扣了。

方孟敖紧望着他，心里又是一动——脱掉长衫的崔中石，里面穿的竟只有脖颈上一个白色的假衣领！

"清贫！"

这个念头立刻袭上方孟敖的心头。

崔中石将假衣领和近视眼镜都取下了，往地上的长衫上一放，已经笨拙地跳入了水中！

"扑通"一声水响，惊得站在一百米开外的那个郑营长和那一班青年军卫兵立刻向这边跑来。

"快！"那郑营长一边飞跑着一边大声喊道。

不到二十秒这十几个人已经跑到方孟敖身边，见他还安然站在岸上，松了半口气。

"出什么事了？长官。"郑营长喘着气问方孟敖。

"退到原地去。"方孟敖眼睛只关注着水面。

那郑营长："长官……"

"退开！"方孟敖喝道。

"退到原地！"那郑营长只好对那一班卫兵传令。

一行十多人又一边望着这处地方，一边向原地走去。

水面如此平静。方孟敖不禁望了一眼左手腕上的欧米茄手表——三十秒钟过去了！

方孟敖扔掉了头上的军帽，紧接着脱下了短袖军装，两眼飞快地搜索着水面。

终于，他发现了离岸边七八米处有水泡隐约冒出。

一个箭跃，方孟敖猛地弹起，像一支标枪，跃入水中离岸已有四五米。

岸上那个郑营长一直在关注着这边，这时又大喊了一声："快！准备下水！"

十几个人又向这边奔来。

水面上突然冒出了一个人头，接着冒出了肩膀。

郑营长大急："会水的脱衣服！立刻下水救人！"

好几个卫兵便忙乱地脱衣。

有两个卫兵脱了一半又停住了，紧望着水面。

其他的卫兵也都停住了脱衣，望着水面。

那郑营长本欲呵斥，待到望向水面时便不再出声了。

隐约能够看见，方大队长一手从腋下托着那个崔副主任，一手划水，离岸边已只有三米左右了。

郑营长在岸边立刻将手伸了过去。

还有几个卫兵也跟着将手伸了过去。

"退到原地去！"在水中托着人游来的方大队长这一声依然气不喘声音洪亮。

"好，好。"那郑营长连"是"字也不会说了，缩回了手答着，又只好示意卫兵们向原地慢慢退去。

　　方孟敖已经到了岸边，双手一举，先将不知死了没有的崔中石举上了岸，让他躺好，自己这才攀着岸边的石头一撑，跃上了岸。

　　紧接着方孟敖跨在了平躺的崔中石身上，双手在他腹部有节奏地挤压。

　　一口清水从崔中石嘴中吐了出来，接着又一口清水从他嘴中吐了出来。

　　方孟敖一步跨到了崔中石的头边，一手从他的背部将他上半身扶起，紧紧地望着他的脸。

　　方孟敖的眼睛慢慢亮了。

　　崔中石的眼在慢慢睁开。

|十七|

方邸后院竹林。

"证据？"曾可达见过沉着镇定的人，可还没见过方步亭这样沉着镇定的人，"方行长一定要我拿出崔中石是中共的证据？"

方步亭："国家已经推行宪政，三权分立。没有证据，曾将军就是将崔中石带走，哪个法庭也不能将我们央行的人审判定罪。"

曾可达低头沉默了少顷，然后又抬起头望向方步亭："方行长，一定要我们拿出崔中石是中共的证据，送到南京公开审判，这样好吗？"

对这样的反问，方步亭照例不会回答，只望着他。

曾可达："如果方行长执意要证据，多则十天，少则三天，我们就能拿出崔中石是中共的证据。证据呈上去，一个中共的特工在方行长身边被重用三年之久，致使他掌握了中央银行那么多核心金融情报，对您有什么好？三年来，这个中共特工还利用方行长的关系和您在空军的儿子密相往来，对他又有什么好？"

曾可达尽量释放出和善的目光，等待方步亭和善的回应。

方步亭的眼睛却直直地望着他，终于开口了，说出的话却是曾可达不想听到的回应："既然如此，那就让我带些换洗衣服，然后跟曾将军走。"说着，已经从竹林的石径向前方的洋楼慢慢走去。

曾可达一愣："方行长……"

方步亭边走边说："至于方孟敖，他虽是我的儿子，可我们已经十年不相往来了。如果抓他，希望不要将我们父子牵在一起。"

曾可达在原地又愣了一会儿，缓过神来，立刻大步跟了过去。

方步亭已经走出了竹林。

上弦月要落山了，往东什刹海的中海和南海，现在傅作义的华北剿总司令部的灯光远远照来，这时便显出了明亮。

那郑营长带着的一个护卫班大约是因方孟敖又发了脾气，被迫分两拨都站到了两百米开外，远远地守望着仍然在后海边的方孟敖和崔中石。

二人这时背对他们坐在岸边，裤子全是湿的，又都光着上身，一个肌腱如铁，一个瘦骨嶙峋，让那郑营长看得疑惑不定。

"是你不信任我了，还是上级不信任我了？"方孟敖望着水面低声问道。

崔中石："没有什么上级。已经告诉你了，我不是共产党。"

方孟敖："你太不会说假话，从你跳进水里我就看出来了。"

崔中石："你太诚实。我敢跳进水里，是知道你水性好。"

方孟敖："这么黑，我水性再好也不一定能找着你。"

崔中石："那就是我该死。"

每一句推心置腹都像春雨淋在暗燃的木炭上，冒出来的仍是一片片烟雾。方孟敖倏地转过头定定地望着崔中石。

——三年来自己一直视为知己，推心置腹的人，分明这么近、这么真实。可眼前这个瘦骨嶙峋的身躯，和以往总是衣冠楚楚的那个崔中石却是那么远、那么陌生。他决定不再问了："这三年来我把真话都对你一个人说了。这个世界上，包括我过世的母亲，都没有你了解我。你应该知道，我最恨的人，就是欺骗我的人，不管是谁！穿上衣服吧，我送你回去。"抄起地上的衣帽站了起来，飞快地穿上了军服戴好了军帽。

崔中石是近视，跳水时眼镜搁在衣服上，伸手在四周摸了好几下还是找不着原处，只得说道："能不能把眼镜找给我？"

方孟敖穿戴好了衣帽本是背对着他，这时又慢慢转过身去，看见光着上身两眼无助的崔中石，一阵难言的心酸蓦地又涌了上来。走过去帮他拿起了眼镜和那个假衣领、那件长衫，递了过去。

"谢谢。"崔中石答道。

方邸洋楼一层客厅。

"国民政府不可一日无中央银行，中央银行不可一日无北平分行，北平分行不可一日无方步亭行长。"曾可达这几句顶真格的语式听来太耳熟了，可此时从他嘴里说出偏又十分严肃真诚。

方步亭那条已经踏上了二楼台阶的腿，不得不停住了。

曾可达在他背后立刻补了一句："必须告诉方行长，这几句话不是我说的。"

方步亭回头望向了曾可达："现在不是清朝，我更不是左宗棠。当年潘祖荫和郭嵩焘那些人用这样的话打动了咸丰皇帝，保住了左宗棠。可现在是中华民国，宪政时期。要是我方步亭真干了危害国家的事，有法律在，谁也保不了我。因此，这几句话是谁说的对我并不重要。"

曾可达："时不同而理同。当年左宗棠也正是没有干危害清朝廷的事，那些人才保住了他。同样，南京方面也相信方行长包括方大队长从未有意干过危害中华民国的事，才托我将这几句话转告方行长。和当年清朝廷要保左宗棠一样，南京方面现在保的也不是方行长和方大队长个人，而是国家当前危难的时局。东北、华北，跟共产党的决战即将开始，中央银行北平分行担负着保证前方军需供应和平津各大城市经济稳定的重任。这个重任无人能够替代方行长。不管方行长认为我刚才说的那几句话重不重要，我都必须转告，这几句话，就是托我给您送茶具的人对您的评价，也是对您寄予的厚望。"

方步亭的目光远远地望向了仍然摆在桌上的那套茶具，茶壶上的字在这个距离是看不见的，可那几个字竟像自己能够跳出来，再次扑向他的眼帘——"蒋先生经国清赏"！

方步亭下意识地闭上了眼，只觉夜风吹来都是后院竹林的摇动，篁音入耳，竟似潮声！

曾可达接下来说的话便像是在潮声之上漂浮，若隐若现偏字字分明："您刚才也看到了，这套茶具为什么是一个壶、三个杯子？我的浅见，这个壶代表的便是北平分行，三个杯子代表的应该是方行长和您的两位公子。希望方行长不要辜负了送礼人的一片苦心。"

听他把三个杯子比作了自己父子三人，仿佛漂浮在潮声之上的那条船猛地撞向了胸口，方步亭倏地睁开了眼睛，望向曾可达。

曾可达也在望着他，目光被灯光照着，游移闪烁。

方步亭琢磨不透曾可达此时怪异的眼神。他知道这套茶具应该有四个杯子，却不知道是不久前因曾可达盛怒之下失手摔了一个，现在被他顺理成章将三只杯子比作了他们父子三人。

——蒋经国的深意何以如此简单直接？

犹豫只有片刻，方步亭踏在楼梯上的脚踏回了地面，接着朝摆在那套茶具的桌子走去。

曾可达悄然跟在他身侧，随着走到茶具边。

方步亭："这套礼物我收下了，请曾将军代我转达谢意。"

曾可达立刻双手捧着已经打开盒盖的那套茶具恭敬地递给方步亭。

方步亭也只好双手接过那亮在面前的一壶三杯。

曾可达捧着礼盒的两手并未松开："今晚我就向南京方面打电话，转达方行长的谢意。可南京方面更希望听到方行长对中共潜伏在您身边那个崔中石的处理意见。北平分行是党国在北方地区的金融核心，我们的经济情报再也不能有丝毫泄露给中共，更严重的还要防止这个人将中央银行的钱通过秘密渠道洗给中共，防止他进一步将方大队长和他的飞行大队诱入歧途。于国于家，方行长，这个人都必须立刻消失。南京的意见，最好是让他秘密消失。"

德胜门往东中胡同的路上。

原来跟在方孟敖车后的那辆中吉普，现在被逼开到了前面，变成了开路的车。深夜戒严的北平路面空旷，中吉普因担心被后面的方孟敖甩掉，仍然不紧不慢地开着。

后面的方孟敖显然不耐烦了，催促的喇叭声不断按响，开车的卫兵只好望向身边的郑营长。

那郑营长也是一脸的无可奈何："看我干什么？加速呀！"

中吉普立刻加了速，飞快地向前驶去。

方孟敖的脚这才踩下了油门，斜眼望了一下身旁的崔中石。

路风扑面，崔中石的脸依然平静。

前方好长一段路都是笔一般直，方孟敖双手都松开了方向盘，右手从左手腕上解下了那块欧米茄手表。接着左手才搭上方向盘，右手向崔中石一递："拿去。"

崔中石望了一眼伸到面前的表，又望了一眼并不看他的方孟敖："我不需要。"

方孟敖右手仍然递在那里："不是送你的，拿去。"

崔中石只望着那块手表："送谁的？"

方孟敖："替我送给周副主席。"

崔中石心里一震："哪个周副主席？"

方孟敖："你曾经见过的周副主席。这该不是编出来骗我的吧？"

崔中石还是没有去接手表，叹了口气："我从来没有见到过什么周副主席，也不可能见到你说的周副主席。这块表我没有办法替你转送。"

方孟敖的脸沉得像铁："不是我说的周副主席，是你说的周副主席！这块表你必须转送，不管托共产党的人转送也好，托国民党的人转送也好。总有一天我能知道是不是送到了周恩来先生的手里。"

"我尽力吧。"崔中石将手慢慢伸了过来。

方孟敖望着他的侧脸，心里一颤。

崔中石眼角薄薄的一层晶莹！

一种不祥之兆扑面袭来，方孟敖将手表放到崔中石手心时，一把握住了他的手！

崔中石的手却没有配合他做出任何反应，方孟敖心中的不祥之兆越来越强了！他猛地听到了两人掌心中那块表的走针声，越来越响！

前面中吉普的喇叭偏在此时传来长鸣，方孟敖耳边的表针声消失了，但见前面的中吉普在渐渐减速。

车灯照处，前方不远已是东中胡同。那个单副局长带着的警察，还有不知哪些部门的便衣都还死守在那里，崔中石的家到了。

方孟敖慢慢松开了崔中石的手，只得将车速也降了下来。

回到卧室，方步亭躺在床上像是变了个人，脸色苍白，额头不停地渗出汗珠。

程小云已经在他身边，将输液瓶的针尖小心地扎进他手背上的静脉血管："疼吗？"

方步亭闭着眼并不回话。

程小云只好替他贴上了胶条，又拿起脸盆热水中的毛巾拧干了替他去印脸上的汗珠。

方步亭开口了："去打电话，叫姑爹立刻回来。"

程小云："姑爹在哪里？"

方步亭莫名其妙地发火了："总在那几家股东家里，你去问嘛。"

程小云无声地叹息了一下："不要急，我这就去打电话。"

恰在这时一楼客厅的那架大座钟响了，已经是夜晚十点。

燕大未名湖北镜春园小屋内。

何孝钰走进屋门，开门站在面前的是满脸微笑的老刘同志："军营的'联欢会'别开生面吧？"

何孝钰的脸上有笑容眼中却无笑意："男同学还在帮着查账，女同学都在帮飞行大队的人洗衣服。"

老刘的一只手半拉开门，身体依然挡在何孝钰面前，望着她，像是有意不让她急着进去："你提前回来没有引起谁怀疑吧？"

何孝钰："我爸身体不好，同学们都知道。"

老刘点了下头，还是站在她身前："孝钰同志，急着把你找来，是要给你介绍党内的一个领导同志，你要有思想准备。"

何孝钰这才似乎领会了老刘今天有些神秘的反常举动，难免紧张了起来，点了点头。

"镇定一点儿，你们单独谈。"老刘又吩咐了一句，这才拉开门走了出去，从外面将门关上了。

何孝钰慢慢向屋内望去，眼睛一下子睁大了惊在那里。

——尽管刚才老刘同志打了招呼，何孝钰还是不相信，坐在桌旁"党内的领导"竟是谢木兰的爸爸谢培东！

谢培东慢慢站起来了，没有丝毫惯常领导同志见面时伸手握手关怀鼓励的仪式，站在那里还是平时见到的那个谢叔叔，两手搭着放在衣服的下摆前，满目慈祥地望着她。

"问清楚了。"程小云在方步亭的床边坐了下来，给他额头上换上了另一块热毛巾，"姑爹在徐老板那里，商量股份转让的事情。"

方步亭："是在徐家城里的府邸还是在他燕大那个园子里？"

程小云："在他西郊的园子里。"

方步亭："这么晚了怎么进城？给孟韦打电话，让他去接。"

程小云："好。"

"木兰也还在孟敖他们那里吧？"谢培东将一杯水放到坐在另一旁的何孝钰桌上，问的第一句竟是和以往一样的家常话。

就是这样平时惯听的家常话，今天何孝钰听了却止不住眼泪扑簌簌地流了下来。

谢培东站在那里，只是沉默着，知道她这时候心情复杂激动，任何解释劝慰都不如让她将眼泪流出来。

"对不起，谢叔叔。"谢培东的沉默让何孝钰冷静下来，见谢培东仍然站着，她也站了起来，掏出手绢揩干了眼泪，"您坐下吧。"

"你也坐，先喝口水。"谢培东自己先坐了下来，仍然保持着他在方家只坐椅子边沿的那个姿势，让何孝钰感觉他还是那个谢叔叔。

何孝钰也和以往一样在椅子的边沿礼貌地坐下，借着喝水的空当，隔着水杯，出神地望着这个怎么也想不到会是党内领导同志的谢叔叔。

"我今天来见你，把你吓着了吧？"谢培东温然笑着。

"没有……"何孝钰答着，两手却仍然紧紧地握着水杯，接着轻声问道，"我只是想问，这么多年，您在方叔叔身边是怎么过来的……"

谢培东："我知道你是想问，我既然隐藏得这么深，今天为什么要暴露身份，前来见你，是吗？"

何孝钰只好诚实地点了下头。

谢培东立刻严肃了："组织上遇到严重的困难了，这个困难本不应该让你来担。因为牵涉到党内一个重要同志的安危，还牵涉到一位我们要争取的重要人物的安危。组织通过反复研究才决定让我见你，希望我们两个共同将这个艰巨的任务担起来。只有我们才能保证那两个人的安全。"

谢培东说这段话时的诚恳和坚定，慢慢淡去了他在何孝钰眼中刚才"神秘"的色彩。她的目光立刻也凝重了起来，谢培东所说的那个"党内重要的同志"是谁，眼下她并不知道，可是那个"要争取的重要人物"她立刻猜到了——方孟敖的形象叠片似的在她眼前闪现了出来。

何孝钰当即站了起来："谢叔叔……今后，我还能叫您谢叔叔吗？"

谢培东："不是还能，是必须叫我谢叔叔，永远都叫我谢叔叔。今后我们见面的时间会更多。我要像以前一样见你，你也要像以前一样见我。我能做到，你能不能做到？"

何孝钰坚持看着他，憋足的那口气还是散了，低头答道："谢叔叔，我怕我做不到。"

谢培东沉默了一下，接着理解地笑了："做不到就不要勉强去做。其实我们再见面也不能完全像以前一样，你可以有些不自然，不自然也是正常的。因为大家都知道，我的身份已经可能是你的姑爹了。我说的意思你应该明白。"

何孝钰倏地抬起了头："谢叔叔，姑爹是什么意思？"

谢培东："孟敖就叫我姑爹，你应该知道是什么意思。"

何孝钰："这一点我恐怕做不到。这个任务请求组织重新考虑。"

谢培东收了笑容："为什么？"

何孝钰："因为我并不爱他，我不可能跟着他叫您姑爹。"

谢培东这回是真正沉默了。

何孝钰："我连自己都不能说服，不要说瞒不过方叔叔，更瞒不过他背后国民党那些人。"

谢培东想过何孝钰接受这个任务时会尴尬、会害羞，却没想到她会这样不接受方孟敖。重要谈话出现重要问题了，他站了起来，在房间里来回地踱了一路，站到何孝钰面前约一米处停下了："这一点倒是组织上没有考虑到的。孝钰，我们能不能换个角度，比方说孟敖是个孤儿？"

何孝钰："我不明白谢叔叔的意思。"

谢培东："他没有母亲，也没有父爱。"

何孝钰像是被闪电击中了一下，目光中立刻浮出了一丝爱怜的认同。

谢培东："他心里有个母亲，可这个母亲又始终见不到面。唯一能让他见到这个母亲的人现在也因为面临危险，不能跟他见面了。你愿不愿意从这个角度去和孟敖相处？"

何孝钰显然已经被感动了，却还是有些犹豫："我跟他相处实在太难。"

谢培东："不难，组织上就不会找你了。谢叔叔和你们不是一代人，也不能完全理解你们的感受。你刚才说并不爱孟敖，那就在爱字前面加上一个字，疼爱。这你应该能做到吧？"

何孝钰终于艰难地点了头。

谢培东没有再坐下："大约还有二十分钟孟韦就会来接我。你也不能再待了，早点回家。顺便问一句，学运部梁经纶同志这一向是不是都住在你家里？"

何孝钰立刻敏感地露出了一丝紧张和不安："好像是南京财政部需要我爸提供一份论证币制改革的咨文，梁教授这一向都在帮我爸查资料，有时候住在我家。有问题吗？"

"这些组织都知道，没有问题。"谢培东立刻答道，"问题是，方孟敖可能随时会来找你，你要有充分的思想准备。"

"他来找我？"何孝钰睁大了眼，"这也是组织的安排？"

谢培东："组织不会做这样的安排，是分析。我刚才已经跟你说了，孟敖现在是'孤儿'。以他现在的处境和性格，一定会来找你。"

何孝钰立刻又忐忑了："我用什么身份接触他？"

谢培东："照学委那边梁经纶同志对你的要求，表面上以进步学生的身份和他接触，具体接头的时候，再告诉他是城工部安排你接替崔中石同志的工作，与他单线联系。"

何孝钰实在忍不住了："谢叔叔，学委也是城工部领导的党的组织，为什么不能让梁教授知道我的真实身份？"

谢培东："你和方孟敖是单线联系，这是绝密任务。除了我和老刘同志，梁经纶同志包括严春明同志都不能知道你城工部党员的身份！至于个人感情方面，组织上相信你会正确对待。"

说到这里，何孝钰沉默了，谢培东也沉默了。

车灯不开，路黑如影，一辆军用小吉普依然全速飙来。

前面不远的左边现出了青年航空服务队军营的营灯，军用吉普吱的一声突然刹车，车子跳动了一下，戛然停在了路口。

跟在这辆军用小吉普后边的一辆中吉普也没有开车灯，没有料到前面的车会突然停住，等到发现已经只有几米的距离，开车的兵急踩刹车，还是碰到了前边那辆小吉普的尾部。

坐在中吉普里的人全都受了冲击，好些人跌倒在车里。

副驾驶座上的那人受的冲击最重，头直接撞上了挡风玻璃，军帽飞了出去，又反身跌坐在副驾驶座上——原来是那个郑营长。

郑营长很快缓过神来，反手给了身边的驾车卫兵一个耳光，接着打开车门跳了下去，走向前边那辆军用小吉普。

那郑营长头上光着，忍着疼，还是向小吉普里的人先行了个军礼："对不起，撞着长官没有？"接着俯身去看。

小吉普车内打火机嗤地亮了，照出了正在点烟的方孟敖。

点燃了烟，方孟敖吸了一口："弟兄们没有受伤吧？"

那郑营长见方孟敖气定神闲，松了口气，又站直了身子："长官没有受伤就好，弟兄们都没有事。"

方孟敖："没有事就好。我已经到军营了，你们都回去吧。"

那郑营长斜望了望岔路不远处军营通明的营灯，转对方孟敖坚定地答道："报告长官，上级的命令叫我们二十四小时保护长官。"

方孟敖望着车外影影绰绰的郑营长，沉默少顷，燃着烟火的手招了一下。

那郑营长又将身子俯了过去。

方孟敖低声在他耳边说道："有情报，今晚有人要对曾将军采取不利行动。你们必须赶回去，加强保卫。"

"不会吧？"那郑营长将信将疑，"哪方面的人敢在顾大使宅邸对曾将军下手啊？"

方孟敖："那上级为什么还叫你们保护我？五人小组的人为什么今早一刻也不敢停留，全离开了北平？现在最危险的是曾将军，不是我。明白吗？"

那郑营长有些信了，不过还在犹疑。

方孟敖："是不是要我带上飞行大队的人都搬到顾大使宅邸去，跟你们一起保护曾将军？"

"长官请快回军营。我们这就回顾大使宅邸。"那郑营长说着立刻走向后面的中吉普，嚷道，"全部上车！"

那些都下了车的卫兵一个个又上了车，郑营长从最后一个卫兵手里接过替他找到的军帽，跳进了副驾驶座："倒车！回顾大使宅邸！"

中吉普发动了，掉了头，打开了车灯，两道光飞快地向来路扫去。

小吉普里的方孟敖靠在车椅上，怔怔地望了一会儿不远处军营的营灯，接着，将才吸了一口的烟扔出了车外，一边拧开发动车的钥匙一边说道："Shit！不说假话就干不成事情！"

车灯仍然没开，岔路坎坷不平，方孟敖开着吉普跳跃着向营灯亮处驶去。

方孟敖的车悄悄地停在营门外路边的暗处。

军营大坪里炽灯如昼，长条桌前许多学生还在帮着清理账目，靠近营房的那一排自来水水槽前女学生们都在帮飞行员洗着衣服床单，歌声一片。

以郭晋阳为首，十几个飞行员罄其所有将他们的饼干糖果还有咖啡全都拿出来了，大献殷勤。

陈长武却只带着谢木兰悄悄地出了铁门，走向路边的吉普。

走到车旁，谢木兰才看见方孟敖一个人静静地靠站在车门边，不禁惊奇："大哥？你怎么不进去？"

方孟敖望了一眼陈长武，再转望向谢木兰："何孝钰呢？"

谢木兰笑了："大哥是在这里等孝钰？"

方孟敖依然一脸的严肃，望着陈长武。

陈长武："一小时前就走了，听说是她爸爸身体不好，晚上她都要回去陪护。"

方孟敖想了想，对两人说："你们都上车吧。"

谢木兰："到哪里去？"

方孟敖："去何孝钰家。长武，我表妹带路，你来开车。"

"是。"陈长武立刻开了车门，坐进了驾驶室。

谢木兰又怔在了那里："大哥，这么晚了你这样去见孝钰，何伯伯会不高兴的。"

方孟敖已经替她拉开了副驾驶座的车门："我就是去见何副校长的，什么高兴不高兴。上车吧。"

谢木兰怔忡地上车，兀自问道："这么晚你急着见何伯伯干什么？"

方孟敖已经关了前面的车门，自己坐到了后排座上，对陈长武说道："不要开车灯。到了何家不用等我，送我表妹回家后你立刻回军营。"

"是。"陈长武已经拧开了钥匙，发动了车子，正准备挂挡。

"等一下！"谢木兰倏地拉开了车门，"大哥，你不告诉我，我不会带你去。也不回家。"

"去向他请教那些什么四行、两局、一库、一会的问题。还要问吗？"方孟敖答了这一句，从后面伸手带紧了谢木兰座旁的车门，"开车。"

陈长武已经开动了车，军营炽亮的灯光被抛在了反光镜后，渐渐暗了。

崔中石家北屋客厅隔壁账房内，一根电线吊下来的那只灯泡最多也就十五瓦，满桌子账本上密密麻麻的字真的昏暗难辨。

近视眼镜被搁在了一边，崔中石将头尽量凑近账本，一边看着，一边在另外一本新账簿上做着数字。入伏的天，虽是深夜，门却紧闭着，窗口也拉上了窗帘，他光着身子依然在冒着汗。

和别的所有房间不同，崔中石这间账房的房门装的是从里面拧动的暗锁，门一拉便能锁上，在外面必须用钥匙才能打开。就在这时，门内暗锁的圆柄慢慢转动了，接着门从外面慢慢推开了。

崔中石非常警觉，立刻合上账本，戴上了眼镜，转脸望去，是叶碧玉捧着一个托盘站在门口。

"干什么？你怎么会有这个门的钥匙？"崔中石对妻子好像还从未有过如此严厉的语气。

"叫什么叫？我另外配的，犯法了？"叶碧玉虽依然是平时的口气，但这时说出来还是显得有些心虚。

崔中石猛地站起来，走到门边："你怎么敢私自配我账房的钥匙？！你进来看过我的账了？"

叶碧玉从来没有见过丈夫这般模样，尽管知道犯了大忌，上海女人的心性，此时仍不肯伏低："就是今天买东西时配的，现在连门都没进，看你什么账了？这几天你夜夜关门闭窗的，配个钥匙也就是方便给你送个消夜，凶什么凶！"

　　崔中石紧紧地盯着还站在门外的叶碧玉："谁叫你送消夜了，钱多得花不完了吗？钥匙呢？"

　　叶碧玉终于有些发蒙了，右手下意识地抬了起来。

　　崔中石一把抓过钥匙，紧接着将门一关。

　　叶碧玉手里的托盘差点儿掉了下来，冲着门哭喊起来："崔中石，我明天就带两个孩子回上海，你死在北平好了！"

　　门又从里边慢慢拉开了，崔中石再望她时已没有了刚才的火气，透出的是一丝凄凉："我明天就去跟方行长和谢襄理说吧，求他们安排一下，让你带孩子回上海。"说完又把门关上了，这回关得很轻。

　　叶碧玉怔在那里，对自己刚才的不祥之言好不后悔。

　　卧房的门也被程小云从外面拉着关上了。

　　那瓶液还剩下一半，针头却已经拔掉。

　　方步亭靠在床头深深地望着刚刚赶回正在窗前忙活的谢培东的背影。

　　窗前桌上，一个大木盘里摆满了大大小小显然已经用过多次的竹筒火罐，还有一瓶烧酒。谢培东正在木盘旁熟练地将一张黄草纸搓成一根卷筒纸媒。

　　"澡洗了吧？"谢培东端着木盘走到了床边，放在床头柜上，"打了火罐明天一天可不能洗澡。"

　　方步亭开始脱上身的睡衣："刚才小云已经给我擦洗了。"

　　谢培东点燃了卷筒纸媒又吹灭了明火："趴下吧，一边打一边说。"

　　方步亭光着上身将头冲着床尾方向趴下了。

　　谢培东拿起酒瓶含了一大口烧酒，接着向方步亭的背部从上到下喷去。

　　从谢培东嘴里喷出的酒像一蓬蓬雨雾，均匀地喷在方步亭的颈部、肩部、背部，一直到腰部。

　　方步亭刚才还望着地板的眼这时安详地闭上了。

　　谢培东一口吹燃了左手的纸媒，将明火伸进右手的火罐里，接着左手晃熄了纸媒的明火，右手拿着罐子在方步亭左边背部从上到下先刮了起来。

　　一条条紫红的印子立刻在方步亭背上显了出来。

　　"知道曾可达今天晚上来说了什么吗？"方步亭像是只有在这样的方式下，背对着谢培东一个人，才能这样毫无障碍地开始对话。

　　谢培东又吹燃了纸媒的明火，烧热了手里的火罐，在他右边背部刮了起来："怎么说？"

　　方步亭："借刀杀人！"

　　"杀谁？"谢培东的手颤停了一下。

　　"你知道的。"

　　"崔副主任？"谢培东的手停住了，"他们也太狠了吧？"

　　方步亭："接着刮吧。"

　　谢培东又只得重复刮痧的动作，这回刮的是脊椎一条部位，手劲便轻了许多："借我们央行的刀杀我们央行的人，他们总得有个说法吧。"

　　"搬出共产党三个字，还要什么说法。"方步亭这句话是咬着牙说出来的，显然不是因为背上有痛感。

　　谢培东沉默了，痧也刮完了，烧热了一个火罐，紧紧地吸在方步亭的颈椎部，又去烧热另一个火罐，挨着吸在方步亭左边的肩部。

　　方步亭："你怎么看？"

　　谢培东又将另一个火罐打在他右边的肩部："要看后面。"

　　方步亭这时睁着眼只能看见前面，立刻问道："怎么说？"

　　谢培东继续打着火罐："他们能借我们的刀杀了崔中石，接下来就能用这把刀再杀我们。这其实跟共产党没有什么关系。"

　　方步亭："那跟什么有关系？"

　　谢培东："还是那个字，钱！"

　　方步亭："是呀……崔中石的账什么时候能够移交给你？"

　　谢培东在继续打着火罐："牵涉的方面太多，日夜赶着做，最快也要三天。"

　　"不行。"方步亭动了一下，谢培东那个火罐便没能打下去，"你明天就要把账接过来。"

　　"不可能。"谢培东的话也答得十分干脆，"我详细问了，账里面不但牵涉到宋家、孔家和美国方面的交易，还牵涉到傅作义西北军方面好些商家的生意，现在徐铁英又代表中央党部方面插进来了，急着将侯俊堂他们空军方面的股份转成他们的党产和私产。哪一笔账不做平，都过不了铁血救国会那一关。"

　　方步亭刚才还睁得好大的眼不得不又闭上了："说来说去，还是我失策呀……培东，你说崔中石有没有可能把钱转到共产党方面去？"

　　谢培东接着给他打火罐，没有接言。

　　方步亭："我在问你。"

　　谢培东轻叹了口气，这才答道："行长自己已经认定的事，还要问我干什么？"

　　方步亭："你依然认为崔中石不是共产党？"

　　谢培东："那就认定他是共产党吧。如果他真是共产党，帮上层那么多政要洗了那么多见不得天日的钱，捅了出来，宋家、孔家先就下不了台，何况还牵涉到西北军、中央军和中统、军统直至中央党部。行长，愣要把他说成共产党，这个案子恐怕只有总统本人才能审了。"

　　方步亭："你的意思是我们不能承认崔中石是共产党？"

　　谢培东："不用我们否认，他曾可达还有他背后的人也不敢咬定崔中石是共产党。他们既然口口声声说崔中石是共产党，抓走就是，何必今天还要来找行长。他们自己都不敢做的事，要行长来做。这也就是曾可达今晚来的目的。"

　　方步亭："这个我也知道。我刚才问的话你还没有回答我，崔中石会不会把央行的钱转到共产党那里去？"

　　"行长忘了，我们央行北平分行的钱从来就没有让崔中石管过。"谢培东在方步亭背上打完了最后一个火罐，拉起一床薄毛巾毯给他盖上，"在他手里走的钱都有一双双眼睛在盯着，那些人会让他把一分钱转走吗？"

"你还是不懂共产党。"方步亭立刻否定了谢培东的分析，"他要真是共产党，就一定会想方设法把那些人的钱转走。不义之财，共产党从来讲的就是师出有名。因此，明天一定要把账从崔中石手里全盘接过来。不管哪方面的钱都不能有一笔转给共产党。"

谢培东必须打消方步亭的这个决定："忘记告诉你了，徐铁英派了好些警察在崔中石的宅子外守着，崔中石一步也走不出来。行长，不要担心他转账的事了。"

方步亭想了想："那三天以内你也得把账接过来。"

"我抓紧。"谢培东答道，"账接过来以后，行长准备怎么处理崔中石？"

"不是我要处理崔中石。"方步亭突然有些焦躁起来，"已经告诉你了，曾可达代表铁血救国会向我下了通牒，叫他消失！"

谢培东便不作声了。

方步亭平息了一下情绪："培东，我知道你怎么想。要是没有牵涉到共产党这个背景，崔中石这个人我还是要保的。这么些年做人做事他都在替我挡着。我就不明白好好的一个人才偏又是共产党……还有，他还牵连着孟敖。"说到这里是真的长叹了一声。

谢培东："行长，有你这几句话，我的话也就能说了。"

方步亭："就是要听你说嘛。"

谢培东："崔中石不是共产党行长要保他，是共产党行长也不能杀他。"

方步亭睁大了眼："说出理由。"

谢培东："留退路。"

方步亭睁大着眼在急剧地思索着，接着摇了摇头："眼下这一关就过不去，哪里还谈得上退路。"

谢培东："想办法。眼下这一关要过去，退路也要留。"

"有这样的办法吗？"方步亭说着下意识地便要爬起，一下子牵动了背后的火罐，掉了好几个。

"不要动。"谢培东立刻扶稳了他，"时间也差不多了。"说着轻轻掀开了毛巾毯，替他拔背上的火罐。

方步亭又趴好了："接着说吧。"

谢培东："曾可达不是说要崔中石从行长身边消失吗？那就让他从行长身边消失就是。"

方步亭："说实在的。"

谢培东："孔家扬子建业公司那边说过好几次，想把崔中石要过去，到上海那边去帮他们。行长要是同意，我就暗地跟孔家露个口风。孔家将他要走了，他们再要杀崔中石就与我们没有关系了。更重要的是行长也不用再担心崔中石跟孟敖会有什么关系了。"

方步亭已经盘腿坐在床上了，拽住谢培东从背后给他披上的毛巾毯，出神地想了好一阵子，转对谢培东："警察局是不是日夜守在崔中石那里？"

谢培东："二十四小时都有人守着。"

方步亭："那就好。徐铁英不是想要那 20% 股份吗？培东，孔家的口风你不要去露，让徐铁英去露。为了这 20% 股份，徐铁英会配合孔家把崔中石送到上海。要斗，让他们斗去。"

谢培东一怔："行长，这样做是不是会把事情弄得更复杂了？"

方步亭："这个时局，没有什么复杂和简单了。你不要卷进去，也不要让孟韦知道。你说得对，要留退路。眼下第一要紧的退路就是怎样把孟敖送到美国去。"

尽管谢培东提醒过方孟敖会来找自己，何孝钰还是没有想到他会这么快这么晚来到自己家里。

夜这么深，墙上壁钟的秒针声都能清晰听见，再过五分钟就是十二点，十二点一过就是明天了。

何孝钰在装着一勺奶粉的杯子里冲上了开水，用勺慢慢搅拌着，端起这杯牛奶和两片煎好的馒头时，她闭上了眼睛，怔在那里。

想象中，坐在背后的应该是一边看书一边做着笔记的梁经纶。

可转过身来，坐在餐桌边的却是穿着空军服的方孟敖。

何孝钰还是笑着，将牛奶和馒头片端了过去放在方孟敖的面前："下午你们的晚餐都给同学们吃了，现在一定饿了吧？"

"Thank you！"方孟敖站了起来。

何孝钰的眉头不经意地皱了一下，尽管自己是在英文教学最棒的燕大学习，可这时听着方孟敖那一口标准的美式英语总觉得不自然，很快她还是回以笑容："我们能不能不说英语？"

"谢谢！"方孟敖立刻换以中国话，可接下来又说道，"有没有刀叉？"

何孝钰只得掩饰着心里的不以为然，问道："也不是什么西餐，要刀叉干什么？"

"对不起，跟飞虎队那些美国佬待久了，习惯了。"方孟敖坐了下来，立刻用手拿起了两片馒头，一口咬了一半，又一口吃了另一半，端起牛奶一口气喝了下去。

他真是饿了。

何孝钰蓦地想起了谢培东说的那个词："孤儿！"

"我去看看，还有没有什么能够吃的。"何孝钰望着他的目光已经有了一些"疼爱"。

方孟敖："不用找了，再找也找不出什么。"

何孝钰："你怎么知道我们家就再也找不出什么吃的？"

方孟敖："要是有，你也不会只煎两片馒头。那么多教授学生在挨饿，你爸是能够得到更多的食品，可他不会。"

何孝钰再望向方孟敖时完全换了一种目光，这个自己一直认为我行我素很难相处的人，居然会有如此细腻的心思，能够如此深切地理解别人！

方孟敖何等敏感，他突然明白自己今天晚上来找的就是这双眼神。现在他看到了，便再不掩饰，紧紧地望着何孝钰那双眼睛。

何孝钰反而又有些慌了，目光下意识地望向墙上的挂钟。

长针短针都正指向了十二点！

方孟敖的眼睛仍在紧紧地望着她，完全看不见钟，却问道："你们家的钟为什么不响？"

"我爸不能听见钟响，一听见就会醒来。"何孝钰答着突然觉得惊奇，"你也看不见钟，怎么知道十二点了？"

方孟敖诡秘地一笑："我要是只有一双眼睛，怎么看见从后面突袭来的飞机？"

何孝钰一下子感觉到了组织上为什么会对方孟敖如此重视。

这双眼睛仿佛能够透过无边无际的天空，看见天外的恒星。可这时却在看着自己，何孝钰更心慌了，有一种被他透过衣服直接看见自己身体，甚至是内心的恐慌！

"我爸要明早五点才起床。"何孝钰下意识地两臂交叉握在身前，假装望向二楼，避开方孟敖的目光，"你还是明天早上再来吧，好吗？"

"那就换个时间吧。"方孟敖的语气听来给人一种欲擒故纵的感觉，"明天一早我要去查民食调配委员会。"

他已经向门边走去，从墙的挂钩上取下了军帽："谢谢你的牛奶和馒头。下回我给你扛一袋面粉来。"

"不要。"何孝钰怯怯地走过来送他，"我爸不会要的。"

方孟敖轻声地："就说我送给你的。再见！"行了个不能再帅的军礼，转身拉开了门径自走了出去。

就在方孟敖转身的那一瞬，何孝钰还是看见了他眼中又突然闪出的孤独。

何孝钰怔在了门口，望着方孟敖消失在院门外的背影，不知道该追上去送他还是不送他。

"刚接到国防部新的战报，一个星期内共军就会对太原发动攻击。"曾可达站在那张大办公桌的军事地图前，脸色凝重，"你过来看看。"

穿着青年军军服、戴着一副墨镜的那个人坐在沙发上依然没动。

曾可达抬起了头望向他："也没有别人，不用戴墨镜了，把军帽也取下来，凉快些。"

那人慢慢取下了墨镜，竟是梁经纶！他还是没有站起来，也没有取军帽，斯文气质配上这套标准的军装，加以挺直的身躯，俨然军中的高级文职官员。

曾可达见他依然不动，察觉了他神态的异常："经纶同志，有什么意见吗？"

"没有意见。"梁经纶答话了，"只是想请问可达同志，组织对我的工作是不是要做调动。"

"什么调动？"曾可达的脸色也不好看了，"你的工作是建丰同志亲自安排的，哪个部门说了要做调动？"

梁经纶站起来了："建丰同志安排我的第一个工作就是取得中共北平地下党的信任，随时把握中共北平学运的动向。可达同志在这个时候叫我换上军服，到这个共产党严密注视的地方来看什么战报。是不是看了战报我就不用回燕大了？"

曾可达被他问得愣在那里，接着语气强硬了起来："我既然在这个时候把你接来，自然因为有紧急的情况需要安排，对你自然也有周密的掩护措施。梁经纶同志，你是不是把个人的安危看得太重了些？！"

梁经纶："我必须纠正可达同志的说法。自从接受组织指示加入中共地下党那一天起，我就只有危，没有什么安。可达同志一定要把这个说法强加给我，我只能向组织报告，建丰同志交给我的重大任务我将再无法完成，尤其是即将推行的币制改革。"

曾可达没想到梁经纶今天的态度如此强硬，而且搬出了重中之重的币制改革跟自己对抗，莫非建丰同志背着自己从另一条线给他交了什么底？想到这里，傍晚建丰同志电话里的声音在耳边回响了起来：

"关于梁经纶同志，我现在就明确答复你，他在中共组织内部所能发挥的作用，尤其是即将推行币制改革所能发挥的作用，是别的同志都不能取代的，也不是你所能取代的……"

"可达同志。"梁经纶一声轻轻的呼唤，将曾可达的目光拉了回来。

梁经纶："如果我刚才的态度违反了组织的第四条纪律，我向你检讨。"

"不。"曾可达的态度立刻变得很好，"根据组织的第四条纪律，下级违反上级的指示必须检讨，那检讨的人应该是我。也许是我没有很好地领会建丰同志的指示精神，以前给你布置的任务没有考虑到大局，比方安排联欢会。可是有一点我必须向你传达，今晚把你叫来就是建丰同志不久前给我下达的指示。现在叫你一同来看国防部最新的战报，就是指示的一部分。"

"是。"梁经纶双腿轻轻一碰，神情立刻肃穆了，接着向办公桌的战报走去。

曾可达手里的铅笔直接点向了地图上的"太原"："截至昨天，晋中大部分地区已经被共军占领。现在徐向前亲率共军华北野战军第一兵团及晋绥军区第七纵队、晋中军区三个独立旅共八万余人，向太原逼近，形成了对太原的包围之势！梁经纶同志，从你这个角度分析一下，共军这次的军事行动根本目的是什么？"

梁经纶的目光从地图上的"太原"立刻移向了"北平"。

曾可达立刻将铅笔递给了他："说你的看法。"

梁经纶接过了铅笔，用蓝色的那一头将"太原"画了个圆圈，接着掉转笔头用红色将"北平"，包括"天津""绥远"画了一个更大的圆圈："我们的经济困难会更大了！"

曾可达："说下去。"

梁经纶："太原是山西的经济核心，说穿了就是西北军的主要军需来源。共军这是要切断傅作义将军驻华北几十万西北军的军需供应。这样一来，傅作义在华北的几十万军队所有的军需都要靠中央政府供应了。雪上加霜呀！"

"精辟！"曾可达适时地表扬了一句。

梁经纶："可达同志，我完全理解了建丰同志这时叫我来看战报的意思。反共必先反腐，我们的当务之急是从北平民食调配委员会的贪腐案切进去，彻查中央银行北平分行的贪腐烂账，将那些人贪污的钱一分一厘地挤出来。更重要的是必须立刻废除法币，发行新币。金融不能再操纵在那些贪腐集团的手里，国府必须控制金融！"

曾可达再望梁经纶时有了些建丰同志的目光："具体方案，具体步骤？"

梁经纶："再大的事也要靠人去做。今天我见到了方孟敖，更加深刻地领会了建丰同志重用这个人的英明。在北平反贪腐，方孟敖和他的大队才是一把真正的剑，问题是这把剑握在谁的手里。"

曾可达："当然不能握在共产党的手里。"

梁经纶："要是他在心里只认共产党呢？"

曾可达觉得梁经纶跟自己的距离越来越近了："你理解了我为什么一定要你安排何孝钰去接近方孟敖的意思了？"

梁经纶在这个时候又沉默了。

曾可达："你有更好的想法？"

"没有。"梁经纶这时的语气又有些沉重了，"共产党学运部同意了我的建议，何孝钰已经作为地下党选择的人选在跟方孟敖接触了。"

曾可达："有什么问题吗？"

梁经纶眼中浮出了忧虑："我感觉中共北平城工部不应该这么简单就接受了我的建议。"

曾可达开始也怔了一下，接着手一挥："谨慎是对的，也不必太敏感。我们对方孟敖看得这么严，共产党也只能让何孝钰去接触他。这应该就是他们接受你的建议的原因。"

"可今天严春明明确要求我不能再去何其沧家里住，不许跟何孝钰有频繁的接触。可达同志，我感觉北平城工部已经怀疑上我了。"梁经纶的眼中露出了风萧水寒之意。

曾可达这才真正关切了，想了想，断然说道："从明天起，有情况你找我，我不再主动跟你联系。那些平时跟你联系的同志，我也立刻打招呼，一律不许再跟你联系。共产党要你干什么，你就干什么。这样行不行？"

梁经纶："感谢组织的理解。请可达同志向建丰同志汇报，下面我要完成的任务。"

曾可达："请说。"

梁经纶："第一，我会抓紧促成何其沧拿出币制改革的方案，让他去说服司徒雷登大使，争取美国的储备金援助。第二，我尽力争取中共北平城工部让我作为跟方孟敖的单线联系人。"

"非常好！"曾可达激动地表态，"我今晚就向建丰同志汇报。还有什么需要组织支持的？"

梁经纶："只有一条，彻底切断共产党跟方孟敖的其他联系。"

"放心。"曾可达的手往下一切，"已经安排好了，跟方孟敖唯一单线联系的那个人这几天就会消失。"

梁经纶："可达同志，我可不可以走了？"

曾可达立刻走到沙发边，先拿起了那副墨镜递给梁经纶。

梁经纶接过了墨镜。

曾可达又帮他拿起了茶几上的军帽。

梁经纶伸手要接，曾可达："我来。"双手将军帽给梁经纶戴上。

两人刚要握手，电话铃骤然响了。

"稍候。"曾可达走过去拿起了话筒，才听了几句，立刻望了一眼梁经纶。

梁经纶也立刻感觉到了是和自己有关的事情，静静地望着曾可达。

只见曾可达对着话筒低声说道："知道了。从现在起你们通通撤离，所有人都不许再跟梁教授联系。"

放下话筒，曾可达转望向梁经纶："方孟敖今天晚上去何孝钰家了。"

梁经纶的眼下意识地闪了一下，有惊觉，也有说不出的一丝酸意。

曾可达接着说道："是那个谢木兰带他去的。谢木兰现在还在书店等你。你见不见她？"

梁经纶先将手伸向了曾可达，曾可达立刻将手也伸了过去。

"我走了！"梁经纶的手将曾可达的手紧紧一握。

|十八|

东中胡同崔中石家院内。

午后骄阳，槐荫树下，依然酷暑难当。

崔中石常提的那口纹皮箱，叶碧玉从娘家陪嫁的两口大皮箱，还有一口大木箱摆在树下，一家四口能搬走的全部家当也都在这里了。

哥哥伯禽和妹妹平阳都换上了体面的干净衣服，太高兴了，便不顾满头大汗，在树荫下互相拍掌，你一下，我一下，一口妈妈教的上海方言，念着童谣：

小三子，

拉车子，

一拉拉到陆家嘴。

拾着一包香瓜子，

炒炒一锅子。

吃吃一肚子，

拆拆一裤子，

到黄浦江边解裤子……

崔中石又穿上了那身出门的西服，方孟韦穿着短袖警服，都像是有意不看对方流着汗的脸，只望着两个孩子。

崔中石显然有些急了，拨开左手袖口看表。

方孟韦目光一闪，立刻认出了那块欧米茄手表，不禁望向崔中石。

崔中石却转望向了北屋，喊道："方副局长还在等着呢！不要找了，什么要紧的东西，找了也拿不走！"

北屋立刻传来叶碧玉的声音："晓得啦！回到上海什么也没有，弄啥过日子！"

方孟韦这才接了话："五点半的火车，还有时间。"

短短一句话流露出了方孟韦的不舍之情。

崔中石便不再催，也转望向了方孟韦。

相对偏又无语，只有深望的眼神。

叶碧玉在北屋收拾得已是一头大汗，摊在桌上的那块包袱布上有一只座钟、一把瓷茶壶、几只瓷杯，还有大大小小一些家用物什。

除了桌子椅子，北屋里也就剩下了四壁。叶碧玉仍然在扫视着，眼一亮，又向墙边走去。

墙上还挂着半本日历，日历上印着的字扑眼而来：

——民国三十七年 七月 廿一日 宜出行迁居 东南方大吉！

叶碧玉眼闪喜光，连忙取下了那半本日历，吹了吹上面的灰尘，转身放到了包袱布上，这才开始打包。

伯禽和平阳还在那边拍着掌：

拔拉红头阿三看见仔，
拖到巡捕行里罚角子……

崔中石在这边终于低声问话了："是徐局长还是行长叫你来送我的？"

方孟韦："我答应你的，只要离开我大哥，我拼了命也要保你一家平安。"

崔中石叹了口气："要走了，信不信我都必须告诉你。我不是什么共产党，你大哥更不是共产党。我不需要谁来保。"

方孟韦深望着崔中石那双眼，不置可否。

"好啦好啦！可以走了！"叶碧玉提着包袱满头大汗走了出来。

方孟韦对叶碧玉却是一脸微笑，大步走过去替她接包袱。

叶碧玉："不可以啦……"

方孟韦坚持拿过包袱，又悄悄地将一叠美金塞在她手里，低声说道："私房钱，不要让崔副主任知道。"

叶碧玉紧紧地攥着那一卷钱，还没缓过神来。

方孟韦提着包袱已经转身，对院门外喊道："替崔副主任搬行李！"

几个警察立刻走进了院门。

伯禽和平阳欢叫了起来："走啦！走啦！"

北平市警察局徐铁英办公室外会议室。

马汉山是带着一头大汗一脸惶惑，手里还拿着一根装字画的轴筒走进来的。

孙秘书已经在徐铁英办公室门外候着他了。

马汉山趋了过去，挤出笑低声问道："出什么事了，电话里发那么大脾气？"

那孙秘书今天没有了平时的微笑，直接望向马汉山手里的轴筒："请马副主任让我看看这里面是什么东西。"

马汉山还是勉强笑着："一幅画，早就说好了，请你们徐局长鉴赏……"

孙秘书已经拿过了那轴筒，拧开上面的盖子，将里面那卷画倒出来一半轻捏了捏，确定没有其他东西才将那画又倒了回去盖好了盖子，却没有还给马汉山，而是搁在会议桌上，接着说道："对不起，请马副主任将手抬一抬。"

马汉山一怔："干什么？"

孙秘书："如果带了枪，请留在这里。"

"枪？到这里我带枪干什么？"马汉山说到这里突然明白了，"你是要搜我的身？"

孙秘书："我是奉命行事，请马副主任不要让我为难。"

马汉山一口气冒了上来："他是警察局长，我是民政局长，谁定的规矩我见他还要搜身！"

孙秘书："马副主任搞错了。现在我们局长是代表南京国防部调查组询问北平民食调配委员会的涉案人员。请您配合。"

"好！老子配合。"马汉山解开了外面那件中山装往会议桌上一摔，露出了系在皮带里的白衬衣，用手拍着腰间的皮带，一边拍一边转了一圈，接着盯住那孙秘书，"还要不要老子把裤子也脱下来？"

"您可以进去了。"孙秘书那张冷脸却仍然挡住他，"顺便跟马副主任提个醒，我们在中央党部工作，连叶局长和陈部长都从来没有对我们称过老子，请您今后注意。"

"好，好，在你们面前老子就是个孙子，可以吗？"马汉山一口气憋着，也不再穿外衣，一手抄起衣服，一手抄起那个轴筒。那孙秘书这才移开了身子，让他走进徐铁英的办公室。

马汉山一肚子气走了进去，可转过屏风又站住了。

徐铁英背对着他，正在打电话："好，好。我抓紧查，尽快查清香港那个账户……请放心，正在采取行动……"

显然是对方搁了电话，徐铁英这才放下电话慢慢转过身来。

"铁英兄。"马汉山看到徐铁英那张阴晴不定的脸又胡乱猜疑起来，"是不是曾可达他们察觉了什么，给你施加了压力？"

"他曾可达代表国防部，我代表中央党部。"徐铁英一脸党的威严，"他能查案，我也能查案。我要查谁非得通过曾可达吗？"

马汉山的眼瞥了一下徐铁英办公桌上的那部电话，这才感觉到刚才那个电话并不是曾可达打来的，而是和中央党部有关。难道是在哪个环节得罪了徐铁英和他背后的"中央党部"？带着一脸疑惑："到底出了什么事？你高低给我露个底。"

徐铁英定定地望着他，在审视这张江湖脸，琢磨不定他到底知不知道那件事情，语气缓和了些："你们瞒着我干的事，还要我露底吗？"

马汉山的两只眼翻了上去，在那里想着："我们……"

接着又望向徐铁英："哪个我们，什么事瞒着你干了？祖宗，你就露个名字好不好？"

徐铁英："那我就给你露个名字，侯俊堂！"

"侯俊堂都枪毙了！"马汉山脱口说了这句，立刻有些明白了，"你是说侯俊堂空军他们那20%股份？"

徐铁英不接言了，只望着他。

马汉山："那20%股份不是昨天就转到香港的账户上去了吗？"

徐铁英："哪个账户？"

马汉山："你那个……那个转账的账户呀。"

"我那个转账的账户？"徐铁英终于从口袋里拿出了一张纸条，往桌上一放，"你看清了，这是你们在香港哪家公司的账号？"

马汉山连忙拿起那张纸条，仔细端详上面的账号，认真搜寻着脑中的记忆，铁定地说道："我们在香港没有这家公司的账号！"

徐铁英："这个你们指谁？是崔中石，还是扬子公司？"

"这些混账王八蛋！"马汉山仿佛恍然大悟，"抓住是个猴子，放了是个苗子。这个账号一定是他们新开给崔中石的账户。我这就打电话问。"

徐铁英这次倒很配合，立刻将电话机向他面前一推。

马汉山拿起了话筒，又愣在那里，问徐铁英："问北平分行，还是问扬子公司？"

徐铁英："转账的事方步亭参与了吗？"

马汉山："他要参与就不会都让崔中石干了……"

徐铁英："那你还问我？"

马汉山："好，我给那个姓孔的打电话。"

这部电话是摇柄专机，马汉山实在没有必要把摇柄摇得如此飞转。

方邸洋楼一层厨房那架电唱机一响，便意味着今天是女主人下厨了。

周璇的歌声，又是那首《月圆花好》：

浮云散，明月照人来。
团圆美满，今朝最……

两台风扇，一台吹着正在面包烘烤箱旁将饧好的面做面坯的程小云，一台对着并肩坐在长沙发上的何孝钰和谢木兰。

"木兰。"程小云回头笑望了一眼二人，对谢木兰，"把唱机的音量调大些。"

谢木兰明知程小云的意思，却瞟了一眼何孝钰，假意说道："吵死了，还调大呀？"

程小云何等心细，不愿这个时候何孝钰有丝毫难堪，收了笑，转过头去说道："懂事些吧。快去，调大些。"

"我知道，是给大哥听的。"谢木兰这才站起来，去拧大了唱机的音量，偏又走过去将她们那台风扇调到最大。

她的裙子立刻飘起来了，享受着大风从大腿吹进去的快意。

何孝钰连忙拽住了被吹起的裙子："开这么大干什么？"

谢木兰挨着她坐下了，猛地一下拉开了她的手："放心，他现在不会进来！"

何孝钰的裙子立刻被吹飘了起来，露出了修长的腿。

谢木兰的眼里透出来的全是坏，何孝钰却看出了她心底那种单纯的可怜。她太想自己跟方孟敖好了，可就算是这样，梁经纶也不会接受她。

何孝钰："吹好了，别拉着我。"

"你就不怕他进来？"谢木兰盯着她问。

何孝钰："进来就进来，怕什么？"

谢木兰慢慢松开了手，望她的眼反而露出了疑惑，走过去又将风扇调到了中挡，再回来坐到何孝钰身旁时便有些怔怔地出神。

微风将两个女孩的裙子吹得像朱自清先生《荷塘月色》里田田的叶了。

方邸后院竹林里却没有一丝风，那歌声还是穿过竹林，从洋楼方向飘过来了：

红裳翠盖，并蒂莲开，
双双对对，恩恩爱爱……

方孟敖听见了。

方步亭也听见了。

站在竹林路径旁，方步亭竟莫名地有些紧张，眼角的余光下意识地去感受站在另一旁的方孟敖。

方孟敖的背影却比他身旁的竹子还挺拔，竹子纹丝不动，他也纹丝不动。

方步亭立刻又感觉到一丝失落，接下来的语气也就很平淡："崔中石调走了，你可以代表国防部调查组来查北平分行的账了。"

方孟敖的身躯还是像他身旁的竹子，默然不动。

方步亭侧转了身，望向了他。

方孟敖是背后都有眼睛的，这才淡淡地答道："我学的是开飞机，不是经济。你们那些什么四行、两局、一库、一会的账，我看不懂。"

"是呀，他们为什么要调一些不懂经济的人来查北平分行呢？"方步亭抬头望向竹梢，"我是行长，可钱不是我的，更不是崔副主任的。崔中石一直是在替我做事，我不能让我手下的人替我挨整。我叫他把账都转到你姑爹手里了，你姑爹会告诉你怎么看，怎么查。"

方邸洋楼二楼方步亭办公室。

楼板上，一只只装着账本的纸箱，有些已经打开了，有些还贴着封条。

大办公桌上，好些账本都摊开着，因此吊扇不能开，谢培东忍着汗在一本一本飞快地翻看着账目。

　　方邸后院竹林。

　　"就为这个，您将崔副主任调走了？"方孟敖终于直接向自己的父亲问话了。多少天来崔中石给自己留下的疑惑彷徨，在今天也许从这里能找到一些答案。

　　"也是，也不是。"方步亭对自己这个大儿子仍然保持着自己那份矜持和一贯说话的风格。可很快他就发现，自己此时实在不宜这样说话。

　　"能不能请您去打个招呼？"方孟敖的反应证实了方步亭的感觉。

　　方步亭："打什么招呼？"

　　方孟敖："叫她们不要再放这首歌了。"

　　方步亭一怔，侧耳细听，才明白洋楼厨房窗口仍在重复播放那首《月圆花好》：

　　……团圆美满，今朝最，

　　清浅池塘，鸳鸯戏水……

　　方步亭有记忆以来，就是在宋先生面前、孔先生面前也没有如此难堪过。那双腿钉在石径上，迈也不是，不迈也不是。

　　方邸洋楼一层厨房。

　　电唱机仍在悠然地转着，《月圆花好》又要唱到结尾了：

　　这园风儿，向着好花吹，

　　柔情蜜意满人间……

　　程小云："木兰……"

　　"我知道，还放这一首。"谢木兰已经站起来，走向唱机，"小妈，你就不怕人家烦吗？"

　　程小云转过了头。

　　何孝钰也接言了："我想也是。"

　　程小云想了想，还是说道："那就再放一遍……"

　　"关了。"窗外突然传来方步亭的声音。

　　程小云立刻回头望去，但见方步亭站在离窗口几步的地方，是那种十分罕见的脸色。

　　"关什么……"程小云便有些发慌。

　　"把唱机关掉。"方步亭已经转过身去。

　　程小云慌忙转对谢木兰。

　　谢木兰已经关了唱机，在望着何孝钰，何孝钰也在望着她。

　　方邸后院竹林。

　　方步亭再走回竹林时突然停住了脚步。

站在那里的方孟敖已经不是背影，那双十多年来一直没有对视过的眼睛这时正望着自己。

这双眼睛乍看是那样陌生，因为这已经是一双无数次飞越过驼峰，无数次经历过空战的王牌飞行员的眼睛。

再细看，这双眼睛又是那样熟悉，因为太像自己逝去的妻子，隐隐透出自己曾经惯见的体贴、温情，还有无数次的原谅。

方孟敖已经向自己走来，那双眼睛在离自己几步处已经望向了自己的前胸，显然是在缓释自己的紧张。

"对不起，刚才应该我去打那个招呼。"方孟敖在父亲面前站住了，"您坐下吧。"

方步亭身边就是一条石凳，他坐下了。

方步亭什么时候在别人面前如此顺从过？

又是顷刻间的沉默，站在那里的儿子倒像是父亲，坐在那里的父亲倒像是一个听话的孩子。

"问您几个问题，您愿意就回答，不愿意可以不回答。"方孟敖站在父亲的身侧。

方步亭："代表国防部调查组吗？"

方孟敖："代表方孟敖。"

"问吧……"方步亭完全服输了，语气显出了苍老。

方孟敖："三年前，崔副主任到杭州来看我，是不是您的安排？"

方步亭："是家里人的安排。"

方孟敖："这个家从来都是您一个人说了算，您不开口，还有谁能安排他来看我？"

方步亭："那就算是我的安排吧。"

方孟敖："我想知道，您是怎么安排的。"

方步亭一愣，转望向挺立在身旁的这个大儿子："崔中石对你说了什么？"

方孟敖："您没有回答我的问题。"

方步亭："我不知道你到底问的是什么。"

方孟敖："刚才放的那首歌，崔副主任怎么知道我妈生前喜欢？"

方步亭："应该是孟韦告诉他的。"

方孟敖："半个月前崔副主任到南京活动救我，孟韦应该没有那么大的能力吧？"

方步亭："他当然没有这个能力。"

方孟敖："都是您安排的？"

方步亭："我不应该吗？"

方孟敖："您就不怕我是共产党？"

方步亭又被他问得愣住了。这正是他的心病，而且是他已经认定的心病。却没想到这个大儿子会直接问出来，想了想，答道："你不会是共产党。"

方孟敖："国防部可是以通共的罪名起诉我的，您怎么能肯定我不是共产党？"

方步亭："我请中央党部的人调查过了。"

方孟敖："如果他们调查证实我是共产党呢？您还会安排崔副主任去活动救我吗？"

方步亭咬了一下牙，答道："也会。"

方孟敖："为什么？"

方步亭："因为你是我的儿子，因为我欠你的。"

方孟敖："如果我不是你的儿子呢？"

方步亭："我听不懂你的意思。"

方孟敖："比方说，他们抓的是崔副主任，您会不会救？"

方步亭真的被问住了。

方邸洋楼二楼方步亭办公室。

睁大了眼被惊在那里的却是谢培东！

他面前那本账簿上的一个账号在逐渐变大，逐渐变粗，一行看不见的字从这个账号里叠现了出来——香港长城经贸有限公司！

谢培东倏地站起来，急剧地思索，接着快步走向靠后院的窗口，向竹林望去。

隐约可见，方步亭坐在竹林深处的石凳上，方孟敖站在他的身边。

谢培东立刻走到办公室的大门边，轻轻开了一线，向外望去。

从二楼到一楼客厅空无一人。

他立刻轻关了门，拧上了锁，这才快步转回办公桌旁，坐下后将座椅一转。

办公桌背后那面墙上的挡板被打开了，露出了那台收发报机！

谢培东轻轻拉动底板，电台发报机被拉了出来。他立刻戴上了耳机，调开了发报机的频道，飞快地按动了发报机键！

河北阜平中共华北局城工部那间约二十平方米的房内，好几台收发报机的机键此起彼落，非常安静，只有电台嘀嘀嗒嗒的收发报机声。

偶尔进出房门的都是解放军的军装，坐在电台前的也都是解放军的军装。

一台收发报机前，一份电报立刻被汉字翻译出来了，那个收报员在电文纸的右上角郑重地写下了"绝密"两个字，接着站了起来，望向在房里来回走动的一位军装负责人。

那位负责人连忙走了过去。

收报员低声报告道："北平急电，直接发给刘部长的。"

那负责人一把接过电文，向房内的一道门帘走去。

很简陋，一张四方桌前坐着那个刘部长，虽然穿着军装，低头批阅文件的身影仍然眼熟——原来就是曾经在燕大图书馆跟严春明安排过工作的那个"刘云同志"！

拿着电文的那个负责人轻步走到桌前："刘云同志，北平三号同志来的急电。"

刘云倏地抬起了头，眼中闪过的惊异可见这份电文的重要，他立刻接了过去，电文纸上的文字一目了然：

中石已将款密汇长城 请改变营救方案

"这个同志呀。"刘云一声感叹，立刻走向墙边的地图。

手指很快找到了北平至上海的那条铁路平沪线，滑动到"天津"停了一下，接着滑动到"沧州"停了下来："今晚津浦线九点半从天津到上海的火车几点钟到达沧州站？"

显然是在问那个负责人，那个负责人立刻走了过去："应该在半夜一点到一点半这个时间。"

"你立刻去安排。"刘云转过身来，"我们在沧州敌工部的同志，能否在这趟列车上将一个重要的同志还有三个家属营救下车，并连夜护送到解放区？"

那负责人想了想，答道："从列车上接下来应该没问题，护送到解放区要通过敌人的防区，我们人手不够。"

刘云急剧思索了片刻："请求华北野战军支援。"说着快步走向了电话机急速摇动起来，对方是总机："我是华北局城工部，请立刻把电话转到华北野战军司令部，我有重要情况直接向华野首长请示。"

等电话这个空当，刘云转对那个负责人："对了，立刻给北平三号回电。"

那负责人便要到桌上拿纸笔准备记录。

刘云挥手阻住了他："就八个字：保护自己，勿再来电！"

"是。"那负责人连忙转身掀开门帘走了出去。

方邸洋楼二楼方步亭办公室。

依然戴着耳机的谢培东，电报的嘀嗒声只有他能够听到，右手的铅笔在飞快地记录着数字。

无须翻译，八组数字上立刻叠现出了那八个汉字：

保护自己　勿再来电

谢培东轻叹了一口气，关电台，取耳机，推了进去，合上了挡板。再转过座椅时额上已经布满了汗珠，望着那页账册凝神想着。

"情况是这样的。"刘云已经跟华野首长通上电话了，神态很是激动，"这个同志是冒着自己被捕的危险，把中统方面这笔贪腐的钱，汇到香港接济那些民主人士的……是，是立了大功呀。我们的意见是争取时间，赶在北平中统和警察局那些人还没有发现之前，今晚在沧州车站将这个同志一家营救下车，护送到解放区。还有，下面我们要了解国民党将要推行的币制改革，这个同志也至关重要……是，请求华野首长派驻沧州最近的部队接应……谢谢，谢谢华野首长支持！"

放下电话，刘云立刻转身望向那个又已经在待命的负责人。

谢培东将办公桌上那些账簿摞了起来，捧着走向那只打开的纸箱又装了进去，接着将一张封条贴在纸箱的封口处，抱起旁边另外一只没有开封的纸箱压在这只纸箱上，再从一只已经开封的纸箱里拿出一摞账本，走回办公桌前，开始看账。

方邸后院竹林。

"我可以告诉你。"方步亭这时已完全是个六旬慈祥长者的神态，"崔中石儿子、女儿的名字都是我后来给改的。"

方孟敖在静静地听着。

方步亭："伯禽是李白儿子的名字，平阳是李白女儿的名字。当时李白妻子已经病故，自己又漂泊在外，儿女都寄养在山东的亲戚家中。他无时无刻不牵挂在心，为此专门写了一首诗，托人寄给远在千里之外的小儿女……这首诗名《寄东鲁二稚子》……"说到这里他有些心怯地望了一眼这个大儿子，终于鼓起勇气接着说道，"记得你和孟韦还小的时候我教你们背过……我背几句，你愿意听吗？"

方孟敖不敢看父亲了，却依然静静地站在那里。

方步亭用他那带着无锡的口音轻轻背诵起来："娇女字平阳，折花倚桃边。折花不见我，泪下如流泉。小儿名伯禽，与姊亦齐肩。双行桃树下，抚背复谁怜？念此失次第，肝肠日忧煎……"念到这里，嗓音已有些异样。

方孟敖背过了身子，那双比天空还深阔的眼里有了两点泪星。

方步亭很快调整了情绪，带着一丝勉强的笑，说道："但愿中石一家能够平安长聚。"

"大爸！"谢木兰在竹林石径出现了，却故意站着，大声问道，"小妈叫我来问，什么时候开饭，她好烤面包了。"

方步亭从石凳上站起来，没有立刻回话，看了一眼方孟敖。

"告诉程姨。"方孟敖接话了，"等你小哥回来，六点吃饭。"

"知道了！"谢木兰没想到大哥这么爽快地给了答复，雀跃着去了。

方步亭却警觉地望向方孟敖。

方孟敖："我叫孟韦去送崔副主任一家了。你们为什么急着将他调走我不知道，你们也不会告诉我。我很高兴您刚才说的那句话……"

方步亭："哪句话？"

方孟敖："但愿中石一家能够平安长聚！"

方步亭："你今天回来就是为了这个？"

方孟敖："是。我要您保证崔叔一家的安全。"

方步亭又愣住了，接着摇了摇头："我没有那么大本事，我只能尽力而为。"

方孟敖："那您就尽力而为。"

方步亭："我能不能问你一句，你为什么对崔中石这么关心？"

方孟敖："因为他救过我，所以我要救他。"

北平火车站站台棚上的挂钟指着四点四十分。

北平是始发站，那列客车早已停在一号站台的铁轨上，再过十分钟入站口就要放客进站了。

方孟韦亲自开的警字号小吉普，还有一辆警字号中吉普直接开到了还没有旅客的站台上。

方孟韦停了车，隔着玻璃却望见站台上先已停着一台北平警察局的吉普，吉普旁站着那个单副局长，还有几个警察。

坐在方孟韦身旁的崔中石目光闪了一下，很快又沉静下来。

方孟韦也有些疑惑，望向身旁的崔中石："下车吧，到后面带上夫人和孩子，我送你们上车。"

伯禽和平阳早已跳下了后面的中吉普。

"不要乱跑！"叶碧玉跟着下车便喊住他们，接着对卸行李的警察嚷道，"麻烦轻点，纹皮，不要擦着了纹皮！"

两个递箱接箱的警察："夫人放心，不会擦着。"

方孟韦和崔中石也下了车，那单副局长已笑着向他们走来。

"单副局长怎么也来了？"方孟韦望着他。

单副局长："上面关心崔副主任的安全，时局动荡嘛。局座说了，方副局长送到车站，然后由我带着几个弟兄送到天津。到了天津，中统方面有专程去上海的人，一路上就安全了。"

跟方孟韦交代了这几句，单副局长便望向崔中石："趁旅客还没进站，崔副主任，先送夫人和孩子上车吧。"接着向他带的那几个警察喊道，"去，帮崔副主任提行李，送夫人和孩子先上车！"

方孟韦担心的就是崔中石一家不能安全上车，现在看见徐铁英做了如此周密的安排，自己反倒不能当着这个单福明久待了，望着崔中石的眼有些发红："那我就只能送到这里了。"转身向叶碧玉和两个孩子走去。

叶碧玉一心在张罗着那几个警察搬提皮箱行李，突然听到身后方孟韦的声音："崔婶，我先回去了。"

"好的呀，侬回去吧。"叶碧玉太关注行李漫应了这一句，突然才想起了是方孟韦，连忙转过身来，"方副局长呀，开车还有半点多钟呢，这么快就要走了？"

方孟韦："徐局长专门安排了人送你们去天津，我就不陪你们了。到了上海，给我打个电话。"

叶碧玉在北平也就觉着方孟韦亲，这时也动了情："一定的。三年了，你一直叫我崔婶，其实你和中石跟亲兄弟也差不多……跟你打个悄悄讲吧。"

方孟韦将头凑近了她。

叶碧玉在他耳边悄悄说道："这里天天闹着打仗，想办法你们也赶紧离开北平吧，都调到上海或者南京去。"

方孟韦苦笑了一下："好，我想办法。你们上车，我走了。"

伯禽和平阳已悄悄地站到了他们身边，方孟韦摸了摸两个孩子的头。

叶碧玉："跟方叔叔说再见。"

伯禽和平阳："方叔叔再见！"

"听妈妈的话，再见！"方孟韦不再逗留，径直向自己的车走去。

叶碧玉立刻又想起了自己的皮箱行李，见行李已被几个警察提上了车，牵着两个孩子连忙向车厢门走去。

崔中石一直在看着方孟韦和自己的老婆孩子告别，这时见他打开了车门，突然叫道："孟韦！"

方孟韦站住了，转身望向他。

崔中石显然有话要讲，却说道："照顾好行长。"

"好！"方孟韦不愿当着单福明流露情感，飞快地上了车。

方孟韦的车和跟他的车在站台上一掉头，从来路开出了车站。

叶碧玉已经带着两个孩子站到了车厢门口，向崔中石高兴地喊道："上车啦！"

"夫人先上车吧。"接言的却是那单副局长，"我和崔副主任有几句话说。"

"快点上车啊！"叶碧玉兀自毫无觉察，一手牵着一个孩子，归心似箭，登上了车厢门。

单福明这才低声对崔中石说道："崔副主任，你得跟我先到站长室坐坐。"

崔中石心里什么都明白了，反问道："有谁要见我吗？"

单福明目光闪烁："没有人见你，只是可能要等个电话。"

崔中石："那是不是把我家里人先叫下车？"

单福明："我现在也不知道，等徐局长的电话来了再说。请吧。"

崔中石什么都不说了，徐步跟他走去。

入站口好些旅客已经检票进站了，排在前面的竟是那两个从南京跟踪崔中石到北平的青年特工！

两个人的目光看着走向车站站长室的崔中石和单福明，接着互相对望了一眼。

方邸洋楼一层客厅餐厅区域，平时那张吃中餐的圆桌不知何时换成了一张吃西餐的长条桌。

条桌的上方是一把单椅，一套西餐餐具；条桌左边并列着三把椅子，摆着三套餐具；条桌右边也并列着三把椅子，摆着三套餐具。

那架大座钟指向五点十分，方孟韦便急匆匆地进来了，刚进门眼睛便亮了。

父亲坐在正中的沙发上，大哥竟坐在他侧旁的单人沙发上。两人的目光都同时带着询问望向他。

方孟韦立刻取下了帽子："爸，大哥！"

方步亭和方孟敖反倒都没有回话，仍然只是望着他。

方孟韦一时还不明白这两双目光中的含义，自己送崔中石是大哥的安排，却瞒着父亲，当着二人也不好立刻给大哥回话，只好转移话题，望向餐桌又望向厨房："好香！今天沾大哥的光，有西餐吃了。饿了，开餐吧！"

"小哥回了！可以开餐了！"谢木兰的身影一阵风似的从厨房出来了，"孝钰，把面包先端出来。"

方步亭这时有话题了："懂不懂规矩？人家是客人，你去端。"

"我去端吧。"方孟韦还是没有交代送崔中石的事，向厨房走去。

方孟敖不望方孟韦，却望向了方步亭。

"崔副主任一家上车了吗？"方步亭已经站了起来，望着方孟韦的背影问道。

这句话竟是父亲问的，方孟韦有些吃惊，回转身，望了望父亲，又望了望大哥："放心，都送上车了。到了上海会来电话。"

"一头的汗，去洗个脸吧。"方孟敖终于开口了。

"好，我去洗脸。"方孟韦深望了一眼大哥，还是向厨房走去。

方步亭立刻对谢木兰："去请你爸下来吧。"

"我才不去请呢，请三次有两次不耐烦。"说着走过去挽着方孟敖的手臂，"我请大哥。大哥，今天的座位由我安排。来。"

方孟敖望着这个小表妹，山一般站在那里，她哪里拉得动他。

谢木兰接着明白了，嚷道："大爸，您先去坐吧。"

方步亭徐步向餐桌走去，突然听到二楼自己的办公室电话响了，脚步也就是犹疑了一下，仍然向餐桌走去。接着电话铃声消失，显然是谢培东在接电话了。

谢培东听着对方的电话，脸色从来没有这般苍白，回话时语气却显出强硬："徐局长这样做不太合适吧。账户要是真有问题我们可以帮着查，崔副主任可是通过央行下了正式调令去上海的，你们怎么可以擅自扣留他……我们行长现在不能接这个电话。你知道今天孟敖在这里，他们父子可有十年没在一起吃顿饭了。这些事我们私底下都可以商量，最好不要让孟敖知道，不要让国防部预备干部局知道……一定要我们行长接电话吗？"

"姑爹，吃饭了！"隔着门楼下传来了程小云的声音。

谢培东有些绝望地闭上了眼，对着话筒："徐局长既然把那点钱看得这么重，我就去叫我们行长接电话吧……"

一向沉着的他，要将话筒搁回桌上时右手竟有些颤抖，只得借助左手握着右手的手腕才将话筒放到了桌面上。

方步亭已经在餐桌正中的椅子上坐下了。

"我跟大哥坐。"方孟韦将一篓笼面包放到桌上，便要向对面走去。

"小哥，你坐这里。"谢木兰站在左边最后一把椅子前，拉住了方孟韦，将他推到自己身边的椅子前。

坐在左边第一把椅子上的是程小云，方孟韦被推到了第二把椅子前，第三把便是谢木兰了。

对面三个座位的第一把椅子空着，显然是留给谢培东的，第二把面前站着方孟敖，靠着他的第三把椅子当然就是有意让何孝钰坐的了。

大家的目光有意无意都望向了还站在一边的何孝钰。

方孟敖的脸上今天第一次露出了淡淡的笑，站到留给何孝钰的那把椅子后，绅士地将椅子向后一挪。

"谢谢。"何孝钰大方地走了过去。

就等谢培东了。

二楼办公室的门开了，谢培东出现在门口，似笑非笑地说："行长，有个要紧的电话，您先接一下吧。"

"什么要紧的电话都不接。叫他一小时后打来。"方步亭似乎感觉到这是个不祥的电话，却不露声色，端坐不动。

谢培东仍然站在门口："是南京央行来的电话。"

方步亭十分不情愿地站了起来："看来是要辞掉这个行长了。"

方邸洋楼二楼方步亭办公室。

"人你都扣下了，还怕我也跑了吗？"方步亭的脸铁青了，对着话筒却不敢高声。

话筒里徐铁英的声音却震耳欲聋："出了这么大的事，您就不能过来？"

方步亭："大事？吃饭才是第一件大事！在我陪儿子吃完饭赶来之前，请徐局长考虑：第一，安顿好他的家属，就说崔中石的调动另有安排；第二，最好不要让国防部曾可达他们知道，侯俊堂就是为了这笔钱送了命的！"说完立刻挂了电话，脸色又不对了，眼看是又要发病的征兆。

"行长！"谢培东立刻过去，一手扶住了他，一手拿起了桌上显然是早就准备好的一瓶同仁堂藿香正气水递了过去。

方步亭张开嘴喝下了那瓶藿香正气水，睁开眼望着谢培东："那个账户你查对了没有？"

谢培东："账太多，还没有看那个账户。我现在就查。"

"不查了。"方步亭缓过了气来，"吃饭，好好去吃饭。"

剜去心头肉。徐铁英也急得要发病了，坐在办公桌前，恨恨地发愣。

"老徐。"马汉山反倒兴奋起来，在屋子里来回走着，叫徐铁英时连称谓都改了，"你要是摆不平，我把军统的弟兄叫来，追回了钱，你给点车马费就行！"

事起仓促，徐铁英情急之下才叫来马汉山追问，不料这件事马汉山竟无一点儿干系，反倒让他知道了内情，见他那副幸灾乐祸还把柄在握的样子，不禁有些又好气又好笑，当即冷静下来，去拿桌上的杯子，却发现没有了茶水。

马汉山这时正望着他。

徐铁英："大热的天，也没有给你倒茶。"

"孙秘书！"马汉山仿佛自己成了主人，大声向门外叫道。

那孙秘书很快走了进来。

马汉山被他搜过身，现在要找补回来，沉着脸说道："这么热的天也不给你们局长倒杯茶？顺便给我也倒一杯吧。"

那孙秘书望向徐铁英。

徐铁英点了下头。

孙秘书还是那张公事脸，先给马汉山倒了一杯茶双手递了过去。

马汉山："放在茶几上就是。"

"是。"孙秘书将茶杯放到了茶几上，提起热水瓶再去给徐铁英的杯子续上水，接着望向徐铁英。

徐铁英："说吧，马副主任也不是外人。"

孙秘书："单副局长已经将那个崔中石带回来了。"

马汉山本在低头喝茶，立刻接言："那还不把他带来？"

孙秘书修养再好也露出了厌恶之色，徐铁英立刻目止了他："知道了，叫单副局长好好陪着。"

"是。"孙秘书转身退了出去。

马汉山手端着茶杯，望着那孙秘书走了出去，又转望向徐铁英。

徐铁英笑望着他："本想留你吃饭，可底下要问党产的事。"

说到这里他停住了，"党产"两个字更显得重音突出。

马汉山一怔，望着他等他说底下的话。

徐铁英："马局长应该知道，事关中央党部，走出这个门最好一个字也不要说。"

"混账王八蛋！"马汉山在心里骂了一句，站起时那个笑便有意带着几分矜持，"是呀，都是为了党国，大家都不容易。"

"我送送你？"徐铁英慢慢站起来。

"你还有大事。"马汉山也把"大事"两个字说得很重，一手拿起了沙发上那件中山装，接着走到徐铁英的办公桌前，拿起了那个轴筒，"一幅画，张伯驹都说了是唐伯虎的真迹，有些俗人却说是赝品。本想请徐局长帮着鉴赏一下，可惜今天你没有时间了。"

徐铁英望了一眼那个轴筒，又望向马汉山那副嘴脸。

"告辞了。"马汉山竟拿着那幅本来是要送给徐铁英的画向办公室的门径直走去。

"孙秘书！"徐铁英好像还没有用过这样的声调。

那个孙秘书连忙进来了，望着局座那张铁青的脸，关切地问道："局长，您是不是感觉身体不舒服？"

"死不了。"徐铁英语气放缓了，接着说道，"把马汉山那个杯子给我扔出去。"

"是。"那孙秘书去拿起了杯子，"这样的小人，局长犯不着和他一般见识。"

"崔中石关在哪里？"徐铁英直接转了话题。

孙秘书："关在重刑犯禁闭室。"

徐铁英："叫单副局长那些人都离开，你亲自去安排，十分钟后我去见他。"

餐桌上，一筐箩面包刚好七个，然后有一大盘蔬菜沙拉，每人面前一碟罗宋汤。

说是西餐，其实也就相当于西式快餐。时局艰难如此，当着方孟敖，方家就算能弄出一席正宗的西餐也不合时宜。

就这么简单的一次聚餐，面包没有人动，蔬菜沙拉没有人动，左边一排的程小云、方孟韦、谢木兰，右边一排的谢培东、方孟敖、何孝钰甚至连勺都没有拿起。

除了方孟敖，其他五个人都在默默地望着方步亭。

方步亭今天太怪异，一个人埋着头在慢慢地用汤勺喝汤，竟然没有发现其他人都在看着他。

　　——崔中石突然被捕，方步亭还要硬撑着吃这顿难得的团圆晚餐。谢培东心里比谁都明白，比谁都忧急。他暗中将目光递给了正对面的程小云。

　　程小云就坐在方步亭的右侧，便从餐桌底下轻轻用脚碰了一下方步亭。

　　方步亭抬起了头，先是看见了餐桌上那一笸箩面包和那一大盘蔬菜沙拉全然未动，接着才发现其他人连面前的汤也还未喝，这才知道自己是老了，老到已经不能过今天这个坎了，兀自强颜笑着，笑得有些可怜："吃，你们怎么不吃？"

　　谢培东："行长，您得先带头呀。"

　　"好，好。"方步亭用钢叉先叉了一点儿蔬菜沙拉搁进自己的盘子里，"大家都吃吧。"

　　所有的目光这时都望向了方孟敖。

　　方孟敖是刚才唯一一个没有看方步亭的人，这时却突然望向方步亭："爸。"

　　所有的人都是一怔。

　　方步亭更是睁大了眼，望着这个十年来没有叫自己爸的儿子，与其说是不相信刚才听见的那一声，毋宁说希望他刚才没有叫那一声。

　　空气在餐桌上凝固了。

　　方孟敖望着他："您不就是为了陪我吃饭吗？"说着端起了面前那碟汤一口喝了。

　　大家的目光更惊了。

　　方孟敖接着拿起一个面包，一掰两半，几口吞咽了，又拿起勺舀了一勺蔬菜吃了，用餐巾抹了嘴："您赶快去吧。"

　　好几个人还没有省过神来，方步亭已经撑着桌子站起来了，望着大儿子重重地点了几下头，然后望向谢培东。

　　谢培东也在用同样的目光望着他。

　　方步亭："培东，备车，我们走。"

　　第一个反应过来的是方孟韦，已经离开座位去扶父亲："爸，我送您上车。"

　　方步亭："上车要送什么？都不要动，在家里陪你哥还有孝钰把饭吃完。"拿起餐巾布抹了嘴，和谢培东向门口走去。

　　其他人都站起来，目送二人。

　　谢培东跟在方步亭身后，经过何孝钰身旁的那一刹那向她望了一眼。

　　何孝钰感觉到这一眼仿佛闪电，接下来可能就是雷鸣暴雨。

　　她的感觉是如此准确，方孟敖已经离开座位，对他们说道："失礼了，我先送一下。"

　　众人惊疑中，方孟敖竟然过去搀着方步亭的手臂，向客厅大门走去。

　　一向最无禁忌的谢木兰这才有了反应："大哥，你还回来吃饭吗？"

　　"我就回来。"方孟敖搀着方步亭已经走出了客厅。

　　谢培东也从来没有如此忐忑过，跟在这一父一子身后，急剧地思索。

　　方孟敖已经转过头："姑爹，您去叫司机吧。"

　　"好。"谢培东只好快步越过二人，"司机，出车！"

　　方步亭被这个山一般的儿子搀着，在等着他说出自己不知能不能回答的话。

"我今天相信您。"儿子的话在自己头顶传来。

"相信我什么……"

方孟敖搀着他慢慢走着："崔叔的事。任何人要挟您，您都能对付。"

方步亭站住了："你怀疑刚才那个电话……"

方孟敖不让他站住，搀着他继续向院门走去："我没有怀疑的习惯。在天上跟日本人作战，如果怀疑，已经被打下来了。"

方步亭的心一颤，却身不由己被他搀着走到了院门。

方孟敖："别的都不说了，说一句您曾经教过我的话吧，上阵父子兵！"

|十九|

北平警察局重刑犯禁闭室。

十平方米，四面墙，窗口都没有一个，一盏千瓦的聚光灯打着那把铐押椅，入伏的天，再强壮的人一两个小时也会虚脱，崔中石闭眼铐坐在那里，汗涔涔而下。

这可是对付共产党的待遇！

崔中石知道自己平时曾多次设想的这一刻终于来了，熬过去便是解脱。他在心里竭力想把满目光晕幻想成一面红旗。

"小崔，你不够朋友。"徐铁英的声音在耳边传来，吹散了崔中石眼睛里好不容易成形的红旗。

"你知道，我们不是朋友。"崔中石竟回了这么一句。

徐铁英的第一句话便被他顶了回来，虽然站在那盏灯外，却也是熬着酷热，依然耐着性子："这可不像你平时说的话，也不像你平时的为人。"

"我平时就是这样为人。"好些汗流到了嘴里，崔中石轻咽了一口，"只不过平时徐局长看在钱的份儿上，把我当作朋友罢了。"

徐铁英："我喜欢直爽人。那就说钱吧，那 20% 股份的红利你汇到哪里去了？"

崔中石："账户都查到了，何必还要问我？"

徐铁英："那个账户是谁开的？"

崔中石："当然是我开的。"

徐铁英也在不住地流汗，这时恨不得一口将他吃了，却又不能："哦，你开的。那你就一定能再把那笔钱转出来了？"

崔中石："我平时转给你们的钱能够再转出来吗？"

"崔中石！"徐铁英叫他这三个字是从牙缝里迸出来的，"你是高人，我们下面就不要再谈钱的事了。只是好奇，我跟你探讨一下我们的本行。只从理论上探讨，你应该不会拒绝。"

崔中石当然明白他要说什么了，满脸的汗，嘴角还是露出微微一笑。

徐铁英："方步亭那么精明，你是怎样让他如此信任你的？"

崔中石："徐局长这么精明，以前不也很信任我吗？"

"反问得好。"徐铁英赞了一句，"其实你的档案材料我早就都看过了，没有发现你在哪里受过共产党的特工训练嘛，这身本事怎么练出来的？"

崔中石："徐局长觉得我很有本事吗？"

徐铁英："游刃于中央银行、财政部、中央党部如入无人之境，如鱼得水，共产党内像你这样的高人也不多。我就不明白，他们为什么会为了区区这点钱将你给暴露了。得不偿失啊！"

这就是在玩离间心理了。

崔中石："不要停，说下去。"

徐铁英显然胸口又堵了一下，却不得不说下去："旁观者清。小崔，我知道你们满脑子装的都是那些什么主义和理想。尝试一下，把你脑子里装的那些主义理想先搁在一边，再想想自己是个什么人。我告诉你，西方的术语叫间谍，我们有些人喜欢称作无间道。这是佛教用语，本是指的无间地狱，凡入此地狱者永不超生、永不轮回。可自己反不知道，还以为能够游走于人鬼之间。其实鬼不认你，人也不认你！这就是他们今天为什么抛弃你的原因。你不认为这正是自己解脱的机会吗？"

崔中石："徐局长说完了吗？"

徐铁英："说说你的见解。"

崔中石："太热。你刚才说的话我一句也没听清。"

"那我就说几句你能听清的！"徐铁英终于被激怒了，"你以为自己是在为共产党牺牲。你的老婆和你的两个孩子是不是也要陪着你牺牲？！"

"局长。"孙秘书偏在这个紧要的当口不合时宜地出现在禁闭室门口，"方行长来了，在办公室等您。"

"知道了！"

"是。"孙秘书立刻走离了门口。

徐铁英咬着牙，忍着汗，凑到崔中石耳边："不要侥幸有人能救你和你的家人。犯了共产党三个字，除了跟我配合，没有人能救你们！"

见徐铁英满脸满身的大汗走来，候在禁闭室外通道尽头的孙秘书立刻端起了早已准备的一盆凉水。

徐铁英从脸盆里捞出毛巾开始擦洗脸上、颈上的汗。

孙秘书将脸盆放到了地上，又从里面拿出了一把梳子甩干了水。

"局长，您用不着这样陪着受罪。"孙秘书接过毛巾递上那把梳子轻声说道，"再问他换个地方吧。"

"小孙，要吃得苦。"徐铁英梳了几下头，将梳子递给了他，向通道铁门走了出去。

徐铁英走回办公室时脸上的汗虽然擦了，衣服上的汗依然贴湿一片，转过屏风但见方步亭一个人坐在沙发上，大热的天他居然一滴汗也没有，见自己进来居然也不起身。

徐铁英便也闷着头在他旁边的沙发上坐下了。

"一共多少股份，半年的红利是多少，徐局长把数字告诉我吧。"方步亭开门见山，低头并不看他。

徐铁英侧过了脸紧盯着方步亭："崔中石的账方行长没有看过？"

方步亭："没有。这样的账我原来不看，现在不看，今后也不会看。"

徐铁英："方行长对手下的人真是信任哪。您就不怕他们牵连自己？"

方步亭："不受牵连我现在会坐到北平市警察局来吗？多少钱，你就直说吧。"

徐铁英："钱倒是不多，半年的利润也就四十七万五千美金。"

方步亭："我把谢襄理也带来了。你跟他谈，哪个账户，他会给你开现金支票。"说到这里他扶着沙发的把手站了起来，"今天晚上还有一趟去上海的火车，我希望崔中石能够赶上。"

"方行长的意思是给了钱叫我立刻放了崔中石？"徐铁英坐在沙发上没动。

方步亭这才慢慢望向了他："那徐局长的意思是什么？要了钱还要命？"

徐铁英依然没有起来，只是抬头与他目光对视："您就不问一问崔中石将我们党部公司的这笔钱弄到哪里去了？"

尽管来的时候做了最坏的打算，方步亭还是希望徐铁英只是为了要这笔钱，而并不知道崔中石跟共产党有任何关系。现在见他这般神态，这样问话，明白崔中石果然在这个当口将钱汇给了共产党！表面不露声色，心里恨恨地说了一句："自作孽，不可活！"

徐铁英看出方步亭被击中了要害，这才站起来，走到办公桌边，从文件夹中拿出一页写着账户、公司名称的情报电文，又走到方步亭面前："愿不愿意，方行长都请看看这个账户。"

方步亭也不接，望向徐铁英手中的情报电文。

电文纸上，上面一行是一串长长的开户数字，下面打着"香港长城经贸有限公司"！

方步亭转望向徐铁英："我说了，你们这些账我从来不过问。不管他把钱转到了哪个公司，我替他垫付就是。"

"转到了共产党的账户呢？"徐铁英摊出了底牌，"垫付了就能了事？"

方步亭仍然装出不相信的神色："这个账户是共产党的？"

徐铁英："已经查实了，这家公司表面上是被政府取缔的那些所谓民主党派开的，实际上是共产党在香港专为民盟民革那些反政府的人筹钱的机构！"

方步亭慢慢闭上了眼，却说出了一句徐铁英十分不愿意听的话："这就是我不愿意过问你们这些事的原因。你们把事情弄得太复杂了。"

"我们？"徐铁英再也不能忍受，必须把脸撕下来了，"钱是崔中石暗中转的，崔中石可是你们北平分行的人。方行长！你是没有出面，可崔中石去南京救你儿子总是你派去的吧？区区一个北平分行金库的副主任，要是不打着你的牌子，我们全国党员通讯局的大门他都进不去。为了救你儿子，中央党部那么多朋友不遗余力地帮忙，不惜拿堂堂一名国军中将的命换你儿子的命，你现在反倒把事推给我们？不错，我徐铁英原来是欠过你的情，可中央党部还有通讯局那么多人不一定会买你的账！饿极了他们可是六亲不认，何况你的人是共产党！"

方步亭心里受着煎熬，这时也不能说崔中石去南京救大儿子是他小儿子的安排，不得不又睁开了眼睛："父亲救儿子，人之常情。当时你们不是调阅了大量的档案材料吗？那时可没有听你们说过谁是共产党。"

"现在查出来了！"徐铁英脸色已经铁青，"方行长还要我放了崔中石吗？"

方步亭只沉默了少顷，答道："当然不能。崔中石既是共产党，我便脱不了干系。徐局长可以立刻跟国防部曾可达会审，最好让崔中石把什么都说出来，交南京特种刑事法庭审判。"

徐铁英的脸色只变了一下，接着冷了下来："方行长说的是玉石俱焚？这我可要提醒你，你是玉，我可不是石。那20%的股份不是我个人的，是党部公司的党产！根据中华民国公司法，党营公司参股经营完全是合法的。"

方步亭的反感也立刻露出来了："多谢徐局长提醒。我能不能够也提醒一下徐局长。方某因在美国哈佛读了三年经济学博士，又在耶鲁攻读了三年金融博士，政府在制定金融法包括你说的公司法的时候，便叫我也参与了。公司法里可没有哪一条写着不出股本金就能占有股份的。你们这20%股份，出了股本金吗？没有出股本金，你们哪来的这20%股份？"

徐铁英这些人平时害怕的就是方步亭这帮留美回来掌握党国经济命脉的人，且不说他们背后的靠山是宋家、孔家，就眼下这件事本就要依靠他发财，何况他完全知道这些股份是从侯俊堂空军方面白夺过来的。

徐铁英闭上眼了，好久才慢慢睁开："多年的朋友了，我请方行长来可不是想伤了和气。关键是现在你我都被共产党算计了，这件事还不能让曾可达他们知道。我说两条意见吧。第一条方行长刚才已经答应了，希望尽快把那笔钱汇到党部公司的账户。第二条，今晚必须秘密处决崔中石。"

方步亭："就第二条我不能答应你。"

徐铁英又惊又疑地望着方步亭。

方步亭："告诉你吧，调崔中石去上海央行工作，是国防部预备干部局的安排……"

——方步亭竟然瞒着自己和曾可达早有安排！

这个安排的背后又是为了什么？徐铁英咬紧了牙愣在那里想。

七点过了，天边还有暮光，顾维钧宅邸后园石径路边的灯便开了。

园子很大，曾可达穿着一件白色背心，一条打篮球的短裤，一双青年军黄色布面的跑鞋，独自沿着石径已经跑得大汗淋漓。

曾可达住处的门口，他的副官和在车站跟踪崔中石的其中一名青年军特工站在那里候着。

那个特工显出了忧急，低声对副官道："王副官，我们可只有一个同志在那里监视。再不采取行动，崔中石我们就很可能控制不住了……"

"长官正在思考。"曾可达的副官低声喝住了他，"注意纪律，这不是你该提的事。"

曾可达还在绕着石径跑着，天越来越暗，他的面孔也越来越暗，两只眼却显得越来越亮。

副官和那个特工两腿一碰，站直了。

曾可达终于"思考"完了，跑向了住处这边。

曾可达停止了跑步，径直走向房间："进来吧。"

副官和那个特工立刻跟了进去。

徐铁英这才真正感觉到自己是被眼前这只老狐狸给"卖"了，望着方步亭时那张脸便灰暗无比："方行长，我能不能这样理解。如果今天我不去追查那四十多万美金是不是到了党部公司的账户，就不会知道崔中石竟把钱汇到了共产党在香港的机构，也就发现不了崔中石是共产党。可铁血救国会早就察觉了崔中石是共产党，并且部署了在上海秘密逮捕的行动。这一切曾可达应该都跟您谈了，您为了保全自己，极力配合他们，却瞒着我们。"

方步亭的心情其实比他还要灰暗："理解得好，还有别的理解吗？"

徐铁英："方行长，不要以为崔中石跟扬子公司跟我们还有民食调配委员会做的这笔生意，你没有过问，铁血救国会那些人就打不着你！一个共产党被你重用了多年，戡乱救国时期还把这么一大笔钱转给了共产党，就凭这一条，崔中石落在铁血救国会手里，你的下场也绝不会比我们好。我这个理解，你认不认同？"

方步亭："我完全认同。崔中石现在被你关着，大概过不了多久曾可达自然会来找你。你就按刚才的理解会同国防部调查组立案就是。"说着就往屏风那边走去。

"方行长！"徐铁英再老牌，也比不过方步亭这份沉着，"您就这样走了？"

方步亭又站住了："在电话里已经告诉徐局长了，我那个被国防部调查组重用的大儿子还在家里等我呢。说不准他也是共产党，可你们反复调查了他不是。我还得代表北平分行接受他的调查。徐局长，我可以走了吗？"

跑步思考完进到住处房间后，曾可达依然没有下达任何任务，而是自己去到了里间冲澡。

副官陪着那个青年特工沉住气在外边的客厅里等着，这时才见曾可达上穿一件短袖夏威夷白衬衫，下着一条夏布便裤，脚蹬一双黑色布鞋走出来了。

"把那个在警察局门口监视的同志也叫回来吧。"曾可达端起桌上的一杯白开水一口喝了。

那个青年特工还在等着他下面的话。

曾可达放下杯子时盯了他一眼。

"是。"那青年特工双腿一碰，带着一脸不理解也要执行的样子急忙走了出去。

"方孟敖还在他父亲家吗？"曾可达这才问王副官。

王副官："在。郑营长来过两个电话了，方步亭去了北平警察局现在还没回去，方大队长一直在家里等着。"

曾可达："你去通知，把我们监视崔中石家里的那些人也统统撤了。"

王副官是可以随时提醒长官并提出不同意见的，这时问道："长官，属下能不能请问为什么这样安排？"

曾可达："徐铁英要杀崔中石了。我们的人一个也不要沾边。让方孟敖把账都记到他们头上。从明天开始，准备彻查民食调配委员会，彻查北平分行！"

"长官英明！"那王副官由衷地说了这句，转身也走了出去。

曾可达拿起了桌上的电话，飞快地拨通了："徐局长吗？我是曾可达呀。听说崔中石被你们截下来了，是不是扬子公司和民食调配委员会的案子发现了新的线索？"

方步亭不知什么时候又坐下了，这时两眼空空地望着天花板，并不看正在接电话的徐铁英。

"没有。"徐铁英对付曾可达反倒显出了老牌中统的镇定，"有新的线索我当然会第一时间告诉曾督察……是方行长通知我，说崔中石的调动南京央行有新的安排……我们警察局负责护送嘛，当然顺便就接回警察局了……方行长正在我这里，让他跟你通话？"

方步亭倏地站起来，一口气撑着，大步走向了徐铁英递过来的电话。

方步亭听着电话，接着答道："……任何新的安排都是南京方面的安排，无非是一定要将崔中石调走嘛……我也提醒曾将军一句，北平一百七十多万人要吃饭，现在傅作义将军几十万军队的军需也都要中央政府供给，主要依靠的是美国的援助……对，我的意见就是让崔中石到美国去，给我们北平分行这边多争取一点儿美援……至于他能不能平安离开北平也只有你们国防部调查组和徐局长这边能决定了……"说到这里他又闭上了眼。

徐铁英原来还站在离方步亭有数步的距离，阴晴不定地琢磨方步亭的话语，现在知道电话那边曾可达要做最后的表态了，不能再顾忌，立刻走了过去，站到了电话边。

话筒里曾可达的声音像是有意说得很轻，徐铁英听得便隐隐约约："我完全理解方行长的难处，同意改变原来调崔中石去上海的安排。"

"不过。"这里，曾可达突然提高了声调，"对于徐局长突然插手这件事，我们认为是很不正常的！请方行长转告他，我们是看在方行长的份儿上，让他处理这件事情。希望他考虑您的难处，把事情办好。今晚就办好，最好不要拖到明天。一定要逼我介入，尤其是方大队长介入，都是不明智的！"

非常干脆，曾可达将电话挂了。

"混账王八蛋！"徐铁英脱口而骂，竟有些像马汉山了。

方步亭将电话慢慢搁了回去："我本来想自己一肩将这件事情扛了，徐局长实在不应该硬插进来呀……商量后事吧。"

徐铁英："什么后事，怎么商量……"

方步亭："我必须回去了，要不然我那个大儿子就很可能到这里来。我把谢襄理留在这里，怎么商量，他全权代表我。最好不要两败俱伤，你也能拿到钱，我也能过了关。"

方步亭不再停留，拄着杖走了出去。

徐铁英真不想送他，咬着牙还是送了。

北平市警察局原为清朝六部之首的吏部衙门，坐落于天安门前东侧，占地有四十亩之阔。民国时被警察局占了，为显警局威严，大门不改，高墙依旧。

靠东的后院，原来是前清吏部堂官公余信步散心之处，现在成了局长家居的庭院，等闲无人敢来，因此十分安静，几株古柏，三面高墙，墙根下和草地上不时传来蛩鸣。

空旷的后院正中，一张汉白玉圆形石桌，四个汉白玉圆形石凳，看质地也是清朝吏部的遗物，面对园门，石桌旁孤零零地坐着谢培东一人。

园门外灯光照处，轻轻地，孙秘书带着崔中石走进来了。

谢培东慢慢站起。

方步亭那辆奥斯汀小轿车刚转进宅邸街口，便看见青年军那辆中吉普和方孟敖那辆小吉普停在路边。

戒备在街口的青年军那个班看见方步亭的轿车居然还一齐向他敬礼。

方步亭闭上了眼，小轿车极轻极稳地开到大门外停住了。

护门的那人立刻过来了，轻轻打开了后座的车门，将一只手护在下车的门顶上。

"关了。"车座里方步亭轻声说道。

那人一愣，兀自没有反应过来，车门仍然打开在那里。

"关了！"方步亭低吼道。

"是。"那人这才慌忙又将车门轻轻关上了。

方步亭闭眼坐在车内。

前边的司机也屏着呼吸握着方向盘一动不动，偷偷地从车内的反视镜中看着后边的行长。

方步亭又慢慢睁开了眼，怔怔地望向自家的大门——他从来没有像今天这样，不敢进自己这个家。

徐铁英承诺了方步亭，于是发话，任何人不许接近后院，空旷旷的，石桌边只有谢培东和崔中石两个人。

"他们说你是共产党。"隔桌坐着，谢培东语气十分沉郁，"我不相信，行长也不相信。可你瞒着我们把那笔钱转到那个账户上去，这就说不清了。行长叫我来问你，那是个什么账户，你是不是自己在里面有股份？说了实话，我们或许还能救你……明白吗？"

"谢谢襄理，也请你代我谢谢行长。我既然瞒着你们转账，就不会告诉你们背后的情由，也不会告诉任何人背后的情由。"隐隐约约的灯光散漫地照来，站着的崔中石脸上露出淡淡的笑。

这笑容让谢培东揪心："四十七万美金，是个大数字。可丢了命，一分钱都跟你无关了，值吗？"

语带双关中，谢培东用眼神传达了上级对崔中石此举的表扬。不等他反应，紧接着说道："再说，钱转给了别人，你的老婆、孩子怎么办，想过没有？"

崔中石脸上的笑容慢慢收了，沉默片刻，低声答道："我也只能对不起家里，对不起老婆和孩子了。"

"瞒着行里，瞒着家里，想干什么就干什么，一句对不起就交代过去了？"谢培东将脸一偏，"坐下说吧。"

"该干的不该干的我都已经干了。"崔中石十分平静地在他对面坐了下来，"进了央行，当了北平金库这个副主任，经我手的钱足以让全北平的人一个都不饿死，我却不能。还要帮着那些人把这些钱洗干净了，转到他们的户头上，甚至送到他们手里。这几天关在家里整理那些账目，一翻开我就想起了鲁迅先生《狂人日记》里的话，每一行数字后面都写着两个字'吃人'！请你告诉行长，不管把我调到上海是什么目的，我走之前都不能再让那四十七万美金转到徐铁英他们手里去……"

"这就是你把那笔钱转到香港那个账户的理由？"谢培东立刻打断了他，"他们已经调查了，香港那个账户是民主党派的，跟人民又有什么关系？"

"他们代表人民。"崔中石望着谢培东又露出了笑，"刚才徐铁英审我，我看到他那副难受的样子，心里已经觉得值了。您不要问了，谁问我也是这个回答。"

谢培东闭上了眼，沉默少顷，转望向园门。

园门外灯光下，出现了孙秘书徘徊的身影，接着传来了他催促的干咳声。

谢培东必须说出自己不愿说的话了："那我就不问了。还有一件事，是他们叫你必须干的……"

崔中石："那还得看我愿不愿意干。"

谢培东："愿不愿意你也要干，他们要你给家里写一封信……写了这封信可以保你家人平安……"

崔中石脸上的笑容慢慢消失了，站了起来，走到一片空阔的地方："您过来一下。"

这是为防窃听，有要紧的话跟自己说了，谢培东装作十分的不愿意，走了过去。

崔中石尽量将嘴凑近他的耳边："您知道，我跟碧玉结婚是家里安排的。"说到这里又停下了。

谢培东不看他："接着说，我在听。"

崔中石："和她结婚，也就是为了让我进入央行后，能更好地干下去。我不爱她却要娶她，还跟她生了两个孩子……往后都要靠她了。"

谢培东："这是家里的责任，家里有义务好好待她，好好照顾孩子。"

崔中石瞬间又陷入了沉思，再说时似乎下了更大的勇气："还有一个我对不起的人，您以后如果能见到，帮我带句话。"

谢培东感觉到他要说方孟敖了，不忍再看他："你没有什么对不起他的，他心里一直在挂念你。什么话，适当的时候，我会跟他说……"

"看来我对不起的人太多了……"崔中石苦笑了一下，"这句话是请您带给另外一个人的。您知道，我原来的名字叫崔黎明。请您带话的这个人原来的名字叫王晓蕙……要是不到央行来，我现在的妻子应该是她。十年了，跟她分手时我是秘密失踪的。后来听说她去了宝塔山，一直还在打听我的消息……"

谢培东从心底发出一颤："要对她说什么，我会帮你把话带到。"

崔中石："就说我现在的妻子和孩子都很爱我，进了城叫她千万不要到家里去，不要让碧玉和孩子知道我们以前的事。"

谢培东又闭上了眼睛。

崔中石这时仿佛一切都得到了解脱，脸上又有了笑容，望着谢培东，把声音压到最低："最后一句话，到了德胜门那一天，请您带给孟敖。"

谢培东只得慢慢又睁开了眼。

崔中石："告诉他，就说我说的，发展了他，我很骄傲。"

说到这里崔中石倏地站了起来，提高了声调："什么都不用说了，我写信就是！"

孙秘书的身影在园门外很快出现了。

谢培东是扶着桌子站起来的。

方步亭不知什么时候悄悄进了大门，却兀自站在傍晚大儿子送他出来的那条路上，茕茕孑立。

客厅里不时传来钢琴的调琴声！

方邸洋楼一层客厅。

方孟敖竟会调琴！而且那样专注，那样专业！

谢木兰惊奇兴奋的目光。

何孝钰也十分意外，静静地望着。

只有方孟韦没有意外的神情，但望着大哥一边拧弦一边不时敲击键盘的身影，他的目光更为复杂。

侧身一只手试弹了几个音符，方孟敖站直了身子："差不多了。多久没用了？"

"家里也只有爸会弹。"方孟韦递过脸盆里的湿毛巾，"住到这里他就一次也没有弹过了。"

"燕大的同学，你们谁来弹？"方孟敖先望了一眼谢木兰，接着望了一眼何孝钰，"在这里，弹什么都可以，包括当局禁止的革命歌曲。"

"大爸也从来不教我，我可不会。"谢木兰立刻转向何孝钰，"孝钰，你会弹，弹一曲……"说到这里她想了想，压低了声音，"《黄河大合唱》，怎么样？"

"我什么时候会弹了？"何孝钰望着谢木兰极力撮合的样子，自己更应该平静，勉强微笑了一下。

谢木兰："平时我们合唱，不都是你在弹吗？"

何孝钰："不懂就别瞎说了，那是风琴，不是钢琴。还是听你大哥弹吧。"

方孟敖浅笑了一下，这神态一扫平时那个王牌飞行员给人的印象，说道："我调好琴不是给自己弹的。"接着望向客厅大门，"会弹琴的人已经回来了，孟韦，你去接一下吧。"

方孟韦心里一颤，他一直就知道自己最敬爱的两个人今天会有一场不知道结果的大戏上演。晚餐时大哥送父亲出去那是才拉开序幕，现在听大哥突然说出这句话，立刻明白父亲已在前院，下面才是正式的交响。不禁愣在那里。

何孝钰从谢培东离开时给她的那个眼神就明白今晚自己已经介入了任务，可一点儿也不知道接下来将会发生什么事情，只能竭力装出平静，站在那里。

谢木兰当然也有了感觉，要在平时，第一个雀跃着奔出去的就会是她，可今天，现在，惊诧地望了一眼大哥，又望了一眼小哥，竟也怯在那里。

"怎么这么安静？"方步亭的身影在客厅门外自己出现了。

"爸。"方孟韦立刻迎了上去。

"大爸。"

"方叔叔。"

方步亭笑望向那架钢琴："这么沉，怎么抬下来的？"

谢木兰这才有了话题："我可搬不动您的钢琴啊，是大哥和小哥抬下来的。"

方步亭的目光必须迎视大儿子的目光了："搁了好几年了，音也不准了，抬下来也不能弹了。"

"大哥会调琴！"谢木兰一下子又活跃了起来，"早就给您调好了！"

"三天不唱口生，三天不练手生。我都三年没有弹琴了。"方步亭这样说着，却徐步走向琴凳，坐了下来。

所有的眼睛都望着他。

谁都能看见，他的额头上密密地满是汗珠。

"天太热。"方孟韦早就从脸盆里拧出了毛巾，"爸，您先擦把脸吧。"向父亲递了过去。

方步亭接过毛巾，就在慢慢擦脸的空当问道："弹个什么呢？"

方孟韦、谢木兰都望向了方孟敖。

何孝钰也望向了方孟敖。

方孟敖："巴赫——古诺的《圣母颂》吧。"

方步亭递毛巾的手和方孟韦接毛巾的手瞬间停在那里！

谢木兰偷偷地望向何孝钰，何孝钰也悄悄地望向她。

方孟敖不看父亲和弟弟，望着何孝钰和谢木兰："拉丁文曲名是不是叫作 *Ave Maria*？"

谢木兰立刻点头，何孝钰也点了点头。

方孟敖："意译过来，能不能翻作'一路平安马利亚'？"

四个人都有了更强烈的反应！

方孟韦直接想到了崔中石，望向父亲的眼流露出了带着乞求的期待。

方步亭似乎在望着小儿子，目光却一片空蒙。

方孟敖还在望着谢木兰和何孝钰，等待她们的回答。

谢木兰有些嗫嚅："直译过来好像是'万福马利亚'……"

"我觉得'一路平安马利亚'更好！"何孝钰是第一次眼中闪着光亮赞成方孟敖的说法。

一片寂静，都在等着方步亭。

没有试音，方步亭手一抬，直接敲下了第一个音符，接着闭上了眼，竟如此熟练地弹出了巴赫《C大调前奏曲》那仿佛黎明时春风流水般的行板……

灵魂的拷问开始了。弹琴的人，还有听琴的人。

崔中石的字写得音符般漂亮！徐铁英那张办公桌仿佛是他面前的琴台。

信笺上，抬头四个字很简单："碧玉吾妻"。

正文信的内容也很简单，隐约可见写着"央行总部急调我连夜飞南京，参加赴美国求援代表团，此行系政府机密，不能面辞，恐亦不能电话联系。你只能带着孩子继续留在北平等我，生活一切方行长、谢襄理自会照顾。"

落款更是简单，只有"中石匆笔"四字。

徐铁英一直静静地站在桌旁，其实已经看清了信的内容，还是拿起了写完的信又认真看了看，接着叹了一声："一笔好字啊。我看可以。写信封吧。"

崔中石又平静地在信封上写下了"谨请谢襄理 转交 内人叶碧玉亲启"。

徐铁英这才连同信封走到闭目坐在沙发上的谢培东面前："谢襄理看看，没有问题您可以先走了。"

谢培东睁开了眼，接过信默默看了不知道是一遍还是几遍，迟迟地抬起了头望着徐铁英："我现在还不能走。"

徐铁英紧盯着他："送崔副主任，谢襄理就不要去了吧？"

谢培东："我们行长嘱咐了，要等他的电话我才能走，你们也才能送崔副主任走。"

"什么时候了，说好的事，还等什么电话？"徐铁英的脸立刻拉下来，语气十分强硬，"孙秘书！"

孙秘书总是影子般及时出现。

"徐局长。"谢培东还是坐在那里，"我们行长说了要等他的电话。至少我要等到他的电话才能给你们开支票吧？"

徐铁英被噎住了，想了想，转对孙秘书："先送崔副主任上车，等十分钟。"

"是。"孙秘书答道。

崔中石已经从办公桌走了过来，也不再看谢培东，徐徐走向那道屏风，消失了身影。

孙秘书紧跟着走了出去。

徐铁英立刻又对谢培东："那就请谢襄理给你们行长打电话吧。"

谢培东还是坐着："我们行长说了，叫我等电话。"

方邸洋楼一层客厅。

所谓巴赫——古诺的《圣母颂》，是法国著名作曲家古诺选择了巴赫在一百五十年前所作的《C大调前奏曲》钢琴曲为伴奏，重新谱写的女高音歌曲。巴赫原曲中的恬静纯真和古诺声乐曲中的崇高虔诚结合得天衣无缝。因此被后世奉为跨年代合作的典范之作，成为了普世流行的颂扬圣母马利亚的经典名曲。

何孝钰、谢木兰是燕大的学生，而燕大的前身就是美国人创办的教会学校，这首名曲她们当然都会唱。

令她们意外的是，没有人声歌唱，方步亭竟也能将钢琴的伴奏弹得这样叩击人的心灵！

谢木兰听得是那样紧张兴奋，好几次都想张口随声跟唱，都因为知道自己唱不了这首高音，急得暗中碰了好几下何孝钰。

何孝钰的眼中只有钢琴，透过这钢琴声看到的是弹琴的父亲和站在后面听琴的方孟敖。她的心里是一种别样的激动，呼吸都屏住了，哪里敢融进这父子俩灵魂的撞击中去！

紧接着何孝钰的眼惊得睁大了。

方孟韦和谢木兰虽然比她有准备，知道大哥唱歌的天赋，也都惊得更加屏住了呼吸。

方孟敖竟然能用男高音，自然地从歌词的第三句融进了方步亭的钢琴：

你为我们受苦难，
替我们戴上锁链，
减轻我们的痛苦。
我们全跪倒在你的圣坛前面。
圣母马利亚，
圣母马利亚，
马利亚，
用你温柔的双手，
擦干我们的眼泪，
在我们苦难的时候……

只唱到这里，方孟敖停住了。

方步亭竟然像是知道儿子不会唱出"恳求你，恳求你拯救我们"那句尾声，也在这时配合地结束了琴声。

无论是谢木兰、方孟韦，还是何孝钰，都太应该在这个时候报以热烈的赞颂。可没有掌声，甚至没有人说上一句由衷的语言。

太多的心灵震撼都在每个人的目光里！

方步亭慢慢从琴凳上站起来，望向何孝钰，那笑容和她的目光一样复杂："这是我听到的唱得最好的《圣母颂》……孝钰，你觉得呢？"

"是……"何孝钰竟然回得有些心慌，"也是我听到的唱得最好的……"

"真是我听到的唱得最好的……"方步亭喃喃地又说了一句，接着突然提高了声调，"我要上去打个电话了。你们陪陪大哥吧。"

方步亭转身时，碰到了大儿子期许的目光！

大家目光里看到的方步亭徐徐地走向楼梯，徐徐登上楼梯，就像刚才那首曲子里的行板。

电话铃在徐铁英的办公桌上尖厉地响了。

徐铁英就坐在桌旁，有意不立刻去接，而是望向坐在沙发上的谢培东。

谢培东只是望着电话。

又响了两声，徐铁英这才拿起了话筒。

方邸洋楼二楼方步亭办公室。

方步亭闭着眼睛，声音低沉而平静：“谢襄理给徐局长开支票了吗……是，是我说的。我最后的意见是每隔十天要听见崔中石的声音。”

北平警察局局长办公室。

谢培东看到徐铁英的脸色变了。

徐铁英对着电话：“要是不能再听见这个人的声音呢？”

方邸洋楼二楼方步亭办公室。

方步亭：“请谢襄理听电话，由他回答你。”

北平警察局局长办公室。

话筒已经在谢培东手里了，但见他依然面无表情：“……我听明白了，我这就转告。”话筒仍在耳边，转对徐铁英，“我们行长吩咐，如果他的意见徐局长不接受，我不能给你们开支票。”

徐铁英笑了：“好呀。问问你们行长，他这个话能不能直接跟我说？”

谢培东已经将电话递过来了。

徐铁英接过电话，依然笑着：“可以嘛，方行长说什么都可以嘛。你们可以把钱汇给共产党，当然也可以把钱不转给党国的公司。直接跟我说就是，犯得着还要你的副手转告？”

方邸洋楼二楼方步亭办公室。

方步亭十分平静：“那我就直接跟徐局长说。第一，希望你按照《戡乱救国法令》将崔中石汇钱给共产党的案件立刻上报南京，我随时等候特种刑事法庭传讯。第二，如果徐局长不将案件上报却私自处决崔中石，我今晚就将案情上报，让徐局长等候特种刑事法庭传讯。第三，平津的民食配给和军需供给为什么突然有了你们的20%股份？崔中石死了，我也会以北平分行行长的身份查明后上报央行总部。如有必要，不排除将报告一并呈交立法院直接质询全国党员通讯局。我说得够直接吗？”

北平警察局局长办公室。

徐铁英的笑容僵硬了，咬了咬牙，话筒拿着，却是转望向谢培东：“谢襄理，能否到外边回避一下？”

谢培东默默地走了出去。

徐铁英这才对着话筒："方行长，还在吗……"

方邸二楼方步亭办公室。

方步亭听完了话筒里徐铁英的一番话，语气由平静转而冷峻："徐局长，这是你今天第二次用'玉石俱焚'这个词了。焚就焚了，我不希望第三次再听你说这个词。现在摆在我面前的只有一条路，那就是崔中石不能放也不能死。摆在你面前的有两条路，可以杀他，也可以关他。怎么秘密囚禁一个人我想对徐局长也并不难。但你一定要选择杀他，我也就只有一个选择，将我刚才说的第二条、第三条立刻付诸实施！……没有理由，更与国民党、共产党无关。你有妻室，三个儿女都好好地迁到了台北。我两个儿子，却要因为这件事不认我这个父亲。这就是我的理由。……你说他们串通共产党？那好，方孟敖、方孟韦现在就在楼下，我可以叫他们立刻到你那里自首，好吗？！"

北平警察局局长办公室。

徐铁英一向以精力充沛著称，这时竟也露出了精疲力竭的状态，拿着话筒在那里休息，其实是真不知道该怎么对付了。

他沉默着，也知道对方仍然拿着话筒在沉默着，这太要命了。

毕竟要过这个坎，徐铁英拿起茶杯喝了口水，放下后对着话筒，声音还是显出了喑哑："我可以接受方行长的建议，今天不杀崔中石。可是明天后天，或者是十天半月，一旦这个人的存在危害党国，我不杀他，别人也要杀他……这点我能做到，决定前一定跟您通气……方行长这话我认同，共济时艰吧……好，您等着。"

"孙秘书！"徐铁英今天这一声叫得十分无力。

孙秘书却还是及时地进来了。

徐铁英："谢襄理呢？"

孙秘书："在单副局长办公室等着。"

"就没有空房子让他坐了？"徐铁英很少如此严厉，"告诉你，在北平这个地方任何人都不能相信！"

方邸二楼方步亭办公室。

电话还通着，话筒里徐铁英对孙秘书发火的话方步亭也听见了。他也累了，等谢培东接听电话总还要几分钟，将话筒厌恶地放到了桌上。

北平警察局局长办公室。

"明白。"谢培东对着话筒答道，"我按行长的吩咐，现在就开。……是，我会先到崔中石家，安抚好了我立刻回来。"

放好了电话，谢培东从手提皮包里拿出了一本现金支票簿，一支专开支票的笔，就坐在徐铁英的办公桌前，开始开支票。

徐铁英已经高兴不起来了，坐在沙发上，也不看谢培东。

"徐局长。"谢培东站起来。

徐铁英这才慢慢站起，走了过去。

谢培东一共递给他三张支票。

徐铁英眼中又起了疑意，打起精神注目望去。

第一张支票大写小写俱全，数字是十五万美金。

第二张支票也是大写小写俱全，数字也是十五万美金。可徐铁英的脸色却变了，立刻翻看第三张支票，大写小写俱全，数字是十七万五千美金，他的脸色更加阴沉了。

徐铁英望向谢培东："怎么只有第一张有签名？"

谢培东答道："我们行长吩咐，十天后签第二张，再过十天签第三张。"

徐铁英这口气憋得脸都青了，将支票往桌上一扔："不要了。带回去给你们行长，就说徐某人明天也许又会调回南京了。这些钱你们留着给我的下任吧。"

谢培东目光湛湛地望着他："忘记了，我们行长还有句话叫我转告徐局长。我们有一家公司已经在台北注册，规模应该不会比这个项目小。股东不多，其中一位就是徐局长的夫人。这是股东注册的登记表，徐局长不妨也看看。"

这倒大出徐铁英意外，望着谢培东递过来的那张表，脸色转了，目光仍然淡淡的："你们行长也太替朋友操心了……让人却之不恭受之有愧呀。"

谢培东："以徐局长的为人，朋友怎么帮忙都值。"

徐铁英的目光这才也转了过来，赏识地望着谢培东："方行长如果早让谢襄理跟我联络，也不会弄得彼此为难了。我送你吧。"

"不用了。"谢培东立刻拱了下手，拿起了手提皮包，"今后有什么需要跟我们行长沟通的，徐局长可以先找我。"

"好，好。"徐铁英有力地伸过去一只手。

谢培东也伸过了手，被他握得有些生疼。

二楼方步亭办公室的门开了。

方步亭慢慢走了出来，却是一怔。

楼下客厅里只有程小云一个人，这时迎了过来。

"他们呢？"方步亭站在二楼的楼梯口问道。

程小云在楼梯下停住了："孟敖回军营了，孟韦送孝钰和木兰去了。"

方步亭怅然站在那里。

程小云望着他脸上有了笑容："孟敖说了，叫我给他收拾一间房。他可能不时要回来住住。"

方步亭脸上也慢慢有了笑容，却笑得那样无力。

北平警察局局长办公室。

徐铁英已经将三张支票和一张注册登记表锁进了办公桌旁靠墙的保险柜里，关了沉沉的保险柜门，又拧了一把保密锁，站起时才叫道："孙秘书！"

孙秘书又及时出现了。

徐铁英："你亲自去安排，不要让什么单副局长和方副局长知道，今晚就将崔中石送到我们中统驻北平的监狱里去。按甲级囚犯禁闭。”

孙秘书这次却没有吭声，只是望着徐铁英。

“怎么了？不该问的不要问。”徐铁英今天对他的表现不甚满意，说完这句便向里间走去。

“局长！”孙秘书这声叫得有些异样。

徐铁英站住了，慢慢转过了头，发现了他的异样。

孙秘书：“报告局长，崔中石我已经交给了马汉山带来的军统，秘密押往西山去执行了！”

徐铁英的眼睛圆了！

|二十|

北平警察局局长办公室。

依然身着中山装的孙秘书在徐铁英的眼中突然出现了幻觉，变成了穿着青年军军服的铁血救国会！蓦地耳边响起了曾可达在电话里的声音：“对于徐局长突然插手这件事，我们认为是很不正常的！……希望他把事情办好，今晚就办好，最好不要拖到明天。一定要逼我介入，尤其是方大队长介入，都是不明智的……”

干了一辈子党务，由中统而全国党员通讯局，徐铁英一直身居要津，从共产党到党国内部的军公政教，从来是自己代表党部为总裁操杀别人，现在突然发现自己被别人从背后操杀了，而且是来自总裁血缘的资浅少壮！想到自己投身几十年的强大党务系统，在此党国存亡绝续之时，只不过如沙如水，而人家仅凭着一脉亲缘，却能够如铁如血！一阵寒心，倒激起了代表老辈要与这些少壮一决高下的意气。

徐铁英挤出笑，目光反转温和：“没关系，都是为党国办事嘛。我只是好奇，你什么时候加入铁血救国会的？”

那孙秘书被他问得一怔，却没有回话，只是望着他。

徐铁英仍然笑着：“如果铁血救国会有纪律，不好回答，就不用回答了。不过，党部的纪律你也知道。不管谁，不管哪个部门，暗中插手党务，都将受到党纪的严厉制裁。告诉我，谁叫你这样做的？”

“是局长。”孙秘书回答得很冷静。

徐铁英的手慢慢伸向了身旁办公桌上的茶杯，凑到嘴边喝了一小口，接着猛地将杯子里的茶水茶叶泼向孙秘书的脸！

孙秘书竟依然笔直站在那里，只是伸手抹去了沾在脸上的茶叶：“局长……”

“清醒！清醒了再回话！”徐铁英终于低吼了，“你不回答，我也可以立刻以党部的名义制裁你！”

“是。”孙秘书应了一声。

“说吧。”徐铁英放下了茶杯。

孙秘书：“局长指示，叫我将崔中石先送上车，只等十分钟。我等了十分钟。”

这句回答，倒让徐铁英愣了一下。可很快又给了他一个冷笑，等听他说。

孙秘书："党部有铁的纪律，上司的指示我必须不折不扣地执行。"

"嘿嘿！"徐铁英的冷笑有了声音，目光也不再看他，盯着他头部上方的天花板，"党部的指示是叫马汉山带军统去执行？"

孙秘书："属下察觉局长被铁血救国会和北平分行从两面挟持了。局长在北平代表的是中央党部，挟持局长，就是挟持中央党部！他们铁血救国会既然打着国防部调查组的牌子杀人，就应该让国防部保密局所属军统去执行。局长不应该忍受他们的挟持，因为这将使党部的形象受到玷污。如果属下干错了，宁愿接受党纪制裁，但绝不能忍受他们挟持局长，玷污党部。"

徐铁英的目光又从天花板上慢慢移下来了。

孙秘书的面孔又渐渐清晰了，望着他一脸的茶水还沾着几片茶叶，徐铁英对他的疑心在一点点消失。

"愚忠！"这个词最终取代了怀疑，心里也随之慢慢好受了些，可焦躁又上来了。对此愚忠，爱也不是，恨也不能。关键是因自己的怀疑白白耽误了要命的几分钟时间！

"好忠诚！好干部！"徐铁英从牙缝里迸出了这两句，接着急问道，"马汉山他们走多久了，执行地点在哪里？"

孙秘书："二十分钟了，地点是西山军统秘密监狱。"

徐铁英不再问他，一把拿起了桌上的电话，却又停在那里，急剧想着，打哪个电话才能阻止马汉山，留下崔中石！

伺候方步亭洗了澡，换了夏季短装睡衣，陪他回到卧室，程小云没有开风扇，拿着一把蒲扇站在他身后轻轻地扇着。

"我今天要审你。"程小云在他耳边轻声说道。

"审我什么？"方步亭坐在那里享受着这片刻的宁静，依然没有睁眼。

程小云："你不像三年没有弹过琴。平时在哪里练琴，从实招来。"

方步亭脸上有了难得的笑容："一三五在二姨太家练，二四六在三姨太家练。"

程小云撇嘴一笑，流露出了迷人的风韵："那就只剩下礼拜天了，在哪里弹？"

方步亭："礼拜天当然该去教堂给圣母弹，可为了陪你这个圣母，又不能去。"

程小云收了笑容，手中的蒲扇也停了："用不着哄我了……她才是你心里的圣母……你知道自己今天弹得有多好吗？还有孟敖，真没想到他能唱得这样好。我在房间里听着一直流泪。其实你们父子的心是相通的。你们一个在想妻子，一个在想妈妈……"

方步亭慢慢睁开了眼，抬起头，转望着她。

程小云也正望着他，轻轻念道："'十年生死两茫茫，不思量，自难忘。'我理解你的心情。"说着，眼中已闪出了泪星。

方步亭站起来，从程小云手里拿过了蒲扇，按着她坐下，给她轻轻扇了起来，轻轻回道："'知我者，谓我心忧；不知我者，谓我何求。'生逢乱世，失去了她，又遇到了你，苍天待我已经很厚了。小云，孟敖这一关我还不知道过得去过不去。国已不国，我只想保全这个家，可也不知道能不能保全……"

突然，门外传来办公室的电话铃声。

方步亭的心跳了一下，手里的蒲扇也停了一下，决定继续给程小云扇着，任电话隐隐传来。

"去接吧。"程小云站起来，拿过了他手里的蒲扇，将他轻轻一推，"去接。"

北平警察局局长办公室。

徐铁英对着话筒："没有时间解释了，我现在怎么解释你也不会相信！方行长，孟韦在燕大，离西山近，这个时候只能让孟韦先去阻止马汉山……我当然去，我到了就让孟韦离开！"

燕南园何其沧宅邸一楼客厅。

"孟韦。"何其沧坐在沙发上，抬头望着方孟韦。

方孟韦这时穿着一件普通青年的衬衫，肩上扛着一袋面粉怔怔地站在客厅中。

何孝钰站在一旁，谢木兰也站在一旁，两人都很尴尬，也有些同情地望着愣在那里的方孟韦。

何其沧："我跟你爸有君子协定，这个时局，学校的老师和学生都在挨饿，我不会接受他任何馈赠。你要是尊重何伯伯，就带回去。"

方孟韦对何其沧像对父亲一般恭敬，忍了很久的话必须说了："何伯伯，这不是我爸送的，是我哥嘱咐我送的。"

何其沧一怔，下意识地望向了何孝钰。

何孝钰蓦地想起了那晚方孟敖离开时说要给自己送一袋面粉，却没想到他会叫弟弟以这种方式送来！

——这就不仅仅是一袋面粉了。无辜面对父亲质询的眼光，她还要承受尴尬。

好在此时电话铃响了。

何其沧就坐在电话旁，不再看女儿，伸手拿起了话筒："……还在，你们说吧。九点了，我是要去睡觉了。"

何其沧手里掂着话筒，何孝钰已经过来搀他站起。

何其沧望着方孟韦："你爸打给你的。"

其实方孟韦，包括何孝钰和谢木兰都早已听出了是方步亭来的电话。

方孟韦这才放下了肩上的面粉，连忙过去双手接过话筒，恭敬地避在一边，让何孝钰搀着何其沧走向楼梯。

方孟韦这才将话筒对向耳边，听着，脸色陡然变了。

谢木兰望着小哥神色陡变，立刻关注地问道："小哥……"

方孟韦伸手止住了她，对着话筒急促地低声说道："爸不用急，我立刻去，一定将人救下。……我知道，不会有什么冲突。您注意身体，早点歇着。爸，我挂了。"

方孟韦平时跟父亲通话都要等父亲先挂，这回自己先挂了，还是没忘把电话轻轻地放下，接着快步走了出去。

"小哥！"谢木兰在背后叫他。

方孟韦没有停步，也没有回头："没什么事，你们也早点睡。"

人已经消失在门外。

转眼只剩下自己一个人，谢木兰突然感觉自己的心在怦怦乱跳。她知道自己接下来会去哪里，只是不知道去了后会是什么情形。

院外小哥的吉普车响了，她的脚步也飞快地走出了客厅的门。

这一天发生了这么多的事，都是突然而来，又突然而去。

何孝钰一个人独自站在院门外，但见昏黄的路灯照着远远近近的树影，燕大的校园从来没有这么沉寂，无边的夜也从来没有这么沉寂。她不知道自己接下来该怎么办。她眼前幻出了白天谢essentially东临走时留下的那个眼神，可那个眼神很快消失在神秘的夜空。她眼前又幻出了老刘同志含蓄的笑容，很快那笑容也消失在神秘的夜空。接着出现的便是梁经纶深邃的眼，仿佛就在夜空中深望着她。她连忙闭上了眼，梁经纶那双眼也终于消失了。

脚下的路实实在在就在脚下，她却不知道能去找谁。

慢慢转过了身，茫然走回院门，却又出现了耳鸣。她又停住了脚步，闭上了眼睛，竭力使自己的心平静下来，偏又隐隐约约听见了钢琴伴奏的歌声：

你为我们受苦难，

替我们戴上锁链，

……

方孟敖的歌声！

何孝钰立刻睁开了眼，四周一片沉寂，哪有什么歌声。

西山军统秘密监狱院内。

"我操他徐铁英祖宗十八代！"马汉山的下颌被方孟韦的枪口顶着，头仰得老高，破口大骂，"自己被共产党算计了，接着来算计老子。人已经执行了，我拿什么还你！"

方孟韦顶着马汉山下颌的那把枪在发着抖，问他的声音也在发抖："你最好是在说假话……立刻把人交给我……"

"请冷静。"军统那个执行组长出头说话了，"方副局长请冷静。我们都可做证，枪毙姓崔的共党确实是徐局长下的命令。戡乱救国，我们只是配合执行。"

影影绰绰那十来个军统都冷冷地站在那里。

方孟韦的心彻底凉了："……带我去看人！"

"当然带你去，把枪拿下来好不好？"马汉山的眼一只盯着枪口另一只居然能同时盯着方孟韦，"上了膛，你手这样抖着，走了火，你一条二十多岁的命顶我一条五十多岁的命，值吗？"

方孟韦拿枪的手慢慢放下时，突然觉得手从来没有这么软过，跟着马汉山向里面走去，感觉每一步都踏在软地上。

燕大东门外文书店二楼。

"不要紧张，没有关系。坐，坐下说。"梁经纶站在书桌旁，望着紧张激动的谢木兰，声调和目光都十分温和。

谢木兰还是站在门口："我是一个人来的，没有人知道。孝钰……也不知道……"说到这里，她觉得自己的唇腔在发干。

梁经纶拿起水瓶，给她倒水，水瓶已经空了。略一犹豫，他端起了自己的水杯，走近谢木兰，递了过去："对不起，我喝过了，不介意吧？"

"不、不介意……"谢木兰接过水杯，凑到嘴边时都能听到自己的心跳声。

梁经纶的声音是那样近："你到这里来我不会让任何人知道。不要着急，坐下来，慢慢说。"

"跟孝钰也不说吗？"谢木兰喝了梁经纶的水，有了勇气，两手紧紧地握着他的杯子，望着他。

梁经纶深点了下头，接着轻声问道："我去关上门，好吗？"

谢木兰的心跳更加急速了，紧张了好一阵子，才深点了下头。

梁经纶从她身前走过，谢木兰紧闭上了眼，只觉得长衫拂过，轻轻的风都能把自己飘起来了！

西山军统秘密监狱停尸间沉重的铁门从外向内慢慢推开了。

因摆有冰块，暑热融化，白气弥散，那盏吊灯更显昏暗。

由于这里是秘密杀害共产党和进步人士的地方，好些人被执行后还要等上级来验明正身，因此摆有十来张床。今天别的床都空着，只有中间一张床上静静地躺着一个人，脸被盖着，那身西服虽然胸口有一片血渍，还是能一眼认出，那就是崔中石！

方孟韦怔在门口，马汉山和军统那些人都在身后。

什么声音都没有，方孟韦一个人慢慢向躺着崔中石的那张床走去。

军统那个执行组长在马汉山耳边轻声说道："马局，您先找个地方避一避吧？"

马汉山声音倒很大："杀个共产党，我避什么？老子就在这里等徐铁英那个混账王八蛋！"

方孟韦走到崔中石身边站住了。

他的手伸向盖着崔中石脸部的那块白布，手指触到了白布，却又停在那里。

他闭上了眼，然后一点一点轻轻揭着白布。

他想象白布后是另一张脸，很快便模糊，于是便竭力想使这张面孔清晰。

——想象中白布下面出现了马汉山的脸，可他知道不是。

——想象中又出现了徐铁英的脸，他也知道不会是。

那块白布已经提在手里，他耳边突然听见一个声音在唤他："孟韦！"

——是白天崔中石在车站唤他的声音。

眼前立刻浮现出崔中石最后望他的那双眼！

自己当时怎么就没看出那是最后告别的眼神！

方孟韦猛地睁开了眼！

白天望他的那双眼永远闭上了——那张脸却还是那张憨厚劳苦的脸！

方孟韦竭力将涌向喉头的泪水咽住，却止不住从眼眶中涌了出来！

燕大东门外文书店二楼。

谢木兰竟也趴在书桌上低声哭了。

梁经纶静静地坐在她的对面，以革命的名义面对纯真的青春激情本是自己的职业，可今天不知为何，竟也心绪纷乱。一向孤独，却从没有今天这种孤独感。

谢木兰对梁经纶的沉默更加感到了恐慌，慢慢止住了哭声，不敢看他，哽咽地说道："我知道……他们干的事都是对不起人民、对不起革命的事……可我、可我又总觉得他们不是坏人……"说到这里，她怯怯地望了一眼梁经纶，"梁先生，是不是我的革命立场不坚定……"

"你愿意听我说吗？"梁经纶的声音如春风和煦。

"愿意，当然愿意。"

梁经纶："那就抬起头看着我。"

谢木兰还是先低着头掏出手绢抹了眼泪，然后才抬起了头，依然不敢望他的眼睛。

梁经纶的眼部以下也是那样充满了魅力："你今天把发生的情况都来告诉了我，这已经证明了你的立场。你是进步的青年，非常优秀的进步青年。"

谢木兰特别想看梁经纶的眼睛了，也开始敢看他的眼睛了："梁先生，我想进一步坚定自己的立场……"

梁经纶嘴角带着笑，目光却充满鼓励："好呀，说说怎么进一步坚定立场。"

谢木兰鼓起了勇气："我想离开那个家，和他们划清界限……"

梁经纶："然后呢？"

谢木兰再不犹豫："跟着你……工作……"

梁经纶沉默了。

谢木兰的心又慌了："我知道，我不配在您身边工作……"

梁经纶站起来了，踱到了窗边，沉思了少顷。

谢木兰也跟着站起了，抑住心跳，像是在等待光明或者黑暗。

梁经纶慢慢转过身了，竟然说出谢木兰不敢相信的两个字："过来。"

谢木兰也不知道自己是怎么走到他身前的，心中的太阳近在咫尺，她闭上了眼。

她的手被他的手握住了，有力而又轻柔，声音恍若梦幻："你已经在我身边工作了。可是你还得回到那个家去，你承担的任务无人可以取代，非常艰巨，非常光荣。"

谢木兰更加不敢睁眼了："我能经常见到你吗？就像、就像现在这样……"说着突然将头贴到了他的肩上，一任那颗心剧烈地跳动。

梁经纶的心跳也被谢木兰听见了！

他将自己压抑得太久了，美丽、青春和激情时常在他身边奔放，都因他的矜持匆匆拂过。他突然觉得，其实自己一直在等，等着紧贴自己的这个人——而且能够确定不是和何孝钰在一起时的那种感觉。

他于是慢慢搂住了她，将她的身子贴紧自己的身子，等着那张曾经被自己忽略过的美丽脸庞直面自己。

心灵的感应使谢木兰抬起了自己的脸庞，而且两眼炽热地望着另外那双自己恨不得能走进去的眼睛。

梁经纶："我念一句词，你如果愿意，就把上一句说出来。"

谢木兰的脸几乎就要贴着他的脸，呼吸都停住了，只敢把长长的睫毛轻轻眨了一下。

梁经纶这时反倒闭上了眼，轻声念道："又岂在朝朝暮暮……"

谢木兰只觉得热血直涌上来，张开了嘴，心里在激动地念着"两情若是久长时"，却发不出声来。梁经纶的嘴慢慢地轻轻地贴上了她的嘴。

谢木兰浑身都在颤抖。

西山军统秘密监狱停尸间。

"啪啪"两记响亮的耳光，孙秘书依然笔直地站着。

徐铁英打了后紧接着问道："你为什么叫他们枪毙崔中石？"

"局长。"孙秘书竟异常冷静，"属下能不能问一问马副主任？"

徐铁英目光扫向马汉山时飞快地掠了一眼方孟韦。

方孟韦脸色已经由原来的苍白变得铁青，这时谁也不看，只冷冷地望着前方。

马汉山竟也不看徐铁英投来的目光，硬着脖子晃着脑袋两眼望天："不要装了，老子直接代你们把话编了就是。民国三十七年七月二十一日晚七时许，北平市民食调配委员会副主任马汉山率保密局北平站十余人员，直闯北平市警察局，强行带走共产党或不是共产党之人犯崔中石一名，驾车三辆飞奔西山杀人灭口。马汉山罪责难逃啊！法官却问，马汉山，你真是厉害，从北平市警察局强行抢了人，又强行抢了警察局的三辆车，三把车钥匙你是如何抢得的（音 di）？完了，老子都没办法替你们编了。徐局长、孙秘书，你们接着编吧！"

中统之不同于军统，就是没有马汉山这类人身上的江湖气。而正是这种江湖气往往使得国民党那些正规部门或正统人士遇之头疼。

马汉山这一阵鸟枪火铳霰弹乱放，还正打着了地方。

徐铁英的脸更阴沉了，只得又转望向孙秘书。

孙秘书表现出罕见的镇定："马副主任说完了没有？我现在可以问你了吗？"

马汉山的目光也从天花板上拿了下来，等着那孙秘书。

孙秘书："请问马副主任，军统执行组归谁管？"

"别扯了。"马汉山手一挥，"直接问吧。"

孙秘书："北平市警察局有什么权力调动军统执行组枪毙人？"

马汉山咬着牙："接着问。"

孙秘书："就算我们局长能代表国防部调查组调动军统执行组，徐局长当面给马副主任交过任务吗？或者马副主任有徐局长枪毙人的手令吗？"

马汉山这才有些急了："那你是谁？当时传达徐局长命令的是谁？"

孙秘书："我不辩白。如果任何一个长官的秘书都能直接行使长官的职权，那我现在就叫马副主任把你的执行组长也枪毙了，你会听吗？"

"开口就是！"马汉山此刻哪会让他难倒，"把你的枪给我，你叫我枪毙谁我这就枪毙谁！是不是要先叫你们徐局长出去躲避一下？拿枪来呀！"

那孙秘书却未料到此人还真魔高一丈，一时被他将住了，下意识望向徐铁英，哪敢拿什么枪给他。

不料有个人把枪倏地拔了出来，就是方孟韦，几步走到马汉山面前，把枪向他一递。

马汉山这下可不敢接了，徐铁英和孙秘书还有一干军统人员全愣在那里。

方孟韦："为什么不接枪？"

马汉山咽了一口唾沫："方副局长，我接枪干什么？"

方孟韦："你自己刚才要枪，现在反问我？"

马汉山："我们都上当了，你现在还不明白？"

方孟韦将枪收了回来："是应该问明白了。这个崔中石为什么突然之间被枪毙？他是不是共产党？"

互相望着，竟无一人回答他的提问。

方孟韦举起枪突然朝上开了一枪，接着大声吼问："谁回答我？！"

大家的耳朵都被震得嗡嗡作响。

徐铁英知道不能再这样下去了，也不问马汉山，只问孙秘书："你回答方副局长。"

那孙秘书倒难得依然镇定："报告局长，报告方副局长，目前只有他涉嫌贪墨公款之证据，不能证实他是共产党。"

"涉嫌贪墨公款就这样把人杀了？！"这次喝问的是徐铁英，"孟韦，崔中石是北平分行金库副主任，面对央行，这件事也一定要有个交代。听我一句，先冷静，我们回去商量。"

方孟韦这才第一次望向了他："商量什么？"

徐铁英十分诚恳地先向他眨了眨眼："过后我跟你说。"说到这里转望向马汉山一干人等，"这件事闹大了。如果有谁为了推掉责任妄说崔中石就是共产党，找你们的可就不是我了。要是捅到南京，只怕你们毛局长也回不了总统的话。出了这个门，最好都闭上嘴！"

马汉山一脸不服，那些军统也都一脸不服，可确都闭紧了嘴，无人再吭一声。

徐铁英靠近方孟韦耳边，低声说道："我也很难过，可最难过的还有方行长和方大队长。我们务必冷静，找到谢襄理商量个办法，最好先不要让你爸和你大哥知道。"

方孟韦悲愤莫名，提着枪已经大步向门外走去。

徐铁英再不停留，盯了一眼孙秘书，二人紧跟着走出门去。

停尸间里剩下了马汉山和那十来个军统，也不是舍不得走，只是不知道何以还要站在这里。

"跟我来！"马汉山突然喊了一句，竟向躺着的崔中石走去。

那些军统反应过来，跟在他身后，都拥向了崔中石那张床。

马汉山望着躺在那里的崔中石，说道："老崔，冤有头，债有主，不管你是不是共产党，杀你的不是我们。托个梦给为你报仇的人，该找谁，不该找谁，叫他们要认清了。"说完竟向他深深鞠了一躬。

他身后的那些军统的腰或深或不深都弯下来向崔中石鞠了一躬。

"走！"马汉山倒觉得自己是崔中石了，大义凛然地走了出去。

军统们僵尸般齐跟了出去。

崔中石那张忠厚劳苦的脸上，隐隐约约好像有一点儿笑容。

北平市民食调配委员会总储仓库大门外。

天还将亮未亮，一辆小吉普、一辆中吉普、一辆十轮军用大卡车猛地停在了大门口。

"守着门！"方孟敖从小吉普上跳下来，"一个人也不能放出去！"

方孟敖也不等别人，一个人先闯了进去。

守门有士兵，也许认识他，或许不认识他，都执枪敬礼。

青年航空服务队二十名飞行员纷纷从小吉普、中吉普跳下，紧跟着闯了进去。

那辆军用十轮大卡车上是保护航空服务队的青年军一个排，一色的美式卡宾枪，郑营长带着，也都纷纷跳了下来，一个班守大门，两个班各奔一个街口，将民调会总储仓库封锁了。

北平市民调会总储仓库值班室。

"你们马副主任呢？"方孟敖直问当班的李王二科长。

二人这时梦都醒了，兀自假装蒙眬，互相望着，等对方开口。

方孟敖："铐一只手。"

邵元刚立刻铐了李科长一只手，郭晋阳立刻铐了王科长一只手。

方孟敖："牵着他们，先把这里所有的人都集中到大坪里。"

"是！"

邵元刚牵着李科长，郭晋阳牵着王科长立刻走出了值班室。

外面大坪传来了刺耳的口哨声，接着是吆喝声、集合声。

方孟敖的行动仿佛都不用思索，拿起了值班室的电话立刻拨通了北平警察局："接徐铁英局长。……叫他起来，国防部调查组！"

拿出了一支雪茄衔在嘴里，掏出了打火机，翻盖打火——只是在这瞬间才能看出方孟敖那从来不抖的手有点微微颤抖。

"我是方孟敖，我在北平市民调会。"对方电话接通了，"我希望半个小时内见到马汉山……那就一个小时……那就一天！如果北平警察局一万三千名警察都找不到一个马汉山，徐局长是否应该自己去找？！"说着便挂了电话，大步走出了值班室。

北平市民调会总储仓库大坪。

东方已白，有副科长，其余全是科员，大大小小好几十号人都被赶到了这里，挤作一堆，见两个科长都上了手铐，周围是看押他们的飞行员。不知何事东窗事发，要动真刀真枪。这时又见方大队长大步走来，更是噤若寒蝉。

方孟敖走到这群人面前，声音也不高，开始问话了："谁回答我，在民调会贪污一袋面粉怎么处理？"

鸦雀无声。

方孟敖接着问道："贪污一袋大米怎么处理？"

还是鸦雀无声。

方孟敖本就没有想要他们回答，接着说道："民调会章程上这些都有，我记得是就地枪决。"不知为何，他把"就地枪决"四个字说得如此悲怆！

那些人都一阵寒战。

方孟敖显然在竭力调整自己的情绪，这才又说道："我现在宣布几条新的章程，凡能举报贪污一百袋面粉、大米者免予死刑，凡能举报贪污一千袋面粉、大米者免予坐牢。谁能举报马汉山立功受奖！"

李科长脸色大变。

王科长脸色大变。

其他人眼中仿佛又有了光亮，只不过口欲言而嗫嚅，都开始在心中盘算如何举报了。

方孟敖："有的是时间，你们可以慢慢想，想好的就举手。郭晋阳！"

"有！"郭晋阳大声答道。

方孟敖："你在值班室等，凡举报者一律单独接待，为他们保密。"

郭晋阳："是！"答着将牵着的王科长递给了另外一名飞行员。

一群鹅一样的颈子伸长了，整齐地看着方孟敖大步走出大门，走向停在门外的小吉普。

方邸前院的大门竟洞开着！

太阳已经升起，恰好斜照着洞开的大门，且无看门人，前院也无一个人影。

方孟敖在洞开的大门口站住了，很快地扫视了一眼，接着望向前方那栋洋楼。他知道这死一般的寂静全是一个人的安排，而那个人正在洋楼里等着他。

客厅的大门也洞开着，阳光将方孟敖的身影剪定在门框中。

餐桌旁，方步亭一个人坐在那里；方孟敖的身影挡住了阳光，也挡住了方步亭身上的光照。

他却依然镇定，低着头用勺慢慢舀起碗里一个汤圆，送进嘴里咬了一半，慢慢嚼着，然后用勺往嘴里送进另一半，慢慢嚼着，慢慢咽下。

不到六十的人，却像满嘴无牙的八十老人在吃着最后的晚餐。

方孟敖就站在门口，不动，亦无声，等他将那个汤圆吃完。

"那一碗是你的。"方步亭说话了，依然低着头，居然又去舀第二个汤圆，还是先咬一半，在嘴里慢慢嚼着，"我亲手做的，我母亲当年教的，却总是没有她老人家做的好吃。"

方孟敖的目光早就扫视了整个客厅，早就发现其他照片都不见了，却有一幅原来没有摆出来的照片孤单地摆在客厅正中的案上！

前排正中坐着一个慈祥的老太太，身前搂着约三岁的孩子；后排站着一男一女，一个儒雅，一个美丽，细辨还能看出是年轻时的方步亭和孟敖的妈妈。

那个三岁的孩子显然就是现在快三十岁的方孟敖！

方孟敖闭了一下眼，又睁开了，开始向餐桌走去。

方步亭把勺里的另半个汤圆又送进了嘴里。

方孟敖在他对面坐下了，另一碗汤圆就摆在面前。他没看，只在等着对面的人把嘴里那半个汤圆咽下。

方步亭咽下了第二个汤圆，居然仍低着头去舀第三个汤圆，却见一样东西伸到了自己的面前！

方孟敖将一张两寸的黑白照片贴着桌子推到了方步亭的碗边。

——照片上一个是穿着空军军服的方孟敖，一个是西服领带的崔中石！

方步亭只好把勺搁在了碗里，望着那张照片，喃喃地说道："我不杀伯仁，伯仁因我而死。"

"为什么杀他？"

方步亭曾设想了这个大儿子开口问的第一句话，至少设想了十种以上的问话，比方问自己为什么当面承诺背后弃义，甚至问自己为什么十年了还是那个不堪为人之父的父亲，等等等等。就是没有想到他会问得如此简单，简单到自己吃惊，简单到自己用这句话去问别人也无人能答。

"为什么杀他？"方步亭在心里想得好苦。

——因为他是共产党？因为他太不应该牵连太多的事？因为他是个太应该死的好人？因为他是个太应该死的活人？自己能说清楚吗？有谁能说清楚吗？

方步亭必须抬起头了，必须望着方孟敖了："这句话应该让别人来问。"

方孟敖："让谁来问？"

方步亭："小一点让曾可达来问，大一点让曾可达的上级来问。"

方孟敖把那张照片慢慢拿回去，插进了上衣口袋："账呢？"

方步亭："封存了。"

方孟敖："在哪里？"

方步亭："你姑爹那里。"

方孟敖站起来："不要以为我不能在这里抓人，你们就可以天天看着那么多人饿死，然后杀死一个替罪的人，自己在这里安然地吃汤圆。"说着端起了面前那碗满满的汤圆轻轻放到方步亭的那只碗边，转身向门外走去。

方步亭望着他的背影。

"收起那幅照片。"方孟敖的背影在客厅门口又停住了，"下次我来不想再看到我祖母跟您在一起。用这么多心思，就去想想我祖母是怎么教您的。再用一点儿心思想一想崔中石的老婆和他的两个孩子，如果还有心思就想一想北平两百万挨饿的人。"

方孟敖走了，太阳光照进了这间一楼连接二楼的洋房。

二楼方步亭卧房的门轻轻开了，程小云眼噙着泪出现在卧房门口，怔怔地望着坐在餐桌旁怔怔的方步亭。

突然，她面露惊色："步亭！"连忙向楼梯奔去。

——餐桌旁的方步亭正弯着腰将手指伸进喉咙，拼命抠着，想把吃进去的汤圆吐出来……

"姑爹！姑爹！"程小云一边奔下楼一边急喊着谢培东。

方步亭弯着腰，已经一手捂住腹部，向程小云伸出了另一只手，显然是在阻止她的叫喊。

"同学们！同胞们！"梁经纶站在和敬公主府高于大院地面一米的廊檐下，今日尤其慷慨激昂，"事实已经越来越清楚，北平市参议会之所以做出驱赶东北同学的决议，是因为北平市民食调配委员会贪污了大量的配给粮！或者说有很多人在攫夺北平民众包括师生口中的最后一点儿活命粮！'七五惨案'，对死去的同学没有说法，被抓的同学依然关在牢里！南京中央政府派了个所谓的五人小组到北平，坐着飞机呼啸而来，不到一个星期又偃旗息鼓而去。没有任何调查结果，更没有给东北同学和北平民众任何交代。这说明什么，说明他们在欺骗民意，或者是他们畏惧权势甚于民意！假设一下，如果没有方孟敖大队长率领的青年航空服务队，当局早就应该拨给北平的一千吨粮食很可能在天津或是别的地方也被卖了，变成了美元，流入了他们的口袋。还有，国军第四兵团的军粮为什么也会跟民调会的配给粮发生关系？黑幕已经拉开一角，'七五惨案'过去二十多天了，我们还应该沉默，而让一支二十余人的航空服务队在那里孤军作战，把所有的希望都寄托在他们身上吗？"

大坪里，屋檐下甚至一棵棵树上全是学生，难得的是这时十分安静，所有的目光能看见不能看见都在看着梁经纶或者梁经纶声音发出的方向。

有几双眼睛占据着有利地形不时在观察整个局势——就是中正学社那些青年特务学生。

有一双眼睛淹没在人群中十分复杂地望着梁经纶和他身边的另外一个人——这就是何孝钰。

因为还有一双眼睛就在梁经纶身旁，不只是兴奋激动，而且一直闪耀着幸福的光亮，这么近，这么多人，她的眼里仿佛只有一个人，只有梁经纶——谢木兰已经完全沉浸在忘我甚至是忘记整个世界的状态中！

这瞒不了何孝钰的眼！

"从来就没有什么救世主！"梁经纶的声音越发激昂了，"生存要靠我们自己，自由要靠我们自己，民主更要靠我们自己！"

"反对贪腐！"一个学生带头振臂高呼。

"反对贪腐！反对内战！反对迫害！"所有的人开始怒吼，声浪如潮。

梁经纶抬起双手轻轻下压，声浪又渐渐平静下来。

梁经纶："青年航空服务队就在北平民食调配委员会，我们难道还应该坐在这里，等着他们再查出一些贪腐的粮食，然后通知我们去领吗？！"

他的话音刚落，立刻有人振臂高呼：

"到民食调配委员会去！"

"到北平市政府去！"

"到北平市参议会去！"

"找傅作义去！找李宗仁去！"

声浪越来越大，人群开始骚动，开始向门外拥去。

何孝钰被人群裹挟着也挤向大门，这时被一个特别的声音吸引了，艰难地转头望去。

谢木兰正紧紧地挽着梁经纶的手臂，不住地大声喊道："保护梁先生！保护好梁先生！"

好几个青年男生立刻在梁经纶身边挽成一圈，保护的不只是梁经纶，还有紧挽着梁经纶的谢木兰！

曾可达又换上了国防部少将督察那身标准的美式军服，笔直地站在办公桌边听着电话。

话筒里传来的声音仿佛笼罩着整个北平上空："不要怕乱……现在再乱也是小乱，要是继续捂着接下来就是大乱……跟共军全面决战在即，我们的军队、我们的军备都多于共军，更优于共军，为什么一败再败？我们是败在政治上，不是败在军事上。这一点务必头脑清醒。共产党占领了农村，搞土地革命，从农村包围城市。我们如果连几座主要城市的民生供给都不能保证，那就真是把最后一点儿民心都彻底丧尽了。仗不用打也已经输了。"

曾可达听得血脉偾张，呼吸都屏住了。

对方建丰的声音："你在听吗？"

曾可达愣了一下，立刻答道："我在听，建丰同志。我想请您下达更明确的行动指示。"

建丰同志接着说："我的明确指示还是那句话，不要怕乱。与其让共产党煽动民众把矛头对准党国、对准政府、对准总统，不如我们自己将那些蛀虫挖出来。我们动手了，共产党便不会再煽动民众，他们比我们更看重民心、看重民意。党国的经济已经濒临崩溃的边缘，必须立刻推行币制改革，废除旧法币，推出有储备金和物资保证的新币制！我会亲自在上海推行，北平就靠你们了。中央银行和他们背后的人一定会坚决反对，中央这边我来对付，北平那边你们要抓住现在这个时机，争取方步亭，配合我的行动！"

对方停顿住，曾可达略等了两秒钟才大声答道："是！我们一定坚决执行。现在最大的阻力不是方步亭了，是扬子公司在平津政界的那些股东，还有陈继承代表的国军第四兵团，还有徐铁英代表的中统和马汉山代表的军统。闹大了，他们都会联起手来极力反对。"

对方建丰的声音："他们不敢公然反对我，因此也不敢公然反对你们，但他们一定会捣乱。徐铁英有配合你的责任，制住他让他有所顾忌。陈继承、马汉山之流敢于捣乱，你就去找傅作义将军，也可以去找李宗仁副总统，他们会站在我们一边。陈继承捣乱就撤了陈继承，马汉山再捣乱就处决他！"

"明白！建丰同志。"曾可达这次大声答道。

北平市警察局前院大坪。

急促的集合哨声！

无数的警察，拿警棍的、提枪的，纷纷奔向已经发动的那一排警车！

"方副局长呢？"那个单副局长在这里指挥，还没有出动已经脸上流汗，大声问着身边几个大队长。

无人答他，无人能答他。

单福明盯住了一个大队长："立刻找到方副局长，民调会那边必须他去指挥！"

"我找找看吧。"那个大队长没有把握地答道。

"必须找到！找不到那边就你去指挥！"单福明也有狰狞的时候。

"那您现在就撤掉我好了。"那个大队长不怕他的狰狞，更怕找不到方副局长。

"你说什么？"单福明拔出了枪，"老子现在不撤你，可以用《战时法》枪毙你！"

"自己先不能乱！"马汉山神出鬼没地出现了，手提一把二十响，身后带着两百多军统，大步进了警察局。

单福明眼睛亮了："那好。好几千学生围的是你的民调会，你们去弹压。其他的跟我去市政府、市参议会！"再不停留，飞快地钻进了一辆小吉普。

警车响了，一辆接着一辆，驶出了警察局大门。

一转眼，这里只剩下了马汉山和那两百余名军统。

两百多双杀人不眨的眼一齐望着马汉山。

马汉山一下子又没了主意，想了想，大声说道："先在这里等着。我去跟徐局长部署一下，回头按老办法，从四面包抄，瞄准了带头的开枪！"

北平市警察局局长办公室。

马汉山站在屏风边踟蹰不前了。

"局座，您听我说。"徐铁英正在打电话，而且没有见他如此急过，"这里面有共党的阴谋，也有我们自己人在挖墙脚。我现在是两面作战哪……好几万学生上街了，傅作义那边态度很明确，说是绝不背黑锅……陈继承是国防部那边的人，我也调不动……是，我等叶局长您的明确指示。"

"铁英兄！"马汉山知道能插话了，一身的杀气，"这个时候你应该清醒了，真正为了党国的，是你们中统和我们军统。我把北平站两百多人都带来了，全是能征惯战的，你说该怎么办我们全力配合！"

"好，好。"徐铁英这才望向了他，"我正要找你，想听听你的主意。"

马汉山："都你死我活了，没有第二条主意。'七五'的时候就是人杀少了抓少了，我们软他们就硬。岂有此理，方孟敖领着人占了我的民调会，共产党趁机煽动学生推波助澜。这不是冲着我来的，是冲着党国来的！老子就纳闷了，南京怎么就这样是非不分……"

"我想听听你的主意。"徐铁英十分不耐烦地打断了他。

"杀！多杀他几十几百，自然就压下去了！"马汉山咬牙答道。

徐铁英冷冷地望着他："要是面对国防部经济稽查大队呢？说白了吧，你面前站着方孟敖，站着他那些飞行大队的人，杀是不杀？"

马汉山愣住了，在那儿想了片刻："我是说杀共产党，杀那些隐藏在学生里的共产党。"

徐铁英："方孟敖出面呢？你还敢杀吗？不问你了，告诉你一条消息吧。"

马汉山有些结巴了："什、什么消息……"

徐铁英："两小时前方孟敖就给我来了电话，以国防部调查组的名义要我协助，不惜调动北平市所有的警察务必找到你，叫你到民调会去见他。"

马汉山低头沉思起来，自言自语道："以为我怕他……我怕他吗……老徐，你说我去不去？"

徐铁英脸一沉："不是我说，是国防部调查组说，你必须为'七五事件'负责，必须为民调会的亏空负责！汉山兄，你刚才不是叫我该清醒了吗？自己先去洗把脸，清醒了再跟我说话。"

马汉山："徐局，这是怎么说……"

"昨天晚上你杀崔中石的时候为什么不问我？！"徐铁英一掌拍在办公桌上，"现在问我，晚了！"

马汉山那一口气憋在喉咙里，脸立刻涨得像猪肝。昨晚明明是上了他的当，今天闹出了大事，他反而还拿这件事来堵自己。他的手开始往身上摸，恨不得掏出枪来，干脆一条命换一条命，也免得如此天昏地暗。

突然马汉山的手腕一阵剧痛，身子立刻弯了下去。

孙秘书早就悄然站在他的身后，闪电般掐住了他的右手腕往后一抬，紧接着拔走了他别在腰里的二十响！

马汉山的头都快挨着地了，双腿兀自不肯弯曲，大声嚷道："老徐，徐铁英，你叫他放手！"

孙秘书不但没有松手，反而拿他的那把二十响顶住了他的后脑勺："混账王八蛋！昨晚就应该枪毙你，你还敢试图来谋杀我们局长！说，昨晚杀崔中石，是谁指使你的？"

马汉山这回是真觉得天昏地暗了，可又不愿背这个黑锅，咬着牙兀自不肯回答。

孙秘书响亮地打开驳壳枪的保险："我现在打死你就像碾死一只蚂蚁！你说不说？"

马汉山挣扎着半抬起头，去望徐铁英。

徐铁英背对着他，感觉像是在敲击着桌面，敲了两下又停住了："说吧。我们中央党部的人绝不冤枉一个好人，也不会枉杀一个忠于党国的人。"

马汉山闭上了眼："崔中石是我杀的，没有人指使。你们满意了吗？"

徐铁英的手像是又敲击了一下桌面，对孙秘书："你出去。"

"是。"孙秘书一边答着一边手上猛一使劲，用了个擒拿手，马汉山的右手臂咔嚓响了一下，显然是脱臼了！

孙秘书这才提着他那把枪消失在屏风那边。

徐铁英望着兀自蹲在那里的马汉山："我扶你一把？"

"不用。"马汉山依然硬气，用左手撑着地面咬牙站起来，右臂已经垂在那里。

徐铁英有意踱起了步，说道："我们的党是先总理为国民革命凡四十年建立的党，中华民国是蒋总统英明领导的世界四大强国之一。我们的党国里怎么会有你这号人？"

马汉山已然生不如死，偏偏又看到了桌上竟然摆着一台录音机！

"好手段！徐局长，兄弟我领教了。居然用上了录音机，好手段！"马汉山竟像是真的在赞叹他。

徐铁英："用不着你来表扬我。现在说吧，把北平搅成这样，出个主意，怎么收场吧。"

马汉山又沉思了，接着用左手艰难地撩开那件中山装，从皮带里抽出一个牛皮纸封袋，递向徐铁英。

"什么东西？"徐铁英望着他，没有接。

马汉山："你就不能打开看看？这么薄，总不会是炸弹吧？"

徐铁英这才接过封袋，袋子没有封口，他从里面抽出了叠好的宣纸，还是不急着打开，又问道："什么东西？"

马汉山眼望着地面："你已经看过的，唐伯虎的真迹。"

徐铁英这才慢慢展开，也就看了一眼，又重新叠好，装回封袋，递还马汉山："留着，去送给傅作义，或者是李宗仁副总统，看他们能不能救你。"

马汉山："还有一箱。准备了，叶局长的，陈部长的都有。中央党部不要钱，文化总是要的吧？"

"一箱什么？"徐铁英这句问得倒有些认真了。

马汉山："绝对是陈部长喜欢的文物，有几件我请人鉴定过了，商周的东西，上面还有铭文。"

徐铁英慢慢抬起了头，长叹了一声："活人还要靠死人来救，什么时局呀！"

|二十一|

北平市警察局局长办公室。

时局确实已经不可收拾。

徐铁英办公桌上的两部电话几乎同时响起了！

徐铁英望着尖响着的电话，没有立刻去接，又瞟了一眼捧着手臂站在旁边的马汉山。

马汉山："我先出去回避一下？"

"哪个电话都和你有关，你还想回避？"徐铁英的两只手同时伸向两个话筒。

马汉山只好又站在那里。

徐铁英听电话居然也有一心二用的本事，两个话筒一个左耳、一个右耳同时听着："我是徐铁英，说。"

左耳那个电话抢先说话了，语气很急，因此很响："局座，我是单福明哪！全上街了！去华北剿总、市参议会、市政府、市党部抗议的人暂时挡住了！可民调会那边人太多，挡不住，且大有哄抢之势……局座……"

右耳边电话那边的人知道徐铁英在同时听另一个电话，忍了十几秒钟，突然不忍了，十分生气地传来责问声："你忙完了没有？忙完了，能不能听我说几句？"

徐铁英这才听出右耳那个电话是华北剿总副总司令兼北平市警备司令部司令陈继承打来的，怔了一下，立刻将左耳单福明那个电话搁到桌子上，向右耳的电话答道："是陈总司令啊？对不起，刚才是出勤的警队应急的电话……"

搁在桌上的话筒那边的单福明兀自不知，声音更大更急了："局座！局座！"

徐铁英干脆拿起了单福明还在不断喊话的话筒贴近陈司令那个话筒，有意让对方听见。

陈司令在另外一个话筒里当然听到了："你能不能把那个电话先挂上？"

"好。"徐铁英这才将单福明那个话筒啪的一声搁上了话机，"请陈总司令指示，我在听。"说话间还不忘又瞟了一眼站在旁边的马汉山。

马汉山一直在紧张地尖着耳朵听，见徐铁英的目光瞟来，便又想假装没有偷听。

徐铁英却向他招了一下手，示意他靠近来听。

马汉山浑身都是感激，凑了过去。

陈司令的声音很霸气，因此很响亮："那个什么国防部青年服务队进驻民食调配委员会你知道吗？"

徐铁英立刻答道："早上接到的报告，他们是突然行动。"

陈司令那边的声音："北平学联召集各学校的人同时上街，这也是突然行动吗？国防部调查组尤其是方孟敖的那个青年服务队分明跟共产党有关系！你也是调查组的人，就一点儿都没有察觉吗？"

徐铁英的目光和马汉山的目光不约而同地碰在了一起，他们几乎同时想起了昨晚的画面，那个昨天晚上躺在停尸床上的人——崔中石！

两人都明知跟共产党有关系，一个中统，一个军统，这时偏还要隐瞒，心头那番别样的滋味真是水煮火燎。徐铁英又狠狠地盯了马汉山一眼，这才答道："我赞成陈总司令的分析。可目前我们还没有任何证据，事情关系到国防部，尤其是二号专线，我们也很难哪……"

陈总司令在那边更生气了："没有谁怀疑二号专线！但绝不容许任何人顶着二号专线的牌子来整我们这些党国的老人！更不容许他们为了争权不惜利用共党，而且被共党利用把党国给弄垮了！现在局势已经被他们搅得十分复杂。今天的事情使傅总司令十分生气，刚下的通知，召集各方面到剿总司令部开紧急会议。你立刻来，曾可达也通知了，也会来。你是中央党部的人，是党国的老人，应该明白，党国内部的人、党国内部的事，就是错了，也轮不着他们来打压。开会的时候，不要跟曾可达站在一边。"

"陈总司令放心，我明白。"徐铁英十分认同地答道。

"那个马汉山躲在哪里，你知道吗？"陈总司令电话里突然冒出的这句话让马汉山立刻一惊，瞪大了眼望着徐铁英。

徐铁英："陈总司令的意思是不是要找到他？"

陈总司令电话里的声音："找到他。告诉他也来参加会议。叫他闭上臭嘴，不要到处乱说，也犯不着害怕。牵涉到党国的大局，只要他把尾巴夹紧了，我们会保他。"

"是。"徐铁英又瞟了一眼感动得像孩子一般的马汉山，"我立刻想办法找到他，带他来参加会议。"

啪的一声对方的电话搁了。

徐铁英将话筒搁回话机："都听到了？"

马汉山浑然忘却了脱了臼的右臂，高举左手向下狠狠地一劈："早该这样了，跟他们大干一场！"

徐铁英脸色温和了许多："要不要叫个军医先帮你把手治一下？"

马汉山："不用，给个绷带就是。"

徐铁英："吊着个手臂去开会？"

马汉山："让陈司令和他们都看看，学生打的。"

徐铁英突然觉得马汉山还是有可爱之处，不禁露出了一丝笑脸，接着还是拿起了马汉山送的那幅唐伯虎的真迹向他一递。

马汉山："徐局，这真是唐伯虎。你要不喜欢，带到南京去，送谁都拿得出手。"

徐铁英又望了一眼他还脱着臼的那条手臂，还真怀歉意地轻叹了一口气："我不是不喜欢。眼下送给别人更管用。带着，你先去陈总司令家，当着他的面交给他太太，再去会场。"

马汉山一把接过了那幅画，大声说道："徐兄，过了这道坎，兄弟我有办法把徐悲鸿家里那幅吴道子的《八十七神仙卷》给你弄来！"

"徐悲鸿那些人就不要再惹了。"徐铁英拿起了帽子，"走吧。"

马汉山只怔了一下，立刻跟着徐铁英走了出去。

上万的学生聚集在北平市民调会总储仓库大门外。

"交出马汉山！"一臂振呼。

"交出马汉山！"众臂如林。

——"挖出贪腐后台！"

"挖出贪腐后台！"

——"我们要吃饭！"

"我们要吃饭！"

——"我们要读书！"

"我们要读书！"

烈日当空，学生满地。

正对民调会总储仓库大门的巨大横幅：

——"东北学生请愿团"！

大街的东边声援东北学生的人群上方巨大的横幅：

——"北京大学声援团"！

——"清华大学声援团"！

大街西边声援东北学生的人群上方巨大的横幅：

——"燕京大学声援团"！

——"北平师大声援团"！

还有更多心中的怒吼都写在一幅幅巨大的横幅上：

"反贪腐"！

"反迫害"！

"反饥饿"！

"反内战"！

……

郑营长率领的那一排青年军已经悉数退到了民调会大门，一字排开，面对声浪排空的抗议人群，他们虽万分紧张，却十分安静，只是站在那里。面前虽重重叠叠摆有路障马刺，但谁都知道，这挡不住学生。浪潮般的人一旦涌入就很可能酿成第二个"七五事件"！

郑营长耳边想起了曾可达的声音："不许开枪，不要阻拦，不要怕乱！"

尽管这个声音在耳边反复提醒着、自己安慰着自己，郑营长依然心中无底。因为北平市警察局大量的警力已经来了，北平市警备司令部大量的兵力已经来了！

东边学生人群的身后，排满了一辆辆警车，警车前重重叠叠，前几排是手持盾牌、警棍的警察，后几排是荷枪的警察。

好在这些警队依然保持着克制，因为一个人站在敞篷吉普指挥车上一动没动，那就是方孟韦！

西边的情形就令人堪忧了。学生人群的身后，是一辆辆军车，每辆军车的车顶上都架着机枪对着学生人群。军车前重重叠叠头戴钢盔的宪兵也都将黑洞洞的枪口对着学生人群！

而站在指挥军车上的偏又是国军第四兵团的那个特务营长！跟对面指挥车上的方孟韦不同，特务营长两眼凶光，满脸杀气！

郑营长不知道自己能挺多久，站在路障马刺后的沙包上，目光忍不住在人群中搜寻另一双目光。

郑营长的目光搜寻到了那个人！

他看见梁经纶隐藏在"燕京大学声援团"横幅下的人群中，没有跟着喊口号，只是静静地在那里观察着形势，周围全是一些气宇非凡的男学生。有些面孔郑营长熟悉，那是中正学社的"自己人"。有些面孔郑营长不熟悉但知道，这些人是北平学联的骨干。郑营长有些放心了，学联的骨干能够在梁经纶的指挥下控制局面，中正学社的自己人会全力保护梁经纶。

梁经纶这时恰好也向郑营长这边望来，两人目光碰了一下。梁经纶点了一下头，便将目光垂下了。因为他的腰间有一双手在搂着。

这是一双女生的手，谢木兰的手！她悄悄藏在梁经纶的身后，浑身激动，战栗着幸福。人群的拥挤，使她能够将脸紧贴在梁经纶的背上，双臂还能在身后抱着梁先生的腰。爱情能在如此波澜壮阔的崇高仪式下进行，而且只有自己和梁先生知道，她多希望今天这个场面能够无休止地延续下去。

可她忘记了，另外一双目光就在她和梁先生身后燕大学生中，只隔着两三排同学，能够注视到她和梁经纶——那就是何孝钰！

何孝钰的目光中谢木兰的脸和梁经纶的背在攒动的人头中时隐时现。

何孝钰的目光不愿再看她和他了，她想起了另外一个人，目光深深地望向了民调会那道大门。

日光满目，她看到了另一个男人的身影，高大挺拔的身影，正从铁门那边走来，而且从铁门的栏杆中毫无遮挡地走了出来！她惊觉地闪了一眼，那个男人的身影不见了，她自己也不知道，这个时候为什么会出现方孟敖的幻觉。

华北剿总大门外。

在这里从来没有哪辆车敢如此肆无忌惮地飞速开来！

第一道警戒线的卫兵猝不及防纷纷向两边躲闪，缓过神来大声吆喝着端枪追过去时，那辆吉普吱的一声已在第二道警戒线的铁网前刹住了，车子还跳了一下！

隔着铁网栅栏便是紧闭的大门，巨大的牌子上赫然写着："华北剿匪总司令部"！

第二道警戒线的警卫也拥过来了，长枪短枪全指向吉普里的那个人！

"下来！"警卫队长大声喝道。

——是方孟敖！

一如既往，他看也不看车外那些人，在驾驶座上熄了火，掏出一支雪茄，弹开了那只美国打火机，点燃了烟，在车里抽着。

无数双警卫的眼，警卫队长的眼。

他们看清了那顶美式空军军官帽，看清了美式空军军服领章上的两杠三星！

在国军里，空军是名副其实的天之骄子，何况还是空军上校！

那些警卫都望向了警卫队长。

毕竟是华北剿总，警卫队长依然气盛："拿出证件！"

方孟敖依然抽着烟，将证件向车门外一递。

警卫队长打开证件从下往上次第看去：

"国防部预备干部局"的鲜红印章。

职务　国防部特派北平经济稽查大队大队长

姓名　方孟敖　军衔　上校

照片一眼就能对照，标准的美式空军军服，那张脸就是车里这张脸。

那警卫队长当然熟知国军的谱系，可世面见大了，在华北最高军事机构的门前还不至于被这个身份镇住，拿着证件握在手里并不退给方孟敖，严厉地问道："知道这是哪里吗？"

方孟敖也不向他要回证件，也不看他："这么大的牌子，我看得见。"

"知道还敢驾车冲撞！下车！"警卫队长接着转头对身边的警卫，"将车开进去扣下！"

方孟敖依然稳稳地坐在驾驶座上，这时望向了那个警卫队长："你就不问一声我来干什么？"

那警卫队长："下车，下了车再说。"

方孟敖将还有很长的一段雪茄扔出了窗外："开门。"

那警卫队长一愣，沉着脸去开车门。

倏地一下，警卫队长的手被方孟敖紧紧地攥住了："抬开栅栏，打开大门。"

那警卫队长哪曾遇到过这样的人，猛地就想将手抽开，却发现对方的手指就像铁箍！

"执行军纪！"警卫队长大叫。

几个警卫围着车，几支黑洞洞的枪口全对着车内的方孟敖，目光却都望向那个警卫队长，等待他具体下令，如何执行军纪。

方孟敖的手攥得更紧了，而且将他的手臂往车窗内一拉，那警卫队长的身子已经紧贴在车门上，一动也不能动了。

方孟敖："执行什么军纪，开枪吗？"

那警卫队长的脸已经离方孟敖的脸很近，这才发现这个人那双眼睛从里面透出精光，一下子哑在那里。

方孟敖："不敢开枪就给我开门。我在执行国防部的军令，抓一个要犯。叫他们开门！"

那警卫队长："好、好……拿国防部的军令给我看。"

方孟敖："军令就在你手里，还要什么军令？"

警卫队长："那只是你的身份证件……"

方孟敖："拿来。"

警卫队长将另一只手举了起来，方孟敖这才将证件收了回去："看清楚了，我是国防部特派北平稽查大队的大队长。现在有一个'七五事件'的要犯就藏在司令部里，这个人不抓住，在民食调配委员会抗议的北平民众立刻就会开到这里来，找你们傅总司令！我说清楚了吗？"

那警卫队长这回是真听清楚了，因为这一个月来为了"七五"的事华北剿总多次被抗议的人群包围，傅总司令也因此十分烦恼，终于正面回答方孟敖的话了："抓谁？告诉我姓名职务，我得请示上面。"

这倒是理，方孟敖望着他："马汉山！民调会副主任！半小时前来的，正在里面开会，你可不要说他没来过。"

那警卫队长被他的目光逼着："他在这里我也得电话请示上面，该放手了吧？"

方孟敖："听清楚了，把电话直接打到傅总司令办公室去，我就在这里等。"说完松开了手。

北平市民调会总储仓库大门外。

"我们要见傅作义！"

"我们要见李宗仁！"

——巨大的抗议声浪又响起了！

"交出马汉山！"

"挖出贪腐集团！"

"反饥饿！反迫害！反贪腐！反内战！"

——人潮开始向民调会仓储总库大门涌动！

西边军车上那个特务营长猛地举起了手！

其他军车上的机枪拉开了枪栓！

一排排钢盔宪兵的卡宾枪也都齐刷刷地拉开了枪栓！

一直在焦急地渴望方孟敖出现的何孝钰这时已经很紧张了，她担心又会发生流血事件，跟着举起了手臂，却喊不出声音。

攒动的人头中还有一个更加紧张的人。

严春明满脸大汗，满目焦灼！老刘同志的声音在他耳边严厉地回响："控制局面，查出内奸，隐蔽精干，保护学生！"

中共北平学委并未组织这次行动，面对无数愤怒的人群和无数的钢盔枪支警帽警棍，一个石块都将酿成流血冲突。局面怎样控制？内奸到底是谁？精干如何隐蔽？学生怎么保护？

严春明望向了"燕京大学声援团"那面横幅，他隐约望见了横幅下的梁经纶，不顾一切拼命往前挤去。

突然有一只手暗中紧紧地拉住了他！

严春明一惊望去，认出了拉他的人是老刘同志！

老刘同志竟然亲自来了！严春明眼中闪过一道亮光，老刘同志却望向别处。

严春明循着老刘的目光看去。

这才发现人群中有不少军统的便衣！

——这些便衣就是在北平警察局门前和马汉山今天准备大开杀戒的那些人！

人群还在涌动，这时一个吼声透过喇叭响起了："不许开枪！"

涌动的人群在一刹那间同时停住了，严春明也停住了，向喇叭声音的方向望去。

西边警察的指挥车上，方孟韦手执喇叭接着大声喊道："所有人都不许开枪！"

警队当然还是原队站在那里，可对面的宪兵枪口依然对着学生！

因为那个特务营长的手仍然高高举着！

"长枪给我！"方孟韦的喇叭声中竟然愤怒地叫出了这句话！

立刻一个警官将一把狙击步枪递到了方孟韦手中。

无数双目光注视下，方孟韦左手依然端着喇叭，右手平举起那支狙击步枪远远地瞄着对方军车上的特务营长："下命令，都放下枪！"

那个特务营长万没想到方孟韦竟有如此举动，手举着开始还愣在那里，接着像是想起了方孟韦还兼着警备司令部侦缉处副处长的身份，只好慢慢放下了手。

那些握着机枪、卡宾枪的手也离开了扳机。

方孟韦这才放下了那支狙击步枪，通过喇叭对学生人群大声喊道："同学们！国防部调查组正在调查'七五事件'，国防部稽查大队正在清查民调会！而且，华北剿总正在召开会议，傅总司令会给大家一个答复！请同学们不要冲动！不要再出现一次流血的事情！"

人群十分难得地出现了沉默。

有一双眼终于从无比的激动和幸福中有些清醒了过来，谢木兰松开了抱住梁经纶的手，移开了贴住梁经纶的脸，怯怯地偷望向站在车上的小表哥！她的眼突然闪出了一丝莫名的慌乱。

还有一双眼在复杂地望着方孟韦，那是何孝钰。

严春明的目光却趁着人群这一刻间的安静紧紧地望着燕大横幅下的梁经纶。

但见梁经纶侧过头在身旁一个学生耳边轻言了几句。

那个学生立刻大声喊道："同学们！请大家都坐下来！我们等，等他们一个明确的答复！没有答复，我们就找傅作义去！"

立刻，各个横幅下都有学生配合了：

"说得对！大家都坐下！"

"请大家都坐下！"

人群一拨一拨地在烈日下坐下了。

严春明跟着坐下，再看时，已经不见了老刘同志。

北平华北剿总会议室。

会议是傅作义紧急召开的，傅作义本人却没有出席。

但会议规格之高还是能一眼感受到，背靠主席台一条铺着白布的长桌前坐着的三个人，全是中将！

面对主席台一条铺着白布的长桌前坐着六个人，曾可达竟被安排坐在靠右边的最后一个座位上。

到北平将近一个月，曾可达这是第一次来华北剿总司令部参加会议。身为少将，曾可达坐在这里也不委屈。可自己代表的是国防部，代表的是建丰同志！

更让他不能接受的是，马汉山也来了，安排坐在与自己同排，而且是坐在靠左边的最后一个座位上！奉命来北平调查案件的人和第一个要被调查的人同时安排在末座，他知道今天这个会议是一场真正的短兵相接了。这时他也不露声色，把目光暗中望向主席台那三个人。

坐在正中那个人，就是今天会议的主持人，也是今天对付自己的策划者——华北剿总副总司令兼北平市警备司令部总司令陈继承，目光阴沉，脸色铁青。

坐在陈继承右边那位虽然也是中将军服，却垂眼望着桌面，面无表情。他便是代表傅作义出席会议的华北剿总司令部秘书长王克俊。因为陈继承是副总司令，他便只能坐在副席。

坐在陈继承左边的那位中将，面色相对平和，神态也相对超然。因为他的身份十分特殊，职位是国民政府驻北平行辕留守处的副官长。尽管到了1948年5月，国民政府驻各地的行辕已经形同虚设，而北平行辕不同，曾经的行辕主任是现任副总统李宗仁。因此这个副官长代表的是李宗仁，身份自然随主而高，他便是国民党北平行辕留守处副官长李宇清。

挨着曾可达的是徐铁英，如果代表国防部调查组，他只是协助者，应该坐在曾可达的下首，现在却坐在曾可达的上首，可见他今天是以北平市警察局长和北平警备司令部侦缉处长的身份出席的。

再过去就是正中的两个位子了。

挨着徐铁英的，是一个五十岁左右的中山装，脸色十分难看。北平"七五事件"最早就是因他而起。他就是北平市参议会参议长许惠东。

正中紧挨着许惠东的也是一位五十出头的人，长衫儒雅，面容凝重。如果论行政职位，他才是北平市的最高行政长官，堂堂北平市政府市长刘瑶章！可现在是战乱时期，军事至上，所谓市长，不过是四处作揖、四处救火，焦头烂额的一个职位而已。现任的这位，曾是报界名流，又兼国民党中央执委，何思源辞职后被抬了出来，勉为其难。

挨着刘瑶章的也许是今天与会者中心里最苦的人，他便是方步亭！崔中石猝然被杀，大儿子狠追弊案，党国的大火竟在自己家里熊熊燃烧。国将不国，家已不家。自己深有瓜葛的党国老派现在要和自己儿子深陷其中的少壮摊牌了。他闭着眼，等听楚歌声起！

最不可思议的是挨着方步亭的马汉山。国防部稽查大队在到处找他，自己主管的民调会已被重重包围，这时用绷带吊着右臂，居然并无害怕的神色，那张阴阳脸，一半倔强，一半委屈，好像他才是最大的受害人。

"开会吧？"陈继承场面上左顾右盼地问了一声王克俊和李宇清。

二人点了下头。

"开会！"陈继承面对其他人时语调便很阴沉了。

"报告！"

刚宣布开会，就被门口的这声"报告"打断了！

陈继承正要发火，可举眼望去，又不能发火了。

其他人也都望向门口。

门口笔挺地站着一位上校，是傅作义的机要副官。

"进来吧。"打招呼的是王克俊。

"是。"那副官大步走入会场，径直走到主管他们的秘书长王克俊身边，俯身在他耳边轻说了几句。

王克俊面容凝重了，对那副官："去报告傅总司令，我们会妥善处理。"

"是。"那副官碰腿行礼，又大步走出了会场。

目光便都望向了王克俊。

王克俊凑到陈继承耳边："所有抗议游行的人都聚到了民调会，点名要见马汉山。国防部稽查大队那个方大队长来了，要求把马汉山带去，给民众一个交代。"

陈继承那张脸更铁青了，却不得不问道："傅总司令什么意见？"

王克俊："傅总司令叫我们拿出个意见。"

"我的意见是绝不可以！"陈继承这一嗓门让所有的人都睁大了眼。

陈继承倏地站了起来："什么'七五事件'！无非是共产党阴谋策划反对党国搅乱北平的一次反动行为！都快一个月了，借着这件事，天天在闹，其目的就是要抹黑党国，严重影响华北剿总对共军的作战部署！性质如此明显，党国内部却不能精诚团结一致对外！"说到这里他的目光倏地望向了曾可达。

曾可达也迎向了他的目光。

陈继承："曾督察，你们国防部调查组调查得怎么样了？"

曾可达："正在调查。"

陈继承："是在调查共产党，还是调查我们自己人？"

曾可达："我们的任务很明确，调查'七五事件'发生的原因。牵涉到共产党当然一律铲除，牵涉到党国内部也要严办。"

"一手坚决反共，一手坚决反腐。是吗？"陈继承大声责问，却不再让他回答，把目光望向其他人，"什么调查组？到北平一个月了，没有抓到一个共党，没有破获一个共党组织，天天揪住党国内部不放。尤其是那个什么国防部青年服务队，竟跟共产党的学生外围组织混在一起，将国军第四兵团的粮也抢了。你们到底要干什么？是不是要帮助共产党把平津、把华北给占了才肯放手？今天，就是现在，你们的那个青年服务队到处在抓北平民调会的人，北平学联的学生紧密配合，全到了民调会准备抢粮。配合得好嘛。知道刚才傅总司令的副官来报告什么情况吗？”

曾可达并不急着回答他。

其他人也都不看他，等他把威发完。

“一个空军上校。”陈继承接着大声说道，“一个在前方战场公然违抗最高军令倾向共党的可疑分子，你们不严办也就算了，还委任这样的人到北平来闹事。方孟敖，就是那个方孟敖！现在公然闯到剿总司令部来抓人了。曾督察，你告诉我，他是奉谁的命令敢来这里抓人的？”

所有的人都有了目光，却不知道看谁，但确有人在偷偷看向马汉山，也有人在望向方步亭。

马汉山冲动地就要站起，被陈继承的目光止住了。

陈继承的目光转望向了方步亭。

方步亭一直闭着的眼也睁开了，虚望向前方。

“还有，”陈继承在开脱马汉山之前，话锋一转，“总统一向谆谆教导我们要‘忠孝仁爱’。方行长步亭先生当此国事艰难之时，苦心经营，为我们提供了大量的经济后援。他有什么错？偏有人利用他的儿子来整他！对党国不忠也就罢了，还要煽动儿子对父亲不孝！方行长。”

方步亭只得站起来。

陈继承：“与华北共军作战，维护平津的民生，你肩上的担子不轻。你的家事也就是国事。我们都在这里，有什么委屈可以说出来。”

方步亭：“感谢陈总司令关怀。不过有一点我得声明，我两个儿子都在国军服役，不能常在身边尽孝，可以理解。我没有什么委屈。至于你刚才提到方孟敖为什么要抓马副主任，又说方孟敖有种种嫌疑，身为父亲，我请求回避。”

陈继承的离间没有起到作用，他忘记了一条古训“疏不间亲”！不禁被方步亭一个软钉子窘在那里。

“陈副总司令！”马汉山壮烈地站起来，“陈副总司令！汉山感谢党国，感谢长官，干了民调会这个苦不堪言的差事，既没有后台也没有背景，就应该被他们千刀万剐！今天早上，在来的路上，我已经被共产党的学生打断了手。现在方大队长又要抓我……让他抓，汉山跟他走就是！”

“坐下！”陈继承貌似严厉地喝住了他。

马汉山左手捧着吊着的右手又悲壮地坐下了。

“刘市长。”陈继承在方步亭那里一招不灵，又找了另一个对象，望向了刘瑶章，“您是北平市长，是中央执委，还兼着北平市民调会的主任。今天的事主要是冲着民调会来的。面对共产党如此兴风作浪，党国内部的人又如此不顾大局推波助澜，您要说话。”

“陈司令这是为难刘某了。”刘瑶章资格太老，依然坐着，“一定要我说话吗？”

陈继承对他还是十分敬重的：“你们就是党国的代表，面对危局，您当然要说话。”

刘瑶章：“那我就说一句话吧。”

陈继承："一句话也好，您请说。"

这时所有的目光，包括方步亭，全望向了刘瑶章。

刘瑶章捭了一下长衫慢慢站起来："我请求辞去北平市长兼民调会主任的职务。"

刚才碰了个软钉子，现在又碰了个硬钉子。陈继承出了名的霸道，无奈今天面对的不是方步亭那样宋、孔的红人，就是刘瑶章这样的党国要人，胸口好堵，还不能对他们撒气，只是那张脸更难看了："刘市长，这个时候，这句话你不应该在这里说。"

刘瑶章："我本没想在这里说，陈司令一定要我说，我干脆就多说几句。一个多月前何思源先生辞去了北平市长，为什么？就是因为北平市一百七十多万张嘴没有饭吃，天天在饿死人。他也兼着民调会主任，民调会的账他却管不了。堂堂一个市长，只能够带头去背美国援助的大米和面粉。想要去认真管一下民调会的事，竟有人给他寄去了子弹。这样的市长，这样的民调会主任，让谁来当都当不好。我上任快两个月了，你可以问一下主管的马副主任，民调会什么时候向我汇报过？形同虚设，现在却要我说话。要我说就只能说这两个字——辞职！"

"那就都辞职吧！"陈继承终于撒气了，"几十万共军就在北平城外，决战在即，党国内部却如此推诿卸责，甚至同根相煎！今天这个会是傅总司令委托鄙人召开的，一句话，不管你们是哪个部门，或者来头多大，都要表态。现在共产党操控的学生就在民调会前闹事，剿总的意见是全力出击，清查抓捕共党，包括受共党操控的学联头头！一切针对党国内部的所谓调查都要立刻停止，自己人一个也不能抓。错了也不能抓！曾督察，你先表态。"

曾可达知道真正的交锋开始了，这才站了起来："我想就陈副总司令刚才有句话先发表一下看法。"

陈继承："我就是要听你的看法。"

曾可达："刚才陈副总司令说总统对我们的谆谆教导，没有说完全。总统教导我们的是八个字，前面四个字是'忠孝仁爱'，后面还有四个字是'礼义廉耻'！党国为什么会落到今天这个局面，就是因为我们中间有太多人忘记了这后面四个字！我们国防部调查组就是冲着这四个字到北平来的！"

"你指的是谁？"陈继承勃然大怒了，"当面给我说清楚！"

曾可达："我们正在调查，到时候向陈副总司令、傅总司令还有南京中央政府我们自会说清楚。"

陈继承："好，好！我现在不跟你们空谈误国。对我刚才的提议，对正在闹事的共党和学生，你表个态！"

曾可达："这件事，我无权表态。"

陈继承："抓共产党无权表态，抓自己人你倒有权妄为？"

曾可达："抓谁都不是我的权力。刚才陈副总司令说要以武力解决今天民调会的学潮是剿总的意见，我想明确一下，剿总的这个意见有无正式公文。明确以后我立刻请示南京，请示国防部建丰同志。要说权力，我只有这个权力。"

"你们都听见了，人家抬出国防部了！"陈继承气得有些发抖，望了一眼王克俊，又望向李宇清，"宇清兄，你代表的是李副总统。克俊秘书长，你代表的是傅总司令。

北平、天津要靠我们守，华北的仗要靠我们打。你们总应该发表明确的态度吧？"

李宇清和王克俊隔着站在那里的陈继承对望了一眼，二人同时站起来。

李宇清："如此重大的决定我必须电话请示李副总统。"

王克俊："我也必须请示傅总司令。"

陈继承："那就立刻请示，休会一刻钟。一刻钟后必须做出决定，绝不容许共产党操控的学生再闹下去！"

北平市民调会总储仓库大门外已是烈日炎炎，学生们忍着饥渴，流着热汗。

当局仍然没有明确答复，正中东北的那些学生依然坐在那里，每一条干涩的嗓子都在同时唱着那首让他们悲愤不已的歌：

我的家在东北松花江上，

那里有森林煤矿，

还有那满山遍野的大豆高粱。

我的家在东北松花江上，

那里有我的同胞，

还有那衰老的爹娘……

四周，声援他们的北平学生都又站了起来。

汗水泪水在无数张脸上流淌。

附和的歌声到处哽咽地响起：

"九一八"，"九一八"，

从那个悲惨的时候，

"九一八"，"九一八"，

从那个悲惨的时候，

脱离了我的家乡，

抛弃那无尽的宝藏，

流浪！流浪！

整日价在关内流浪……

满脸的泪水，何孝钰从来没有像此时此刻倾情释放过自己，她的歌喉一向被誉为全校第一，可此刻她才深切地感受到人为什么要唱歌——原来，理想和信念跟人的感情是这样的血肉不可分离。唯一让她现在不能完全分辨清楚的是，此刻的热血和悲伤到底是为了那些东北的同学还是因为自己！泪眼中她仍然能看到谢木兰也在梁经纶的身后激动地唱着。

歌声中，他们都不知道正在酝酿的危险一步步向他们逼近。

许多同学都挽起了手，在那里同声高唱。

何孝钰也发现有一只大手握住了自己的手，她也握住了那只手，依然流着泪在唱：

哪年，哪月，

才能够回到我那可爱的故乡……

突然，她发现那只握她的手有些异样，这才泪眼望去，她太意外了！

站在身侧握她的人原来是老刘同志！

何孝钰刚止住声，老刘同志示意她接着往下唱。

何孝钰移开了目光，跟着歌声继续唱着。

她感觉到自己的手被老刘同志慢慢松开，将她的掌心翻到了上面。

老刘同志用手指在何孝钰的掌心中虚写了一个"走"字！

共产党员！下级服从上级！

何孝钰尽管热血仍在沸腾，却不得不服从老刘同志以这种特殊方式对自己下达的关心的指示。可人潮叠浪，挤出去谈何容易？

立刻有两个何孝钰并不认识的男同学挨了过来，一个在前，一个在后，艰难地护着她在人群中一寸一寸地挤去。

何孝钰猛一回头，老刘同志不见了。

何孝钰脑子里蓦地想起了《共产党宣言》开头的那几句话，她在自己的心里神圣地朗诵起来："一个幽灵，共产主义的幽灵，在欧洲游荡。为了对这个幽灵进行神圣的围剿，旧欧洲的一切势力，教皇和沙皇、梅特涅和基佐、法国的激进派和德国的警察，都联合起来了。"

何孝钰被两个同学护着，仍然转过头在寻找。这回她没有在人群中寻找老刘同志，也没有去望一眼燕大那条横幅，她不想再看到梁经纶和谢木兰在干什么，而是定定地望着民调会的大门，她希望看到另一个"幽灵"——方孟敖！

北平华北剿总会议室。

一刻钟的休会很快到了，各自又都回到了座位上。

"继续开会。"陈继承还是那张脸孔，十分反动的固执，十分固执的自信，"下面听李副官长宇清宣布李副总统的指示，请王秘书长克俊宣布傅总司令的指示！"

对面一排的六个人都屏住了呼吸，望向坐在陈继承两侧的李宇清和王克俊。

他们同时感觉到，李宇清和王克俊已在刚才取得了默契，两人隔着陈继承碰了一下眼神。接着李宇清说道："请王秘书长先宣读傅总司令的指示吧。"

"好。"王克俊打开了桌前的公文包，从里面抽出了一张用毛笔工楷写就的公文纸——密密麻麻足有上千字，这不像休会这十五分钟临时做出的指示。

大家更严肃了，就连站在王克俊身旁的陈继承似乎都有了预感，向王克俊手里那张公文瞄去。

王克俊已经站起来，习惯性地清了下嗓子："诸位。鄙人受傅总司令作义长官委托，要向大家宣读一份傅总司令亲笔的重要函件！请各位起立！"

所有人都预感到了，一齐站了起来，目光全望向了王克俊。

"蒋总统、李副总统钧鉴！"王克俊语气沉重地念出了这两个名字！

有军职的人包括马汉山都是两腿一碰。无军职的刘瑶章、许惠东包括方步亭也都跟着挺直了身子。

王克俊这才开始诵读正文：

作义蒙总统、副总统不弃，委以华北剿共总司令部总司令之重任，荷守御华北镇守平津之重责。年初以来，与数十万共军四面作战，平津交通被阻、晋察冀多处重镇数度失守。赖将士用命，平津线得以打通，而环北平之石家庄、平山、阜平仍陷落于共军，近日逼临北平之保定、廊坊、房山激战又起，非举国军五十万将士浴血之力与共军决一死战无以克复失地，以尽守土之责。然守土者何？仅北平一城，数十万国军之军需常陷于不济；两百万市民皆陷于饥饿；人心浮动，学潮迭起！作义实不知守此饥饿之城、动乱之区，意义何在？尤使作义不能解者，7月5日北平市参议会擅议驱逐东北一万五千学生于先，国军第四兵团枪杀请愿学生于后，竟因民食调配委员会配给粮食不足所致！该东北一万五千学生皆国府动员来北平者，今北平市政界此举何以与国府恤民之策相悖如此？'七五'以来，东北学生、北平各学府师生及举国各界，声浪如潮淹骂作义！傅某为党国军人，有为国家疆场捐躯之义，无为各派官场受辱之责。军心民意皆陷作义于不义，军需民食皆掣作义于两难，则不战已败！兹恳求总统、副总统斥除职下华北剿总之职，另简贤能，或能解此内外之困，不负党国重托！

傅作义引咎陈词 民国三十七年八月三日于北平

陈词近于悲愤，闻者无不愕然。

最惊愕的当然是陈继承。傅作义是华北最高军事长官，自己是仅次于他的军事长官，同有镇守北平指挥华北战局之责，他事先拟好的辞职函自己竟毫不知情，却突然拿到这个会议上来念，而书函中指责之人首推就是自己！不禁又羞又恼，蒙在那里。

唯有曾可达眼睛亮了。他立刻想起了建丰同志电话中的声音："陈继承、马汉山之流敢于捣乱，你就去找傅作义将军，也可以去找李宗仁副总统，他们会站在我们一边……"

他知道今天这一仗自己这边赢了，可陈继承他们不会死心，暗中用目光扫视着不同人的反应，等待即将发生的短兵相接。

王克俊念完了便将那封辞职函隔着陈继承双手向李宇清递去。

会议室内一片死寂，会议室窗外大树上的蝉鸣便显得十分聒耳！

"克俊兄。"李宇清望着递在面前的那封辞职函，脸色十分凝重，"傅总司令这封辞职函兄弟可不敢接呈。"

"那我就带回去请傅总司令亲呈总统和副总统。"王克俊立刻将辞职函放进了桌前的公文包内。

"我也传达一下李副总统的指示吧。"李宇清说着又望了一眼王克俊，"听了李副总统的意见，希望傅总司令不要再递这封辞职函。"

曾可达的眼更亮了，心里更有底了。

马汉山那张原来满有底气的脸已经完全没有底了。

一直不露声色的徐铁英，这时虽仍不露声色，眼睛却睁得很大，他要开始盘算如何应变了。

方步亭也在凝神等待，等待的是什么，他的眼中依然是一片迷茫。

李宇清直接传达李宗仁副总统的指示了：

国民政府乃全体国民之政府，全体国民乃国民政府之国民。兹有东北一万五千多学生，因战乱蒙政府体恤安排迁至北平就读，此政府对国民应负之责任。北平市政府及驻北平党国各机关部门均应一视同仁妥善安置。7月4日北平市参议会所提交遣散东北学生之提案殊欠稳妥，以致7月5日爆发东北学生与政府之冲突。民心浮动，举国哗然，使政府之形象受损，更贻共党攻击之口实。近日以来，国府已有明确指令，务必安抚学生，北平各机关部门竟无任何举措，以致学潮愈演愈烈，矛头直指肩负华北战局重任之傅作义总司令。宗仁身为国府副总统且曾任北平行辕主任，心常不忍。特命行辕留守处副官长李宇清代表本人亲临聚会现场安抚民众。民众所提一切合理之要求、合法之情事，均应尽力应承。对'七五事件'负有直接责任者，亦应挺身面对民众，各引其咎。

中华民国中央政府副总统李宗仁 民国三十七年八月三日

陈继承脸色大变！

马汉山脸色大变！

还有那个一直没有吭声的许惠东也脸色大变！

"这就是李副总统和傅总司令的指示吗？"陈继承缓过神来兀自大声问道。

李宇清第一个不高兴了："陈副总司令，鄙人总不敢假传李副总统的指示吧？"

陈继承又转望向王克俊："王秘书长，傅总司令是华北剿总的总司令，我陈继承还是华北剿总的副总司令。面对共党，面对共党操纵的学潮，傅总司令做出这样的表态，总应该事先跟我打个招呼吧？"

王克俊的脸也淡淡的："报告陈副总司令，这样的话您应该亲自去问傅总司令。克俊不便转达。"

"那好！"陈继承已经气急败坏了，"我也可以向南京辞职，还可以直接电话报告蒋总统！"说完径自离座，乱步走出了会场。

"执行李副总统的指示吧。"李宇清开始主持，"刘市长、许参议长，请你们会同协商，能不能先撤销北平市参议会7月4日那个提案，然后拿出一个救济东北学生的方案。对北平市这几个月来的民食配给和民生物资做一次清查。"

刘瑶章和许惠东对望了一眼。

许惠东面容黯淡，答道："我去召集参议会，传达李副总统的意见。"

刘瑶章："救济东北学生的方案我已经做了三个了，如果需要我还可以再做一次。至于北平市这几个月的民食配给和民生物资的清查，我无能为力。国防部调查组就在北平，他们应该清查，能够清查。"

李宇清立刻望向了曾可达："曾督察。"

曾可达："我们清查！一定清查到底！国防部稽查大队的方大队长还在门外等着马副主任。马副主任似乎应该配合一下。"

马汉山望向曾可达，同时也望向了跟曾可达站在一起的徐铁英。

徐铁英这时两眼却望着前方，并不看他。

马汉山嚷道："什么配合，拿铐子来，老子去顶罪就是！"

北平市民调会总储仓库大门外，人群突然激动起来！

被两个男同学护卫着已经挤到了接近人群边缘的何孝钰回头一望，眼睛从来没有这样亮过！

几乎不用军警维持秩序，激动的学生人群自觉地让开了一条通道。

她只能看见一辆敞篷吉普车的后排站着马汉山，居然高举着一只手——那只手上戴着手铐，另一只手却吊着绷带！

学生人群发出了欢呼！许多人在跳跃！

何孝钰太想看见开那辆吉普的人了，可只有让开道的学生能看见，那当然是方孟敖！

何孝钰从来没有这样向人家提出过要求，竟然向护卫她的一个男同学说道："抱起我，让我看看。"

那男同学只浅笑着摇了摇头。

何孝钰站在那里不愿意走了，她一定要等着看到那个人的身影。

由于学生的配合，吉普不久便开到了大门边。

何孝钰终于看到了跳下车的那个身影——方孟敖没有任何做作，也没有跟任何人打一声招呼，只是双手将后排的马汉山举起放下了车。

何孝钰看得更清楚了，方孟敖并排引着马汉山走进了民调会的大门。

在人群里，几乎同时，另一双眼却望向了烈日当中的天空——老刘同志的眼中慢慢浮现出了连绵的群山！

太阳下出现了绵延山西、河北、河南八百多里的太行山脉！

河北平山县，但见太行山主脉在这里如一条龙蛇不管不顾磅礴逶迤往南而去，却甩下方圆百里一堆群山。山峦的北处尽头，俯瞰即是人烟辐辏之华北平原，往南皆莽莽苍苍，人迹罕至。

历史的声音突然慷慨激昂，在这片群山上空响起："就在距北平西北两百多公里处，公元1948年，河北平山县这一片太行山的余脉，因一处名西柏坡的村落而赫然史册！是年5月，毛泽东、周恩来、任弼时率领的中共中央核心机关移跸于此。潜龙勿用，任国民党空军飞机搜寻轰炸，中共领袖深藏在千山万壑之中；飞龙在天，弹指间便将发动决定中国命运的辽沈战役、淮海战役、平津战役；一二日内便可龙行虎步，定都北平。"

那画面在阳光下倏地停住了，显出了万山丛中隐约可见的那一片院落，这片院落就坐落在中共中央所在地西柏坡。

隐约传来马蹄声急，但见一行五骑，穿行在山道上，闪过山道旁散落民居。

零碎的小块庄稼地，遥有村民耕作，显然常听见这样的马蹄声，因此并不惊诧，只是停下锄头向五骑马上穿着灰色军服的人笑着招了招手，依旧耕作。

一棵参天大树荫蔽下的小道旁，站着好些警戒的军人，一行五骑立即勒住了缰绳。

第一骑马上的军人翻身下马——竟是华北局城工部部长刘云。

跟着的四骑军人都翻身下了马。

刘云将缰绳递给了一个军人，又取下腰间的手枪递给他："在这里等着。"

"是！"

刘云独自一人向大树下走去。

一个腰别手枪的军人，带着两个执枪的士兵迎了过来："是刘云部长吗？"

"是。华北城工部部长刘云前来汇报工作！"

那个腰别手枪的军人："周副主席在等你，跟我来吧。"

"是！"刘云跟着那个军人向远处那座院落大门走去。

|二十二|

北平市民食调配委员会总储仓库大坪。

人全都站着。

青年航空服务队的二十名飞行员排成两列，站在两旁。民调会那些人包括李科长、王科长站在两行飞行员的中间。

下午三点多的太阳似乎更加炙热，大门外的学生们都饿着渴着，飞行员们便自觉都不喝水，民调会那些人自然也没有水喝。汗都没得出了，一个个也尝到了嘴唇干裂的味道，眼睛便昏花，只能模糊看见站在大铁门外沙包上那个长官的背影，还有已看不清字的横幅和望不到边的人头。

铁门外沙包上，李副总统的副官长的声音通过喇叭仍在断断续续传来。

飞行员们笔挺着认真在听。

民调会那些人也紧张起精神费力地在听。

李宇清喇叭中的声音："……因此，请同学们、同胞们理解时局之艰难、政府之苦衷……遵宪守法，各回学校。东北同学如何安置，北平各学校师生及北平民众之粮食油煤如何按时配给，李副总统和北平市政府以及各有关部门一定密切磋商，尽快解决……"

短暂的沉寂。

显然是商量好了同样的问话，同时有十几个学生的喊话声传来："民食配给都被贪了，请问，李副总统拿什么解决？！"

"同学们……"李宇清的喇叭声。

很快十几个学生的喊话声又打断了李宇清的喇叭声："贪腐的罪犯什么时候惩治？！被抓的同学什么时候释放？！经济一片萧条，为什么还要内战？！李副总统能够明确答复吗？！"

接着传来的便是无数人的声浪："反对贪腐！反对饥饿！反对迫害！反对内战……"

"同学们……同学们……"

李宇清的喇叭声完全不管用了。

民调会总储仓库内。

空空荡荡的仓库，只有一张记账的桌子和一把椅子。

方孟敖和马汉山两个人站在这里显得更加空荡。

外面的声音传了进来，方孟敖在听着，马汉山也在听着。

"都听见了？"方孟敖将目光望向了马汉山。

"听多了。"马汉山一手铐子，一手绷带，居然还抬着头。

仓库的大门是锁着的，镶在大门上的那道小门是开着的，方孟敖走了过去，一脚将小门也踢关了。

外面的声音便小了。

方孟敖又走了回来："那就不要听了，说吧。"

"说什么？"马汉山这才望向了方孟敖。

"粮食，买粮食的钱，买粮食的账，包括被饿死的人，被杀死的人！"方孟敖说到这里突然停住了，眼中的精光也收了，脸上露出了笑，"这些事我们今天都不提。怎么样？"

马汉山蒙了一下，接着便回以无赖的笑："不提这些，方大队长难道要跟我说喝酒，说女人？"

方孟敖："就说这些。喜欢什么酒，喜欢什么女人，喜欢哪些古董字画，都可以说。就是不说民调会的案子。打个赌吧，我们两个，谁先说了民调会的案子，谁就输了。"

马汉山收了笑："输什么？"

方孟敖："今晚请客。我输了请你们民调会的人吃饭。你输了请我们大队的人吃饭。"

"就赌一顿饭？"马汉山当然不信。

方孟敖："嫌少？那就赌大些。谁输了，就请外面那些学生吃饭，有一万人就请一万人，有两万人就请两万人，怎么样？"

马汉山又挤出了笑："方大队长，北平可没有这么大的饭店。"

方孟敖："那就给每人发一顿吃饭的钱，让他们自己吃去。"

马汉山知道方孟敖今天是绝对饶不了自己了，想起一个月来因此人日夜不得安生，这个坎厄也是过，雄也是过，干脆一只脚踏到了椅子上："这个赌我不打。"

方孟敖："输不起还是舍不得？"

马汉山："现在一石米要一千七百万法币，每人一斤米，一万人吃一顿就得十亿法币，两万人就得二十亿法币。加上下饭的菜钱，怎么也要三十亿法币以上。方大队长，在北平能拿出这么多钱跟你赌的只有一个人。要赌，你应该去找他。"说到这里，他露出了坏笑。

方孟敖似乎等的就是他这一脸坏笑："好啊，你输了、我输了都去找这个人出钱。告诉我，这个人是谁？"

马汉山笑得有些不自然了："方大队，你输了可以找他出钱。我输了可不能找他出钱。"

方孟敖："直说吧，这个人是谁？"

马汉山又露出了坏笑："方大队长，除了中央银行北平分行的行长，这个人还能是谁呢？"

方孟敖心里想的是一记猛拳，打掉他那一口黑牙！两臂却抱在胸前，脸上露出了比他更坏的笑："中央银行北平分行的行长敢公然拿银行的钱为我请客？"

马汉山："公开拿出来私用当然不合适，找个名目走个账，那还是可以的。"

方孟敖眼睛从马汉山的头脸慢慢扫向他那条踏在椅子上的腿，突然猛地一皮靴，将那把椅子贴着地踢了开去。

马汉山的腿立刻踏空了，身子跟着往前一栽。

方孟敖瞅准了一把端住了他那条断臂！

人是扶住了，那条断臂被方孟敖往上抬着，痛得连天都黑了，马汉山一口气吸到了肠子里，亏他愣是咬着牙不叫出来，喘过了那口气，竟还说道："谢谢啊……"

方孟敖仍然使暗劲挽着他那条断臂："不用谢。坐下，请坐下告诉我找个什么名目，怎么走账才能拿出这么多钱。万一我输了，也好向北平分行要去。"

一边叫自己坐，一边依然挽住自己的断臂不放，马汉山头上的汗黄豆般大往下掉了，兀自强笑："这样的事以前要问崔中石……现在恐怕要问方行长本人了……"

"好，问谁都行。你带我去！"方孟敖攥着他的断臂便向门口拉去。

马汉山原是为了负气，有意拿崔中石和方步亭来戳对方的痛处，却忘了此人是一头猛虎，猛虎是不能够戳痛处的。现在被他疯了般往外拖，明白自己彻底斗不过了，两脚便本能地钉在地面不肯迈步。方孟敖偏又力大，将他连人带脚擦着地直向门边拖去。

马汉山用左手拉住右臂，丝毫未能减轻断臂钻心的疼，被拖到了门边，只好大叫了一声："崔中石不是我杀的！"

方孟敖这才站住了，转过头再望他时脸上已无丝毫笑容，两眼通红。

马汉山："方大队，我知道你今天是为崔中石报仇来了。民调会的账是在崔中石那里走，可杀人灭口的事我马汉山还没有那么大能耐！"

方孟敖望了他好一阵子，又笑了，这回笑得有些瘆人："打了赌不提民调会的事，不提杀人的事，你偏要提。你输了。学生都在外面，一整天没吃没喝了，请客去吧。"

马汉山闭上了眼："你松开手，我跟你去就是。"

方孟敖一把拉开了仓库大门上的小门，震天的歌声从远处大门外扑来！

北平市民调会总储仓库大门外。

团结就是力量，
团结就是力量……

那么多饥渴的学生，还有饥渴的教授，在炎炎烈日下竟唱起了国统区的禁歌！

局面发展到如此不可控制，出乎国民党当局的意料，也出乎中共北平城工部组织的意料！

东边第四兵团的机枪又在车顶上架起来了，步枪也都对准了学生人群！

这力量是铁，
这力量是钢……

西边指挥车上的方孟韦满脸满身是汗，紧张地望着大门旁沙包上的李宇清！

比铁还硬，比钢还强……

李宇清穿戴着中将的军服，脸上身上的汗水比方孟韦还多！

向着法西斯蒂开火，
让一切不民主的制度死亡！

梁经纶也在唱，此刻他也不知道自己到底是共产党还是国民党了。谢木兰已经并排挽着他的胳膊了，唱得热泪盈眶！

向着太阳，向着自由，
向着新中国发出万丈光芒……

梁经纶的肩上突然搭上了一只手！他刚要回头，耳边响起了一个紧张而严厉的声音："立刻制止！保护学生！"

——是严春明！他已经顾不得暴露自己了，终于挤到了梁经纶的身后向他下达严厉的指示！

梁经纶回答了一声："是……"

……
这力量是钢！
比铁还硬，
比钢还强……

谁还能够制止这火山喷发般的心声！

严春明在巨大的声浪中紧贴着梁经纶的耳边："挤出去，我和你，到大门口去控制局面！"

梁经纶只好答道："您不能暴露，我去。走！"

梁经纶在歌声中向前挤去，好些男学生团团保护着他向前挤去。

——这些学生中有学联的进步青年，也有国民党中正学社的特务学生。

"你不要去！"梁经纶一边挤一边试图掰开谢木兰紧挽着自己胳膊的手。

谢木兰反而用两只手臂更紧地挽住了他，两眼火热地望着他跟着歌声大声唱道：

向着新中国发出万丈光芒……

梁经纶只好带着她向前挤去。

突然，歌声渐渐弱了，人潮也渐渐弱了，梁经纶立刻警觉起来，握着谢木兰的手，停住了脚步。

他周围的学生也跟着停住了脚步。

他们随着人潮望向了仓库的大铁门外。

原来，高高的沙包上，李宇清下去了，方孟敖和马汉山正站在上面！

歌声渐渐归于沉寂，无数双目光望着方孟敖和马汉山。

方孟敖将手伸向已经站在地面的李宇清："长官，请将喇叭给我。"

"好，好。"李宇清的帽子被副官捧着，一手正拿着手绢擦头上脸上的汗，一手将喇叭递给了方孟敖。

"同学们！"方孟敖的声音从喇叭中传出，如此空旷。

无数双期待的眼。

无数双茫然的眼。

好几双复杂的眼：

梁经纶！

谢木兰！

方孟韦！

还有那个特务营长！

所有的眼都不及另一双眼那般复杂，百味杂陈，那就是远远望着方孟敖的何孝钰！

方孟敖左手拿着喇叭，右手拽着身边马汉山的左手："下面民食调配委员会的马副主任有话跟大家说。"接着他将喇叭塞到了马汉山的左手里。

马汉山已经完全被控，低声问道："这时候……这么多人……叫我说、说什么……"

方孟敖不看他："就说请客的事！"

马汉山只好将喇叭对到了嘴边："同学们……长官们……刚才……刚才，我跟方大队长打了个赌……"

所有的目光都诧异了，人群更安静了。

就连正在擦脸的李宇清也不禁望向了马汉山。

马汉山在喇叭里喊道："我输了……我现在是来认输的……"

说到这里他又放下了喇叭，转对方孟敖："下面怎么说？"

方孟敖："接着说。"

马汉山又对准了喇叭："方大队长说，输了的今天要请在场的所有同学吃饭……"

人群又有些骚动了。

马汉山知道，今天这个局面，落在方孟敖的手里，面对这么多学生，还有行辕的长官在场，只有胡说八道也许能蒙混过关，干脆昏天黑地喊了起来："我跟方大队长说，请这么多人吃饭北平没有这么大的饭店。方大队长说，那就给每个同学发一顿吃饭的钱。我算了一下，一个同学吃一顿饭怎么也得花十五万法币，这么多人吃一顿饭怎么也得要三十多亿法币。三十多亿呀，同学们！打死了我也没那么多钱啊。可我输了，愿赌服输。同学们，你们把我吃了吧！"

刚才已经有些骚动的人群一下子又全都安静了——这么多人没有一个缓过神来——这样的场合，这样的局面，大家都被马汉山这一顿胡七八扯蒙在那里！

安静也就一瞬间，立刻有人带头发出了怒吼：

"反对愚弄！"

声浪又起："反对愚弄！"

"反对迫害！"

"反对饥饿！"

"反对贪腐！"

"反对内战！"

马汉山这时竟想从沙包上跳下来，哪儿有方孟敖手快，又一把拽住了他，在他耳边喊道："安抚学生！"

马汉山只得又对准了喇叭："同学们请息怒！同学们请少安毋躁……"

吼声更大了！

沙包下李宇清那张本就苍白的脸此刻更白了！他今天奉命前来安抚，未能控制局面，已是十分郁闷，突然又被马汉山跑出来如此莫名其妙地火上浇油，不禁气得发抖，对身边的警卫队长："上去，抓住这个疯子！"

警卫队长一挥手，两个警卫跳了上去，一边一个架住了马汉山。

马汉山必须自救，挣扎着仍然将嘴对着喇叭："方大队长！这些话全是方大队长逼我说的！同学们……方大队长有重要指示……快欢迎方大队长讲话……"

这番话还真管用，首先是两个警卫不拖他了，只架住他，望向了方孟敖。

接着，学生们又渐渐安静了，无数双眼都望向了方孟敖。

方孟敖内心之复杂之彷徨之痛苦之孤独，在崔中石被害后达到了极致！他知道自己组织里的人就在这一两万人群中。从崔中石否认自己是共产党那一刻起，他就在等着组织以其他的方式跟自己接上关系，但他的个性忍受不了这种等待。今天他既是代表国防部调查组逼迫国民党贪腐集团给民众一个交代，也是在给自己的组织发出信号，再接不上组织关系，得不到明确指示，他就只能天马行空了。

方孟敖从马汉山手里拿过了喇叭，他会说些什么呢？

人群里，有几双眼睛立刻紧张起来：

最紧张的是何孝钰的双眼。因为她的两只眼睛里就站着孤独的方孟敖！想象中她走进了自己的眼睛，走到了方孟敖的身边，跟他并肩站在一起！缓过神来，大门前沙包上的方孟敖却离她是那样远。

隐蔽在教师人群中老刘的紧张是看不出来的，那张脸始终像个旁观者。

严春明已经紧张得有些疲劳，这时想得更多的是如何接受组织的处分。

站在警察指挥车上的方孟韦是最早就知道大哥双重身份的人，那双一直圆睁着控制局面的眼，这时反而闭上了。

还有一双眼睛，十分复杂，十分阴沉，这就是梁经纶。

他此刻尽量让前面的同学让开，使自己的目光能够直视方孟敖的目光，等待方孟敖的目光能与自己的目光相接——他要让方孟敖认准自己就是他要找的党内的同志！

方孟敖对着喇叭说话了："刚才，马副主任说了两句话。一句说我跟他打了个赌，赌请同学们吃饭。另一句称我方大队长，说我要发表重要指示。我听不明白。一个人怎么能够一边跟另一个人打着赌玩，一边跟上万的人做重要指示？我猜他说这个话只有两种可能：一种可能我是个疯子，一种可能他是个骗子！现在李副总统的代表李宇清长官就在这里。我想请问一句，如果我是个疯子，国防部调查组为什么派我到北平来查案！如果马副主任是个骗子，国民政府为什么将两百万人救命的粮食交给他管！"

刚才是马汉山在上面一顿胡天胡地地瞎说，现在方大队长又突然来了这么一番表白，黑压压的人群，大家的脑子今天都一下子转不过弯来了。但也就是少顷，立刻引起了强烈的反响：

"好！"

"说得好！"

"说下去！"

悲愤激动了一天的学生们突然有了兴奋甚至有了笑声，一片叫好，跟着响起了雷鸣般的掌声！

方孟敖却仿佛置身荒原，提着喇叭站在那里，直到人群又安静下来。

他不再看人群，眼睛只望着远方，喇叭声也像是对着远方在说话："对不起了，同学们，特别是来自东北的同学们！我刚才说了一些连我自己也不明白的话。因为到目前为止，好些事情你们不明白，我也不明白……可有一点我是明白的，那就是没有家的感觉，没有人把你们当孩子关心的感觉！你们东北的同胞'九一八'就没有了家……我是在'八一三'没有了家……可早在三年前我们抗战就胜利了，现在中华民国也立宪了，为什么还有这么多人没有家呢……"

方孟敖天空一般深邃的眼，飞速地掠过另外几双深受震撼的眼：

老刘的眼睛！

严春明的眼睛！

梁经纶的眼睛！

谢木兰闪出两点泪星的眼！

方孟韦深藏在大盖帽帽檐下很难看见的眼！

何孝钰眼中倏地浮现出了：

第一次在谢木兰房间，方孟敖向自己打听共产党的情景；

第一次在自己家里吃煎馒头片的情景；

方孟敖营房单间泡在桶里的衣服；

方孟敖在唱《圣母颂》；

方孟敖搀着方步亭走出客厅大门……

方步亭的车不知何时悄悄开到了抗议现场，停在第四兵团车队的后面。

方步亭此刻就悄然坐在后排车座上。跟他并排坐着的还有曾可达！

方孟敖的声音梦魇般在方步亭耳边回响："……你们没有家……我也没有家……"他转头望向了窗外。

车窗外满是第四兵团的士兵和军车！

曾可达的手悄然搭到了方步亭的手背上，在等待他回头看见自己眼里的安抚。

方步亭没有看他，慢慢拿开了他的手："曾将军请下车吧，我要回家了。"

曾可达眼中的安抚没有了，坐在那里一动没动。

方步亭对司机："开车门，扶曾将军下车。"

"不用了。"曾可达不得不自己开了车门，下车，关门。

方孟敖的声音又从喇叭中传来："同学们，不要在这里等了……这里不是你们的家……"

方步亭："回家！"

车向后倒了，接着掉头，接着向另一个方向开去。

方孟敖还在喊话，可方步亭一个字也听不清楚了……

方步亭今天走进自家客厅，像走进了荒原。

下人们照例都回避了，只有程小云在关切地望着他的身影。

方步亭没有望程小云，没有像平时一样先走向洗脸架前去擦洗，也不像往常太过疲惫时去到他专坐的沙发前靠下，而是踽踽走向那架前几天才搬到客厅的钢琴边，在琴凳上坐了下来，又不掀琴盖，只是坐着。

程小云轻轻地走了过去，知道这时不能问他任何话，将手伸到琴盖边，望着方步亭，准备揭开琴盖。

方步亭却轻轻将琴盖压住了。

程小云的手只好又离开了琴盖："给你熬了绿豆粥，我盛去。"转身准备向厨房走去。

方步亭这才望向了她的背影："姑爹呢？"

程小云的背影："去找那几家公司了，走的时候说，争取这两天多调些粮食。要找他回来吗？"

"不要找。"方步亭望她的目光又移开了，"眼下这个家里真正能够帮我的也只有他了。"

"是。这个家除了你就只有姑爹，最多还有你的两个儿子。"程小云依然背对着他。

方步亭没有吭声。

"我知道。"程小云的声音有些异样，"我从来就不是这个家里的人。木兰也不是。方步亭的家里从来就不应该有女人。"

方步亭凄然地抬起头，望着她："来。"

程小云没有转身。

方步亭轻叹了口气，从她背后伸出手拉住了她的手。

"你还没有回答我。"程小云试图将手抽出来。

方步亭紧紧地握着："看着我，我回答你。"

程小云只好慢慢转过了身，今天却不愿望他的眼，只望着他的前胸。

客厅外的蝉鸣声响亮地传来，这座宅子更显得幽静沉寂。

"听见了吗？"方步亭问的显然不是蝉鸣声。

"听见什么了？"程小云依然不看他的眼。

方步亭："孟敖在说话……"

程小云这才慢慢望向了他的眼，发现这个倔强的老头眼中有泪星。

方步亭这时却不看她了，把脸转向门外："东北的学生又上街了……那样的场面，李副官长代表副总统讲话全不管用。孟敖讲话了，全场竟鸦雀无声。其实，他从小就是个最不会讲话的人……"

程小云这才感觉到了方步亭今天迥异往常的痛楚，轻声问道："他都说什么了？"

方步亭："说什么都无关紧要了。小云，听我的。中华民国走到尽头了，我们这个家也走到尽头了，我的路走到尽头了……我的两个儿子也出不去了。培东得留下来帮着我收拾残局。只有你还能走，带上木兰，这几天就去香港……"

程小云抽出了手，突然将方步亭的头搂在了怀里，像搂着一个孩子！

这可是程小云从来不敢有的举动。

方步亭本能地想保住平时的矜持，头却被程小云搂得那样紧，动不了，便不动了，让她搂着。

两个人都在听着院子里传来的蝉鸣声。

"你还没有答应我。"方步亭轻轻握住程小云的两只手，轻轻将头离开了她的胸。

"答应你什么？"程小云嘴角挂着笑，眼里却闪着泪花，"孟敖和孟韦都叫我妈了，两个不要命的儿子，再加上你和姑爹两个连儿女都管不住的老孩子，这个家，这个时候叫我走？真像孟韦说的那样，我跟着你是因为你有钱？"

方步亭望了她好一阵子，脸上慢慢有了笑容："再贤惠的后妈也还是会记仇啊。"突然，他掀开了琴盖，"离开重庆就没给你弹过琴了。来，趁那两个认了你却不认我的儿子都还没回。我弹你唱。"

程小云这次拉住了他的手："还是先把姑爹叫回来吧，也许他弄到了粮食，孟敖回来也好说话。"

方步亭："粮食是种出来的，不是弄出来的。姑爹他也不是神仙啊。"说着固执地抬起了两手，在琴键上按下去。

琴键上流淌出了《月圆花好》的过门。

《月圆花好》的钢琴声淌进了空空荡荡的帽儿胡同，一辆黄包车流淌过来，在一家四合院门前停住。

遮阳盖的车上就是谢培东，长衫墨镜，提包收扇，飞快地下了车。

院门立刻为他开了，又立刻为他关了。

"培东同志！"

谢培东的左手刚取下墨镜，便被院门内那双手紧紧地握住了。

"月印同志！"谢培东的右手还提着包也立刻搭上去，同样用双手紧紧地握住来人。

方邸洋楼一层客厅，琴声、歌声：

浮云散，明月照人来……

方步亭的琴声，程小云的歌声。

团圆美满，今朝最……

琴声歌声，此刻都仿佛是在为谢培东和那个月印同志遥唱。

那"月印同志"竟如此年轻，三十不到。一手仍然紧握着谢培东，一手已经接过了谢培东手里的提包。这位"月印同志"便是中共北平城工部负责人张月印。

"中石同志的事，您的处境还有方孟敖同志的情况，老刘同志都向我和上级汇报了。进去谈吧。"张月印挽着谢培东并肩向北屋走去。

方邸洋楼一层客厅，琴声、歌声：

……
双双对对，恩恩爱爱，
这园风儿，向着好花吹，
柔情蜜意满人间……

——曲未终，琴已停！方步亭双手一动不动压在键上。
程小云的嘴虚张在那里。又是沉默。
程小云："洗个脸吧，我给你盛粥去。"
"是该吃点东西了！"方步亭倏地站起，"我那个大儿子说不准就要来审我，总得有点力气。"说着向餐桌走去。

帽儿胡同那家四合院北屋内。
四方桌前，朝门的方向没有椅子，靠墙和东西方向有三把椅子。张月印没有坐上首的位子，而是坐在打横的西边，面对坐在东边的谢培东。
隔壁房间若有若无，似有电台的发报机声传来。
张月印双臂趴在桌上，尽量凑近谢培东，声音轻而有力："方孟敖同志的飞行大队，您领导的金融战线，现在比以往任何时候都至为重要。华北局直至党中央都十分关注你们。"说到这里他停了一下，"对中石同志的牺牲，上级特别惋惜……"

　　"我有责任。"从来不露声色的谢培东，现在面对这个比自己年轻二十多岁的月印同志竟再也掩饰不住内心的沉痛，"中石同志的死……"

　　"现在不要谈责任。"张月印立刻把话接过去了，"我们已经失去了中石同志，不能再让您有任何闪失，还有方孟敖同志。今天我来跟您商量的两个重要问题，都跟您和方孟敖同志密切相关。一是如何面对国民党很可能即将发行的新币制问题；一是怎样和方孟敖同志重新接上组织关系，在关键的时候率部起义的问题。"

　　北平市民调会总储仓库大门外。

　　大门前沙包上，马汉山不知何时已经被警卫押下去了，现在站在上面的是方孟敖和李宇清。

　　喇叭已经在李宇清的手里，他在说最后一个问题了："关于同学们提出的第五个问题，鄙人也代表李副总统和傅总司令答应大家。"

　　从清晨到黄昏，又饥又渴、炙烤了一天的学生这时都露出了胜利的兴奋，人群中有人发出了欢呼，但很快又被别的同学阻止了。大家这时已经通过方孟敖接受了李宇清。

　　李宇清接着说道："民食调配委员会的账不但政府应该彻查，民众也有监督的权利。因此我代表李副总统和傅总司令同意各大学派出人选组成协查组，配合方大队长的青年航空服务队协查！"

　　"万岁！"人群中有一部分人带头欢呼起来。

　　"万岁！"

　　"万岁……"

　　欢呼胜利的声音立刻响彻黄昏的北平！

　　李宇清也有些兴奋了，但很快被紧张取代，大声喊道："安静！同学们请安静……"

　　欢呼声慢慢平息了。

　　李宇清："下面，请方大队长宣布协查组人选的方案！"

　　喇叭递给方孟敖时，人群响起了雷鸣般的掌声。

　　方孟敖这时竟露出了从来没有的腼腆，他接过喇叭一时沉默在那里。

　　兴奋激动的目光在兴奋激动着，紧张的眼睛这时又紧张了：

　　老刘的眼睛！

　　严春明的眼睛！

　　还有大盖帽檐下方孟韦的眼睛！

　　梁经纶的眼是另外一种紧张，好几个男同学已经紧挨在他的身边，在等着他发出指示。

　　梁经纶在底下伸出了手掌，许多只手立刻伸了过来，手叠手地搭在他的掌上。

　　梁经纶用另一只手悄悄拿开了一些同学的手，留在他掌上的剩下了四只手——有两个是学联的骨干，有两个是中正学社的特务学生！

　　谢木兰的目光急了，挽着梁经纶的手臂使劲扯了一下。

　　梁经纶没有反应。

　　谢木兰着急的双眼飞向了另外一双焦灼的眼——何孝钰的眼！她一直望着方孟敖

的目光这时望向了保护她的两个陌生男同学。

一个男同学立刻望向另一个男同学。

那个男同学坚定地点了下头。

两个同学紧紧地护着何孝钰，低声在她耳边说道："我们走。"

何孝钰不敢再回头了，只听见方孟敖喇叭里传来的声音："我想知道哪些同学是学经济的……"

北京大学的横幅下，清华大学的横幅下，燕京大学的横幅下，北平师大的横幅下立刻举起了无数双手臂！

东北学生请愿团的横幅下，几乎是所有的学生都举起了手臂！

方孟敖望向了李宇清。

李宇清立刻低声说道："最多需要多少人？"

方孟敖："我们大队是二十个人，每人配一个人就够了。"

李宇清："那就定二十个人。"

方孟敖又将喇叭拿到了嘴边："我们只需要二十个人……请东北的同学、北京大学、清华大学、燕京大学、北平师范大学各推荐四个同学……"

人群立刻热闹起来！

燕京大学横幅下。

"让我参加吧！"谢木兰紧紧地抓着梁经纶的手臂。

梁经纶深望了她一眼，接着盯向她的手。谢木兰的手怯怯地松开了。

梁经纶转头对身边一个学联的学生："快，找到何孝钰同学。"

那个学联的学生立刻转身，一边抬头望着，一边挤向人群。

目光在人群上空扫过，已经搜寻不到何孝钰了。

东边警备司令部的一辆卡车副驾驶座上，曾可达下了方步亭的车后，不知何时转坐到了这里。这时，他缩坐的身子突然坐直了，那双眼很快从燕京大学的横幅下看到了梁经纶，看到了谢木兰，还看到了曾经骑自行车护送自己的那几个中正学社的学生。他的嘴角不经意地笑了。

帽儿胡同那家四合院北屋内。

"您提供的这份文件非常重要。"

张月印手中那份蓝头文件上赫然印着"中央银行"四个馆阁体楷字，函头的右上方盖着两个仿宋体木戳黑字"绝密"！

"小王！"张月印紧接着向隔壁房间叫了一声。

隔壁房间的门很快开了，出来一个青年，虽是便装，还是礼貌地先向谢培东行了个举手礼："首长好！"接着走到张月印身边。

张月印将那份文件递给他："全文电发华北局城工部。"

"是。"那小王双手捧着文件很快又走进了隔壁房间，关上了门。

"'国库日益空虚，物价日益上涨，投机日益猖獗！'"张月印背诵着文件上这几句话，"张公权这三个'日益'很好地概括了蒋介石急于发行金圆券的原因，也明确提出了金圆券不能发行的事实。谢老。"这时他突然改称谢培东"谢老"，显然是要向他请教特别专业的金融问题了，"根据这个文件，您认为金圆券最快会在什么时候发行？"

谢培东："拖不了一个月，最快半个月。"

张月印点了点头，又问道："张公权既反对发行金圆券，蒋介石为什么在这个时候还要去征询他的意见，而且将他这个央行前任总裁的意见发文各个分行？"

谢培东："蒋介石这是在向美国发出左右为难的信号，目的是争取美国的援助。没有美援作为储备金，他们发行金圆券就等于饮鸩止渴！"

张月印："精辟。您认为争取美国的援助，他们在北平会有什么举动？"

谢培东："燕京大学，司徒雷登。美国政府和国会现在对是否援助蒋介石政权，两派意见分歧很大。在中国，司徒雷登的态度十分关键。他们正想方设法争取司徒雷登的支持。"

"谁的意见能影响司徒雷登？"

"何其沧教授。"

"谁能影响何其沧教授？"

"方步亭可以算一个……"

张月印第一次打断了谢培东的话，突然站起来了："还有一个更隐蔽的人，今天我们主要讨论的就是这个人！"

北平市民调会总储仓库大门外。

"梁经纶！"谢木兰也不知道自己为什么会这么大声地直呼其名，刚叫完就意怯了，两眼楚楚地望着梁经纶。

人群还在涌动，梁经纶慢慢拨开了谢木兰抓他的手。

谢木兰："让我参加吧，我比他们知道更多的内幕。"

梁经纶望向了仓库大门。

方孟敖和他的二十个飞行员整齐地排站在沙包的前面，把沙包让给了被推举的二十个同学。他们在沙包上站成了一排，一个挨着一个举起了紧握的手。

"还有我！"谢木兰已经飞快地挤离了梁经纶，向大门奔了过去！

第一双惊愕的眼就是方孟韦！他望着奔向大哥的谢木兰，倏地将目光转盯向燕大横幅下的梁经纶！

梁经纶的眼也在惊愕，紧紧地望着谢木兰的背影。

方孟敖也看见了，目光闪过一丝复杂，望了一眼身边的郭晋阳，立刻又转对邵元刚："你去，挡住她。"

邵元刚山一般的身躯立刻迎了过去。

帽儿胡同那家四合院北屋内。

"关于梁经纶这个人，老刘同志当时跟您是怎么谈的？"张月印依然保持着冷静，但谢培东已经从他的措辞中听出了组织的高度关注，甚至连老刘同志的工作方式也在调查之中！

谢培东神情立刻凝肃了："老刘同志只传达了上级的指示，要我做何孝钰的工作，让她听梁经纶的，以学联那边的身份接近方孟敖。至于组织为什么这样安排，老刘同志没有跟我说原因，我也不宜多问。"

张月印点了点头，神情比他更凝肃了："不是组织不信任您，是老刘同志没有这个权限。培东同志，我现在代表城工部向您交底，梁经纶很有可能是国民党打入我党内部的特务！而且是当前对您、对方孟敖同志威胁性最大的铁血救国会的核心成员！"

谢培东差点儿便要站起，也不知是强烈的组织自律性让他控制住了，还是内心太过震撼一时未能站起。他紧紧地盯着张月印，太多想问的话，只能等待组织将该告诉他的告诉他。

张月印偏偏在这个时候又沉默了，竟问了一句："您身上有烟吗？"

谢培东轻闭了一下眼，立刻调整好了心态："我不抽烟。"

张月印歉笑了一下："对不起，我也不抽烟。"说着拿起桌上的茶壶给谢培东的杯中续了，给自己的杯中也倒了点，这才接着说道，"有些话本来不应该向您说，但牵涉到你死我活的斗争，我必须告诉您。谢老，您是前辈，应该能够很好地对待处理。"

谢培东必须报以镇定的微笑了："你是上级，我不好问你的党龄。我入党是1927年，我们党处于最艰难时期的那一年。请组织相信我。"

张月印眼中的敬意是真的真诚："这件事就当我作为党内的晚辈向您汇报吧。对梁经纶的发现我们太晚了，是在曾可达和方孟敖同志的飞行大队到北平以后才引起警觉的。对于这种错误，燕京大学学委支部有很大的责任。警觉以后我们也是通过老刘同志展开暗中调查的。最后确定他的身份是在几天以前，就是在崔中石同志牺牲的那个晚上。"

"中石同志的死，跟他有关？"谢培东终于发问了。

"没有直接关系。"张月印答了这一句又出现了沉默，接着不看谢培东了，"那天晚上方孟韦从何孝钰的家里赶去想救崔中石，而您的女儿去了梁经纶那里……"

谢培东倏地站起来。

张月印跟着慢慢站起来："中石同志的死跟您的女儿更没有任何关系。但是，一个晚上，木兰都跟梁经纶在一起。"

谢培东的两眼闭上了。

张月印尽量使语气更加平静："根据老刘同志派去的人几天来的观察，梁经纶跟木兰已经是恋人关系了。"

谢培东又倏地睁开了眼，这回他也没有看张月印，而是茫然地望着前方。

张月印："梁经纶本应该跟何孝钰同志是恋人关系，但安排何孝钰去接触方孟敖同志以后，他突然又跟木兰发展了恋人关系。作为我党负责学联工作的同志绝对不会做出这种事情！严春明同志十分糊涂，梁经纶事后跟他汇报，解释说跟木兰的这种关系是一种掩护，全为了更有利于何孝钰去做方孟敖的工作……这种事先未经组织批准，严重违背组织原则的谎言，严春明同志居然也相信了。"

谢培东喃喃地接言道："我也十分糊涂啊……"

"这一切都与您无关。谢老，我还有更重要的指示向您口头传达。请坐下，先喝口水。"张月印端起了他面前的茶杯，隔着桌子递到他面前。

谢培东双手接过了茶杯慢慢坐下了，又将茶杯放回桌上，目不转睛地望着张月印。

张月印却依然站着："城工部这一块儿的工作有很多地方要做自我批评。比方老刘同志让您去接触何孝钰，比方学委没有彻底地贯彻彭真同志7月6号的讲话精神，依然沿袭着过去的工作惯性，不是尽力安排进步的同学撤离到解放区，也没有很好地控制学生这个时候的过激行动，造成学生的无谓牺牲。这都是因为我们前方的军事取得了一个又一个战略性的胜利，让这些同志被胜利冲昏了头脑。说轻一点儿是过激的革命热情，说重一点儿是小资产阶级的狂热性，都想在胜利即将到来之前多一些表现，胜利后多一份功劳。这种思想在严春明这样的同志身上表现得比较突出，老刘同志身上也有。十分危险！前不久主席就说过，'我这个人从来不怕失败，就怕胜利！'说的就是这个道理。周副主席和其他中央领袖也针对这个问题做了阐述，其中最重要的一点就是指出，我们只有农村革命的经验，缺乏城市革命的经验，尤其缺乏占领城市之后建设和管理城市的经验。培东同志，像您这样的同志，包括大量的进步学生都是我们胜利后建设城市、管理城市的宝贵财富。接下来，您的任务主要是两条：一是通过北平分行密切掌握国民党推行金圆券的情况；二是掩护何孝钰同志做好联系方孟敖同志的工作。组织指示，为了更加隐蔽好自己的身份，并且帮助何孝钰、方孟敖同志隐蔽好身份，您要巩固并进一步取得方步亭的信任。以往崔中石同志干的事情方步亭可能会要您去干，组织完全理解。其他工作，包括您个人的事情组织都将另做安排。千万不要为您女儿的事情分心，适当的时候学委会以适当的方式将她转移到解放区去。"

谢培东坐着静静地听完，郑重地站起："我服从组织，感谢组织！"

这时窗外已经出现了暮色，屋内也渐渐暗了。

"我还约了老刘同志。"张月印隔着桌子向他伸过了手，"您不能久留了。那几家公司运往北平的粮食，华野首长已经下了命令，解放军不会阻拦。您可以委婉地告诉方步亭，明天就能运到。"

刚进大门谢培东就愣在那里。

"那是我的自由，你无权干涉！"洋楼客厅传来谢木兰带着哭声的叫喊。

接着并没有人回话。

谢培东望向守门人。

守门人微低着头，轻声告诉他："是小姐和二少爷在拌嘴。襄理，老爷和夫人在竹林里等您。"

谢培东望向洋楼东边的竹林，径灯亮着，竹影幽深。

"姑爹！"程小云迎过来轻轻叫了一声，接了谢培东手里的包，观察着他的脸色。

谢培东和往常一样，客气地点了下头，便向坐在石凳上的方步亭走了过去。

方步亭没有站起，灯虽不亮，脸上的苦笑却很分明："吵架，都听到了？"

谢培东回以淡淡一笑："'笑于斯，哭于斯，聚国族于斯。'这么一大家子，哪能不吵架呢？"

方步亭却不笑了："不是那个时代了。知道木兰和孟韦为什么吵架吗？"

谢培东只有等他说出来了。

方步亭望着路灯上的竹梢："孟敖召集几个大学的学生成立了经济协查组，现在当然是在查民调会，可最终还是会查到我这里来。木兰也想参加……我的儿子，你的女儿，都要来查我们了。培东，账整理得怎么样了？"

谢培东心里的震惊可想而知，他脑子里立刻浮现出了那个名字——梁经纶！可这时候他反而笑了，望着程小云说道："行长老了。"

方步亭立刻将目光移望向了他。

谢培东："不要说孟敖和木兰，就是北大、清华、燕大那些经济教授来查，北平分行的账他们也什么都查不出来。不用说账了，行长，孟敖查的是民食配给粮。民调会原来欠的九百吨还有接下来半个月的六千吨都有着落了。明天就能运到。"

方步亭倏地站起来："明天？就靠平津一条铁路？"

谢培东："当然不行。"

方步亭立刻警觉道："你通过关系跟中共接触了？"

谢培东："不需要关系，北平有一百多万民众，还有那么多名流和学生，只要插上'民食'的旗子，共产党也不会阻拦。"

方步亭沉吟了少顷，又望向了谢培东："不会那么简单吧？"

谢培东："应该也没有那么复杂。"

方步亭："你不懂政治。如果六千九百吨粮食都能从共军占领的地面运进北平，就一定是有人跟中共在暗中做了交易！中共这是在给李宗仁面子啊……总统，副总统；嫡系，非嫡系；从李宗仁、傅作义到区区一个空军大队长中共都在下工夫。蒋介石斗不过毛泽东，铁血救国会也斗不过中共地下党。我们家那个犟儿子已经陷得很深了……培东，不能让木兰再扯进去。我把她宠坏了，孟韦更管不了她。你去，从今天起，木兰不能再出去。"

谢培东没想到突然从方步亭这里得到了支持，竟解决了组织一时都无法解决的难题，立刻答道："早该管了，我这就去。行长，你不要进来再唱红脸。"

方步亭望向程小云："我们先去看看崔中石的老婆孩子，今晚就到你原来那个小院去住。"

谢培东刚走进客厅的门脚尖便停在了那里！

只见自己女儿面对楼梯站着，孟韦在她身后搂住她！

谢木兰木木地一动不动，不反抗但也绝不是接受。

方孟韦也是木木地一动不动，从背影便能看出，他已经有些绝望了。

进也不是，退也不是，谢培东眼中也好生凄凉。

"爸。"谢木兰居然知道父亲在门口，"你叫表哥松开我。"

方孟韦已经松开手了，依然木木地站在那里。

谢木兰向楼梯登去。

谢培东慢慢走到方孟韦身后："她想干什么？"

方孟韦还是没有回头："留不住了。姑爹，让她走吧。"

"走哪里去？"谢培东提高了声调，"哪里也不许去！"

方孟韦这才转过了身来，谢培东从来没有见过他这样的眼神。

方孟韦："姑爹，我今天确实不是代表什么国民党在反对共产党，我只知道木兰爱上的那个人不是好人……"

谢培东的目光反倒让方孟韦有些吃惊了，他望着姑爹从来没有的瘆人的目光："姑爹，那个梁经纶非常阴险，您要相信我……"

"你们才阴险！"谢木兰手里还拿着几件衣服，突然从房间冲了出来，站在二楼的栏杆边，非常冲动，"方副局长，你手下有警察，还能从警备司令部调人，干脆给梁先生安上共产党的罪名把他抓起来，这样我就见不到他了。去抓呀！"

"什么共产党！"谢培东疾言厉色道，"孟韦什么时候干过这样的事了！在这个家里没有共产党，也没有国民党，不许将外面那些乱七八糟的事扯进来！"

"那表哥凭什么说人家是坏人？他干了什么坏事了？像有些人一样，他是杀人了，还是贪污了？"谢木兰今天对一向惧怕的父亲也顶嘴了。

谢培东："他没有杀人，也没有贪污。你这样为他争辩为了什么？"

谢木兰怔了一下："他是我的老师……"

谢培东："他还是何教授的学生，是何教授心里早就看中的女婿！丫头，从小你就任性，我不管你。可这一次，你这样做，第一个伤害的就是孝钰！我谢培东不会容许自己的女儿干出这样的事！"

"我做什么样的事了……"谢木兰本能地回了这句嘴，却那么软弱无力。接着她的脸慢慢白了，浑身还有些颤抖。这样的话从父亲的嘴里说出来，而且直刺自己的心窝！她脑子一片空白，眼前一片发黑……

突然，她身子一软，在二楼的栏杆边瘫坐了下去。

"木兰！"方孟韦立刻奔上楼梯。

"不要管她！"谢培东兀自生气地喝道。

|二十三|

天刚刚黑下来，严春明从来没有像今天这样心力交瘁，从阅览室一路走到善本室的门口都没有开灯。

图书馆其他的门都是圆形的暗锁，只有这间善本室还加了一把钢制的挂锁。严春明先摸索着开了挂锁，但将另一把钥匙插进圆形暗锁时，突然有一种预感，警觉到了异样。

他的本能是准确的，钥匙轻轻转动，那扇门才轻轻推开不到一线缝隙，便有一针针灯光抢着射了出来，里面有人！

不管里面是谁，他都没有了退路，干脆推开了门："这里是善本室。你怎么进来的？谁叫你进来的？"

是那盏十五瓦的吊灯被拉亮了，墙上的钟指在晚上八点十四分。

那个背影就在墙钟下的书架前摞着图书，掸扫灰尘。

严春明高度近视，仍未认出那人。

"严教授。"那人终于发声了。

严春明听出了这个人的声音，这一惊竟甚于刚才没认出此人！

那人转过了身，灯虽不亮，确是老刘，两只眼比灯还要亮。

严春明不知自己是怎样关的门，倒发觉自己的手有些颤抖。这种状态不行，他竭力使自己镇定下来，转身时确实镇定了不少："老刘同志……"

"怎么，比见到国民党军统还紧张？在心里叫我'五爷'是吗？"老刘瞟了他一眼，拿着抹布走到了书桌前又擦了起来。

"哪、哪里……您不应该到这里来，这太危险。"严春明走了过去，准备给他倒茶。

"您坐，您喝茶。"老刘已经拿起桌上的瓷壶先给他倒了茶，"国民党特务要来，也不会是这个时候。"

严春明更加紧张了，没有坐，不敢坐。

老刘接着慢慢擦着桌子："能不能允许我代表组织，当然也代表我个人先向你提个建议，不要再在背后叫我什么'五爷'。我是中国共产党党员，我们党是无产阶级先锋队，不是什么青帮，我不是什么'红旗老五'。"

严春明："老刘同志……有些同志在背后是偶尔开过这样的玩笑，我现在向组织保证，今后再也不会开这样的玩笑了。"

"那就接着开今天白天那样的玩笑！"老刘还的确有些像"红旗老五"，那张脸冷得瘆人，"拿几万学生的生命开玩笑，拿党的革命事业开玩笑！"

严春明的脸比刚才更白了。

老刘："不要认为革命形势在一天天向着胜利发展，那是我们无数前方的同志用鲜血换来的，也是我们在敌占区许多同志用生命换来的，是无数的工农群众包括今天那些进步学生的支持换来的。我们没有任何资格现在就头脑发热。如果是想着打下了江山好做官，就不要当共产党人！"

"我绝对没有这样的思想……"

"你没有我有！"老刘就是这些地方厉害，"刚才我对你说的话就是今天上级批评我时说的。想知道我当时怎么想的吗？"

严春明做沉思状，少顷答道："我想您也绝对没有这样的思想。"

老刘："我刚才都说了，我有，你凭什么说我没有？打下江山好做官是难听了一点儿，可是想有更高的职位，做更重要的工作，当官也是干革命，也是正常的嘛。我没有你的思想水平高，我就承认了我有，而且还引用了一句我不知道什么人说的话'不想当元帅的士兵不是好士兵'……还是领导的水平高啊，他没有说我引用的这句话不对，只是告诉我，这是拿破仑说的。又告诉我'想着打下了江山好做官，就不要当共产党人'这句话是周副主席最近批评党内更高层的同志说的。他就告诉我这些，我就立刻做了检讨，不是假的，是发自内心做了检讨。并且表了态，真到了那一天，全中国解放了，我要是还活着，就请求组织让我回家种地去。你呢，你现在怎么想？"

严春明："我不会种地……我可以继续教书……"

"你忘记了我说这句话的前提，那就是还活着！"老刘同志的声调突然更加严厉了，"你和梁经纶同志今天差一点儿就走到国民党堆的沙包上去，你们以为那是英勇献身吗？那不是，那就是想学拿破仑。共产党是个整体，一个人做不了英雄！差一点儿，学委组织就暴露了，那么多党的外围进步青年都暴露了！你们担心过组织的安全吗？担心过学生们的安全吗？今天人群里就有许多国民党的军统，现在还不知道有哪些同志、哪些学联的青年暴露了。你们担心过吗？！现在告诉我吧，今天的行动是学生们自发的还是党内同志组织的？"

严春明一直低着头，这时掏出手绢揩了揩满头大汗："据我初步的了解，是因为那个方孟敖的飞行大队突然宣布要占领民调会彻查民调会，消息传到了东北学生那里，他们很激动，就都集合了，各大学的同学也都自发地前去声援了。"

老刘："你和梁经纶同志还有燕大学运支部当时是怎么想的？"

严春明有些激动了："当时突然发生了那样的情况，我们有责任去控制局面，保护学生。梁经纶同志由于有何其沧的关系，比我们好做工作一些，于是就让他先去了和敬公主府。后来的事您都知道了，我们都去了民调会。当时您给我的指示是'控制局面，查出内奸，隐蔽精干，保护学生'，除了第二条，我们事先就是这样想的，事后也是这样做的。可今天的事，我以党性向您保证，纯属突发事件，确实没有发现组织里有内奸在煽动……"

"梁经纶同志现在怎么样了？"老刘又突然问道。

严春明露出惊愕："组织怀疑梁经纶同志？"

"我是问你梁经纶同志现在怎么样了？有没有危险？"老刘的眉头耸起来。

严春明这才慢慢平静些："梁经纶同志不会有危险，这一点请组织放心。"

"他怎么不会有危险？你怎么这么有把握让组织放心？"老刘的眼中又闪出了严厉的光。

严春明："到目前为止，他还从未暴露过身份。国民党当局也仍然顾忌他是何其沧教授的得意门生和助手。他们还不敢得罪司徒雷登。"

这回是老刘沉默了，少顷，严厉慢慢消失，关怀浮上眼神："彭真同志'七六指示'精神下达快一个月了，核心任务就是要我们隐蔽精干，保护学生。今天华北局领导又有了新的指示，停止一切可能造成牺牲的行动。当然，从发展学运到突然减少学运甚至停止学运困难很大，今天白天的情况你我都看到了，就算学委停止一切组织学生的活动，学生自发的斗争热情，加上国民党内部的贪腐势力和反贪腐一派斗争的利用，仍然很难阻止学潮升级。其结果是导致更多学生无谓地牺牲。组织研究，下最后的决心，同意梁经纶同志向燕大学委支部提出的建议。"

"争取方孟敖？"严春明立刻又有些兴奋了。

"是。"老刘当即肯定，"方孟敖及其飞行大队反贪腐的一系列行动已经深刻地影响了广大学生，相当程度模糊了他们对国民党反动政权本质的认识，因而偏移了斗争的方向。梁经纶同志在半个月前就看到了这一点，说明这个同志还是具有一定的斗争经验和革命警觉性的。现在组织决定采纳他的建议，同意通过他让何孝钰同学去接触方孟敖，有可能就争取方孟敖。至少要让方孟敖明白，人民欢迎他们反贪腐，但不能以牺牲学生的生命作为代价。"

"我明白了。"严春明立刻站了起来，"我立刻去找梁经纶同志，传达上级指示精神。"

老刘同志这才将手伸过来了，紧紧地握住了严春明，望着这个有些"糊涂"的战友，目光十分复杂："春明同志，任何时候，尤其是现在，不要只顾工作，还要注意安全，保护好自己……今晚见了经纶同志后不要再回这里，找个安全的地方避几天。把这句话也转告给经纶同志，叫他这几天最好住到何教授家去。"

顾维钧宅邸曾可达住所。

"我们反贪腐的决心通过你们今天在北平的行动，已经有效果了。"建丰同志电话里的声音在曾可达的耳边总是发出回响，就像在会场，在麦克风里传来的声音。

"是。我在听，建丰同志。"曾可达抑制着兴奋。

建丰同志电话里边的声音："我刚从总统官邸回来，司徒雷登大使代表美国政府已经答应立刻援助国民政府一亿七千万美元的物资，总统因此下了最后的决心，很快就会推行新币制改革。"

曾可达由兴奋转而激动："总统英明，建丰同志英明！"

"只有一个英明，没有第二个英明。这一点你们什么时候才能有清醒的认识？"建丰同志在电话那边的声调虽依然平静，但接下来的批评可想而知，"我们的一切行动都是在总统的英明领导下进行的。今天李宇清代表李副总统宣布政府的五条承诺竟没有一个字提到总统。今天的晚报已经把安抚民众的功劳记到了副总统的头上，明天还会有更多的报纸把功劳记到李宗仁的头上。总统虽然没有因这件事指责我，我却不能不自责。在北平要争取李宗仁的支持，但绝不能被李宗仁利用。这是原则，在原则问题上是不能够犯错误的。"

刚才还既兴奋又激动的曾可达一下子头上冒汗了："可达辜负了建丰同志的教导，因小失大，愿意接受任何处置！"

电话那边出现了短暂的沉默，接着才又传来建丰的声音："用词不当，说明你的思维现在仍然混乱。"

"是……"曾可达只能先回答这一个字。

建丰同志在电话那边继续谆谆地教导："小就是小，大就是大。总统是党国唯一的领袖，不会因为某些人的觊觎改变这个事实。现在，戡乱救国最大。只有推行新币制，稳住我们的城市经济，才是争取盟国的支持、扭转前方军事战局的重点。我在上海，你们在北平、南京、广州、武汉这五大城市打击贪腐，打击囤积居奇，极力推行新币制改革是当前最大的任务。这个任务只有我们能完成，李宗仁没这个能耐。因此他们收买人心的举动，算不了大事。下午，陈继承也把电话打到了总统官邸，告御状。告了李宗仁，告了傅作义，捎带也告了你们，其实是告我。这算不算大事？可以算，也可以不算。凡干大事，许多错综复杂的问题都会随之而来，关键是我们自己要有定见，要有定力。天降大任于斯人，希望我们铁血救国会的同志就是'斯人'。在北平，你就是斯人，梁经纶同志就是斯人。梁经纶同志现在的情况怎么样了？"

曾可达立刻打起精神："报告建丰同志，我刚才接到报告，中共北平城工部学委把梁经纶同志找去了。我正在等进一步的报告，准备今晚约见梁经纶同志，了解中共对我们白天行动的反应。以保证新币制的即将推行。"

建丰同志电话那边的声音："了解是建立在观察和分析的基础上。中共对方孟敖及其大队今天的行动一定会做出强烈反应，对梁经纶同志今天的行为也一定会有种种猜测甚至怀疑。不要企望能从共党组织的谈话内容中获悉他们的真实想法，尽可能从他们和梁经纶同志见面的每一个细节上分析出他们的真实反应。要问仔细他们见梁经纶同志的整个过程，分析他们说话的节奏语气和动作的态度情绪。人的嘴巴可以说假话，情绪很难说假话。"

"我记住了，建丰同志。"曾可达是真记住了，两腿碰得很轻，身子却挺得很直。

燕南园何其沧宅邸一楼客厅。

何孝钰极轻地开了门锁，第一眼便看见座钟，看见那个独一无二只摆不响的钟摆在左右摇晃，长短针都指向11，钟摆停了。

何孝钰背靠着门，没有急着进去，仍然望着大座钟的玻璃。

座钟玻璃上，出现了老刘同志不久前见她时微笑的眼。

——老刘同志在北平，既是党组织各条不同战线的交叉联络人，也是北平地下党负责反特肃奸的执行人。因其斗争经验丰富，不仅国民党军统、中统"谈刘色变"，就连党内像严春明这样的同志也十分敬畏，这才有了少数同志背后称他"五爷"的不恰当比喻。"五爷"是青帮刑堂堂主，帮号"红旗老五"。意即老刘也有着类乎青帮"红旗老五"般的地位。其实二者不仅有本质上的区别，而且在威严上，老刘同志也远胜前者。

唯一例外的是，老刘同志在与何孝钰这样的特别党员接触时，虽有时神秘到使人能联想起《共产党宣言》所说的"幽灵"，更多是慈祥得像自己的长辈。

"孝钰同志，除了是你的上级，你也可以把我当成叔叔。除了工作，感情上的事你也可以对我讲，当然要你愿意……"

现在的何孝钰，看见一小时前和老刘同志对面坐着的何孝钰哭了。

老刘同志那时如此像自己的父亲，有意望向别处，轻声说道："梁经纶同志是在执行组织的决定，执行的是学委所交的任务，因此他的一切行为都是组织行为，你要充分理解，尤其是牵涉到个人的感情部分。怎么说呢，你在心里要理解他，可表现出来仍然要装作不理解他。因为你的身份，尤其是方孟敖同志的身份，除了我和谢培东同志，别人都不知道。梁经纶同志目前也只知道你是党组织外围的进步青年，让你去接触方孟敖同志，他心里也是矛盾的。因此，你就只能以外围进步青年的身份向他汇报，至于怎么向他汇报，汇报什么内容，谢培东同志会跟你详谈。而组织真正交给你的任务是代替原来跟方孟敖接头的那个同志，今后你就是方孟敖同志的单线接头人。真正接上头以后，一切行动只向我和谢培东同志负责。其他任何人，包括梁经纶同志，都不能透露丝毫有关方孟敖同志的真实情况。这样才能保证你的安全和方孟敖同志的安全。是斗争的残酷性、局势的复杂性，迫使组织做出这样的考虑。你从来没有做过这方面的工作，现在突然交给你这么艰巨的任务，愿不愿意接受，能不能够完成，组织还是想听听你自己的意见……"

"我理解，我接受。"一小时前的何孝钰揩掉了眼泪，坚定地回答。

座钟玻璃上模模糊糊出现了白天民调会前的场景，模模糊糊有无数学生的身影在远处晃动，老刘同志像"幽灵"般消失了。

何孝钰的目光望向了二楼，望向了父亲的房门，开始轻步走进客厅。

下意识，她径直走向了开放式厨灶旁，望向了那袋面粉，方孟敖托方孟韦送来的那袋面粉。

她拿起了厨灶上的小刀，伸向一直没有开封的袋口，突然又犹疑了。

她又望向了楼梯，望向了二楼父亲紧闭的那扇门。

父亲的声音："方家的东西，不管谁送来的，一粒米也不能要……"

手却不听使唤了，手上的小刀也不听使唤了，刀尖慢慢插进了袋口的封线。

莫名其妙，何孝钰心里又默念起了两句似乎毫不相干的诗："临行密密缝，意恐迟迟归……"

她自己也不知道小刀什么时候挑开了封线。接着，她将那条封线慢慢地抽出来。

她拿起了碗从口袋里舀出一碗面粉，倒进面盆里，接着拿起了筷子，慢慢倒入适量的水，开始和面。今晚是无法入眠了，揉面，做成馒头，上笼屉蒸熟，然后再炸成馒头片。为父亲做好明天的早餐，漫漫的长夜就过去了。

电话却在这个时候响了！

何孝钰一惊，奔过去时还不忘望向父亲二楼房间的门。

她急忙拿起了话筒："谁呀？这么晚了……"

"是我……孝钰……"电话那边竟是谢木兰的声音！

何孝钰的目光立刻变得复杂了，很快，她还是稳定了情绪，极轻地问道："出什么事了？你好像在哭……"

"孝钰……"电话那边的谢木兰显然情绪更加复杂，"梁先生回家了吗……"

何孝钰当然明白了谢木兰这个时候的心绪。

——白天那么多人，她在背后抱着梁经纶，又公然挽着梁经纶的手臂，她不可能不知道自己会看见。

——尽管人群拥挤，何孝钰还是敏锐地看见了谢木兰闪烁的眼。那双眼没有看见自己，但显然是在背后感觉到了自己。

"这么晚了，你是想见梁先生吗？"何孝钰尽量平静地问。

"你别误会，孝钰。"谢木兰在电话那边显得如此心虚，"我是想参加学生协查组……"

何孝钰："那就应该去找你大哥呀。"

谢木兰电话里着急的声音："就是我大哥不许我参加……太气人了，我爸声言不许我再出家门，我小哥居然将我锁在房里。我想请你帮忙，我想到你那儿去……"

何孝钰："那怎么办？我也不可能这时候接你出来。"

谢木兰在那边沉默了片刻："要是梁先生能跟我大哥说一下，我大哥就会让我参加。"

何孝钰："梁先生已经有好多天没在这里住了。今晚应该也不会到这里来……"

"你能不能到书店去帮我找一下梁先生……"说完这句，电话那边的谢木兰立刻停住了。

何孝钰能感觉到她敢于说出这句话，已经不只是在向自己坦白，而是在逼自己表态了。

何孝钰也不知道自己心里现在到底是什么滋味，平静了片刻，答道："梁先生很忙，这么晚了我也不好去找他。"

"他那里也有电话，你给他打个电话吧。"谢木兰尽管声音很轻，但掩饰不了透出来的兴奋。这不啻是得寸进尺了！

"你自己为什么不打？"

这句话是何孝钰心里说的，嘴上还是忍住了。

她回答的是另外一句话："刚说的，太晚了，我也不好给他打电话。"

"那就求求你，给我大哥打个电话吧。让他接我出来，他应该会听你的。"谢木兰已经是肆无忌惮了。

"好。"何孝钰这次回答得很干脆，"我给他打电话。"

"你真好……孝钰……"

何孝钰已经将话筒搁上了。

她闭上了眼，眼前飘过梁经纶长衫拂起的风，拂起的风将长衫飘走了。

她倏地睁开了眼，开始拨电话。这时她的眼睛那样澄澈明亮。

北平西北郊通往燕大公路旁的树林里。

只有天上的星光和燕大校园远处闪烁的几点灯光。

其实天很黑，那六辆自行车还是没有停在公路上，而是都倒放在公路旁的斜坡上，每辆车旁坐着的人，都只露着头，警觉地望着黑夜中的各个方向。

——中正学社的这几个特务学生身负比中统、军统更重要的任务，他们现在要切实保证曾可达和梁经纶的安全！

黑夜深处是一棵棵小树，穿行过一棵棵小树，还是一棵棵小树。

梁经纶和曾可达就坐在这里。

"你应该相信我，可达同志。"梁经纶说这句话的时候其实自己也并不相信自己，"从严春明谈话的内容和他对我的态度情绪，都看不出共产党有任何怀疑我的迹象。"

"那是不是说，我可以向建丰同志汇报，你现在是安全的，我们的行动计划可以正常进行？"曾可达仍然紧盯着梁经纶模糊的面孔，他的下意识在实践建丰同志不久前"面授"的经验，竟想从梁经纶的身上分辨出他的情绪是不是在说假话！

"其实你不相信也是对的。"梁经纶的直觉远比曾可达敏锐，他已经察觉曾可达一直是在自己语言以外观察揣测表象背后的真实。他知道自己，也知道对方。自己是留美归来的博士，是研读过叔本华《作为意志和表象的世界》等远远超过那些间谍教科书、深层剖析这个世界书籍的人，而且是真正零距离长期接触共产党组织的人。而对方最多只不过是在赣南和南京接受过一些狭隘的军事和政治培训的军人。这句话说出来时难免就带出了自己潜意识中下级对上级不应该有的语气。

"什么叫不相信也是对的？"曾可达的天赋还是聪明的，立刻感觉到了这种语气背后的"情绪"！

梁经纶向他靠近了些，十分诚恳也十分认真地说道："可达同志，我知道你，也知道建丰同志对我的关心，因为新币制改革即将推行了，我负有艰巨的任务。面对组织十分严密、斗争手段十分丰富的中共地下党，任何事情都不会这么简单。今天白天我就感觉到严春明背后有人在控制着局面，可惜那么多军统、中统还有我们中正学社的人都没有能够发现那个人。刚才严春明来找我，无论是批评还是关心，态度都非常真实，我竟从他那里察觉不到中共地下党对我有丝毫怀疑。而他向我传达的指示也是那样顺理成章，这太正常了。太正常就是不正常。我担心严春明背后北平地下党那个高人……"

"谁？"曾可达立刻严峻了。

梁经纶："我要是知道，他就不是高人了。不过我还是能够提供一些线索，希望能引起组织的警觉。"

曾可达："详细说出来。"

梁经纶："不可能详细。只偶尔从北平地下党的人那里听到过，他的外号叫'五爷'，是中共北平地下组织各条战线的总联络人，也是秘密监督各条战线的负责人。我推测严春明在见我以前接触过他。"

"那就立刻秘密逮捕严春明。"曾可达倏地站起来，"通过严春明抓住这个人！"

梁经纶依然坐在地上，没有接言。

曾可达发现自己失态了，矜持了稍许，又慢慢坐了下去："说说你的意见吧。"

梁经纶："可达同志，中共组织内的规定，那个'五爷'可以随时找严春明，严春明却见不到他。现在逮捕严春明，暴露的只会是我。"

黑夜掩饰了曾可达的尴尬："我知道了。我会通过国防部给军统交任务，重点监视严春明和一些其他线索，一定要抓到这个人。今天陈继承在总统那里就告了我们的御状，说我们只跟党国的人过不去，却没有破获北平地下党一个组织。那就抓这个人，叫他们配合我们一起抓。以保证你的安全，保证方孟敖不再被共党利用，保证新币制在北平推行。"

梁经纶："谢谢可达同志的重视。快十二点了，我还要去见何孝钰，向她交代接触方孟敖的任务。我有一种预感，北平地下党会不会表面上利用我让何孝钰接触方孟敖，另外再安排人跟方孟敖接头。这一点也请你考虑。"

燕南园何宅一楼客厅。

"你怎么到我家里来了？"何孝钰压低着声音，问这句话时既要表达出自己并没有叫方孟敖来，又不能让对方尴尬。

"刚才的电话不是你打的？"方孟敖紧紧地望着何孝钰，像是在笑，更多是在审视。

何孝钰避开了他的目光，望了一眼二楼，接着望向座钟："是木兰求我给你打的电话，叫你回去把她接出来。"

"这么晚了，她在自己的家里，在自己的房间里，不好好睡觉，叫我接她出来，有什么特别的理由吗？"轮到方孟敖反问了。

"你知道，她想参加协查组，帮你们查账。"

"你认为她该参加协查组吗？"

何孝钰又一次被他问住了。

老刘同志的交代十分明确，自己必须先见了梁经纶，以学联的名义接触方孟敖，然后代表党组织和他秘密接上关系。现在方孟敖突然先于梁经纶来了，打乱了组织的安排。何孝钰这才感觉到，不是谢木兰的电话出了问题，而是自己打的电话出了问题。

"她不能参加协查组。"方孟敖的目光何等深邃，当然看出了何孝钰的窘境，立刻帮她回答了自己提出的问题，"我们家只能有一个人跟自己的父亲过不去，跟自己的家庭过不去。不能有第二个。"

"那就是我的电话不该打。"何孝钰这句话回得连自己都知道不很恰当，接下来掩饰的一笑也就不自然，"你们大队和二十个同学应该都在连夜查账，你是队长，赶快回去吧，我也还要给我爸准备明天的早餐……"说着望向面盆，又望向了那袋面粉，"是你送的面粉，谢谢了。"接着径自向客厅门走去，准备开门，让方孟敖走。

方孟敖却仍然站在那里："你就不问一声我为什么来？"

何孝钰立刻又紧张了，停了脚步，去开门不是，不去开门也不是。

燕大校园通往何宅的路上。

离那座自己十分熟悉的小楼还有三百米左右，梁经纶突然站住了。

他一眼就认出了停在路旁的那辆军用小吉普——方孟敖的车！

他望向那座小楼。

二楼的窗口是黑的，一楼客厅感觉有微光映出。

"踟蹰"，梁经纶第一次对这个词有了别样的感受。去，还是不去？

他的背影就是长衫，向来路拂去。可也就走了几步又停下了，转过身来还是长衫，向应该属于自己的那座小楼拂去。

深夜燕大的校园，因他的长衫起了微风，路边的树叶也摇曳起来。

燕南园何宅一楼客厅。

"我为什么来，你应该知道。"

"你没有说，我怎么知道？"

"我们能不能先聊聊别的事，走的时候我再告诉你。"

何孝钰本能地望向了客厅门，她担心梁经纶随时都会出现，可感觉到了方孟敖在看着自己，又将目光转望向了二楼："都一点了，拜托，我爸有病，晚上睡觉很容易被吵醒，早餐也得按时吃。我还要伤面，再耽误，就蒸不出馒头了。"说着走到了面盆边，继续和面，想以这种方式让方孟敖自己走。

方孟敖不但没走，高大的身影竟到了自己的身边。

何孝钰也不知道是焦急还是紧张，都能听到自己的心跳了。斜望见身边的水龙头被轻轻拧开了一点儿，一缕细细的水流了出来，方孟敖尽量使声音降到最小，径自在那里洗手。

"你要干什么？"何孝钰真急了。

"让开吧。"方孟敖的声音极轻地在她的耳边响起。

何孝钰退后了一步，望他的目光有些近于哀求了。

"不影响你爸睡觉，也保证他明天的早餐，给我一个小时。去洗手吧。"方孟敖说着占据了她面盆前的位置。

何孝钰不知道自己为什么会这么听话便去洗手，方孟敖刚才打开的那一缕水一直在等着她。

"再加一碗面粉。"

何孝钰："我爸吃不了那么多。"

方孟敖："还有你，明早还有木兰。"

何孝钰真的很无奈，走过去用小碗又从面粉袋里舀了一碗面粉："倒进去吗？"

方孟敖两手已经让开了："你说呢？"

何孝钰真感觉自己今晚比任何时候都要傻，将面粉倒进了面盆里。

"拿热水瓶来，用一个大碗，倒三分之一的开水，加三分之二的凉水。"

何孝钰又去拿热水瓶、拿大碗，倒三分之一的开水，加三分之二的凉水。

方孟敖接过碗，一手将水均匀地倒进面粉盆，另一只手飞快而熟练地搅了起来。

何孝钰在边上看得不知是入神还是出神，目光既被他的动作吸引，眼睛还是忍不住望了一下二楼，又望向客厅的门。

何宅一楼客厅门外。

多少个夜晚，梁经纶也曾在门外这个地方站过，或是等候先生开会回来，或是没有任何原因，只从院内自己的小屋出来，愿意来这里站站，感受和他关系极亲近的两个人在这座小楼里。

今晚，此刻，还是这个地方，梁经纶站在这里却不知道置身何处。

"醋。"是方孟敖的声音。

"嗯。"何孝钰很轻却能听见的声音。

接着是梁经纶想象中何孝钰从碗柜里拿出了醋瓶。

方孟敖的声音："倒50毫升。"

"嗯。"何孝钰的声音。

接着是梁经纶想象中何孝钰往面粉盆里小心地倒醋。

"够了。"

梁经纶的长衫下摆又轻轻地拂起来，他不能站在这里听两个人说话，可走出洋楼大门的小廊厅，下到两级石阶前他又站住了。

这个位置可以说是在看天上的星星或是即将沉落的弯月。

何宅一楼客厅。

"有小苏打吗？"方孟敖开始揉面。

何孝钰没有再去望客厅的门或是二楼父亲的房间，她被方孟敖如此专业的揉面动作惊呆了。

"按500克面粉加50毫升醋、350毫升温水的比例，把面揉好，饧10分钟，再加5克小苏打，再揉一次。这样就不需要发酵了，蒸出的馒头照样松软。"方孟敖一边揉面，一边轻声地教道，"以后没有时间饧面，就用这个办法。"

"哪里学的？"何孝钰出神地问道。

"空军，飞虎队。"

"在空军还要自己做馒头？"

"去的第一年美国佬连飞机都不让你上。也好，帮他们洗衣服，做饭，包括擦皮鞋。陈纳德那老头倒喜欢上我了，第二年便手把手地教我。"

何孝钰突然觉得有一丝心酸涌了上来，她已经不再有任何催方孟敖走的想法了。

何宅一楼客厅门外。

梁经纶已经在廊檐前的石阶上坐下了。不凭眼睛也不凭耳朵，凭他的感觉也知道自己该什么时候走。他会把握好回避的时间，把握不好的是自己现在的心绪。

他的感觉如此敏锐，这种敏锐随着他望向却望不见二楼的两眼闪现了出来。

他极轻极快地又站起来，向院门无声地走去，他想回望一眼二楼的窗，却没有回望。

他知道何其沧没有睡，至少是现在已经醒了。

他走出了院门，站在院外那棵树干靠路的那边。

何宅二楼何其沧房间。

梁经纶的感觉是那样准确，何其沧确实醒了。

不知道是什么时候醒的，只是为了不让女儿知道自己醒了，腰脊不好，他也不愿去到窗边坐那把有靠背的椅子，黑着灯双手拄着那只拐杖支撑着坐在床边，静静地听一楼的动静。

其实，何其沧年过六十依然耳聪目明。国外留学多年，接受了不干预别人隐私的观念；家学渊源，又深知不痴不聋不做当家翁的为老之道。守着一个从小就懂事听话的女儿，看着她渐渐长大了，便在她还上中学时就装作听力不好，给女儿留一个相对宽松的空间，好与同学往来，更为了减少女儿对自己的过于关心。

一楼客厅女儿和方孟敖的轻声对话哪一句他都听到了。

"现在你总可以告诉我为什么来的了吧？"是女儿的声音，好像比刚才的说话声要大了些。何其沧感觉到了女儿的用心，江苏老家有句话，这是带有一些"撇清"的意思。

"告诉了你，不要失望，也不许生气。"方孟敖的声音。

女儿没有回话。

方孟敖接着说道："就想问问你，今天白天在民调会大门前，马汉山说我跟他打了赌，我说没有跟他打赌。你觉得是他在撒谎，还是我在撒谎？"

果然说到了白天民调会的事，方孟敖却又用如此调侃的话语，何其沧怎么都觉得这是在取瑟而歌，立刻有了警觉之色。女儿会怎么回答呢？

女儿的声音："你来就为了问我这件事？"

方孟敖的声音："当然还想问更多的事，今晚主要为了问这件事。"

女儿的声音："那我只能说当然是他在撒谎。"

方孟敖的声音："对了一半。他在撒谎，我也在撒谎。"

何其沧反感地皱起眉头。

"怎么可能两个人都在撒谎呢？"

"因为他坏，我也坏。"

何其沧拄着拐杖慢慢站起来。

"现在我知道了，你可以走了。"

沉默了片刻，才又传来方孟敖的声音："刚才是开玩笑，想听我今晚来的真正目的吗？"

何其沧竖起了耳朵。

女儿没有接言。

"来看你。"方孟敖终于说出了这句何其沧担心的话。

女儿居然还是没有接言！

方孟敖接下来的声音让何其沧更是一怔："我还想看看梁教授在不在。"

"都说完了吧？感谢你，馒头我也会做。梁教授今晚不在，还有什么话以后再说吧。"女儿的语气和接下来的脚步声都微妙地传递出了嗔怪。

何其沧的布鞋向窗前走了过去，他想亲眼看着方步亭的这个大儿子赶快离开自己的家门。

路灯微照，何其沧的目光望向了小院的门，在门外没有发现方孟敖的那辆吉普。

何其沧的目光投向那条路的远处，另一盏路灯下停着方孟敖的车。

何其沧的目光沿着那条路慢慢收回，突然惊疑自己的眼睛——一个人在那条路上踽踽走去，竟是梁经纶！显然是从自己院内刚离开不久。

何宅一楼客厅。

"梁教授不在也请你将我的话转告他。"方孟敖已经站到了客厅门前。

何孝钰开门的手又停住了。

方孟敖："梁教授是我敬佩的人，我们稽查大队很希望得到他的帮助。"

何孝钰："我一定转告。"

方孟敖："还有一句要紧的话，木兰爱上他了，可是不能爱上他。"

何孝钰倏地转过了身，紧望着方孟敖。

方孟敖："我没有别的亲人了，只有一个弟弟。他现在那个警察局副局长是配相的。其实他很可怜，他很爱木兰。"

何孝钰的目光又迷蒙了，这个组织发展的特别党员怎么看怎么不像！

何宅二楼何其沧房间。

窗前，何其沧的脸突然亮了，是被离院门约三百米处两个突然打开的车灯照亮的！

接下来的情形让他不敢相信！

他亲眼看见，梁经纶走到了车灯前约五米处站在那里，接着车上跳下两个人，一左一右扭住了他的双臂！

梁经纶被拖着，很快被塞进了那辆车！

那辆车十分疯狂，往后一倒，压倒了一片路旁园工栽修的灌木，车速不减，一百八十度滑了个半圆，向校门方向驰去了。

何其沧看清了那是一辆警车！

何宅一楼客厅。

"何伯伯。"竟是方孟敖先听见了二楼的脚步，发现了站在二楼楼梯口的何其沧。

"爸……"何孝钰惊望着父亲。

何其沧的脸从来没有这么难看，扶着楼梯，脚步也从来没有这么急促。

何孝钰立刻迎了上去，挽着他的手臂，却没有减缓他的步速。

方孟敖也看出了何其沧的异样。

何其沧径直走向电话，抄起话筒拨了起来，手在微微颤抖。

"爸，怎么了？您这时给谁打电话？"何孝钰更惊慌了。

何其沧没有理她，话筒紧贴在耳边。

何孝钰的眼睛，方孟敖的眼睛，何其沧耳边的话筒！

因是深夜，话筒里的声音很清晰，能听出十分傲气："北平行辕留守处。你是哪里，什么事情这个时候打电话？"

"我找李宗仁！"何其沧的声音竟如此气愤，"叫他起床，接我的电话！"

方孟敖和何孝钰的目光惊疑地碰在了一起。

话筒那边的人语气也和缓了许多："请问您是谁？"

何其沧的声音依然很激动："国府的经济顾问，我叫何其沧！"

话筒那边的声音："原来是何校长，失敬。能不能够请问，如果不是十分紧要的事，明早六点打电话来？"

何其沧的情绪稳定了些："不紧要我现在会打电话吗？"

话筒那边的声音："那能不能请何校长告诉我是什么事情，我好请示。"

何其沧情绪已经控制住了，语气却仍然气愤："刚才，就在我的家门口，我的助手被你们的警车抓走了！"

何孝钰的眼惊大了！

方孟敖的神情也立刻凝肃了！

话筒那边的声音："何校长，请告诉我您助手的姓名，有没有职位。"

何其沧："梁经纶，燕京大学经济系教授。"

话筒那边的声音："明白了。何校长，可不可以这样，我先向李宇清副官长报告，请他来接您的电话？"

何其沧沉吟了片刻，答道："可以。"

方孟敖打开了水龙头，洗手："何校长，您看清楚了是警车吗？"

何其沧拿着话筒，并没有看他，当然不会回话。

方孟敖也并不尴尬，转问何孝钰："木兰是不是说她被孟韦关在家里？"

何孝钰望了一眼父亲，只点了一下头。

方孟敖大步走了出去。

真正的大门，真正的大石头狮子，碘钨灯，探照灯，泛蓝的钢盔，泛蓝的卡宾枪！

国民党北平警备司令部是北平市真正最阔绰的衙门。前身曾经是袁世凯的总统府，后来又是段祺瑞执政府。抗战胜利，国民党接收北平成了十一战区长官司令部并北平警备司令部。十一战区撤销，北平行辕成立，李宗仁不愿与蒋介石嫡系的警备司令部合署办公，将行辕设在中南海。偌大的一座前执政府便让警备司令部独占了。

半夜了，军车、警车、摩托车还呜呜地开进去，开出来！

这间高有五米、大有一百平方米的办公室就是当年袁世凯御极、段祺瑞执政的地方。

陈继承的大办公桌靠墙对门摆着，面前是一大片长短沙发，沙发后面靠着墙是一圈靠背座椅。当然靠背最高的还是他办公桌前那把座椅。他喜欢坐在这里开会，把那些可以抓人杀人的人叫到这里来，居高临下听他们说谁该抓谁该杀，然后自己说去抓谁去杀谁，这时便会有一些袁世凯的感觉，或是段祺瑞的感觉。这很过瘾。

近一个月来陈继承坐在这里却一直焦躁，他的司令部西边就是和敬公主府，原来准备安排给国防部预备干部局稽查大队住，不料被方孟敖大队让给了东北学生，日夜喧闹，声声入耳，竟不能去弹压。忍了又忍，今天不能忍了。

下午，他在这里向蒋介石告了御状，报告了李副总统、傅总司令还有国防部调查组种种暧昧举动，圣意竟然也很暧昧，电话那边只偶尔发出浓重的奉化口音"嗯，嗯"。唯一让自己安慰的是，提到有共产党在煽动学潮时，才终于听到了那一声"娘希匹"！指示非常明确，共产党要抓！

行动是天黑后开始的。行辕的人不能叫，剿总的人不能叫，面前的沙发座椅就显得有些空空落落。因此陈继承的兴头便没有往日高，闭着眼坐在那把高椅子上，反复回味下午给总统打电话的情形。

桌上的电话铃声吸引了陈继承的眼睛，他从五部电话机中看出了是第二部电话在响，于是便有意不急着去接。

一直陪着他默坐的那些人便都望向了那部电话。

有资格坐在沙发上的只有两个人。

一个是徐铁英，北平警察局长兼警备司令部侦缉处长，还有一重身份是中统北平区的主任，哪一个身份他都必须参加。

另一个是生面孔，一身灰色夏布中山装，年纪在四十左右，白白净净，乍看给人一种错觉，像个拘谨的文员；可此人的身材太打眼了，坐在那里也比徐铁英高出半个头，瘦高如鹤，摆放在沙发扶手上的十指又细又长。此人便是国防部保密局北平站站长王蒲忱。

靠墙座椅上坐着的五个人就低一个等级了。有两个熟面孔，一个是军统北平站那个执行组长，一个是国军第四兵团那个特务营长。其他三个想是同类的人。

那部电话一直响着，电话机贴着的纸上写着"北平行辕"四个字。

陈继承不是在冷那部电话，而是在冷北平行辕留守处。

被冷落的"北平行辕"旁边还赫然摆着另外四部电话。

第一部电话："南京总统"。

第二部电话："华北剿总"。

第三部电话："兵团警局"。

第四部电话："中统军统"。

"陈总司令，说不准是李副总统打来的。您还是接吧。"徐铁英都有些过意不去了，望着陈继承。

"李宗仁才不会这个时候给我打电话，大不了是李宇清。"陈继承这才拿起了话筒。

所有的眼便都行动一致地望向了他脸边的话筒，主要是望向他的脸。

"李副官长吗？"果然被他猜中了，电话是李宇清打来的，"白天那么辛苦，晚上还不休息？"

李宇清在电话那边说什么旁人听不见。

陈继承的回话其实也犯不着这么大声："助手？什么经济顾问助手？今天晚上是有行动啊……抓共产党也要——跟行辕那边通气吗……在呀，北平警察局长，中统军统的同志都在……谁抓的，你可以自己过来问嘛。"

话筒就这样搁上了。

"那个燕京大学的梁经纶是什么国府经济顾问的助手？"陈继承目光望向了徐铁英和王蒲忱。

徐铁英也跟着将目光望向了王蒲忱。

"应该是吧。"王蒲忱说起话来也斯斯文文，"行动的时候我就说过，他是燕京大学副校长何其沧的助手，何其沧是国民政府的经济顾问。"

"什么狗屁经济顾问！"陈继承带出粗话时也显出了他自己的资历，"国防部调查组可以做挡箭牌，现在又抬出一个什么经济顾问来做挡箭牌，那就干脆一个共产党都不要抓了。娘希匹的！"

徐铁英和王蒲忱对望了一眼。

谁都知道他是黄埔系的八大金刚之一，总统心腹的心腹。可一个江苏人学着总统的浙江口音骂人，而且捎带着总统的儿子，这也太套近乎了。

陈继承将他们的对望扫在了眼里，盯住王蒲忱，问话更严厉了："那个什么梁经纶白天是谁在监视的？"

王蒲忱轻轻咳嗽了一阵子，回过头去望向军统那个执行组长："你们向陈总司令汇报吧……"

陈继承的脸拉下来了："我在问你。你个北平站长不汇报，现在要手下跟我汇报？"

王蒲忱站起来了，以示恭敬，可那张白净的脸更白得没有了表情："不是我不愿意向长官汇报，是这些情况他们清楚，我不太清楚。"

陈继承看出了他话里有话："把你刚才说的话说清楚。"

"说不清楚的。"王蒲忱又轻咳了两声，"马汉山马局长是我的前任，他很负责，我接任北平站长以后他仍然管着军统的事。北平的弟兄都是他的老班底，我毕竟是晚辈，不好跟他争的。"

这个时候还有这些婆婆妈妈的争执，陈继承更焦躁了，拍了一下桌子："那个梁经纶就交给你们军统了，你亲自去审。徐局长。"

徐铁英也站起了。

陈继承："你去跟马汉山打招呼，党国不是什么青帮，调离了就不要再插手军统的事。"

徐铁英："是。马局长现在被国防部稽查大队扣在那里。如果他能够出来，我转达陈总司令的指示。"

陈继承这才恍然想起了马汉山已经被方孟敖大队扣住在查账："连夜突审那个梁经纶。还有，那个燕大图书馆的什么严春明和其他几所大学有共党嫌疑的人都抓了没有？"

徐铁英这次不难为王蒲忱了，立刻答道："十一点我们的人去的时候，那个严春明还没回图书馆，正在蹲守。其他大学抓了几个，不一定是共产党。"

陈继承："是不是要靠审！立刻去审那个梁经纶，重点要审出配合方孟敖查账的那二十个学生里有没有共产党。只要有一个是共产党，你们也就可以去抓方孟敖！娘希匹的！"

|二十四|

何宅一楼客厅。

何孝钰的椅子紧靠在父亲的沙发旁，眼睛离父亲耳边的话筒那样近，眼神却离话筒那样远。两个牵肠挂肚的男人，一个被抓了，一个不知道会惹出什么事来；眼前还必须守着这个又气又病的父亲。

夜这样深沉。

她隐约听见嘟嘟的声音传来，好像很远，又好像很近，一直响着。何孝钰蓦地回过了神，才发现是父亲耳边的话筒传来的忙音。

电话那边早就挂了，父亲却仍然紧握着话筒，仍然贴在耳边。

"爸爸？"何孝钰惊慌地握着父亲的手。

何其沧手中的话筒被女儿接了过去，眼中半是茫然，半是孤独，望向女儿。

"他们……让您受气了？"何孝钰一手将话筒搁回话机，另一只手将父亲的手握得更紧了。

"不是。"何其沧望着女儿的眼神那样深沉，"他们是在让中国受气。一群祸国的败类，让中国人受苦，还要丢中国的脸。"

何孝钰发现父亲说话时手在颤抖："爸，梁先生到底被谁抓了？李副官长到底说什么了？"

何其沧："堂堂中华民国的副总统，保不了一个大学教授，还叫我给司徒雷登打电话！"

何孝钰："爸不愿意给司徒雷登叔叔打电话……"

"以后不要再称司徒雷登叔叔。"

何孝钰惊住了。她知道父亲跟司徒雷登的私交，也知道父亲对司徒雷登的敬重，这句话里面深含的沉痛还有她必须了解的原因，使她怔怔地望着父亲。

何其沧望女儿的目光也从来没有这样的复杂过："过去在燕大的时候，你可以叫他叔叔，现在他是美国驻华大使，他代表美国。你爸是什么？中国的一个教书匠。什么国民政府的经济顾问，狗屁经济顾问……"

何孝钰更惊了，父亲可从来没有说过这样的粗话，而且能看得出他说这句话时头颈都在微微发颤，赶紧又握住了父亲的手："爸……"

何其沧："李宇清刚才在电话里转告我，这句话是陈继承说的！他骂得好，这样一个独裁腐败的政府要什么经济顾问呢？无非是看在我能够跟美国的驻华大使说上几句话，向他讨一点美援罢了……陈继承是什么东西？黄埔出来的一个小军阀而已，他为什么敢这样骂我？李宇清为什么又要把他骂我的话告诉我？这就是中华民国政府，一派抓我的助手，另一派叫我去向美国人告状……这个电话爸能打吗？"

何孝钰第一次听到父亲发出这样锥心的感慨，当然震撼，立刻说道："那就别打，我们另外想办法救梁先生。"

何其沧望女儿的目光换成了另一种复杂："我的学生我了解，经纶不可能是共产党，无非对当局不满言论激进了些。那个方孟敖不是也找他们去了吗？他是国防部派下来的，等他的消息吧。"

"没有用的。"何孝钰否定了父亲的期待，"我今天去了民调会抗议现场，他们今晚抓人跟共产党没有关系，纯粹是为了掩盖自己的贪腐罪行。方孟敖要不是国防部派来的，他们也会抓。"

听女儿这样说方孟敖，何其沧的目光转向了那袋面粉："这袋面粉为什么没有退回去，还打开了？"

何孝钰一怔，立刻敏感到父亲话里的意思了，同样难受的心情，同样复杂的心思，她只能够避开，解释道："家里可是一点吃的都没有了。"

"那也不能开这袋面粉！"

何孝钰："爸，您不喜欢军方的人，可方孟敖是您看着长大的，抗战他也还是个英雄。"

何其沧："抗战已经胜利三年了。看他那一身做派，就和这袋面粉上的字一样'Made in U.S.A'（美国制造）！装什么美国人！"

"爸，您不也是留美的博士吗？"何孝钰直白地反驳父亲了，"梁先生也是留美的。'Made in U.S.A'？这些美国援助的面粉，很多就是您要来的吗？您为什么会这样厌恶方孟敖？"

何其沧的目光定在女儿的脸上，他似乎证实了自己的感觉，女儿喜欢上方孟敖了。这万万不行："我是留美的，梁经纶也是留美的，你什么时候看见我们身上有美国人的做派了？你爸之所以认司徒雷登这个朋友，是因为他更像中国人。知道你爸最厌恶什么样的美国人吗？原来是那个战争狂人巴顿，现在是坐在日本不可一世的那个麦克阿瑟。当年败给日本人，后来充当征服者，现在又拼命扶日！拿着枪装救世主。你不觉得方孟敖在学他们吗？"

何孝钰的脸有些白了："爸，方孟敖可是刚从军事法庭放出来的，是因为不愿意轰炸开封差点判了死刑的……他连自己都救不了，怎么装救世主？"

"救不了自己，现在去救梁经纶？"何其沧从来没有跟女儿有过这样的争执，今天拉下了脸，"你刚才说弄不好方孟敖也会被抓。爸现在问你，你愿意就回答。要是梁经纶和方孟敖两个人都被抓了，只能救一个，你希望爸救哪一个？"

何孝钰完全蒙在那里，她想控制，可是眼眶里已经盈满了泪水。

何其沧也立刻后悔了，几岁时女儿就没了母亲，自己一直未曾续弦，何等疼爱女儿。而女儿之照顾自己，也完全兼顾了母亲的义务。今天自己为什么会这样伤害女儿？他理不清思绪，甚至有些手足无措。愣怔了好一阵子，突然转过了身。

"还是我给司徒雷登打电话吧！"父亲的手伸向了话筒。

何孝钰立刻按住了父亲的手："爸，不要委屈自己，别做让人瞧不起的事。"

何其沧的手无力地停在话筒上，女儿一句话似乎点醒了自己，为什么会情绪如此失控，更多是因为自己的委屈积压太久无处诉说："爸早就被别人瞧不起了，不是指陈继承那些混蛋，而是各大学府的教授，他们也瞧不起你爸呀。6月17日各大学那些教授们签署的《百十师长严正声明》，你们学生是都能背的，爸也能背……"

何孝钰显然更不愿看见父亲这般的难受，站起来走到父亲的背后，用手挽着父亲的手臂："爸，您身体不好，先到床上躺着。我在这里等电话，方孟敖能不能救出梁先生，都会给我们打电话的。"

何其沧固执地坐着："先听你爸把那篇声明最后一段背出来，好吗？"

何孝钰不敢再往上挽父亲了，只能用手扶着他。

何其沧突然语音朗朗，背诵起来：" '为表示中国人民的尊严和气节，我们断然拒绝美国具有收买灵魂性质的一切施舍物资，无论是购买的或给予的。下列同仁同意拒绝购买美援平价面粉，一致退还配给证，特此声明' ……爸没有背错吧？"

"爸。"何孝钰声音低得只有父亲能够听见，"是女儿错了，不该打开这袋面粉。我们不吃，缝好了明天退回去，好吗？"

"已经打开了，还揉了面，就不要退了。"何其沧还是没有敢看女儿，"做不到清高也不能虚伪。朱自清教授一家九口，一直在挨饿，去年冬天连煤都没得烧，现在都胃病晚期了，还在那篇声明上签了字……他们不愿意接受美国人的施舍是真实的，你爸帮着向美国人讨施舍也是真实的，我不是为了自己。为什么会爆发'七五学潮'，东北一万多学生没有饭吃呀，北平二百万人都在挨饿呀……国家不搞建设，还要打仗，没有钱就向美国伸手要援助，拿了援助还要拼命去贪。司徒雷登和那个卡德宝为什么要说那些伤害中国人感情的话，自己让人家瞧不起呀。可你爸还不得不帮着这个政府向他们伸手去乞讨。今天美国人又答应了一亿七千万的援助，有一多半却是他们打'二战'剩下的武器，一小部分才是救命的物资。爸这个电话打过去，司徒雷登一生气，向美国政府报告，这一亿七千万援助就又有可能搁浅。搁浅就搁浅吧，这样的援助不要也罢！那些教授们都断了粮，你爸也会在那篇声明上签字……"

何孝钰在背后能感觉到父亲流泪了。

"爸听你的，不给司徒雷登打电话了。除非方孟敖救不出梁经纶，他们两个人都被抓了……"何其沧背着女儿说道。

何孝钰泪眼中的父亲，背影依旧那样高大，盈满了眼眶的泪水扑簌簌地流了下来。

北海后海边。

青年军那个郑营长头又大了。

方孟敖突然通知他们这个排，押着马汉山和民调会的李科长、王科长，黑天黑地来到了这里，让他们在四周警戒，任何人不得靠近。他要在海子边突审这三个人。

中南海那边的灯光远远地照过来，郑营长布置好那一排青年军各就岗位，忍不住远远地向后海边望去。

波光粼粼，隐约可见，方大队长已脱下了上身的空军服。

马汉山、李科长和王科长却杵在那里。

郑营长蓦地想起了那天晚上，也是这里，方孟敖捞着崔中石从水里湿漉漉上岸的情景。他的脸一下严肃了，今天被整的可有三个人，全跳下去方大队长能都捞上来吗？死了人，自己可脱不了干系。

他招了下手，几个青年军屏息靠过来了。

郑营长压低了声："哪几个会水，举手。"

有好几个人举起了手。

郑营长低声吩咐："脱了衣服做好准备下水救人。"

"是。"那几个举手的青年军低声应着，便脱衣服。

后海边，方孟敖已经脱去了外面那身空军服，一件背心一条短裤，倒像是打篮球的模样，直望着马汉山和李、王二位科长。

马汉山被孙秘书卸了白那条胳膊显然已被接上了，虽然仍不给劲，却没有再吊绷带，衣冠楚楚，装着在那里看远处中南海的夜景。

"方大队长，我真不会游水，一下去就上不来了。"王科长虽然惧怕马汉山，现在也顾不了那么多了，那一脸的急，加上那一身的肉，确不像在说假话，"我该交代的白天在民调会我都说了，真有半句隐瞒，您查出来再把我扔进去好不好？"

李科长也没脱衣服，也没说话。

"我没叫你们下水，只叫马局长下水。"方孟敖十分认真，"你们说了实话，也写了材料，可马局长并不承认。我也不指望他承认了。下来我只是要和马局长做个公平的决斗。你们俩做证人，不要站在我一边，也不要站在马局长一边。他输了，今晚就得跟我走一趟。我输了，从此再不问你们民调会的事。贪钱，杀人，我都不问。"

王科长不敢开口了，而且不敢看马汉山，只望向李科长。

李科长不能再不说话了，说道："方大队长，您是空军的王牌，咱们局长可五十出头的人了。你们决斗，不打咱们局长也输了。这谈不上公平。"

马汉山这才将装着看风景的眼转了过来，不看王科长，赏识地看着李科长，并且点了下头，接着望向方孟敖，看他如何回话。

方孟敖笑了一下："我没说跟他打，要打你们十个马局长也不是对手。我是说跟他到水里去打个赌。你们马局长不是水性好吗？听说在军统都没人能比过他。我今天只跟他比水性，这公不公平？"

马汉山一生无赖，无论在军统，还是在江湖的黑道，那是什么阵仗都见过，从一早方孟敖突查民调会扣了自己，到刚才又听见方孟敖提到"杀人"二字，猜想这都是冲着崔中石的死来的，今晚横竖要过这个坎了，偏他也能笑着，对方孟敖道："方大队长，且不说年纪，我这条胳膊也是刚接上的，水性再好也游不过你。什么贪污、杀人？你代表国防部，要公了，有本事把我送到特种刑事法庭去。要私了，枪在你手里，把我崩了，你到特种刑事法庭去。变着法子想淹死我，什么决斗？"

要不是他杀了崔中石，今晚他背后的人又抓了梁经纶，方孟敖对马汉山这样的人还真不太恨得起来，听他这番说辞，立刻又转望向李王两个科长："你们两个过来。"

两个人这时像脚下被钉了钉子，哪里敢过来。

方孟敖便走了过去："听清楚了，刚才你们马局长说我变着法子想淹死他。王科长看着马局长，李科长看着我。你们睁大了眼看，我到底淹没淹死他。我不和他比游水，只和他同时憋到水里去。谁先憋不住谁就输了。"跟二人说完，再转对马汉山，"你刚才又说年纪大了，又说胳膊是刚接上的，下水后我让你多换一口气，第二口气你要是再先上来我们俩就到一边说话去。"说到这里他同时对三个人喝道，"这公不公平？"

远处的郑营长还有那些青年军都不禁向这边望来。

这确实很公平了。李科长和王科长互相望了一眼，虽都没开口，但都同时点了头。

也不知道是真有自信，还是话说到这个份儿上再不接招也实在过不去了，马汉山一股豪气冒了出来，也对李、王喝道："老子手不好使，你们帮我脱衣！"

王科长且不说，李科长这般刁顽的人也从来没遇见过这样的事，依然不敢过去，双双望着方孟敖。

方孟敖把目光扫望向他们二人的衣服扣子。

二人当然明白这一扫的意思，再不过去帮马汉山脱衣服就要自己脱衣服了。

李科长："我们帮帮马局吧。"

一前一后，二人走了过去，一个人帮马汉山脱衣，一个人帮他脱裤。

方孟敖先下水了。

马汉山穿一条短裤，跟着跳了下去。

"这里水浅，再过去些。"方孟敖游过去了几米。

马汉山确实好水性，手不好划，脚踩着水居然跟过去了。

方孟敖便也踩水，停在那里等他。

马汉山踩水踩到离他约一米处停下了。

方孟敖压低了声音："下去后睁大了眼，崔中石就在底下等我们。"

马汉山头皮麻了一下，又犹豫了。

"下水！"方孟敖接着喝了一声，头已经没在水里了。

马汉山深吸了一口气，还是赖了几秒时间，才沉了下去。

顾维钧宅邸曾可达住处。

"王秘书吗？建丰同志回来没有？"曾可达从来没有这样沉不住气，一边问，一边将电话从右手又转到了左手，紧贴着等听回答。

电话那边是王秘书："还没有。"

曾可达沉默了约两秒钟，近乎恳求地说："麻烦你能不能在那边把电话接到一号专线，报告建丰同志，北平这边发生了紧急情况，我必须立刻向他汇报！"

王秘书那边的声音："再紧急的情况也没有办法报告。一号专线今晚除了各大战区的电话，一律打不进去。"

曾可达又默在那里，少顷，只好说道："建丰同志一回来，请你立刻报告……"

王秘书那边的声音："好的。"

曾可达将话筒慢慢放回到话机上，兀自在那里愣神。

紧接着电话铃响了！

曾可达一把就抄起话筒："王秘书吗？请问是王秘书吗？"

"对不起，曾督察，我是北平警察局孙秘书。"

曾可达掠过一丝失望，紧接着打起了精神。

对方孙秘书的声音："我们徐局长回来了，请您接电话吧。"

曾可达："徐局长吗？那个何其沧的助手现在哪里？"

对方已经是徐铁英的声音："哪个何其沧的助手？"

曾可达咬了一下牙："燕京大学何副校长、国府的经济顾问、司徒雷登大使的好朋友！这下你明白哪个何其沧了吗？"

"你问的是不是今天煽动学生闹事的那个燕大教授梁经纶？"

曾可达："徐局长，你是有责任配合我们国防部调查组查案的。我们查案的目的是什么？前方打仗没有钱，各大城市都在闹饥荒，我们现在就指着美援了！抓何其沧的助手，这么重要的事，你居然不跟我们通个气！"

徐铁英在那边却不动气："我也是到警备司令部后才知道的。我只能告诉你，今晚是陈总司令突然安排的行动，抓人都是军统那边在执行。我们警察局没有抓一个人。"

曾可达："抓到哪里去了？"

徐铁英那边的声音："这就要问军统了。你可以问，我也可以帮你去问问。"

曾可达气得将电话猛地挂上了！

北海后海边。

方孟敖在岸上已经扯上了那条空军长裤，一边系皮带，一边说道："你们到车上去，我帮马局长穿衣服。"

李科长和王科长正看着马汉山坐在岸边大口喘气，不知如何是好，听到这句指令，如同大赦，立刻悄悄转身，脚步却很快，向二百米开外郑营长他们那边走去。

方孟敖又穿好了那件空军上衣，接着拿起了地上马汉山的衣服走了过去。

马汉山控制了喘气："要杀要剐，你说吧。"

方孟敖把他的长裤递了过去："裤子你自己穿，衣服我帮你穿。"

马汉山便不再言，接过长裤先坐在地上将两脚套了进去，用那只没受伤的左手将裤腿扯过了膝部，站了起来，又把裤子扯到了腰部。

方孟敖提着他的上衣，还真体贴，将肩下的袖筒放低到他的手边："把手伸进来。"

马汉山真不知是何滋味，将两手伸进了袖筒，方孟敖轻轻往上一提，外衣穿好了。

"在水里看见崔中石了吗？"方孟敖在他耳边的声音像一丝寒风灌了进来。

马汉山："我跟你说不清楚，我也没法说。干脆点，你现在要怎么办吧。"

方孟敖："我不要你说清楚，只要你带我去崔中石死的那个地方。"

马汉山："那我带你去菜市口好了。你去看看，那是清朝专门杀人的地方。杀了那么多人，也没有谁去找刽子手算账的。"

方孟敖点了点头："要不是这个理，早就有人找你算账了。刚才说了，你输了就帮我去办一件事。这件事你能办，办成了或许还能将功赎罪。"

"什么事……"马汉山动心了。

方孟敖："你们军统又抓了一个不该抓的人。我现在要他们放人，你带我去。"

马汉山："抓的是谁？"

方孟敖："国府经济顾问的助手梁经纶教授。"

西山军统秘密监狱审讯室显然不是一般的审讯室，小铁门，高铁窗，四面空壁，房顶正中吊下一盏灯来，灯下对摆着两把靠背木椅。

一把木椅上坐着的梁经纶是真正的知识分子，对面木椅上坐着的王蒲忱也像个知识分子，静静地望着镇定的梁经纶，乍一看倒像在讨论学术问题。

梁经纶不用装作镇定，因为他知道抓自己确实是军警宪特的人。可望着坐在对面这个白净斯文而且显得身体不是太好的人，他心里突然涌出了难言的感觉。这个人不是军统就是中统，而且职位不低。自己是被当作真正的共产党被抓了。

梁经纶面前这个人幻成了严春明："经纶同志，白天的行动已经引起了国民党的注意，今晚你一定要住到何教授家去。在那里相对安全……"

刚才那种难言的感觉渐渐清晰了，是一种温暖的感觉，一种同患难的感觉，共产党对自己比铁血救国会更关心！

可自己并不是共产党，因此绝对不能有这种情绪。面对眼前这个人，面对接下来的审问，他不能承认自己在共产党内伪装的身份，也不能暴露自己铁血救国会的真实身份。

结果是可能受刑！

梁经纶突然又有了另一种感觉，自己似乎应该像一个真共产党去接受一次刑讯！这种感觉让他心潮起伏，如果还能再选择一次，自己到底会真正选择共产党，还是仍然选择国民党？

"是在想当共产党还是当国民党吗？"那个王蒲忱突然开口了，问话却依然不失斯文，问完且咳嗽起来。

梁经纶开始还怔了一下，接着又坦然了，知道这就是军统或中统内所谓的高手，当然不会接言。

王蒲忱并不介意，一边咳嗽一边从中山服下边大口袋里掏出两包烟来，一包开了封，一包还没开封，他便又将没开封的那包放回口袋里。

梁经纶看见，两包烟都是国民党内部特供的"前敌"牌香烟。

王蒲忱先抽出一支递过去："抽烟吗？"

"谢谢，我不抽。"梁经纶突然又发现，这个人的手指又细又长。

王蒲忱将烟斯文地放到了自己的嘴里，把那盒烟放回中山装下边的口袋，这才掏出来一盒火柴，是那种很长的火柴，擦燃的时候，那根火柴跟他的手指很匹配，那根烟反倒显得太短。

吸燃了，王蒲忱一边晃灭了火柴，一边又咳，咳了一阵子，自言自语道："知道不该抽，可又改不了。这就是人的弱点。人总是有弱点的。梁先生，你说呢？"

"也有没有弱点的人。"梁经纶不能够不跟他对话了。

"有吗？"王蒲忱不咳嗽了。

梁经纶："当然有。"

"我倒想听听。"王蒲忱十分认真地看着他。

梁经纶："一种是还没出生的人，一种是死了的人。"

"你已经露出弱点了。"王蒲忱又深吸了一口烟，不但没有再咳嗽，那口吸进去的烟竟然也没有再吐出来，"这两句话是中共毛泽东先生在延安整风的时候说的，原话是'这个世界上只有两种人不会犯错误，一种是还没出生的人，一种是死了的人'。梁先生，我记得没错吧？你们毛先生说得很对嘛，犯了错误不怕，说出来就好，改了就好。说吧，你是哪年加入的共产党？"

梁经纶的眼中竟露出了失望的神色。

王蒲忱看出来了，他这种失望其实是一种蔑视，对自己水平的蔑视！

那支烟只剩下了一小半，夹在王蒲忱手里燃着。

梁经纶："请问今天是几号？"

王蒲忱打起了十二分的精神："民国三十七年八月四号。"

梁经纶："记住这个日子，我就是今天参加共产党的。"

王蒲忱倏地站了起来，将烟往地下一摔："介绍人自然就是我了？"

梁经纶："这可是你自己说的。"

王蒲忱又咳嗽起来，显然是刚才憋住的咳嗽发作了，特别厉害。

铁门猛地从外面推开了，军统那个执行组长带着两个人冲了进来。

执行组长紧望着咳缓过来的王蒲忱："站长，您不要紧吧？"

王蒲忱竟又从口袋里拿出了那盒烟，抽出一支放在嘴里，接着又拿出了火柴。

执行组长："站长，您就少抽点吧。"

王蒲忱又擦燃了一根长长的火柴点着了烟："改不了了……铐上吧，带到刑讯室去。"接着又大咳起来。

执行组长一挥手，两个军统立刻走向梁经纶，一个抓住了他的手臂拉了起来，一个取下手铐"咔嚓"铐住了他的双腕，押了出去。

执行组长仍站在那里，等王蒲忱咳得又稍缓了些，问道："站长，按哪个级别用刑？"

"先让他看……"王蒲忱咳定了，"让他看别人受刑，动他的刑等我来。"

"是。"那执行组长向门口走去，回头又说了一句，"站长，您少抽点烟。"

西山军统秘密监狱机要室。

夹层隔音的铁门，秘密电台，专线电话，还有就是挨墙一溜大保险柜。没有窗，亮着一盏长明灯，完全封闭的一间暗室！

王蒲忱推开了这道厚厚的铁门，先是将烟在外面踩灭了，又甩了甩细长的手指，显然不愿将烟味带进去，这才进了室，将铁门沉沉地关上。

屋子里有一台风扇，他却不开，站过去，便拨电话。

很快便通了，王蒲忱："王秘书好，我是王蒲忱哪。"

对方竟是建丰同志那个王秘书的声音："蒲忱同志好。建丰同志一直在等你的电话，你稍候，我立刻转进去。"

"蒲忱同志吗？"建丰同志那带着浙江奉化的口音在这部电话里也是满屋回响。

"报告建丰同志，我是王蒲忱。"王蒲忱身上的病态仍在，两腿却是一碰。

建丰同志电话里的回响："审过了吗？"

王蒲忱："报告建丰同志，遵照你的指示，审过了。"

建丰同志电话里的回响："梁经纶同志的反应怎么样？"

王蒲忱："反应很正常，回答问题很机智。"

建丰同志电话里的回响："你是不是对他很客气？"

王蒲忱："不会的，建丰同志，我完全是按照审讯共产党地下党的程序和态度审问他的。关键是下面该怎么办。何其沧把电话都打到了李宗仁那里，李宇清亲自出的面，陈继承照样不买账。陈继承的意思要对梁经纶同志用刑，一定要审出他是共产党，而且要审出稽查大队协查的那二十个学生里的共产党。我很难办哪。是不是请南京那边出面赶快给陈继承打个电话，就说给何其沧一个面子，把人放出去？"

电话那边却出现了短暂的沉默。

王蒲忱又想咳嗽了，可跟建丰同志通话是不能像平时那样咳嗽的。但见他立刻掏出了火柴，用肩膀夹住了话筒，腾出了手飞快地擦燃了火柴，又立刻晃熄，火柴头上便冒出一缕磷烟，他赶紧将火柴头凑到鼻孔边，将那缕磷烟深吸了进去。

很奏效，这一招竟止住了他的咳嗽。

"事情不是你想的那么简单。"话筒里又传来了建丰的回响，"何其沧不应该给李宗仁打电话。陈继承已经抢先报告了总统，告了李宗仁的状，并说这一次再不让他抓共产党他就请求辞职。我问了侍从室，总统当时只说了一句'知道了'就挂了电话。因此南京这边不可能给陈继承施加压力……"

王蒲忱："那真给梁经纶同志用刑吗？"

"你的意见呢？"建丰电话那边的声音突然没有了回响，就像真人站在耳边说话！

王蒲忱是三伏天都不流汗的，这时心里吃惊，仍然没有流汗，却用手在额上擦了一下，擦的显然不是汗："真用刑分寸很难把握，建丰同志。用轻了倒不是怕陈继承不满，而是极可能引起共产党的怀疑。用狠了经纶同志是否能够扛得住？我的意见，能不能让曾可达同志那边想想办法，通过别的关系把梁经纶同志保出去？"

"什么理由？"这次建丰电话那边的声音露出严厉了，"曾可达的任务是对付贪腐，你的任务是对付共产党。你跟曾可达是两条绝不允许交叉的线！你的身份在组织内都是保密的。事情到了你那里往曾可达那边推，想破坏组织原则吗？"

"我接受你的批评，建丰同志。"王蒲忱必须坚定地表态了，"我单线处理，亲自去处理，随时将情况向你报告。"

"怎么亲自处理？说出具体意见。"建丰电话那边的声音缓和了些。

王蒲忱一边急剧地想着一边还得及时回答，这时就是考验他的时候了："是，建丰同志。我的具体意见如下：一、我亲自刑讯，尽量做到不要太伤害梁经纶同志，同时不引起任何人对梁经纶同志的怀疑。二、我的第一条意见必须建立在第二条意见的基础上，那就是梁经纶同志要能够经受刑讯，什么也不说；我很难排除梁经纶同志经受不住考验的可能性，说出一些不该说的话……"说到这里，他有意停住了。

"说下去。"建丰电话那边的声音却不让他停。

王蒲忱："是。我会及时让他停止说话，但这样一来梁经纶同志就可能要退出组织……这样是不是有些可惜，甚至打乱了建丰同志的整体安排……"

"你不觉得自己的意见太多了吗？"

王蒲忱一怔。

"好好考虑你的第一条意见，收回你的第二条意见！"紧接着就是建丰那边挂电话的声音。

王蒲忱听见那边的电话挂得零乱地响了好几下，显然是话筒放下去时没有准确地搁到话机上——他感觉到了建丰同志的心情非常不好！

心情都不好。王蒲忱蒙在那里，终于憋不住了，剧烈地咳嗽起来。

就在这时，装在铁门边的电铃刺耳地响了起来。

王蒲忱知道这是发生了紧急情况，一边控制着咳嗽，一边向那条厚重的铁门走去。

西山军统秘密监狱大门院内。

就是当时方孟韦开车来救崔中石的那个大院。

大院里还是那栋二层楼，王蒲忱从一楼走廊走到门内就站住了。

隔着窗，他看见大院里站着马汉山，他身旁站着方孟敖！

他们的身后是一个排的青年军！

军统的人比他们少些，全站在楼外的阶梯前，全提着手枪，一排挡在那里。

"拿着枪干什么，内讧吗？"马汉山盯着那个执行组长。

"老站长，不是他们逼迫您来的？"执行组长兀自疑惑地问马汉山。

"谁逼迫我了？谁敢逼迫我？"马汉山向所有的军统们都扫了一眼，"把枪都收起来！"

正如王蒲忱所言，马汉山还真能指挥北平站的军统，军统们都把枪插回了腰间。

王蒲忱隔窗看在眼里。

"有个梁经纶是不是抓到这里来了？"马汉山又问执行组长。

那执行组长这次没有立刻回答，瞟了一眼站在马汉山身后的方孟敖。

"看他干什么？我带来的。梁经纶在不在这里？回话。"马汉山不像受胁迫的样子。

执行组长这才答道："在。老站长，王站长也在。这个人是他亲自在审。"

"审出是共产党了吗？"马汉山这句话问得很上心。

方孟敖也盯住了那个执行组长。

执行组长："还没有。"

"不是共产党抓什么？添乱嘛。"马汉山回头望向方孟敖，"叫弟兄们在外边歇着吧，我带你去放人。"

"马局长。"一楼的大门开了，王蒲忱出现在门外，紧接着门又在他背后关上了。

"蒲忱哪，我正要找你。"马汉山显然把他当作晚辈，见他依然站在门边，目光望向方孟敖，立刻又说道，"你们还没见过吧？我来介绍。这位是王站长，我的后任，很有才干，就是身体差了点。这位就是国防部派来的稽查大队方大队长。"

"久仰。"王蒲忱还是站着没动。

方孟敖见他始终站在门口，便没有接言，又转望向马汉山。

马汉山也看出了端倪，径直走了过去，在王蒲忱耳边轻声说道："那个梁经纶得放了。他是何其沧的助手，牵着美国人的关系。国防部调查组正跟我过不去，不要再在这些事上火上浇油了。"

王蒲忱声音本就微弱："梁经纶是何其沧的助手我知道，有美国人的关系我也知道。老站长，他跟国防部调查组可没关系，这个方大队长为什么叫我们放人？"

"方家跟何家是世交。"马汉山依然耐着性子，但语气已经加重了些，"只要他不是共产党，看在方行长的面子，也要放人。"

王蒲忱其实心里已经闪过了无数念头，方孟敖的出现有些出乎意料，马汉山来说情更是匪夷所思，倘若能够这样就把梁经纶放了，倒是真解了自己的难题。关键是必须报告建丰。

"老站长。"王蒲忱今天的态度有些不冷不热，"梁经纶不是我们抓的。"

马汉山："人都在里面，怎么不是我们抓的？"

王蒲忱："是陈继承总司令亲自下令抓的。我不能放人。"

马汉山眼珠子开始不停地转动了，回头望了一眼方孟敖，又转望向王蒲忱："我知道。陈总司令下令抓人，也不会点名说要抓谁。放个把人我们还能做主。"

"这个梁经纶正是陈总司令点名抓的。"王蒲忱望马汉山时目光闪烁起来，声音低而暧昧，"就因为他们闹得太不像话，还扣了您，陈总司令认定是共产党在背后煽动，这才点名抓了梁经纶。马局长，您真不应该带他来放人哪。"

马汉山这一下怔在那里，但很快便大声说道："那你就请示一下陈总司令。总之，没有证据证实他是共产党，就把人放了。"

这话显然是说给方孟敖听的，方孟敖当然听到了，向他们走了过去，同时向王蒲忱伸出了手。

这是握手的姿态，王蒲忱不得不也伸出了手。

一只手指又细又长的手，一只骨节峥嵘的大手！

马汉山望见这两只手，露出了孩童般好奇的神色，又望了一眼二人，又望向那两只手，竟似浑然忘却了身上还有那么多事。

方孟敖的手掌将王蒲忱的手掌轻轻握住了，就像握住一把小葱。

王蒲忱立刻敏感地察觉到了，自己不能抽手，因刚有想抽手回来的念头，对方便紧了一分，自己的手被对方握住了。

紧接着马汉山也有了感觉，方孟敖握王蒲忱用的是左手，右手已经挽住了自己的一条手臂。

一个军统的前任站长，一个军统的现任站长，都在方孟敖亲热的掌握之中了。

方孟敖："王站长可以打电话请示，马局长带我去先看看人。"

两边的长官都进去了，两边的长官都没有发话，郑营长那一排青年军留在了院内，军统们也都留在了院内。

郑营长这时走近那个执行组长："门卫的电话可以打专线吗？"

执行组长："可以。"

郑营长："快带我去。"

顾维钧宅曾可达住处。

"怎么这个时候才打电话报告！"曾可达严厉地喝问。

那边是郑营长的声音："一路上都没有电话，也不知道他要干什么……"

"听好了！"曾可达打断了他，"保护他和梁教授的安全，尽量不要跟军统的人发生冲突。"

不再等对方回话，曾可达一只手已经按断了这个电话，紧接着拨号。

"王秘书吗？这边又有了新的情况，建丰同志回了吗？"

对方是王秘书的声音："还没有。"

"王秘书……"对方竟挂断了，曾可达仿佛有了什么感觉，像个弃妇，怔在那里。

西山军统秘密监狱机要室。

"是，建丰同志。"王蒲忱身上那种斯文气质连同病态都消失了许多，深层的像是斗志其实是杀气显露了出来，"蒲忱能理解你的苦心，用人要疑，疑人也要用。用方孟敖本来就是一步险棋，这个人我今天领教了，没有别的，就是曾文正公说过的'死士'！死士可用，关键是为我所用。我的理解是否正确，请建丰同志教正。"

"你的理解比可达同志的理解要深。"建丰电话的回响，"我同意你刚才的意见，让马汉山把梁经纶和那几个学生领出来交给方孟敖，陈继承那边让马汉山去交代。从现在开始，起用你的人，严密监控方孟敖。共产党一定会在梁经纶同志以外另外派人跟他联系。你的任务是既要切断共产党跟方孟敖的联系，又要顺着线索找到共产党在北平的核心地下组织，以保证平津的国军与共军前方作战无后顾之忧，保证即将推行的币制改革。"

"是，建丰同志。"王蒲忱这声回答已经完全不像有病的人了。

建丰电话那边的回响："还有，你刚才提到的那个北平地下党叫'五爷'的人，毛局长那边今天给我送来的材料报告比较详细。这个人是搞工运出身的，现在管着北平地下党的武装，极其危险。尽一切可能先抓到这个人，不能生擒就当场击毙！"

何宅一楼客厅。

"先生，孝钰。"

客厅门推开时曙光送着梁经纶站在了门口。

何其沧在沙发上坐直了身子。

何孝钰在父亲旁边的椅子上倏地站起来。

"怎么出来的？"何其沧平静了心绪，望着依然站在门口的梁经纶。

梁经纶却发现何孝钰的目光望向了自己身后半开的门，因此轻嗽了一下喉咙，才回答老师："方大队长送我回来的。他在门外，问先生可不可以进来？"

"快叫他进来呀！"何其沧拄着拐杖这次站起了。

梁经纶却又先望了一眼何孝钰，见她依然站在那里，并没有过来的意思，这才自己转过身去，将门全拉开了："方大队长，先生请你进来。"

方孟敖的身影从大门进来时，外边的天更亮了些。

何其沧站得很直，两眼一直迎着走进来的方孟敖。

老人的心女儿第一个感受到了，梁经纶也察觉到了，这不只是在礼貌地迎接一个客人，还有一种气场，让女儿和自己的爱徒都端正心思的气场。

何孝钰便能够大大方方地望着方孟敖了。

方孟敖和昨晚在这里时也有了变化：一是那顶空军帽没戴，二是因此更显得不像个军人。跟梁经纶一道，站在门口。

何其沧依然站得很直，目光十分慈和，依然望着方孟敖。

梁经纶这才知道自己该干什么了，对着方孟敖："方大队长，请进去。"

方孟敖是那种特别听话的神态，先向梁经纶礼貌地点了下头，然后走了进来。

何孝钰这时目光不能看方孟敖了，因梁经纶在看着她，她便也看着梁经纶。

很快他们都是一惊。

方孟敖才走到客厅中，便见何其沧向他弯腰鞠下躬去！

"何伯伯！"方孟敖从来没有这样心身皆乱，先是慌忙地举手想行军礼，很快发现并没有戴军帽，立刻弯下腰去改行鞠躬礼，标准的九十度鞠躬礼，停在那里。

何孝钰立刻扶住了父亲，但见方孟敖依然九十度鞠躬停在那里。她这次像是有意不看梁经纶了，只是望着方孟敖。

还有，已经站直了身子的何其沧居然也只是望着方孟敖。

梁经纶突然有一种自己黯然失色的感觉，走过来扶方孟敖时，长衫便没有飘拂起来，而且有些绊脚。

"方大队长快请坐吧。"梁经纶扶起方孟敖，语气也很谦恭了。

"是。"方孟敖走到沙发边，依然站着。

何其沧这时才露出了一丝微笑，手向沙发一伸。

方孟敖依然站着。

"爸，您先坐吧。"何孝钰扶着父亲先坐下了。

"梁先生……"方孟敖依然未坐，望向梁经纶，显然在等他先坐。

何其沧的目光越来越柔和了，他将方孟敖对梁经纶的尊敬都看在眼里，这时忍不住便想看看女儿的反应，目光也只是稍移了一下，还是忍住没看。

何孝钰的目光早已转望向地面。

一个声音，何其沧昨天晚上的声音几乎同时回响在父亲和女儿的耳边："……拿着枪装救世主……你不觉得方孟敖在学他们吗……"

梁经纶心思何等细密："先生如果有话要单独跟方大队长谈，我和孝钰先出去一下？"

何其沧点了下头，接着又望向方孟敖："请坐吧。"

方孟敖这才坐下了。

梁经纶先退了一步然后转身向客厅门外走去。

何孝钰目光望向了开放式厨房灶上蒸馒头的铝锅。

何其沧："我在看着。"

何孝钰这才又望向方孟敖，点了下头，向客厅门走去。

何宅院内梁经纶住处。

好些天没有回自己这处两居的平房了，梁经纶坐下时也没有看看房间。

何孝钰依然站着，房间里的一桌一椅擦得那样干净，从外面房间也能看见里边房间同样收拾得如此洁净，梁经纶居然毫无感觉，仿佛这不是他的住处。

"没有受伤吧？"何孝钰轻声问道。

"已经带到刑讯室了，方孟敖来得及时。他来得真快呀。"说到这里，梁经纶望向了何孝钰。

"他及时赶来救你有什么不对头吗？"何孝钰从梁经纶的神态语气中感觉到了异样。

"同时被抓的学生都受了刑。我怎么感觉国民党的军统像是有意在等方孟敖来救我？"梁经纶毫不掩饰质疑的目光，可望着的却是何孝钰。

"你刚被抓走我爸就给李宗仁打了电话，李宇清接的。"何孝钰解释得很简短，简短得让梁经纶对刚才的话尴尬。

"紧接着方孟敖这边就赶来救我了？这就能解释得通了，斗争太复杂啊。"梁经纶坐的位子在窗边，能够一眼看到院子，看到紧闭的院门和站在院门外的几个青年军，"昨晚就应该跟你谈学联的决定，不巧方孟敖来了……时间很紧，快坐下吧。"

何孝钰不知道是觉得自己委屈，还是觉得梁经纶可怜，毕竟自己已经接受了组织的真正任务，现在还要来接受他下达的不是指示的指示。走过去，隔着书桌，望着他依然神圣严肃的样子，坐下时，她竟下意识地扯直了裙子盖住膝盖以下的腿，两脚也交叉并着。

梁经纶只是感觉到了她的拘谨，便望向窗外："学联通过考察决定，为了最后的斗争，必须争取方孟敖，立刻争取方孟敖和他的飞行大队。"

何宅一楼客厅。

"有十一年了吧？"何其沧在想着。

"我们是十三年，何伯伯。三十五年您就到了燕大，何阿姨和孝钰留在上海。"方孟敖纠正他的记忆。

"我记错了，是十三年。"何其沧又望向了方孟敖，"'将军百战死，壮士十年归'。抗战胜利都三年了，你却是有家难归，还要加上一句有国难投。对不对？"

方孟敖一震撼，没有接言，认真地看着，认真地听着。

"我喜欢你现在这个样子，包括你今早进门时的样子。"何其沧又在回忆了，"你那时都十几岁了，就喜欢偷听我跟你爸谈话，还假装睡着了。我和你爸都知道，没有戳穿你。你从小就天不怕地不怕，只怕两个人，一个是你爸，还有一个就是何伯伯。"

方孟敖掩饰着复杂的心绪，用一个勉强的微笑算是回答。

"现在何伯伯跟你谈话了，你愿意就交谈，不愿意还可以像小时候一样，听着就是。"何其沧严肃了起来，"我刚才说了一句有国难投，其实并不准确。八年抗战，我们都是在救国。可现在中华民国依然不是一个国。有些人还沾沾自喜，自称我们是四大强国之一。看看你给我送来的那袋面粉，有哪个强国要靠另外一个国家的施舍才能维持一天算一天？天天还要看人家的脸色，受着人家的颐指气使！"

方孟敖挺直了腰板，望何伯伯的眼闪出了光亮。何其沧指着那袋面粉："'Made in U.S.A'！有哪一个国家是靠另一个国家制造出来的？"

"说得好！"方孟敖由衷地接言了，"我愿意听，何伯伯，请说下去。"

何其沧两手拄着那根拐杖，腰板也挺得很直："你到北平一个月了，动静很大呀。截第四兵团的粮，查民调会，还要查北平分行。很多人都在拍手叫好，认为你们在干一件很了不起的事，反贪腐！真是在反贪腐吗？"

方孟敖："我在听。"

何其沧："你们能够反贪腐吗？如果能够，那就是真反贪腐。如果不能够，那就是假反贪腐！"

方孟敖："我来本是想向梁教授请教这些事情的。何伯伯，感谢您这么相信我。您能不能从经济学的角度，告诉我什么是贪腐。"说到这里，眼中满是期待的目光。

何其沧苦笑了一下："我和你爸留美学的都是经济学，他六年，我八年。到现在我都不懂什么是经济学。尤其回到中国，根本就没有什么经济学。你现在干的事更与经济学无关，你是卷进了政治。真要我教你，在美国学的那一套一个字也用不上。你干的事，中国有句古话，八个字就能概括。"

方孟敖："何伯伯请说。"

何其沧："断人财路，杀人父母！"

方孟敖开始还怔了一下，接着笑了。

"不要笑。"何其沧更加严肃了，"国防部预备干部局那么多心腹不用，为什么偏偏用你？因为你愿意理直气壮地'杀人父母'！因为你连自己的父亲都敢于下手！"

方孟敖："何伯伯是在劝我？"

何其沧："你父亲我都从来没有劝过，也不会劝你。只是提醒你，他们昨晚敢抓梁经纶，之后也敢抓你，而且杀你。你以为陈继承，还有那么多人就会这样对你善罢甘休吗？你现在扛着国防部调查组的牌子，那是因为他们有更大的目的需要利用你。一场大风暴就要来了。这场风暴要死很多人，有贪腐的人，也有反贪腐的人！"

方孟敖："我当然是一个。可想杀我也没有那么容易。"

何其沧摇了摇头，目光像是在望着自己的儿子："很容易，只要给你安上三个字——共产党！"